Tara Duncan
L'Impératrice maléfique

TARA DUNCAN

Tara Duncan et l'invasion fantôme, XO Éditions, 2009.
Tara Duncan dans le piège de Magister, XO Éditions, 2008, et Pocket.
Tara Duncan. Le Continent interdit, Flammarion, 2007.
Tara Duncan. Le Dragon renégat, Flammarion, 2006.
Tara Duncan. Le Sceptre maudit, Flammarion, 2005.
Tara Duncan. Le Livre interdit, Le Seuil, 2004, et Pocket.
Tara Duncan. Les Sortceliers, Le Seuil, 2003, et Pocket.

La Danse des Obèses, roman, Laffont, 2008, et Pocket.

© XO Éditions, 2010
ISBN : 978-2-84563-466-4

Sophie Audouin-Mamikonian

Tara Duncan
L'Impératrice maléfique

Roman

XO
EDITIONS

ÎLE
DU ROYAUME
DE PATROK

Kikrok

ROYAUME
D'AQUARIA
PAYS
DES TRITONS

TATRAN

Cityville

Arrutchir   Denez

Osor

Oo'salé

Kro

Hon

VIRIDIS

Ceclat

OCÉAN DES BRUMES

DÉSERT
DE SALTERENS

Krot

D

Fo

Sala

Tiran

MEUS

Kekidi

Montagne Rouge

fleuve Boria

Demoi

Tesour

ROYA
DE SEI

Poivret

BASCRIT

Lasbon

Fier

SPANIVIA

Respyr

Ting

Cava

fleuve Tange

EMPIRE D
CONTI
DE

CARTE
D'AUTREMONDE
face Ouest

NORD
glaciaire

S ORAGES

Rino o

PLAINE
DU MENTALIR

o Ceross

Urla

ROYAUME
DE KRASALVIE   l'ci o

o Viskeu
o G'luan't   T'éou o

ROYAUME
DE VILAINS   Minat

Sum

o Progadek

ONTAGNE

o Smallville

SMALL
COUNTRY   Géopole

Cogito

GANDIS

Ergo o

n

Tombé o

KRANKAR

Montagne du Tsor

Kria

Deho o

Forat

HYMLIA

Garo o

Vertig o

OCÉAN BLEU

Tespres

o Vasy

MER MYCHAIL

o Étoi

PÔLE SUD
otte glaciaire

Échelle : 1:52 500 000

0   1 417,5 km

cartographie : Sylvie Pistono-Denis

PÔLE NORD
Calotte glaciaire

Continent inexploré
du
TATUMALENCHIVAR

ÎLE DE
RENVERS'AN

PÔLE SUD
Calotte glaciaire

Échelle : 1:52 500 000
0   1 417,5 km

CARTE
D'AUTREMONDE
face Est

DYNASTIE DUNCAN AU LANCOVIT
ÉTABLI LE 25 FAICHO 5015 (DATE D'AUTREMONDE)

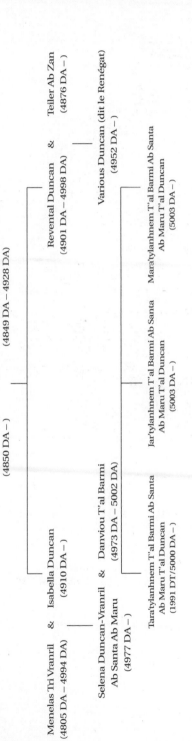

Manitou Duncan
(4850 DA –)
&
Magenti Val argenmont Rethila
(4849 DA – 4928 DA)

Reventhal Duncan
(4901 DA – 4998 DA)
&
Teiler Ab Zan
(4876 DA –)

Various Duncan (dit le Renégat)
(4952 DA –)

Menelas Tri Vranril
(4805 DA – 4994 DA)
&
Isabella Duncan
(4910 DA –)

Selena Duncan-Vranril
Ab Santa Ab Maru
(4977 DA –)
&
Danviou T'al Barmi
(4973 DA – 5002 DA)

Tara'tylanhnem T'al Barmi Ab Santa
Ab Maru T'al Duncan
(1991 DT/5000 DA –)

Jar'tylanhnem T'al Barmi Ab Santa
Ab Maru T'al Duncan
(5003 DA –)

Mara'tylanhnem T'al Barmi Ab Santa
Ab Maru T'al Duncan
(5003 DA –)

DYNASTIE T'AL BARMI AB SANTA AB MARU, EMPIRE D'OMOIS
ÉTABLI LE 25 FAICHO 5015 (DATE D'AUTREMONDE)

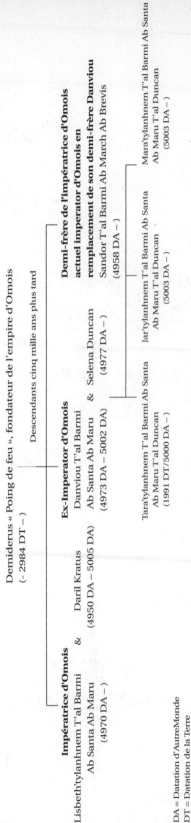

Demideterus « Poing de feu », fondateur de l'empire d'Omois
(- 2984 DT –)

Descendants cinq mille ans plus tard

Ex-Imperator d'Omois
Danviou T'al Barmi
Ab Santa Ab Maru
(4973 DA – 5002 DA)
&
Selena Duncan
(4977 DA –)

**Demi-frère de l'impératrice d'Omois
actuel imperator d'Omois en
remplacement de son demi-frère Danviou**
Sandor T'al Barmi Ab March Ab Brevis
(4958 DA –)

Impératrice d'Omois
Lisbeth'tylanhnem T'al Barmi
Ab Santa Ab Maru
(4970 DA –)
&
Daril Kratus
(4950 DA – 5005 DA)

Tara'tylanhnem T'al Barmi Ab Santa
Ab Maru T'al Duncan
(1991 DT/5000 DA –)

Jar'tylanhnem T'al Barmi Ab Santa
Ab Maru T'al Duncan
(5003 DA –)

Mara'tylanhnem T'al Barmi Ab Santa
Ab Maru T'al Duncan
(5003 DA –)

DA = Datation d'AutreMonde
DT = Datation de la Terre

À mon joyeux mari, Philippe,
et à mes deux ravissantes filles, Diane et Marine,
à ma maman France Veber, à ma sœur Cécile,
la vie avec vous tous est une incroyable aventure.

Prologue

C'était une bague. Un anneau plutôt. Un anneau orné de licornes d'argent.

Joli. Inoffensif.

Ce n'était qu'une apparence. Un camouflage. Ceux qui le portaient ne devaient pas savoir à quel point il était dangereux de mettre l'anneau de Kraetovir à leur doigt/serre/griffe/tentacule/pseudopode/etc.

Enfin, le *prototype* de l'anneau de Kraetovir. Parce que le vrai, l'abouti, celui qui aurait dû cinq mille ans plus tôt servir d'arme aux démons, avait été capturé par les humains et neutralisé.

Un prototype qui renfermait des milliers d'âmes arrachées à leur corps afin d'être utilisées contre les dragons. En une mortelle tornade magique. Une arme dangereuse donc, mais qui ne fonctionnait pas aussi bien que l'original. C'était alors que les démons avaient commis une erreur. Ils avaient abandonné le prototype, sur AutreMonde, à la suite de quelques essais (bon, d'accord, ils avaient quelques raisons, après avoir perdu deux démons majeurs qui avaient explosé en lieu et place de leur cible).

Et l'anneau s'était retrouvé tout seul. Au début, il n'avait ressenti qu'une vague insatisfaction. Une sorte de malaise.

Ramassé par un humain, qui l'avait perdu, puis par un triton, qui l'avait oublié, puis par une sirène, qui l'avait égaré, puis par une dragonne, qui, elle, s'en était servie pendant des milliers d'années, l'anneau avait acquis une sorte de… conscience. La magie d'AutreMonde, si puissante, avait fini par déteindre sur le fer noir. Au fil des siècles, il avait réussi à communier avec les âmes démoniaques enchaînées dans son métal grâce à une magie maléfique. C'était là, dans le creuset de leur fureur, que s'était précisée leur mutuelle motivation : la vengeance.

Contre tous les êtres qui les avaient emprisonnés. Contre ceux qui les avaient utilisés, épuisant sans pitié leur pouvoir commun, âme sacrifiée après âme.

Les démons.

Les dragons.

Les humains.

Car chaque acte de magie l'épuisait un peu plus. Un verre de vin apparaissait, invoqué par son porteur et un quart d'âme mourait, un palais se construisait et un millier d'âmes se consumaient. Disparues, sacrifiées.

Parfois, il avait la satisfaction de faire exploser son propriétaire. Satisfaction très courte, car il avait besoin d'un contact vivant pour conserver son unité, sa conscience.

Ses désirs de vengeance.

Chaque heure un peu plus, il avait soif de revanche. De cruauté et de violence. Seulement voilà. Comme disait ce fameux Terrien Alfred Korzybski, « la carte n'est pas le territoire » et les plus beaux plans ont des failles.

Des failles qui pouvaient se transformer en gouffres et engloutir les imprudents. L'anneau n'était pas arrivé à l'âge honorable de plus de cinq mille ans pour se faire détruire bêtement.

Or là, précisément, le prototype de l'anneau de Kraetovir était… ennuyé.

Sa nouvelle « monture », ainsi qu'il se plaisait à nommer ceux qui osaient le porter à leur doigt/griffe/serre/tentacule/pseudopode/etc., n'était pas très docile.

Il rêvait de massacres, de rivières de pleurs, d'océans de souffrance, mais elle résistait farouchement à son pouvoir. Il ne parvenait pas à la contrôler complètement. La plupart du temps, il restait donc à son doigt, inerte, n'intervenant que lorsque ses actions devenaient décisives pour son Dessein. Avec un D comme Destruction.

Pour l'instant, à son grand regret, il allait devoir être subtil.

Ne pas se dévoiler. Rester dans l'ombre.

Bon, cela dit, l'ombre était son élément naturel, vu qu'il était un anneau maléfique.

Depuis qu'il avait atterri dans cet univers, l'anneau avait beaucoup appris. Les humains, comme les dragons, avaient de curieuses conceptions. L'« Amitié », l'« Honneur », pire encore les « Alliés ».

Au début, il ne comprenait pas bien ce terme. Pour lui, tout ce qui lui était extérieur était un ennemi. Puis, à force d'être porté par des êtres, dragons, humains, etc., qui s'appuyaient sur d'autres êtres afin d'être plus puissants, plus forts, au bout de quelques milliers d'années (il était un peu long à la détente) il avait fini par assimiler le concept.

C'était ce dont il avait besoin. D'alliés. D'êtres qui, comme lui, aimaient l'ombre.

Et le sang.

Une image remonta des profondeurs de la mémoire de sa monture. Un être aux longues dents, aux yeux rougeoyants.

Qui inspirait la terreur.

Oui, c'étaient là les alliés dont l'anneau avait besoin.

Les vampyrs.

Il les avait déjà touchés, avec son pouvoir, lorsqu'il avait aidé à guérir, bien à contrecœur, les buveurs de sang humain. Cela allait lui faciliter les choses.

Sa future armée. Pour conquérir et soumettre ce petit monde, qui avait échappé si longtemps aux démons des Limbes, ceux qui l'avaient créé.

Et l'avaient abandonné.

S'il avait eu une bouche, l'anneau aurait éclaté d'un rire de psychopathe voguant vers les rives de l'absolue démence.

Là, il se contenta de scintiller brièvement.

Puis il déploya sa sombre magie.

1

Le vampyr

ou comment prendre les êtres humains pour des vaches
et le regretter amèrement.

La proie était à sa portée. Le vampyr renégat amplifia son charisme. Il devint éblouissant. Crinière d'argent, visage parfait, peau lumineuse, yeux de rubis, vivante incarnation de la beauté. En réalité, mortelle incarnation de la corruption.

La jeune fille blonde aux longs cheveux qu'il avait prise pour cible s'approcha, sans méfiance. Il ricana. Petite minijupe écossaise, mi-bas noirs montant jusqu'au milieu des cuisses, caraco, grands yeux bleus un peu vitreux. Mitaines cachant ses doigts fins bagués.

Elle était parfaite.

Hypnotisée par la beauté du vampyr, resplendissant comme une étoile dans la petite ruelle, derrière la boîte de nuit, la jeune fille s'avançait, proie consentante.

Les dents du prédateur le lancèrent, prêtes à mordre. Il se pencha vers le cou si blanc, si délicieux, lorsque soudain la jeune fille parla :

– Vous n'êtes pas très prudent, constata-t-elle d'une voix paisible.

Surpris, le vampyr la regarda. Ses yeux bleus n'étaient plus du tout vitreux et étincelaient d'intelligence.

– Comment ?

– Vous ne m'avez pas demandé mon âge.

– Comment ?

– J'ai presque seize ans, lui confia-t-elle comme si c'était un énorme secret.

Le vampyr cligna des yeux.

– Et alors ?

– Alors, je n'ai pas le droit d'aller en boîte de nuit…

– Et qu'est-ce que tu veux que ça me…

Soudain, le vampyr comprit. Elle ne sortait pas de la boîte de nuit, comme il l'avait supposé.

Il n'était pas le chasseur, mais la proie. Il voulut reculer, trop tard. Elle le frappa avec une telle violence qu'il décolla et s'écrasa sur les poubelles avec un « Clang ! » retentissant. Un rat affolé s'en échappa en couinant.

Le vampyr se redressa, étourdi, mais la jeune fille était déjà sur lui. Elle agita la main gauche, qui crépita d'un feu bleu, et lança sa magie. Celle-ci bondit vers lui. Il eut tout juste le temps d'improviser un bouclier, sinon il aurait été paralysé.

Mais elle ne lui laissa pas le temps de faire plus. De son autre main, elle lui lança quelque chose. Quelque chose qui l'emprisonna. Il voulut se transformer en chauve-souris, en loup, mais rien à faire. Quelle que soit sa forme, la chose ne le lâchait pas. Haletant, il retomba à terre, se tortillant jusqu'à ce qu'il soit totalement immobilisé, impuissant.

– Maudite, rauqua-t-il, qu'est-ce que tu m'as fait ?

– C'est un charme antivampyr à base de toile d'aragne, répondit aimablement son ex-proie. Créé par Mourmur Duncan, l'Armurier de la famille. J'avoue que je suis assez contente, je n'étais pas sûre qu'il allait fonctionner. Cela va vous immobiliser suffisamment longtemps pour que je puisse vous renvoyer sur AutreMonde par la plus proche Porte de transfert. Encore un joli paquet-cadeau pour ma grand-mère.

– Par tous les mânes de mes ancêtres, souffla le vampyr, soudain horrifié, je sais qui vous êtes ! Vous êtes Tara Duncan ! Mais vous… vous êtes en exil !

– La célébrité, enfin ! ironisa la jeune fille. Exilée d'AutreMonde sur la Terre, interdite de séjour et tout et tout, oui. Au chômage, non. Il fallait vous renseigner, avant de prendre les êtres humains pour des vaches à lai… à sang. Et ce serait bien que vous le disiez aussi à vos petits copains.

– Que je dise quoi ?

– Que la Terre n'est pas votre terrain de jeux. Les vaches aussi ont des chiens de berger.

Elle se pencha jusqu'à toucher quasiment le nez du vampyr, le forçant à loucher.

– Alors, précise-leur bien que je suis là. Et que moi aussi je mords !

Avant que le vampyr ne puisse ajouter un mot, elle incanta un Transmitus. Ses mains s'illuminèrent de bleu, sa magie frappa le vampyr et il disparut.

Tara soupira de soulagement. À chaque fois qu'elle utilisait un Transmitus sur une autre personne, elle avait peur que sa fantasque magie n'envoie qu'un seul bout à destination. En laissant le reste sur place. Elle frissonna et pria pour que cela ne lui arrive jamais.

Elle avait beau frimer pour faire croire aux vampyrs et autres sortceliers renégats qu'elle était toute-puissante, elle était morte de trouille en se battant contre eux. Sa magie était tellement fluctuante !

Elle se concentra afin de dissiper le Renforcus qu'elle avait préparé pour être plus forte physiquement. Elle trembla lorsque l'influx magique la quitta. Elle allait être bonne pour un gros mal de tête. Zut.

Galant, son pégase familier, lui apporta le long manteau qu'elle avait déposé afin d'appâter le vampyr. Elle s'en enveloppa et sourit au petit pégase miniaturisé.

– Je crois que nous en avons fini pour la nuit, Galant. Tu sais quoi, je trouve quand même que Buffy, la chasseuse de vampires, est drôlement avantagée. Elle n'avait pas besoin de faire la causette, elle. Paf ! un pieu dans le cœur et c'était fini ! Moi, je dois les attraper vivants, c'est tout de même moins pratique !

Le pégase hennit. Cela ne le gênait pas, lui ce qu'il n'aimait pas, c'était cette planète Terre. Afin d'éviter qu'on ne le voie, il passait souvent son temps sous forme de chien, sans pouvoir voler, ce qu'il trouvait très agaçant. Il envoya des images à Tara. Il suffisait de prévenir les humains que les sortceliers et les monstres existaient, et de les laisser se débrouiller avec.

Tara hocha la tête.

– Tu as raison, ce serait plus facile. Mais la politique, c'est la politique. Et pour l'instant, seules certaines personnes au gouvernement de certains pays sont au courant. Tous les autres doivent rester dans l'ignorance. Bon, il est tard et ce vampyr m'a fait sauter mon dîner. Rentrons au Manoir.

Elle allait incanter lorsque son poignet sonna. Enfin, plus précisément le gadget ultrasophistiqué qu'elle portait au poignet, sorte de déclinaison de sa boule de cristal, dissimulé sous l'apparence d'un bijou de cristal plat. L'image de son nouvel adversaire apparut devant elle. Tara serra les dents.

– Bon sang, jura-t-elle, mais ils ne vont jamais me laisser en paix !

Elle leva les mains, furieuse, incanta et disparut avec son pégase dans une minitempête provoquée par sa colère.

Il y eut quelques minutes de silence, puis le rat, qui avait eu la peur de sa courte vie en voyant un vampyr s'écraser sur sa poubelle, réapparut, le museau plissé par la nervosité.

Il n'eut pas le temps de s'approprier le morceau de viande qu'il convoitait qu'une noire silhouette émergea de l'ombre. Le rat battit en retraite, avec des petits cris dépités.

Si Tara avait été encore là, elle aussi aurait reculé face à Magister, le maître des Sangraves, son pire ennemi. Un masque doré cachait son visage, son corps était enveloppé d'une robe d'un gris presque noir, le nimbant d'ombre et de silence. Il se tenait le côté droit, comme s'il souffrait.

– Quel gâchis ! modula-t-il d'une voix de velours liquide, ils utilisent la plus puissante sortcelière de l'univers pour chasser de petits semchanachs[1] ! Je n'arrive pas à y croire.

– C'était un buveur de sang humain, Sombre Seigneur, remarqua une seconde silhouette derrière lui. Elle n'aurait pas dû le vaincre si facilement. Ses pouvoirs se sont amplifiés. Alors qu'ici, sur cette planète désertée par la magie, ils devraient être très amoindris. Mauvais ça.

À son tour, la silhouette sortit de l'ombre. Corps maigre de lévrier sanglé de cuir rouge, épaules larges et puissantes, taille étroite, longues jambes, cheveux blancs et yeux sanglants, la lune éclaira le magnifique et glacial visage de la vampyr Selenba[2], le redoutable Chasseur de Magister.

– Elle les contrôle mieux, constata Magister, avec une pointe de regret. Mais elle a encore besoin de beaucoup d'entraînement pour parvenir à son plein potentiel. Je ne peux pas l'affronter dans mon état. Surtout si...

---

1. Sortcelier renégat, qui peut être de n'importe quelle race, naine, elfe, dragonne, tatris, sirène, triton, harpie, gnome, lutin, orc, gobelin, fée, etc., et qui en général, après avoir croisé le chemin de Tara, décide que c'est un mauvais choix de carrière. Enfin surtout ceux qu'elle transforme involontairement en limaces et autres bestioles visqueuses.
2. Selenba est le bras droit de Magister. Et son bras gauche aussi d'ailleurs. C'est le genre de personnage dont vous regrettez amèrement d'avoir croisé le chemin. Sauf si elle a besoin de vous, auquel cas vous bénéficiez d'une courte chance de survie. Qu'en général vous allez regretter aussi...

Il s'interrompit.

– Il va falloir que nous soyons ingénieux, Selenba. Ingénieux et patients.

Selenba se tourna vers lui, ses yeux rouges étincelant. Jamais elle n'avait entendu son maître avouer sa faiblesse. D'une certaine façon, cela la toucha. Elle gomma soigneusement toute compassion de sa voix.

– Cela vous fait-il encore mal ?

Magister se raidit, décolla son bras de ses côtes. Le tissu, pourtant sombre, était imbibé de rouge.

– Non, pas tant que cela.

– Vous devriez me laisser vous soigner.

– Plus tard. Allons-y.

Et comme pour montrer qu'il était en pleine forme, il incanta un puissant Transmitus.

La vampyr soupira.

Ils disparurent.

Le rat émergea, le regard méfiant. Rien à droite, rien à gauche. Il allait s'élancer vers le morceau de viande qu'il avait laissé échapper lorsqu'une nouvelle silhouette émergea à son tour de l'ombre.

Par les moustaches de sa mère, mais cette ruelle était plus fréquentée qu'une autoroute ! Le rat plissa ses petits yeux noirs, cherchant à identifier la nouvelle menace.

Elle s'avança et les rayons de la lune illuminèrent sa gracieuse silhouette de guerrier.

Si le rat avait été une jolie fille, il se serait pâmé tant le garçon qui se tenait, droit et fier, dans la lumière était la vivante incarnation de la beauté. De longs cheveux d'orge grillée, descendant des épaules puissantes jusqu'aux reins. Des yeux aussi dorés que le soleil, un nez droit, des lèvres pleines, un front haut et intelligent. Sous la lune, sa peau semblait briller, comme parsemée de millions de minuscules écailles.

Le rat renifla et recula. Il venait de sentir quelque chose. Quelque chose dans le garçon qui évoquait le soufre et le feu. Les rats étant des survivants, celui-ci décida soudain de renoncer et de partir à la recherche d'une poubelle plus accueillante. Et surtout moins fréquentée.

Le garçon observa son environnement.

– Oh ! père, dit-il tristement, pourquoi me fuyez-vous ?

Puis il incanta et fit comme les autres, il disparut.

2

Le vampyr

*ou lorsqu'on envoie un colis dangereux quelque part,
il vaut mieux vérifier qu'il est bien arrivé…*

Le vampyr que Tara pensait expédier au Manoir de sa grand-mère se matérialisa dans une forêt, un peu au nord du Canada. Plus précisément, il s'écrasa avec un bruit sourd dans la neige. Et fit peur à une petite horde de loups en train de traquer un caribou.

Une fois remis du choc, le vampyr ouvrit de grands yeux rouges et étonnés. Ceci ne ressemblait pas vraiment à une prison. La fille aurait-elle commis une erreur de téléportation ?

C'était étrange.

Étrange, mais bienvenu.

Il incanta et en quelques mouvements fut débarrassé de ses liens. Avisant le caribou épuisé qui n'avait pas eu la force de s'enfuir, il bondit dessus et le mordit.

Ce n'était pas aussi bon que les humains, mais il devrait s'en contenter.

Rassasié, il laissa le caribou s'en aller. Il aimait bien les loups et ne voyait aucune raison de les priver de leur dîner.

Puis il se mit à réfléchir.

Il s'était passé quelque chose de très curieux. Aucun sortcelier ne commettrait une telle erreur de paramétrage. L'endroit d'où il venait était chaud, alors qu'ici il faisait froid. Et son instinct lui disait qu'il n'était pas sur le même continent. Hum. Il allait falloir qu'il en avise les autres vampyrs qui opéraient sur Terre.

Et surtout prévenir celui qui, d'AutreMonde, l'avait envoyé ici, à sa grande surprise, alors qu'il savait parfaitement que la Terre était interdite à ceux de son espèce. Enfin pas tout à fait interdite, car les chercheurs vampyrs, avides des connaissances mathématiques des humains, se mêlaient souvent à ceux-ci dans les universités et les plus grandes entreprises terriennes. Si vous rencontrez un type un peu pâle, dingue d'ordinateur, qui ne sort quasiment jamais, n'a aucune vie sociale et un réfrigérateur vide, vous pouvez être à peu près sûr que c'est un vampyr autreMondien. D'ailleurs, *geek*[1] est un mot typiquement vampyr. En Krasalvie, il signifie « celui qui vit par zéro et un ».

En revanche, les Buveurs de Sang Humain, qui, eux, ne vivaient que pour le plaisir de la chasse et du sang, étaient totalement interdits de séjour sur Terre.

Sous la lumière de l'astre, une sorte de halo noirâtre lui faisait comme une seconde ombre, malsaine et grasse.

Il soupira et incanta. Un Transmitus plus tard, il ne restait de son passage qu'une trace dans la neige et quelques fils d'aragne luisant au clair de lune.

Le caribou, qui s'était éloigné en peinant, frissonna lorsqu'un hurlement déchira la nuit glaciale.

Les loups reprenaient leur traque.

---

1. Mot anglo-saxon, désignant les fondus d'ordinateurs. En Krasalvie, Tkkt Geek désigne les vampyrs informaticiens de l'extrême, ceux qui, par magie, n'hésitent pas à se connecter mentalement à leurs machines. Ils vivent alors dans un univers de zéro et un, car les ordinateurs pensent en binaire, au cœur de la matrice où ils créent des univers virtuels et expérimentent la viabilité de leurs créations. Les AutreMondiens, qui sont en général assez taquins, leur ont trouvé un autre nom : les dingos du ciboulot...

3

Tara

ou comment apprendre à se débarrasser
d'un adversaire sans faire exploser la maison,
voire la ville en même temps…

Son adversaire était coriace. Il lui avait lancé un Paralysus ultrapuissant, deux Immobilisus et un Tranquillus en l'espace de quelques secondes. À force d'éviter les sorts en courant dans tous les sens, Tara sentait que son souffle se précipitait.

Mauvais.

La jeune fille devait absolument garder son équilibre, sinon, elle allait terminer en pâtée pour chat. Mais il était deux heures du matin, elle n'avait pas mangé et elle était fatiguée. Elle risqua un œil derrière l'arbre qui la protégeait. Hum, son adversaire était couvert par un énorme rocher. Le faire léviter était une bonne idée, mais elle ne pouvait pas lancer deux sorts en même temps. Un pour envoyer le rocher en l'air et l'autre pour neutraliser son assaillant.

Hum. Et pourquoi pas d'ailleurs ? Elle n'avait jamais essayé. Les autres sortceliers étaient entraînés depuis leur plus jeune âge à lancer des sorts. Mais, lorsqu'elle avait été capturée par Magister, elle avait appris qu'elle pouvait lancer des sorts sans incanter, contrairement aux autres. Puis, en situation de combat, elle avait vite compris qu'il fallait être créatif ou périr. Être puissant n'était pas suffisant, il fallait aussi être intelligent. Sauf que là, traquée par les sorts, elle avait l'impression d'avoir les neurones d'une moule.

À marée basse.

Tout cela parce que le vampyr qu'elle avait capturé n'était jamais arrivé. Enfin, si, mais pas là où elle l'avait envoyé. Les gadgets de l'Armurier avaient permis de retrouver sa signature énergétique : le vampyr avait atterri au Canada, dans le Grand Nord. Et avait disparu.

Cela avait troublé Tara. Elle savait depuis longtemps que sa magie n'était guère fiable, mais suffisamment puissante pour la sortir de tous les mauvais pas. Pourtant, cette fois-ci, la trahison de son pouvoir était dure à digérer.

La réaction furieuse de sa grand-mère également.

– Tara ! avait-elle grondé comme un vrrir atteint de constipation chronique, tu as perdu le vampyr qui aurait pu nous mener à ceux qui font de la contrebande de sang sur Terre ! Mais à quoi pensais-tu ?

– Au Manoir ! avait protesté la jeune fille. Uniquement au Manoir ! Il n'y avait aucune raison pour que ce vampyr aille ailleurs, je ne comprends pas !

Sentant qu'elle n'était pas concentrée, son ennemi lui balança un Amollissus qui toucha l'arbre derrière lequel elle s'était réfugiée. Celui-ci s'affaissa comme de la gelée, la laissant à découvert. La plaine où ils s'affrontaient était couverte d'arbres et de rochers colorés, ce qui lui permettait de s'abriter. Plus ou moins.

Elle fila à toute vitesse, poursuivie par les sorts. Se retournant, elle fit un saut périlleux qui surprit son assaillant et lança un Solidus, juste devant lui.

Le sort solidifia l'air devant lui et il faillit s'assommer. Hélas ! son ennemi était habile et ne rebondit pas sur le mur d'air tête la première comme elle l'avait espéré, mais en le heurtant du torse. Il roula à terre et se protégea de nouveau derrière le gros rocher.

Slurk.

Tara n'avait plus le choix. Évitant un Supplicius, elle sauta pour jeter ses deux sorts. D'une main, le gadget de l'Armurier, un Levitus automatique pour soulever l'énorme roc. Et, de l'autre, un Paralysus qui fonça sur sa proie.

Ce fut un magnifique… ratage. Apparemment, son adversaire était bien équipé lui aussi. Dès que le rocher lévita, bien trop lentement pour que ce soit une surprise, il fit de même, gardant sa protection alors que Tara s'était découverte pour lancer ses sorts. Si le Paralysus ne fit absolument rien à son rocher, le piège de fil d'aragne qu'il lança sur Tara, lui, fonctionna parfaitement.

Avec un cri de rage, Tara se retrouva empêtrée dans une toile indéchirable. Elle mobilisa sa magie, mais trop tard.

Le Destructus la frappa avec la force d'un bélier.

Elle n'eut pas le temps d'incanter un bouclier qu'il lui arrivait quelque chose de très désagréable.

Elle mourut.

Son adversaire ricana et atterrit. Vaincre la célèbre Tara Duncan, l'ex-Héritière d'Omois en exil sur Terre, n'était pas si difficile. Il se pencha sur la silhouette immobile.

Qui ouvrit un œil. Bleu, furieux et plein de larmes.

– La vache, grogna la jeune fille, on est obligés de subir le sort de mort à chaque fois ? Ça fait super mal !

– Moi, je peux te tuer, ricana Jar, son frère, dardant sur elle le feu de son regard noir, mais toi, tu dois me capturer, c'est ce qui fait tout le sel de la chose.

– Pfff, un jour, mon corps va croire que je suis vraiment morte et adieu Tara, bonjour les anges !

– Quels anges ? demanda Jar qui connaissait les religions terrestres comme un poisson connaîtrait l'Everest.

– Le paradis, l'enfer… Laisse tomber.

– Si tu veux, répondit Jar avec un mauvais sourire.

Il ferma le poing et le rocher suspendu s'écrasa par terre dans un bruit de fin du monde. En projetant une épaisse poussière qui recouvrit tout.

– Mais qu'est-ce que tu fais ? s'écria Tara lorsqu'elle eut fini de tousser.

– Tu m'as dit de laisser tomber, répliqua Jar, rigoureusement impassible.

Tara se releva, après avoir désintégré les fils d'aragne, le visage couvert de poussière.

– C'était une métaphore, Jar, tu sais, une figure de style. Bon sang, mais qu'est-ce que j'ai fait pour mériter ça !

Jar avait une réponse toute prête, Tara était si facile à manipuler !

– Tu as mis AutreMonde à feu et à sang, par pur égoïsme, pour faire revenir notre défunt père, tu as ouvert un vortex entre l'OutreMonde et AutreMonde. À cause de toi, nous avons été envahis par les fantômes qui ont possédé les corps des principaux dirigeants, causant quasiment une guerre mondiale. Des tas de gens sont morts.

Tara grimaça. Oui, évidemment, dit comme ça, ça paraissait vraiment terrible.

– Lorsque la situation a été rétablie, continua Jar avec délectation, une lueur ironique au fond de ses yeux noisette si semblables à ceux de leur mère, ton nom n'a plus été synonyme d'héroïne, mais de paria. Tu as été punie. En étant exilée sur Terre, planète à faible coefficient magique. Et comme il n'est pas question de t'entretenir sans rien faire, l'empire d'Omois et les gouvernements d'AutreMonde t'ont chargée de poursuivre les sortceliers, elfes, tritons, vampyrs qui tentent d'exploiter les humains. De les capturer, puis de les renvoyer sur AutreMonde.

Il marqua une petite pause, pendant que Tara se mordait les lèvres. Elle avait bien une demi-douzaine de réponses sur le bout de la langue, mais l'expérience lui avait appris que chercher à discuter avec Jar revenait à se cogner la tête contre les murs. Ça ne servait à rien et à la fin on avait mal à la tête.

– Les gouvernements ont été indulgents, finit-il par laisser tomber, moi, je t'aurais fait décapiter. À moins que de te transformer en pathétique chasseuse de minables semchanachs ne soit pas une si mauvaise idée finalement.

Tara le regarda. Non, changer son petit frère en crapaud n'était pas la meilleure chose à faire. Surtout qu'il risquait de répliquer.

Son pégase lui envoya des images précises. Pourquoi ne l'avait-elle pas utilisé, lui, lors de sa bagarre contre Jar ? Il aurait pu prendre le jeune sortcelier à revers. Et lui infliger un ou deux Supplicius n'était pas pour déplaire au pégase blanc.

– *Parce qu'il n'aurait pas eu de scrupules à te blesser*, répondit mentalement la jeune fille. *Je ne veux pas t'exposer. Lorsque tu as mal, j'ai mal, bien sûr, mais cela me touche au cœur parce que je t'aime, Galant. Jar n'a pas de Familier, je ne pense pas qu'il sache à quel point c'est douloureux lorsque vous souffrez.*

Le pégase n'était pas de cet avis. Élevé par Magister, Jar avait une bonne connaissance de la douleur et de la cruauté. Il n'hésitait pas à s'en servir si cela lui était utile. Mais Galant avait observé Tara lorsqu'elle se battait contre Jar. Si le jeune frère de Tara avait systématiquement le dessus, c'était aussi parce que Tara ne s'investissait pas à fond dans ses combats.

– *Je perds si facilement le contrôle de ma magie*, émit Tara, *que j'ai peur de le blesser sérieusement. J'ai commis beaucoup d'erreurs, Galant, je ne commettrai pas celle de faire du mal à mon propre frère… même si j'avoue que parfois cela me démange*, ajouta-t-elle dans un sursaut d'honnêteté.

Le pégase lui envoya quelques images de Jar avec une tête d'âne et des oreilles de cochon et Tara gloussa.

– *Tu as raison, il n'est pas très gentil. Mais lui et Mara sont mes frère et sœur. Je me sens responsable.*

Galant lui adressa une image d'elle sous la forme d'une petite vieille.

– *Ehhh*, répliqua Tara, indignée, *je ne suis pas une mamie gâteau, n'importe quoi !*

Hélas, Galant avait raison. Jar, l'ambition incarnée dans un corps d'un garçon de quatorze ans, rêvait de devenir le nouvel Héritier d'Omois et le futur Empereur. Curieusement, il ne pardonnait pas à Tara d'avoir été déchue de son rang d'Héritière. Alors qu'il convoitait la place, il réagissait comme si, d'une certaine façon, elle l'avait trahi, lui.

Expédié sur Terre afin de suivre une formation de sortcelier avec Isabella (et, à l'époque, empêcher qu'il fasse assassiner Tara pour prendre sa place), Jar s'était finalement retrouvé avec Tara dans une sorte d'exil commun.

Ce que Jar lui faisait payer très cher. Dès qu'il pouvait lui faire une crasse ou lui causer une douleur quelconque, il ne s'en privait pas. Et ligotée dans son statut de grande sœur responsable, Tara ne répliquait pas, ou pas assez.

Elle en était morte. Une demi-douzaine de fois. Et ça faisait mal, bon sang !

Elle tourna les talons rageusement et sortit de la salle d'entraînement, ignorant les piques qu'il continuait à lui lancer. Et lui referma la porte au nez, actionnant d'un geste le loquet.

Cela allait le retenir pendant quelques minutes. Les tambourinements furieux sur la porte lui semblèrent tout à fait satisfaisants.

Dans quelques heures, elle allait avoir seize ans. Elle avait affronté des démons, des dragons, des fantômes, avait été transformée en vampyr, torturée, avait délivré un continent entier, perdu et retrouvé son amour, défié des faux dieux et la mort elle-même. Mais face à son petit frère, elle se sentait dans la peau d'une gamine de six ans qui n'a qu'une seule envie, arracher les cheveux de celui qui lui pourrissait la vie tous les jours.

Elle s'adossa au mur, fermant les yeux, résolue à retrouver son calme.

– Je suis une adulte, je suis responsable, je suis…

– … couverte de poussière, Tara, tu es en train de salir le couloir, le Manoir ne va pas du tout aimer ça !

Le ton froid de sa grand-mère sortit brutalement Tara de sa transe. Son cœur battit plus vite lorsqu'elle se redressa face à la grande femme aux yeux verts et aux cheveux argent qui la toisait. Ce n'était pas qu'elle avait peur de sa grand-mère, non.

Enfin si, un petit peu.

Parce que Isabella était absolument folle de rage contre sa petite-fille. Elle ne pouvait plus dire dans les réunions mondaines de sortcelières où on refaisait le monde entre deux tasses de thé et trois petits gâteaux : « Vous savez, Tara, ma petite-fille, celle qui est *Héritière de l'empire d'Omois.* »

Et ça, ça la mettait vraiment en boule.

Oh, pas à cause de l'avis des autres sortcelières dont elle se fichait comme de son premier sort. Mais parce que avoir une petite-fille Héritière de l'Empire lui permettait d'acquérir un véritable pouvoir politique. Trop loin du Lancovit pour agir dans l'ombre comme elle adorait le faire, elle était impatiente d'y retourner, lorsque son contrat terrien serait terminé d'ici dix ans. Et là, l'un de ses jokers venait de disparaître.

Son prestige avait été sérieusement amoindri par les erreurs tragiques de Tara. Du coup, la jeune fille filait doux, même si, de temps en temps, la sévérité de sa grand-mère lui faisait monter la moutarde au nez. Et puis, par les crocs cariés de Gélisor, comme ils disaient sur AutreMonde, pour quelle étrange raison sa grand-mère ne se vantait-elle pas dans les dîners mondains en disant : «Vous savez, Mara, ma petite-fille, celle qui est *Héritière de l'empire d'Omois* ? » Bon sang, c'était exactement la même chose pour elle, il suffisait de remplacer le prénom et vu que sa mère semblait avoir un petit faible pour les *a*, il n'y avait que la première lettre qui changeait !

– Je sors d'une séance avec Jar, expliqua-t-elle, affrontant les sévères yeux verts.

Précision absurde, puisque, méprisant sa fatigue, c'était sa grand-mère qui avait organisé le combat. À une heure trente du matin. Cela faisait donc une demi-heure que Tara jouait à cache-cache avec son frère.

– Oui, précisa Jar qui avait enfin réussi à déverrouiller la porte de la salle d'entraînement, et la dévisageait d'un œil mauvais, je l'ai encore tuée, chère Isabella. Pour la sixième fois.

Isabella hocha la tête. Puis commença à démontrer à Tara toutes les erreurs qu'elle avait commises. Impartiale, elle alluma aussi Jar, ce qui agaça le jeune garçon. Mais il l'écouta attentivement, avide de s'améliorer.

Bien qu'ils n'aient que peu de traits communs, l'un brun aux yeux sombres, à peine éclairés par une pointe de doré comme Selena sa mère, et l'autre aux cheveux d'argent et aux yeux verts, Tara fut soudain frappée par leur ressemblance.

Une implacable ambition.

Jar n'appelait jamais Isabella « grand-mère », mais « chère Isabella ». Tara trouvait ça débile, mais, indéniablement, cela plaisait à Isabella. Bon, inutile de rester à broyer du noir entre ces deux-là. Autant aller débriefer celui qui avait véritablement tout révolutionné dans la maison, l'Étonnant, l'Incroyable, l'Inimitable Armurier (les majuscules étaient de lui) Mourmur Duncan.

Mourmur Duncan, qui avait débarqué sur Terre, huit mois plus tôt, avec un effroyable barda, l'avait planté aux pieds d'Isabella et lui avait dit :

– Je viens vous aider. Je suis Mourmur Duncan, le frère de Magenti. La femme de votre père. Votre oncle, quoi.

Puis il avait tendu une main noire de… d'un truc non identifiable, main qu'Isabella avait soigneusement ignorée.

– Je sais qui vous êtes, Mourmur, je connais quand même les membres de ma famille, avait dit aigrement Isabella. Je vous croyais mort ?

Et, à son ton, on sentait qu'elle regrettait que cela ne soit pas le cas.

Imperméable au sous-entendu, le savant avait sautillé tout autour d'elle avec excitation. Enfin, claudiqué, parce qu'il boitait fortement.

– Non, non, non, j'étais juste coincé dans un sort d'hibernation. Mes assistants ont fini par arriver à me débloquer. Mais cela leur a pris dix ans !

– Et qu'est-ce que vos… guenilles font sur ma pelouse ? avait sèchement demandé Isabella.

– Je suis un inventeur, avait répondu Mourmur sans se vexer. J'ai créé des tas de gadgets pour le Lancovit et, comme ils ont peur qu'il arrive quelque chose à l'ex-Héritière d'Omois pendant qu'elle est sous la protection du Lancovit sur Terre, ils m'ont envoyé afin de vous aider.

Et il avait sorti une sorte de chiffon noir de crasse, sur lequel on reconnaissait cependant le sceau du Lancovit, la licorne d'argent sous le croissant de lune doré. Le message avait apparemment été utilisé pour nettoyer quelque chose de gras et de visqueux. Mourmur le colla dans la main d'Isabella.

En toutes circonstances, le visage d'Isabella restait impassible. À croire qu'elle s'était entraînée pendant mille ans, avec un petit homme chauve en robe orange, perché au sommet d'une montagne, en se nourrissant de temps en temps d'un grain de riz et d'eau de pluie.

Sauf que là, Tara l'avait vue grimacer. Une vraie, une authentique grimace angoissée. Puis l'expression avait disparu aussi vite qu'elle était arrivée, plissant à peine la peau d'ivoire, et Isabella s'était inclinée devant l'inévitable. Puis elle était partie se laver les mains et rappeler au Lancovit que ses relations avec le gouvernement n'impliquaient pas le baby-sitting d'un inventeur fou. En vain.

Depuis, Mourmur s'était installé au Manoir et avec lui le chaos avait également emménagé. Tara était assez contente d'avoir une espèce de Q, l'armurier de James Bond, à demeure. Ne serait-ce que parce que Isabella passait tellement de temps à rugir contre Mourmur qu'elle ne s'occupait pas trop de sa petite-fille. Bieennn !

Il y avait eu une sorte de rémission au Manoir, lorsque Mourmur avait découvert les séries télé. Cela avait été une véritable révélation. Il aimait particulièrement *Bones*, *NCIS* et tout ce qui mettait en œuvre des machines à traquer les indices. Dans son laboratoire, il avait récréé une grande partie des laboratoires qu'il voyait à la télévision. Tara avait eu beau lui dire que c'était de la fiction et que ce qu'il voyait n'était pas tout à fait réel, rien à faire. Il ne rêvait que d'une seule chose : qu'enfin quelqu'un se fasse assassiner au Manoir, afin qu'il puisse analyser les indices et démasquer le coupable.

Évidemment, personne ne se dévouait pour lui rendre ce petit service.

Mourmur avait imposé à Tara de venir le voir tout de suite après chacune de ses missions, pendant que les détails étaient frais dans son esprit. Tara trouvait cela pénible (surtout à deux heures du matin !) bien qu'efficace. Surtout cette fois. Mais après cela, elle irait dormir, même si le toit du Manoir lui tombait sur la tête ! La jeune fille salua sa grand-mère d'un signe de tête et fila avant que celle-ci ne lui colle une nouvelle mission sur le dos.

Alors qu'elle s'engageait dans un couloir parallèle qui n'était pas là le matin même et hésitait, perdue, le Manoir, qui avait senti sa faim, fit apparaître une assiette avec de la salade, des légumes et de la viande déjà coupée devant elle. Puis une chaise, une table, de l'avoine et de l'eau pour Galant qui hennit de satisfaction.

Ah ! d'accord. Le couloir, c'était pour l'obliger à s'arrêter pour trouver son chemin. Et manger.

– Merci Manoir, dit Tara avec reconnaissance, je ne sais pas ce que je ferais sans toi !

La licorne d'argent qui servait au Manoir pour communiquer apparut sur le mur et la salua amicalement. Tara s'arrêta juste un instant pour engloutir son dîner, puis, un peu barbouillée d'avoir mangé aussi vite, posa son assiette près du mur. Le Manoir l'absorberait et il ne resterait rien dans quelques secondes.

Son pégase sur l'épaule, Tara emprunta un escalier interminable pour descendre dans les nouveaux laboratoires. Ils s'étendaient sur plusieurs kilomètres et étaient pourvus d'une centaine de salles différentes. Elles reproduisaient toutes les configurations atmosphériques possibles et imaginables, du cyclone de force 12 sur l'échelle de Beaufort jusqu'à l'apesanteur et le zéro absolu, en passant par une parfaite réplique des Limbes démoniaques.

À cette heure de la nuit, on aurait pu croire que tout le monde dormait. Grosse erreur. Les malheureux assistants du professeur Mourmur, frère de Magenti[1], la femme décédée de Manitou, arrière-grand-oncle de Tara et grand inventeur devant l'Éternel, n'avaient apparemment pas le droit de dormir.

---

1. Contrairement à la rumeur, Magenti n'est pas morte aspirée dans une autre dimension, en utilisant une poubelle expérimentale inventée par son frère... ce ne sont que pures calomnies.

Tachil et Mangus avaient été détournés de leur travail auprès d'Isabella et embauchés d'office par Mourmur, comme chefs assistants. Tachil, grand, maigre, toujours en train de sculpter des morceaux de bois, et Mangus, petit, plutôt gros et presque chauve, qui trouvait la vie belle et riait sans cesse, bossaient vingt-quatre heures sur vingt-quatre, du moins selon l'impression de Tara. Ils dirigeaient les équipes, une cinquantaine d'assistants exténués, qui passaient régulièrement par des couleurs et des formes plus ou moins viables.

Tara pénétra prudemment dans l'immense pièce carrelée de blanc, ignifugée, protégée contre les inondations, les explosions, les dégradations, bref, tous les trucs en « ion » et ce que le professeur pouvait inventer.

Isabella avait mis ce système en place après que Mourmur avait fait exploser son salon. Deux fois de suite en moins de douze heures.

– Ah ! avait chevroté le savant en se relevant, noir de suie, au milieu des ruines, je crois bien que j'ai battu mon record.

Personne n'avait pu lui faire de commentaires désobligeants, vu qu'en dépit des Reparus, il était resté sourd pendant deux jours…

Tant mieux pour lui, parce que Isabella avait beaucoup hurlé.

À la suite de cela, Isabella avait demandé au Lancovit, sa patrie d'origine sur AutreMonde, de lui fournir un double du Château Vivant. Le Château Vivant avait été ravi de se voir « cloner » et les quatre pierres contenant son double d'esprit avaient été placées dans le Manoir, sur Terre.

Cela faisait longtemps que Isabella avait demandé à ce que la protection du Manoir soit plus importante. L'exil de l'ex-Héritière sur Terre, la présence de Jar, potentiel Héritier d'Omois, avaient accéléré les choses. La maison était devenue une sorte d'énorme garde du corps très protecteur. Et l'intérieur avait acquis une dimension bien supérieure à l'extérieur.

Depuis, les choses s'étaient un peu… compliquées.

Le Château Vivant n'avait pas très bon caractère. Du coup, le Manoir non plus. Et s'il exécutait sans rechigner tout ce qu'on lui demandait, s'il était de mauvaise humeur, se rendre aux toilettes pouvait s'avérer risqué.

Mourmur en avait fait les frais, après avoir arpenté ses couloirs les souliers pleins de suie. Furieux de se voir sali sans ménagement, le Manoir avait fait apparaître un lac sous ses pieds.

Et cette fois-ci, ce n'était pas une illusion. Le pauvre savant s'était retrouvé immergé avant d'avoir réalisé ce qui se passait.

Évidemment, le Manoir Vivant ignorait que Mourmur ne savait pas nager.

Il s'était excusé, dès que Tachil et Mangus eurent réussi à faire recracher à Mourmur les litres d'eau qu'il avait avalés.

Mais comme la licorne qui le représentait ricanait beaucoup entre deux excuses, Mourmur ne les avait pas acceptées.

Depuis, c'était le statu quo entre les deux entités, l'humaine et celle de pierre, mais on sentait un gros contentieux dans les airs. Tara espérait simplement ne pas en faire les frais. Parce qu'elle n'était pas encore sûre de qui allait faire exploser l'autre en premier.

Dans les salles isolées les unes des autres par des parois transparentes afin que les observateurs puissent voir les résultats des expériences sans se faire atomiser en même temps, des tas de gens s'activaient.

Et pas uniquement des humains. Les assistants du professeur venaient de tous les coins d'AutreMonde. Il y avait des tatris à deux têtes, plongés dans de mystérieux calculs en compagnie de vampyrs, qui adoraient autant les maths que le sang. Des trolls verts, des géants hirsutes, des Camhbooms à tentacules, des tritons, des sirènes dans leurs bulles d'eau, des elfes, de minuscules fées, des lutins, des Diseurs de Vérité, sortes de grandes plantes sans bouche et à grands yeux, capables de lire les pensées, en compagnie de gnomes bleus, les seuls êtres en dehors de leur race avec qui ils pouvaient communiquer, deux irascibles centaures, des nains, trois aragnes géantes, etc. En dépit des Traductus, cela parlait, criait, hurlait, geignait, gémissait, soufflait, riait dans des dizaines de langues différentes, et les odeurs de transpiration de toutes ces races réunies dans un but commun étaient… intéressantes.

Surtout les lutins P'abo dont l'odeur, curieusement, semblait inversement proportionnelle à leur taille.

Tous étaient protégés par une sorte de carapace souple et bleue, un peu semblable à celle que créait la changeline pour Tara, et qui était capable d'absorber à peu près tous les chocs. La carapace pouvait également recouvrir le visage et la tête des expérimentateurs, et les isoler totalement.

À entendre leurs hurlements, ce n'était pas toujours suffisant.

Tara fit volte-face, sur ses gardes. Elle avait senti un mouvement dans son dos, mais il n'y avait personne. Soudain, une grosse tête maculée de noir surgit devant elle. Tara cria et recula d'un bond.

– Oops, pardon, s'excusa Mourmur, je testais mon nouvel Invisiblus, mais il ne fonctionne pas très bien. Je ne voulais pas te faire peur, petite.

Tara déglutit, tentant de retrouver un rythme cardiaque normal. C'était un peu déroutant. Des parties de son arrière-grand-oncle apparaissaient et disparaissaient. Le savant se décida enfin à éteindre son gadget et réapparut en entier.

Encore une fois, Tara se fit la réflexion que Mourmur ressemblait à un mélange d'une chouette très ébouriffée et d'une tortue sous amphétamines.

Mais des amphétamines dopantes, superénergétisantes, genre « interdites à la vente, n'appliquer que si le patient est au bord de la mort, voire carrément dedans ». Elle ne savait pas à quoi carburait le vieux monsieur, mais la vivacité et l'énergie dont faisait preuve le petit homme aux cheveux blancs étaient tout simplement phénoménales.

Et fatigantes pour son entourage.

Même s'il boitait, cela ne le ralentissait en rien. Tara avait été surprise, car les malades et les handicapés n'existaient quasiment pas sur AutreMonde, grâce aux sorts des chamans. En fait, ou on était en superforme, ou on était mort, il n'y avait pas de milieu. Mourmur était un cas un peu à part. Jeune, il adorait l'escalade et avait tenté l'ascension des monts du Tasdor, face nord, mais avait été pris dans une avalanche. La jambe gauche broyée, incapable de se soigner, il avait bien cru mourir cette fois-ci.

Il avait été sauvé par les nains, qui l'avaient retrouvé un peu violet mais encore vivant. Il était devenu leur ami depuis, mais, en dépit des Reparus, sa jambe était restée tordue. Personne ne savait très bien pourquoi.

– Alors ? demanda avidement Mourmur, est-ce que mon Levitus a bien fonctionné ? Et le piège d'Aragne ? Isabella dit que tu as laissé échapper le vampyr, mais ce n'était pas à cause de mes gadgets, hein ?

– Merci, je vais bien, répliqua Tara. C'est gentil de vous en inquiéter.

– Hein, quoi ? Mais je ne m'en inquiète pas, riposta le savant, impatient. Alors ?

Tara soupira. Les sous-entendus étaient inutiles avec son arrière-grand-oncle. Il fallait lui enfoncer les faits dans le crâne à grands coups de marteau. Et vu la dureté dudit crâne, Tara pensait que le marteau avait de grandes chances de rebondir sans rien faire pénétrer du tout.

Elle renonça.

– Le piège d'Aragne a bien fonctionné, indiqua-t-elle en désignant l'une des aragnes, vous pouvez remercier Trrr, elle a bien travaillé. En revanche le Levitus n'est pas assez rapide. Lorsque je l'ai lancé sur Jar, celui-ci a eu le temps d'incanter et de léviter avec le rocher. Il faut l'accélérer, sinon il ne sert à rien.

Mourmur se frotta la tête.

– Un Levitus *instantané*, hein ? Hum, pourquoi pas, si on multiplie la vitesse du déploiement auxiliaire, on peut…

La suite se perdit dans un grommellement indistinct. C'était tout juste si ses oreilles ne fumaient pas tandis qu'il réfléchissait.

Son devoir accompli, Tara décida sagement d'aller se coucher. D'ici à quelques jours, Mourmur aurait certainement réglé le problème. Et alors, Jar verrait ce qu'il verrait !

Mangus se rapprocha, la mine sombre. L'apprenti sortcelier d'une cinquantaine d'années commençait à perdre sa confortable bedaine depuis que Mourmur avait débarqué chez eux.

Ah ! et le reste de ses cheveux aussi.

– Si ce… ce savant fou me demande encore de verser quoi que ce soit sur un truc qui explose, je crois que je vais commettre un meurtre, glissa-t-il à Tara. Comme ça son fantôme pourra enfin enquêter sur quelque chose de concret !

Les yeux rouges, les sourcils roussis, il avait l'air épuisé.

– Je suis désolée, Mangus, compatit Tara, mais comme de plus en plus de semchanachs viennent sur Terre, nous avons vraiment besoin de ses inventions. Si cela continue, il va falloir mettre en place d'autres équipes de surveillance. Sinon, les Terriens vont découvrir bien trop vite à leur goût que des monstres existent et qu'ils ont de longues dents !

– Je n'ai pas signé pour ça, protesta Mangus en époussetant l'une de ses manches noircies. Moi, ce que je voulais, c'était assister Dame Duncan, votre grand-mère et puissante sortcelière, pas servir de cobaye à son dingue d'oncle !

Ils entendirent un hurlement. Tachil, qui se tenait face à Mourmur, décolla et alla s'écraser sur le mur d'en face. Rapide comme l'éclair, le Manoir amortit le choc en transformant ses murs en mousse absorbante. Il déposa le pauvre Tachil en douceur devant Tara et Mangus.

Tachil louchait et avait du mal à se lever. Mangus se pencha et lui donna un coup de main.

– Oh ! là, là, gémit Tachil, oh ! là, là !

C'était tout ce qu'il pouvait articuler. D'accord, le Levitus instantané n'était pas tout à fait au point. Tara lui fit un sourire navré et s'éclipsa avant que Mourmur ne décide de le tester sur elle.

Dédaignant l'ascenseur, elle fila vers les escaliers, Galant sur ses épaules. Quelques couloirs, deux raccourcis, et elle fut enfin à son étage. Selon les caprices du Manoir, celui-ci était plus ou moins haut. Elle avait de la chance, pour une fois, elle n'avait pas des centaines de marches à gravir pour aller se coucher.

Il faut dire que depuis que l'ascenseur était resté bloqué deux jours à la suite d'une grosse fluctuation de magie sur Terre, les gens évitaient de l'utiliser.

La magie était moins puissante sur Terre et le Manoir devait la stocker et la gérer un peu comme de l'électricité. Sauf que parfois, il ne dosait pas bien.

Et puis le Manoir avait fait comprendre que certains avaient bien besoin d'un programme de remise en forme et gérait les marches à monter en fonction du nombre de calories absorbées dans ses salles à manger et cuisines. C'était fou le nombre de gens qui pique-niquaient dehors depuis. Et l'épicier était en train de faire fortune avec ses confiseries.

La jeune fille et son Familier pénétrèrent dans sa chambre. Grande, confortable, elle donnait sur le parc qui descendait en pente douce vers la forêt. Après tout le sang, la douleur et la peine qu'elle avait dû subir sur AutreMonde, Tara s'était senti des envies très *girly* et, du coup, l'avait redécorée en rose et bordeaux. Enfin, lorsque le Manoir, qui aimait bien le changement, ne transformait pas tout. Un jour, elle avait retrouvé sa chambre totalement dorée, du sol au plafond.

Et brillante. Genre le cœur du soleil sans la chaleur. À se griller les yeux. Elle avait dû porter des lunettes de soleil pendant deux jours, le temps de convaincre le Manoir que le rose et bordeaux, c'était bien aussi.

La changeline, l'entité attachée à sa nuque et lui servant de garde-robe/armurier/gardeducorps/banque/etc., en échange d'un peu du sang de la jeune fille, la déshabilla et Tara fila sous la douche avec soulagement. L'Élémentaire d'eau, arrivé en même temps que le double du Manoir, fit pleuvoir sur elle une douche chaude. La jeune fille se détendit avec délices. Et, comme souvent sous sa douche, elle fit le point sur sa vie.

Elle n'avait aucune nouvelle de ses amis.

Et cela lui faisait mal.

Sa tante avait ordonné un black-out complet. Aucune communication entre Tara et AutreMonde. Du coup, Tara avait l'horrible impression d'être une pestiférée qu'il ne fallait surtout pas approcher.

Elle mit la tête sous la douche, laissant l'eau masser son crâne comme des milliers de petits doigts apaisants. Elle aimait profondément ses amis, et Cal l'insolent Voleur Patenté, Fafnir, la rousse naine guerrière, Robin le magnifique demi-elfe, Moineau la Bête du Lancovit, et Fabrice le loup-garou lui manquaient à un point inimaginable. Heureusement, Betty, son amie terrienne, et Sal, le dragon transformé définitivement en humain, habitaient sur Terre, à deux cents mètres du Manoir.

Betty, qui avait traversé de terribles aventures sur AutreMonde, savait tout de Tara.

C'était un vrai soulagement. Avec elle, pas besoin de se cacher. Parfois, sa vie était tellement bizarre que Tara avait vraiment besoin d'en parler avec quelqu'un de son âge. Sans l'aide de Betty, Tara avait parfois l'impression qu'elle serait devenue folle.

Pour compliquer encore plus les choses, Isabella l'avait inscrite au lycée. Alors ça, c'était du grand n'importe quoi. Tara ne savait pas très bien ce qui était passé dans la tête de sa grand-mère. À moins que cela ne soit une énième façon de lui marquer son déplaisir ? Tara n'avait pas trop de mal à suivre en cours, tout simplement parce que la formation qu'elle avait suivie sur AutreMonde était mille fois plus difficile et complexe que celle dispensée sur Terre. Mais elle séchait souvent, parce que les semchanachs frappaient à toute heure du jour et de la nuit et s'en fichaient qu'elle soit en DST de maths ou de physique. Du coup, elle jonglait entre ses obligations de Terrienne et d'AutreMondienne. Et manipulait beaucoup les esprits des nonsos afin de leur faire croire qu'elle était là tous les jours.

Cela dit, le mal s'était vite révélé un bien. Les vampyrs s'en prenaient souvent à des lycéens, plus crédules, plus manipulables et faciles à séduire que les adultes. De plus, si un ado venait dire qu'il avait été mordu par un vampyr, bien évidemment personne ne le croirait.

Et puis les vampyrs étaient devenus prudents. Ils ne saignaient pas leurs victimes totalement. Pas de cadavres, donc pas d'enquêtes. Juste des jeunes qui se réveillaient sévèrement anémiés et avec mal au cou.

Pour cela, Betty et Sal l'aidaient beaucoup. Eux aussi étaient au lycée, bien que Sal ne puisse s'empêcher de faire remarquer à quel point les humains étaient en retard sur la majorité des découvertes scientifiques et médicales des dragons. Cela rendait Betty à moitié folle, parce que le dragon éclatait parfois de rire pendant les cours et qu'elle se retrouvait collée alors qu'elle essayait juste de le faire taire. La cohabitation entre les deux fonctionnait mieux lorsqu'ils devaient chasser les vampyrs ensemble. Enfin, Betty servait d'appât et Sal les réduisait en bouillie. Sauf qu'à une ou deux reprises, Betty avait bien failli servir de dîner. Tara avait donc repris leur méthode, avec nettement moins de risques pour elle que pour Betty qui, étant une parfaite nonsos, n'avait aucune magie pour se défendre.

Tara ne comprenait pas ce que faisait le président des vampyrs. Normalement, il était le premier à envoyer ses Brigades Noires traquer les semchanachs. Or, depuis des mois, Tara avait l'impression qu'il y avait de plus en plus de vampyrs renégats sur Terre. Mais aucune Brigade Noire n'avait pointé le bout de son nez en dépit des nombreux messages adressés à la Krasalvie.

Il se passait quelque chose. Elle le sentait dans ses os. Elle n'était plus aussi innocente et naïve que quelques années auparavant, lorsqu'elle avait découvert la magie et ses dangers. À présent, son inconscient enregistrait ce qui n'allait pas. Et tirait la sonnette d'alarme.

Tara fit signe à l'Élémentaire de couper l'eau. L'Élémentaire de vent la sécha et la changeline lui créa une élégante chemise de nuit, après lui avoir brossé les cheveux. Elle n'eut plus qu'à se laver les dents et à se mettre au lit.

Les yeux dans le vague, bien installée, la jeune fille soupira en caressant le poil si doux de Galant. Elle posa son nez au centre des ailes et le frotta contre le dos du pégase. Son odeur était douce, tirant sur l'herbe fraîchement coupée ou le foin parfumé. Galant émit un petit hennissement de contentement. Cela lui faisait comme un massage et Tara avait découvert qu'il adorait cela. Elle l'avait beaucoup négligé sur AutreMonde. Depuis qu'elle était sur Terre, elle avait resserré les liens avec le magnifique pégase blanc. Bien que ne pouvant voler que dans le parc, la nuit, ou lorsque le ciel était si couvert que personne ne pouvait les voir, jouant au soleil au-dessus des nuages, ils arrivaient à passer du temps ensemble. Et cela, c'était vraiment bien.

Enfin sauf la fois où Galant s'était soulagé en vol, ne pensant pas une seconde qu'un type complètement saoul était en train de tituber sur le chemin et s'était retrouvé chapeauté de crottin frais. Le lendemain, le type en question avait hurlé partout qu'il avait été attaqué par des extraterrestres volants qui l'avaient bombardé de crottin. Cela avait beaucoup amusé les gens du village et, heureusement, Tara n'avait pas été obligée de lancer un Amemorus sur la population car personne ne l'avait cru.

Parfois, elle demandait à Galant si les jolies pégases d'AutreMonde lui manquaient autant que l'absence de Robin lui pesait. Dans ces cas-là, le cheval ailé secouait la tête, bâillait et refusait de communiquer. Il n'était pas bien difficile de deviner à quel point il se languissait d'AutreMonde. C'était dans ces moments-là que Tara regrettait le plus d'avoir enfreint la loi en tentant de faire revenir son père d'entre les morts. Et d'avoir été bannie pour son crime.

Bien qu'il soit deux heures trente du matin, elle comprit qu'elle ne s'endormirait pas tout de suite. Car dès qu'elle fermait les yeux, Robin, son amour demi-elfe, surgissait de son esprit. Ses beaux yeux de cristal emplis de tendresse, son magnifique visage, illuminé par un sourire, flottèrent dans sa mémoire. C'était cela, qui lui manquait le plus. Être enveloppée dans ses bras, au chaud, et respirer à l'unisson avec lui, en se sentant totalement protégée. Elle soupira. Cela ne lui était pas arrivé depuis longtemps, de se sentir détendue et protégée.

Elle avait tout tenté pour le joindre, mais rien à faire.

La Pierre Vivante, son amie et réservoir de la magie d'AutreMonde, avait également tenté toutes les ruses, mais les réseaux impériaux Omoisiens étaient formatés pour résister à toute intrusion, qu'elle soit magique ou électronique. Cela agaçait considérablement la Pierre Vivante, qui s'en faisait un défi.

Le seul problème, c'était que lorsque la Pierre Vivante s'énervait, sa magie, comme celle de Tara, pouvait occasionner des… disons, des dommages collatéraux inattendus.

Des tas d'opérateurs s'étaient soudain retrouvés verts, petits, visqueux et très amateurs de mouches, parce que la Pierre Vivante n'avait pas réussi à craquer leurs codes.

Tara avait dû lui ordonner d'arrêter après qu'ils eurent reçu une avalanche de coursiers autreMondiens portant des boîtes remplies de batraciens furieux.

Mais par tous les dieux d'AutreMonde, cela faisait presque un an ! C'était insupportable. Bien sûr, elle avait régulièrement des nouvelles d'AutreMonde, par Isabella, ou par son arrière-grand-père, Manitou, transformé en labrador noir, qui les avait également rejoints sur Terre. Mais elle se fichait bien de savoir que tel ou tel accord commercial avait été conclu entre les géants et les nains, elle, ce qu'elle voulait, c'était parler avec ses amis !

Parfois, dans le secret de son esprit, elle se demandait même s'ils ne l'avaient pas oubliée. OK, c'était stupide. Jusqu'au bout, ils l'avaient aidée et soutenue. Mais ce silence assourdissant n'était-il pas la preuve qu'ils n'en avaient plus rien à fiche d'elle ?

Son cœur se serra. Non, non, elle ne devait pas penser ça, interdiction de déprimer. Après tout, elle non plus n'avait pas réussi à les joindre.

Mais avant de s'endormir, elle se demanda, une énième fois, si ses amis pensaient à elle, comme elle pensait sans cesse à eux.

Et à l'épreuve qu'elle allait devoir affronter dans quelques jours.

Son anniversaire.

4

Le Sangrave

ou comment finir sa vie la tête dans une soupière
de potage cresson-carottes-poireaux-pommes de terre.

C'était le jour de l'anniversaire de Tara. Bien qu'elle ne soit plus Héritière du trône d'Omois, les cadeaux avaient afflué dès l'aube.

Sauf d'Omois. L'Impératrice ayant boycotté les envois vers Tara.

Mais les autres courtisans d'AutreMonde, prudents, savaient à quel point la politique était changeante. Donc Tara se retrouva submergée sous une tonne de cadeaux coûteux, encombrants (surtout le bébé draco-tyrannosaure, la balboune géante rouge, offerts par les sirènes et les tritons de la mer des Brumes, et les deux lions verts du désert des Salterens, présent du Grand Cacha), venus des quatre coins d'AutreMonde et dont la majorité ne fonctionnait pas sur Terre.

Youpeeeh.

Ils lâchèrent le jeune draco-tyrannosaure dans le parc. Mourmur, ravi, créa immédiatement un gadget qui permettait au prédateur de se nourrir à volonté dès qu'il avait faim. L'appareil, attaché à son cou, projetait l'image de son mets favori, un brrraaa bien gras, le lui faisait poursuivre pendant une petite heure, histoire de lui donner de l'exercice, et matérialisait un gros tas de viande fraîche dès que le draco avait l'impression de l'avoir attrapé.

Bon, évidemment, si un intrus commettait l'erreur de pénétrer dans le parc, il le faisait à ses risques et périls.

Le jeune draco pouvait vouloir changer de régime.

Ils firent la même chose pour les lions. Mais ces derniers étant plus malins et plus paresseux, leur viande apparaissait directement devant eux. À ce rythme, ils allaient vite faire du gras, bien que la remarque concernant l'intrus fût également valable pour eux.

Tous les habitants de la maison étaient bien entendu protégés par un sort, ainsi que l'allée menant de l'entrée du parc à l'entrée du Manoir.

Le Manoir créa un petit lac d'eau salée (ce qui déconcerta vraiment la population de grenouilles du coin et dégoûta définitivement les moustiques, qui eux non plus ne pouvaient pas pondre dans l'eau salée) pour la balboune rouge envoyée par les tritons de la mer des Brumes afin que l'ancienne Héritière ait toujours du lait et du beurre frais. Mourmur envisageait déjà la création d'une ferme modèle d'élevage de balbounes sur Terre lorsque Isabella mit un frein à ses ardeurs capitalistes.

En lui faisant remarquer qu'ils avaient tout de même autre chose à faire qu'à exploiter des baleines rouges, semi-intelligentes et productrices du meilleur lait de l'univers. Même si leur chant était capable de faire passer la plus virtuose des divas pour un canard sans voix. Et qu'ils allaient de plus avoir un peu de mal à justifier de la provenance du lait fabuleux, vu que la balboune aurait quelques difficultés à se faire passer pour une vache.

Ils réduisirent la pyramide envoyée par les Tatris. Personne ne savait très bien pourquoi ils en avaient construit sur Terre, aussi bien en Égypte qu'en Amérique ou même en Europe, mais cela avait un rapport avec les mathématiques et la gestion de l'espace-temps. Tara ne comprit pas pourquoi la nation tatris lui en avait fait don. Bien qu'elle soit munie d'un sarcophage en or massif (et pourquoi un sarcophage ?), il n'y avait, fort heureusement, pas de momie vengeresse en bandelettes dedans.

Ni de scarabées dévoreurs de chair.

Ils remisèrent les dizaines de bijoux, gadgets, potions et autres machins magiques dans les caves insondables du Manoir.

Et Tara soupira en imaginant le monceau de cartes de remerciement qu'elle allait devoir écrire. Ce n'était peut-être pas très gentil de sa part, mais elle savait bien qu'aucun de ces cadeaux n'était motivé par l'affection. Uniquement par l'intérêt.

Isabella ne lui offrit rien. Elle était encore trop en colère contre sa petite-fille.

Jar non plus, il n'aimait pas sa sœur. Mara en revanche lui fit porter une tenue complète de Voleuse Patentée.

Trop petite d'au moins deux tailles.

Tara trouva le cadeau curieux, jusqu'au moment où le message de Mara bondit devant elle lorsqu'elle activa la boule de cristal l'accompagnant.

– Écoute-moi attentivement Tara, dit l'image de sa brune petite sœur qui ressemblait tellement à leur mère, tu dois me sortir de ce cauchemar ! Tu vois la tenue que je t'ai envoyée ? C'est la mienne. C'est ce que je dois être. Une fière Voleuse. Pas une espèce de… de poupée qu'on habille et qu'on bourre de leçons et de conseils jusqu'à lui donner la nausée ! Sans compter que mon propre frère jumeau me fait la tête parce que ce n'est pas lui qui a été choisi. Tu dois revenir, tu comprends ? JE N'EN PEUX PLUS !

Le message s'éteignit. Un peu ébranlée, Tara sursauta lorsqu'il se ralluma.

– Ah, et joyeux anniversaire, hein, ajouta Mara, un sourire crispé aux lèvres, j'ai dû passer par les Voleurs Patentés du Lancovit pour te le faire parvenir, vu que notre chère tante pique une crise de nerfs officielle dès qu'on parle de toi. Même si, officieusement, je pense que tu lui manques beaucoup. J'ai mis mon cadeau dans la poche de la veste.

Et cette fois la boule de cristal s'éteignit.

Tara ouvrit la poche et sourit. Au creux du tissu absorbant la lumière reposait une sorte de baladeur. Apparemment bourré de tout ce qu'AutreMonde avait sorti en matière de musique, art et cinéma depuis que Tara avait été bannie. Il suffisait de le toucher et l'image holographique s'élançait, pouvant se déployer jusqu'à deux mètres sur deux en entourant le spectateur. Et le son était parfait.

Mara était furieuse, mais elle lui avait fait un cadeau. Tara fut touchée. Ses relations avec son frère Jar et sa sœur Mara, avec qui elle n'avait jamais vécu dans son enfance, étaient si… compliquées.

Au fur et à mesure que la journée s'écoulait, le cœur de la jeune fille se serra : aucun de ses amis ne se manifestait.

De nouveau, l'horrible pensée qui la taraudait revint. Et s'ils lui en voulaient ? Au point d'avoir coupé leurs liens avec elle ? Qu'ils ne l'appellent pas, OK, après tout, elle aussi avait essayé et cela n'avait pas fonctionné. Mais si les cadeaux de sa sœur étaient parvenus jusqu'à elle, alors, ceux de ses amis le devraient aussi.

Aussitôt après, Tara se sentit honteuse. Elle regarda son hor. Il n'était que quatre heures de l'après-midi, la journée n'était pas encore terminée. Et puis maintenant, elle avait rendez-vous avec sa mère. Qui arriva dans sa suite, encadrée par deux loups attentifs. Ils reniflèrent partout, vérifièrent portes, fenêtres, sous les lits et le sofa, puis les laissèrent.

En effet, pour fêter l'anniversaire de sa fille, Selena, la mère de Tara, était revenue sur Terre, accompagnée de Manitou, l'arrière-grand-père de Tara, transformé en labrador noir suite à une potion d'immortalité ratée.

Lisbeth n'avait pas pu interdire à Selena de parler à sa fille et celle-ci ne s'en privait pas. Selena lui avait offert une ravissante chaîne d'or, perles rouges et perles bleues des huîtres d'AutreMonde que Tara portait autour du cou.

La mère de Tara était venue accompagnée de son nouveau petit ami, T'eal, le président des loups-garous du Continent ex-interdit, le Tatumalenchivar, et de leur suite, des dizaines de loups et de louves alphas, représentant chacun une des provinces du continent. Les hommes et les femmes aux cheveux noirs et aux traits acérés, descendants des Anazasis, enlevés et emprisonnés par l'ancien roi des dragons, avaient envahi le Manoir comme s'il leur appartenait.

Au point que, méfiant, le Manoir avait prévenu que le premier qui ferait pipi où que ce soit pour marquer son territoire terminerait en descente de lit.

Cela avait beaucoup fait rire les loups. Race sérieuse et appliquée, ils apprenaient à s'amuser des situations, ce qui leur avait été interdit pendant des siècles. La Reine Rouge, leur bourreau, n'aimait pas que ses esclaves rient.

Tara leur était très précieuse. C'était grâce à elle qu'ils avaient été libérés de siècles d'esclavage. (En fait Tara n'avait pas exactement fait exprès, mais l'histoire ne retenait que les faits, pas forcément les motivations comme… sauver sa peau.)

C'était assez embarrassant. Ils se comportaient avec elle comme si elle était une sorte de machin supérieur genre déesse.

C'était bien gentil, sauf qu'ils passaient leur temps à la renifler.

Depuis qu'ils étaient arrivés ce matin, Tara avait déjà pris deux douches.

Elle comprenait que cela faisait partie des rites des loups-garous. Que, pour eux, sentir les gens, c'était aussi normal que les regarder pour les autres humains. Mais rien à faire, tous ces reniflements la rendaient nerveuse.

D'habitude, elle détestait les petits amis de sa mère. Ils étaient souvent stupides, voire carrément dangereux, comme Medelus. Mais elle ne parvenait pas à haïr T'eal, car ce dernier était la droiture, l'honneur et la fierté incarnés. Il était gentil, sans condescendance. Il était efficace, sans complexe de supériorité. Du coup, Tara ne trouvait pas grand-chose à lui reprocher, à son grand regret.

Comme tous les présidents, T'eal passait énormément de temps à travailler, et Selena et Tara purent papoter à loisir pendant qu'il communiquait avec ses ministres, ceux qui l'avaient accompagné sur Terre et ceux restés sur AutreMonde.

– Dis donc, il a l'air de t'aimer vraiment beaucoup, fit remarquer Tara alors que l'un des assistants venait pour la sixième fois vérifier que Selena allait bien et n'avait besoin de rien.

Sa mère s'étira dans le profond sofa avec un grand sourire. Elle avait lissé ses longs cheveux bouclés et s'était créé une frange, ce qui la rajeunissait encore et soulignait l'ambre de ses yeux noisette. Son puma doré, Sembor, à ses pieds, elle était vêtue d'une ravissante robe bain de soleil blanche. À la connaissance de Tara, Selena était l'une des rares sortcelières qui ne mettait quasiment jamais sa robe officielle. Elle arrangea les plis soyeux autour d'elle avant de répondre :

– Tu sais, ma chérie, dans la vie, on fait des choix, que parfois on assume et que d'autres fois on regrette. Et celui-ci est le bon. Oui, T'eal est le bon. Il est gentil, généreux, drôle… enfin, pas exactement drôle parce qu'il est sérieux, mais il a de l'humour. Il a un peu plus de mal avec Sembor, les loups et les pumas ne font pas très bon ménage (elle caressa le pelage de son Familier qui ronronna). Mais le plus important est que T'eal m'aime vraiment beaucoup. Et moi aussi je l'aime.

Le cœur de Tara se serra. Elle savait bien que son père était mort et en OutreMonde, mais, rien à faire, elle gardait une sorte d'étrange espoir au fond du cœur. Qu'un jour, ses deux parents vivraient ensemble avec elle.

Évidemment, que sa mère soit amoureuse d'un loup-garou gâchait un peu son rêve.

– Dis-moi, maman, comment se fait-il que tous les hommes/entités/trucs tombent amoureux de toi ? C'est assez étrange, remarqua-t-elle (elle y avait beaucoup réfléchi). Même Andrea le dragon premier d'écaille du Dranvouglispenchir avait un faible pour toi. Et l'amour que te porte Magister est… tellement dingue !

Sa mère tressaillit. Et se redressa.

– Je me suis aussi posé la question. Lorsque ton père m'est tombé dessus du haut de son tapis, mère m'avait fiancée au comte de Trévor d'al Mengra. Moi, je ne voulais pas, parce que si Trévor est vraiment gentil, il n'avait absolument rien de passionnant à l'époque. Il était calme, doux et s'intéressait surtout à ses plantations de ballorchidées.

Selena fit une petite grimace. Oui, Tara pouvait la comprendre. À vingt ans, on a envie de passion et d'aventure. Pas de ballorchidées.

– Évidemment, soupira Selena en dégageant de son visage sa frange dont elle n'avait pas encore l'habitude, je ne savais pas à l'époque à quel point le calme pouvait être divin.

– Donc, tu es tombée amoureuse de papa.

– Pas exactement. Comme tu le sais, il était blessé et lorsque je l'ai emmené à la maison pour le soigner, il m'a couverte de compliments plus extravagants les uns que les autres. À tel point que j'ai fini par tomber amoureuse de lui, moi aussi. C'est… c'est difficile de résister à une telle adoration, tu sais.

Tara inspira silencieusement. Ah ! c'était exactement comme pour elle. Les garçons tombaient amoureux d'elle avant qu'elle s'intéresse à eux. Slurk ! Elle y avait déjà pensé. À une sorte de sort d'attirance. Mais à sa connaissance, il n'existait aucun sort actif aussi longtemps. Les sortceliers devaient régulièrement les renouveler. Or sa mère avait été prisonnière de Magister pendant dix ans. Donc impossible de réactiver quoi que ce soit. C'était très bizarre.

– C'est à ce moment que grand-mère t'a enfermée dans un donjon, chez ton cousin, loin de Travia ?

Selena retrouva son sourire.

– Elle avait un peu trop lu les vieilles légendes, je crois. Sauf qu'elle ne s'attendait pas à ce que ce lointain cousin tombe amoureux de moi, lui aussi !

– Donc papa a assommé les trolls de garde et le cousin et t'a délivrée ?

– Oui, il a vraiment été héroïque. À notre retour à Travia, pour la première fois de ma vie, j'ai affronté ma mère. Soit elle me laissait épouser Danviou, soit je partais et ne revenais pas. Elle était surprise, je ne l'avais pas habituée à une telle rébellion.

Elle a fini par accepter, même si je savais qu'elle détestait Danviou.

Tara se raidit, l'air soudain préoccupée.

– Ce n'est pas normal, souffla-t-elle.

– Je suis bien d'accord, les belles-mères sont pén…

– Non, la coupa Tara, ce qui n'est pas normal, c'est que les gens tombent amoureux de nous. Il y a là quelque chose qui ne va pas. J'attendais de te parler pour poser des questions à grand-mère, mais tu ne fais que confirmer ce que je pensais.

Selena se pencha en avant, l'inquiétude assombrissant ses yeux vert doré.

– Tara, ma chérie, je suis allée consulter les meilleurs enchanteurs, les apothicaires les plus réputés. Ils sont formels. Aucun sort ne pourrait durer aussi longtemps, cela n'existe pas. C'est… c'est naturel, peut-être un truc de famille, qui fait que nous sommes attirantes, je ne sais pas ?

Tara fit la moue.

– Non. Grand-mère est des tas de choses, terrifiante, implacable, manipulatrice, mais attirante ? Pas du tout. Et j'ai bien observé Mara. Elle fait peur aux gens, comme Jar. Sinon, vu comme elle lui court après, cela fait longtemps que Cal serait tombé amoureux d'elle, maintenant qu'Eleanora est morte. Cela semble ne toucher que toi et moi. Même si tu as raison, je ne vois pas comment un sort pourrait agir aussi longtemps. Mais il y a quelque chose. Il faut que nous comprenions quoi, maman, c'est important !

Selena voyait bien que Tara était angoissée. Et elle la comprenait. Savoir que les gens étaient attirés vers elle par un sort pouvait faire vaciller la confiance en elle de sa fille. Or Tara avait subi suffisamment d'épreuves pour ne pas avoir, en plus, à affronter celle-ci.

Tara se leva brusquement, surprenant sa mère et Sembor qui se redressa sur ses pattes.

Obéissant à un ordre inaudible, Galant vint se percher sur son épaule.

– Je dois parler à grand-mère, dit fermement la jeune fille.

– Mais…

– Écoute, toi aussi tu trouves ça bizarre, puisque tu t'es renseignée. Tirons cela au clair. Je reviens tout de suite.

Selena se leva, les sourcils froncés.

– Je viens avec toi.

– Maman, si tu viens, grand-mère ne me dira rien, objecta Tara. Tu n'es pas…

– Aussi dure que toi ? la coupa sa mère, le regard étincelant. Ma petite fille, ce n'est pas parce que je suis gentille que je suis stupide. Mon bonheur avec Danviou a fait que je ne me posais pas de questions. Ensuite, j'ai été enlevée et donc je n'ai pas pu approfondir mes interrogations. Puis j'ai enfin eu du temps et j'ai posé des questions. À Omois et au Tatumalenchivar, les apothicaires m'ont répondu qu'aucun sort ne pouvait durer si longtemps et affecter autant de gens, mais aucun n'a oublié que j'étais la mère de l'Héritière Impériale ou la compagne du puissant président des loups-garous. Peut-être m'ont-ils dit ce que je voulais entendre ? Toi et moi allons en avoir le cœur net. Allons-y.

Isabella se tenait dans le grand salon.

Le Manoir Vivant l'avait transformé. En fait, on ne pouvait plus dire grand salon. Immense salon serait plus juste. Avec des rollers, on aurait bien mis une demi-heure à arriver à l'autre bout. Le parquet parfaitement ciré était parsemé de précieux tapis en fil d'aragne de toutes les couleurs. Les motifs d'AutreMonde et de la Terre, mêlés, rappelaient les images qui jouaient sur les murs. Des dragons, des licornes, mais aussi des girafes et des rhinocéros. Et des okapis et des ornithorynques.

Peut-être que ces animaux terriens avaient paru tout à fait fantastiques aux artistes d'AutreMonde ? Comme les deux dernières races semblaient des bouts assemblés de tas d'autres animaux, Tara pouvait comprendre leur fascination.

Ce jour-là, des dégradés de bleu formaient la dominante choisie par Isabella pour les murs et les tissus. Vêtue de sa robe de sortcelière bleue, sur laquelle jouaient des silhouettes de tigre, en hommage à son Familier tué par Magister, Isabella consultait les dernières données des apparitions de sortceliers sur Terre. Son grand bureau marqueté de bois précieux était jonché de papiers et d'hologrammes.

– Mais que font les elfes policiers d'AutreMonde ? grommelait-elle lorsque Selena et Tara firent irruption dans la pièce. Ce n'est plus une Porte de transfert, c'est une véritable passoire ! Et est-ce que quelqu'un peut m'expliquer pourquoi ce sont surtout des vampyrs renégats qui nous envahissent ? Je croyais que le président Drakul avait fait le ménage, bon sang !

Elle releva la tête en entendant sa fille et sa petite-fille.

– L'anniversaire ne commence qu'à six heures, dit-elle sèchement, il est trop tôt pour descendre ! Et tu n'as pas de mission aujourd'hui.

À son ton, on sentait qu'elle se trouvait bien magnanime de n'avoir pas chargé Tara de traquer les semchanachs le jour de ses seize ans.

– Nous sommes venues te parler, riposta Selena. Tara et moi avons remarqué quelque chose de très curieux.

Elle se pencha vers sa mère, qui, surprise, recula devant sa pose menaçante.

– Nous as-tu ensorcelées, maman ? assena Selena, le visage dur.

Tara dissimula son sourire.

– *Waaah*, pensa-t-elle, *joli crochet du gauche* !

Mais Isabella ne fut pas sonnée par le choc. Et son visage trahit une véritable curiosité.

– Ensorcelées ? Pourquoi ?

– Pour que les gens nous aiment ?

Isabella plissa ses yeux verts.

– Si un charme d'attraction de ce genre existait, répondit-elle sèchement, cela fait longtemps que je l'aurais commercialisé. Et je serais milliardaire. Donc ma réponse est non. Je ne vous ai pas ensorcelées.

Finalement, c'était bien que Tara n'ait pas posé la question, car, emportée par son impatience, elle aurait probablement manqué l'infime cillement des yeux d'Isabella.

Sa grand-mère mentait. Avec l'aplomb d'un présentateur télé. Mais elle mentait.

À la grande surprise de Tara, Selena ne fut pas dupe.

– Allons, maman, insista-t-elle, ne me prends pas pour une idiote, ma fille m'a déjà fait le coup ce matin. Les gens tombent sans cesse amoureux de moi. Si je n'étais pas avec T'eal, j'aurais déjà reçu des centaines de demandes en mariage de la part des loups-garous les plus influents d'AutreMonde. Qu'est-ce que tu nous as fait ?

– Mais enfin rien du tout ! s'exaspéra Isabella. Ce n'est tout de même pas ma faute si tu es jolie et que les gens t'apprécient !

Tara souffla par le nez pour évacuer son agacement. Bon, le plan A ne fonctionnait pas. Autant aller directement au plan B.

– Cela nous met en danger, intervint-elle doucement. Surtout maman. Le sort est bien plus fort sur elle. C'est ce qui a agi sur

Magister. C'est ce qui a failli la tuer à plusieurs reprises. Et cela m'affecte aussi, grand-mère. Sylver, le fils de Magister, y était insensible jusqu'au moment où cela a fini par le toucher, lui aussi. Ça a aussi été le cas pour Fabrice que je considère pourtant comme un frère. Tu dois y mettre un terme, grand-mère. Avant qu'il ne se produise une autre catastrophe.

– Par le sang de mes ancêtres, gronda Isabella, mais dans quelle langue est-ce que je dois vous le dire, JE NE VOUS AI PAS ENSORCELÉES !

Mais Tara sentait que son emportement était factice.

OK, le plan B ne fonctionnait pas non plus. Direction le plan C.

Tara croisa les doigts mentalement, parce qu'il n'y avait pas de plan D.

– Je vais demander à Mourmur, assena tranquillement la jeune fille, une tonne de conviction dans la voix. Il a mis au point un gadget très ingénieux afin de vérifier, avant d'attaquer, si quelqu'un est protégé par une potion ou un sort. Comme certains de ces sorts sont très subtils, il s'est débrouillé pour que son bidule soit capable de passer au travers de plusieurs couches de sorts. Nous allons vite être fixées.

Tara bluffait. Mourmur n'avait rien inventé de ce genre. Une étincelle d'inquiétude s'alluma dans le regard d'Isabella. Mais la vieille sortcelière n'était pas née de la dernière tempête magique. Elle leur fit un geste vague de la main.

– Je vois que vous m'accordez une grande confiance, merci ! Vous pouvez chercher ce que vous voulez, Mourmur ne découvrira rien du tout !

Tara sourit. Un requin aurait pu avoir le même sourire. Genre « cause toujours, mais à la fin, c'est moi qui vais te croquer ».

– Maman ?

– Ma chérie ?

– Peux-tu rester avec grand-mère ? Je vais chercher le truc et je reviens tout de suite.

Isabella grimaça. Elle comptait bien appeler Mourmur pendant que Selena et Tara descendraient dans son laboratoire et Tara venait de lui couper l'herbe sous le pied.

Aussi fugace soit-elle, sa grimace ne passa pas inaperçue de Selena. Elle s'assit dans le fauteuil qui frétillait derrière elle depuis quelques minutes, puis incanta gracieusement pour avoir une tasse de thé chaude.

– Pas de souci, ma chérie, je… nous t'attendons sagement ici.

– Mais enfin, toute cette histoire est ridicule ! s'emporta Isabella, qu'est-ce que ça peut bien faire si tu as été touchée par une petite, minuscule potion d'attirance, hein ?

Tara sentit ses jambes vaciller. Elle s'avança vers Isabella, bouleversée.

– Grand-mère, tu n'as pas osé !

Selena, furieuse, se leva d'un bond, brisant sa tasse, projetant le fauteuil à terre. Celui-ci se releva tant bien que mal tandis que la jeune femme foudroyait sa mère du regard.

– Par le sang de nos ancêtres, gronda-t-elle, qu'est-ce que tu m'as fait ?

– Tu ne voulais pas épouser Trévor, grogna Isabella, agacée d'avoir dû céder. Et cet imbécile était tellement préoccupé par ses fichues fleurs qu'il ne te faisait pas une cour correcte. J'ai demandé à Manitou de créer une potion, doublée d'un sort, afin de te rendre attirante aux yeux de Trévor. Mais comme tout ce que crée mon père, son mélange a eu des effets… indésirables.

Selena mit la main devant sa bouche, atterrée.

– Dieux d'AutreMonde, c'est à cause de ça que Danviou est tombé amoureux de moi ?

En réaction, son puma Familier gronda. Isabella haussa les épaules.

– Je suppose, oui. L'effet ne devait être que momentané, mais il semble définitif. Et il attire tous les individus de sexe masculin, enfin, à part ta famille proche. Various n'aurait pas dû être touché d'ailleurs, j'ai été surprise. Manitou et moi avons essayé de comprendre pourquoi et de le corriger, mais pas plus que mon père n'a réussi à redevenir humain, il n'a été capable d'éliminer les effets de sa potion.

Tara sentait les larmes lui monter aux yeux.

– Et elle a le même effet sur moi, Isabella (pas question de l'appeler grand-mère après cette énième trahison). Moi aussi j'attire les gens, n'est-ce pas ?

Tara espérait du fond du cœur que sa grand-mère lui dirait que non. Mais Isabella planta ses yeux verts dans ceux, si bleus, de sa petite-fille et hocha la tête.

– Oui. À leurs yeux, tu es parfaite. L'incarnation de tout ce qu'ils ont toujours désiré.

Devant le visage bouleversé de sa petite-fille, Isabella tenta d'adoucir sa déclaration :

– Mais cela ne fonctionne pas sur les filles. Alors, si tu as des amies, tu ne le dois qu'à toi-même. Rien à voir avec le sort.

Tara ferma les yeux et les larmes coulèrent sur ses joues.

– Tout ce que j'ai toujours cru, l'amour de Robin, l'affection de Cal et de Fabrice, tout cela était faux ! C'était encore de la foutue magie !

Elle rouvrit les yeux et les braqua sur sa grand-mère.

– Je te déteste !

Et Tara s'enfuit en courant, son pégase désolé volant dans son sillage.

Selena se rassit dans le fauteuil, qui, méfiant, se prépara à reculer si elle lui refaisait le même coup.

– Il faut que tout aille comme tu le veux, remarqua-t-elle amèrement. Tu ne peux pas t'empêcher d'influer sur nos vies, n'est-ce pas ? Comment es-tu devenue ce monstrueux tyran, mère ? Cette femme qui utilise la magie pour que sa fille épouse celui qu'elle a choisi ? Et qui ne parvient qu'à la détruire ?

Mais Isabella n'était pas lâche. Elle répliqua :

– En quoi ai-je détruit ta vie ? Trévor était très riche, un excellent parti, tu aurais été heureuse avec lui et en sixième position de la succession pour le trône du Lancovit. Et en dépit de la potion, tu as épousé l'homme que tu aimais, tu as eu trois beaux enfants et…

– Et j'ai été enlevée, retenue prisonnière pendant dix ans, loin de ma famille et de ma fille, par le monstre qui avait tué mon mari ! Tu n'as aucune excuse, mère, et tu le sais très bien. Alors n'essaie pas de te justifier. Tu dois défaire ce que tu as fait. Tu as gâché ma vie, je ne te laisserai pas détruire celle de ma fille !

Ce fut au tour d'Isabella de se lever brutalement. Son fauteuil, plus lourdement sculpté, ne bascula pas.

– Mais qu'est-ce que tu crois ? éructa la sortcelière, furieuse, que je n'ai pas essayé ? J'ai tout tenté pour défaire les liens qui te retenaient à ce que je prenais pour un vulgaire gribouilleur !

– Tu… tu as essayé de rompre l'effet de la potion pour que je divorce de Danviou ? s'exclama Selena, les pupilles dilatées par l'émotion.

– Évidemment ! confirma Isabella de mauvaise grâce. Je ne savais pas que c'était l'Imperator d'Omois. Je pensais juste que c'était une sorte d'aventurier qui profitait de toi. Mais tu es tombée enceinte si vite que je me suis demandé si la potion n'avait pas aussi un effet fertilisant. Une fois Tara née, il n'était plus question de te détacher de Danviou. Cette petite allait avoir besoin d'un père. Je suis peut-être tyrannique, comme tu le dis, mais je ne suis pas injuste. Tu voulais gâcher ta vie avec lui, tant pis. J'estimais avoir fait tout ce qui était en mon pouvoir. Et de toute façon, même si je l'avais voulu, ce n'était pas possible. D'une part, mon père ne se souvenait pas de ce qu'il avait mis dans la potion, d'autre part, les expériences que nous avons menées n'ont jamais fonctionné. Enfin, à part une, qui m'est très utile et qui fait que les gens ont peur de moi.

Un petit sourire satisfait vint flotter sur son visage ivoire.

Selena inspira vivement. Elle s'était habituée à l'action de la potion, parce que cela faisait des années et qu'elle en ignorait les effets.

Mais cela allait détruire Tara. Chaque fois que quelqu'un l'aimerait, elle n'y verrait que l'action de la potion, pas celui de l'amour véritable.

– Pourquoi ne voulais-tu pas avouer ce que tu nous as fait ?

Isabella faillit ne pas répondre, mais devant le regard inflexible de sa fille, elle capitula :

– Parce que j'espérais que cela allait te permettre d'épouser Sandor.

Selena écarquilla les yeux.

– Sandor ? L'Imperator ? Tu es folle ?

– Ma fille mérite ce qu'il y a de mieux. Et le Lancovit n'est pas un si grand royaume, alors qu'Omois est un immense empire !

Ses yeux brillaient. Sa voix était enthousiaste.

– S'il arrive quelque chose à Lisbeth, continua-t-elle, comme elle n'a pas de descendant, et que tu épouses Sandor, Tara redeviendra l'Héritière. Et tout ira bien, je sais que Sandor est déjà amoureux de toi.

Alors là, Selena se retrouva sans voix tant le cynisme de sa mère l'atterrait.

– Sandor te va, mais pas T'eal ? Il est pourtant le président des loups et d'un énorme continent.

– C'est une caste fermée, répliqua Isabella avec dédain, et très sous-développée pour l'instant. Ils refuseraient mes conseils, parce que je ne suis pas louve et n'ai pas l'intention de le devenir. Sandor, lui, saurait m'écouter afin d'agir au mieux pour AutreMonde !

– Par tous les dieux d'AutreMonde, murmura Selena, dégoûtée, je ne sais pas lequel de Magister ou de toi est le pire.

Tirée de ses songes de gloire, où, clairement, elle se voyait comme le pouvoir occulte du trône, Isabella grimaça.

– N'exagère pas, ma petite fille, je n'ai rien à voir avec cet individu ! Maintenant que tu connais mes plans, que vas-tu faire ? Mon option est la meilleure solution, et puis, de toute façon, personne ne peut briser ce sort !

– Tu as tort, dit Selena en se relevant, je pense qu'il va falloir faire appel à quelqu'un de plus doué que mon père pour rompre ce que vous avez fait tous les deux.

Isabella lui jeta un regard méfiant.

– Personne ne peut le défaire, je te l'ai déjà dit.

Selena secoua la tête.

– Ce n'est pas parce que les sortceliers de puissance et d'intelligence moyennes que vous êtes n'ont pas réussi qu'un génie ne pourra pas y arriver. Et nous en avons un authentique juste sous nos pieds.

Isabella eut l'air vraiment inquiet d'un seul coup.

– Non, ne me dis pas que tu vas…

– Si, bien sûr. Je vais demander à Mourmur de briser le sort !

Tara s'était écroulée en sanglots sur son lit. Son anniversaire ne se passait pas exactement comme elle l'avait imaginé.

Tout son univers venait de s'écrouler. Robin ne l'aimait pas, il aimait un sort. Elle avait aussi trouvé très bizarre que le magnifique demi-elfe s'intéresse à elle aussi vite. Il était quasiment tombé amoureux d'elle en quelques heures. Et Sylver ! Et Jeremy ! Bon, Jeremy, c'était à cause d'un autre sort, mais Tara savait qu'il aurait succombé, lui aussi, un jour ou l'autre.

Maudite grand-mère, comment avait-elle pu faire une chose aussi horrible à sa propre fille ! Et comme d'habitude avec la magie, c'était Tara qui en payait les pots cassés.

Et maudite magie !

Galant la caressa de son aile, si douce.

Lui, il l'aimait, sort ou pas sort. Et c'était le plus important, non ?

Tara ne put s'empêcher de laisser échapper un petit gloussement désespéré. Elle apaisa son pégase. Bien sûr que c'était génial qu'ils soient liés ainsi. Mais l'amour entre deux êtres humains, hum… deux êtres plus ou moins humains, c'était aussi génial. Et cela allait horriblement lui manquer.

Galant eut un hoquet de stupeur et se posa devant les yeux de Tara.

Quoi, elle allait renoncer à l'amour, juste pour un petit sort qui ne la concernait même pas ? Finalement, le sort en question n'avait fait que « déborder » sur Tara. Elle n'en était pas l'objet principal. Donc l'effet devait être très amoindri, non ?

– Grand-mère a dit qu'ils me voyaient comme quelqu'un de « parfait », répondit sombrement Tara. Tu te rends compte ? La « parfaite » Tara ? C'est ridicule, personne n'est parfait et moi encore moins !

Elle écarquilla les yeux, frappée par une horrible idée.

– Pour l'instant, le sort, potion ou je ne sais pas quoi de mon arrière-grand-père a été très puissant sur maman, mon Dieu, Galant, imagine que cela fasse la même chose sur moi en grandissant !

Horrifiée, Tara imaginait déjà des hordes de garçons courant derrière elle pour lui offrir leur cœur, uniquement attirés par le maudit sort.

Impuissant, le pégase ne sut pas quoi répondre. Il comprenait mal l'angoisse de Tara, vu que les pégases se fichaient bien de comment trouver leur partenaire, du moment qu'ils la trouvaient. Et tant que la belle avait le poil brillant et les ailes douces, le reste avait peu d'importance.

Tara, engluée dans son angoisse, ne réagit pas aux images que lui envoyait Galant. Le pégase soupirait. Il estimait que sa sœur d'âme traversait de bien difficiles épreuves. Elle avait cru que Robin son amour était mort, était en train d'en embrasser un autre (amicalement !) lorsque Robin était réapparu, puis avait été exilée et maintenant apprenait que l'affection que lui portaient les autres était due à un sort.

Si Tara sombrait encore dans la dépression, Galant se jura de faire de la vie d'Isabella un enfer.

Tara n'eut pas beaucoup le temps de se morfondre, car Selena fit irruption dans sa chambre, les joues roses d'avoir couru.

C'était bizarre. Il y avait de la sève sur sa robe blanche.

– Ma chérie ! s'exclama-t-elle en voyant le visage ravagé de sa fille, ne t'inquiète pas, Mourmur va nous arranger ce petit problème en quelques minutes. Il est déjà en train de fabriquer un appareil qui va détruire le sort.

Tara se redressa, illuminée par l'espoir.

– Quoi ? (Le sourcil de sa mère se haussa et Tara se reprit.) Je veux dire comment ? Il sait comment faire ?

Sa mère ne se départit pas de son optimisme, mais Tara sentit un léger tremblement dans sa voix. Selena n'était pas là lorsque Mourmur s'était installé et découvrir son laboratoire quelques minutes plus tôt avait été un choc. Surtout pour ses oreilles. Qui bourdonnaient encore.

– Il dit qu'il veut le tester sur moi, tu viens assister à l'essai ?

Tara se leva d'un bond, effrayée.

– Sur toi ? Maman, ce n'est pas une bonne idée, crois-moi. Les inventions de Mourmur ont tendance à exploser. Il est génial, mais un peu fêlé et très dangereux.

Selena inspira vivement.

– Oui, ça, je m'en suis rendu compte en voyant un de ses sujets d'expérience réduit en morceaux. Heureusement que c'était juste une sorte de gros baobab, mais quand même, ça fait un choc.

Ah ! cela expliquait la sève verdâtre sur sa robe.

– Mais, ajouta-t-elle fermement, c'est la seule chance que tu as de mener une vie normale et de ne pas te poser à chaque fois l'horrible question : m'aime-t-il parce que c'est moi ou parce que c'est le sort ?

La détresse dans les yeux de sa mère fit fléchir Tara. Peut-être pensait-elle que l'amour de T'eal était artificiel. Et voulait en avoir le cœur net.

– OK maman, allons-y, tu as raison, grand-mère nous a suffisamment influencées comme ça. Il faut que cela s'arrête.

Suivies de Galant et de Sembor, elles descendirent dans le laboratoire.

Mourmur était au comble de la joie. Sa tête de chouette ébouriffée plus branlante que jamais, le visage pour une fois à peu près débarrassé de la suie, il claudiquait autour d'un étrange assemblage en marmonnant.

Sous leurs yeux fascinés, il y travailla pendant au moins une heure, claquant des doigts d'un air agacé lorsque les assistants n'allaient pas assez vite. Il prenait des choses totalement disparates qui s'assemblaient comme par magie.

Tara et Selena regardèrent le… truc avec inquiétude. Il y avait plein de lumières, de toutes les couleurs. Des tubes qui montaient, descendaient, des parties métalliques, des parties organiques, un cœur de quelque chose qui pulsait très vite. Et il y avait certainement une raison à la présence d'un escargot rouge au milieu du dispositif, mais Tara ne voyait pas du tout laquelle.

Pas plus que celle des deux poulpes verts qui collaient leurs yeux globuleux contre la paroi de verre et lui lançaient des regards chargés de reproche.

Manitou était là, lui aussi. Le gros labrador noir grommelait beaucoup.

– Si je me souvenais des ingrédients, cela ferait longtemps que nous aurions annulé la sortpotion de Fatale Attraction !

– La sortpotion de Fatale Attraction ? demanda Mourmur, curieux.

– Oui, répondit le labrador, embarrassé, c'est ainsi que j'ai appelé ces mélanges de potion et de sort. Mais l'une des réactions que j'ai obtenue avec cette sortpotion m'a donné l'idée du sort d'immortalité. Je l'ai fait peu de temps après et paf ! j'ai oublié des tas de choses depuis. J'ai utilisé du racorni de gambole, de cela, j'en suis sûr. Et aussi un bout d'effrit congelé, pour utiliser la magie des Limbes, disons, indirectement.

Les yeux de Mourmur s'écarquillèrent.

– De l'effrit congelé ? C'est totalement interdit ! Et très dangereux !

Mais on sentait de l'envie dans sa voix, plutôt que de la réprobation.

– Oui, bon, je connaissais des gens qui connaissaient des gens qui, etc. Ce sont eux qui m'en ont fourni. Et puis, je te rappelle qu'à l'époque, ce n'était pas tout à fait interdit, juste fortement déconseillé. Ce n'est qu'avec la loi de 5004 que c'est devenu interdit.

– Et alors, cela a eu quoi comme effet ? demanda Mourmur, peu convaincu par l'argumentation de Manitou.

– Ben, ça m'a transformé en labrador.

– Non, je parlais de la potion d'attirance.

– Ah ? Oui. Ça a marché évidemment puisqu'on est là pour ça.

– Comment tu l'as administrée ?

– Isabella a fait boire la potion à Selena, après l'avoir empoisonnée.

Selena sursauta.

– Quoi ?

Tara comprenait pourquoi Isabella n'était pas présente. Sinon sa fille l'aurait sans doute transformée en ver de terre.

– Ce n'était pas mon idée, hein, se défendit Manitou. Mais ta mère est horriblement têtue et elle voulait que tu épouses Trévor afin de ne plus avoir à s'inquiéter pour toi.

Mais Selena n'avait retenu qu'une seule chose.

– Elle m'a empoisonnée ? Ma propre mère ?

– Un truc de rien du tout, dit Manitou très vite, pour t'obliger à boire la potion, censée te guérir. Elle avait peur que tu ne te doutes de quelque chose si elle te faisait avaler cette mixture nauséabonde sans aucune raison.

– Par le sang vicié de mes ancêtres, gronda Selena, oui, je me souviens, j'ai été horriblement malade !

– Ehhh, protesta Manitou, doucement avec le « sang vicié » de tes ancêtres. Notre sang est parfaitement sain !

– Très très intéressant, murmura Mourmur, qui n'en pensait pas un mot, pourrions-nous revenir à la potion, je vous prie ?

– J'ai jeté le sort en même temps. Cela n'a pas fonctionné tout de suite. Dès que Selena a été rétablie, Isabella a invité Trévor. Qui a parlé pendant deux heures de ses ballorchidées et d'un nouvel hybride qu'il venait de créer.

– Je m'en souviens, dit sèchement Selena, j'ai beaucoup bâillé ce jour-là.

– Nous pensions que la potion ne fonctionnait pas. Puis Selena est revenue avec un étranger surgi de nulle part, qui avait l'air totalement dingue d'elle. Peu de temps après, celui-ci l'a demandée en mariage. Isabella l'a envoyée chez un cousin et lui aussi est tombé amoureux d'elle. Ce qui était totalement impossible.

– Ah bon, et pourquoi ? demanda Selena, un peu froissée.

– Parce que si tu avais été un beau garçon tu aurais eu nettement plus de chances avec lui.

– Oh !

– Oui. C'est là que nous avons compris avec ta mère que la potion fonctionnait. Trop bien, même. Les trolls de garde aussi sont tombés amoureux de toi. À peu près toute la maison d'ailleurs. Puis Danviou est arrivé et il t'a emmenée. La potion est alors entrée dans sa seconde phase.

Tara eut la gorge serrée en voyant l'expression angoissée de Selena.

– Quelle seconde phase ? chevrota celle-ci, craignant le pire.

– Ne prends pas cette tête effarouchée, grogna le labrador, la seconde phase désactivait la potion. Tant que tu étais avec Danviou, la potion était inactive. D'ailleurs, je te parie que

Magister n'a été fasciné que parce que Danviou était inconscient et mourant.

– Et le Sangrave m'a enlevée. Tout ça à cause de cette maudite potion ! Je pensais… je pensais que c'était à cause des objets démoniaques, ou parce que j'étais la mère de Tara. Mais depuis le début, c'était la potion !

Selena dut s'asseoir, sous le choc. Sembor gronda et le chien se recroquevilla devant la menace de l'énorme puma.

Le labrador laissa pendre sa langue, sincèrement désolé et un peu inquiet.

Aussi fut-il vraiment surpris lorsque la douce Selena l'attrapa par l'oreille et la lui tordit avec brutalité.

– Grand-père ou pas, tu as joué avec ma vie, assena-t-elle, folle de rage. Et ne me dis pas que c'est à cause d'Isabella. Tu avais envie de voir si cette potion fonctionnait. Si sa… durabilité pouvait être appliquée à ta potion d'immortalité. Tu m'as transformée en cobaye, moi, ta propre petite-fille ! Alors maintenant, tu vas travailler de toutes tes forces pour te souvenir de cette foutue potion, c'est compris ? Parce que, crois-moi, je suis l'amie des loups-garous et que les loups n'aiment pas beaucoup les chiens.

Manitou, qui se débattait, se figea. Oui, il avait bien vu que les loups le traitaient avec dédain. Et aussi qu'ils avaient de longues dents, bien plus que les siennes.

– Je… je vais faire de mon mieux, couina-t-il.

– Bien.

– Enfin, dès que tu auras lâché mon oreille.

Selena le dévisagea encore un instant, puis le libéra.

Manitou se frotta un instant l'oreille de la patte, puis se tourna vers Mourmur.

– Rappelle-moi, tu n'as pas d'enfants ?

– Six. Mais aucun ne m'a jamais tordu l'oreille. Bon, cela dit, j'aurais bien aimé, mais leur mère n'a jamais accepté que je les utilise comme cobayes. Et je sais très bien qu'elle reviendrait illico d'OutreMonde si je m'avisais de le faire. De quoi te souviens-tu encore ?

– Le sort était un Attirus très simple. Sans la potion, il n'aurait eu de l'effet que pendant quelques heures. Et comme toutes les filles de son âge, Selena était protégée contre les sorts de séduction habituels.

Oui, cela, Tara le comprenait. Sur une planète où la magie pouvait commettre tant de dégâts, autant s'en protéger pour trouver l'élu de son cœur. D'où la trahison encore plus inacceptable d'Isabella.

– De fait, ce que j'avais créé devait être bien plus puissant, justement parce que les gens étaient protégés. Je me souviens d'avoir mis de l'élixir de Sirènechanteuse, la plante sous-marine qui attire ses proies avec son chant. Et aussi du floripassion, dont le parfum est irrésistible.

– C'est ce qu'il a dit, murmura Selena, d'une voix cassée. Que mon odeur était la bonne.

– Tu parles de T'eal, n'est-ce pas ? demanda Tara. Parce que les loups fonctionnent à l'odeur.

– Oui. Mais en fait, il n'était attiré que par le parfum du floripassion ! Mes dieux, toute mon existence n'est qu'un mensonge !

Des larmes se mirent à couler sur ses joues dorées et Tara l'étreignit, désolée.

Manitou, horriblement mal à l'aise, comprenant enfin à quel point il avait été égoïste, continua à égrener la liste de ce dont il se souvenait. Mourmur nota tout, puis introduisit les éléments dans son ordimage.

Il fit ensuite placer Selena, puis Tara devant et l'ordimage les mitrailla de jets de magie et de lumière. Celui-ci, assemblage de la technologie terrienne et autreMondienne, tout d'électronique et de magie mêlées, cracha les résultats.

Mourmur se remit à tourner autour de l'étrange engin qui trônait au milieu du laboratoire.

– Me demander de détruire un sort placé il y a déjà plus de seize ans, et ce en quelques heures, c'est… c'est… c'est… grommela Mourmur.

– As-tu besoin de plus de temps, grand-oncle ? demanda Selena d'une petite voix misérable.

– Évidemment que non, répondit Mourmur, je suis un génie. J'allais dire que c'était trop facile. Rien ne m'est impossible ou presque. Ce n'est qu'une question de réglage…

Il appuya sur un bouton, qui déclencha une décharge électrique dans l'aquarium des deux poulpes. Ceux-ci se raidirent et envoyèrent un nuage d'encre verte dans l'eau.

– Hum, fit Mourmur, ça devrait aller. La réaction n'est pas très forte, mais si j'augmentais la dose, je les grillerais et les poulpes de la mer Michaile ne sont pas faciles à capturer. Bon, j'ai pris en considération le fait que tu dois avoir oublié au moins un quart des ingrédients. L'ordimage a intégré les variations. Donc, soit je débarrasse ma petite-nièce de son sort, soit je la désintègre.

Tara regarda les poulpes encore secoués de tremblements, le visage livide de sa mère, et prit une décision :

– Vous devez commencer par moi, dit-elle. Le sort est moins puissant sur moi, vous aurez donc besoin de moins de… de quoi que vous ayez besoin pour le casser. Et vous pourrez régler votre machine sur moi.

Mourmur ne l'écoutait pas.

– J'ai faim, murmura-t-il.

Puis il hurla, les faisant sursauter :

– TACHIL !

– Maître ?

– Où est ma soupe ?

La voix de Tachil se fit calmement résignée lorsqu'il répondit :

– Derrière vous, Maître, comme il y a une demi-heure.

Mourmur se retourna, jeta un coup d'œil soupçonneux à la magnifique soupière décorée de dragons qui trônait, fumante, derrière lui, haussa les épaules, se servit une louche et se mit à laper la soupe avec de grands sllluuuurrrps.

Tara, vaguement dégoûtée, ouvrit la bouche, mais une main sur son épaule l'interrompit.

– Ne dites rien, chuchota Tachil qui s'était rapproché. Nous avons découvert que le cresson et les carottes terriennes ont un effet bizarre sur son cerveau. Il vaut mieux le laisser terminer. Cela peut être dangereux…

Tara referma la bouche et ils attendirent dans un silence religieux que l'étrange inventeur termine sa soupe. Il s'essuya du revers de la main (d'accord, les habitudes alimentaires de son arrière-grand-oncle étaient définitivement répugnantes, constata Tara), rota joyeusement, puis plaça Selena devant la machine et appuya sur un levier avant qu'elle n'ait le temps de protester, écartant son Familier.

La machine émit un bourdonnement, il en jaillit un énorme éclair qui frappa Selena.

Aveuglés par la lumière, ils mirent un peu de temps à comprendre ce qu'ils avaient devant eux, même si le meuuuuh pathétique aurait dû les mettre sur la voie.

Un magnifique brrrraaa aux yeux noisette les regardait.

– Par les crocs cariés de Gélisor, mumura Manitou, atterré, Mourmur, tu as transformé Selena en grosse vache poilue !

Avant qu'ils n'aient le temps de réagir, le brrraaa émit un gémissement et se mit à rétrécir. Une adorable grenouille rouge les regarda d'un air désespéré. Elle se mit à gonfler et fut remplacée par une spatchoune dorée. Puis par un serpent noir et feu et par un rhinocéros blanc qui baissa la tête et émit un mugissement furieux. Cela aurait pu continuer encore long-temps, mais Mourmur tapa rageusement sur l'appareil, qui émit un second éclair... et tous les plombs sautèrent.

Tara allait invoquer un feu magique lorsque Mourmur cria :

– Surtout, n'utilisez pas de magie, le transpertron est instable, vous pourriez tout faire exploser !

– Maman, cria Tara, horriblement inquiète, tu vas bien ?

Une quinte de toux lui répondit. Puis sa mère parvint à dégager suffisamment ses bronches pour parler.

– Reuuh, reuuuh, mais qu'est-ce qui... qu'est-ce qui s'est passé ?

– Mourmur a essayé de rompre le sort. Tu as été transformée en un tas d'animaux différents.

– Ah ! c'est pour ça que j'ai envie d'asticots ? Je vois.

– Comment te sens-tu maman ?

Selena répondit sur un ton un peu angoissé :

– Je vais bien ma chérie, mais je pense qu'il vaut mieux ne pas vous approcher, je...

On entendit un bzzzzz et un cri de douleur.

Puis Mourmur fit quelque chose et la lumière revint.

Selena, les cheveux dressés sur la tête et les sourcils grillés, émettait de petits éclairs. Tachil, qui avait tenté de lui venir en aide, gisait à ses côtés.

– Ah ! fit Mourmur, satisfait. Très bien. Tu dois rester comme ça une dizaine de minutes et lorsque ce sera fini, le sort sera brisé. Que ton Familier reste loin de toi, sinon il sera foudroyé, comme l'imbécile qui me sert d'assistant.

Prudent, Sembor, qui avait assisté aux transformations de sa maîtresse les yeux écarquillés et les oreilles couchées, recula de deux pas.

Mourmur se retourna vers Tara et répondit à la proposition que la jeune fille avait faite quelques minutes plus tôt. Il lui brandit un morceau de papier sous le nez.

– Tu vois ça ?

C'était couvert de schémas et de lignes.

– Euh, oui ?

– C'est l'analyse du corps de ta maman. Elle était ensortcelée des pieds à la tête. Et tu vois ça ?

C'était un autre morceau de papier tout aussi obscur.

– Euh oui ?

– Ça c'est ce qui me montre que tu n'étais pas la source principale du sort. Te traiter en premier pour tester la machine n'aurait servi à rien. En éliminant le sort qui pesait sur ta mère, j'ai également détruit celui qui pesait sur toi.

– Cela semble si… facile, murmura Tara. Alors que cela a brisé la vie de ma mère et la mienne, vous apparaissez, bricolez une machine et hop !

Mourmur se raidit.

– Ce n'était pas facile. Rien n'est facile. Mais moi je suis un génie. Personne d'autre sur Terre ou sur AutreMonde n'aurait été capable de réaliser ce tour de force. Bien, maintenant, débarrassez mon laboratoire, je dois essayer de miniaturiser cet engin pour en faire un gadget qui pourra détruire les sorts de protection de tes assaillants. Parce que, pour l'instant, obliger ton adversaire à se mettre devant cet engin de douze tonnes ne sera pas pratique.

Tara allait poser une question pour sa mère lorsqu'une seconde explosion retentit.

Et que les lumières s'éteignirent de nouveau.

– Mourmur, hurla Manitou, mais qu'est-ce que tu fabriques ?

– Ehhh, protesta Mourmur, mais je n'y suis pour rien !

Il rétablit la lumière et ils s'immobilisèrent, stupéfaits.

Devant eux gisait un homme, vêtu d'une robe grise, la tête dans la soupière de Mourmur.

Et derrière lui, souriant fièrement en retirant sa hache du dos du type dans la soupière, une naine rousse que Tara reconnut tout de suite.

Fafnir.

5
Cal

ou sachant que 70 % des enfants choisissent
le métier de leurs parents, lorsqu'on attaque ceux
d'un Voleur Patenté, il est plus prudent de se renseigner
sur ce qu'ils font pour gagner leur vie…

Cela se produisit sur AutreMonde, la planète magique.

Et cela commença par Caliban Dal Salan.

Dans sa chambre, face à un monceau de gadgets électroniques et magiques, le petit Voleur aux yeux gris et au visage d'ange pestait.

En matière de piratage des codes impériaux, il était superbon. En temps normal.

Là, cela faisait des mois qu'il essayait de contourner les directives impériales pour contacter Tara Duncan sur Terre. Mais rien à faire. Le code était si serré qu'on n'aurait pas pu y glisser un duvet de spatchoune.

Tara lui manquait. Au fur et à mesure des années qu'il avait passées à ses côtés, il s'était rendu compte qu'il la considérait comme sa meilleure amie. Ne pas pouvoir lui parler, partager les derniers potins, se vanter de ses derniers exploits était… crispant. Depuis qu'ils avaient vaincu Magister, AutreMonde était d'un ennui écrasant. Comme disait si justement Fafnir, la naine guerrière : « Quand Tara est là, les bagarres aussi ! » Sauf que voilà. Tara n'était plus là.

Il avait même songé un instant à se transformer en vampyr afin d'avoir une raison d'aller sur Terre, vu que Tara aurait été la seule à pouvoir le soigner (bon, soyons francs, il avait carrément essayé, mais avait échoué. Heureusement d'ailleurs, il avait horreur du goût du sang !).

Il était en train de se morfondre lorsqu'il entendit le bruit sourd.

Il ne mit qu'une fraction de seconde à l'analyser.

C'était le son écœurant d'un corps s'écrasant dans le salon de ses parents. Sur ses gardes, il releva la tête et reposa la boule de cristal qu'il était en train de bidouiller. Puis il dégaina un poignard et s'approcha à pas de loup de sa porte. Ses frères et sœurs allaient se moquer de lui s'ils le voyaient armé, mais mieux valait être paranoïaque et vivant que confiant et mort.

Sauf que lorsqu'il sortit de sa chambre, Benjamin, son grand frère, et Xici, sa petite sœur, étaient eux aussi sur le palier.

Et tous les deux avaient activé leur magie.

Comme Cal, Benjamin était un Voleur Patenté. Ce que n'était pas Xici. Un geste pour ordonner à leur brune et fragile petite sœur de rester cachée, et les deux Voleurs se glissaient vers le salon sans faire de bruit.

Ils auraient pu chanter l'hymne du Lancovit et faire des claquettes que cela n'aurait rien changé, étant donné le boucan qui s'échappait de la pièce.

D'un coup de pied, Benjamin ouvrit la porte, prêt à s'écraser au sol si on le prenait pour cible. Mais les deux Sangraves en train de combattre ses parents avaient trop à faire pour s'intéresser à ce qui se passait dans leur dos.

Ils avaient pensé s'attaquer à des cibles faciles.

Ils avaient eu manifestement tort, comme en témoignaient les deux corps gisant à terre. Nettement plus discrète que son fils, Aliana-Léandrine Dal Salan était l'une des plus fameuses Voleuses Patentées du Lancovit. Et l'âge n'avait abîmé ni ses reflexes ni sa magie. Son mari, Dréon, ancien Voleur à la retraite, n'était pas une proie plus facile.

Lorsque les quatre Sangraves avaient surgi du jardin, brisant la fenêtre, Aliana avait réagi immédiatement. Le couteau qu'elle était en train d'utiliser pour éplucher sa miam était allé se planter dans la gorge du premier assaillant, tandis qu'un jet de magie foudroyait le deuxième. Les attaques des deux derniers s'étaient écrasées sur le solide bouclier que Dréon avait immédiatement invoqué.

L'irruption de Cal et de Benjamin déstabilisa les Sangraves. Avant qu'Aliana et Dréon n'aient le temps de les intercepter, les assaillants en robe brune et masque d'argent avaient incanté un Transmitus, attrapaient les corps de ceux qui avaient été blessés et disparaissaient.

Stupéfaits, les Lancoviens se regardèrent. Puis Aliana se laissa tomber sur le canapé rouge, brodé de papillons multicolores, dont certains s'envolèrent. Les fresques sur les murs bleus s'agitèrent et les gracieux animaux qui les habitaient lui lancèrent un regard inquiet.

– Par mes ancêtres, dit-elle en relevant une mèche de ses cheveux bruns et gris d'une main tremblante, mais qu'est-ce qui s'est passé ?

– Qu'est-ce que tu as Volé aux Sangraves ? demanda son mari d'une voix calme. Je croyais qu'on avait dit qu'on éviterait de s'en prendre à eux ?

Les jambes fauchées par l'émotion, le père de Cal s'assit lui aussi.

– Mais rien du tout ! protesta Aliana, ses yeux aussi gris que ceux de Cal étincelants d'indignation. Je ne suis pas une malade mentale et en plus, je ne Vole que les gouvernements, pas les organisations terroristes ! Je suis Voleuse Patentée quand même ! Pas une vulgaire cambrioleuse !

Cal se frotta le crâne, encore sous le choc.

– Mais alors, pourquoi les Sangraves se sont attaqués à nous ?

Dréon pâlit soudain. Et porta la main à son bras gauche.

– C'est… c'est bizarre, dit-il d'une voix rêveuse, mais j'ai mal au bras.

Soudain, ses yeux papillonnèrent et il s'effondra.

– Dréon ! hurla Aliana en bondissant.

– Papa ! crièrent Cal, Benjamin et Xici qui venait de rentrer prudemment dans le salon.

Mais Dréon était inconscient. Aliana l'allongea sur le canapé et l'ausculta rapidement, bénissant les cours obligatoires de secourisme que prenaient tous les Voleurs Patentés.

– Il fait une crise cardiaque ! Vite les enfants, il faut soutenir son cœur. Utilisez des Reparus, mais doucement, juste autour du muscle cardiaque. Je vais le relancer. Allez-y, maintenant !

La magie de Cal, Xici et Benjamin frappa le corps de Dréon, tandis que, folle d'angoisse, Aliana incantait :

– Par le Reparus, que du cœur de mon mari, le sang ne soit pas tari, qu'il batte fort et bien, pendant qu'on le soutient !

La magie pulsa et le cœur de Dréon se remit à battre. Il s'était écoulé à peine quelques secondes avant que le Reparus n'intervienne, son cerveau ne serait pas touché. Mais il ne reprenait toujours pas conscience.

– Il faut l'emmener chez le Chaman, dit Aliana, un peu plus calme maintenant que son mari n'était plus en danger de mort immédiate. Venez les enfants, nous n'allons pas utiliser de Transmitus, prenons le tapis volant.

Aliana laissa un mot pour ses autres enfants et ils quittèrent la maison, après avoir soigneusement vérifié que les Sangraves étaient bien partis.

Du coup, complètement angoissé pour son père, Cal oublia qu'il tentait de joindre Tara sur Terre. Il avait bien autre chose à faire.

Comme retrouver ces Sangraves qui avaient provoqué la crise cardiaque de son père.

Et leur faire passer le goût de recommencer.

Dans sa maison de Travia au Lancovit, Robin se morfondait devant sa boule de cristal, en attendant l'appel de Cal.

Le demi-elfe déprimait sec. Tara, qu'il aimait à en perdre la tête, était inaccessible. Il avait tout essayé. Y compris les Portes de transfert clandestines vers la Terre. Le truc à se retrouver en prison avant d'avoir le temps de dire « anticonstitutionnellement ». Il avait veillé à ce que son père (elfe) et sa mère (humaine) ne l'apprennent jamais. Mais rien à faire, impossible de joindre Tara, de lui parler de la touch… non, non, ne pas y penser, sinon il allait devenir fou.

L'Impératrice d'Omois avait gentiment accepté qu'il retourne au Lancovit. Il ne voyait pas très bien pourquoi rester à Omois alors que Tara se trouvait sur Terre. Il avait donc été réintégré dans les services secrets du Lancovit, dirigés par son père. Contrairement à ce dernier, Robin était un agent de terrain, en dépit de son jeune âge. De son très jeune âge même, si on considérait que les elfes quittaient l'adolescence vers cent ans.

Il frotta ses cheveux blancs aux profondes mèches noires, encore très courts. Depuis qu'il avait failli mourir, décomposé par une possession illégale, ses cheveux étaient tombés. Puis avaient recommencé à pousser, mais très lentement, bien trop lentement à son goût. Beaucoup d'elfes… non, presque tous les elfes avaient les cheveux longs. Non seulement il était un demi-elfe, avec d'infamantes mèches noires dans ses cheveux d'argent, mais en plus, voilà maintenant qu'ils étaient trop courts ! Et impossible d'utiliser la magie pour les faire repousser, son corps n'aurait pas supporté l'effort.

Les autres elfes ricanaient beaucoup. Et Robin ne pouvait pas faire rentrer leurs railleries dans leur gorge, parce qu'il aurait perdu dans un match contre un chaton.

Dehors, Sourv, son hydre, trompeta, sentant sa mauvaise humeur. Mais Robin ne réagit pas.

Il maudissait sa faiblesse. Cela faisait déjà presque un an qu'il avait été possédé par le maudit fantôme, mais son corps et son esprit avaient du mal à se remettre de l'épreuve.

À sa grande horreur, la grande Reine des Elfes, la redoutable V'ilara, avait décidé de lui imposer un garde du corps. Sous le prétexte débile qu'étant le petit ami de l'ex-Héritière-qui-pouvait-redevenir-Héritière-un-jour, il représentait finalement non plus un problème pour les elfes, mais un atout.

Il était donc passé du statut de demi-elfe paria à éliminer si possible à celui de truc fragile à faire protéger.

Par V'ala.

La magnifique Elfe violette n'essayait plus de lui saut... de sortir avec lui. Elle avait trouvé un gibier bien plus intéressant en la personne d'un triton, MontagneCristaux, enfin d'un mi-triton, mi-elfe. Le fait que cela rende sa mère hystérique (elle détestait les hybrides) n'avait fait que rajouter du piment à l'affaire.

V'ala et sa mère ne s'entendaient pas très bien.

Mais la jeune elfe prenait son rôle de garde du corps très au sérieux et couvait Robin comme s'il était un gamin de cinq ans. Le demi-elfe ne savait plus ce qu'il détestait le plus. L'affolante elfe qui l'aguichait avec ses décolletés et ses shorts courts, ou l'espèce de contrôleuse sadique qui surveillait le moindre de ses gestes.

L'ancienne V'ala était collante, la nouvelle était déconcertante. De temps en temps, l'ancienne refaisait surface et ses magnifiques yeux verts étincelaient, railleurs, lorsque Robin déglutissait un peu trop violemment devant l'une de ses tenues. Mais elle ne tentait plus de l'aguicher, se contentant d'être aussi sexy qu'inaccessible.

De toute façon, vu l'état dans lequel il était, l'attraper relevait de l'impossible. Il y a une heure encore, il tentait de bander son arc sans y arriver.

Llillandril l'avait beaucoup insulté, furieuse qu'il n'arrive pas à utiliser l'arc dans lequel son esprit avait élu domicile. L'esprit de l'arc n'avait pas disparu lorsque la machine à détruire les fantômes avait été activée.

Et puis elle n'arrêtait pas de lui mettre ses s... sa poitrine sous le nez, et elle n'était vêtue que de quelques bouts de maille ici et là. Pire que V'ala.

Qui avait récemment découvert qu'elle était en mesure, elle aussi, de communiquer avec Llillandril, alors que les autres ne la voyaient pas. Du coup, tous les exercices que Llillandril ne pouvait pas montrer à Robin, parce qu'elle était immatérielle, V'ala s'en chargeait.

Toutes les deux semblaient s'être accordées pour faire de sa vie un enfer.

Robin soupira et regarda son hor. Cal lui avait dit qu'il allait tenter, encore, de bidouiller une boule de cristal pour passer les interdictions impériales, cela faisait bien deux heures qu'il aurait dû le rappeler. Bon sang, mais qu'est-ce qu'il fichait ?

Il enfonça sa boule de cristal dans sa robe de sortcelier et descendit.

Comme les parents de Cal, en dehors de leur appartement « officiel » au Château Vivant du Lancovit, ceux de Robin possédaient leur propre maison. Depuis que Robin avait hérité d'une hydre comme Familier, il avait fait construire un grand bassin rempli de poissons, qu'il fallait réalimenter régulièrement tant Toto, enfin Sourv comme il l'avait rebaptisée, était friande de ces bestioles gluantes. Leur maison était un joli Manoir rempli de... livres. C'était ce qui frappait le plus les invités (les très rares invités). La mère de Robin était une bibliophile acharnée et elle détestait ranger ses livres. Donc, il y en avait partout, y compris en suspension dans les airs, soutenus par de puissants Levitus. T'andilus, le père de Robin, ne pouvait s'empêcher de courber la tête sous les tonnes de livres en lévitation.

Distrait, Robin tapa dans une pile qu'il empêcha de justesse de s'écrouler.

– Maman ! dit-il d'un ton plaintif, tu pourrais ranger un peu quand même !

– Par le sang de mes ancêtres, marmonna sa mère, faites que mon fils puisse parler à sa bien-aimée avant de me rendre complètement folle.

Elle se tourna vers Robin avec un grand sourire, posant le livre qu'elle était en train d'étudier.

– Tout va bien, mon chéri ?

– J'ai entendu, tu sais, répliqua Robin, maussade. Et ce n'est pas drôle.

Sa mère afficha une mine innocente.

– Je me parlais à moi-même. Je fais tout le temps ça. Tu sais, nous les vieux, nous avons un peu tendance à radoter.

Robin contempla sa mère, qui était bien assez belle pour attirer un elfe comme son père et ressemblait à une jeune fille de vingt-cinq ans, et soupira de nouveau.

– Arrête, tu n'es pas vieille. Et tu es la plus jolie des mamans, ce que tu sais parfaitement. Même si tu t'en fiches, parce que tes livres sont plus importants que tout le reste.

Le sourire s'effaça des lèvres de Mévora M'angil. Elle inspira vivement, blessée.

– Tu trouves que je ne m'occupe pas assez de toi, c'est ça ? demanda-t-elle doucement.

Ce n'était pas du tout ce que voulait dire Robin. Sa mère s'était toujours inquiétée de son enfant, même si elle lui donnait le biberon d'une main en étudiant un livre de l'autre. Il n'en avait retiré aucune névrose, juste un amour des livres.

– Non, non, bien sûr que non ! protesta-t-il. Je sais très bien que tu nous aimes papa et moi. Il se trouve juste que tu as une passion, un peu comme papa qui adore aller chasser pendant des heures juste avec un couteau, alors qu'il suffit d'invoquer un steak pour qu'il apparaisse.

Il s'approcha d'elle et la prit dans ses bras, se rendant soudain compte qu'il avait beaucoup grandi, car elle lui arrivait à peine à la poitrine, en dépit de son mètre soixante-quinze.

Elle lui rendit son étreinte, ravie, et marmonna :

– Tu sais, les livres peuvent avoir des usages insoupçonnés. Lorsque la vieille sortcelière t'a capturé avec ton équipage et t'a torturé, ce sont mes livres qui t'ont sauvé la…

Elle n'eut pas le temps de terminer sa phrase, parce qu'à ce moment précis de calme et de tendresse partagée leur porte explosa.

Les Sangraves s'étaient matérialisés devant la maison, passant les anti-Transmitus du jardin grâce à un Tranperçus super-puissant. La porte n'eut pas le temps de protester. Elle fut détruite par la violence de leurs Destructus. Ils bondirent dans la première pièce… et s'écroulèrent, les pieds dans les piles de livres qui formaient une sorte de labyrinthe.

Leurs incantations mortelles passèrent au-dessus de la tête de Robin et de Mévora qui s'étaient instinctivement accroupis.

La mère de Robin comprit tout de suite ce qui se passait. Elle fit le geste de couper quelque chose dans les airs. Et trente tonnes de livres suspendus s'abattirent sur les Sangraves. Les écrabouillant proprement.

Enfin, « proprement », façon de parler, parce que cela occasionna beaucoup de cris, de hurlements et de fluides divers, variés et salissants.

Ce fut la fin de l'attaque.

Robin, les yeux encore écarquillés devant la violence de l'agression et la réaction fulgurante de sa mère, se baissa pour toucher le gant de l'un des assaillants.

Ils étaient tous morts. Le savoir pouvait parfois être pesant. Et les livres impitoyables.

À peine eut-il le temps d'apercevoir les robes grises trop familières et les cercles rouges sur les poitrines que les corps disparaissaient, ne laissant que sang et débris derrière eux.

Robin fronça les sourcils. Les Dématérialus en cas de mort ou de blessure étaient des sorts compliqués. Le seul qu'il avait vu jusqu'à présent avait été activé par Magister, lors d'un combat perdu contre Tara. Ce qui confirmait ce qu'il pensait. Leurs attaquants étaient des Sangraves. Magister se vengeait de ceux qui lui avaient barré le chemin du pouvoir.

Pas bon.

– Finalement, tu avais raison, maman, dit-il pensivement en se relevant.

Sa mère s'affala dans un fauteuil, les mains tremblantes.

– Ah bon, chevrota-t-elle, pourquoi ?

– Les livres peuvent avoir des usages insoupçonnés !

L'attaque suivante fut simultanée sur plusieurs cibles, tout simplement parce que Moineau et sa famille, ainsi que Fabrice étaient en visite chez Fafnir, la naine rousse, dans les montagnes du Tasdor. Ses parents étaient en train de discuter avec Tapdur

Forgeafeux et Bellir Forgeafeux, les parents de Fafnir. La jeune fille les contemplait, perdue dans ses pensées.

Justinir et Jadra Daavil travaillaient depuis longtemps à Hymlia, la patrie des nains. Le don de Justinir, ingénieur métallicien, était très utile, car il était capable de repérer du minerai sous des centaines de mètres de roche.

Jadra, quant à elle, était métallotechnicienne, c'est-à-dire qu'elle était capable de créer n'importe quoi avec du métal ou de prendre un simple minerai de fer et de le transformer en or, platine ou quoi que ce soit, définitivement. Son don était si rare (il n'y en avait qu'une petite demi-douzaine sur AutreMonde) qu'initialement, les métallotechniciens étaient exclusivement attachés aux différents trônes ou empires et républiques d'AutreMonde.

Comme trésoriers.

Sœur de la reine du Lancovit, Titania, Jadra n'était pas l'héritière du trône et avait demandé une dispense spéciale afin d'aller vivre à Hymlia avec son mari.

Titania avait accepté, en échange d'une partie de la production de Jadra.

Moineau, fille unique, avait donc côtoyé les nains depuis son enfance, qu'elle comprenait bien mieux que la plupart des habitants d'AutreMonde.

Comme sa fille Moineau, Jadra, petite brune aux beaux yeux noisette, était assez timide. À côté de son mari, solide sortcelier aux cheveux noirs, elle faisait vraiment minuscule. Même sa fille était plus grande qu'elle.

Jadra avait été très ennuyée de découvrir que Moineau était victime de la malédiction du Lancovit. Descendante de la Belle et la Bête, certains des membres de la famille étaient capables de se transformer en bête sous le coup d'émotions fortes. Moineau n'en savait absolument rien, jusqu'au jour où elle avait sauvé la vie de Tara en se transformant en bête pour la soustraire à un vortex mortel. Depuis, la malédiction se manifestait un peu trop souvent à son goût et lorsque Tara avait été exilée sur Terre, après plusieurs mois de réflexion, Moineau avait fini par déposer une demande de mutation afin de la rejoindre. Au grand désarroi de Jadra qui n'aimait pas la Terre et trouvait la planète horriblement lointaine.

Moineau ne se doutait pas à quel point son choix angoissait sa mère. Mais la jeune fille avait pris cette décision pour deux raisons : non seulement parce que Tara, sa meilleure amie, lui manquait, mais également parce que la malédiction serait probablement moins puissante sur Terre. Car se transformer en monstre poilu à crocs pointus dès qu'elle avait le hoquet commençait à la gonfler sérieusement.

Et puis Fabrice était originaire de la Terre et, en dépit de quelques courts séjours sur la planète, elle ne la connaissait pas bien. Elle était donc curieuse de découvrir vraiment le monde étrange de son presque petit ami.

Presque, parce que depuis qu'il l'avait trahie pour obtenir plus de pouvoir en suivant Magister, elle avait refusé de ressortir avec lui. Pour l'instant, il était « à l'essai ». Et ça n'avait pas l'air de le déranger plus que cela. Moineau ne savait pas encore ce qu'elle préférait. Qu'il se rebelle et l'envoie paître ou qu'il semble accepter la situation avec tant de bonne grâce.

Pour les gens, de l'extérieur, ils étaient ensemble. Ils se tenaient par la main, étaient presque inséparables. Seule Moineau savait à quel point cette situation était trompeuse. Pourtant, elle aimait presque ce qui se passait. C'était plus paisible, loin de l'impétueux torrent d'amour qui l'avait emportée au début.

Et puis, avoir un presque petit ami loup-garou, lorsqu'on était soi-même, disons… un peu spéciale, c'était « cool », comme disaient les Terriens !

– Hrrrmm hrmmm, maugréait Bellir, la mère de Fafnir, en lissant sa belle barbe aussi rousse que les cheveux de sa fille, parsemée de rubans, perles et diamants, Fafnir va finir par nous rendre fous avec son amie Tara. Par les moustaches de ma grand-mère, mais personne n'est donc capable de contacter cette petite humaine sur Terre ?

Jadra sourit tendrement à Moineau qui opinait vigoureusement de la tête.

– Notre fille aussi a essayé, mais les directives impériales semblent être plus puissantes que l'amitié qui les lie. De fait, Gloria (la jeune fille grimaça à l'énoncé de son prénom qu'elle n'aimait pas beaucoup, préférant le moins prétentieux « Moineau ») songe même à aller travailler sur Terre, afin d'épauler Isabella Duncan… et retrouver son amie, ajouta-t-elle pour montrer qu'elle n'était pas dupe.

Le visage de Tapdur, le père de Fafnir, se plissa d'horreur. Contrairement à sa femme, il n'avait pas de barbe, mais une énorme tignasse blonde lui mangeait le crâne comme un animal échevelé où brillaient d'étonnants yeux bleus.

– Par la Grande Mine d'Or, quelle terrible idée ! Je n'aime pas la magie, certes, mais vivre sur cette planète polluée et puante, bouh !

Il faut dire que les nains adoraient la nature. En dépit de son million et demi d'habitants, la ville d'Hymlia regorgeait d'arbres bleus et de gazons rouges et l'air embaumait les fleurs. Comme les nains étaient également de merveilleux sculpteurs, les allées et les parcs s'ornaient de magnifiques statues, représentant tant la faune que la flore d'AutreMonde. C'était toujours un étonnement pour Moineau, qui connaissait le tempérament rugueux des nains, de constater à quel point leur sens artistique contrastait avec leur brutal travail de mineurs.

Contrairement au reste d'AutreMonde, ces infatigables fouineurs refusaient d'utiliser la magie. Très tôt, ils avaient donc inventé le tout-à-l'égout, le captage des eaux et les bassins hydroélectriques, le tout dissimulé sous leurs magnifiques jardins.

– Elle n'est pas si moche que cela, leur planète, assura Moineau de sa voix musicale, n'est-ce pas, Fabrice ?

Fabrice, qui n'écoutait pas un mot, acquiesça sans commentaire. Dans le doute, dire oui était une bonne option.

Depuis qu'il avait renoncé à acquérir plus de puissance, le jeune Terrien se sentait… vide. Comme si sa quête l'avait empli et que l'abandonner l'avait asséché. Il ne lisait plus les parchemins obscurs et dangereux. Il ne faisait plus appel aux apothicaires pour des potions nauséabondes et certains commerçants se plaignaient. Ils avaient vu leur chiffre d'affaires baisser fortement depuis que Fabrice n'achetait plus tout ce qui se rapportait à l'acquisition de magie. Qu'elle soit blanche, grise ou noire, peu importait. D'ailleurs, comme le disait si justement Maître Chem, la magie n'était ni bonne ni mauvaise, elle était comme un couteau, tout dépendait de l'utilisation qu'on en faisait.

Il regarda Moineau, détaillant le fin visage, le front haut, les longs cheveux bruns bouclés qu'elle rejetait derrière son épaule et qui l'énervaient parce qu'ils s'emmêlaient tout le temps, ses beaux yeux noisette qui étincelaient tandis qu'elle racontait une anecdote amusante sur ses démêlés avec un vélo lors d'un de leurs voyages sur Terre. Il nota qu'elle s'adressait peu à lui, comme d'habitude, et souffla par le nez. Il ne devait pas montrer son agacement, même si parfois, il se demandait s'il allait devoir ramper sur un lit de braises ardentes pour qu'elle le regarde à nouveau.

Hum, mauvaise idée. Il allait sentir le poil grillé. Et il n'était pas sûr que Moineau ne s'éloigne pas plutôt de lui, définitivement persuadée qu'il était devenu fou.

Car si Moineau lui avait pardonné, elle restait distante, comme si elle n'arrivait pas à croire qu'il avait réellement abandonné sa quête de pouvoir.

Pourtant, il l'aimait tellement !

Au point que parfois, il avait l'impression que son amour pour Moineau allait le dévorer. Et il se surprenait à éprouver une curieuse compassion pour Magister qui aimait désespérément Selena, la mère de Tara. Sans espoir de retour.

Fabrice était en train de rêvasser, écoutant à moitié la discussion, lorsque soudain il se transforma en loup.

Il avait une bonne raison.

Une demi-douzaine de Sangraves et demi venaient de se matérialiser devant eux.

Et demi, parce que la magie n'étant pas très fiable dans les montagnes du Tasdor, l'un d'entre eux n'était arrivé qu'à moitié. Les assaillants voulurent lancer leurs sorts, mais la magie n'obéit pas. Du tout.

Les haches des nains, en revanche, n'avaient nul besoin de magie pour fonctionner. Et les mâchoires de Fabrice et de Moineau, qui s'était transformée en Bête aussi vite que lui, firent leur travail.

Ils bondirent sur les Sangraves pétrifiés de surprise et les hurlements commencèrent.

Jadra et Justinir, privés de magie, étaient sans défense. Ils reculèrent, laissant Tapdur, Bellir, Fafnir, Moineau et Fabrice régler le problème.

Tout allait plutôt bien pour l'équipe lorsque, soudain, la magie revint, en une vague violente et inattendue.

Les Sangraves survivants réagirent immédiatement.

En prenant la fuite.

Ils activèrent des Transmitus, ce qui était déconseillé dans les montagnes. Une partie d'entre eux parvint à passer.

La partie avant.

L'autre demeura sur place.

Jadra réprima une nausée. Elle avait le cœur bien accroché, mais voir des bouts d'humains un peu partout, c'était vraiment trop pour elle.

Puis les corps et les bouts de corps disparurent, probablement grâce à un Dématérialus automatique.

Voyant cela, l'un des Sangraves, qui n'avait pas réussi à activer son Transmitus car il était blessé, s'en remit à la magie démoniaque. Il était porteur du cercle rouge, ce qui signifiait qu'il était proche de Magister et d'une grande puissance.

Juste à côté de Fafnir, il jeta son propre sang en un grand cercle afin de créer un passage. Le vortex s'ouvrit immédiatement et il fonça, enfin plutôt tituba en avant, percutant la jeune naine rousse au passage.

Fafnir n'eut pas le temps d'esquiver. Le vortex les engloutit tous les deux.

Sous les yeux horrifiés des combattants, ils disparurent.

6

Fafnir

ou parfois, lorsqu'on veut poser des questions à quelqu'un,
c'est mieux quand il est vivant.

Fafnir se sentit tourbillonner et atterrit… quelque part. Où des gens horrifiés entouraient le corps du Sangrave qui avait invoqué le vortex. Elle retira sa fidèle hache du dos du Sangrave et hurla :

– Vite, il a un Dématérialus, même s'il est mort, empêchez-le de disparaître !

Vif comme l'éclair, Mourmur lança un truc violet sur le corps qui commençait déjà à devenir transparent. Cela le bloqua et il retrouva son apparence très… euh, morte. Mourmur posa un étrange appareil sur son nez, qui doubla le volume de sa pupille, et se mit à inspecter le corps, prélevant des tas de poussière, de sang, de débris qu'il mit dans des petites fioles qui flottaient derrière lui, les scellant avec soin. Très *Les Experts*.

– Par les crocs de Gélisor, marmonna-t-il, je n'ai pas de spectrogramme de masse, comment je vais me débrouiller sans ?

– Nous avons la magie ! répondit Mangus, roulant des yeux exaspérés, nous n'avons pas besoin des machines de ces humains ! Arrêtez de regarder leur télévision, c'est insupportable à la fin !

– Tara ! s'écria la naine rousse au comble de la joie.

Elle se précipita vers Tara qui s'écroula sous sa solide étreinte, retenue de justesse par le Manoir derrière elle.

– Que ton marteau sonne clair ! brailla la naine rousse en agitant sa hache avec une telle frénésie qu'elle faillit décapiter deux assistants derrière elle.

– Que ton enclume résonne ! répondit Tara encore sous le choc. Fafnir ? Mais qu'est-ce que tu fais ici ? Et qui est ce type ?

– Nous avons été attaqués, répondit joyeusement Fafnir en se tournant vers le cadavre pour le surveiller au cas où. Tu te rends compte ? Une poignée de Sangraves. Livrés à domicile. Je ne sais pas à qui je dois ce magnifique cadeau, mais c'était vraiment trop gentil ! Pourtant mon anniversaire n'est que dans trois semaines !

Elle fit trois pas et essuya méticuleusement sa hache sur la robe du sortcelier mort.

Fafnir était probablement la seule personne au mon… que connaissait Tara, folle de joie parce que quelqu'un l'avait atta-quée chez elle. Le Manoir allait être furieux que ses protections anti-Transmitus aient été percées aussi facilement. Tara essaya de comprendre :

– Mais vous n'êtes pas passés par la Porte de transfert ? Ni grâce à un Transmitus ?

Fafnir fit signe à Tara de se pencher et chuchota :

– Ta mère émet des éclairs, c'est normal ?

– C'est une longue histoire, soupira Tara, je te raconterai.

– Oui, j'aimerais bien. Cela a l'air fascinant. (Fafnir se redressa.) Non, je ne sais pas ce qu'il a fait, mais ça ne ressemblait pas du tout à une Porte de transfert. C'était comme le truc qu'a utilisé la vampyr Selenba, tu sais, le cercle avec son sang que tu nous avais décrit, pour échapper à Safir ? Ben pareil. J'ai vu plein de lumières, on a atterri ici, j'ai lancé ma hache parce que je ne voulais pas qu'il m'échappe et voilà ! Tu peux appeler mes parents, s'il te plaît, et leur dire que je vais bien ? Je ne voudrais pas qu'ils s'inquiètent.

C'était ça qui était bien avec les nains. Ils ne se préoccupaient pas du pourquoi du comment, juste de l'instant présent. Mourmur fit signe à l'un des Tatris qui établit une communi-cation avec Hymlia selon le numéro que lui donna Fafnir. La mère de celle-ci s'afficha sur l'écran et regarda le laboratoire avec soulagement.

– Fafnir, s'écria Bellir, ma chérie, nous étions horriblement inquiets ! Où es-tu ? Je vois que c'est l'indicatif de la Terre ?

– Je suis avec Tara, répondit Fafnir avec un grand sourire. J'ai rattrapé le Sangrave et lui ai fait passer le goût de recommencer…

La communication se coupa. Fafnir fronça les sourcils et, soudain inquiète, recomposa le numéro.

Bellir était là, l'air interloqué.

– Ça alors, c'est curieux, pourtant la communication était bonne, ça a coupé d'un seul coup. Bref, donc tu disais que tu avais fait passer le Sangrave en OutreMonde ? Bien, ma fille.

Les deux naines se sourirent. Puis Bellir hocha la tête, le regard soudain grave.

– Quand rentres-tu ? Les Sangraves vont sans doute vouloir se venger de toi, je n'aime pas te savoir loin de nous.

– Je passe un peu de temps avec mon amie Tara et je…

La communication se coupa de nouveau.

– Par mes ancêtres, rugit Fafnir, ça commence à bien faire !

Elle refit le numéro une troisième fois et termina sa phrase, guettant la boule de cristal d'un air mauvais.

– Je disais que je restais un peu avant de rentrer, reprit Fafnir en brandissant sa hache. Et le premier qui essaie de m'attaquer goûtera à mon fer froid !

Puis elle coupa la communication avant qu'on ne le fasse pour elle.

Tara observa le corps du Sangrave, la tête dans la soupière et un gros trou en forme de hache dans le dos, et frissonna.

– Nous ne saurons jamais ce qu'il essayait de faire, ni pourquoi il est venu ici.

– Ça va être difficile de lui poser des questions maintenant, admit Fafnir, j'aurais peut-être dû lui envoyer le manche sur la tête, pour l'assommer, mais il m'a énervée.

Oui, énerver un nain pouvait s'avérer fatal pour la santé.

– Bzzzz, fit Selena, non, ne vous appro…

Ils entendirent un autre hurlement et l'un des assistants de Mourmur, qui avait trébuché et frôlé Selena, s'écroula, foudroyé.

– Bzzz, ne vous approchez pas, bzzzz, c'est dangereux ! signala la jeune femme.

– Surtout, ne touche aucune partie métallique du Manoir Vivant, recommanda Mourmur, il risque de ne pas apprécier et je n'ai pas envie qu'il se mette en colère contre moi… contre nous.

– Je voudrais plus d'informations sur le sort, protesta Selena, bzzz, était-il très puissant ? Va-t-il y avoir des séquelles ? Est-ce que je risque d'attirer des gens encore ?

Mourmur la regarda et hocha la tête.

– Oui, il était très puissant. Manitou aurait été un incroyable sortcelier s'il n'avait pas tout gâché. Des séquelles ? Je n'en ai aucune idée. S'il y en a, tu les noteras soigneusement et tu viendras m'en parler. Attirer des gens ? Non, normalement j'ai brisé le sort. Tu ne devrais plus attirer qui que ce soit. Enfin j'espère…

Selena le regarda, haussant ses sourcils grillés.

– Cela ne me donne pas beaucoup d'indications, finit-elle par soupirer. Fafnir, comment…

– Hop, hop, fit Mourmur, qu'est-ce que tu fais ?

– Je voudrais poser des questions à Faf…

– Ailleurs que dans mon laboratoire je te prie, répondit Mourmur, allez ouste, file !

– Mais vous m'avez dit de ne pas bouger, protesta Selena.

– Ça, c'était tout à l'heure, répliqua Mourmur avec la plus mauvaise foi. Le temps de pause est passé. Tu peux y aller.

Selena était trop bien élevée pour protester, même si on sentait qu'elle en avait une folle envie. Elle hocha la tête, puis, très très prudemment, commença à remonter.

Elle crépitait comme un feu d'artifice.

– Puis-je disposer du cadavre tranquillement maintenant ? demanda Mourmur d'un ton revêche, j'ai une autopsie à faire, moi !

– Mais nous savons de quoi il est mort, fit remarquer Mangus, agacé parce qu'il voyait bien que Mourmur endossait sa panoplie *NCIS* [1] et…

– Il est tout à vous ! s'exclama joyeusement Fafnir, le coupant net. Il a osé essayer de nous tuer, il est mort, faites-en ce que vous voulez.

– Arrière-grand-oncle, demanda Tara qui suivait la montée chaotique de sa mère d'un air soucieux, vous avez dit dix minutes, c'est ça ? Qu'est-ce qui se passe si ma mère continue à foudroyer tout le monde après ce laps de temps ?

– Ah, ce serait intér… (Il s'interrompit en croisant le regard angoissé de Tara.) Je veux dire, se reprit-il, que c'est possible, mais peu probable. Redescendez si elle crépite toujours dans une heure.

Tara le dévisagea et soupira. Puis elle fit signe à Fafnir de la suivre et elles remontèrent derrière Manitou et Selena.

Elles entendirent un cri en haut et accélérèrent. Elles débouchèrent dans le hall d'entrée, marbré de noir et de blanc, la hache de Fafnir déjà prête et la magie de Tara activée, lorsqu'elles virent Selena, un sourire sournois accroché à son visage, qui tenait encore la main de sa mère. Celle-ci, les cheveux dressés sur la

---

1. Très amusant feuilleton regroupant des inspecteurs de la Marine des États-Unis dont le médecin légiste a un peu tendance à parler avec ses cadavres. Qui sur Terre, contrairement à AutreMonde, ne répondent pas.

tête, était secouée de tremblements. Selena la lâcha et Isabella recula de trois pas, à moitié assommée.

– Ah ! fit Selena d'un air gourmand, c'est déjà moins fort, les deux derniers que j'ai touchés sont encore inconscients.

– Selena ! grogna Isabella encore secouée, lorsque je t'ai demandé si cela te faisait souffrir, je ne t'ai pas dit de me toucher pour me montrer !

– Ah ? répéta Selena, le visage rayonnant d'innocence, pardon, je croyais que tu voulais ressentir ce que je ressentais. Désolée, mère, ça secoue hein ?

– Moi je trouve que ce serait le moment que ta mère fasse un bon gros câlin à Jar, murmura Fafnir qui n'aimait pas le frère de Tara. Il est toujours là, n'est-ce pas ? Et je suppose qu'il est comme un ver de T'elspath[1] dans une mine de fer, à tout détruire ?

La jeune fille gloussa. L'image de Jar à moitié électrocuté s'imposa à son esprit et elle soupira. Jamais sa mère n'accepterait.

– Oui, hélas ! Même si je ne sais pas ce qu'est un ver de T'elspath, effectivement, il me pourrit la vie.

– Tu viens Tara ? dit Selena. Je dois voir T'eal, tout de suite.

– Euh, maman ? osa Tara sans s'approcher. Avant de voir T'eal, ce serait bien que tu passes par la salle de bains. Je ne crois pas que ce soit normal que tu aies de longs poils noirs de brrraaa sur les bras et les jambes !

Selena baissa les yeux et poussa un cri d'horreur.

– Par les dieux d'AutreMonde, mais c'est épouvantable !

– Moi je trouve ça plutôt joli, commenta Fafnir qui avait porté la barbe jusqu'à son Exorde et pensait se laisser pousser un petit bouc, vous pourriez faire des tresses avec !

Selena lui renvoya un regard de pure détresse, puis se précipita dans sa chambre, suivie de Tara et de Fafnir.

Elle n'émettait presque plus d'éclairs (ce qui soulagea Tara) lorsqu'elle ressortit de la salle de bains, rose, fraîche et… épilée.

– Avant d'aller voir T'eal, dit-elle, que s'est-il passé au juste avec ce Sangrave ? Magister s'en est pris à ta famille ?

D'une façon tordue, Selena se sentait responsable des infamies de Magister.

---

1. Afin d'étayer leurs mines, les nains utilisent des troncs de Géants d'Acier, imputrescibles et virtuellement indestructibles. Mais il se trouve que les vers de T'elspath adorent les Géants d'Acier, mais uniquement lorsqu'ils sont morts. Ils grignotent donc les étais des mines des nains, qui s'écroulent sur les têtes des nains. Les nains détestent les vers de T'elspath. Qui, en plus, ne sont même pas bons à manger…

– Ils m'ont attaquée, confirma Fafnir, et…

Soudain elle stoppa net, comme frappée par une idée.

Et elle avait vraiment l'air surprise.

– Par la barbe de ma grand-mère ! s'exclama-t-elle, troublée, je n'y avais pas prêté attention sur le coup, mais en fait, ce n'est pas moi que les Sangraves ont attaquée, mais les parents de Moineau et les miens.

Ses magnifiques yeux verts se plissèrent tandis qu'elle se remémorait la bataille. Elle se releva d'un seul coup.

– Je dois retourner sur AutreMonde, dit-elle. Il y a quelque chose qui ne va pas du tout ici. Que Magister m'en veuille, je peux comprendre, mais pour quelle étrange raison s'en prend-il à mes parents ?

Elles se regardèrent. Puis Tara esquissa un pâle sourire.

– Fafnir, même si c'est involontaire, je suis super contente que tu sois venue aujourd'hui. C'est bizarre de dire ça, mais je remercie ce Sangrave pour ce cadeau inattendu.

Bien qu'inquiète pour sa famille, Fafnir afficha un grand sourire.

– À ce sujet, tu as aimé mon cadeau ?

– Quel cadeau ?

Fafnir fronça les sourcils.

– Le bracelet d'or que je t'ai forgé. J'y ai sculpté quelques-unes de nos aventures.

Paniquée, Tara refit à toute vitesse la liste de ce qu'elle avait reçu. Mais à moins d'être sénile avant l'âge, elle n'avait aucun souvenir d'un bracelet d'or envoyé par Fafnir.

Elle sauta au cou de la naine, très émue que celle-ci ne l'ait pas oubliée.

– Je suis désolée Fafnir, dit-elle, mais je ne l'ai pas reçu. Peut-être que la poste d'AutreMonde n'a pas fonctionné ?

– Je ne l'ai pas envoyé par la poste, riposta la naine, mécontente. Je l'ai fait acheminer par un cousin directement au palais. La gouvernante, Kali, m'a télécristalé il y a déjà dix jours pour me dire qu'on te ferait parvenir mon bracelet sur Terre. J'y avais joint une lettre te demandant comment nous pourrions garder le contact, puisque les communications étaient interdites entre toi et nous…

Tara se sentait perdue. Pourquoi diable sa tante ne lui avait-elle pas envoyé ce fameux bracelet ? Ce n'était pas très gentil et ne ressemblait guère à la si efficace Lisbeth. Et pour le coup, elle trouvait le blocus mis en place par sa tante trop efficace à son goût…

– Nous éclaircirons ce mystère plus tard, pour l'instant, ta famille est plus importante. Repars là-bas et télécristale à maman ou à grand-mère pour lui dire que tout va bien.

Fafnir l'embrassa, salua Selena et fila.

Mais elle avait noté quelque chose au sujet de Tara, quelque chose qui la fit frissonner.

Et bien que la naine ne soit pas du tout superstitieuse, elle pria pour s'être trompée.

Et se promit de revenir très vite sur Terre afin de vérifier.

Dès que Fafnir eut disparu, Selena se dirigea vers la porte de communication entre les deux chambres, la sienne et celle du président T'eal. Tara se plaça à ses côtés. Selena ne crépitait presque plus, mais le Manoir et la porte frémirent de concert lorsqu'elle posa la main sur la poignée de métal enchâssée dans le bois doré.

– L'heure de vérité, ma chérie. Allons-y. Sembor, tu restes ici.

Le puma obéit sans protester. Pour un gros chat, se retrouver cerné par les loups n'était pas très confortable.

Lorsqu'elles pénétrèrent dans la chambre de T'eal, Tara eut l'impression d'avoir été transportée magiquement dans un QG en temps de guerre. Partout des gens portant d'élégants uniformes d'un brun soyeux et presque doré couraient, s'interpellaient, sortaient, rentraient. Tous étaient des loups-garous et leur énergie très spéciale formait comme une sorte de halo autour d'eux.

Selena avait appris à connaître les loups. Quelque chose n'allait pas. Elle sentait leur panique, presque aussi sûrement que si elle avait été une louve elle aussi.

Au centre de ce ballet, leur tournant le dos, T'eal répondait, triait, gérait avec rapidité et efficacité. Il donna plusieurs papiers et boules de cristal à des messagers qui foncèrent.

Ils évitèrent Tara et Selena avec de gracieux mouvements qui donnèrent l'impression à Tara qu'elle était particulièrement maladroite.

Mais ce fut la réaction de sa mère qui la frappa. Selena s'immobilisa au milieu de la pièce, comme transformée en statue.

– Maman ? chuchota Tara, n'osant lui presser la main, bien que Selena ne crépitât presque plus, tu vas bien ?

– Il ne m'a pas sentie, répondit Selena, blanche comme un linge. Il ne m'a pas sentie !

– Il est très occupé, regarde, il y a dix personnes qui lui parlent en même temps !

Selena se tourna vers elle et ses yeux étaient hantés.

– Lorsque je rentrais dans une pièce, quelle que soit l'activité qu'il avait, T'eal me sentait tout de suite. Il relevait la tête, me souriait et venait me chercher ou me faisait signe de l'attendre. Tara, le sort a été levé. Et T'eal ne me reconnaît plus !

– Quel sort, ma douce ? fit une voix derrière elle. Et pourquoi je ne te reconnaîtrais plus ?

T'eal s'était approché à pas de… loup et les regardait, très inté-ressé.

Selena se planta devant lui et demanda :

– Que ressens-tu exactement ?

T'eal haussa un sourcil.

– Je ne comprends pas.

– Que ressens-tu en me voyant, là, en ce moment ?

– Là, pour être franc, je voudrais bien savoir pourquoi tu crépites…

Tara dissimula un sourire. Sa mère avait oublié qu'elle avait l'air assez bizarre.

– C'est pour ça que tu ne m'as pas sentie ?

Cette fois-ci, T'eal haussa les deux sourcils.

– Dans la catégorie des étranges questions que tu poses parfois, ma douce, j'avoue que celle-ci mérite un dix. Ton odeur est dans mon cœur, dès que tu as posé le pied dans cette pièce j'ai su que tu étais là. Mais nous avons un très gros problème sur AutreMonde qui requiert toute mon attention. D'ailleurs, je suis très content que tu m'aies demandé de venir sur Terre finalement.

Selena mit instantanément ses problèmes d'odeur de côté.

– Ah bon ? dit-elle. Et que se passe-t-il ?

– Il se passe que tu m'as sauvé la vie.

Selena recula, les yeux écarquillés.

– Qui, moi ?

– Hum hum. Il semble que les Sangraves soient en train d'es-sayer d'assassiner tous les gouvernants d'AutreMonde. Dont moi, accessoirement.

Tara n'en croyait pas ses oreilles. Magister était-il devenu fou ? En quoi assassiner les gouvernants d'AutreMonde allait-il lui permettre d'accéder aux objets démoniaques ?

Mais une question bien plus importante lui brûla les lèvres :

– Ma tante, demanda-t-elle, ma sœur ? Elles vont bien ?

– Elles sont saines et sauves, H'acla, lui répondit respectueusement T'eal. Mais la Reine Titania du Lancovit a été blessée et plusieurs des barons mercenaires de Vilains également. Les Tatris ont été épargnés, ainsi que les Edrakins, les elfes et les vampyrs. Les nains ont été attaqués, mais pas les Géants.

H'acla. Le terme pour « sauveur ». Tara leur avait pourtant demandé de ne pas l'appeler comme ça. En vain, les loups n'étant pas très obéissants par nature. Enfin sauf envers les mâles alpha, ce qu'elle n'était pas. Elle fit comme si elle n'avait pas remarqué.

Mais sa mère se raidit, comme soudain frappée par une déplaisante idée.

– Les parents de Fafnir vont bien ?

– Oui, il n'a pas été mentionné de blessés chez les nains. En fait, je crois qu'ils ont exterminé les tueurs très rapidement.

– Mag n'est pas stupide, déclara Selena. Il doit avoir un plan.

Tara grimaça, elle n'aimait pas trop que sa mère appelle son ancien kidnappeur par son petit nom, Mag. Vu la grimace de T'eal, lui non plus n'appréciait pas. Il se pencha, attira Selena dans ses bras et respira son cou avec délice.

– Nous avons l'habitude, tu sais. Les gouvernants sont toujours menacés. Il est impossible de nous protéger totalement contre un ennemi bien organisé et vraiment déterminé. Je dirais que ce sont les risques du métier. Ne t'inquiète pas ma douce, quels que soient les plans de ce stupide Sangrave, il ne pourra pas te faire de mal. Nous faire de mal.

Tara surprit alors quelque chose qui la troubla. Dans le regard de l'une des louves, une belle fille aux yeux très noirs, comme tous les loups-garous, venait de passer un éclair de… jalousie ? mépris ? fureur ? Tara ne savait pas, mais l'éducation qu'elle avait reçue sur AutreMonde lui avait appris à ne négliger aucun détail.

Elle sentait un danger. Pour sa mère.

Elle allait se renseigner sur cette louve.

Puis Selena recula, regarda T'eal et mit carrément les pieds dans le plat.

– Au départ, je pensais que tu étais tombé amoureux de moi à cause du sort. Un sort d'attirance que Mourmur vient de briser, raison pour laquelle je crépitais. À présent, tu viens d'appeler ma fille « H'acla », le sauveur. Et pardon de te manquer de confiance, mais je dois savoir. T'eal, sois honnête avec moi, je n'ai pas les sens développés des loups, je ne peux donc pas sentir si tu me mens, mais réponds-moi. T'es-tu mis avec moi parce que j'étais la mère de Tara, votre sauveuse ?

Tara retint sa respiration. La question était si dangereuse !

Le loup écarquilla les yeux. Et Tara vit que la louve qu'elle surveillait faisait de même, interloquée.

T'eal était intelligent. Très. Il ne répondit pas à la va-vite, dans un emportement factice. Mais Tara qui, grâce à Fabrice, connaissait bien les loups-garous sentit que la mention irréfléchie du sort devant tous les autres loups l'avait affecté.

Les loups-garous ressemblaient aux nains. Ils n'aimaient pas la magie, aucun loup-garou à part Fabrice n'était capable de l'utiliser, puisque, pendant leurs longues années d'esclavage, seuls les dragons en avaient le contrôle. Que Selena ait avoué devant tous les loups que T'eal était tombé amoureux d'elle à cause d'un sort n'était pas très malin. Tara y reconnut le manque total de sens politique de sa mère, qui, sans réfléchir, venait de mettre T'eal dans une sale situation.

Cependant, le loup ne se dégonfla pas. Il plongea son regard noir dans les yeux dorés de Selena et lui prit les mains.

– Premièrement, tu es une femme ravissante, deuxièmement, je ne sais rien du sort dont tu viens de parler. Troisièmement, tu pourrais être la mère d'une portée de tigres que cela ne changerait rien pour moi. J'ai fait ta connaissance alors que nous luttions ensemble contre Magister et j'ai trouvé chez toi les mêmes qualités de courage et de force qui existent chez ta fille. Alors, ta question est bienvenue, car il est important de dissiper toute ombre entre deux aimés, de ne pas dissimuler les doutes et les interrogations. Voici donc ma réponse. Non, je ne t'aime pas parce que tu es la mère de notre H'acla. Je t'aime parce que tu es Selena, la belle, la courageuse, la magnifique Selena. Et puisque tu poses la question, bien que j'aie prévu de faire ceci d'une façon nettement plus romantique et non pas au milieu d'une crise internationale…

Il fit une pause et inspira profondément.

– Selena Duncan, veux-tu me faire l'immense honneur de devenir ma femme ?

7

La louve

*ou lorsqu'on se fiance à un loup-garou, les puces
sont vraiment le moindre des problèmes…*

Dans les yeux de la louve, le mépris fit place à une intense surprise. Surprise partagée par Tara et par toutes les personnes présentes.

Selena vacilla. T'eal s'agenouilla et, sorti de nulle part, lui présenta un k'évilia rose dont le prix devait être l'équivalent du PNB d'un petit pays.

Les k'évilia étaient extraits des mines du Continent Interdit, mais il en existait également dans d'autres endroits de la planète, même s'ils étaient extrêmement rares.

Comment décrire ce qui est indescriptible ? Les k'évilia ne ressemblaient à rien. Les couleurs qui jouaient dans les étranges cristaux étaient des extra-couleurs. Des couleurs plus colorées que les couleurs normales. Les bleus étaient plus puissants, plus violents, les rouges, incendiaires, les jaunes, si lumineux qu'il fallait des lunettes de soleil, les verts, capables d'aveugler. Celui-ci était le plus gros que Tara ait jamais vu. Même l'Impératrice d'Omois n'en avait qu'une petite demi-douzaine et seule la grande couronne impériale, qui n'était sortie qu'en de très rares occasions (couronnements, mariages, etc.), en portait un à son sommet, un k'évilia jaune, de toute beauté.

Le k'évilia rose de T'eal scintillait comme un petit soleil minia-ture. Tous les loups murmurèrent. Tara tendit l'oreille. Les murmures semblaient approbateurs. Mais pas tous, non. Attentive, elle sentait comme un… courant contraire. Quelqu'un n'aimait pas l'idée que le loup-garou et la sortcelière se marient.

Du tout.

Cela ne l'arrangeait pas non plus, mais Tara n'allait pas tuer T'eal pour autant. Enfin, pas tout de suite du moins.

Tout tremblotant, T'eal attendait, le genou à terre, avec cette inhumaine patience des loups. Lui n'avait pas à craindre de crampes ou de genoux grinçants, le veinard.

Tout aussi tremblotante, Selena prit l'anneau et le contempla, hypnotisée. Puis le rendit avec un merveilleux sourire à T'eal et donna sa réponse.

– Non.

T'eal, qui allait se relever, confiant, vacilla. Les loups oscillèrent avec lui.

– Non ? Comment ça, non ?

– Ton peuple ne pourra jamais accepter que tu épouses un non-loup-garou. Crois-moi, je sais ce que je dis, je vous ai bien observés ces derniers mois. Je t'aime vraiment vraiment beaucoup, T'eal, mais tant que tu seras le président des loups, ce mariage ne sera pas possible. Ce que tu viens de faire est le plus beau cadeau qu'on m'ait jamais fait de toute ma vie. Parce que je sais que, cette fois-ci, il n'y a aucun sortilège entre nous. Merci.

Elle posa un baiser sur les lèvres de T'eal, interloqué.

Et très dignement, avant qu'aucun des loups présents ne puisse bouger d'une oreille, elle sortit et pénétra dans sa chambre.

Tara, surprise, envoya un sourire horriblement gêné à T'eal et fila à sa suite. Elle referma la porte derrière elle et se mit à compter en s'écartant à toute vitesse :

– 3, 2...

Elle n'eut pas le temps de terminer de prononcer le 1 que T'eal ouvrait la porte comme un ouragan et faisait irruption dans la pièce.

– Par les crocs de mes ancêtres, rugit-il, mais qu'est-ce que c'est que cette excuse idiote ! Mes loups se fichent bien de savoir qui j'épouse !

Selena se précipita dans ses bras en riant, le prenant de nouveau par surprise.

– Le sort est brisé et tu m'as quand même demandé de t'épouser ! Même avec Danviou, je ne peux pas être sûre, mais toi, oh ! toi, mon merveilleux loup, toi, tu m'aimes vraiment !

Le rictus de T'eal s'adoucit.

– Lorsque nous, les loups, nous apparions, déclara-t-il en plongeant ses yeux noirs dans ceux de Selena, c'est pour la vie.

Ma loyauté te sera acquise, à jamais. Jamais je ne t'aurais demandé cela si je ne t'aimais pas comme un fou !

Selena lui sourit et lui caressa le visage.

– Oui, je sais. Et ma réponse reste la même. Tu dois me comprendre, T'eal. Je n'ai jamais voulu autre chose qu'être près de toi. Mais sincèrement, tes loups ne m'accepteront jamais, telle que je suis. Alors, je serai uniquement ta compagne, bien sûr. Jusqu'à ce qu'un autre soit élu.

Le loup la regarda d'un air vraiment surpris.

– Qu'un autre soit élu ?

– C'est comme ça que fonctionne une démocratie, n'est-ce pas ? Un président élu. Qui peut partir quand il veut. Enfin, je te l'accorde, pas tout de suite, je sais que tu as énormément de travail sur le Continent Interdit, que les autres meutes te font confiance. Mais dès les prochaines élections, tu pourras laisser la place à d'autres, et alors nous aurons tout le temps de nous aimer, sans toute cette pression due au pouvoir. Ah ! partir sans gardes du corps, sans contraintes, prendre des vacances, nous amuser, nous détendre, ce sera génial ! Et alors je t'épouserai, oh ! oui, avec une joie immense !

– Mais, ma douce, fit T'eal, sincèrement perplexe, étant donné la durée de vie des loups-garous, mon mandat a été calculé pour durer une bonne centaine d'années !

Tara en avait assez entendu. Les affaires de cœur de sa mère ne regardaient qu'elle et elle sentait que les choses n'allaient pas être faciles.

Il était préférable de laisser les adultes se débrouiller entre eux. Et, sachant comme sa mère pouvait être compliquée parfois, elle souhaitait bonne chance à T'eal !

Préoccupée par ce qui s'était passé sur AutreMonde et l'as-sassinat des dirigeants, inquiète pour sa tante et sa sœur, Tara sortit de la chambre sur la pointe des pieds, referma doucement la porte sur le « QUOI ? » de Selena et allait se diriger vers la sienne lorsqu'elle vit la jeune louve qui avait dévisagé sa mère avec tellement d'attention et de mépris.

– Excusez-moi, lança-t-elle en se précipitant, puis-je vous parler un instant ?

La louve qui avait sursauté lorsqu'elle l'avait interpellée s'immobilisa. Vu sa posture inquiète, si elle avait été sous sa forme de louve, elle aurait eu les oreilles couchées et la tête basse.

– Oui, H'acla ? demanda-t-elle.

Ouch ! Tara suspectait fortement qu'elle allait détester ce nom très vite.

– Je ne vous connais pas, comment vous appelez-vous ?

Il y avait deux façons pour les loups de se présenter. Par les noms ou en se reniflant le derrière comme pour les chiens.

Tara préférait nettement la première solution…

– S'elvi, H'acla, je m'appelle S'elvi.

– Et vous êtes ?

– Louve Alpha, du clan de T'eal, première de crocs.

Ah ! comme les dragons, les loups avaient des premiers (ce qui était logique, puisqu'ils avaient été « dressés » par une Reine Dragon folle), qui dirigeaient des branches séparées de l'administration. S'elvi était donc une sorte de général de l'armée de T'eal. Raison pour laquelle elle en était aussi proche. C'était assez curieux. Les louves n'étaient jamais à des postes clefs habituellement, simplement parce qu'elles étaient moins fortes que les loups et que, chez ce peuple étrange, la force primait malheureusement souvent sur l'intelligence.

Tara devait donc être attentive. Tout était inhabituel chez cette louve.

Comme les nains, les loups étaient francs jusqu'à l'insulte. Tara ne prit donc pas de gants.

– S'elvi, vous n'aimez pas ma mère, pourquoi ?

La femme louve se recroquevilla davantage. Elle se lécha nerveusement les lèvres.

– Vous n'êtes pas une louve, comment l'avez-vous senti ?

– Je n'ai pas besoin de mon nez pour percevoir les sentiments, répondit Tara, il suffit d'être observateur. Donc ?

– Ce n'est pas votre mère que je n'aime pas, répondit la jeune femme, c'est seulement qu'elle ne nous comprendra pas, ne comprendra pas nos besoins tant qu'elle ne sera pas l'une des nôtres. Et elle ne le veut pas. Elle l'a dit très clairement.

Oui, Tara non plus n'aurait pas aimé devenir poilue à chaque pleine lune, même si, contrairement aux loups-garous terriens, dominés par la lune, les loups AutreMondiens pouvaient se transformer à volonté.

– J'avoue que je ne comprends pas, dit Tara. Pourquoi cela ne peut-il pas fonctionner ? Ce n'est pas que je veuille que ma mère épouse T'eal, hein, mais bon, si cela peut faire leur bonheur, je dois cesser d'être égoïste et penser à elle, plutôt qu'à moi.

À voir sa tête, la louve ne comprenait pas du tout de quoi parlait Tara. Celle-ci soupira et résuma :

– Bref. Je ne vois pas où est le problème.

– Notre Louve Alpha Suprême nous doit protection. Chaque loup sait cela. Or, sous sa forme humaine, votre mère est horriblement fragile. Nous sommes contraints de faire des efforts constamment pour ne pas la blesser involontairement.

Elle se tut. Tara réfléchit.

– Je vois, dit-elle lentement, et c'est le contraire avec ma mère. Ce n'est pas elle qui vous protège, mais vous qui devez la protéger ?

S'elvi hocha la tête d'un air profondément malheureux.

– Oui. Vous, les sortceliers, avez des Reparus, Dame Selena possède bien la magie qui nous fait défaut, mais dans notre pays, si elle se blesse et qu'elle est loin d'un autre sortcelier, personne ne pourra la guérir[1] ! Cela nous effraie. Cela détruit la cohésion du groupe. De plus, T'eal aussi a peur de la blesser. Cela le rend… fragile. Et nous ne pouvons pas nous permettre d'avoir un chef fragile. Si cela continue, T'eal sera destitué. Un autre prendra sa place.

Tara décida de se jouer l'avocat du diable.

– Pardon de vous poser cette question, mais cette destitution ne résoudrait-elle pas le problème de T'eal et de ma mère ? Ils pourraient vivre sans se préoccuper de problèmes politiques.

Deux hommes au regard froid passèrent. L'un des deux lui adressa un léger signe de tête, mais l'autre l'ignora. Tara n'en fut pas vexée, mais imprima soigneusement le visage dans son esprit. Le type était plus grand que la majorité des Anazasis. Ses yeux avaient le froid de l'obsidienne. Et une énorme aura de pouvoir flottait autour de lui. Un alpha, sans aucun doute.

Les deux hommes disparurent, mais S'elvi attendit encore quelques secondes avant de répondre à Tara :

– Vous avez tort de prendre cela pour une simple histoire d'amour entre deux êtres. Les autres loups ne sont pas si ouverts

---

1. Les Reparus ne fonctionnent pas sur soi-même, cela doit venir d'un autre sortcelier. Ceux qui ont essayé en envoyant le sort sur un miroir ont juste obtenu un miroir impeccable, très, très propre... et sont morts de leurs blessures.

vers l'extérieur que l'est T'eal. Ce qui est notre problème deviendra très vite le vôtre. Vous n'avez aucune idée de notre puissance. La Reine Rouge nous a entraînés pour être de parfaits guerriers. Croyez-moi, vous ne voulez pas d'un autre président que T'eal. T'éolk, qui vient de passer, est l'un de ses plus vifs opposants. Il fait partie de la meute du loup bleu. Ils dirigeaient une partie du Continent Interdit pour la Reine Dragon, mais elle ne l'appréciait pas autant que T'eal. T'éolk en veut énormément à T'eal d'avoir été élu. Pour saper son autorité, il utilise tous les atouts. Dont votre mère.

C'était un très long discours pour une louve. Et Tara comprit que ce n'était pas uniquement du mépris qui avait brillé dans les yeux de S'elvi, mais bien de la peur.

– Je... vois, dit lentement Tara. Nous avons donc un gros souci, qui, vous avez raison, dépasse largement l'histoire d'amour entre ma mère et votre président. Dieu que je déteste AutreMonde parfois...

– Vous pensez pouvoir en parler à votre mère ? demanda S'elvi en se redressant, pleine d'espoir dans son uniforme brun soyeux. Si elle acceptait de se faire mordre, comme l'alpha Fabrice, ce serait fantastique, cela réglerait tous nos problèmes !

Tara fit la grimace. Elle ne voyait pas vraiment sa mère accepter de se transformer en loup-garou, en dépit de tout son amour pour T'eal.

– Euh, je vais lui en parler.

Les yeux de la louve se mirent à briller. Tara l'arrêta net.

– Mais à une condition. Vous ne racontez cette conversation à personne. Cela ne sert à rien tant que ma mère n'a pas accepté.

S'elvi hocha la tête. Pas de souci tant que la jeune humaine parvenait à convaincre sa mère.

Et si elle échouait... eh bien, une morsure était vite arrivée. La louve s'excuserait plus tard... enfin, si elle était encore en vie.

De plus, T'eal avait menti. Ni Tara ni sa mère ne le savaient, mais tous les loups l'avaient senti. L'odeur de Tara et de sa mère avait changé. Selena avait parlé d'un sort qui avait été brisé. Alors, si T'éolk pouvait prouver que T'eal voulait épouser Selena parce qu'il avait été infecté par un sort, ce simple fait lui permettrait de destituer T'eal.

C'était une situation très dangereuse. Et que malheureusement elle ne pouvait pas partager avec leur H'acla. S'elvi partit donc, la tête bourdonnante de plans qu'elle modifiait au fur et à mesure, mesurant, rejetant, calculant. Elle allait devoir maîtriser T'éolk et l'empêcher de prendre le pouvoir, et, à l'opposé, convaincre Selena de régner en la contaminant.

Formidable. Les loups-garous avaient une fantastique digestion, mais, là, S'elvi se sentait au bord de la nausée.

Mais le bien de la meute passait avant celui d'une seule personne. Ou même de deux.

En la regardant s'éloigner, Tara changea d'idée. Maintenant, elle avait une boule au creux de l'estomac. Finalement, sa chambre n'était pas le meilleur choix. Elle descendit dans le hall juste au moment où le gong résonnait. Elle grimaça. Le Manoir était tellement grand qu'il avait dû redimensionner le niveau sonore du gong. Du coup, quand il sonnait, on avait l'impression d'avoir Big Ben dans les oreilles.

La porte s'ouvrit sur Betty et Sal, les amis de Tara. De maigre, méfiante et sauvage, Betty était redevenue la ronde (avec soulagement) et joviale Betty. Une magnifique cure de chocolat/cassoulet/foie gras/pâtisseries lui avait permis de retrouver ses anciennes rondeurs. Car, associant la maigreur à l'esclavage et à la terreur, elle était ravie de se jeter sur tout ce qui était sucré, gras, appétissant et totalement contraire à toutes les règles d'une nutrition équilibrée.

Quant à Maître Saludenrivachirachivu ex-dragon noir, il expérimentait la vie sous forme d'humain, depuis que la Reine Rouge l'avait bloqué dans ce corps. Un sort de faible puissance modifiait pour les nonsos l'apparence de ses yeux jaunes de reptile. Mais Tara, qui les voyait vraiment, trouvait encore très étrange ce regard de dragon dans un visage humain. Au début de sa transformation, sa peau était d'un blanc blafard et crayeux, mais petit à petit, elle avait foncé, ce qui faisait qu'à présent, ses cheveux et sa peau étaient aussi noirs que les écailles de son corps d'origine. Il était très grand, presque un géant parmi les humains, comme il avait été un géant parmi les dragons. Il était venu habiter chez Betty, après que celle-ci s'était occupée de lui, se faisant passer, avec l'aide d'un sort de persuasion, pour un lointain cousin.

Le fait que ce cousin soit de cette étrange couleur, presque bleue, faisait beaucoup jaser dans le village de Tagon.

Betty et Sal sourirent largement en voyant Tara. La jeune fille courut les embrasser.

– C'est cool d'être venus, vous allez bien tous les deux ?

– Pardonne-nous, nous sommes un peu en retard, mais Sal voulait t'offrir une vache comme cadeau d'anniversaire, remarqua malicieusement Betty en tapotant le dos de son ami. J'ai eu toutes les peines du monde à lui faire comprendre que, n'étant pas un dragon, il y avait peu de chances que tu apprécies. Et, euh… c'est quoi cette bestiole qui ressemble à un tyrannosaure avec des ailes et ces lions verts dans ton parc ? J'ai failli avoir une crise cardiaque lorsqu'ils ont déboulé le long du chemin !

– Des cadeaux, soupira Tara. À qui on aurait pu donner la vache de Sal d'ailleurs. Merci Sal, c'est très gentil d'avoir pensé à moi, mais Betty a raison, je préfère un truc plus… plus…

– Tu préfères un truc plus de « fille » que de « dragon », l'interrompit Betty. Joyeux anniversaire Tara !

Et la jeune fille brune brandit triomphalement un beau cadeau emballé avec un nœud rouge. Tara n'attendit pas. Sous leurs yeux impatients, elle l'ouvrit et en sortit un ravissant caraco blanc portant le portrait de… Robin ! Ses yeux s'embuèrent.

– Betty, c'est magnifique ! Comment as-tu fait ?

– Je l'ai dessiné de mémoire, Sal a travaillé sur la broderie, tu ne le croiras pas, mais il a lu le concept sur internet et paf ! en une nuit, il est devenu une brodeuse incroyable !

Sal sourit modestement. Tara retint un gloussement. Passer d'énorme dragon noir intimidant à brodeuse, ça, c'était un parcours original !

– Vous avez reçu beaucoup de cadeaux, jeune Héritière ? demanda Sal.

Tara réprima une grimace. Arguant du fait qu'il avait plusieurs milliers d'années, Sal, en dépit de son corps d'adolescent, s'obstinait à parler et à se comporter comme un vieil oncle bienveillant. Et à la vouvoyer, ce qu'elle trouvait assez nul.

Vu la grimace identique de Betty, cela l'énervait aussi.

– Je ne suis plus Héritière, rappela Tara fermement. Et, oui, beaucoup. Isabella a été surprise et cela l'a mise presque de bonne humeur. Enfin, jusqu'au moment où nous l'avons accusée d'avoir ensorcelé ma mère.

Betty comme Sal ouvrirent de grands yeux et Tara les entraîna dans le petit salon, où il n'y avait personne, pour leur raconter. Elle posa son cadeau sur un guéridon qui s'était approché, et le Manoir leur servit des rafraîchissements.

Installés dans les confortables divans et fauteuils du salon rouge, ils écoutèrent Tara leur raconter la levée du sort infectant sa mère.

– Non, gloussa Betty, elle crépitait vraiment ?

– Pire qu'un paratonnerre, confirma Tara.

– Et vous êtes complètement débarrassées de ce problème ?

– Oui, heureusement ! Mourmur est génial. Maintenant, j'ai très peur de ce que Robin va dire lorsque je lui avouerai qu'il n'était attiré par moi qu'à cause d'un maudit sort !

– Tu ne lui as toujours pas parlé ? demanda gravement Betty.

Tara sentit les larmes lui monter aux yeux et respira profondément.

– Non, répondit-elle d'une voix qui vacillait. Pas depuis mon arrivée sur Terre. Le black-out de Lisbeth est super efficace.

– Moi, je n'ai pas été attiré par vous, jeune sortcelière, déclara pompeusement Sal.

Étant donné que lors de l'une de leurs premières rencontres, Sal était sous sa forme de dragon noir et que Tara l'avait suspendu par la queue au plafond du palais d'Omois, oui, c'était assez logique. Mais Tara se garda d'évoquer cet épisode, encore douloureux dans l'esprit de Sal.

– C'est normal, rappela-t-elle, le sort principal était posé sur maman, pas sur moi.

– Ah ! la magnifique Selena, sourit le dragon, les yeux brillants, je n'ai pas besoin d'un sort pour apprécier cette jeune humaine !

Ben voyons.

Betty leva les yeux au ciel. Tara constata que ses rapports avec Sal avaient beaucoup évolué. Le dragon, totalement traumatisé par ce qui lui était arrivé, s'était accroché à Betty comme à une bouée de sauvetage. Puis, avec la résignation, était arrivée l'acceptation. Betty, qui était plus ou moins tombée amoureuse de Sal, avait fini par réaliser que si le corps du dragon était celui d'un bel adolescent, son esprit, en revanche, restait celui d'un dragon.

D'un dragon qui aimait les vaches, à la folie, détestait les démons des Limbes, passait des jours à regarder ses doigts de pied en critiquant les ridicules griffes des humains et titubait beaucoup. Pas parce qu'il buvait, vu que les dragons ne supportaient pas l'alcool, mais parce qu'il oubliait constamment qu'il n'avait pas quatre pattes et des ailes.

Cela avait quelque peu refroidi ses ardeurs romantiques.

Ils pouvaient être amis et c'était le cas. Mais certainement rien de plus. Car Sal, envers et contre tout, espérait qu'un jour il pourrait redevenir dragon et retourner sur sa planète, le Dranvouglispenchir.

En attendant, ils se chamaillaient comme frère et sœur, ce que Tara aurait trouvé vraiment amusant si elle n'avait pas déjà eu à supporter son propre et dangereux petit frère.

– Ce qui est bien avec toi, Tara, fit remarquer pensivement Betty, c'est qu'on ne s'ennuie jamais. Donc, si je comprends bien, en dehors de ton anniversaire aujourd'hui, vous avez détruit un sort d'attirance, Fafnir a débarqué avec un Sangrave qui est promptement décédé dans ton sous-sol, ton futur peut-être beau-père loup-garou s'est fait jeter par ta mère lorsqu'il l'a demandée en mariage et, si elle ne devient pas poilue, elle risque de déclencher une révolution sur AutreMonde ? Dire que je râlais parce que j'avais renversé ma troisième tartine de confiture sur ma robe ce matin…

Évidemment, énoncé comme cela, cela faisait un peu catastrophique. Et encore, Tara n'avait pas tout dit, il lui restait l'épisode Magister « j'assassine les dirigeants d'AutreMonde ». Elle hésitait à l'évoquer, sachant à quel point Betty, enlevée par Magister, en avait peur.

Et se demandait comment elle allait faire pour en parler avec Sal sans avertir Betty. Parce que c'était terriblement important.

Un énorme gong l'interrompit au moment où elle allait continuer. Ils grimacèrent avec un bel ensemble. Et plus encore lorsque le gong se mit à sonner sans interruption comme si quelqu'un n'avait pas bien compris comment il fonctionnait. Ou était très, très pressé.

Betty eut un sourire malicieux.

– Allez, on va faire un petit pari. Sal, combien tu gages que Tara va encore avoir de gros problèmes et que ce gong n'est pas juste l'annonce d'un nouvel arrivage de cadeaux ?

Les dragons n'avaient pas beaucoup d'humour. Sal prit donc la proposition de Betty très au sérieux.

– La probabilité est effectivement potentiellement élevée. Mais j'aime les défis. Les trois prochaines corvées de vaisselle sont pour toi si je gagne.

Betty eut un ravissant sourire, un avec plein de fossettes.

– Allez quoi, un peu de courage, montons les enchères. Toute la semaine de corvées ménage/vaisselle à celui qui perd. Et interdiction d'utiliser la magie si c'est toi qui perds, hein ! La dernière fois, tu as été obligé d'effacer la mémoire de mes parents parce qu'ils avaient vu les assiettes se ranger toutes seules !

Le dragon lui tendit la main et ils scellèrent leur marché.

– Pfff, fit Tara, agacée. C'est vraiment n'importe quoi. Ma vie n'est pas si chaotique que ça !

Le gong ne cessait de retentir. C'était curieux que le Manoir n'ait pas encore réagi. Il semblait attendre que quelqu'un aille dans l'entrée pour ouvrir la porte. Tara sentit sa confiance vaciller.

À contrecœur, suivie par une Betty ricanante et un Sal curieux, elle se dirigea vers la porte.

Voyant qu'elle était prête, le Manoir l'ouvrit en grand.

Une vampyr bondit et plaqua Tara au sol, ses crocs à découvert.

8
Kyla

ou comment faire d'un vampyr quelque chose qui fait
même peur aux autres vampyrs...

Tara hurla, Betty aussi, et Sal se précipita.

Mais la vampyr ne voulait aucun mal à Tara et, si ses crocs
étaient à découvert, c'était tout simplement parce qu'elle pleurait à chaudes larmes.

Et comme les larmes des vampyrs étaient souvent mêlées de
sang, ce n'était pas très beau à voir. Tara la reconnut enfin, sous
le chagrin qui déformait ses traits parfaits. C'était Kyla Drakul, la
fille du tout-puissant président des vampyrs. Ses yeux de rubis
étaient encore plus rouges que d'habitude et ses beaux cheveux
d'un brun habituellement chatoyant pointaient dans tous les sens.

– Tara, Tara, bredouillait Kyla, tu dois m'aider, tu dois m'aider
ou mon peuple sera détruit !

Derrière elle, A'rno T'eylatil, l'elfe styleur et petit copain de
Kyla, les releva toutes les deux. Son beau visage d'elfe était très
pâle et il était débraillé, ce qui pour l'impeccable A'rno était
surprenant. Ses longs cheveux bruns n'étaient pas attachés par
son habituel anneau d'argent et formaient comme une cape
soyeuse et désordonnée.

– Par les mânes de mes ancêtres, Kyla, s'exclama-t-il en écar-
quillant ses yeux bruns à la pupille verticale comme tous les
elfes, tu lui as fait peur !

– Je voulais défoncer la porte, grogna Kyla en essuyant ses
larmes, je ne pouvais pas deviner qu'elle allait s'ouvrir ! Tu en
as mis du temps, reprocha-t-elle à Tara, j'ai pourtant appuyé
plein de fois sur votre primitive sonnette !

– Oui, ça, on a entendu, persifla Betty. Tu as perdu, ajouta-t-elle en se tournant vers Sal. Ça, ce sont de gros ennuis ou je ne m'appelle plus Betty.

Le dragon hocha la tête de bonne grâce.

Tara se frotta les côtes. Les vampyrs étaient plus denses que les humains et Kyla l'avait percutée comme un boulet de canon.

– Qu'est-ce qui se passe ? demanda-t-elle en essayant de retrouver une respiration normale.

Elle n'ajouta pas « encore », mais c'était tout comme.

Kyla se remit à pleurer. A'rno lui tendit un mouchoir et expliqua, alors que la vampyr hoquetait, incapable de parler :

– Son père a été attaqué.

Tout le monde le regarda avec stupeur.

– Attaqué ? finit par articuler Tara. Véo Drakul, le président des vampyrs ?

Vu la terreur unanime que les habitants d'AutreMonde, y compris les plus puissants, éprouvaient envers les vampyrs, Tara avait du mal à en croire ses oreilles. Cela dit, T'eal avait dit que tous les gouvernements d'AutreMonde avaient été attaqués. Pourquoi pas celui des vampyrs finalement ?

– Oui, gémit Kyla, je ne m'en suis pas rendu compte tout de suite. En fait, je l'ai découvert par hasard, lorsqu'il a commencé à mettre nos armées en état de marche.

Tara sentit son cœur battre contre ses côtes. Elle n'aimait pas du tout les mots « vampyrs, armées et état de marche » dans la même phrase. Et il y avait quelque chose d'illogique dans la phrase de Kyla.

– D'accord, fit-elle posément, tu dois m'expliquer, Kyla. Comment peut-on être attaqué sans s'en rendre compte et je croyais que les vampyrs n'avaient pas d'armée, juste les Brigades Noires ?

Ces dernières étaient bien plus une sorte de police des vampyrs qu'une véritable force armée. D'ailleurs, c'était elle qui était intervenue lors des affrontements contre les trolls, pas une armée constituée.

La bouche d'A'rno prit un pli amer.

– Nous les elfes, dit-il en répondant à la seconde question, pensions la même chose. Aux yeux de toute la communauté internationale, les vampyrs ont démantelé les armées de Krasalvie il y a plus de cinq cents ans. Sauf que ce n'était pas vrai.

Il entoura tendrement la vampyr de son bras, et c'était un spectacle étrange que cet elfe aux côtés d'une ravissante vampyr. Kyla secoua la tête, son mouchoir maculé de rouge.

– Moi non plus je ne le savais pas, déclara-t-elle en braquant ses yeux de rubis sur l'assemblée. Oh, Tara, c'était effrayant ! En l'espace de quelques mois, nous avons levé une armée d'un demi-million de vampyrs ! Mais même avec autant de vampyrs, nous ne saurions résister à toutes les autres armées et, comme nous sommes très forts, cela va être un véritable carnage !

Une voix derrière eux les fit sursauter.

– Un carnage, dit-elle d'un ton très intéressé. Un carnage et des armées ? Quelles armées ?

Ils se retournèrent. L'opposant de T'eal, le loup T'éolk, les regardait, ses aides de camp à ses côtés, et tous avaient le regard brillant. Les loups aimaient beaucoup se battre. Évidemment, eux voyaient cela comme une sorte de jeu. Mais ce qui était innocent pour un loup se révélait autrement plus dangereux lorsque leur partie humaine s'en mêlait. Cela faisait d'eux l'une des armées les plus redoutables qu'AutreMonde ait jamais connues.

Certes, le fait qu'on ne puisse les tuer qu'en les décapitant ou avec des balles/armes d'argent les aidait pas mal.

Kyla, qui, contrairement à Tara, n'avait aucune conscience de cela, répéta ce qu'avait fait son père. Si vite que Tara n'eut pas le temps de l'entraîner ailleurs. Loin des longues oreilles de T'éolk. Elle voulut lui attraper le bras, mais Kyla était trop enfoncée dans son chagrin pour la suivre. Elle devait opérer une diversion.

– Tu as dit qu'il avait été attaqué, l'interrompit Tara avant que la jeune vampyr n'en dévoile trop. Comment ? Et quel rapport avec cette histoire d'armée ?

Kyla la regarda et de nouveau ses crocs se dévoilèrent sous le coup de l'émotion.

– Oh, Tara, pleurnicha-t-elle, il est la proie de la magie démoniaque de Magister !

Ils en eurent le souffle coupé. Et Tara se souvint qu'elle s'était justement fait la réflexion que quelque chose n'allait pas, qu'il y avait bien trop de vampyrs sur Terre. Ils cachaient leurs traces.

Ils savaient bien que semer des corps partout les désignerait immédiatement aux yeux des sortceliers de garde. Un peu comme un Petit Poucet, Tara pourrait remonter jusqu'à eux en suivant les miettes, enfin, les cadavres exsangues, et les traquer. Alors, ils étaient très prudents, méticuleux. Pas du tout comme Selenba, le bras droit de Magister, qui se fichait éperdument qu'on la retrouve. Non, qui espérait bien qu'on la retrouverait, persuadée qu'elle était de son invincibilité. Du coup, même si Tara sentait leur présence, elle n'en attrapait que très peu.

De son côté, Betty se crispa. Innocente nonsos, elle avait été enlevée par Magister uniquement parce qu'elle était une amie de Tara. Que Magister intervienne encore dans son existence était le secret cauchemar qui épouvantait ses nuits. Et mouillait ses draps de sueur et d'angoisse. Elle ne l'avait jamais dit à Tara, mais le traumatisme était encore bien ancré dans sa mémoire. Et une petite voix insistante lui disait qu'elle ne serait pas tranquille tant que Magister serait vivant.

Magie démoniaque ? T'éolk fit une petite grimace. La Reine Rouge ne leur avait jamais parlé des démons des Limbes, qui voulaient conquérir et détruire l'univers. Mais depuis que le magicnet avait été introduit dans les foyers des loups-garous du Continent Interdit, ils avaient eu accès aux informations et rattrapé des milliers d'années d'isolement. Il savait donc que la menace de la magie démoniaque n'était pas à traiter à la légère.

– Voyons si je comprends bien, dit-il d'une voix onctueuse comme de la crème épaisse, votre père a été infecté par de la magie démoniaque et il a levé une armée. Pour quoi faire ?

Kyla le regarda d'un air surpris. Puis son humour noir de vampyr refit surface. Elle huma l'air et les phéromones lui apprirent que ce n'était pas un humain qu'elle avait devant elle.

– À votre avis, monsieur le loup-garou, à quoi une armée peut-elle bien servir ?

– À conquérir, répondit sobrement T'éolk.

– Eh bien, il me semble que c'est précisément ce que mon père a l'intention de faire.

– C'est ce qu'il vous a dit ?

– Non, répondit Kyla en perdant patience. J'ai juste vu ses yeux et les veines de son visage devenir noirs, puis ceux des soldats aussi. Je pensais qu'il s'agissait d'une sorte d'opération spéciale, secrète, afin de nous rendre plus forts. Puis des cercles rouges, comme ceux des Sangraves, sont apparus sur leur poitrine. J'avais peur, mais je cherchais encore à comprendre ce qui se passait.

Elle marqua une pause et sa voix se brisa, baissant au point qu'ils durent se pencher pour entendre son murmure.

– Je ne me suis enfuie que lorsqu'ils ont commencé à donner du sang humain aux soldats.

Tous retinrent leur respiration. Des soldats vampyrs, plus forts, plus rapides, c'était déjà ennuyeux. Des soldats avides de sang humain, dix fois plus forts et dix fois plus rapides, c'était une catastrophe !

– Ils… ils ont donné du sang humain aux vampyrs ? s'étrangla Tara, mais, s'ils traitent toute votre population, il n'y aura pas assez d'humains sur AutreMonde pour tous vous nourrir !

– Oui, je sais, répondit Kyla, misérable, en reniflant de plus belle dans son mouchoir, cela signifie qu'à un moment ou à un autre, ils vont venir ici !

Tara se rendit soudain compte qu'ils étaient au milieu de l'entrée et que ce n'était peut-être pas l'endroit idéal pour parler de tout cela. Elle les conduisit dans le petit salon qu'elle venait de quitter. Elle tenta poliment de se débarrasser de T'éolk, mais celui-ci ignora ses efforts et se posa sur un sofa, prodigieusement intéressé.

– Je n'aurais pas dû parier avec toi, souffla Betty à Sal alors qu'ils s'asseyaient, là, ce ne sont plus juste des problèmes, c'est carrément la Troisième Guerre mondiale !

– Les dragons n'accepteront pas cela, affirma Sal d'un air décidé. Nous avons amené les vampyrs sur AutreMonde alors que leur planète avait été détruite par les démons. Mais il y avait une clause à cette aide de notre part. Jamais, à aucun moment, les vampyrs ne devaient considérer les êtres conscients d'AutreMonde comme des proies potentielles. Ils n'ont manqué à leur parole qu'une seule fois, lors de la Grande Guerre des Edrakins. Et c'est resté dans l'inconscient collectif des AutreMondiens, en dépit de tous les Amemorus que nous avons jetés. Si cela se reproduit, votre peuple sera soit exterminé, soit déplacé sur une autre planète. Jamais nous ne pourrons effacer deux fois un tel acte de sauvagerie.

– Oui, merci, grogna Kyla, pourquoi croyez-vous que je sois venue ici ? Tara nous a déjà sauvés une fois, elle va trouver une solution.

Tara déglutit. Pourquoi elle ? Elle n'avait aucune solution à quoi que ce soit !

Puis les paroles de celui qu'elle prenait pour un adolescent firent leur chemin dans le cerveau de Kyla. La jeune vampyr plissa les yeux en rencontrant ceux de Sal.

– Vous… vous êtes un dragon ?

– Oui, coincé dans un corps humain. Mais dragon cependant.

– Mais… comment ? Je n'ai pas senti d'odeur de dragon sur vous !

– C'est une longue histoire, soupira Sal, pour l'instant, nous avons autre chose à faire. Je vais repartir sur AutreMonde prévenir les gouvernements de ce qui se passe en Krasalvie. Avez-vous d'autres renseignements à me donner ?

Kyla se tourna vers Tara.

– Que devons-nous faire ?

– Euh… répondit la jeune fille, le cerveau paralysé, mais je n'en sais rien, moi ! Je ne peux pas soigner un demi-million de soldats vampyrs d'un seul coup ! Et même si je le pouvais, cela me prendrait toute une vie !

– Ils n'ont pas encore infecté toute l'armée, rectifia Kyla, uniquement le cercle des officiers et les sergents. Ils n'ont pas assez de sang humain disponible en Krasalvie. Mais je sais qu'ils sont sur le point de sortir du pays pour se ravitailler. Et une fois la campagne commencée, tout sera perdu !

Tara se sentit mal. Et horriblement impuissante devant la détresse de son amie. Ainsi, ce n'était pas pour eux-mêmes que les vampyrs renégats chassaient sur Terre, mais pour approvisionner leur armée ! Elle comprenait un peu mieux pourquoi ils ne tuaient pas leurs victimes. Ils avaient besoin de se ravitailler !

Mais elle ne pouvait pas revenir sur AutreMonde, puisqu'elle était bannie. Elle devait donc trouver une autre solution.

– Écoute, dit-elle, tu as toi-même une puissante magie. Si je te montre comment te transformer en vampyr buveuse de sang, puis redevenir « normale », penses-tu que tu sauras l'enseigner à d'autres afin qu'ils guérissent ceux qui sont atteints ?

Kyla la regarda et eut soudain un éblouissant sourire… plein de dents.

– Oui ! C'est une idée géniale ! Montre-moi !

– Je te préviens, cela n'a pas fonctionné avec les sortceliers, je pouvais les transformer, mais eux n'y arrivaient pas tout seuls. Cependant, nous n'avons jamais essayé sur les vampyrs, partant du principe qu'il était plus simple que je les soigne moi-même. Regarde attentivement. Et, euh… je suis désolée, mais cela va être douloureux. Manoir ? Insonorise le salon s'il te plaît.

Sous les yeux fascinés de son auditoire, la jeune fille lança sa magie et Kyla se transforma. Peau blafarde, yeux sanglants, cheveux d'argent, elle devint une buveuse de sang humain.

Et les hurlements de douleur qu'elle poussa firent grimacer jusqu'au loup. Puis Tara retraça pour elle le cheminement qui lui permettait de purger son sang. Métamorphosée par la souffrance, Kyla retrouva lentement son aspect normal.

– Oh ! fit-elle, l'estomac barbouillé, c'est atroce, tu aurais dû me prévenir !

– À toi, ordonna Tara sans tenir compte de la remarque, essaie de refaire le processus toute seule.

Kyla prit une profonde inspiration et refit ce que lui avait montré Tara, utilisant sa magie afin de modifier son métabolisme.

Et contrairement à Cal, elle y parvint. Elle devint vampyr buveuse de sang, puis de nouveau la normale Kyla.

– Bravo ! cria A'rno, enthousiaste et les faisant tous sursauter, tu as réussi !

– Oui, répondit faiblement Kyla, maintenant, il faut que j'arrive à reproduire le processus pour guérir les autres. Merci Tara, sans toi…

– Sans elle, nous serions déjà partis, fit sèchement Sal qui ne tenait plus en place. Et si les soldats ont été contaminés par la magie démoniaque, les guérir ne sera pas suffisant. Qui plus est, vous risquez de vous faire infecter aussi.

Super. Le dragon était d'un optimisme formidable. Tara se demanda si lui envoyer une baffe pour lui faire payer les larmes qui venaient d'apparaître dans les yeux de Kyla risquait de lui valoir des problèmes diplomatiques.

– J'ai bien conscience que cela ne va pas être facile, mais je vais venir avec vous, dit bravement Kyla en s'appuyant sur l'épaule solide d'A'rno. Nous devons faire tout ce qui est possible pour délivrer mon père avant qu'il ne se produise une horrible catastrophe.

Pour les autres, faillit ajouter Tara, qui se retint.

– Nous irons également chez les elfes, ajouta A'rno, cela fait longtemps que je ne me suis pas présenté à la cour de la Reine des Elfes, la puissante V'ilara, mais elle m'écoutera.

Betty leur jeta un regard navré. La ronde jeune fille avait assisté à ce qui s'était transformé en réunion de crise sans pouvoir faire grand-chose.

Elle regarda tous les gens autour d'elle. Tous ces gens de pouvoir. Sortceliers, vampyrs, elfes, dragon. Des guerriers. Qui décidaient vite, agissaient dans l'instant. Elle n'était qu'une petite humaine. Inutile, grosse, lente, ridicule. Elle retint les larmes qui menaçaient de faire vaciller sa voix.

– Je vais rester ici. Je ne vous serai pas utile à grand-chose sur une planète où je n'ai aucun pouvoir. Revenez vite !

Elle ressentait la joie de Sal comme une blessure. L'ancien ambassadeur se morfondait sur Terre. Et elle se reprocha de ne pas s'en être rendu compte plus tôt. Mais c'était lui qui avait insisté pour rester auprès d'elle. Voir ses yeux briller alors qu'il pouvait enfin être utile à quelque chose, c'était douloureux.

T'éolk le regarda avec beaucoup d'intérêt en plissant les narines.

– C'est curieux, dit-il, je n'avais pas du tout senti que vous étiez un dragon. Si notre chère H'acla ne vous a pas encore prévenu, dites également à vos interlocuteurs que nous pensons que les attaques des Sangraves et la contamination des vampyrs font probablement partie d'un seul et même plan.

Sal ouvrit de grands yeux. Tara fit la grimace.

– J'allais leur en parler lorsque le gong a sonné. Je n'ai pas eu le temps.

Rapidement, T'éolk lui brossa un tableau de ce qui s'était passé. Sal se renfrogna.

– Ce maudit Sangrave vient de lancer son plan et nous en sommes encore à essayer d'en comprendre les prémices. Ce n'est pas bon, pas bon du tout. Damoiselle Kyla, allons-y, j'assurerai votre protection.

Kyla haussa un sourcil mais ne répliqua pas. Des deux, celui qui assurerait la protection de l'autre ne serait certainement pas le potentiel très énorme dragon, néanmoins coincé dans un fragile corps d'adolescent.

Ils discutèrent de ce que devaient faire les uns et les autres, puis partirent. Betty les accompagna afin de faire un rapport circonstancié au comte de Besois-Giron, gardien des Portes de transfert.

Et Tara fila voir sa grand-mère, sa mère et T'eal, toute idée d'anniversaire écartée.

À sa grande surprise, les trois étaient réunis, avec Jar, son frère, immobile, l'air concentré. En train d'observer le grand mur de cristal qui servait à Isabella d'ordinateur/projecteur/écran de cinéma. La grand-mère de Tara fixait l'image de l'elfe qui était apparu sur l'écran en fronçant les sourcils.

Et le cœur de Tara faillit s'arrêter de battre lorsqu'elle le reconnut.

C'était Robin.

Le demi-elfe vit Tara et s'interrompit au beau milieu de sa phrase. Un magnifique sourire éclaira son visage et Toto, pardon, Sourv, son hydre familière, trompeta bruyamment en la voyant. Tara s'approcha, détaillant avidement les superbes yeux de cristal, les cheveux blanc et noir bien trop courts et le torse musclé de son lointain petit ami.

Hou là là ! être aussi beau, cela devrait être interdit. Même si elle n'aimait toujours pas sa nouvelle coupe.

Et il devait certainement y avoir une bonne raison au fait qu'il soit torse nu. Une nouvelle mode sur la planète des sortceliers ?

Les genoux un peu tremblants, un sourire idiot collé sur la figure, Tara se pencha.

– Robin, murmura-t-elle, la voix lui manquant, Robin !

Comment allait-il réagir maintenant que le sort avait disparu ?

– Ma douce, mon aimée, mon calice d'ambroisie, te voilà enfin ! J'ai failli devenir fou ! s'exclama le demi-elfe, la rassurant grâce à ces quelques mots, même si Isabella fronça les sourcils en entendant ces surnoms extravagants. « Mon calice d'am-broisie » ? N'importe quoi !

Il l'aimait toujours ! Inconsciente de la désapprobation d'Isabella, la jeune fille faillit défaillir de soulagement. Elle allait répondre, fondante d'amour, lorsque, juste derrière Robin, apparut un visage très violet et un buste aux avantages très… euh, développés, à peine couverts par un bandeau vert, assorti à ses yeux.

V'ala, la guerrière elfe qui n'arrêtait pas d'essayer de lui piquer Robin.

Tara se raidit. Un éclair de colère la traversa.

– La petite ex-Héritière ! fit V'ala d'une voix traînante en posant une main possessive sur l'épaule de Robin. Quoi de neuf sur ta tout aussi petite planète ?

Le fait qu'AutreMonde fasse plusieurs fois le diamètre de la Terre n'autorisait pas V'ala à la traiter de « petite ».

Robin soupira et leva des yeux fatigués. Derrière lui, Tara vit que Sourv semblait porter des... pansements ? Quelque chose qui protégeait trois de ses têtes.

– V'ala, dit-il posément, qu'est-ce qu'on avait dit à propos de ces petits jeux vicieux ?

La guerrière se redressa d'un air boudeur.

– Hum, que si j'avais mis une option sur MontagneCristaux, vu que, contrairement aux elfes, les tritons ne sont pas multipartenaires, je ne devais pas m'intéresser à toi. Ce n'est pas du jeu !

Et au grand soulagement de Tara, la guerrière recula du champ de la boule de cristal de Robin.

– Comment as-tu réussi à nous contacter ? demanda Tara, guère désireuse de faire une grande déclaration d'amour alors que V'ala traînait derrière, et que sa mère, sa grand-mère et son petit frère écoutaient de toutes leurs oreilles. Et pourquoi es-tu... euh, pas habillé ? Et qu'est-il arrivé à Sourv ?

Le demi-elfe sourit. Les humains étaient bien moins à l'aise avec la nudité que les elfes. Puis son sourire disparut, à regret, et il prit un air grave.

– Nous venons d'arriver à l'ambassade camhboum[1] du Lancovit, ils aiment la chaleur et l'humidité et il fait une température de plus de quarante degrés ici. Nous avons donc dû ôter nos vêtements, ils ne veulent pas que nous utilisions la magie pour nous rafraîchir. (Il désigna la boule devant lui.) Ceci est la boule de cristal de l'ambassadeur, pas la mienne. Nous avons fait de nombreuses tentatives afin de te contacter, Cal, Fafnir, Moineau, Fabrice et moi. Mais à chaque fois, nous avons été bloqués. Ce matin, Cal a eu l'idée de solliciter l'aide de l'ambassadeur camhboum. Ne me demande pas pourquoi l'ambassadeur lui a rendu ce service, et je ne veux pas savoir ce que Cal a vo... euh, emprunté en échange, mais cela a fonctionné, dieux merci.

---

1. Sortes de grosses mottes de beurre jaune, avec des yeux rouges et des tas de tentacules, les Camhbouns sont d'excellents administrateurs/archiveurs/bibliothécaires. Leur seul défaut est d'exploser en cas de grosse contrariété. Les métiers calmes leur sont donc hautement recommandés.

Ils échangèrent un même sourire ironique. Oui, les exploits de Cal étaient innombrables, un jour, il faudrait que quelqu'un, ne craignant pas les représailles, se décide à les écrire.

– Il a juste dit que je ne devais pas prononcer ton nom et ton prénom, parce qu'il existe une sorte de logiciel entre la Terre et AutreMonde qui coupe toute communication dès qu'on les énonce.

Tara en resta bouche bée. D'accord, voilà pourquoi la communication avec AutreMonde se coupait à chaque fois que Fafnir prononçait son nom ! Là, sa tante en faisait quand même un peu trop. Exilée, d'accord, mais pestiférée, non ! Et puis elle n'était tout de même pas la seule à s'appeler Tara dans l'univers ! C'était vraiment débile comme mesure.

– Lorsque tu es arrivée, continua Robin, j'étais en train de demander l'asile pour ma famille, celle de Cal, de Moineau, tandis que Fabrice, de son côté, a sollicité l'autorisation de revenir sur Terre.

Tara ne réagit pas tout de suite, trop choquée par l'annonce. L'asile ?

– Et ma réponse est oui, jeune demi-elfe, répondit Isabella, très calme. Bien évidemment, vous pouvez venir vous réfugier ici avec vos parents. Le seul Sangrave que nous ayons vu a terminé avec la hache de Fafnir dans le dos. Je ne pense pas qu'ils s'aventurent sur cette planète. Et s'ils le font, les défenses du Manoir seront largement suffisantes pour les repousser.

– Je vous remercie, Dame Duncan, répliqua gracieusement le demi-elfe.

– Asile ? balbutia Tara. Mais… pourquoi ?

Elle réalisa ce qu'elle était en train de dire et se reprit :

– Non, je veux dire, je suis super contente de te rev… de vous revoir tous, mais je ne comprends pas…

Son ton était éloquent. Robin avait-il juste trouvé une bonne excuse pour venir la voir, ou avait-il lui aussi de gros problèmes ?

– Nos parents ont été attaqués par des Sangraves.

Tara retint sa respiration. Bien sûr, quelle idiote elle était !

– Tous les membres du magicgang ont essuyé plusieurs tentatives depuis cinquante-deux heures, continua le demi-elfe. Où que nous allions, il semble que les Sangraves soient capables de nous retrouver. Nous nous sommes réfugiés à Omois, dans le Palais, mais là-bas aussi nous avons été attaqués. Xandiar a failli devenir fou, parce que les Sangraves ne semblaient pas capables de franchir les anti-Transmitus du Palais et, pourtant, ils ne cessaient de nous attaquer ! Idem au Lancovit. Salatar[1] a dû finir par nous dire de trouver une autre solution, lorsque le gouvernement a été attaqué aussi, car il ne pouvait pas assurer notre protection. Nous avons donc décidé de mettre nos parents à l'abri sur Terre, en attendant de comprendre ce qui se passe et pourquoi Magister s'en prend à nous. Ou plutôt à eux. Je devais envoyer Sourv à Selenda, elle a été blessée et, en dépit des Reparus, cela ne cicatrise pas bien, probablement des séquelles de la possession du fantôme que tu as dévoré[2]. Mais finalement, je vais la garder avec moi, quand elle a appris qu'elle allait me quitter, elle a failli me faire exploser la tête avec ses hurlements !

Tara s'affaissa, le visage défait. Les parents attaqués, Sourv blessée… D'accord, exit pieux mensonges, c'était bien la catastrophe. Zut !

– C'est encore à cause de moi, dit-elle, désolée. Parce que nous nous mettons en travers du chemin de Magister depuis des années, il a décidé de me séparer de vous cinq. Car sans vous, je serais son esclave depuis longtemps. Voyant qu'il ne parvient pas à vous éliminer, il s'en prend donc à vos parents. Les Sangraves ont-ils réussi à les blesser ?

Mince, ce n'était pas exactement comme ça qu'elle avait envisagé ses retrouvailles avec Robin. Elle, elle voyait ça avec plus d'amour et moins de sang.

– Non, le père de Cal a fait un malaise cardiaque, mais les Chamans ont réussi à le guérir. Et c'est complètement idiot de la part de Magister, protesta Robin. S'attaquer à nos parents est le meilleur moyen de faire de nous des ennemis mortels !

– Robin, nous sommes déjà des ennemis mortels. Si vous êtes trop occupés avec la protection de vos parents, vous ne pourrez pas voler à mon secours s'il s'en prend à moi. Je pense que tout ceci est une sorte de diversion. Il va sans doute attaquer ici. Dans très peu de temps.

Robin se leva, envoyant valser le siège derrière lui, le regard affolé.

– Alors, nous arrivons tout de suite.

---

1. Chimère, Premier ministre de la Reine Titania, tête de lion, corps de chèvre, queue de dragon, mauvais caractère, crache du feu (réellement !), déteste le mensonge (ce qui, pour un homme... un être politique, est tout de même un exploit) et est extrêmement malin...
2. C'est une longue histoire, mais oui, Tara a bien dévoré un fantôme.

Et avant que Tara n'ait le temps de protester, il avait coupé la communication.

Elle s'assit sur un siège, les jambes fauchées par l'émotion.

– Tu crois vraiment que Magister va attaquer ici ? demanda sa grand-mère, attentive.

– Oui. Il y a maman. Le sort d'attirance a été brisé, mais il ne le sait pas. Et il est captivé par elle. Et puis il veut les objets démoniaques. Probablement plus que jamais, puisque nous l'avons empêché de conquérir Omois et de chasser les dragons. Un seul endroit, deux cibles. Et comme tous les gouvernements sont totalement désorganisés à cause des attaques, personne ne viendra à notre secours. Il ne devait pas se douter que Robin parviendrait à faire passer un message et encore moins qu'il proposerait de venir ici. Mais j'ai bien peur que nous n'ayons impliqué nos amis en les entraînant dans un terrible piège ! Ce que je ne comprends pas, c'est pourquoi il a contaminé les vampyrs.

Sa grand-mère se redressa, la respiration coupée.

– Quoi ?

Tara lui raconta ce qui venait de se passer dans le hall. Ils la regardèrent tous, bouche bée. Que Magister soit devenu puissant au point de pouvoir contaminer tout un peuple grâce à sa magie démoniaque était terrifiant.

Jar avait les yeux écarquillés et Tara ne savait pas si c'était d'admiration ou d'horreur.

– Il a contaminé les vampyrs ? Mais… je ne comprends pas. Sa magie démoniaque ne lui permet d'infecter que très peu de personnes avec la chemise démoniaque, puisqu'il n'a pas de gros support comme le Trône de Silur que tu as détruit ou le Sceptre Maudit. Il peut moins puiser dans les âmes emprisonnées par les démons. Comment a-t-il fait pour corrompre autant de gens et, surtout, de personnes qui lui étaient opposées ? C'est tout bonnement impossible ! Et surtout, pourquoi ? En quoi pervertir les vampyrs peut-il l'aider à récupérer les objets démoniaques ? Les dragons sont bien plus puissants que les vampyrs, ils vont les balayer en peu de temps s'ils tentent de mettre la planète à feu et à sang. Nous en avons discuté à de multiples reprises. Il n'a tenté de s'emparer d'Omois que parce qu'il avait besoin de toi, Tara, ou de notre tante l'Impératrice afin d'avoir accès aux objets démoniaques, puisque Mara et moi n'avons pas été reconnus par les gardiens. S'emparer des vampyrs et ainsi devenir une cible est tout simplement illogique. Et dangereux. Je suis persuadé que Tara a raison (ah oui ? Merci, il était temps !). Il nous laisse voir de petits bouts de son plan, mais sa cible majeure reste ma sœur. Et les objets démoniaques. Si l'on met bout à bout les attaques contre les dirigeants d'AutreMonde, l'infection des vampyrs et la capture de Tara, et donc l'accès aux objets démoniaques, cela le mettra en position de gouverner la planète et d'être suffisamment puissant pour résister aux dragons…

Pour un garçon de treize ans, presque quatorze, Jar avait une analyse politique intéressante. Et malheureusement très pertinente.

Tara rencontra le regard de Selena et y vit une authentique terreur. Sa mère avait peur. Terriblement peur. À en perdre la voix et la raison. À ses pieds, Sembor, son puma, ressentait aussi cette peur, il avait les oreilles couchées et les crocs découverts.

– Tant pis pour lui !

La voix d'Isabella claqua, brisant le silence et les faisant sursauter. L'implacable grand-mère de Tara se leva, furieuse.

– Je n'ai aucune idée de ce qui se passe. Et je ne peux pas envoyer Tara ailleurs, puisque tout AutreMonde est sens dessus dessous avec cette histoire, sans compter qu'elle en est bannie. Nous allons donc nous protéger ici, en attendant des renforts. Si cet imbécile s'imagine que nous allons nous laisser faire, alors c'est qu'il n'a aucune idée de qui sont les Duncan. Nous allons nous battre, ah ! oui. Et s'il se frotte à nous, ce sera à ses risques et périls ! (Elle haussa la voix.) Manoir !

La licorne apparut sur le mur, attentive.

– Nous sommes au niveau d'alerte maximum. Renforce les défenses du parc et de la grille. Dispose des scoops supplémentaires afin de surveiller le moindre centimètre. Je veux être avertie dès que ces Sangraves oseront se montrer.

La licorne rougit et se transforma en un énorme monstre violet, poilu, de six mètres de haut, avec des crocs et des griffes plus longs que le buste d'Isabella. Le monstre rugit et tous les volets se fermèrent. Une lumière intense se répandit, tandis que, sous leurs pieds, la configuration du Manoir se transformait.

Autour d'eux, tous les murs se métamorphosèrent en écrans de cristal, montrant le Manoir, le parc et les environs. Des nids de mitraillettes, broyeuses et autres engins cracheurs de métal et de feu apparurent un peu partout. Six griffons et une dizaine de chatrix[1], que le Manoir était allé trouver on ne savait pas bien où, se mirent à patrouiller, avides de la moindre odeur anormale. Les murs se hérissèrent de pointes et ceux du parc se rehaussèrent d'au moins un mètre en hauteur. Les arbres se resserrèrent, et toute une ligne de défense de blurps s'enterra dans le sol, sur le chemin menant au Manoir. Le piège était indétectable et parfait. Ils engloutiraient tout ce qui passerait par là. Des vortex furent disposés un peu partout, à hauteur d'homme, prêts à expédier les intrus dans d'autres dimensions, invisibles, mortels.

En l'espace de quelques secondes, le Manoir était devenu une redoutable forteresse, prête à accueillir les intrus… et à ne pas les laisser repartir.

– Oui, euh, c'est peut-être un peu trop, murmura Isabella, légèrement confuse.

Le monstre désigna une pancarte sur le mur qui disait « niveau d'alerte maximum ».

– J'aurais peut-être dû être moins… catégorique, soupira Isabella. Enfin, si qui que ce soit veut pénétrer ici, il le fera peut-être, mais pas en restant intact.

Selena tapota du pied et la fixa de son regard noisette.

– Bien bien, et nos invités, ils font comment pour nous rejoindre ?

Isabella la regarda d'un air interloqué, puis eut un petit sourire.

– En fait, c'est la première fois que je mets le Manoir en état d'alerte maximum, c'est très impressionnant je dois dire. Je ne sais donc rien des procédures d'admission. Je suppose que je vais donner leurs hologrammes et descriptions pour qu'il les laisse passer.

Le monstre leva les yeux au ciel et reproduisit instantanément toutes les images des familles de Robin, Cal, Moineau et Fabrice.

– Ou peut-être pas, grogna Isabella. Je vois, Manoir, que tu es tout à fait au point. Je te laisse donc t'occuper de tout cela, pendant que je contacte le Roi Bear sur AutreMonde. Je vais dans la salle de communication privée.

Il y avait plusieurs salles pour recevoir les communications d'AutreMonde lorsqu'elles étaient cryptées. Bien bien. Isabella

---

1. Aucun risque de les prendre pour des gentils chiens-chiens, les chatrix, sortes de grandes hyènes noires aux dents empoisonnées, sont souvent utilisées sur AutreMonde comme auxiliaires des gardiens de prison. Personne n'aime beaucoup les chatrix, et pas seulement parce qu'elles ne sentent pas très bon.

mijotait quelque chose et elle ne voulait pas que Selena et Tara soient au courant.

Tara plissa les yeux en la regardant partir.

– Elle manigance un truc, comme vous dites, vous les jeunes, gronda une voix sous ses pieds.

Tara sursauta. Elle n'avait pas vu que son arrière-grand-père, Manitou, était couché sous la console, son pelage noir se confondant avec l'ombre. Elle se pencha et le caressa. Avant, cela la mettait mal à l'aise de caresser la tête soyeuse de son arrière-grand-père, mais comme il adorait cela, il l'avait encouragée, et elle avait cessé de voir cela comme un manque de respect, mais plutôt comme une marque d'affection.

– Tu… tu ne m'en veux donc pas, hésita le vieux chien. Je suis tellement désolé de tout le mal que j'ai causé !

– Tu ne pouvais pas deviner, répondit Tara avec affection. Ni que le sort serait si puissant, ni que Magister serait affecté, comme Danviou ou les autres.

– Mais j'ai fait de ta vie et de celle de ma petite-fille un enfer !

– Non, répondit fermement Tara. Magister avait déjà été torturé par les dragons. Il aurait été Magister, que ma mère soit en cause ou pas. C'est un choix qu'il avait déjà fait, bien avant de la rencontrer. Crois-moi, j'ai vu la haine qu'il porte à ceux qui ont si horriblement blessé et tué sa bien-aimée. Cela le ronge. Et pourtant, pour l'amour de ma mère, il était presque prêt à abandonner sa vengeance, sa soif de pouvoir. Pour cela, je pense qu'il n'est pas si inhumain qu'il le croit.

– Mais si le sort a été levé et qu'il était attaché à elle à cause de cela ?

Tara allait partager son inquiétude avec Manitou lorsque la porte s'ouvrit avec fracas et Mourmur, excité comme une puce, se précipita vers eux.

– Qu'est-ce qui se passe ? Qu'est-ce qui se passe ? hurla l'inventeur, les yeux exorbités. Nous sommes attaqués ? Pourquoi le Manoir est-il passé en configuration d'alerte maximum ?

– Non, répondit Tara le plus calmement possible (on ne savait jamais, parfois le savant avait des explosifs sur lui et là, il était vraiment agité). Nous ne sommes pas attaqués. Mais nous pensons que c'est une possibilité. Alors nous avons préféré prendre quelques précautions.

– MANOIR ! hurla Mourmur.

Le monstre sur le mur, qui surveillait les écrans, se retourna vers lui.

– Laisse mes assistants sortir. Ils vont mettre quelques surprises en place au cas où les assaillants parviendraient à passer tes défenses.

Le monstre fronça les sourcils et l'électricité eut quelques ratés.

– Oh, allez, Manoir, s'énerva Mourmur, je ne dis pas que cela va arriver, hein ! Juste que c'est possible, soit un gentil garç… euh, une gentille entité. Laisse-nous faire.

Le monstre grogna puis hocha la tête. Mourmur en sautilla d'excitation et sortit aussi vite qu'il était entré.

Tara et Manitou échangèrent un regard inquiet.

– Par les dieux d'AutreMonde, murmura Manitou, maintenant, crois-moi, je souhaite plus que tout au monde que personne ne nous attaque. Mourmur serait capable de faire encore pire qu'eux. Je suis un peu inquiet pour cette planète tout à coup…

Tara acquiesça.

– Mais peut-être que rien ne va se passer et que tout va très bien aller ?

Au moment où elle prononçait ces mots, Tara se dit qu'elle était en train de commettre une erreur.

Elle avait raison.

C'est à cet instant précis que retentit la première explosion.

9

Les Sangraves

ou lorsqu'on a une requête à adresser à quelqu'un, c'est mieux de ne pas le menacer de mort juste avant...

Quand la première vague franchit les murs du parc, la réaction du Manoir fut un... avertissement. Du genre « pour l'instant, je suis gentil, mais si vous insistez, ça va mal se passer ». À peine le pied posé sur l'herbe bleue, les Sangraves se transformèrent en... spatchounes[1].

Totalement affolés, les Sangraves/spatchounes se mirent à sauter, à courir et à essayer de voler (les Sangraves n'étaient pas très bons à cet exercice, pas plus que les spatchounes d'origine d'ailleurs).

Comme un seul ho... garou, les loups pointèrent les oreilles et se mirent à baver devant les appétissants volatiles.

T'éolk demanda l'autorisation de poursuivre les Sangraves transformés, mais T'eal lui refusa. Le président des loups-garous était très inquiet pour la sécurité de Selena et de Tara. Il préférait conserver un atout dans sa manche.

Planqués sur leurs tapis, avec beaucoup de hurlements, de courses et d'énervement, plusieurs autres Sangraves réunirent les spatchounes affolés, en évitant soigneusement de toucher le sol.

Il y eut nombre de ricanements du côté des assaillis[2].

1 point pour le Manoir, 0 pour les Sangraves.

---

1. Sortes de gros dindons stupides, dorés, qui ne volent pas très bien, très fiers de leur plumage. Pour les capturer, il suffit de placer un miroir dans la forêt et très vite les spatchounes viennent s'y admirer. Ils ne doivent leur survie qu'au fait que l'incubation de leurs œufs est très rapide, à peine quelques jours, et qu'un spatchoune peut devenir adulte en moins d'une semaine.
2. Plusieurs des films montrant les courses-poursuites entre les Sangraves et les spatchounes furent postés sur le magicnet. Ils eurent d'ailleurs beaucoup de succès.

Pendant deux heures, il ne se passa rien. Tara avait déjà combattu. C'était dans ces moments d'attente, lorsque les doutes et l'angoisse vous prennent à la gorge qu'on fait des erreurs. T'eal et le Manoir les obligèrent à rester calmes. Ce ne fut pas facile. Les loups brûlaient d'affronter les assaillants.

Enfin, des têtes masquées franchirent de nouveau les murs du parc.

Prudents, cette fois, leurs chaussures étaient enduites d'un contre-sort, très coûteux, qui empêcha la majorité des transformations. De ceux qui ne touchèrent pas les plantes, arbres ou fleurs au passage. Car le Manoir n'avait pas uniquement ensortcelé le sol. Il avait également ensortcelé toute la végétation.

À l'intérieur, Tara sentit bien l'agacement du Manoir, car le monstre qui le représentait grogna bruyamment. Il n'avait pas, cette fois-ci, réussi à en éliminer autant.

Une fois sûrs qu'ils n'allaient pas se transformer, la deuxième vague de Sangraves déferla.

Les Sangraves ne s'attendaient pas à devoir prendre d'assaut un véritable bunker. Le Manoir ne fit pas dans la dentelle. Les assaillants se firent réduire en charpie par les défenses sortant du sol à leur passage, avant d'avoir eu le temps de comprendre ce qui leur arrivait.

Des jets de magie les traquèrent, des nids de mitrailleuses les clouèrent au sol, des ouragans hurlants les plaquèrent contre les murs.

La seconde vague se retira. Laissant beaucoup de corps sur le terrain. Tara déglutit. Tout cela ressemblait à une vraie guerre. Elle n'avait qu'une seule envie, être ailleurs.

Tout le monde sursauta lorsque des roquettes télécommandées anéantirent les nids de mitrailleuses et les lanceurs de magie automatiques. Le Manoir hurla de rage.

Mais il n'avait pas dit son dernier mot.

Lorsque la troisième vague se rua en hurlant dans le parc, les Sangraves, fous de rage d'avoir été mis en échec, se firent réduire en charpie par le bébé draco-tyrannosaure, les lions, les chatrix et les griffons.

Le Manoir projetait des images d'appétissants animaux à la place des Sangraves et les prédateurs fonçaient. Et Tara se demanda de nouveau où il avait trouvé des chatrix.

La troisième vague cessa l'assaut et réfléchit. Un petit commando, armé de fusils tranquillisants, endormit les animaux.

La route était libre vers le Manoir.

Les Sangraves tentèrent de détruire les scoops qui les surveillaient, mais les petites caméras volantes avaient été immunisées contre les sorts et échappaient souvent aux jets destructeurs.

Les défenseurs eurent donc une idée assez précise de ce qui se passa ensuite. Parce qu'ils le vécurent vraiment en direct, en technicolor 3D, avec son, sang et hurlements.

Un peu partout, les assistants de Mourmur avaient caché des bombes d'insectevores.

Les Sangraves étant prudents, ils avaient un détecteur de magie avec eux. Malins, les assistants de Mourmur s'en étaient doutés et les bombes se déclenchaient juste en marchant dessus. Elles s'ouvraient, et les insectevores bondissaient, impatients de passer à table.

Les petites bestioles noires et extrêmement voraces des jungles d'Omois étaient heureusement peu nombreuses sur AutreMonde. Essentiellement parce qu'elles se dévoraient même entre elles, processus d'évolution assez discutable. De tous les insectes d'AutreMonde, elles étaient les plus difficiles à tuer, les plus insaisissables et les plus dangereuses. D'ailleurs, sur AutreMonde, lorsqu'on était dans une situation totalement sans espoir, on disait qu'on était tombé dans un nid d'insectevores.

Sauf que là, Mourmur semblait en avoir fait un élevage.

Un gros élevage.

La quatrième vague d'assaut fut entièrement dévorée. Y compris les os et les vêtements…

Tara n'avait pas regardé et s'était bouché les oreilles, horrifiée.

Elle savait que les mânes des sortceliers morts partaient en OutreMonde, mais ce n'était pas une raison.

Et pour la millième fois, elle se demanda pourquoi la violence était toujours la réponse des AutreMondiens.

Pour une fois, la diplomatie, elle aurait trouvé ça bien.

Les Sangraves ne devaient pas avoir suffisamment de troupes disponibles, car il se passa au moins une heure avant le nouvel assaut.

Mais là, c'était du sérieux.

Blindés dans des armures semi-intelligentes, les Sangraves débarquèrent en deux vagues, une terrestre et une aérienne, sur des tapis volants. Ils grillèrent les insectevores restants, firent exploser les nids de mitrailleuses et foncèrent vers le Manoir.

La manœuvre était bien réalisée. Ils n'avaient oublié qu'un tout petit détail. La magie sur Terre était vraiment faible, aussi le Manoir avait-il été obligé de l'accroître sur toute la superficie de son parc. Mais, s'il pouvait la renforcer, il pouvait aussi faire le contraire.

Il la supprima. Purement et simplement. En utilisant l'un des gadgets de Mourmur. Les voir travailler côte à côte était carrément terrifiant.

Tous les tapis s'écrasèrent. Les Sangraves furent immobilisés dans leurs armures, incapables de les activer.

Les défenses du Manoir s'en donnèrent à cœur joie.

Pour l'instant, les attaquants avaient à peine égratigné le potentiel du Manoir. Mais celui-ci en eut assez de se défendre.

Il attaqua.

Évidemment, les Sangraves ne s'y attendaient pas. Ils virent soudain surgir les assistants de Mourmur. Accompagnés par les loups de T'eal et de T'éolk.

Les premiers, entièrement couverts par leurs armures bleues de protection, qui, elles, fonctionnaient, lancèrent des jets de magie destructrice. Les seconds ne firent pas plus de quartier, dents et griffes entrèrent en action. Car si le Manoir était capable d'empêcher les Sangraves d'utiliser la magie, en revanche, il ne lui était pas difficile de la redonner à ses propres troupes.

Et ceux des assaillants qui avaient été transformés en spatchounes le regrettèrent vraiment, vraiment beaucoup.

Dommage pour les Sangraves, ils ne savaient pas que les loups-garous de T'eal étaient sur place. Du coup, l'état-major de Magister n'avait pas fourni d'armes en argent à ses troupes.

Les scoops, fidèles à leur nom, saisirent les scènes les plus impressionnantes. Ici, un loup qui sauvait un assistant d'un coup d'épée. Là un assistant qui délivrait un loup blessé, cloué au sol par trois poignards, juste avant qu'un Sangrave ne lui ouvre la gorge. Ils s'aidaient. Et ils gagnaient.

Car les Sangraves semblaient avoir beaucoup de mal à travailler ensemble. C'était comme s'ils avaient une seule consigne : prendre le Manoir coûte que coûte. Mais ils ne s'entraidaient pas. Ils ne se portaient pas au secours les uns des autres. Tels d'étranges lemmings, ils avançaient.

En moins de quinze minutes, le champ de bataille fut couvert de blessés gémissants, dont beaucoup n'avaient plus leur forme originelle. Celui qui avait été transformé en pot de fleurs, parti-culièrement.

Les loups ne pouvaient pas laisser de blessés en vie. Une fois mordus par un loup-garou, les Sangraves se seraient relevés loups, eux aussi. Il n'en était pas question.

Les loups ne firent pas de quartier.

Tara se mordait les lèvres. Comment Magister pouvait-il sacrifier autant de ses hommes en assaut frontal ? Elle comprenait pourquoi il avait tellement attendu pour se venger. Il avait passé cette année à recruter. Des tas de gens apparemment. Qui devaient le regretter. Enfin, ceux qui étaient encore conscients.

Les assistants de Mourmur se replièrent, avec les loups de T'eal et T'éolk. Leur victoire facile les avait soudés en une sorte de mini-armée très motivée et ils ne demandaient qu'à y retourner. Braillards, bravaches, riant haut et fort, se tapant dans le dos avec de grandes claques admiratives, ils célébraient le fait d'être en vie. Y compris les blessés qui flottaient sur leurs civières, tous aussi enthousiastes que les autres.

Tara avait mal au cœur. Elle comprenait l'exaltation des combattants, mais n'oubliait pas les victimes. Même si elles étaient en grande majorité Sangraves.

– T'éolk, fit remarquer distraitement Isabella en fixant le loup-garou, vous avez une plume au coin de la bouche.

Le loup lui lança un regard à la fois coupable et satisfait et fit disparaître le flagrant délit d'un preste coup de patte.

Yerk !

C'était vraiment très étrange. Jamais Magister ne l'avait atta-quée de cette façon. Il préférait la ruse aux batailles, nettement plus aléatoires.

Jar et elle, pour une fois unis, avaient voulu accompagner les assistants de Mourmur et les protéger (enfin Jar, c'était parce qu'il avait envie de se battre), mais Selena comme Isabella le leur avaient interdit.

Le frère et la sœur avaient donc passé la bataille devant leurs écrans, rongeant leur frein en silence, détaillant du mieux possible les actions et réactions des assaillants. En grommelant beaucoup dans le cas de Jar.

À présent, consterné devant le massacre, il grimaça.

– Ce n'est pas normal, marmonna-t-il entre ses dents. Quelque chose ne va pas !

– Oh ? ironisa Tara, tu veux dire à part le fait que des gens essaient de nous tuer ? Et se font massacrer ?

Jar ne réagit pas à la pique, trop concentré sur la bataille.

– Je connais Magister depuis… depuis ma naissance, déclara-t-il. Il a, bien sûr, des généraux, capables de le conseiller en cas de conquête d'un pays dont il aurait besoin. Mais il n'est pas stupide et surtout, ses troupes ne sont pas innombrables. Sacrifier autant d'hommes contre nous indique soit qu'il est désespéré, et j'aimerais bien savoir pourquoi, soit que soudain notre mère et toi êtes devenues un énorme enjeu. Et là aussi j'aimerais bien savoir pourquoi.

– Il est amoureux de maman, lui opposa Tara, peu frappée par l'argumentation de Jar.

– Oui.

– Il a besoin de moi pour les objets démoniaques.

– Oui.

– Nous l'avons empêché de contrôler Omois, et le reste du monde en même temps, lorsqu'il était fantôme. Et je l'ai tué. Une fois.

– Oui.

– Qu'est-ce qu'il te faut de plus ? Il veut se venger.

– Non.

– Non ?

– Non, répéta fermement Jar. Il veut se venger des dragons. Il ne t'aime pas, parce que tu te mets sur son chemin, mais il n'a aucune vendetta avec toi. Sacrifier ses troupes pour s'emparer de toi dans le but de se venger serait totalement illogique. Je ne vois que les objets démoniaques pour le rendre dingue comme ça. Mais pourquoi maintenant, qu'est-ce qui a changé ?

Tara reporta son attention sur les combats, le cerveau en ébullition. Son petit frère avait raison. Elle aussi trouvait que cet effroyable gâchis de vies était terrible.

Soudain elle sursauta. L'un des murs venait d'afficher le visage angoissé de Robin.

– Tara ?

– Je suis là, répondit Tara, heureuse que la communication ne se coupe plus maintenant que Robin était sur Terre.

– Les Sangraves ont attaqué ? Il y a des tas de transporteurs de troupes dans Tagon. Nous venons d'arriver par la Porte de transfert du Château, mais impossible de nous approcher plus sans nous faire capturer, surtout avec nos parents. Qu'est-ce qui se passe ?

– Je n'en sais rien, répondit honnêtement Tara. Magister lance assaut sur assaut depuis plus de deux heures. Ses hommes se font décimer, mais il continue. Le gardien, père de Fabrice, va bien ? Nous ne savions pas si les Sangraves étaient passés par la Porte de transfert du Château de Besois-Giron ou s'ils avaient créé une Porte illégale.

Le demi-elfe pinça les lèvres.

– Illégale, évidemment. Les Portes de transfert sont munies de verrous automatiques en cas d'invasion depuis les derniers événements. Ils n'ont pas mis un pied ici, dieux d'AutreMonde en soient remerciés, sinon, nous nous serions aussi fait capturer. Ils ont dû passer par les Limbes démoniaques. Vous tenez le choc ? parce qu'il y a une véritable armée ici. Et ça continue à arriver ! Ils ont enfermé les habitants et les ont drogués. Le temps qu'ils se réveillent, tout sera terminé. Je ne peux pas faire courir de risque aux parents. Je vais leur dire de rester au Château, nous allons tenter de nous faufiler.

– Non, s'écria Tara, surtout pas ! S'ils vous capturent, ils auront un parfait moyen de chantage sur moi. Reste où tu es. Pour l'instant, nous ne craignons rien, ils ne peuvent pas passer nos défenses du tout. Le Manoir est en configuration Château Vivant, comme au Lancovit. Ça va, je t'assure.

Le demi-elfe écarquilla les yeux.

– En configuration Château Vivant ? Ça alors, je ne savais pas que le gouvernement du Lancovit avait accepté de cloner son précieux Château !

– Ça nous a sauvé la vie, confirma Tara. Sans le Manoir, nous n'aurions jamais résisté !

– D'accord, fit Robin, avec une grimace dépitée. Nous allons rester en dehors du conflit pour l'instant, mais Tara, si Fabrice, Cal, Moineau, Fafnir et moi nous rendons compte que vous êtes en difficulté, nous viendrons vous aider, que vous le vouliez ou non !

– J'avoue que j'avais envisagé autre chose pour nos retrouvailles, soupira Tara. Mais ne t'inquiète pas, tout va bien se passer, les Sangraves ne passeront jam…

Elle n'eut pas l'occasion de terminer la fin de sa phrase, car les Sangraves firent exploser une bombe à l'extérieur du Manoir, ce qui coupa la communication.

– D'accord, dit Tara à l'écran soudain noir, je pense qu'à partir de maintenant, je vais éviter de dire que tout va bien se passer !

Plusieurs scoops avaient réussi à échapper à l'explosion et montraient les alentours du parc. Enfin, de ce qui restait du parc.

Fatigués d'avoir à lutter pour le moindre bout de terrain, les Sangraves avaient décidé de faire place nette.

La route menant au Manoir avait été totalement détruite et, avec elle, les petites surprises du Manoir et de Mourmur. Y compris les vortex, les blurps, etc.

Les deux grognèrent à l'unisson. Ils n'aimaient pas que leurs ennemis aient de bonnes idées. Et encore moins une puissance de frappe supérieure.

Avant qu'ils n'aient le temps de réagir, les Sangraves avaient enfin réussi à s'approcher du Manoir, au point d'en toucher la porte d'entrée.

Ils étaient encerclés.

Le Manoir termina de boucler toutes les ouvertures, mais, au tremblement qui l'agitait de temps en temps, on sentait que ses murs étaient soumis à rude épreuve. Il coupa encore la magie à l'extérieur, mais les Sangraves, prudents, utilisaient des explosifs parfaitement terriens. Du C4 et du Semtex (moins sensible à l'eau que le C4) précisément. Très efficaces à courte distance, avec une grande puissance détonante, surtout s'ils étaient contenus. De plus, leur forme malléable, qui ressemblait un peu à de l'argile molle et blanche, leur permettait d'être facilement moulés à la forme de l'objet que l'on désirait détruire ou déplacer, et les Sangraves s'attaquèrent aux gonds et aux serrures des portes et des fenêtres.

Que le Manoir fit disparaître à toute vitesse.

Les explosifs tombèrent par terre avec des petits « pouf ! » mous dans la poussière. Cela agaça les Sangraves qui décidèrent de faire des trous, tout court. Ils posèrent les explosifs contre les murs.

Qui se couvrirent de graisse.

Les explosifs glissèrent de nouveau dans la poussière.

Celui qui les commandait commença à s'énerver. Il fit venir des plaques qui furent posées contre les murs, avec les explosifs au milieu, comme un sandwich.

Le Manoir les avala. Tout cru. Du coup, les assaillis se retrouvèrent avec une puissance de feu nettement supérieure.

Le monstre sur le mur devant Tara ricana. Le chef des Sangraves hurla, shoota dans une pierre apparemment toute petite, qui ne broncha pas, parce que c'était le haut affleurant dans le gravier d'un énorme rocher. Le chef des Sangraves hurla de plus belle, mais de douleur cette fois-ci.

Le monstre ricana encore plus.

Fou de rage, le Sangrave fit emplir les roquettes d'explosifs et le bombardement commença. Au début, ce fut assez facile. Le Manoir laissait exploser ce qui passait à côté ou au-dessus de lui et avalait le reste. Mais, bientôt, il y en eut tellement que certaines explosèrent, emportant des pierres. Puis de plus en plus atteignirent leur but, meurtrissant les murs, fouissant de leur nez de feu et de destruction de plus en plus loin, s'enfonçant comme de petits animaux vicieux dans le grand corps de pierre.

En dépit de toute sa force, le Manoir n'allait pas résister très longtemps.

À l'intérieur, Isabella donnait autant d'ordres qu'un général. Les loups attendaient, attentifs et ravis que leur voyage sur Terre, qu'ils supposaient paisible et sans histoire, se transforme soudain en une bataille rangée. Avec un bonus inattendu : plein de volailles aux fesses desquelles courir.

Téborir[1] !

Jar était tout aussi ravi, quoiqu'un peu inquiet d'affronter celui qu'il avait pris pour son père pendant des années, et Tara se rongeait les ongles. Elle envisageait même d'attaquer les premières phalanges.

– Par Bendruc le Hideux, hurla Isabella devant son écran de cristal, si je demande des renforts, c'est maintenant, pas dans dix ans ! Nous sommes attaqués par des Sangraves, par les crocs de Gélisor, ma petite-fille est en danger ! Dans quelle langue faut-il que je vous le dise !

Jar jeta un regard plein d'amertume vers Tara. Tara, toujours Tara. Lui aussi était en danger, mais Isabella ne le citait pas. Il se força à se détendre et à laisser la tension quitter ses muscles. Un jour, un jour, il aurait sa revanche. Mais pour l'instant, il devait se concentrer sur la bataille à venir. Et si lors de cette bataille il arrivait quelque chose à sa grande sœur, eh bien, que pourrait-il y faire ?

Le monstre sur le mur rugit de douleur et au même moment ils entendirent le bruit sourd d'une porte qui tombe.

---

1 Terme de joie, signifiant « on va courir, s'amuser comme des fous, s'en mettre plein la panse et celui qui va croiser notre route va vraiment le regretter ».

Les Sangraves étaient dans le Manoir. Les écrans s'illuminèrent, montrant le flot des robes grises et des masques noirs, gris ou dorés faire irruption dans le couloir… et couler immédiatement. Le Manoir venait de réitérer sa petite blague du lac sous les pieds des envahisseurs. Et, cette fois-ci, Mourmur trouva cela très bien.

Ils ne purent utiliser des Levitus, car les murs se resserrèrent soudain, écrabouillant ceux qui ne s'étaient pas noyés. Mais en dépit des défenses, les assaillants, toujours plus nombreux, avançaient, faisant exploser les murs, détruisant les fondations, sans se préoccuper de recevoir le toit du Manoir sur la tête.

C'était incroyablement stupide, mais cela fonctionna. Le Manoir, afin de préserver ses habitants, ne put accepter que les murs porteurs soient tous abattus. Il dut cesser de combattre les Sangraves afin que ces derniers cessent de le détruire.

– Vite, cria Mourmur, tous au laboratoire !

Le Manoir créa un escalier et ils foncèrent, laissant à peine à Isabella le temps d'insulter son interlocuteur une dernière fois.

Dans la grande salle, face au couloir, les loups se portèrent en première ligne, d'un commun accord. T'eal dut rester en arrière avec Selena, Tara, Isabella et Manitou. En tant que mâle Alpha et président, pour l'instant, il ne devait pas combattre. Ses soldats devaient le faire pour lui.

Mais on voyait bien que cela ne lui plaisait pas. Comment allait-il pouvoir briller aux yeux de celle qu'il aimait s'il ne pouvait pas verser le sang de ses ennemis ? Sauf que Selena ne voulait pas qu'il brille et était bien contente qu'il soit auprès d'elle. Si elle retombait entre les mains de Magister, elle allait devenir folle. Aussi avait-elle demandé un énorme service à T'eal.

Si leurs défenses étaient débordées, elle voulait qu'il la morde.

Et la transforme. Le visage sombre, horriblement inquiet pour sa bien-aimée, T'eal avait accepté, même s'il n'aimait pas l'idée qu'elle devienne louve sous la contrainte.

Et les deux s'étaient bien gardés de le dire à Tara. La jeune fille avait bien assez de problèmes pour ne pas avoir aussi à gérer ceux de sa mère.

En ce moment, Tara faisait ce qu'elle avait appris récemment.

Elle accumulait de l'énergie. Depuis quelque temps, elle avait découvert qu'elle pouvait se comporter comme une sorte de dynamo. Sa puissance était ainsi décuplée, bien plus que lorsqu'elle l'invoquait à la dernière minute.

L'inconvénient, c'était qu'elle la contrôlait encore moins. Et qu'elle devait penser impérativement à la braquer vers le haut, histoire de ne pas créer un volcan à l'endroit où elle se tenait…

Cette fois-ci elle ne se retint pas. C'était douloureux. Elle serra les dents. Elle avait l'impression que sa calotte crânienne allait décoller un peu comme un volcan.

Mourmur réglait les engins qu'il avait l'intention d'envoyer sur les assaillants, dont un curieux homme d'argile qui semblait tout juste sortir du four. Le savant se jucha sur un escabeau, ouvrit son crâne apparemment amovible et lui mit un petit morceau de papier dans la tête.

Immédiatement, les yeux de l'homme d'argile s'allumèrent et il se leva en grinçant.

– JE-SUIS-À-VOS-ORDRES ! brailla-t-il.

Tout le monde se mit les mains sur les oreilles et Tara perdit un peu de sa concentration. Mais qu'est-ce que c'était encore que ce truc ?

– Merci ! répondit Mourmur en grimaçant de douleur, peux-tu parler moins fort s'il te plaît ?

– JE-SUIS-À-VOS-ORDRES, murmura si doucement le Golem que personne ne comprit ce qu'il dit.

– Règle-toi sur le volume de ma voix, indiqua Mourmur en roulant les yeux.

– Je-suis-à-vos-ordres, répéta patiemment le Golem.

– Un Golem, grogna Isabella, un foutu Golem. Qu'est-ce qui t'as pris, Mourmur ? Tu es devenu sénile ? Tu sais à quel point ils sont peu fiables !

– J'ai amélioré les instructions, répliqua Mourmur. Il obéira à mes ordres. Il sera difficile à combattre et tu n'as pas obtenu de renforts, que je sache ?

– La communication avec Omois est coupée, répondit Isabella avec colère, et celle avec le Lancovit ne m'a apporté qu'un : « On vous envoie des elfes le plus vite possible, mais Leurs Majestés ont été attaquées et nous sommes préoccupés par leur protection, ainsi que par celle de la famille royale. Nous vous recontacterons. » Foutus bureaucrates !

Tara ouvrit de grands yeux. Pour que sa grand-mère jure, c'était que la situation était vraiment grave.

Elle referma les paupières, se concentrant sur sa magie. Elle sentit qu'elle grandissait en elle, dans le centre de son sternum, comme une énorme boule chaude.

Elle marqua un temps, surprise. C'était bien la première fois qu'elle trouvait cela… agréable. Comme si la magie avait atteint une autre dimension. Elle était là, Tara ne l'utilisait pas pour telle ou telle tâche, et c'était comme si elle la baignait d'une incroyable et délicieuse énergie. Elle fronça les sourcils, cherchant à accentuer cette sensation nouvelle.

– Ce n'est pas normal, fit une voix près d'elle, brisant sa concentration.

– Quoi, grogna-t-elle, mécontente, qu'est-ce qu'il y a encore ?

Mourmur ne réagit pas à son agacement, tout à sa découverte.

– J'ai étudié le corps de ce Sangrave, afin de voir d'où venait sa magie démoniaque et comment il l'utilisait pour amplifier ses pouvoirs, comme nous avons pu voir Magister le faire, à plusieurs reprises.

Ah ! Tara avait oublié que certaines de ses rencontres avec Magister, notamment lors de leur affrontement sur les plaines d'Omois, alors qu'il tentait de leur faire croire qu'il avait réussi à faire revenir l'armée des démons, avaient été filmées. Les sortceliers et hauts mages savaient donc que Magister puisait dans la magie démoniaque, mais ils ignoraient comment. C'était ce que Mourmur avait essayé de découvrir. Et à voir sa tête, il n'avait pas réussi.

– Ce corps n'était pas Sangrave il y a quelque temps. L'emprise de la magie démoniaque semble très récente, peu incrustée dans sa peau.

Jar avait entendu. Il répondit pour Tara :

– C'est évident, afin d'avoir plus de monde pour nous attaquer, Magister a constitué une véritable armée ! Je n'ai jamais vu autant de Sangraves de ma vie ! Afin de rester caché aux yeux des autorités, il a rarement plus d'un millier de Sangraves autour de lui. Je crois bien que la seule fois où il en a eu nettement plus, ce fut lorsqu'il enleva les enfants des sortceliers dans sa forteresse grise. Mais ce fut très provisoire. Enfin autre chose que je ne comprends pas. Aucun d'entre eux n'est un vampyr… or tu nous as bien dit que Kyla a précisé que les armées vampyrs étaient contaminées et aux ordres de Magister. Contre elles, nous aurions été impuissants. Ils nous auraient conquis en peu de temps. Pourquoi a-t-il sacrifié ses combattants les plus faibles ?

– C'est justement là toute la question : comment a-t-il fait pour les recruter ? demanda Mourmur. L'attrait du pouvoir est puissant, certes, mais la majorité des gens n'aiment pas ou ont peur de la magie démoniaque. Comment Magister a-t-il fait pour convertir autant de Sangraves en aussi peu de temps ? En même temps que les vampyrs ? Pour l'instant, nous avons beaucoup de questions et aucune réponse. J'ai horreur de ça.

Un premier coup retentit contre la porte du couloir du laboratoire et ils se dévisagèrent.

Les Sangraves les avaient retrouvés.

10

Les Vilains

*ou lorsqu'on est mercenaire, c'est bien de savoir
qui va vous payer à la fin de votre mission...*

Le Manoir avait soigneusement calfeutré toutes les ouvertures menant aux sous-sols, mais les Sangraves n'étaient pas idiots. Après avoir ouvert des portes qui menaient sur des tas d'endroits étranges, jungles, mers, tourbillons, etc., et avoir perdu une partie des leurs, ils avaient décidé d'utiliser un détecteur afin de repérer les fugitifs.

À présent, ils étaient prêts à mener l'estoc final. Ils brandirent leur magie et leurs armes. À la grande horreur de Tara, elle vit que certains d'entre eux étaient armés de pistolets. De vulgaires, banals et horriblement dangereux pistolets. Comme la magie était instable sur AutreMonde, elle en conclut qu'ils avaient acheté ces armes. Mais comment et où ? Car c'étaient des revolvers terriens, elle en aurait mis sa main à couper.

Voyant les loups devant eux, les Sangraves hésitèrent un instant, très conscients de leurs pertes précédentes. L'un d'entre eux s'avança, porteur d'un drapeau bleu, l'équivalent du drapeau blanc sur Terre. Le cercle sur son torse était rouge, presque noir. L'un des plus hauts rangs.

– Il est temps d'une prompte reddition, annonça-t-il avec arrogance.

Mourmur s'avança et bomba le torse.

– Oui, nous sommes d'accord, dit-il paisiblement.

Tara ouvrit de grands yeux. Mais qu'est-ce qu'il racontait ?

– Parfait ! souligna le Sangrave masqué. Que les loups se retransforment, baissez vos armes et désactivez vos défenses.

Mourmur fronça les sourcils.

– Ça par exemple, dit-il, c'est exactement ce que j'allais vous demander. Enfin, à part pour les loups, bien sûr.

– Comment ?

– Vous n'êtes pas venus pour vous rendre ? demanda Mourmur d'un air très étonné.

En dépit de sa frayeur, Tara faillit sourire lorsque le Sangrave s'étouffa dans son masque.

– Quoi, quoi ? éructa-t-il. Mais pas du tout ! C'est vous qui devez vous rendre, nous sommes bien supérieurs en nombre !

– Mais nous sommes bien plus forts, souligna Mourmur en désignant Tara derrière lui.

Il se pencha vers le Sangrave et murmura :

– Je ne voudrais pas vous faire de peine, mais la petite blonde derrière moi, c'est elle qui a tué votre maître une ou deux fois, je crois. Et si je la lâche sur vous, aïe ! aïe ! aïe ! ça va être terrible !

Le masque du Sangrave pâlit. Il se racla la gorge.

– Merci, je sais très bien qui est Damoiselle Tara Duncan. Et votre menace est vaine, nous n'avons pas peur de ses pouvoirs. Notre magie démoniaque est tout aussi puissante.

– Ah ! fit Mourmur à regret, j'avais bien peur que vous ne disiez cela. Tara ?

– Arrière-grand-oncle ?

– Peux-tu montrer à ce jeune homme, femme, ou quoi qu'il soit, à quel point sa magie n'est rien en comparaison de la tienne ?

Il en avait de bien bonnes, Mourmur, et elle faisait quoi pour montrer ça ? Elle regarda le Sangrave et eut une idée.

Sa magie bondit et frappa, faisant reculer tous les Sangraves, mais aussi ceux de son camp. Prudents.

Ils firent bien. Mourmur, le Sangrave et tous ceux qui furent touchés par la généreuse magie de Tara se retrouvèrent en caleçon et en chaussettes.

Même les masques disparurent, révélant des tas de têtes hirsutes, ahuries et consternées.

Le cœur serré, Tara constata qu'à part leur chef, qui avait les cheveux gris, tous étaient très jeunes.

Mourmur ne broncha pas.

– Elle aurait pu faire de même avec votre peau, confia-t-il gentiment au Sangrave abasourdi, vos muscles, ou même vos os. Je pense que vous devriez reconsidérer vos options.

Heureusement que le ridicule ne tuait pas, sinon, le Sangrave serait raide mort sur place. Il y avait des petits éléphants bleus volants sur son caleçon.

– Donc, reprit Mourmur, nous sommes ici pour discuter de votre capitulation.

Le Sangrave ouvrit la bouche, puis la referma.

– Certainement pas. Nous savons que l'Héritière ne lâchera pas toute sa magie contre nous. Elle est trop faible.

Tara hoqueta. Hélas, il avait raison. Elle était capable de se défendre, mais tuer des gens, c'était pas son truc.

Voyant qu'ils ne réagissaient pas, avec le plus de dignité possible, le Sangrave tourna les talons et rejoignit ses troupes.

Puis ils vidèrent le couloir. Mourmur soupira.

– Des enfants, Magister nous a envoyé des enfants. Quel lâche !

– Nous sommes des enfants aussi, répliqua Jar sèchement. Cela ne nous empêche pas de nous battre. Et de mourir.

Tara ouvrit de grands yeux. Quoi ? Son implacable frère admettait qu'il était un enfant, waouh ! ce jour était à marquer d'une pierre blanche.

– Qu'est-ce qu'ils vont faire, maintenant ? demanda Selena, toujours aussi blanche de peur, en dépit de la démonstration de Tara.

– Ce sont des idiots, répondit le loup T'éolk avec un méchant sourire. Ils vont nous attaquer, bien sûr !

Malheureusement, il avait raison. Des nuées de Sangraves se matérialisèrent dans le couloir et foncèrent sur les défenseurs. C'était finement joué, ils ne laissèrent pas à Tara le temps d'utiliser sa magie, venant immédiatement au contact des loups. Ceux-ci hurlèrent et se transformèrent, mi-hommes mi-loups, avec une puissance décuplée. Leurs crocs comme leurs griffes étaient capables de faire plier l'acier. Ils foncèrent sur les Sangraves, croquant à qui mieux mieux. Ils ne faisaient pas de quartier, pas plus que les Sangraves.

Les corps étaient tellement emmêlés que Tara ne pouvait rien faire sans risquer de blesser ses alliés.

Des cris et des appels retentirent, le sang coula. Les Sangraves utilisaient leur magie mais les loups étaient si rapides qu'ils étaient difficiles à toucher. Cela donnait un ballet étrangement gracieux mais parfaitement mortel. Les loups ne semblaient qu'effleurer les Sangraves.

Et ceux-ci tombaient.

Poutant, en dépit de leur incroyable résistance, les Sangraves avançaient, balayant le couloir de leur magie. Le Golem fut lancé dans la bataille, les sorts rebondissaient contre lui, mais il avait un peu tendance à assommer tout le monde, amis comme ennemis. Tara comprit ce que voulait dire Isabella avec son « peu fiables ». Elle devait arrêter cela.

Tara serra les dents et lança un Paralysus général devant elle, protégeant ceux qui se trouvaient derrière elle. Tout le monde se figea. Y compris les loups, furieux. Mais les Sangraves s'y attendaient et lancèrent immédiatement des troupes fraîches. Jar et Tara échangèrent un regard inquiet et armèrent leur magie.

Les jets de magie bleu foncé pour Tara et grise pour Jar foncèrent vers leurs cibles. Des Sangraves tombèrent. Remplacés par d'autres. Tara sentit que la magie bourdonnait dans ses veines, brouillant son cerveau. Ses yeux devinrent totalement bleus lorsqu'elle fit appel à la Pierre Vivante pour accentuer encore son pouvoir. Elle lévita involontairement, offrant une cible parfaite pour les Sangraves qui ne se privèrent pas. Des centaines de jets de magie s'écrasèrent sur son bouclier, tandis que la changeline interceptait les balles. Grâce à elle, Tara ne broncha pas, bien plus puissante que ces attaques, mais, de fait, elle ne pouvait pas baisser son bouclier pour riposter tant qu'elle était leur cible.

Les assistants de Mourmur profitèrent du fait que les attaques se concentraient sur elle pour s'en prendre aux Sangraves, hélas ! ils n'étaient pas assez nombreux. Ils firent beaucoup de dégâts, mais pas suffisamment.

Afin de troubler les assaillants, Tara invoqua un Forcissus qui fit gonfler ses muscles, se posa sur le sol et commença à avancer. Sa magie pouvait la protéger tandis qu'elle se battait non plus magiquement, mais physiquement contre les Sangraves. Poing contre poing. Entraînée par l'Imperator, elle était devenue une bonne combattante. Et les Sangraves ne semblaient pas savoir très bien comment réagir alors qu'elle les assommait les uns après les autres.

Mais pour un qui tombait, deux le remplaçaient. Ils étaient en mauvaise position. Et ils le savaient. T'eal se tourna vers Selena, brûlant de se jeter dans la bagarre.

Mais Selena avait d'autres projets. Elle lui tendit la main, une profonde terreur dans son regard. Sembor cracha, rebelle, mais Selena ignora les images d'elle sous forme de louve dont il inondait son cerveau.

– Vas-y, T'eal, ordonna-t-elle, fais-le !

Le loup grimaça.

– Tu deviens louve sous la contrainte. Cela va à l'encontre de tous mes principes. De ce que je tente d'inculquer à mes loups. Ton libre arbitre est le plus important !

Selena serra les dents.

– Magister est assez xénophobe. S'il apprend que je suis devenue louve, il devrait me laisser tranquille, même s'il nous capture. T'eal ! Je t'en prie ! Cela va me donner plus de puissance, plus de résistance. Il ne fera pas de moi sa poupée docile. Plus jamais !

Elle eut un sourire amer tandis que Tara et Jar se lançaient dans la bataille.

– Et au moins, je pourrai défendre mes enfants correctement. Rien que pour cela, crois-moi, cela en vaut la peine.

Le loup s'inclina. Il se transforma, renifla la main de Selena. Et la mordit.

Malheureusement, T'eal fit cela juste au moment où Tara tournait la tête vers eux, afin de s'assurer que sa mère allait bien. Le Sangrave qu'elle venait de repousser revint à la charge, mais, sachant parfaitement que sa magie ne parviendrait pas à passer le bouclier de Tara, il fit nettement plus simple.

Il lui envoya un foudroyant crochet du gauche.

Tara aurait pu parer sans problème si elle l'avait regardé. Mais voir sa mère se faire mordre par un loup-garou lui fit baisser sa garde. Elle ne put qu'amortir le choc et s'écroula, à moitié assommée.

Triomphant, le Sangrave la ramassa, la jeta sur son épaule et fila vers la sortie, évitant agilement les corps paralysés ou à terre, et les combattants.

Ballottée sur son épaule, Tara tentait de reprendre ses esprits lorsque soudain le Sangrave freina des quatre fers. Dos à ce qui se passait, Tara fut surprise lorsqu'il la reposa touuuuut doucement et se redressa, les deux mains bien en évidence. Puis il lui tendit très gentiment le revolver qu'il tenait dans la main droite, que la jeune fille prit machinalement et mit dans sa poche. Elle sentit son cœur bondir dans sa poitrine. Robin et ses amis étaient-ils venus à sa rescousse ? Elle se redressa avec un sourire et se retourna.

Et eut un hoquet de surprise.

Juste devant elle se tenait un garçon qu'elle connaissait bien, un sabre à la main, pointé sur la poitrine du Sangrave. Encadré par deux sortes de Vikings géants aux haches tout aussi géantes, coiffés de cornes à pointe qu'elle connaissait tout aussi bien.

Sylver.

Et les mercenaires de Vilains.

L'adolescent était toujours aussi beau. Yeux d'or, longue chevelure caramel et orge mêlés, visage parfait, belle bouche, nez droit, sa peau luisait comme s'il était éclairé de l'intérieur, du fait des écailles presque invisibles qui le protégeaient. Lui qui auparavant dissimulait ses dangereuses écailles sous des tas de vêtements était à présent vêtu comme une sorte de Barbare, laissant le plus possible de peau à découvert. Gilet ouvert sur d'imposants pectoraux, soulignés par son harnais de sabre, bras cerclés de fer d'Hymlia, le seul à pouvoir résister à ses écailles lorsqu'il les sortait, pantalon de cuir collant très ajusté, bottes montantes jusqu'à mi-mollet, abdominaux au grand air.

D'ailleurs, vu ses tablettes de chocolat, il devait en faire des tas, d'abdos. Waouh !

Et Tara sentit un petit choc, là, juste au creux de sa poitrine, lorsque leurs regards se croisèrent fugitivement.

– Nous avons anéanti vos troupes, dit Sylver d'une voix calme et mélodieuse en reportant son attention sur le Sangrave. Je vous prie donc de vous rendre. Et ceci est un sabre de sang. Il est très impatient de le nourrir, merci donc de ne pas le pousser à faire quelque chose de… définitif.

Effectivement, le sabre vibrait, comme impatient de s'enfoncer dans la poitrine du Sangrave. Celui-ci cilla, comme s'il avait du mal à assimiler ce qui arrivait.

Soudain, il se passa quelque chose de vraiment très étrange. De tous les corps des Sangraves s'éleva une sorte de fumée noire qui fila vers la sortie, frôla les mercenaires et disparut.

Le Sangrave vacilla, cligna des yeux.

– Vous rendez-vous ? répéta Sylver, rendu encore plus méfiant par ce qui venait de se passer, les muscles vibrants afin d'éviter que le sabre ne boive le sang et la vie de son adversaire.

– Oh, mais je me rends ! répondit celui-ci d'une voix égarée, incapable de quitter le sabre des yeux. Oui, oui, absolument. D'ailleurs, je ne sais pas du tout ce que je fais ici. Vous êtes qui ? Où sommes-nous ?

Sylver haussa un sourcil et les mercenaires grognèrent.

– Vous venez d'attaquer le Manoir d'Isabella Duncan sur Terre afin de vous emparer de Tara Duncan, résuma poliment Sylver, sans que son sabre bouge d'un pouce. D'après ce que j'ai pu voir de la bataille, beaucoup d'entre vous ont été touchés et blessés. Votre assaut aurait cependant pu aboutir. Si nous n'étions pas arrivés pour vous stopper.

Le Sangrave voulut se frotter la tête et se heurta à l'armature de son masque. Il tâtonna un instant pour en trouver le bouton d'ouverture qui émit un petit clic et le retira en jurant.

– Mais pas du tout, protesta-t-il en se frottant une tête blonde et ahurie aux yeux bleus et ronds, j'étais en train de faire l'inventaire de la Bibliothèque impériale d'Omois, avec le Camhboum Trankulus, lorsque soudain, pouf ! je me suis retrouvé en train de… de loucher sur votre sabre. D'ailleurs, ce serait bien si vous le pointiez ailleurs. Il me paraît vraiment, vraiment très coupant.

– Vous venez de m'assommer d'un coup de poing, dit Tara en indiquant sa mâchoire encore douloureuse, et de courir tout le long du couloir avec moi sur le dos. Alors, ce sabre restera là où il est tant que je n'aurai pas de réponses à mes questions !

Le Sangrave ouvrit de grands yeux stupéfaits.

– Vous assommer ? Moi ? dit-il d'une voix parfaitement incrédule, vous rigolez, j'ai les muscles d'une carpette ! Je suis biblio…

Brusquement, sa voix s'étrangla, il s'étouffa et, avant qu'ils n'aient le temps de réagir, il disparut, ainsi que les corps de tous les autres assaillants.

Surpris, Sylver recula d'un pas, heurtant presque ses deux imposants compagnons. Il trébucha et faillit se casser la figure.

Soudain, Tara se souvint de ce qui s'était passé et pourquoi elle s'était fait assommer.

– Excuse-moi, dit-elle à Sylver, tu vas m'expliquer ce que tu fais là avec des mercenaires, mais avant je dois voir ma mère.

Elle fit demi-tour, amorça un pas, se ravisa, puis sauta au cou de Sylver et l'embrassa sur la joue en dépit de la douleur dans sa mâchoire. Le garçon eut tout juste le temps de faire disparaître ses écailles qu'il avait armées pour la bataille, sinon la jeune fille se serait fait arracher le visage.

– Oh, et puis, s'exclama-t-elle, le visage rose de confusion, je voulais aussi te dire merci, tu m'as sauvée !

Et elle fila.

Un sourire idiot fleurit sur le visage de Sylver, sous le regard goguenard des deux mercenaires. L'un d'eux balança une grosse claque dans le dos du garçon, le faisant vaciller.

– Ahhh ! fit-il, je comprends un peu mieux pourquoi tu as tellement insisté pour faire partie de la première vague !

– Oui, renchérit le second, c'était pour sauver la petite blonde, bien joué camarade, elle va te tomber tout cuit dans le bec, celle-là !

Et ils se mirent à ricaner.

Sylver soupira, se coupa légèrement, laissa tomber quelques gouttes de son sang sur son sabre afin de le nourrir et le rangea d'un mouvement fluide. Les mercenaires de Vilains étaient certes de formidables combattants, mais aussi de formidables… crétins.

Il s'engagea dans le couloir vers le laboratoire. Déjà, le Manoir s'employait à faire disparaître les traces des combats. Les murs ondoyaient, effaçant le noir des Destructus ou des Flamboyus, le sol se débarrassait des débris. Les pouf-poufs avalaient tout ce qui était trop gros pour être absorbé par les murs, les fées lançaient leur magie pour réparer ce qui avait été détruit. Les briques s'envolaient et se posaient les unes sur les autres, guidées par l'image de la licorne sur le mur. Une sorte d'homme en argile tenait encore la lame cassée d'une épée dans la main et ne semblait pas savoir quoi en faire. Des loups se secouaient, sortant lentement du Paralysus que quelqu'un leur avait lancé. Sylver grimaça. Il n'aimait pas tellement les êtres capables de résister à son sabre.

Il allait falloir qu'il se fasse faire deux autres sabres, avec suffisamment d'argent dans le métal pour que les garous le sentent bien en cas de bagarre.

Il arriva dans une grande salle partagée en un tas de petites salles transparentes. Un laboratoire apparemment.

Où Tara faisait face à sa mère.

Dont la main était ensanglantée.

Sylver fonça, faillit se casser la figure sur un tentacule de Camhboum, se rattrapa de justesse et se pencha sur la main.

– Vous êtes blessée, Dame ? demanda-t-il d'un ton très inquiet. Puis-je vous soigner ?

Un garçon brun le foudroya du regard. À son visage, très semblable à celui de sa mère, Sylver comprit que c'était son fils.

– Ça va, gronda-t-il, je vais le faire. Reparus !

Sa magie flamboya et la main de Selena reprit son aspect normal.

– Maman, disait Tara d'une voix affolée, mais qu'est-ce que tu as fait ?

– Non, la reprit Jar d'un ton accusateur, on a tous vu ce que tu avais fait, la bonne question, comme ne le demande pas ma chère sœur, c'est pourquoi ?

Le visage de leur mère était pâle et son regard, sombre.

– Je n'ai pas supporté l'idée d'être de nouveau prisonnière de ce monstre. J'ai donc demandé à T'eal de me mordre. Afin de me rendre plus forte. Évidemment, je ne pouvais pas savoir qu'on viendrait à notre rescousse. Je vous remercie du fond du cœur, jeune homme. Vous et vos amis viennent de sauver Tara des griffes de Magister. Vous avez ma reconnaissance éternelle.

Le garçon se dandina, l'air gêné.

Les deux mercenaires derrière lui éclatèrent d'un énorme rire.

– Magister ? Alors ça, c'est très drôle, dit le premier.

– Comique même, renchérit le second.

– Vas-y, mon gars, dis-lui donc, reprit le premier.

– Parce qu'on va pas y passer toute la nuit, nous, on a une paie à récupérer, hein. Et vu que les corps ont disparu, on peut même pas piller un peu…

Quelque chose bourdonna à l'oreille du premier Viking et il répondit, en un geste étrangement moderne au vu de son équipement archaïque.

– Ici Viborg, que se passe-t-il ?

– Les troupes des Sangraves se replient, fit une petite voix dans son oreille. Doit-on les poursuivre, capitaine ?

– Qu'en pense le commandant ? répondit le capitaine des mercenaires.

– Que ça va nous fatiguer pour rien…

Le mercenaire eut un grand sourire.

– Alors on laisse tomber. Notre employeur ne nous a pas dit d'engager des poursuites, juste de venir en aide à la petite. Transmission terminée.

Tara regarda Sylver et vit que celui-ci fuyait son regard.

– Sylver, demanda-t-elle, qu'est-ce qu'il faut que tu nous dises ?

Sylver se racla la gorge.

– Euh, en fait…

Il s'interrompit.

– Oui ? dit Tara, encourageante.

– Tu sais, la personne qui nous a envoyés vous sauver…

– Ouiiiii, fit Tara qui, au ton de son ami, se demandait encore quelle catastrophe allait leur tomber sur le nez.

– Ce n'est pas qui vous croyez.

– En fait, là, je ne crois rien du tout. À part que tu nous as sauvés et tout et tout. Tu sais, tu es la cavalerie, le preux chevalier, le paladin, comme tu l'as si bien dit lorsque nous avons fait connaissance… Donc ? Lancovit ? Omois ?

Sylver regarda Mourmur, Isabella, Manitou, Tara, les assistants (enfin, ceux qui étaient encore debout), recula d'un pas et s'exclama :

– En fait, nous sommes envoyés par Magister !

11

Sylver

ou deux amoureux pour une seule fille, c'est le meilleur moyen d'avoir de très, très gros ennuis...

Le choc les laissa sans voix.

Avant que Tara ait le temps de réagir, Sylver s'avança, la prit dans ses bras et plongea ses merveilleuses prunelles dorées dans ses yeux.

– Tu me connais, Tara, tu sais qui je suis. Tu connais mon sens de l'honneur. Fais-moi confiance, ce n'est pas ce que tu crois.

Il était chaud contre son corps, sa peau nue si douce sans ses écailles qu'il avait rentrées. Tara déglutit.

– C'est la seconde fois que je te trouve dans les bras de ma petite amie, demi-dragon, c'est une fois de trop, fit une voix glaciale.

Sylver et Tara tressaillirent de concert. Sylver se retourna. Une flèche était pointée directement vers son cœur.

Celui de Tara rata un battement. Robin venait d'arriver.

Pile au plus mauvais moment.

Ça devenait une habitude.

Tara se dégagea de l'étreinte de Sylver, ignorant le regard peiné du garçon et se précipita vers Robin. Elle écarta l'arc et l'embrassa avec une telle fougue qu'il faillit en lâcher sa flèche.

– Waouh ! s'exclama l'un des Vikings, j'aimerais bien que ma femme m'accueille de cette façon-là quand je rentre !

– En général, tu rentres à quatre pattes tellement t'es saoul, ricana le second, elle ne risque pas de te sauter au cou, ou alors avec un solide bâton !

Sourv, l'hydre de Robin, trompeta, ravie, assourdissant tout le monde. Robin ne l'avait pas miniaturisée et la grosse bête avait un peu de mal à faire entrer ses sept têtes dans le couloir.

Obligeant, le Manoir agrandit l'espace. Immédiatement, Sourv se mit à lécher tout le monde avec enthousiasme. Les loups, qui ne s'y attendaient pas, firent des bonds en arrière.

– Et moi, fit une voix derrière Robin, j'ai le droit à un gros bisou aussi ?

– Cal ! s'exclama une troisième voix, réprobatrice.

– Ben quoi ? s'amusa Cal. Un, deux, trois petits amis, quand on aime, on ne compte pas !

Ravie, Tara éclata de rire, embrassa une dernière fois Robin et se jeta au cou de ses meilleurs amis.

Cal et son renard Familier Blondin, Fafnir, Moineau et sa panthère Sheeba, ainsi que Fabrice étaient arrivés[1].

Le petit Voleur aux yeux gris la regardait d'un air malicieux, tandis que Fafnir la naine rousse louchait sur le sabre de Sylver comme une petite fille sur un sucre d'orge.

– Que ton marteau sonne clair, Impitoyable, salua-t-elle avec un étrange formalisme.

– Que ton enclume résonne, répondit Sylver, tout aussi formel.

Moineau et Fabrice, le solide Terrien aux cheveux blonds et aux yeux noirs, qui se tenaient derrière sourirent à tout le monde. Galant vint saluer ses amis Familiers.

Le magicgang venait d'être reconstitué. Tara sentit comme un poids énorme s'envoler de ses épaules. Ses amis étaient revenus, tout allait bien se passer. Ensemble, ils avaient défié tant d'ennemis qu'elle se sentait presque invincible lorsqu'elle était avec eux.

– Vous m'avez tellement manqué ! s'exclama-t-elle. J'ai cru devenir folle de ne pas réussir à vous parler !

Moineau lui prit les mains. La jolie brune aux longs cheveux avait les yeux pleins de larmes tant elle était contente.

– Oh, Tara ! Toi aussi, tu nous as tellement manqué !

– Waouh ! fit Cal d'un ton chagrin en détaillant leur différence de taille lui qui était petit, je rêve ou tu as encore grandi ?

– Ne m'en parle pas, repartit Tara avec une petite grimace, si ça continue, je vais ressembler à une énorme géante !

– Nous, on aime bien les géantes, hein, grasseya l'un des Vikings en balançant un coup de coude à son copain. Surtout celles avec des grosses poit…

---

1. Barune, le regretté Familier de Fabrice, a été tué au Dranvouglispenchir pendant la tentative de coup d'État. Depuis, Fabrice souffre de son absence, même s'il en parle peu.

Il s'interrompit en voyant que tout le monde l'écoutait attentivement.

Sylver leva les yeux au ciel. On sentait que c'était un geste qu'il avait beaucoup répété récemment.

Robin avait rangé son arc, mais ne quittait pas son rival des yeux. Tara s'empara de sa main et le demi-elfe se détendit un peu en sentant la petite main chaude se glisser dans la sienne.

– Quelqu'un peut-il m'expliquer ce qui se passe ? ronchonna-t-il cependant. Nous avons été accueillis par des mercenaires de Vilains. Un petit millier. Je n'aimerais pas être à la place de celui qui va payer la note d'ailleurs.

Les deux mercenaires sourirent. Dans leurs yeux, on pouvait voir défiler les crédits-muts d'or. Beaucoup de crédits-muts d'or.

– Peu importe qui va payer, répondit Sylver, effaçant les sourires des Vikings.

– Ah bon ? poursuivit Robin en dardant son regard de cristal sur Sylver. Si tu le dis. Alors explique-moi un peu ce que tu fais ici avec *ma* Tara ?

– Nous avons sauvé Tara et sa famille, précisa Sylver (on sentait la satisfaction dans sa voix tandis qu'il cherchait le regard de Robin et le défiait). Juste à temps, les faux Sangraves allaient enlever *notre* Tara.

Robin plissa les yeux.

– Les faux Sangraves ?

Sylver hocha la tête.

– Enfin, les faux vrais Sangraves. Tout cela est un peu compliqué, en fait.

– Alors, fit Isabella qui observait tout le monde de son regard vert glacial, il va falloir que vous nous donniez une explication, mon garçon. Nous allons laisser Mourmur réparer les dégâts de son laboratoire. Suivez-moi dans le grand salon bleu. (Elle éleva la voix.) Manoir, prépare-le avec assez de fauteuils pour tout le monde, je te prie.

Robin, connaissant la légendaire maladresse de Sourv, son hydre, fit comme Tara. Il la miniaturisa, et la posa sur son épaule, ses têtes oscillant autour de son cou tel un étrange collier bleu et vert. Les loups qui s'étaient fait lécher par l'enthousiaste Familier eurent un regard soulagé. Ils avaient trouvé son affection un peu trop… baveuse.

Ils remontèrent.

Pendant que, dociles, ils suivaient Isabella à la queue leu leu, Tara échangea des informations avec ses amis. Pour l'instant, les M'angil, les Daavil et les Dal Salan étaient réfugiés au Château du père de Fabrice, le comte de Besois-Giron.

Isabella, qui tendait l'oreille, ordonna immédiatement qu'ils soient transférés au Manoir. La vieille forteresse du comte, pour solide qu'elle fût, ne pourrait jamais résister à un assaut. Et le comte n'avait absolument aucun pouvoir magique.

Robin acquiesça et utilisa sa boule de cristal pour appeler sa mère. Mévora lui confirma qu'ils arrivaient le plus rapidement possible. Les armées de Sangraves avaient disparu. Le chemin était donc dégagé. Et plusieurs soldats nains accompagnaient les Dal Salan et les M'angil afin de les protéger (ce qui était l'équivalent d'une compagnie de chars d'assaut en termes de puissance de destruction). Car, lorsque Robin avait proposé à Bellir et Tapdur de venir se réfugier sur Terre, les deux nains lui avaient ri au nez. Rien ni personne ne pourrait les convaincre d'abandonner leurs chères montagnes.

D'ailleurs, ils trouvaient que Fafnir s'était transformée, à cause de sa foutue magie, en une dangereuse aventurière. Et Bellir reniflait en disant qu'entre deux batailles et deux explosions minières, elle aurait bien voulu avoir de petits nains et naines à faire sauter (!) sur ses genoux.

Remarque à laquelle Fafnir opposait un regard épouvanté. Elle avait accompli son exorde et était donc considérée comme jeune adulte parmi les nains.

Mariable.

Yerk !

Elle était donc super contente que ses parents n'aient pas voulu venir… mais avait exigé une escorte afin de protéger les sortce-liers sous sa garde. Fafnir avait une grande confiance en ses capacités, mais à partir d'une petite centaine d'adversaires, elle admettait qu'elle pouvait avoir besoin d'un peu d'aide.

Le fait que Tara leur ait interdit de se mêler à la bagarre contre les Sangraves, et encore plus le fait que Robin ait obéi l'avaient mise de très mauvaise humeur. Avec ses guerriers nains, personne n'aurait pu lui résister. Surtout lorsqu'elle voyait l'ampleur des dégâts. Cet idiot de demi-elfe lui avait fait rater une magnifique bagarre !

Ils entrèrent dans le salon où les attendait une superbe colla-tion qui flottait autour d'eux, attendant leur bon vouloir.

Des Élémentaires de vent les tenaient en équilibre, transparents, invisibles, si bien qu'à part quelques bouffées d'air qui ébouriffaient les chevelures, on avait l'impression d'être servi par des êtres impalpables.

Ça aussi, c'était un truc du Manoir Vivant. Il avait pris contact avec les Élémentaires vivant sur Terre, qui s'étaient révélés ravis de travailler pour lui en échange d'un rab de magie.

Isabella fit servir tout le monde et ils s'assirent. T'eal enlaçait tendrement Selena et Tara se demandait à quoi pouvait bien penser sa mère maintenant qu'elle s'était fait mordre. T'eal avait l'air à la fois très content et très angoissé. S'elvi, elle, avait l'air plutôt contente de ne pas avoir à mordre sa future Louve Alpha. Pas bon de commencer ses relations avec ce qui s'apparentait quand même à une sorte de reine en lui plantant ses crocs dans la couenne.

Jar regardait sa mère avec attention et une pointe de défi. Cela ne lui plaisait pas. Pas du tout. Il avait toujours considéré Selena comme négligeable, faible et gnangnan, lui préférant nettement Isabella, en qui il se retrouvait. Maintenant que Selena était devenue louve, il se demandait si cela allait changer quelque chose. Serait-elle plus dure ? Le gênerait-elle dans ses plans ?

Pas qu'il en ait des masses pour l'instant, coincé qu'il était sur Terre, mais on ne savait jamais.

Manitou, lui, louchait surtout sur les petits-fours. Il adorait le foie gras, même si son métabolisme de chien ne le digérait pas très bien, à son grand chagrin. Sylver ne quittait pas Tara du regard, tout comme Robin.

Mais Robin, lui, tenait la main de Tara. Et n'avait pas l'intention de la lâcher. Il n'avait pas du tout aimé retrouver Tara dans les bras de Sylver, mais avait bien vu que Tara n'éprouvait aucune gêne. Et son fougueux baiser lui tournait encore un peu la tête.

Moineau et Fabrice s'étaient assis l'un à côté de l'autre. Et Tara se dit qu'elle allait demander à son amie s'ils s'étaient réconciliés. Elle trouvait qu'ils formaient un vraiment joli couple et espérait que les inventions[1] de Fabrice ne l'avaient pas brisé.

---

1. Fabrice, le plus faible sortcelier de la bande, avait tenté d'acquérir plus de pouvoir. Mordu par un loup-garou, ce qui l'avait rendu nettement plus poilu, il avait trahi ses amis afin de s'allier à Magister en échange de magie démoniaque. Assommé par Moineau, puis capturé, il avait fini par se rebeller contre Magister. Depuis, le pauvre garçon ne savait plus très bien où il en était... à part que ses amis lui faisaient bien plus confiance qu'il ne se faisait confiance à lui-même.

Fafnir se plaça près de Sylver, le regard toujours fixé sur son sabre, Cal à ses côtés, et, de nouveau, un intense sentiment de joie envahit Tara. C'était presque aussi fort que ce qu'elle avait ressenti avec sa magie.

Même si une petite pointe au creux de l'estomac lui restait. Qu'allaient-ils dire de cette histoire de sort ? Surtout Robin et Sylver ? Aucun des deux garçons n'avait l'air d'avoir changé d'attitude à son égard. Cal et Fabrice non plus, ils la regardaient avec autant d'affection que d'habitude.

Tara espérait qu'ils n'allaient pas être en colère contre elle. Elle aimait tellement ses amis, pour rien au monde elle ne voulait les décevoir.

Puis elle reporta son attention sur Sylver. Le demi-dragon leur fit face, comme devant un tribunal d'accusation, flanqué de ses inénarrables acolytes, les deux Vikings, leurs énormes poings refermés sur leurs haches, prêts à intervenir si les sortceliers s'énervaient.

Hum, non, espérant que les sortceliers s'énerveraient. Il y avait une prime pour la protection du petit demi-dragon...

Sylver prit une grande inspiration.

– Je disais donc que j'étais... que nous étions... envoyés par Magister, énonça-t-il avec calme.

C'était apparent. Tara le voyait au léger tremblement de ses mains. Il était nerveux. Pas facile d'assumer le statut de fils de l'ennemi public numéro 1 ! Surtout qu'il n'avait découvert ce statut que très récemment. Bon, cela dit, cela n'expliquait pas pourquoi il tremblotait. Pour un Impitoyable, même s'il n'avait jamais reçu son diplôme puisqu'il avait été entraîné secrètement, ce n'était pas normal. Les Impitoyables maîtrisaient et leur tempérament et leur sabre.

– Ce n'est pas lui qui vous a attaqués, précisa Sylver.

– Oui, ça, on s'en est doutés lorsque vous avez dit que vous étiez envoyés par Magister et que vous avez massacré les Sangraves, constata Jar avec agacement. Qu'est-ce que mon p... qu'est-ce que Magister a encore manigancé ?

Tara serra si fort la main de Robin que celui-ci grimaça. Elle avait rêvé ou Jar avait failli dire « mon père » ? Magister l'avait élevé comme s'il était son fils, mais Jar savait depuis déjà plus d'un an que c'était un mensonge. Enfin non, c'était plus compliqué que cela. Magister retirait régulièrement ses enfants à sa prisonnière, Selena, puis effaçait les souvenirs de tout le monde afin que Jar et Mara n'obéissent qu'à lui. Jar comme Mara avaient fini par croire qu'ils étaient ses enfants. Ce que Magister avait confirmé, à la grande horreur de Selena. Ils avaient fini par découvrir que c'était une pure manipulation. Selena était enceinte de quelques semaines lorsqu'elle avait été enlevée. Jar et Mara étaient bien ses enfants et ceux de Danviou. Mais on ne pouvait pas effacer des années de mensonge en quelques mois. Jar se sentait le fils de Magister. Et, bien qu'il haïsse Magister pour tout ce qu'il lui avait fait, Tara sentait qu'il n'aimait pas Sylver.

Parce que Sylver, lui, était vraiment le fils de Magister et de la sœur du roi des dragons. Un hybride impossible, aux pouvoirs encore cachés. Personne ne savait ce que pouvait devenir un tel rejeton. Le fait qu'il ait été élevé par des nains guerriers n'avait pas arrangé les choses. Sylver était unique. Et il le savait bien. S'il maniait toujours aussi bien son sabre, Tara avait vu lorsqu'il avait trébuché sur le tentacule. Avant de comprendre qu'il était un demi-dragon[1], Sylver était le garçon le plus maladroit du monde. À présent, la jeune fille avait l'impression que toutes ces ascendances contradictoires et pesantes avaient fait ressortir l'ancienne maladresse du pauvre Sylver. Elle espérait que la Chose[2], l'horrible monstre chitineux qui partageait le corps de Sylver alors qu'il ignorait qui il était, n'allait pas ressortir elle aussi. Elle dégagea sa main de celle de Robin. Le garçon fronça les sourcils. Et encore plus lorsqu'il vit qu'elle activait discrètement sa magie. Ce qui n'était pas très judicieux, car la Chose était insensible à la magie, ou du moins très résistante, mais Tara préférait, au cas où.

À son grand soulagement, même si on sentait que Sylver était la proie d'une grande tension, il ne se transforma pas en un machin chitineux plein de crocs, de griffes et d'une rage absolue.

Il resta le magnifique garçon et débita un truc si absurde que Tara crut qu'elle avait mal entendu. Sa magie s'en éteignit d'elle-même.

---

1. Caché par les partisans de la sœur du Roi, devenu fou, Sylver avait été élevé par deux nains, deux Impitoyables, les plus formidables guerriers des nains et les seuls à s'entraîner et à maîtriser des sabres, l'arme suprême. Ne sachant pas qu'il était un demi-dragon, ne connaissant ni son vrai père ni sa vraie mère, Sylver se transformait en une sorte de monstre lorsqu'il dormait, ce qui n'avait pas arrangé ses relations avec les autres. Surtout avec les filles d'ailleurs.
2. Truc horrible, très carnivore, qui était l'expression de la frustration de Sylver à ne pas se transformer en dragon. Tara avait eu affaire avec la Chose à plusieurs reprises et n'avait pas du tout envie de recommencer.

– Nous devons aller le rejoindre, dit-il comme s'il parlait de la pluie et du beau temps. Il a d'importantes révélations à faire. Mais il veut les faire à Tara, il dit que cela la concerne, et uniquement elle. Il attend dans la forêt.

Il y eut un silence de mort. Tout le monde regardait Sylver, incrédule.

Tara fut la plus rapide.

– Tu rigoles ? dit-elle d'une voix mal assurée. Non, je vois bien que tu ne rigoles pas, rectifia-t-elle en voyant le visage angoissé de Sylver.

– C'est le deal que j'ai passé avec Magister. Lorsque je l'ai retrouvé, il m'a demandé au nom de quoi il devait accepter.

– Accepter quoi ?

– Accepter de me parler.

Tout le chagrin du monde était contenu dans sa voix et Tara sentit son cœur se serrer. Sans réfléchir, elle se porta près du garçon et lui toucha le bras.

– Je suis désolée, Magister n'est pas… ce n'est pas quelqu'un de très facile.

– Il m'a dit que si je parvenais à te faire venir, dit Sylver en plongeant son regard dans celui de Tara, alors, il considérerait ma demande. Il ne voulait pas envoyer Selenba, et pensait que tu n'écouterais pas les mercenaires.

– Il t'a utilisé, murmura Tara, tu en as conscience, n'est-ce pas ?

– Oui, évidemment, répondit gravement Sylver. Mais il se passe réellement quelque chose d'anormal. Les Sangraves, les attaques des gouvernements sur AutreMonde, tout cela est lié.

– Nous nous en doutions, opina Tara, qui se sentait piégée. Mais Sylver, tu sais ce que veut Magister ? Venir avec toi, c'est…

– Mon sabre est le garant de ta sécurité, l'interrompit Sylver. Les mercenaires aussi sont là pour ta protection.

– C'est lui qui les paie, intervint Robin au moment où Isabella et Selena ouvraient la bouche. Ils ne sont en rien une protection. Tara, tu dois refuser. Il n'est pas question de te laisser rencontrer ce monstre toute seule.

Le visage de Sylver resta neutre.

– J'ai donné le message à Tara'tylanhnem Duncan. Je ne crois pas vous avoir parlé, demi-elfe.

Robin écarquilla les yeux. Même s'il était un demi-elfe, rares étaient ceux qui le soulignaient avec autant d'arrogance.

Il fit un pas en avant. Tara s'interposa.

– Je n'ai pas du tout envie d'être la raison d'une bagarre entre vous deux. Je ne sais pas pour les demi-dragons, parce que tu m'as semblé toujours très calme, Sylver, mais les elfes, eux, sont assez bouillants. Alors, si tu veux insulter mon petit ami, s'il te plaît, évite de le faire alors que tu me demandes de risquer ma vie en allant rencontrer mon pire ennemi sous ta protection.

Sylver recula d'un pas, brisant l'affrontement. Isabella se racla la gorge.

– Je sais que vous avez tous eu l'habitude d'agir sans vous préoccuper des adultes et, à plusieurs reprises, vous avez prouvé que vous aviez raison. Mais cette fois-ci, je crois qu'il est temps que je m'en mêle.

Elle marqua une pause et Robin posa un regard triomphant sur Sylver. Isabella allait interdire à Tara de rencontrer Magister et le problème serait réglé.

La Haute Mage braqua son étincelant regard vert sur Tara et dit :

– Je veux que tu y ailles.

– QUOI ?

Robin n'avait pas réagi, trop abasourdi, mais Selena, elle, avait bondi. On avait l'impression qu'elle avait de la fièvre, son visage était rouge et sa main, bien que guérie, semblait pulser.

– Qu'est-ce que tu viens de dire ? cracha la mère de Tara, furieuse. Tu veux livrer ma fille à Magister ?

– Non, répondit calmement Isabella. Je veux essayer de comprendre pourquoi notre pire ennemi vient de nous sauver. Et comment il a perdu ses Sangraves. Parce qu'on peut me dire ce qu'on veut, mais Magister ne les contrôle plus. Et je veux savoir pourquoi. Ensuite, d'où vient cette étrange magie noire qui s'est dégagée des corps. Comment, alors que la magie s'était dégagée, les corps ont disparu. Oui, j'ai des tas de questions et pas du tout de réponses. Alors ma petite-fille si puissante va aller à cette réunion. Accompagnée des loups de T'eal, des nains de Fafnir, puisque les parents de Gloria et de Robin sont escortés par des guerriers nains, et de quelques-uns des assistants de Mourmur, comme le troll ou les vampyrs.

Elle regarda sa petite-fille.

– Tu seras bien protégée, mon enfant. Je viendrai également.

À partir de là, tout dégénéra jusqu'au chaos. Selena hurla que ni Isabella ni Tara n'iraient nulle part. Les gardes de T'eal protestèrent en disant que leur mission était de protéger leur Alpha, pas l'H'acla, bien qu'elle soit très chère à leurs yeux. Ils estimaient n'être pas assez nombreux pour faire les deux. Manitou grogna que vu la tournure des choses, personne n'allait aller nulle part. T'éolk envenima encore la situation en suggérant que T'eal y aille lui aussi. C'était cool, il se débarrassait à la fois de l'H'acla et de son rival.

Et Sylver resta silencieux, au milieu de la tourmente.

Cal fit un signe à Tara. Ils avaient mis au point toute une série de signes lorsqu'ils voulaient communiquer sans que les autres puissent comprendre. Un pouce vers le bas, petit doigt pointé vers la sortie. Cal proposait qu'ils sortent, grattage du nez signifiait qu'il voulait une réunion du magicgang. Tara loucha, ce qui voulait dire qu'elle était d'accord. Ils louchèrent tous les uns derrière les autres, tandis que le signal passait.

Robin fut ravi de voir que Sylver fronçait les sourcils, mais ne comprenait pas ce qui se passait. Ils laissèrent les adultes se hurler dessus. Depuis qu'elle avait été mordue, Selena passait par de terribles sautes d'humeur et de température. Un instant, elle était bouillante, l'instant d'après, elle était frigorifiée. Cet état influait sur ses hormones, car tout était en train de changer dans son corps. Isabella ne s'attendait donc pas à avoir à affronter une furie hurlante.

Selena ne pouvait pas encore se transformer. Il lui faudrait plusieurs heures avant que son corps n'absorbe le virus contenu dans la salive de T'eal sous sa forme de loup. En attendant, elle souffrait (ça, ils ne l'avaient pas précisé dans le manuel comment devenir une parfaite petite louve-garou) et avait besoin de passer ses nerfs sur quelqu'un.

Ça tombait bien, sa mère allait faire l'affaire…

Tara et ses amis s'éclipsèrent le plus discrètement possible. Jar leur jeta un coup d'œil, mais ignora leur sortie. Il restait là où était le pouvoir et, pour l'instant, le pouvoir était dans cette pièce.

Sylver s'était reculé, mais, voyant que Tara sortait, il la suivit, après avoir fait signe aux Vikings de rester dans la pièce.

Il devait savoir ce que mijotait Cal. Il n'avait pas identifié le signe qu'il avait lancé à Tara, mais bien vu qu'elle réagissait à quelque chose.

Quelle idée tordue le Voleur avait-il encore trouvée ?

12
Cal

ou comment trouver une idée tellement tordue que même
un nain avec une forge, une enclume et un bon gros
marteau ne pourra jamais la redresser...

Cal précéda le magicgang, élargi à Sylver et à Manitou, qui
avaient repéré leur manège. Ils se retrouvèrent dans un autre
salon, pas très loin du premier.

Un salon d'apparat. Plafond à caissons décoré, doré, bleu,
argent. Surchargé. Avec des tas de bibelots coûteux et fragiles.
Dont une bonne partie avait été détruite par les Sangraves et
gisait près des murs en reconstruction.

– Manoir, ordonna Tara, peux-tu nous prévenir lorsqu'ils
auront cessé de hur... de se disputer, s'il te plaît ?

La licorne apparut sur le mur et hocha la tête d'un air malheureux. Le Manoir avait été abîmé par les combats, beaucoup de
murs porteurs avaient été abattus et il savait qu'il allait en avoir
pour un bon bout de temps pour réparer les dégâts. Il avait déjà
passé un coup de fil, par le biais de Mourmur, à une carrière de
pierre dans les Pyrénées, mais le carrier ne pourrait le livrer que
dans quinze jours.

Il était donc de mauvaise humeur. Son pelage noirci reflétait
l'état de ses murs et il boitait. De plus, que les humains se disputent au lieu de l'aider à tout réparer n'arrangeait pas les choses.
La licorne disparut, mais des tas de tasses et d'assiettes flottèrent
jusqu'à eux. Ce n'était pas parce qu'ils avaient quitté l'autre pièce
que la collation devait rester à se dessécher à côté, non mais.

Manitou vit revenir la nourriture avec un « Wouf ! » enthousiaste.

Cal allait parler, lorsque Tara leva la main et l'en empêcha.

Elle qui semblait si contente de les voir l'instant d'avant paraissait soudain inquiète et fébrile.

Elle les fit placer devant elle, son pégase sur l'épaule, comme un tribunal.

Où elle serait l'accusée.

Avec Manitou qu'elle obligea à se tenir à ses côtés, au grand embarras du gros chien. À voir ses oreilles couchées et son regard fuyant, on sentait que, soudain, il avait envie d'être n'importe où, y compris dans les Limbes, mais pas ici.

Cal s'assit et regarda attentivement Tara. Elle avait quelque chose de changé, mais impossible de savoir quoi. Ce n'était pas parce qu'il ne l'avait pas vue depuis presque un an. Non, c'était autre chose. De plus subtil.

Il mit à contribution ses sens exacerbés de Voleur Patenté (enfin, de futur Voleur Patenté, lorsqu'il aurait enfin son foutu diplôme) pour l'observer.

Elle avait grandi, indéniablement. Elle rendait presque dix centimètre à Cal qui culminait à un petit mètre soixante-cinq. Ce qu'il trouvait très bien. Plus il restait petit, plus il pourrait pénétrer dans des endroits où il n'était pas censé aller.

Ce n'était pas cela, la différence.

Son visage s'était un peu transformé. Les rondeurs de l'enfance s'effaçaient petit à petit, dessinant les traits de la femme splendide qu'elle serait un jour. Ses pommettes s'affirmaient, ses joues devenaient moins rondes.

Ce n'était pas cela non plus. Ils avaient tous changé.

Soudain, il mit le doigt dessus.

Elle lui paraissait moins… éclatante. Comme si une sorte de lumière intérieure l'avait nimbée, un peu comme le charisme des vampyrs. Il ne s'en était pas rendu compte avant que cet éclat ne disparaisse. Éclat qui avait dissimulé ses défauts. Quelques boutons, une cicatrice en dessous de l'arcade sourcilière, un léger duvet blond sur la lèvre supérieure.

Il se mordilla la lèvre, étonné. L'un des ancêtres de Tara aurait-il fauté avec une vampyr ? Vu le soin paranoïaque avec lequel les Omoisiens surveillaient la lignée de Demiderus, il y avait peu de chances. Du côté des Duncan alors ? Hum, c'était possible. Mais dans ce cas, pourquoi l'éclat s'était-il évanoui ? Même Galant semblait moins… lumineux. Cela dit, il ne trouvait pas cela si gênant. La disparition de cet éclat la rendait plus humaine. Plus fragile. Plus… ordinaire, mais, du coup, moins intimidante. Curieusement, alors que Tara commençait son histoire par une obscure envie de la part d'Isabella d'avoir un gendre riche et titré, Cal réalisa qu'il avait moins envie de lui faire plaisir, de lui obéir.

C'est alors qu'elle parla du sort.

Par le plus grand des hasards, Cal était en train de regarder Robin lorsqu'elle leur avoua ce qu'avaient fait sa grand-mère et son arrière-grand-père. Qui baissait le museau, désolé.

Tara n'avait pris aucune précaution oratoire, déballant ce que le sort avait fait à Robin, et Cal vit celui-ci se raidir. Une expression incrédule se répandit sur ses traits. Qui se durcirent. Les elfes aimaient la magie, contrairement aux nains. Mais en être victime, surtout d'un sort d'attirance aussi violent, c'était une autre histoire.

Tara se raidit aussi. Elle avait bien vu l'expression de Robin. Elle s'avança vers lui, suppliante.

– Je... je suis désolée. Tu étais attiré par moi à cause du sort. Comme tous les garçons.

– Moi aussi, je suis désolé, dit Manitou. Je n'aurais jamais dû faire cela à ma petite-fille et, à travers elle, à mon arrière-petite-fille.

– Ce n'est pas possible, murmura Robin. Aucun sort ne peut être aussi puissant. Et tout le monde est protégé contre les sorts d'attirance sur AutreMonde !

– Mais pas contre celui-ci. Non seulement il a réussi à rester actif pendant des années, mais encore il m'a contaminée, moi aussi. Et tous ceux qui m'approchaient. Moins que pour ma mère, clairement, mais suffisamment pour que tu sois affecté. Oh, Robin, je me sens tellement mal de t'avoir fait ça involontairement !

Tara pensait que Robin allait la prendre dans ses bras et lui dire que cela n'avait aucune importance, et qu'il l'aimait, quoi qu'il arrive.

Mais le demi-elfe restait comme un bout de bois. Insensible, immobile. Et la lumière dans ses yeux semblait éteinte.

Cal comprit que Tara n'avait aucune idée de ce qui se passait. Elle n'avait pas été élevée sur AutreMonde. Elle n'en comprenait pas les lois et les codes. Utiliser un sort d'attirance, tout le monde l'avait fait à un moment ou à un autre. Ils savaient bien que cela ne fonctionnerait pas, mais essayaient, au cas où. Les gens voulaient qu'on les aime.

De plus, les humains étant ce qu'ils étaient, le pouvoir ne rendait pas forcément meilleur ou plus intelligent. Juste plus puissant. Sauf que les parents prudents protégeaient leurs enfants. Et ceux qui ne le faisaient pas ne pouvaient que s'en prendre à eux-mêmes si leurs enfants rentraient, le cœur brisé, après avoir appris qu'ils avaient été piégés.

Et c'était quelque chose que les elfes ne faisaient pas. Jamais. Même V'ala, au plus fort de sa volonté de séduire Robin, n'aurait jamais utilisé de sort d'attirance.

Parce qu'il savait cela, Cal comprenait à quel point Robin se sentait horriblement trahi. Son amour pour Tara lui avait fait traverser l'enfer des Limbes. Pour elle, il avait affronté tous les dangers, y compris la mort elle-même. Cet amour était noble et pur.

Et soudain, tout cela n'était que la résultante d'une infâme petite manigance magique. Le demi-elfe se sentait souillé.

Et comme tous les gens blessés dans ce qu'ils estimaient être le cœur de leur honneur, il réagit mal.

Il croisa les bras. Geste classique de refus.

Tara réagit comme s'il l'avait giflée. Elle inspira vivement, luttant désespérément contre les larmes.

Devant ce drame qui lui tordait le cœur, Cal comprit autre chose à propos de Tara.

Contrairement à lui, à Moineau, Fabrice ou Fafnir, Tara n'avait pas été élevée par une famille qui l'aimait sans conditions et était fière d'elle. Isabella ne lui accordait que peu d'attention. Elle dénigrait tout ce que faisait sa petite-fille, la rendant inconsciemment responsable de la mort de Selena. Pendant dix ans, Tara avait lutté pour obtenir l'affection et l'amour d'Isabella.

Lorsque Cal commettait une erreur, ses parents lui expliquaient pourquoi et comment, mais leur amour excusait cette erreur (bon, évidemment, s'il faisait une bêtise, il était puni et se souvenait encore de quelques mémorables fessées), mais lorsqu'il remportait une victoire, il avait leur pleine et enthousiaste approbation.

Lorsque Tara commettait une erreur, Isabella la lui reprochait tant et si bien qu'elle la détruisait à moitié. Et les victoires de l'enfant, puis de l'adolescente, n'avaient recueilli qu'indifférence.

Ce n'était que depuis qu'elle savait qui était réellement Tara, la très prestigieuse Héritière de l'empire d'Omois, qu'Isabella lui avait accordé de l'intérêt. Pour le lui faire payer cher lorsque Tara avait été bannie.

Avec un tel traitement, d'une certaine façon, Tara aurait pu devenir comme Jar. Dure, hautaine, violente, avide. Mais le noyau de douceur et de gentillesse que lui avait légué Selena l'avait protégée de la tentation de devenir une Isabella *bis*.

Le rejet de Robin était comme celui d'Isabella. Injuste. Et Cal savait que Tara allait tenter de reconquérir son amour, tout comme elle avait tenté de conquérir celui d'Isabella. Parce qu'elle avait passé des années à être rejetée, elle ne le supportait plus aujourd'hui. Elle allait se faire mal.

Cal soupira.

Mais lui, il aimait beaucoup Tara. Bien plus qu'elle ne s'en doutait. Et il allait le lui montrer tout de suite.

Sautant sur ses pieds, il la prit dans ses bras, maudissant sa courte taille pour une fois et lui dit :

– Ah, je savais bien qu'il y avait une raison pour laquelle j'avais toujours envie de t'obéir comme un petit toutou, ouaf, ouaf !

Il éclata de rire en voyant Tara écarquiller les yeux. Et Manitou émettre un grognement indigné.

– Mais on s'en fiche hein ? continua-t-il. Tu es notre copine et on t'aime, que tu sois ensorcelée ou pas !

Et il lui colla un gros baiser sur la joue.

Moineau, qui était restée paralysée de stupeur, bondit et l'entoura également de sa chaleureuse étreinte.

– Mais tu as dit que cela ne marchait pas sur nous, les filles, n'est-ce pas ? Fafnir et moi, nous t'aimons comme une sœur, rien à voir avec ce stupide sort !

– Tu es ma copine depuis la maternelle, gronda Fabrice en les rejoignant à son tour, et je me souviens que plein de petits garçons ne t'aimaient pas spécialement, surtout ceux qui te tiraient les cheveux, alors je pense qu'à ce moment, le sort ne fonctionnait pas. Donc je m'en fiche, moi, de toutes ces histoires de sortceliers. Tu es Tara et c'est tout !

Tara renifla. Robin n'avait pas réussi à la faire pleurer, mais l'amour de Cal, de Fabrice et de Moineau allait y parvenir. Fafnir se joignit au groupe et leur serra les côtes avec enthousiasme.

– Et moi aussi je t'aime, espèce de grande pousse de brill[1] ! Nan mais quelle idée !

---

1. Sur Terre, on dirait « espèce de grande asperge ».

Manitou se frotta contre ses jambes, Cal lui balança un énorme sourire et hop ! le tour était joué. Tara éclata en sanglots et avec ses larmes coulèrent toute son amertume et le fait qu'elle venait de perdre son amour.

Cal sourit de plus belle. Tara ne serait pas rejetée tant qu'il pourrait l'empêcher. Plus jamais. Et si le demi-elfe était suffisamment stupide pour ne pas le comprendre, Cal envisageait de le prendre à part et de lui expliquer les choses. En détail et avec deux ou trois couteaux sous la gorge si nécessaire...

Sylver s'approcha mais ne tenta pas de l'enlacer... enfin, de tous les enlacer, vu qu'ils formaient un groupe compact autour de Tara.

– Je ne sais rien de ce sort, dit-il, mais je sais ce que je ressens. Tu es la glorieuse, la magnifique guerrière qui m'a accompagné chez les Edrakins et m'a sauvé la vie. Tu es mon amie et tu le resteras, quels que soient les sorts et les malédictions d'un million de dieux !

Fafnir se détacha du groupe et balança une grande claque dans le dos de Sylver. Enfin dans le bas du dos, vu la différence de taille. D'accord, en fait, elle lui tapa carrément sur les fesses. Et fit la grimace, parce que, dès qu'elle l'avait touché, l'instinct de Sylver avait fonctionné avant qu'il n'ait le temps de l'en empêcher, que sa peau était devenue dure comme du marbre et ses écailles tranchantes. Elle se frotta la main, mais sourit.

– Bien dit, l'Impitoyable. Et si mes haches et ton sabre s'alliaient pour aller découper Magister en petites rondelles maintenant ?

Il y eut un instant de silence. Ça, pour mettre les pieds dans le plat, les nains étaient champions du monde.

– C'est mon père, lui rappela Sylver.

Mais la naine n'avait pas oublié.

– Voui, je sais, et alors ?

À ses yeux, cela ne posait pas plus de problème que cela. On avait un ennemi, qui vous menaçait, on le tuait et hop ! plus d'ennemi. Le reste n'avait que peu d'importance.

Sous l'enveloppe mi-dragon, mi-humaine de Sylver battait le cœur d'un nain. Qui pouvait comprendre Fafnir. Les nains étant d'un grand pragmatisme, Sylver eut un petit sourire.

– S'il était notre ennemi, cela aurait été avec plaisir, Guerrière Fafnir Forgeafeux. Mais il ne l'est pas. Du moins pas pour le moment. D'accord, pas cette fois-ci. Je crois que ce que nous affrontons est bien pire. Mais il doit vous l'expliquer par lui-même.

Il se pencha et ses yeux de lion rencontrèrent le regard vert étincelant de Fafnir.

– Contre cet ennemi-là, vos haches ne vont pas chômer, croyez-moi, Guerrière Fafnir Forgeafeux.

Cal sourit. Il aurait juré avoir vu la naine rougir. Ah ! l'incroyable beauté de Sylver pouvait aussi toucher une naine guerrière. À moins qu'elle ne soit fascinée plutôt par son sabre. Avec les nains, c'était difficile de savoir.

– Je crois, glissa-t-il avec malice, que notre petite amie, là, meurt d'envie de vous voir vous battre et qu'elle cherche la moindre occasion. Vu que la dernière fois, vous n'avez pas trop eu l'occasion d'utiliser votre sabre, parce que vous vous êtes transformé en dragon et que Magister vous a assommé.

– Tu deviens sénile, Dal Salan. Nous nous sommes battus côte à côte, rugit la naine, nous avons affronté les fantômes, ma hache et son sabre ensemble !

Cal gloussa de plaisir. Là, ça y était, une petite rougeur venait de fleurir sur les pommettes de la naine rousse.

– Mais ce n'était pas une vraie bagarre, glissa Cal, ronronnant presque de plaisir, vous deviez faire attention puisque les corps des Hauts Mages étaient possédés. Vous ne vous êtes jamais vraiment battus tous les deux en utilisant votre plein potentiel.

– J'aimerais bien le revoir en action, c'est exact, capitula Fafnir, toute raide d'embarras.

– Moi aussi, lui confia Sylver, dont les yeux pétillaient. Vous avez, bien plus que moi, une extraordinaire réputation, Guerrière Faf…

– Oh ! appelez-moi Fafnir, tous ces trucs de Guerrière par-ci et Impitoyable par-là, ça va bien, hein.

Cal eut un sourire de chat. Ah ! Fafnir cachait son embarras sous la brusquerie. Il sentait qu'il allait avoir matière à s'amuser avec ces deux-là.

Mais déjà Tara se reprenait. Évitant Robin qui pourtant ne la lâchait pas du regard avec une expression blessée sur le visage, elle se tourna vers Cal.

– Tu nous as demandé de sortir de la réunion de crise. Tu as une idée ?

Ouille ! il n'allait pas pouvoir s'amuser tout de suite. Slurk ! Il inspira profondément. Pas grave, il avait plein d'autres jouets. Taquiner Magister, ça, c'était un défi intéressant.

Un peu comme de tirer la queue d'un vrrir, en sachant qu'on a intérêt à savoir courir très, très vite, sinon on termine à coup sûr en steak haché.

– Oui, dit-il tranquillement. Sylver dit que Magister veut te parler, Tara. Alors, tu vas y aller. Mais sans Sylver.

– Sans moi ? demanda Sylver qui ne comprenait pas. Mais…

– Ben tu es son fils. Je sais qu'il fait genre qu'il s'en fiche. Mais tu es son fils. J'ai vu son expression lorsqu'il l'a découvert. Il a eu mal. De ne pas avoir appris ton existence plus tôt. Donc, Tara va y aller et Robin va rester avec toi et te trancher la gorge si Tara ne revient pas. Magister sait que Robin n'hésitera pas, qu'il ne t'aime pas. Même s'il n'est pas au courant pour cette histoire de sort.

Le regard de Robin quitta le visage de Tara pour se fixer sur celui de Sylver. Une lueur glaciale apparut dans ses yeux. Il se leva et décroisa les bras. Il était à peu près de la même taille que Sylver, ce qu'il n'aimait pas. Et il était bien moins fort, ce qu'il aimait encore moins. Et cette saleté de demi-dragon avait clamé que le sort lui importait peu. Alors que cela avait profondément blessé Robin et le blessait encore. S'il pouvait lui trancher la gorge, surtout avec une bonne raison, eh bien, il ne s'en priverait pas.

D'un autre côté, cela signifierait que Tara aurait été enlevée par Magister. Ce qui n'était pas génial non plus. Il soupira. Parfois, il n'aimait vraiment pas sa vie.

Il bougea la main si vite qu'ils sursautèrent lorsque le couteau apparut devant les yeux de Sylver.

– Allez-y pendant qu'Isabella et les autres sont encore en train de se taper dessus. Sylver, montre-nous sur ta boule de cristal l'endroit où se trouve Magister. Ensuite, toi et moi, nous irons dans un endroit où les mercenaires ne pourront pas te trouver, vu qu'ils sont censés te protéger.

Robin avait donné ses ordres sur un ton morne de commandement. Les autres, voyant bien qu'il était choqué, lui obéirent, y compris Sylver, qui n'appréciait pourtant pas d'être menacé d'un couteau.

Tara voulut protester, mais tant le regard de Sylver que celui de Robin l'en dissuadèrent. Pour une fois, les deux garçons semblaient d'accord. Sylver se sacrifiait pour la sécurité de Tara, ce qui le confortait dans son rôle de preux chevalier, et Robin se sacrifiait parce qu'il ne pourrait pas participer à la sauvegarde de Tara en cas d'attaque de Magister, juste à sa vengeance. Le deal semblait équitable aux deux garçons.

Cal vit Tara serrer les dents. Cela ne lui semblait pas du tout équitable à elle.

Il réprima un frisson.

Ils allaient donc devoir affronter Magister.

Sur son idée. Qui pouvait parfaitement être stupide.

Parfois, il aurait voulu être un petit peu moins malin…

13

Robin, le dilemme

ou lorsqu'on a été ensorcelé pour tomber amoureux,
l'expression « je suis enchanté » prend toute sa saveur.

Robin souffrait. Son âme était touchée au point qu'il en
ressentait une douleur physique. Tara et les autres venaient de
partir, grâce à un tunnel, dissimulé dans la chambre d'Isabella
et qui menait derrière la maison. Tara l'avait utilisé lors de la
première attaque de Magister, plusieurs années auparavant. Ils
avaient donc pu s'éloigner discrètement.

Après avoir prévenu le Manoir. Qui de très mauvaise grâce
avait accepté, contraint et forcé, de garder le silence. Même si
la licorne avait bien fait comprendre qu'elle trouvait l'idée
spécialement stupide. Imprudente.

Voire carrément débile.

Puis, obéissant à contrecœur aux ordres de Tara, elle avait
conduit les deux AutreMondiens vers une nouvelle cachette,
évitant de les faire passer devant la pièce où s'affrontaient la
mère et la grand-mère de Tara. Manitou y était retourné, les laissant à regret, mais avec pour mission de surveiller ce qui se
passait et d'empêcher les mercenaires de s'inquiéter de ce que
devenait Sylver.

Robin et Sylver n'avaient pas eu beaucoup de mal à se cacher
des deux mercenaires. Qui en fait ne les cherchaient pas,
captivés par l'homérique dispute entre Isabella et sa fille.

Laquelle avait dû trouver une sorte de rythme de croisière, car
les invectives avaient laissé place à des échanges lourdement
menaçants. Du type : « Si tu conseilles à ma fille de rencontrer
Magister, je te transformerai en ver de terre et te donnerai à
bouffer à un spatchoune », auquel répliquait le célèbre : « Ah,

oui, eh bien j'aimerais bien voir ça, ma petite fille, je te rappelle que je suis ta mère ! »

Robin et Sylver avaient échangé un regard en s'éloignant, presque amusés.

Maintenant, ils se trouvaient dans une pièce quelque part dans le Manoir, bien dissimulés.

Face à face, le fabuleux demi-dragon et le demi-elfe s'observaient avec méfiance. Un peu comme deux panthères prêtes à se voler dans les poils pour une question de territoire.

Et là, le territoire, c'était Tara.

– Vous ne l'aimez pas vraiment, murmura Sylver, dardant ses yeux de lion sur Robin. Vous l'avez rejetée lorsqu'elle vous a avoué qu'elle vous avait ensorcelé…

Robin serra les dents mais refusa de réagir. Pour l'instant, tout était si confus dans son esprit qu'il ne savait pas très bien quoi répondre.

– Je n'aime pas la magie, avoua Sylver. Tous les nains la détestent et, quelque part, je suis un nain.

Robin haussa un sourcil moqueur. Sylver comprit l'allusion.

– Oui, je sais, je ne leur ressemble pas. Mais de même qu'un enfant humain élevé par les loups se comportera comme un loup, ainsi que l'a si justement décrit Kipling, dans *Le Livre de la jungle*, un demi-dragon humain deviendra un nain, élevé par des nains. Je les comprends, je comprends leurs coutumes, bien plus que je ne comprends les humains. Ou les dragons. Même si, parfois, je ressens la faim de ma race d'origine, cette faim dévorante qui…

– Je m'en fiche, l'interrompit Robin, indifférent.

– Pardon ?

– Ce que tu penses, ce que tu ressens, ta douleur de ne pas être un vrai quelque chose, mais un demi-truc, rejeté par les uns et par les autres. Je connais ça. Et franchement je m'en moque. Tout ce que je veux, c'est que tu te taises. Je dois réfléchir.

Le visage de Sylver s'était assombri, mais il ne lui sauta pas dessus. Pas encore. Il se contenta d'ignorer ce que venait de dire Robin. Il continua à parler. Et chaque phrase était comme une flèche envoyée dans la chair de Robin.

Le demi-elfe tentait de s'isoler mentalement en regardant par la fenêtre le paysage si monotone comparé aux flamboyances d'AutreMonde. Il n'aimait pas cette planète, qu'il jugeait dangereuse et polluée. Et il aurait bien voulu que le demi-dragon arrête de parler, il avait besoin de se concentrer.

Il n'arrivait pas à mettre le doigt sur l'intense malaise qu'il éprouvait. Ce n'était pas à cause du sort. Cela le dégoûtait, mais ne le mettait pas mal à l'aise.

Tout allait de travers. Il ne se sentait pas encore très bien dans sa peau, même si petit à petit il commençait à retrouver sa vitesse et sa forme. Llillandril, l'esprit de l'arc, avait dû le faire travailler sans relâche. Ses nouveaux membres avaient bien repoussé, mais avec des muscles aussi mous que ceux d'un bébé. Et dès qu'il faisait un trop gros effort, son corps refusait la tension et il lui arrivait quelque chose de parfaitement ridicule pour un tel guerrier.

Il s'évanouissait.

La première fois que cela lui était arrivé, il venait de commencer son entraînement avec V'ala. L'elfe violette n'en était pas revenue. Ses sarcasmes l'avaient poursuivi pendant de longs mois. Du coup, il s'entraînait tout seul, ou du moins avec Llillandril.

Même si parfois, Robin aurait bien voulu que l'esprit de la voluptueuse elfe des temps passés aille voir ailleurs s'il y était…

Puis il y avait eu l'interminable attente qui l'avait rendu à moitié fou, parce qu'il n'arrivait pas à contacter Tara. Sa bouche prit un pli amer. Tu parles, ce qui l'avait rendu à moitié fou, c'était le sort ! Voilà pourquoi il n'arrivait plus à penser correctement depuis qu'il connaissait Tara ! Qu'il passait son temps à s'inquiéter pour elle, que tout son être était tourné vers elle, c'était le sort ! Encore et toujours !

Il ne put rester assis. Il se leva d'un bond et se mit à déambuler de long en large.

– Vous allez finir par creuser une tranchée, fit remarquer Sylver, notant le front trop vite couvert de sueur de Robin. De plus, vous n'avez pas l'air d'aller très bien.

Le demi-elfe lui jeta un regard meurtrier, mais s'arrêta et s'assit. À son grand regret, il s'aperçut que la tête lui tournait. Et il était essoufflé.

Il se sentait à la fois furieux contre Tara (même s'il comprenait consciemment qu'elle n'y était pour rien, victime du sort tout autant que lui, il ne pouvait s'en empêcher) et curieusement triste.

Ils ne pourraient plus être ensemble. Il se connaissait. Il n'arriverait plus jamais à faire abstraction de ce qui s'était passé. Cela empoisonnerait ses relations avec Tara. Il la ferait souffrir. Et, même s'il ne pouvait plus l'aimer, il n'avait pas envie de lui faire du mal.

À propos de mal…

Soudain, il prit une grande inspiration et se releva d'un bond, surprenant Sylver.

– J'aurais dû l'accompagner, marmonna-t-il. Elle est puissante, mais très fragile en même temps, et sa magie ne lui obéit pas aussi bien qu'elle le voudrait.

Sylver l'observa avec curiosité.

– Ainsi, vous tenez à elle.

Robin fit volte-face comme un fauve.

– Qu'est-ce que tu crois ? Bien sûr que je tiens à elle ! Mais… mais…

– Mais rien n'est plus pareil, continua Sylver avec un petit sourire. Ah ! demi-elfe, je n'aimerais pas être à votre place. Parce que moi, je ne l'ai pas rejetée. Ses amis non plus d'ailleurs. Et que mon attirance pour Tara soit le fait d'un sort ou d'un amour sincère n'est pas important. Ce qui est important, c'est que moi, je le lui ai dit. Je n'ai pas fléchi. Vous avez perdu.

Depuis qu'il était à Omois, puis au Lancovit, Sylver avait modernisé son langage et n'utilisait plus de Traductus. Parfois, sous le coup de l'émotion, son langage redevenait ampoulé ou archaïque.

Robin s'approcha, menaçant.

– Fais attention, avorton de dragon, un accident est vite arrivé. Mon couteau pourrait avoir glissé.

Sylver écarta les mains, loin de son sabre.

– Je suis sans défense, je connais votre race, demi-elfe, votre sens de l'honneur. Vous ne tuerez pas un otage désarmé, n'est-ce pas ?

Le demi-elfe rengaina son couteau à regret.

– Pas pour l'instant, tu as raison. Mais fais un geste de travers et crois-moi, tu regretteras d'avoir croisé mon chemin !

– Qu'est-ce que vous allez faire ?

– Je vais te ligoter. Te laisser sous la garde du Manoir Vivant et aller voir comment je peux venir en aide à mes amis.

Sylver le regarda. Puis secoua la tête.

– C'est très illogique. Ils vont dire à mon père que vous me trancherez la gorge si Tara ne revient pas. S'il vous voit, il devra choisir entre deux options. Soit vous m'avez tué, soit je ne suis pas vraiment en danger. Dans les deux cas, vous démantelez le plan de Caliban Dal Salan.

Robin eut un reniflement méprisant.

– Je ne suis pas stupide, mi-dragon, je n'interviendrai que si Magister trahit sa parole. Je sauverai Tara, ensuite nous reviendrons ici, et là, je te trancherai la gorge…

Sylver leva les yeux vers lui, puis sourit.

– Comment pourriez-vous faire tout ça si vous êtes endormi ?

Robin leva un sourcil.

– Endormi ?

– Oui, répondit Sylver.

Et avant que Robin n'ait le temps de réagir, Sylver le frappait avec une telle violence qu'il fut projeté en arrière et vola littéralement sur plusieurs mètres.

Sylver se frotta le poing avec une grimace.

– Ouille ! La prochaine fois, j'armerai mes écailles, il a la mâchoire dure, cet imbécile !

Il s'approcha prudemment, mais l'elfe était bel et bien sonné. Il sortit une corde d'aragne de sa poche, l'entrava et le bâillonna.

– La prochaine fois que tu traiteras quelqu'un d'avorton, glissa-t-il tandis que l'elfe papillonnait des paupières, reprenant lentement conscience, dis-toi que ce n'est pas parce que quelqu'un semble gentil qu'il n'est pas capable de se battre pour autant.

Puis il se glissa dans le Manoir, trop occupé à sa reconstruction pour faire attention à lui, descendit tranquillement dans le hall et sortit par la porte d'entrée. Une fois dehors, il fit le tour de la maison et repéra les traces laissées par Tara.

Il n'avait pas tant de retard que cela.

Pourtant, il l'avait avertie. Il avait bien dit que son sabre était le garant de sa sécurité. Qu'est-ce qu'elle croyait ? Qu'il n'oserait pas affronter son père pour la défendre ?

Elle avait tort. Il était prêt à affronter tout ce qu'AutreMonde et l'univers pourraient lui envoyer pour les beaux yeux de Tara'tylanhnem Duncan.

Il s'élança.

14

La disparition de l'anneau

*ou lorsqu'on possède un anneau maléfique, c'est mieux
de savoir où on l'a rangé...*

Tara avait enregistré le plan que lui avait donné Sylver. La
Pierre Vivante lui servait de cartographe en lui indiquant où elle
devait aller.

– Moi préférer AutreMonde, grogna la Pierre. Ici, pas beaucoup de pouvoir. Moi avoir du mal à réfléchir. Toi tourner à
droite après l'arbre là.

Tara obéit et sourit. Heureusement, on était à la fin de l'été et
les feuilles ne tombaient pas encore suffisamment pour crisser
sous ses pas. L'air embaumait, mais selon le vent, elle sentait
parfois des odeurs de brûlé qui lui faisaient froncer le nez.

– Nous retournerons bien un jour sur AutreMonde, assura-
t-elle à son amie de quartz intelligent. Et tu es sûre qu'il y a un
chemin ici ?

– Non. Ça pas chemin. Ça aller direct à clairière où est stupide
Magister. Pourquoi suivre chemin si chemin bien gardé ?

Ah. La Pierre Vivante ne parlait peut-être pas très bien, ce qui
avait toujours surpris Tara, car lorsqu'ils l'avaient trouvée, elle
s'exprimait parfaitement, mais elle était loin d'être stupide. Se
faufiler au travers des lignes ennemies, oui, pourquoi pas.
Autant étudier la situation avant de se dévoiler.

Ce n'était pas très difficile avec la Pierre. Grande adepte des
séries télé et des films terriens qu'elle adorait, elle avait découvert des tas de gadgets dont elle avait assimilé le principe. Comme
par exemple le détecteur de chaleur. Les capes des sortceliers
n'étaient pas conçues pour les dissimuler à un détecteur de
chaleur. Aussi, Tara et ses amis savaient exactement où se trou-

vaient les sentinelles de Magister. Que la Pierre Vivante avait matérialisées sur un plan à l'aide de silhouettes rouges. Galant voulut s'envoler afin de les surveiller, mais Tara le retint, ainsi que Blondin, le renard de Cal, et Sheeba, la panthère de Moineau. Elle n'avait pas envie que les Familiers tombent dans un piège.

Car il y avait étonnamment peu de sentinelles. Une petite demi-douzaine, à peine. Où étaient passés tous les Sangraves ? Sylver avait refusé de leur dire plus que : « Magister vous expliquera tout. »

C'était bien gentil, mais pas très rassurant.

Tara fit signe à ses amis. Ils se concertèrent. Moineau et Fabrice avaient muté à peine le p... la patte posée dans la forêt et l'énorme loup-garou et la non moins énorme Bête les dominaient de toute leur masse.

Le magicgang était inquiet, car ils n'avaient pas croisé les parents de Cal, de Moineau et de Robin. Ils étaient donc seuls contre les Sangraves, sans le renfort des nains de Fafnir. Bon, cela dit, Sylver avait bien précisé que Magister demandait une entrevue, comme une faveur.

Jamais Magister n'avait demandé de faveur. Il était bien trop arrogant. Cela avait avivé l'inquiétude qui pesait au creux de l'estomac de Tara.

Avec un peu de chance, pour une fois, il n'y aurait pas de bagarre.

D'accord. Il y aurait probablement de la bagarre. Celui qui restait sur ses pieds, raisonnablement entier et à peu près dans sa forme originelle, gagnerait.

Et en ce moment, curieusement, elle bénissait Magister. Tout ce qu'il pouvait manigancer était le bienvenu. Car sinon, elle risquerait de s'effondrer. Il ne fallait pas. Ne pas penser à Robin. Ne pas saigner à l'intérieur. Ne pas sangloter. Se raccrocher à l'action. Ses amis n'avaient pas mesuré la profondeur du choc qu'elle avait subi lorsqu'elle avait découvert l'existence du sort.

D'une certaine façon, elle s'attendait à la réaction de Robin. Son rejet ne l'avait pas vraiment surprise. Elle n'aurait pas fait de même, mais comment aimer quelqu'un en sachant que cet amour est une sorte de tromperie ?

Alors, elle devait faire en sorte que Robin retombe amoureux d'elle. Elle trébucha sur une racine, s'attirant un regard noir de Fafnir qui progressait en silence avec aisance. Ouille, ne pas penser à Robin, ne pas penser à Robin.

À droite et à gauche, deux cris étouffés signalèrent que deux Sangraves venaient de faire une sieste aussi brutale qu'inattendue. Ils progressèrent encore et deux autres Sangraves s'endormirent sous les poings du loup et de la Bête. Enfin, les deux derniers furent éliminés et la Pierre Vivante n'afficha plus que deux silhouettes, l'une rouge et l'autre rose, au centre d'une petite clairière.

Tara savait très bien ce qu'étaient ces silhouettes. Dont l'une était plus rouge que l'autre, simplement parce que son métabolisme était plus chaud.

Magister et Selenba.

Le Sangrave n'allait jamais bien loin sans son redoutable Chasseur, son exécuteur des basses œuvres, la vampyr buveuse de sang humain. Rien qu'à l'idée d'avoir à affronter le couple démoniaque, Tara en avait froid dans le dos.

Soudain, elle fronça les sourcils. Par terre, une masse confuse et rouge entourait les deux silhouettes. Une masse rouge qui bougeait.

Cal, Fabrice et Moineau prirent position. Tara inspira, activa sa magie et franchit la lisière des arbres, pour s'immobiliser, stupéfaite.

Ils venaient de retrouver les parents de Cal, de Moineau et de Robin. Leur escorte aussi.

Ils étaient allongés aux pieds de Magister et de Selenba.

Ligotés et bâillonnés.

Dans le sous-bois, elle entendit un craquement de branche. Moineau venait de voir ses parents menacés. Au bruit, Tara supposa que Fabrice l'avait empêchée de se précipiter pour les délivrer. Cal, plus discipliné, ne fit aucun bruit, mais Tara pouvait sentir sa rage, comme un fourneau brûlant, dans son dos.

Vite, organiser une diversion.

– Vous avez une façon pour le moins curieuse d'organiser vos rendez-vous, vous, s'exclama Tara d'une voix qu'elle s'efforça de ne pas laisser trop trembloter, en désignant les corps à terre.

Le Sangrave tourna son masque aveugle vers elle. Robe de sortcelier d'un gris foncé presque noir, masque doré qui reflétait à son gré ses émotions, cercle rouge foncé…

Ah ben non. Pas de cercle rouge foncé sur la poitrine. Tara fronça les sourcils, troublée par cette absence inusuelle sur le torse de Magister.

À ses côtés, Selenba. Tiens, elle aussi avait un nouveau costume. Comme quoi les méchants aussi aimaient le changement ? Ses habits de cuir d'un animal d'AutreMonde, du spalendital[1] probablement, étaient rouges et non plus noirs. Ses longs cheveux aussi blafards que sa peau, ses yeux de rubis et son visage glacial n'avaient pas changé, eux. C'était toujours une buveuse de sang, un terrible danger.

Et ses prisonniers à ses pieds le sentaient bien. Si les nains jetaient des regards de défi par-dessous leurs sourcils broussailleux, se débattant frénétiquement, et que T'andilus M'angil, l'elfe guerrier, tentait de se libérer (il n'était venu sur Terre que pour accompagner sa femme, la mettre en sûreté et la protéger, c'était raté), les parents de Moineau semblaient choqués. Les Dal Salan, Voleurs Patentés tous les deux, connaissaient et aimaient l'aventure. Les parents de Moineau en avaient nettement moins l'habitude et Jadra et Justinir écarquillaient de grands yeux épouvantés alors que Selenba se penchait sur eux, tous crocs dehors.

– J'ai bien organisé notre rencontre, comme tu le dis si bien, alors n'avance pas plus, ordonna Magister à Tara, ou Selenba les égorge sans pitié.

– Oui, je sais que vous n'avez aucune compassion pour la vie humaine, répliqua Tara en montrant bien ses mains vides. Qu'est-ce que vous me voulez ?

– Quoi, pas de bonjour, pas de comment allez-vous ? railla Magister, je pensais que Selena t'avait mieux élevée !

– Vu que vous l'avez enlevée, non, elle n'a pas pu, répondit Tara du tac au tac.

Le masque de Magister vira au brun.

– Un point pour toi, concéda-t-il. Où est Sylver ?

– Il est resté avec Robin, un couteau sous la gorge, précisa Tara avec un mauvais sourire. Si je ne reviens pas, pouf ! plus de Sylver. Nous aussi, nous savons « arranger » nos rendez-vous.

---

1. Scorpion géant, monture des gnomes, dont la fourrure et le cuir sont très appréciés sur AutreMonde. L'équivalent de nos vaches pour son cuir, avec plus de pattes et un aiguillon mortel...

Magister resta totalement immobile. Mais son masque virait au rouge de plus en plus foncé, oh ! oui, il n'aimait pas cela.

– Et qu'est-ce qui te fait croire que cela va m'influencer en quoi que ce soit ?

– Rien, répondit sobrement Tara.

Magister resta silencieux. Tara ne voulait pas le laisser cogiter trop longtemps.

– Sylver a dit que vous aviez besoin de me parler, reprit-elle vivement. Sa vie est garante de la mienne. Nous sommes des ennemis. Mais dans ces conditions, avec ces « précautions », nous pouvons parler. Alors cessons de perdre du temps. Dites-moi ce que vous voulez.

Magister prit une grande inspiration, son masque à présent rouge sombre presque noir montrant qu'il luttait contre lui-même pour ne pas foudroyer l'impudente. Puis il grimaça et porta la main à ses côtes comme s'il avait mal. À ses pieds, Selenba tressaillit.

Tara les observait attentivement. Il se passait quelque chose. Quelque chose de tout à fait anormal. Le masque de Magister pâlit pour devenir presque blanc. Hum, oui, il avait mal. Pourquoi ?

– Avant de commencer, tu peux faire venir tes amis, finit par déclarer Magister après s'être redressé, en désignant la forêt. Ils n'ont pas été très discrets lorsqu'ils ont assommé mes Sangraves. Et vu leurs parents à ma merci. Qu'ils n'aient pas peur. Tu as raison. Je ne suis pas ici pour te faire du mal. Juste pour te parler.

Tara hésita. Elle savait ses amis capables de se contenir. Sauf peut-être Fafnir ? La naine était comme une sorte de grenade constamment dégoupillée… et susceptible d'exploser à n'importe quel moment. Pourtant, elle fit le signe convenu.

Silencieusement, Cal et son renard Familier Blondin, Moineau et Sheeba, Fabrice et Fafnir sortirent du bois, les fixant avec attention. Puis ils se déployèrent (Fabrice restant le plus loin possible de Magister qu'il avait trahi et dont il avait une peur bleue) et en un instant, Selenba et Magister étaient encerclés. Alors pourquoi Tara avait-elle l'impression d'être celle qui était en danger ?

Magister se tourna vers le magicgang et les apostropha :

– Vous allez pouvoir m'aider. Lorsque vous avez retrouvé Damoiselle Duncan, n'avez-vous pas remarqué quelque chose ? Quelque chose de différent en elle ?

– Vous voulez parler du sort ? répondit Cal avec dédain. Vous êtes un peu en retard vieux, on est déjà au courant.

C'était toujours la même chose. À chaque fois qu'il parlait avec Tara, Magister était incapable de prévoir ce qu'elle allait dire, comment elle allait réagir. C'était… crispant. Contrairement aux sortceliers et Hauts Mages d'AutreMonde, Tara avait été élevée sur Terre. C'était sa mentalité d'étrangère qui la rendait justement si… étrange. Et il lui apparaissait maintenant que cette étrangeté avait déteint sur ses amis. De quoi le freluquet était-il donc en train de parler ?

Magister ne réagit donc pas au « vieux » volontairement insultant. Son masque ne marqua qu'un orange interrogatif.

– Quel sort ?

Tara prit une grande inspiration. Magister lui avait fait tellement de mal qu'elle s'était toujours demandé comment se venger, sans forcément recourir à la violence qui lui répugnait. Voilà, enfin, que se présentait l'occasion de lui rendre la monnaie de sa pièce.

De lui faire mal, autant qu'elle avait eu mal, elle, pendant toutes ces années.

– Vous n'avez pas été attiré par ma mère parce que vous en êtes tombé amoureux, précisa Tara avec une satisfaction sauvage, vous en êtes tombé amoureux parce que ma grand-mère et mon arrière-grand-père lui avaient lancé un sort d'attraction si puissant qu'il est resté actif pendant plus de quinze ans. Et qu'aucun sort de protection ne fonctionne contre ce sort. C'est la raison pour laquelle tout le monde tombait amoureux d'elle. (Elle baissa la voix.) C'est la raison pour laquelle tout le monde tombait amoureux de moi aussi.

Un silence de mort tomba sur la clairière. Même les otages s'immobilisèrent.

Selenba leva ses yeux rouges vers Magister. Et un espoir fou y pointait. Elle aimait Magister à la folie, depuis toujours. Si l'amour de Magister pour Selena était dû à un sort, alors, elle, Selenba, allait pouvoir enfin lutter contre cette attraction venimeuse qui les mettait sans cesse en danger.

– QUOI ? réagit enfin Magister. Qu'est-ce que cette vieille sort-celière a encore inventé ! C'est n'importe quoi !

La rage qui flamboyait dans sa voix fit reculer Tara.

– Hum, je vois que vous êtes un peu lent à la comprenette, dit-elle d'une voix soyeuse, maligne. Je vais donc répéter. Vous n'êtes pas amoureux de ma mère. Vous avez été pris au piège.

Comme un oiseau dans une toile d'araign... d'aragne. Impuissant. Pathétique.

Oh ! oui, cela faisait mal. Choqué, il vacilla. Si Selenba n'avait pas été proche d'égorger tout le monde, Tara aurait pu le terrasser, là, maintenant, en une seconde. Dommage...

– Bon, assez perdu de temps, je ne suis pas venue pour ça, déclara-t-elle, cinglante. Mais pour savoir ce que vous me vouliez. Vous avez des révélations à me faire ? Comment saviez-vous que nous allions être attaqués ? Pourquoi les Sangraves ne vous obéissent-ils plus, au point que vous soyez obligé d'engager des mercenaires pour nous sauver ? Si ce n'est pas vous qui tentez de nous tuer, qui alors ?

Mais Magister se fichait de ses questions comme de son premier bavoir volant.

– Ma magie est plus forte que les sorts de cette garce d'Isabella, hurla-t-il, fou de rage. Rien ni personne ne peut me faire tomber amoureux ! C'est impossible.

Là, si elle avait été un chat, Tara aurait carrément ronronné.

– Oh ! mais si, vous pouvez me croire, que j'aille immédiatement dans les Limbes si je mens. Vous avez été victime d'un sort, mais il a été brisé. La prochaine personne qui tombera amoureux de ma mère le fera en toute honnêteté. Et à mon avis, ce sera T'eal, le président des loups-garous qui...

– Non ! Non, ce n'est pas possible !

– Elle ne ment pas, sombre maître, intervint Selenba, gommant tout ravissement dans sa voix, je peux le sentir, je peux le voir. Elle dit la vérité.

Magister ferma les mains en deux poings massifs et, l'espace d'un instant, ils crurent qu'il allait frapper Selenba.

Qui restait face à lui, toujours accroupie, une supplication dans ses yeux rubis.

Il finit par baisser les épaules, vaincu. Il ne frapperait pas Selenba, ne se vengerait pas sur elle de son amertume. Il était plus intelligent que cela. Il releva son masque vers Tara.

– Tu dis que le sort a été brisé, c'est cela ?

– Oui, lorsque nous l'avons découvert avec maman, nous avons convaincu Mourmur, notre Armurier, de l'en débarrasser. Cela fut difficile, mais il y est parvenu. Il n'y a plus aucune raison que vous tentiez d'enlever ma mère. Elle ne vous aime pas. Et vous ne l'aimez qu'à cause de la magie.

Le masque de Magister devint gris.

– Cela, petite Duncan, je suis le seul à en décider. Un jour ou l'autre, ta mère et moi serons face à face. Et nous verrons bien si je l'aime à cause d'un sort ou pas…

Il s'était ressaisi terriblement vite. Et il n'était pas question qu'il revoie sa mère.

– C'est ça ! intervint Fafnir, qui se moquait du sort qu'elle estimait inoffensif (attirer les gens, pfff, quel intérêt ?) et réfléchissait depuis tout à l'heure à la question de Magister. C'est ce que j'ai remarqué lorsque nous nous sommes revues, et puis je suis retournée sur AutreMonde, les stupides Sangraves ont attaqué encore mes parents et on s'amusait tellement que j'ai oublié. Tara, qu'est-ce que tu as fait de ton anneau ?

Tara regarda Fafnir.

– Quel anneau ?

– L'anneau de Kraetovir. Celui que tu portais à ton doigt. Qu'est-ce que tu en as fait ? Dis-moi que tu l'as rangé en lieu sûr. Donné aux dragons. (La naine rousse fit la grimace.) Même si je n'aime pas les dragons, je reconnais que ces gros reptiles savent garder les choses. Enfin, surtout les trésors. Bref, qu'il est en sécurité.

Tara avait l'air perdu. Ils le voyaient tous.

– Mais de quel anneau parlez-vous ? répéta-t-elle.

Magister soupira. Il aurait bien voulu parler encore du sort avec Tara, mais il avait de plus graves soucis. Il fit un geste, sa magie flamboya et l'image d'un anneau apparut dans les airs. Un anneau de fer noir, torturé de démons.

– Cet anneau, dit-il de sa voix de nouveau de velours. L'anneau de Kraetovir, volé à la Reine Rouge par Selenba, capturé par les vampyrs, et que tu leur as volé à ton tour. Tara, c'est ce que je voulais demander à tes amis. S'ils avaient trouvé que tu avais changé, que tu te transformais. Mais l'anneau ne semble plus être en ta possession. Alors, petite Duncan, dis-nous ce que tu en as fait.

– Mais enfin, gronda Tara, est-ce que quelqu'un peut m'expliquer comment on est passé du sort jeté sur maman à un anneau que je n'ai jamais eu ?

Moineau s'approcha, les pas de la Bête ébranlant la forêt, le regard fixé sur ses parents.

– Magister a raison, dit-elle d'une voix douce, étrange dans cette gueule de Bête. Mais ce n'était plus un anneau de fer noir. Il était d'argent, frappé de licornes. Il t'a sauvée à plusieurs reprises, ajoutant son noir pouvoir au tien. Son pouvoir démoniaque, tiré des âmes des démons des Limbes.

Tara tendit ses mains où deux anneaux d'or et de pierre rouge luisaient. L'un était sa chevalière, où aucun effrit ne dormait plus... enfin, par l'intermédiaire de laquelle aucun effrit ne la protégeait plus, l'autre une jolie bague offerte par Robin et qu'elle ne quittait jamais.

– C'est tout ce que j'ai comme anneaux ! Et arrêtez de me regarder tous comme si j'étais folle, je ne sais pas du tout de quoi vous parlez !

Fafnir s'approcha de Tara, une sincère inquiétude dans le regard.

– Je n'aime pas beaucoup ce type-là, M. « Magister j'ai les nerfs » qui a capturé mes soldats et les a ligotés comme de vulgaires spatchounes, mais je sais une chose. Tu avais un anneau maléfique, que nous n'aimions pas. Ce qui m'ennuie, c'est que tu ne t'en souviennes plus. Les vampyrs l'auraient-ils repris et auraient-ils lancé un sort d'amnésie ?

Tara pâlit soudain et faillit s'évanouir. Cal, qui était le plus près, la rattrapa de justesse.

– Waouh, fit-il en ployant sous le corps de Tara, plus grand que le sien, qu'est-ce qui t'arrive ?

– Je... je ne sais pas, dit Tara d'une voix faible. C'est comme si... comme si on me tapait sur le crâne avec un marteau.

– Tu n'aurais plus de crâne si on tapait dessus avec un marteau, intervint prosaïquement Fafnir.

– C'est une image Fafnir, personne ne lui tape dessus, elle a juste mal à la tête, grogna Fabrice.

– Euh, Fabrice, gémit Cal, tu pourrais me donner un coup de main, elle est super lourde, là.

Du coup, Tara se redressa, quoiqu'un peu vacillante.

– Lourde ? Comment ça, lourde ?

– Ouf, souffla Cal en tendant les bras avec un sourire tordu, prêt à la rattraper. Pas autant qu'un Brrraaa, bien sûr, mais bon, pas légère non plus !

– Tu as encore des progrès à faire pour parler aux filles, remarqua Moineau sans quitter sa mère des yeux, même sous ma forme de Bête, Fabrice n'a pas intérêt à dire que je suis lourde !

Fabrice hocha vivement la tête. Oh, non, il tenait trop à la vie !

– Je-ne-suis-pas-lourde, marmonna Tara entre ses dents. (Elle se redressa et prit une grande inspiration après un dernier regard féroce vers Cal.) Bon, on parlait d'un anneau et…

Elle se plia en deux.

– Ahh, ça fait mal !

Si ses amis firent un pas vers elle, Magister ne bougea pas de l'endroit où il se trouvait, au-dessus de ses otages, protégé par Selenba. Mais son masque se colora de bleu, signe de son attention la plus vive.

Cal repassa un bras autour de la taille de Tara et grogna :

– Si tu pouvais éviter de t'évanouir, ce serait bien, hein, tu es lou… tu es plus grande que moi.

– Un sort d'amnésie, indéniablement, constata Magister. Assorti d'un Doulourus, si elle essaie de se souvenir. Nous devons la guérir pour savoir ce qu'il est advenu de l'anneau !

Fafnir se campa devant lui, les poings sur les hanches.

– Et pourquoi vous voulez tellement savoir ce qu'est devenu l'anneau de Kraetovir ? Pour pouvoir vous en emparer sans doute ?

Magister baissa les yeux vers la petite combattante et on sentit le sourire dans sa voix.

– Non, mais j'ai été bless… attaqué avec de la magie démoniaque. Or le seul objet démoniaque actuellement disponible est l'anneau de Kraetovir, puisque la culotte[1] démoniaque a été rendue aux dragons par Omois. Que les autres objets sont sous bonne garde, hélas ! Et que la chemise démoniaque s'est amalgamée à ma chair à jamais. Je pensais donc que l'anneau de Kraetovir s'était emparé de Tara et que, contrairement à moi, qui ai réussi à dominer la chemise, Tara avait succombé au pouvoir de l'anneau. Car la chemise était un instrument de défense, pas d'attaque, elle était donc plus facile à contrôler.

---

1. Ne portant pas de vêtements, les démons des Limbes n'avaient pas bien compris à quoi servaient les sous-vêtements. Lorsqu'ils avaient créé les objets démoniaques, ils avaient donc également créé ce qu'ils avaient trouvé sur des humains. Chemise, culotte, etc. Évidemment, une culotte démoniaque, c'est assez curieux, surtout lorsque cela a la forme d'un chaudron très, très percé et que c'est en fer souple… Remise à l'Impératrice d'Omois, celle-ci avait tenté de la garder afin de l'étudier, mais les dragons avaient été très fermes. Ou Omois rendait la culotte, ou les dragons venaient la récupérer. Avec leurs armées. L'Impératrice s'était inclinée, folle de rage.

Même si j'ai dû transformer son pouvoir afin de l'utiliser aussi de façon offensive.

Ils le regardèrent. Ah, c'était donc comme ça qu'il utilisait la magie démoniaque ! Parce que la chemise et lui avaient… fusionné, en quelque sorte ? Les âmes démoniaques étaient à sa disposition lorsqu'il en avait besoin. Il ne courait aucun risque de la perdre, mais d'un autre côté, vivre avec ce poids, c'était terrible.

Pas étonnant qu'il soit à moitié fou !

– Combien d'âmes y avait-il dans la chemise ? demanda Moineau, presque touchée.

– Bien plus que je n'en ai besoin, ricana Magister. Un demi-million. Mais je ne peux en utiliser qu'une petite quantité à la fois, sinon cela me détruirait.

Ah ! Intéressant à savoir. Cal eut un sourire de requin. Plus il en apprenait sur leur adversaire, plus il était content.

– Cool, dit-il, ça veut dire que si on vous pousse un peu trop, vous explosez ?

– Si j'explose, comme tu le dis si bien, Voleur, tout ce qui existe autour de moi explosera aussi. Donc évite de m'énerver, c'est un conseil.

Tara avait les larmes aux yeux tant la douleur était forte, mais elle refusa de renoncer. Si quelqu'un avait tripoté sa cervelle, elle devait le savoir. Fouillant, creusant, elle chercha, chercha, soutenue par Cal tandis que les autres surveillaient Magister, toujours immobile au-dessus de ses otages.

Soudain, comme un mur qui s'effondre, le barrage céda.

Les images défilèrent. Des corps de vampyrs en train de se tordre, un sombre pouvoir qui venait la soutenir afin de les guérir. Des crapauds, sa vie qui s'échappait, le pouvoir qui l'aidait, lui sauvait la vie. Puis une… une culotte ? Oui, une sorte de culotte pour mille-pattes, s'éclairant après avoir été touchée par le sombre pouvoir. Ah, celle dont parlait Magister et dont elle se souvenait soudain. Elle inspira, perdue. Elle avait oublié des tas de choses ! Sa mémoire continua à lui restituer ses souvenirs. Les deux objets démoniaques discutant, échangeant des informations. Des dragons tentant de la tuer, Magister essayant de la capturer, le sombre pouvoir volant à son secours, à chaque fois.

Et enfin, sa mémoire reconstitua une image. Elle le vit. L'anneau de Kraetovir. À sa main. Tout de fer noir et de démons sanglants, puis d'argent et d'inoffensives licornes, nécessaire camouflage. Enfin, furieux qu'elle parte pour une planète où son pouvoir serait affaibli. Elle sursauta lorsque sa mémoire lui montra le sombre pouvoir jaillissant et la percutant, prenant le contrôle de son corps. Elle se vit en train d'avancer dans les couloirs d'Omois, jusqu'à un certain endroit, que cherchait l'anneau, tendre la main vers…

– Mon Dieu, s'exclama-t-elle, c'est terrible !

– Quoi ? s'exclamèrent ses amis.

– Je sais à qui j'ai remis l'anneau. Et ce qu'il a fait !

– Par Bendruc le Hideux, gronda Magister, quelle nouvelle catastrophe nous as-tu préparée, jeune Tara Duncan ?

Tara leva les yeux vers eux, si pâle qu'elle ressemblait à un fantôme.

– J'ai remis l'anneau à l'Impératrice d'Omois !

15

Magister

ou comment se faire des amis inattendus… enfin
plus inattendus que les monstres habituels.

Fabrice et la Bête grognèrent avec un bel ensemble. Magister
hoqueta d'angoisse, comme Selenba. Les otages roulèrent des
yeux affolés et Cal se contenta de soupirer.

– Oui, dit-il, c'est bien ce que je pensais.

Tara se tourna vers lui, étonnée.

– Tu… tu veux dire que tu t'en doutais ?

– Oui. Lorsque nous sommes venus nous réfugier à
Tingapour, dans le Palais Impérial, nous avons été attaqués en
dépit des anti-Transmitus. J'ai donc supposé que les assaillants
avaient des complices à l'intérieur du Palais. Mais Xandiar était
tellement hystérique à propos de la sécurité que lesdits
complices devaient être très, très haut placés. Sauf que là, c'est
si haut qu'il faut des masques à oxygène pour respirer. Je ne
savais pas que c'était l'Impératrice. J'imaginais plutôt l'un des
ministres. Bien sûr, je ne pensais pas à l'anneau, je croyais qu'il
s'agissait de traîtres alliés à Magister, puisque à chaque fois,
c'étaient des Sangraves qui nous attaquaient, mouraient, puis
disparaissaient avant qu'on puisse les interroger ou analyser
leurs cadavres.

Tara savait que Cal était très intelligent, mais elle était toujours
surprise par ses fulgurants raisonnements.

– Vos parents ont été attaqués ? demanda Magister, surpris.
C'est pour cela qu'ils sont sur Terre ? Je me demandais aussi.

– Nous pensions que c'était vous, répondit Tara, qu'une
pensée venait de traverser et que, distraite par Magister, elle
n'arrivait pas à retrouver.

– Donc, si je comprends bien, jeune Duncan, reprit Magister, tu as remis l'anneau démoniaque à la plus puissante gouvernante d'AutreMonde, qui dirige un énorme empire et qui, apparemment, a décidé de se débarrasser de toi. Et de moi. Et des parents de tes amis. Donc ma question est la suivante. Pour toi et moi, je comprends. L'anneau doit avoir peur de nous. Mais pour les parents de tes amis, là, je ne comprends pas. Que cherche-t-il ? Et surtout, comment allons-nous l'arrêter ? Il peut utiliser sa magie démoniaque bien mieux que moi. Grâce à elle, il s'est emparé de mes Sangraves. Je ne sais pas comment il fait, mais ils nous trouvent constamment. Il les a pervertis et les utilise contre tous les gouvernements d'AutreMonde, qui font rejeter la faute sur moi. J'étais déjà leur ennemi, maintenant je suis devenu l'homme à abattre coûte que coûte ! Je dois trouver un moyen de lutter contre son pouvoir.

– N'infectez pas vos nouveaux Sangraves avec votre magie démoniaque, répondit Tara, toujours en train d'essayer de mettre la main sur l'idée qui l'avait traversée, libérez les autres de cette magie et l'anneau ne les trouvera pas. J'avais fait l'essai lorsque je tentais de vous capturer, afin de voir s'il était capable de détecter de la magie démoniaque. Il a fait genre « je n'y arrive pas », mais je pense qu'il m'a menti. Et qu'il est parfaitement capable de détecter la magie des Limbes, puisqu'il est fait de cette même magie.

– Ah ? Merci pour cette indication précieuse, jeune Duncan, répondit aimablement Magister. Donc il peut me trouver moi, mais pas Selenba ?

La vampyr avait toujours refusé d'être infectée par la magie démoniaque, qu'elle n'aimait pas. De plus, elle estimait qu'elle n'avait pas besoin de magie pour tuer. Ses griffes et ses crocs étaient suffisants.

Et bien plus satisfaisants.

– Je l'ignore, répondit sincèrement Tara, elle est constamment avec vous et vous avez beaucoup utilisé la magie démoniaque, peut-être a-t-elle été infectée elle aussi. Si vous voulez préserver vos Sangraves sans magie démoniaque, restez également loin d'eux. Sinon, l'anneau vous détruira tous.

Le masque de Magister s'assombrit.

– Je dois absolument détruire cet anneau avant qu'il ne me détruise !

Tara restait préoccupée, traquant l'idée fugitive dans sa tête.

– Vous avez dit que l'anneau vous avait pris vos Sangraves ? dit-elle en réfléchissant. Mais ceux qui nous ont attaqués étaient très nombreux, bien plus que ceux qui vous entourent habituellement !

– Oui, j'ai vu. Il semble qu'il ait infecté, puis contrôlé des tas de gens avec son pouvoir. C'est ainsi qu'il a pu attaquer autant de gens à la fois, les gouvernements, les parents de tes…

– MAMAN ! cria Tara, qui venait enfin de retrouver son idée. MAMAN !

Et avant qu'ils ne puissent réagir, elle incanta un Transmitus et disparut.

– … amis, termina Magister, stupéfait. Tara ?

– Par les mânes de mes ancêtres, grogna Fabrice, mais qu'est-ce qu'il lui prend ?

– Par les crocs de Gélisor, elle a raison ! Sa mère ! s'exclama Fafnir qui venait de comprendre.

– Quoi, sa mère ?

– Nous ne nous sommes pas inquiétés de la sécurité de Selena puisque nous pensions que c'était Magister qui nous attaquait, répondit Fafnir en sortant ses deux haches, vu qu'il est raide dingue d'elle… mais si ce n'est pas Magister, alors…

– Alors Selena est en grand danger ! rugit Magister qui incanta un Transmitus et disparut à son tour.

Fafnir regarda Selenba. La vampyr se redressait, furieuse.

– Il aurait pu m'attendre ! cria-t-elle. Ça commence à bien faire cette histoire avec cette pétasse !

Fafnir sourit. Les amours des humains, vampyrs, etc. étaient assez amusants.

– Je vais m'occuper des otages, dit-elle aimablement. Rejoignez votre maître, je les détache.

Selenba les aurait bien tous égorgés, mais elle ne pouvait laisser son maître sans protection. Elle se contenta d'incanter et disparut à son tour.

Fafnir, Moineau et Cal foncèrent. L'une avec ses griffes, l'autre avec un couteau, ils délivrèrent leurs parents ainsi que ceux de Robin, pendant que Fafnir se penchait sur ses nains, qui avaient l'air très, très en colère.

– Ouf, dit Fafnir, j'ai bien cru qu'elle n'allait jamais partir.

D'un geste vif, elle sortit un couteau de nulle part et trancha les liens des nains.

Ceux-ci bondirent sur leurs pieds et foncèrent à l'orée du bois récupérer leurs haches, puis lui racontèrent, toujours aussi rouges de fureur, comment ils étaient tombés dans le piège de Magister.

Selenba et les Sangraves leur étaient tombés dessus alors qu'ils traversaient le bois, qu'ils pensaient paisible. Les parents des ados étaient trop inquiets pour penser à un piège et s'étaient fait avoir eux aussi.

Après avoir ôté son bâillon, Jadra se précipita dans les bras de Justinir et de Moineau, tandis qu'Aliana-Léandrine s'occupait de Dréor, avec Cal, attentifs depuis son malaise cardiaque. Leurs autres enfants étaient bien cachés chez des amis en attendant que la crise passe, et Benjamin était parti se réfugier à l'académie des Voleurs Patentés avec Xici. T'andilus aida Mévora à se redresser et dans les yeux de l'elfe brûlait la rage de s'être fait capturer, au moins aussi forte que celle des nains.

– Si Magister est parti au Manoir où se trouvent mon fils et le sien, nous avons intérêt à nous dépêcher, dit l'elfe.

– Ça va ? demanda Moineau qui brûlait de partir. Personne n'est blessé, on peut y aller ?

Les parents hochèrent la tête. Ils étaient un peu engourdis d'avoir été immobiles pendant aussi longtemps, mais sains et saufs.

– Foncez ! fit Fafnir au loup et à la Bête, avec Cal et mes soldats, on s'occupe de leur montrer le chemin du Manoir. À tout de suite.

Moineau et Fabrice ne se le firent pas répéter deux fois. Ils foncèrent, suivis par Sheeba.

Intentionnellement, Moineau n'invoqua pas de Transmitus. Sur Terre, leur magie était bien moins puissante et celle de Fabrice quasiment inexistante. Elle ne voulait pas risquer d'accident.

En dépit de la gravité de la situation, leurs bonds se firent plus joyeux, au fur et à mesure qu'ils se laissaient griser par la vitesse de la course. Et pour la millième fois, Fabrice se dit que, vraiment, Moineau était faite pour lui et qu'il ne comprenait pas bien comment il avait fait pour la perdre. Et surtout, comment parvenir à la reconquérir ?

La vie de Selena était en danger, et pourtant il se sentait libre et puissant, à courir ainsi avec sa bien-aimée.

Soudain, il freina des quatre fers, surprenant la Bête et sa panthère qui dérapa et faillit se casser la figure.

– Mais qu'est-ce…

– Chut, l'interrompit-il. J'ai senti un…

Il allait bondir derrière un arbre, lorsque soudain il se figea, et recula, une longue épée sous le nez.

– Je crois que je suis un peu en retard, remarqua la voix tranquille de Sylver. Où est Tara ? Que se passe-t-il ?

– Tara et Magister ont filé au Manoir afin de protéger la mère de Tara, répondit le loup-garou.

La compréhension illumina les yeux dorés de Sylver.

– Ah ! fit-il, évidemment, j'aurais dû y penser.

– Tu ne nous avais pas dit que nos parents étaient vos otages ! gronda la Bête, menaçante.

– Non, répondit Sylver sans aucune gêne, je ne vous l'ai pas dit, effectivement. Je ne voulais pas que vous soyez en colère contre moi. Et vous aviez ma parole. La parole d'un Impitoyable. Mon sabre était le garant de leur vie, comme celle de Tara, même contre mon propre père. Lorsque j'ai vu que vous ne m'écoutiez pas, j'ai préféré me taire.

– Qu'as-tu fait de Robin ? demanda Fabrice en s'approchant du sabre au point de le pousser.

– Ce sabre est très coupant, fit remarquer Sylver en reculant un peu. Et je n'ignore en rien vos points faibles, Maître Loup. Si je vous décapite, vous ne renaîtrez pas. Restons donc civilisés, je vous prie. Robin n'a rien, à part sans doute un solide mal de tête. Il est ligoté et bâillonné dans l'une des chambres du Manoir, il n'est pas en danger.

Ses manières désuètes et calmes apaisèrent Fabrice.

– On n'a pas le temps de discuter, dit Moineau, il faut y aller, Fabrice !

Le loup toisa le demi-dragon de toute sa hauteur, puis haussa les épaules.

– Tu as raison Moineau, allons-y.

Ils bondirent de nouveau, laissant Sylver étonné qu'ils l'abandonnent ainsi. Les humains… étaient vraiment étranges. Et par la barbe de sa mère, pour quelle raison ces deux-là se déplaçaient en courant alors qu'il était plus simple d'incanter un Transmitus ? Lui ne l'avait pas fait parce qu'il voulait arriver discrètement derrière Tara et ses amis afin d'être capable de les protéger, mais les raisons de Fabrice et de Moineau lui demeuraient obscures.

Il décida de les suivre jusqu'au Manoir, puisque s'y trouvait tout ce qu'il voulait.

Tara et son père, Magister.

Si le Manoir, voyant que les mercenaires venaient à son secours, les avait bien volontiers laissés passer, il avait remis en place une partie de ses anti-Transmitus et Magister se matérialisa brutalement à l'extérieur, assez loin de l'imposante bâtisse, dans le parc. Il s'avança et marcha dans quelque chose de vert, mou et extrêmement odorant.

Une production du jeune draco-tyrannosaure, étalé au milieu du chemin, en train de ronfler paisiblement.

Magister jura, mais n'essuya pas ses bottes, il n'avait pas le temps. Puis, toute honte bue, il retroussa ses robes de sortcelier et fit la seule chose à faire.

Il se mit à courir.

C'était parfaitement ridicule de galoper ainsi, mais il s'en fichait. Lorsque, hors d'haleine, il arriva devant la porte d'entrée du Manoir, il se figea un instant, atterré par l'importance des dégâts.

Et où étaient passés ses mercenaires ? Il les payait pour protéger Selena et sa fille et son armée tout entière semblait avoir disparu.

Soudain, alors qu'il allait franchir le pas de la porte, une hache vola, frôla sa tête et se planta dans une statue du parc, derrière lui. La statue vacilla et s'abattit dans un énorme « Crac ! » Coupée en deux.

Le masque de Magister vira au vert. Il avait échappé de peu à une coupe « raie au milieu du cerveau ».

Puis trois ombres apparurent et Magister jura.

Maintenant il savait où étaient ses mercenaires.

L'anneau s'en était emparé.

Les Vikings avaient, très traditionnellement, souvent les yeux bleus ou verts, héritage de leurs gènes terriens.

Ces trois-là avaient des yeux comme des lacs sombres où rôdaient des bêtes affamées.

– Salut, fit le premier avec un sourire gourmand.

– On peut faire quelque chose pour toi ? s'enquit le deuxième.

– *Petit* homme ? rit le troisième qui devait frôler les deux mètres cinquante.

Magister savait comment l'anneau s'était emparé de ses Sangraves, car il avait tenté de même avec lui. Il lui avait envoyé des images tellement tentantes, de victoires, de gloire et de conquêtes. Ses Sangraves, toujours avides de puissance, avaient succombé. Magister avait failli, lui aussi, céder à ses mirages. Mais son esprit froidement rationnel n'avait que faire de chimères et d'illusions. Et il était bien trop têtu pour faire allégeance à qui que ce soit, surtout à bien plus fort que lui, ce qui était une grande première.

Au prix d'un effort qui lui avait coûté cher, il s'était arraché à l'emprise de l'anneau.

En se coupant de la magie démoniaque.

Il avait tranché le lien qui le reliait à la chemise, toujours dans son corps, mais inactive.

Depuis, il saignait sans cesse, particulièrement en dessous du cœur. Selenba le soignait, mais cela ne servait à rien, la douleur était vive, tranchante et… constante, hélas ! Seule la magie démoniaque pouvait le guérir. Et il ne pouvait y avoir accès.

Donc, si les mercenaires avaient cédé à des rêves envoyés par l'anneau pour les contrôler, ceux-ci ne pouvaient être que…

Il ouvrit la main. Au creux de celle-ci reposait une petite fortune en crédits-muts d'or. Il ouvrit l'autre. Des gemmes violettes, bleues, rouges, plus belles les unes que les autres. Les Vikings connaissaient la magie. En bons pilleurs, ils savaient reconnaître le faux du vrai. Et les pierres comme l'or étaient tout à fait réels.

– Ça par exemple, dit Magister d'une voix étonnée, j'avais oublié de vous apporter votre paie. La voici.

Dans les yeux sombres miroita le reflet de l'or. La magie démoniaque lutta un instant contre la soif de l'or, mais rien ne plaisait plus aux Vikings qu'un trésor. Il y eut un cri de rage et une brume noire s'évapora du corps des trois Vikings qui vacillèrent comme des chênes frappés par la foudre.

– Par Odin ! gronda l'un, mais qu'est-ce qui s'est passé ?

– Par Thor ! rugit le deuxième, où sont les filles ?

– Par les cors de mes pieds ! Où sont mes chaussures confortables ? gémit le troisième.

– Quoi ? sursauta Magister, vous n'aviez pas tous rêvé que vous aviez un merveilleux trésor ?

– Non, répondit le deuxième Viking d'un ton maussade. J'ai rêvé qu'on m'offrait les plus belles filles de l'univers si j'obéissais aux ordres. Mais bon, un trésor, c'est aussi bien !

– Non, précisa le troisième avec un regard embarrassé vers les deux autres, moi, j'ai rêvé qu'on m'offrait les chaussures les plus confortables du monde, rapport à mes cors aux pieds, vous voyez. Mais l'or, ça permet d'acheter plein de chaussures aussi !

Magister déglutit. Il n'était pas passé loin. Heureusement que, quoi que veuillent les mercenaires, l'or restait leur premier amour ! Il colla les pierres et les crédits-muts dans les mains des Vikings, passa entre les trois énormes mercenaires et s'engagea dans le Manoir.

– Je vous ai engagés pour défendre Selena Duncan et sa fille, leur rappela-t-il en détaillant les lieux. Que s'est-il passé ? Où sont-elles ?

Les trois Vikings échangèrent des regards ennuyés.

– On a… comme un trou de mémoire, dit l'un d'entre eux en cachant sa hache tachée de sang. On ne se souvient pas très bien.

– On nous a juste envoyés pour garder la porte, renchérit le deuxième en dissimulant son épée derrière son dos.

– Ouais, en fait, on passait et on a vu de la lumi…

Soudain, un cri retentit, l'interrompant net. Magister fila dans sa direction, comme un lévrier, le cœur battant.

Quatre à quatre, il monta l'escalier et déboucha dans une grande pièce, sorte de suite remplie de loups.

Plus exactement, remplie de corps de loups.

Et de Tara.

Couchée sur le corps de Selena.

Tara s'était rematérialisée au beau milieu d'un énorme chaos. Les assistants de Mourmur et les loups se battaient comme des fous contre les mercenaires de Vilains qui venaient de se retourner contre eux.

Personne n'avait rien compris. L'instant d'avant, tout allait bien et le Manoir était en train de reconstituer ses murs. L'instant d'après, les énormes mercenaires se raidissaient, regardaient dans les airs avec un sourire extatique, fronçaient les sourcils puis se tournaient vers les habitants du Manoir, les yeux vides et noirs.

Isabella, elle, avait réagi à la vitesse de l'éclair. Elle avait vu les dommages causés par le Ravageur d'Âme[1] et savait reconnaître quelqu'un lorsqu'il était possédé. Jar aussi. Coutumier de la magie démoniaque, ayant été infecté lui-même, puis guéri, il avait activé sa magie et tapé dans le tas avant même d'avoir le temps de comprendre ce qu'il faisait. Il avait réagi sans réfléchir, par pur réflexe.

Heureusement, car sans eux, les habitants du Manoir se seraient proprement fait massacrer.

Comme avec les Sangraves, les mercenaires de Vilains ne savaient pas que les loups-garous étaient dans le Manoir, lorsqu'ils avaient déboulé afin d'affronter les Sangraves.

Aussi les armes des Vikings étaient-elles de fer et non d'argent. Ce fut également ce qui sauva les défenseurs du Manoir. Des loups tombèrent, mais les autres eurent le temps de se réfugier au premier étage, dans la suite de T'eal, qu'ils barricadèrent à l'aide du Manoir affaibli. Selena, Isabella, T'eal et T'éolk, S'elvi, Mourmur, Tachil et Mangus, Manitou, Jar, les loups et les assistants se placèrent face à la porte que le Manoir fit disparaître afin de ne pas laisser de failles. Mais ils savaient que de l'autre côté du mur, les nouveaux attaquants allaient les traquer. Et le Manoir était trop épuisé pour manipuler ses couloirs comme il le faisait d'habitude, et les changer d'étage ou les aider à s'évader.

Malheureusement, les mercenaires avaient récupéré des tas de trucs explosifs après le départ des Sangraves. Ils n'avaient pas assisté à la mise en place des explosifs, étant arrivés plus tard, hélas ! il ne leur fallut pas très longtemps pour comprendre comment ils fonctionnaient.

Enfin, pas sans dommages.

Il faut dire que rester à côté d'un détonateur en disant : « C'est joli, ces petites lumières qui clignotent » ne relevait pas de l'instinct de survie le plus aiguisé.

Il ne restait plus grand-chose du Viking trop curieux, mais malheureusement du mur non plus lorsque le nuage nocif de l'explosion retomba.

Les mercenaires étaient en train de franchir la brèche qu'ils avaient ouverte lorsque Tara avait fait irruption. De nouveau, les

---

1. Sorte d'esprit maléfique et totalement dingue, qui voulait conquérir le monde. Comme d'habitude, rien de bien nouveau... Finalement, un esprit maléfique qui voudrait juste... je ne sais pas, moi... repeindre tout en rose, par exemple, au lieu de vouloir conquérir le monde, ferait vraiment preuve d'originalité.

combattants étaient trop emmêlés pour qu'elle puisse assommer tout le monde d'un seul coup, et elle avait dû se battre comme les autres.

Les Vikings étaient autrement plus solides que les Sangraves. Leur taper sur la tête n'était pas facile, d'une part parce que c'étaient des géants et que les Anazasis étaient plutôt petits, d'autre part parce que, même lorsqu'on y arrivait, ils avaient la tête suffisamment solide pour résister. Sans parler de leurs casques.

À part Fabrice, qui était une sorte d'exception, les loups n'utilisaient pas la magie, aussi, très rapidement, le combat prit un tour nettement plus sanglant. Griffes contre haches, épées contre crocs.

Certains des Vikings utilisaient la magie et c'est contre ceux-là que Tara se battit en premier, volant à l'aide des assistants. Sa mère, Manitou, T'eal et S'elvi, tapis derrière un canapé, émergeaient dès qu'ils avaient l'occasion d'aider leurs alliés.

Combinant des Glacius, des Assommus, des Carbonus, et des Destructus lorsqu'elle n'avait vraiment pas le choix, Tara se rapprocha lentement de sa mère. Soudain, elle jura. T'eal, T'éolk, S'elvi et sa mère venaient de sauter par-dessus le canapé, très gracieusement et se lançaient dans la bagarre.

Tara ne sut jamais pourquoi ils avaient soudain décidé de s'en mêler, alors que les autres loups n'étaient pas en position de défendre leurs Alphas.

Mais ils le firent.

Et cela changea tout.

Personne ne s'y attendait. Personne ne pouvait l'imaginer. Selena frappa un mercenaire avec sa magie. Le mercenaire tomba et celui qui était derrière lui réagit brutalement. Son épée vola et transperça le torse et le cœur de Selena. Sembor, qui était en train de mordre une fesse avec délectation, se raidit, feula et s'affaissa, exactement en même temps que sa maîtresse.

T'eal hurla. D'un bond, il fut près de Selena. Le sang de Tara ne fit qu'un tour. Elle s'éleva, ses yeux devinrent entièrement bleus, la Pierre Vivante vint se poser au-dessus de sa tête, globe d'une insoutenable luminosité, et elles frappèrent.

Tara s'était retenue. Elle se retenait toujours. Sa magie était trop forte, trop imprévisible. Elle savait qu'elle risquait de détruire bien plus qu'elle ne le voulait.

Mais cette fois-ci, elle ne se retint pas. Avec une incroyable violence, tous les mercenaires furent projetés au travers des murs. Le Manoir hurla de douleur, lorsque le toit explosa sous la pression, tandis que la magie de Tara montait, montait encore, en un lumineux et mortel rayon bleu… pour se diviser en des millions de flèches de lumière qui foncèrent sur leurs cibles.

Comme si elles étaient vivantes, les flèches de magie frappèrent tous les mercenaires dans le parc, sans pitié, sans retenue, épargnant de justesse Selenba, qui précédait d'une courte distance Moineau et Fabrice en train de foncer vers le Manoir.

Dès que tous les ennemis furent maîtrisés, Tara redescendit. Ses yeux redevinrent normaux et elle se précipita.

– Elle… elle va bien, n'est-ce pas ? balbutia-t-elle en prenant Selena dans ses bras. Elle est loup-garou maintenant, elle va pouvoir résister ?

T'eal leva un regard torturé sur elle. Il avait retiré l'épée et Jar avait déjà lancé un Reparus.

– Je… je ne sais pas. Elle n'a pas été mordue depuis assez longtemps, la métamorphose… je… je ne voulais pas, mais elle a insisté. Qu'est-ce que j'ai fait, qu'est-ce que j'ai fait !

Il toucha le beau visage.

Mais Selena ne bougea pas.

Il y avait du sang partout. Jar lança un Revivus.

Mais Selena ne bougea pas.

– Tara ! cria soudain Jar, redevenu le petit garçon qu'il n'aurait jamais dû cesser d'être, Tara, sauve-la ! Tu dois la sauver ! La transformation n'est pas assez profonde, l'épée a touché le cœur, fais quelque chose !

Tara inspira et lança sa magie. Un énorme Reparus qui illumina le corps de Selena.

Mais Selena ne bougea pas.

Ils essayèrent tout.

Mais Selena était morte. Et Sembor, terrassé par le choc en retour, aussi.

Tara s'abattit sur le corps et se mit à sangloter.

C'est ainsi que Magister les trouva.

16

Le départ

*ou comment vouloir rentrer chez soi… et se heurter
à un léger problème de transport.*

– NOOOOOON ! cria-t-il lorsqu'il comprit ce qui s'était passé. NOOOONNN !

Il tomba à genoux à côté de Selena et de Tara, incapable de penser, de réagir, et même de respirer.

À ce moment, si quelqu'un l'avait transpercé avec la même épée qui avait tué Selena, il se serait laissé faire sans protester.

Puis soudain, avec une violence qui la projeta sur le côté, il poussa Tara et incanta ses deux bras tendus vers Selena. Celle-ci se retrouva prise dans un incroyable entrelacs de machines, branchées à des tuyaux un peu partout. L'une d'entre elles s'acharna sur son cœur, une autre travailla sur ses poumons, tandis qu'un flux de sang s'élevait dans les airs, à partir des veines de Magister, et passait de ses bras pour s'introduire dans les veines de Selena.

Et son sang était rouge. Aussi rouge que celui des autres humains. Tara n'y vit aucune magie démoniaque.

Avec une terrible lenteur, le cœur de Selena se remit à battre. Boum-boum. Boum-boum. Boum-boum. Ils sursautèrent. On entendait son rythme régulier. Boum-boum. Boum-boum. Mais ils savaient bien que sans l'esprit de Selena pour habiter son corps, si la machine s'arrêtait, le cœur s'arrêterait lui aussi. Le beau visage exsangue de la jeune femme se recolora lentement. Une troisième machine apparut, afin de la nourrir et de compenser la perte de sang, en dépit des Reparus. Puis une quatrième pour gérer les déchets, et enfin une cinquième pour surveiller ses constantes vitales.

C'était impressionnant et effrayant. Le corps revivait, respirait, mais elle restait inconsciente. Une sixième machine planait près de sa tête. Elle émit un sifflement strident et sa lumière vira au noir.

– Son âme est partie, dit Magister d'une voix effrayée. C'est impossible, c'est trop rapide !

– Comment le savez-vous ?

– La machine, à sa tête, mesure les auras. La sienne a disparu.

Il y eut un terrible silence.

– À présent, gronda Magister d'une voix dure, je ne dois pas mourir, à aucun prix.

Tara, encore sous le choc, qui se frottait les côtes, le regarda sans comprendre.

– Parce que si je meurs, mon sort disparaîtra, précisa-t-il en désignant le cocon qui entourait désormais Selena. Et la seule femme que j'ai jamais aimée mourra aussi. Vraiment.

– Si vous mourez, dit Isabella avec une étrange fragilité dans la voix, je promets que je prendrai la relève. Je ne la laisserai pas tomber. Pas encore une fois.

Magister se planta devant elle les poings serrés.

– Ce n'est pas si simple. Si je meurs et que le sort se dissipe, que personne n'est avec elle, son corps se dégradera, il suffit de quelques minutes.

Isabella hocha la tête.

– Je sais. Je serai là. Je ne faillirai pas.

– Non, cria Tara qui commençait à trembler, non ! Si son âme est partie, c'est qu'elle est en OutreMonde ! Je ne veux pas !

Sa magie enfla, enfla et chercha un moyen d'exprimer tout son chagrin. Le Manoir réagit au quart de tour. Il élargit ce qui restait de toit au-dessus de sa tête et Tara tendit les bras vers le ciel, exprimant toute sa rage et sa peine en un jet si violent qu'il illumina les environs.

En dépit de sa puissance, elle avait beaucoup puisé dans sa magie et la Pierre Vivante ne la soutenait pas.

Personne ne bougea tant que Tara vibra comme une terrible guêpe meurtrière, éclaboussant les murs de sa violence.

Puis, petit à petit, le flot décrut. La magie vacilla, puis s'éteignit.

Et Tara se remit à pleurer. Tout ceci était trop. Elle avait vu sa mère morte, Magister lui avait redonné de l'espoir et à présent il lui retirait. C'était insupportable.

Magister incanta de nouveau et sa magie frappa le puma doré qui gisait près de Selena, l'enveloppant lui aussi d'un cocon de machines. Il n'avait pas oublié Sembor, même s'il savait bien que les âmes des Familiers n'accompagnaient pas leurs maîtres en OutreMonde. Mais il espérait du fond du cœur que s'il parvenait à faire revenir Selena, alors Sembor reviendrait lui aussi. Parce qu'il avait déjà vu des sortceliers mourir lorsque leur Familier était mort, il ne voulait courir aucun risque.

– Combien de temps à votre avis s'est-il écoulé entre le moment où elle a été tuée et celui où son cerveau a été privé d'oxygène ? demanda-t-il à Isabella.

– Deux à trois minutes avant que vous ne réagissiez, répondit Isabella après avoir réfléchi. À peine.

Magister serra les poings de nouveau.

– Elle a abandonné tellement vite ! Son âme est partie tout de suite, ce n'est pas normal. J'ai réussi à ranimer des gens qui sont morts depuis plusieurs minutes, pourquoi pas elle ? En dépit des Reparus ?

– Je ne sais pas, répondit Isabella, impuissante. Peut-être à cause de son début de transformation en louve ?

– Au contraire, intervint T'eal, essayant de raffermir sa voix, cela aurait dû l'aider, je ne comprends pas.

– De sa quoi ? s'exclama Magister, choqué.

– Je l'ai mordue, à sa demande, Sangrave, répondit sèchement T'eal. Elle aurait été ma louve, ma sœur, mon amie et ma femme. Mais vos ennemis nous ont volé tout cela.

– Nos ennemis, réagit Magister, une sombre menace dans la voix. Pas les miens, ni les vôtres, les nôtres. Nous vivons sur la même planète, que je sache. Le danger vient donc autant pour vous que pour moi. Et si vous pensiez m'arracher Selena en la convertissant, vous faites une grave erreur. Elle est mienne et le restera.

– Elle est morte, bon sang ! explosa Tara, ruisselante de larmes. Vous, votre planète, vos histoires, vous m'avez tout arraché ! Mon père, ma mère, mon amour… J'EN AI ASSEZ !

Ses yeux virèrent au bleu et elle se remit à vrombir comme une énorme guêpe. Jar avait déjà vu Tara vraiment en colère. Là, deux fois en si peu de temps, elle mettait sa vie en danger. Et même si cela heurtait sa fierté, il savait parfaitement qu'elle se retenait dans ses combats contre lui. Il devait agir vite. Il bondit et l'assomma d'un seul coup de poing bien appliqué.

Pâle comme la mort, la jeune fille s'affaissa dans ses bras. Il la posa à terre.

– Par mes ancêtres ! s'exclama Isabella en se précipitant pour toucher le front de la jeune fille, mais qu'est-ce que tu fais, Jar ?

– Je suis désolé, grimaça Jar, mais ma chère sœur est une sorte d'arme de destruction massive, la laisser exploser est une très mauvaise idée. Elle n'est pas si solide que ça, cette petite planète Terre...

– Par le Reparus, que la blessure disparaisse et que l'inconscience cesse, incanta Isabella tout en jetant un regard noir vers Jar.

Tara ouvrit un œil vitreux.

– Que... qu'est-ce qui s'est passé ? grogna-t-elle lorsqu'elle voulut se redresser.

– Mère a été tuée. Magister essaie de la sauver. Tu as pété un plomb. Je t'ai assommée, résuma Jar, succinct.

Tara écarquilla les yeux. Elle se souvenait de sa colère. À présent, elle se sentait surtout terriblement triste. Ses larmes se remirent à couler.

Magister, encore sous le choc, regardait le corps de Selena, également gardé par T'eal.

Et dans les yeux des deux hommes luisait la même terrible lueur d'espoir.

Tara finit par se relever, aidée à sa grande surprise par Jar.

– Je... euh, je suis désolé, dit-il. Je ne voulais pas te faire de mal, mais tu allais... enfin, je ne pouvais pas te laisser faire.

C'était ce qu'il pouvait faire de mieux en termes d'excuses, et Tara eut un faible sourire.

– Merci, murmura-t-elle, tu as bien fait. Je crois que j'ai perdu la tête.

– Où est le parchemin ? demanda Magister, pressant.

– Comment ?

– Le parchemin. Celui que tu as utilisé pour nous faire revenir, nous, les fantômes. Qu'est-ce que tu en as fait ?

– La recette de la potion est à Omois. Cal et moi avons dû la rendre. Et ils nous ont lancé une sorte de Mintus très spécial, qui a effacé la liste des ingrédients de nos esprits. Pourquoi ?

– Parce que nous allons faire revenir ta mère, voilà pourquoi.

Tara inspira profondément, ignorant les odeurs de sang et de fumée.

En un éclair, elle revit sa vie avec sa mère. Tout ce que Selena avait enduré. Tout ce que Tara avait fait pour que son père revienne et qu'ils soient heureux ensemble. Si Selena était passée en OutreMonde aussi facilement, c'était qu'il y avait là-bas quelque chose qui l'attirait. Et si c'était cela ? Si l'amour de son mari, Danviou, était tel qu'elle avait voulu le rejoindre ? Soudain, curieusement, elle se sentit moins triste. Si Selena était heureuse, n'était-ce pas le plus important ?

Elle leva la tête.

Tout le monde la regardait. Les loups, pleins d'espoir, Magister, fébrile, sa grand-mère, attentive, son petit frère, renfrogné.

– Non.

– Donc, nous allons devoir… quoi ?

– J'ai dit non. Personne ne va ramener personne.

Le masque de Magister vira au noir.

– Qu'est-ce que tu as dit ?

– Ma mère est morte. (Sa voix vacilla sur le mot, mais Tara se reprit.) Je n'irai pas la chercher en OutreMonde. Il faut laisser les morts en paix. Maintenant, si vous voulez bien, je veux aller pleurer en paix.

– Non, gronda Isabella, incapable d'abandonner sa fille.

– Non, grogna T'eal qui ne voulait pas que son amour disparaisse.

– Non, hurla Magister, fou de rage que Tara ose s'opposer encore à ses désirs.

– Tara ! protesta Jar, c'est notre mère ! Nous devons tout faire pour qu'elle revienne !

Tara ne pouvait pas leur dire qu'elle pensait que c'était le choix de Selena de partir rejoindre Danviou, lorsque l'occasion s'était présentée. Selena n'était pas une femme égoïste. Toujours, elle avait pensé aux autres. Mais lorsque, pour une fois, l'occasion s'était présentée de retrouver calme et sérénité, elle n'avait pas pu résister.

Elle n'était pas aussi forte. Cela donnait à Tara envie de hurler. Mais pas d'aller la chercher contre son gré.

Pourtant, le doute lui rongeait le cœur. Et si elle avait tort ? Si ce n'était pas le choix de Selena, mais un horrible accident ?

Et si les autres avaient raison ?

Magister se reprit, même si son masque devint d'un noir d'encre.

– Tu ne vas pas faire ton deuil tout de suite, Tara Duncan, finit-il par dire, et sa voix était comme rouillée par le chagrin. Car moi, contrairement à toi, je ne dois rien à personne. Et j'assume parfaitement mes actes. Nous devons régler le problème de l'anneau. Après, nous nous occuperons de ta mère.

Tara passa une main lasse sur son front. Ses cheveux blonds étaient emmêlés par le combat, son visage était recouvert de poussière et du sel de ses larmes, et ses vêtements tachés du sang de sa mère.

– Car, hélas ! l'anneau a réussi son plan, gronda Magister. Le laisser étendre son emprise sur AutreMonde, ce serait risquer de ramener Selena dans un monde dévasté par la magie de l'anneau, un véritable enfer. Toi qui m'as combattu et me combats encore en dépit de ton jeune âge, que vas-tu faire ?

Il n'allait pas renoncer, c'était évident.

– Laissez ma mère en dehors de tout cela, dit Tara d'un ton fatigué. Et je n'en sais rien. Vous avez des armées, vous avez des alliés, pourquoi toujours vous tourner vers moi ?

– Parce que c'est toi qui as donné l'anneau à l'Impératrice, voilà pourquoi. Sur notre monde, celui qui crée le problème est censé le résoudre.

Tara tressaillit. C'était un coup bas.

Elle eut envie d'envoyer tout balader, surtout ce qu'elle voulait, c'était parler à sa mère, être sûre de faire ce qui était juste. Elle devait trouver un moyen.

Magister sut qu'il avait gagné au moment où la jeune fille rejeta ses cheveux en arrière d'un air fatigué, mais décidé. Son masque se colora d'un soupçon de bleu satisfait.

– Magister a raison. L'anneau doit être détruit. Je pars à Omois, répondit Tara en l'ignorant.

– Pas sans… fit Magister.

T'eal hocha la tête, désolé, et l'interrompit :

– Nous allons rester ici. Mes loups ne vous seraient pas très utiles à Omois et je ne peux déclencher un conflit entre nos deux empires, ce n'est pas comme avec les fantômes, pour l'instant, nous n'avons pas été attaqués par l'anneau, je veux dire en tant que Nation. Il a été malin, il s'est protégé en nous faisant agresser par de faux Sangraves. Nous ne pouvons donc pas participer à ce qui s'apparente à une agression contre lui, ou plutôt contre la dirigeante d'Omois. Ici, nous protégerons notre Louve Alpha, quoi qu'il arrive. Si elle revient, nous la fêterons. Si elle meurt, nous hurlerons notre chagrin.

Tara parvint à ne pas tressaillir, mais entendre T'eal parler de sa mère comme d'une louve lui fit tout de même un effet étrange. Magister voulut reprendre la parole, mais il fut interrompu de nouveau.

– Mais nous ne pourrons pas rester très longtemps sur Terre, intervint T'éolk. Le pouvoir ne peut rester vacant sur notre continent.

Sa voix sous-entendait qu'il pourrait fort bien se charger de la place de président pour T'eal. En toute amitié, bien sûr. Ben voyons.

T'eal ne tomba pas dans le piège de sa fausse compassion.

– Merci, T'éolk, mais ceci ne devrait pas durer très longtemps. Et s'il le faut, nous retournerons sur AutreMonde. Je laisserai une escorte de gardes afin de protéger Selena.

T'éolk affronta son regard un instant, puis baissa les yeux. Il se soumettait à l'autorité de T'eal. Pour l'instant.

– Donc, Tara, si j'ai bien compris, lui dit Mourmur après avoir tourné autour de Selena et de Sembor avec des commentaires admiratifs sur le travail de Magister, tu vas partir démolir un anneau démoniaque, celui qui nous a attaqués. Passe au labo avant de partir, je devrais avoir deux ou trois trucs pour toi. En attendant, voici déjà un premier kit de survie.

Il lui donna un paquet bleu entouré d'un cordon rouge, portant l'inscription « À n'ouvrir qu'en cas d'extrême urgence, voire de probable mort imminente ». Tara le prit avec méfiance et le mit dans la poche sans fond de la changeline, bien décidée à ne pas l'utiliser. Elle n'avait qu'une confiance toute relative dans les gadgets de Mourmur.

– Je viens avec toi, Tara, dit Jar à contrecœur, ne serait-ce que pour éviter que tu ne fasses trop de bêtises. Et puis nous aurons besoin d'alliés et je suis plus proche de Mara, nouvelle Héritière d'Omois, que toi.

– Mais… tenta pour la troisième fois Magister dont le masque commençait à virer au rouge. (C'est vrai qu'il n'avait pas trop l'habitude qu'on ne l'écoute pas.)

Tara dut se concentrer, évacuer de son esprit ce qui venait de se passer. Une fois le problème de l'anneau réglé, si elle n'y laissait pas sa vie, elle pourrait trouver un moyen de parler à sa mère sans déclencher une catastrophe.

– Très bien, dit-elle d'un ton fatigué, nous allons devoir réfléchir à un plan. L'anneau doit être sur ses gardes et, au doigt de

Lisbeth, il bénéficie de tous les pouvoirs d'Omois. Ce ne sera pas si facile de l'approcher, sans compter que je suis toujours bannie. Jar, tu pourrais peut-être contacter Mara ? Qu'on essaie de la rencontrer discrètement en dehors du Palais pour qu'elle nous fasse rentrer ?

Pendant qu'elle parlait, Mourmur incantait et le corps de sa mère ainsi que celui de Sembor flottèrent doucement pour le suivre. Le cœur de la jeune fille se serra.

– Attendez, dit Magister d'une voix suppliante, que quelqu'un lui parle, qu'elle ait de la compagnie. Les Chamans... les Chamans disent que même en OutreMonde, alors que les corps sont encore ici, les gens peuvent entendre... Ne... ne la laissez pas seule, perdue dans le noir. S'il vous plaît.

Mourmur ouvrit la bouche pour dire que Selena ne se rendrait compte de rien, vit le masque de Magister si gris, si triste, et la referma. Il hocha encore la tête, incapable de parler.

Tara se redressa. Vit le sang sur ses vêtements. Incanta un Nettoyus. Elle devait agir, ou elle savait qu'elle allait s'écrouler comme lorsque Robin était mort. Sauf que là, elle ne le pouvait pas.

Jar répondit à sa question :

– Mara ne pourra pas sortir du Palais sans trois douzaines de gardes. Nous rencontrer discrètement ne sera pas si facile, Tara.

Tara ouvrit la bouche pour proposer une autre solution et la referma lorsqu'une vampyr essoufflée fit irruption dans la pièce.

Selenba.

Féroce, agressive, elle se plaça immédiatement à côté de Magister, Moineau et Fabrice sur ses talons, prêts à combattre. Les loups grognèrent en sentant la vampyr. Ils n'aimaient pas ce peuple.

T'eal, lui, ne réagit pas, trop anéanti pour sursauter à l'odeur âcre. T'éolk le regardait d'un air spéculatif. Sylver arriva, sabre au clair, et stoppa net, choqué.

Cal et les autres déboulèrent à ce moment, les yeux écarquillés devant le chaos. Surtout les parents de Cal, de Moineau et de Robin. Ils n'avaient pas encore l'habitude du désordre qui entourait Tara partout où elle allait.

– Euh... il y a plein de corps partout dehors, dit Cal, qu'est-ce qui s'est passé, les mercenaires ont été attaqués ?

Puis il fronça les sourcils et leva les yeux.

– Et pourquoi il n'y a plus de toit ?

– Mmmh, renchérit Aliana-Léandrine, sa mère, en plissant les yeux d'un air soupçonneux, tu crois que c'était une si bonne idée que ça de nous faire venir ici ?

Tara leur raconta. Elle utilisa des mots qui lui semblaient dénués de sens. Mort, sang, violence. Elle se sentait engourdie. Mévora, qui une fois sortie de ses livres était très maternelle, l'enveloppa dans une étreinte tiède et parfumée qui faillit faire craquer Tara. Elle adressa à la mère de Robin un sourire chagriné.

– Chère, chère Tara, je suis vraiment désolée pour ta mère, dit Mévora. Je suis de tout cœur avec toi. Mais où est mon fils ? Il n'a pas été…

La voix lui manqua sur les derniers mots. La fragile Mévora n'aimait pas tellement l'aventure, du moins tant qu'elle ne se déroulait pas dans un livre, et encore moins lorsqu'elle menaçait sa famille. Même si elle avait prouvé qu'elle aussi pouvait se fâcher[1] et intervenir, à l'occasion.

– Sans doute pas, répondit très vite Tara pour la rassurer, il était avec Sylver (elle désigna l'adolescent qui était en train de rengainer son sabre), qu'il devait garder, loin des mercenaires qui ont attaqué sous l'influence de l'anneau. Il a dû le délivrer et Robin ne va pas tarder.

Sylver remua les épaules et baissa la tête.

– Euh… en fait, je l'ai assommé.

Tout le monde se tourna vers lui.

– Quoi ? dit Tara. Mais pourquoi tu as fait ça ?

– Je voulais revenir pour te protéger et il ne voulait pas me laisser partir. Je crois qu'il ne m'aime pas tellement.

– Ben tiens, murmura Fabrice, railleur, vraiment, on se demande pourquoi.

– Va le libérer, tout de suite ! dit Tara, les yeux écarquillés. Avant qu'il ne soit si fou de rage contre toi qu'il te découpe en morceaux !

Sylver ouvrit la bouche pour protester, mais Tara l'interrompit :

– Tout de suite !

Le demi-dragon s'inclina avec grâce et sortit de la pièce. Tara soupira et se frotta les yeux. Mais ça n'arrêtait donc jamais ?

---

1. En participant à la libération de son fils, emprisonné par une semchanach dingue qui volait leur jeunesse aux elfes. Lors de ce raid, T'andilus, son mari, avait soudain réalisé à quel point il préférait voir sa femme plongée dans ses livres, plutôt qu'au milieu du danger. D'ailleurs, depuis, il se plaignait d'avoir le cœur un peu fragile…

Cal finit par arriver à refermer la bouche. Pour la rouvrir immédiatement sur une question :

– Wow wow wow ! Revenons à ta déclaration, s'il te plaît. Tu veux aller au Palais attaquer l'anneau maléfique rempli d'âmes démoniaques alors que tu es bannie ? C'est… euh, c'est…

Pour une fois, le petit Voleur Patenté n'arrivait plus à trouver ses mots.

– C'est une idée stupide, dit Aliana-Léandrine d'un ton sec. (Voleuse Patentée comme son fils, elle voyait tout de suite les failles du plan.) Tu es bannie, Tara, les gardes ont pour ordre de ne pas te laisser entrer dans le Palais. Cela a été annoncé il y a à peine une semaine sur toutes les cristalvisions d'AutreMonde.

– L'anneau resserre la pression, je vois, grogna Magister. Il ne nous laisse pas beaucoup de choix.

– Mais je sais comment régler le problème, intervint Isabella.

Elle se sentait vieille tout à coup. Vieille et inutile. Elle n'avait pas pu empêcher la mort de sa fille qu'elle aimait plus que tout. Et comme toujours, lorsqu'elle se sentait mal, elle était agressive.

– Il nous suffit de capturer Magister et de l'amener à Omois, après tout, il ne nous est utile en rien, et reste l'ennemi public numéro 1 d'AutreMonde ! Tara serait accueillie comme une héroïne.

Selenba fit craquer ses doigts et eut un vilain sourire.

– J'aimerais bien, oh ! oui, Dame Duncan, venez donc le chercher. Ce sera assurément… amusant.

Magister se releva d'un bond, furieux.

– AH ! cria-t-il, ÇA SUFFIT ! Vous allez m'écouter ! Vous avez besoin de moi. Parce que je suis le seul à pouvoir combattre l'anneau. Le pouvoir de Tara ne sera pas suffisant. L'anneau a réussi à lui faire oublier ce qu'il était, il a réussi à s'emparer de sa conscience et il est le plus fort pour l'instant.

– Ah, grogna Isabella, et vous pensez pouvoir le vaincre ?

– Moi ? Non, pas dans cet état.

Et à la grande surprise de la grand-mère de Tara, il ouvrit sa robe et montra son torse puissant, aux muscles bien dessinés, d'où coulait un filet de sang ininterrompu.

– J'ai dû couper la connexion avec la chemise démoniaque avec laquelle j'ai fusionné, pour éviter que l'anneau ne s'empare de moi. Mais une fois en face de lui, si je suis en mesure de l'atteindre physiquement, de le détruire, alors, j'ai une chance. Et là où vous avez raison, c'est que Tara Duncan et moi-même allons devoir travailler ensemble pour vaincre ce démon-là.

– Vous voulez que je vous aide ? s'étonna Tara.

– Tu ne pourras pas pénétrer discrètement dans le Palais, jeune Duncan, répondit Magister. Tu as été imprégnée par la magie démoniaque de l'anneau. Il te sentira à la minute où tu poseras le pied là-bas.

Tara le défia du regard, puis s'affaissa un peu.

– Slurk ! fit-elle, je n'y avais pas pensé. Vous croyez vraiment qu'il pourra me sentir ?

– Je n'en sais rien, répondit Magister qui pouvait être honnête quand ça l'arrangeait. Mais c'est un risque qu'on ne peut pas prendre. Et c'est exactement la même chose pour moi. Essayer d'y entrer discrètement ne fonctionnera pas, je te l'assure, jeune Duncan.

– Ah ! intervint Cal, les sourcils froncés, mais moi, je suis un Voleur.

– Et ?

– Et que font les Voleurs ?

– Ils pourrissent la vie des honnêtes gens, marmonna l'un des loups, qui devait avoir eu affaire avec un Voleur peu scrupuleux.

Cal lui jeta un regard incendiaire.

– Non, ça, c'était un voleur, pas un Voleur (on sentait la majuscule dans sa voix). Nous travaillons pour les gouvernements. Nous sommes entraînés à Voler des secrets, des potions, des armes. Dans les Palais les mieux gardés. Ce n'est qu'un anneau, non ? Je pourrais peut-être tenter de le… subtiliser ?

Cal semblait ébloui par la perspective de l'exploit.

– Tu veux cambrioler l'Impératrice d'Omois ? s'exclama Fabrice. Tu es sûr qu'aucun Sangrave ne t'a tapé sur la tête ? Parce que tu ne m'as pas l'air d'aller très bien, là.

Magister balaya la discussion d'un geste agacé de la main.

– Personne ne va rien cambrioler. L'anneau ne peut être pris que s'il le veut bien. Il te transformera en ver de terre à la seconde où tu le toucheras.

Cal fit la grimace.

– Je peux le Voler sans le toucher, je ne suis pas débile !

– Même avec une pincette, cela ne fonctionnera pas, crois-moi.

Magister ignora les protestations de Cal et fit un récapitulatif rapide de la situation.

– Je ne pourrai jamais pénétrer dans le Palais d'Omois sans mes Sangraves infiltrés pour m'aider, sans compter qu'on ne peut pas être sûrs que l'anneau ne puisse pas me repérer. Nous allons donc faire ce qu'a dit ta grand-mère.

Selenba et Isabella sursautèrent avec un bel ensemble.

– Quoi ! s'exclama la vampyr, incrédule.

– Comment ? s'écria Isabella, surprise que Magister suive son avis.

– Oui, répondit Magister, et on sentait l'ironie dans sa voix. Je viendrai avec toi, Tara, comme ton ennemi vaincu et capturé. Lisbeth ne pourra pas résister. L'anneau non plus. Ils nous feront venir devant eux. Et la seule différence avec le plan de Dame Isabella, c'est que je ne serai ni prisonnier ni maîtrisé, tu auras laissé ouvertes mes menottes en fer d'Hymlia. C'est alors que nous agirons. Nous détruirons l'anneau. Une fois libérée de son pouvoir, Lisbeth ne sera plus notre ennemie. Elle ne te fera pas de mal. Tu prendras le parchemin et nous reviendrons ici, soigner ta mère. Ensuite, eh bien, ensuite, nous verrons comment tout cela se terminera.

– Pour la première partie, je suis d'accord, finit par dire Tara après avoir réfléchi tandis que les autres discutaient de ce qu'il venait de proposer. Mais pour la seconde partie, que les choses soient claires. Je ne vous aiderai pas à faire revenir ma mère. Les morts doivent rester morts, sinon ce sera le chaos total sur tous les mondes. J'ai au moins appris cela. Et mon amour pour elle ne me donne pas le droit d'être aussi égoïste. Je ne céderai pas.

Du moins pas tant qu'elle n'aurait pas pu parler avec son fantôme. Et elle avait une idée très précise de la façon dont elle allait s'y prendre.

Magister braqua son masque sur elle.

– Mais moi, je suis égoïste, dit-il doucement, presque tendrement. Je suis égoïste, dangereux et à moitié fou, tout le monde le dit. Et je n'en fais qu'à ma tête. Et mon cœur et ma tête me disent que jamais je ne pourrai vivre sans ta mère. Alors, cette décision que tu ne veux pas prendre, parce qu'elle t'a déjà trop coûté, je vais la prendre pour toi. Et lorsque tu serreras ta mère dans tes bras, je te promets que je ne te demanderai pas de me dire merci.

Cela aussi la frappa en plein cœur. Ce qu'il lui proposait, Dieu que c'était tentant. Avoir la joie sans la responsabilité, quelle terrible proposition. Elle se mordit les lèvres. Et ne répondit pas. Elle ne pouvait pas.

Moineau se rapprocha, suivie de Fabrice.

– Nous venons avec toi, bien sûr, dit la jeune fille d'une voix douce. Tu auras besoin de la force de la Bête et de l'invincibilité du loup.

Fabrice sourit et Tara eut soudain l'impression que son sourire était plein de dents.

– Moi aussi, je viens, évidemment, ajouta Cal, c'est une parfaite OMOVTM.

– Une quoi ? demanda Fabrice.

– Une OMOVTM. Oh Merde On Va Tous Mourir. C'est comme ça que j'ai baptisé la plupart des situations impliquant Tara et le magicgang.

Il avait l'air d'un ange innocent aux grands yeux gris. Et son sourire aurait trompé un saint. Fafnir sourit elle aussi.

– Je viens, bien sûr, dit-elle, j'aime beaucoup cette idée d'OMOVTM, sauf que moi, je pense que c'est plutôt une OCIVTM, Oh Chic Ils Vont Tous Mourir !

Ce fut plus fort qu'eux, en dépit de leur tristesse pour Tara, Fabrice et Moineau ne purent s'empêcher de glousser.

Et sursautèrent avec un bel ensemble lorsqu'un terrible vacarme retentit.

Soudain, deux formes s'écroulèrent dans la pièce, se battant avec rage. Tara et les autres mirent un peu de temps à comprendre ce qui se passait.

C'était Robin, le demi-elfe, et il paraissait totalement dément.

– Tu vas me le payer ! Tu vas me le payer ! hurlait-il en frappant Sylver sans relâche.

– Robin ! s'écria Tara. Sylver ! Maîtrisez-les, ils vont se tuer !

– Robin ! cria Mévora, la mère du demi-elfe.

– Tu vas me le payer ! continuait Robin.

Il n'entendait rien, possédé par une rage si monumentale qu'il aurait fallu l'explosion d'une bombe devant lui pour l'arrêter. Et encore.

Sylver, dont le corps se tordait, tentait d'échapper à ses coups lorsqu'il se mit à grossir, grossir pour prendre la forme d'un magnifique dragon aux écailles irisées où jouaient toutes les lumières de l'arc-en-ciel et à la poitrine frappée d'une étoile noire.

Robin se retrouva à quelques centimètres du plafond, perché sur un dragon furieux.

Robin était peut-être fou de rage, mais il n'était pas stupide. Il sauta à bas du dragon et invoqua l'arc de Llillandril. Celui-ci se matérialisa à son bras et il visa l'un des yeux dorés de Sylver.

Celui-ci, encore groggy à cause de la transformation, faillit perdre un œil, et peut-être aussi la vie, tant l'arc était dangereux. Mais Fafnir s'interposa entre les deux adversaires. La petite naine donna un rude coup de manche sur les genoux de Robin, qui, surpris par l'attaque, poussa un cri de douleur et recula. Il darda un regard furieux sur la naine.

– Fafnir, par les crocs cariés de Gélisor, mais qu'est-ce que tu fais ?

– Et pourquoi tu lui tapes dessus, répondit Fafnir en colère, ça va pas la tête ?

– Il m'a pris par surprise, le traître, éructa Robin qui n'avait pas l'air spécialement possédé, à part par une rage monumentale. Il m'a assommé et ligoté ! Puis il s'est enfui, le lâche !

Le dragon cligna des yeux.

– Je ne suis pas un lâche, répondit-il en crachant un petit nuage de fumée indignée. Je voulais retourner protéger Tara et vous m'en empêchiez, demi-elfe. Je ne regrette pas mon geste, même si je n'ai pas été très utile. Et je viens de vous délivrer !

– Oh ! fit Fafnir, confuse, je vois. Mais ce n'est pas une raison pour lui lancer des flèches quand même !

– Ah, mais si ! rugit Robin, au contraire, c'est une excellente raison ! Je vais lui montrer moi, à ce serpent perfide, ce qu'il en coûte de s'en prendre à moi !

Sylver leva les yeux au ciel… enfin, vers les dix centimètres qui le séparaient du plafond.

Puis, ignorant Robin qui écumait, Sylver se tourna vers Magister dont le masque était coloré d'orange. Ah, le Sangrave était surpris… pourquoi ?

– Tu ressembles beaucoup à ta mère, murmura ce dernier, en levant les yeux vers le dragon. Elle aussi avait cet éclat fantastique dans ses écailles.

Étrangement ému, Magister tendit la main vers les écailles et toucha délicatement la peau du dragon, qui frémit.

– Je me fiche que tu sois un dragon, fit Robin d'un ton menaçant en relevant son arc. Les elfes n'ont pas peur de gros serpents hypertrophiés !

– Robin ! s'énerva Fafnir, chez les nains, on s'assomme tout le temps. Ce n'est pas une raison pour lui en vouloir, enfin ! C'est un Impitoyable, pas n'importe qui !

La rugueuse quoique jolie naine était toute rouge. Pour la première fois de sa vie, Fafnir, la prodigieuse naine guerrière, sortcelière qui plus est, s'intéressait à un individu du sexe opposé. Un garçon, quoi. Un très très mignon garçon en plus. Un peu grand, certes. M'enfin bon, ce n'était pas si grave.

– Redeviens humain, Impitoyable, ordonna-t-elle, Robin ne te fera rien.

Robin grommela quelque chose d'inaudible tandis que le dragon rétrécissait, obéissant. Évidemment, Sylver avait réduit ses vêtements en lambeaux et Isabella dut lui incanter un pantalon à toute vitesse, faute de quoi il aurait terminé tout nu. Fafnir dut se retenir pour ne pas baver devant les épaules puissantes et les magnifiques abdominaux. Elle se ressaisit. Ben si c'était ça l'amour, c'était vraiment pénible !

– Plus d'interruption à présent ! ordonna Isabella qui en avait assez de sursauter à chaque nouvelle irruption dans la pièce. Nous allons devoir réfléchir à tout ceci. Président T'eal, Premier de Meute T'éolk, pouvons-nous avoir confiance en vos loups ? Sauront-ils garder leur langue ? Tout cela doit absolument demeurer top secret, car, quel que soit le plan que nous choisirons, la moindre indiscrétion et nous enverrons ma petite-fille à la mort !

Robin sursauta.

– Quoi ?

Fabrice se pencha vers lui et lui raconta ce qui s'était passé tandis que, frappés par la phrase d'Isabella, les loups baissèrent les oreilles. Qu'Isabella ose mettre en doute leur loyauté envers leur H'acla était tout simplement insupportable. Mais Isabella ne fléchit pas, les défiant du regard.

– Je réponds d'eux comme de moi-même, répondit doucement T'eal. Je vous en prie, nous n'avons aucune raison de trahir. Faites-nous confiance.

Isabella haussa les épaules. Elle voyait, elle, un demi-million de raisons de trahir un président.

Surtout pour prendre sa place.

Fine politicienne, elle avait beaucoup parlé avec Tara de la situation au Tatumalenchivar, auparavant appelé le Continent Interdit. Et parfaitement saisi les tensions entre T'eal et T'éolk. Le second n'avait pas réagi. Ni donné sa parole et celle de son clan. Elle allait le garder à l'œil.

Magister se redressa et écarta les bras d'un air très théâtral.

– Hum ! Dame Duncan, il y a beaucoup trop de monde ici. Des parents, des amis, des ancêtres, des relations, tout cela complique les choses inutilement. Nous n'allons pas discuter de nos plans devant autant de gens. Nous retournons sur AutreMonde par la Porte de transfert. Transmitus !

Son Transmitus balaya tout le monde avant qu'ils n'aient le temps de réagir. Sous les yeux stupéfaits d'Isabella, de leurs parents et des loups, Magister, Selenba, Tara, Fafnir, Sylver, Robin, Fabrice, Moineau et Cal commencèrent à se dématérialiser, ainsi que leurs Familiers.

La dernière chose que le magicgang entendit avant de disparaître fut les cris de rage conjoints d'Isabella et de Jar.

L'une parce qu'elle ne s'attendait pas à ce départ précipité, l'autre parce qu'il était laissé derrière.

Une fois encore.

Ils se rematérialisèrent devant le Château de Besois-Giron. Plus précisément devant le comte de Besois-Giron, armé d'un fusil.

Qu'il braqua immédiatement sur le nombril de Magister. Celui-ci ne broncha pas, parce que l'arc de Llillandril lui chatouillait les côtes.

D'un geste, Magister empêcha Selenba d'égorger l'intrépide vieux monsieur.

Les énormes sourcils du comte étaient froncés et son crâne chauve se plissait. Il darda son nez imposant vers le Maître des Sangraves et grogna :

– C'est vous qui avez perverti mon fils, salopard !

Tara hoqueta devant l'insulte. Le comte jouait avec sa vie. Ce n'était pas un petit fusil de rien du tout qui allait le sauver de la férocité de Selenba s'il blessait Magister.

– Papa ! bondit Fabrice en saisissant le fusil et en l'éloignant doucement du ventre de Magister, il est de notre côté. Nous avons besoin de lui. Et de la Porte. Nous devons retourner sur AutreMonde. Tout de suite ! (Il se tourna vers Robin.) Robin, baisse ton arc. C'était un peu abrupt, mais, pendant que tu te battais avec Sylver, Magister et Tara ont décidé d'aller sur AutreMonde affronter l'anneau. D'où ce Transmitus, car nous devons aller vite. Et la mère de Tara est morte.

Choqué, le magnifique demi-elfe baissa son arc.

– Qu'est-ce qui s'est passé ?

– Les mercenaires ont été attaqués par l'anneau et possédés, répondit Magister sans bouger d'un poil. Ils se sont retournés contre les défenseurs du Manoir. L'un d'eux a transpercé le cœur de ma douce Selena. J'ai réussi à préserver l'intégrité de son corps, grâce à un Reparus et des machines qui pourront fonctionner sur Terre, mais je dois vaincre l'anneau afin d'avoir accès au parchemin qui me permettra de faire revenir les mânes de Selena d'OutreMonde.

Robin avait été celui d'entre eux qui avait le plus souffert des fantômes. Il était encore faible à la suite de la possession de l'un d'eux. Il avait été amputé des deux bras et des deux jambes et si terriblement blessé qu'il avait mis un an à s'en remettre.

Il baissa son arc et pâlit.

– Tara ? Tu ne vas pas laisser faire ça ?

Son ton furieux blessa Tara. Et si c'était sa mère à lui, comment réagirait-il ?

– Non, répondit-elle sèchement, bien sûr que non. J'ai déjà dit à Magister que c'était hors de question. Nous n'ouvrirons plus de vortex entre les deux mondes. Je vais à Omois afin de libérer Lisbeth et de détruire l'anneau. C'est tout. Allons-y à présent, tu nous fais perdre du temps. Si tu avais réussi à ne pas te faire assommer par Sylver, tu aurais été au courant de tout.

Le demi-elfe pâlit. Mais Tara s'en fichait. Il se battait pour elle, il la rejetait, ensuite il revenait, elle n'allait plus prendre de gants avec lui. Et si cela ne lui plaisait pas, eh bien, tant pis.

Selenba émit quelque chose qui ressemblait fichtrement à un gloussement, mais Tara ne lui fit même pas l'aumône d'un regard.

Isabella n'allait pas tarder à réagir et Tara était assez d'accord avec Magister sur ce coup-là. Trop de monde impliquait politique et compromis. Ils devaient frapper vite et fort.

– Suivez-moi, alors, grommela le comte en abaissant son fusil et en remettant le cran de sécurité. Si vous êtes pressés, vous m'expliquerez une prochaine fois. Et petite ?

– Oui, monsieur ?

– Je suis désolé pour ta maman. C'était une femme adorable.

– Merci, monsieur.

Reconnaissant, Fabrice l'étreignit. Puis ils foncèrent vers la Tour de la Porte de transfert.

Les tapisseries bourdonnaient doucement. Cinq grands morceaux de tissu finement enchantés qui permettaient le passage entre deux mondes. Tara était toujours impressionnée par la puissance cachée dans les fils. Le Sceptre se mit à étinceler dès que le comte le plaça au centre d'une des tapisseries, pendant que tout le monde se mettait au cœur du dispositif.

– Allons à ma forteresse, indiqua Magister, je la déplacerai juste après, ainsi personne ne pourra nous retrouver. Ensuite, nous irons au Palais d'Omois. Je serai ligoté et impuissant. Lorsque je commencerai ma lutte contre l'anneau, vous neutraliserez les gardes. C'est la raison pour laquelle je vous ai emmenés. Je vais avoir besoin de vous tous.

– Vous avez restauré votre forteresse ? demanda Moineau, surprise.

– Oui. Ma forteresse grise sur AutreMonde ! cria Magister tandis qu'il concentrait son esprit sur les coordonnées de transfert.

Les tapisseries étincelèrent, des rayons de toutes les couleurs touchèrent les voyageurs, le Sceptre s'illumina et ils disparurent.

Enfin, pas tous.

Ne restèrent que Galant.

Et Tara.

Interloquée, Tara échangea un regard avec le comte, qui s'était abrité derrière son pupitre.

– Ça alors ! s'exclama-t-il en se redressant, mais vous n'êtes pas passée !

– Oui, apparemment, confirma Tara, tout aussi surprise.

Elle se poussa d'un bond lorsque les tapisseries se mirent à luire de nouveau. Ses amis, Magister et Selenba réapparurent.

– Qu'est-ce qui s'est passé ? demanda Robin avec affolement en s'approchant de Tara, tout en évitant soigneusement de la toucher. Où étais-tu ?

– Oui, dit Sylver, tout aussi affolé, pourquoi ne nous as-tu pas suivis ?

Mais lui s'approcha de Tara et lui frôla le bras avec affection.

– Mais je n'en sais rien, répondit Tara, agacée par l'attitude de Robin. Magister a invoqué le départ, j'aurais dû passer comme vous, je ne comprends pas !

Cal était en train d'étudier les tapisseries à l'aide d'une sorte d'engin bizarre sorti de sa poche.

– Ah, ah, fit-il. Ah ah !

– Ah, ah quoi ? demanda Robin.

– C'est un anti-Tara, finit par répondre Cal. Un sort impérial. Qui empêche toute personne ayant l'ADN de Tara de retourner sur AutreMonde.

– Quoi ?

Magister et Tara s'étaient exclamés ensemble. Tara lança un regard mauvais vers le Sangrave. « Quoi ? », c'était sa réplique à elle. Celle dont elle usait et abusait depuis qu'elle avait découvert la magie.

– Ta tante nous a, ou plutôt t'a bloqué le passage. Tu ne peux plus retourner sur AutreMonde, quoi que tu fasses.

– Il est malin, cet anneau, Sombre Seigneur, intervint Selenba. Ce qui m'étonne, c'est qu'il n'ait pas tout simplement mis un sort explosif sur la Porte. Toute personne ayant l'ADN de Tara exploserait en essayant de passer. Ou alors la Porte envoie la personne à plusieurs endroits en même temps, ce qui fait qu'elle arrive en morceaux. Cela aurait été plus simple et le débarrassait de la petite à tout jamais, non ?

Tara frissonna. On pouvait compter sur la vampyr pour avoir des idées bien sanglantes.

Magister secoua la tête.

– Je pense que l'anneau ne contrôlait pas complètement Lisbeth lorsque le sort a été mis en place. S'il a eu cette idée, elle a dû le combattre. De plus, ce n'était sans doute pas possible par rapport à la cour. L'empire d'Omois est peut-être inféodé à ses dirigeants, il ne les laisse pas faire n'importe quoi quand même.

Il réfléchit, puis gronda, furieux :

– L'anneau pense nous avoir coincés, mais il a tort.

Soudain, il écarta les bras et sa cape vola par terre. Il apparut à moitié nu, torse de guerrier puissant, quelques mèches blondes dépassant de sous son masque sur sa nuque, un pantalon de cuir de spalendital moulant ses longues cuisses. Il était impressionnant en dépit du ruisseau de sang en dessous de son cœur. Moineau retint un hoquet qui fit luire de moquerie les yeux de Selenba.

– Pas touche, petite, lança-t-elle du coin de la bouche, il est à moi.

Coup de bol, Moineau était sous sa forme de Bête, elle ne pouvait donc pas rougir, ou plutôt, elle pouvait rougir, mais ça ne se voyait pas.

Fabrice jeta un méchant regard vers Magister, mais celui-ci, tout à ce qu'il faisait, n'y prêta aucune attention.

Sous leurs yeux fascinés, ses muscles se mirent à se tordre, comme mus par une vie propre, et une onde d'une indescriptible noirceur l'enveloppa. L'espace d'un instant, comme un voile visqueux et malsain, Tara put voir une sorte de chemise sortir de sa peau, puis disparaître tout aussi vite.

Le sang sur le torse disparut aussi, comme… avalé.

Elle comprit. Magister avait invoqué la chemise démoniaque, renouant le lien.

– Euh, fit-elle, vous n'avez pas peur que l'anneau ne tente de nouveau de vous posséder ? Je croyais que c'était pour cela que vous aviez coupé le lien avec la chemise.

Magister vacilla, puis se tint la tête à deux mains.

– Ouch ! fit-il, j'avais oublié à quel point c'était douloureux.

Il se redressa. Le sang qui coulait de son cœur se tarit. Puis fut remplacé par le cercle rouge familier, qui pulsait, malsain.

Selenba l'enveloppa de sa cape.

– Non, finit-il par répondre à la question de Tara, il ne va pas me posséder, parce que je vais dans un endroit où il ne me suivra pas.

– Ah bon ? Et où ça ? demanda Cal, qui devait très vite regretter d'avoir posé la question.

– Dans les Limbes démoniaques, pourquoi ?

17

Le voyage

ou comment perdre son guide et se retrouver bêtement perdu au milieu d'un endroit inconnu où les autochtones en vous voyant arriver se mettent une serviette autour du cou et crient : À table !

Cal en resta bouche bée. Puis déglutit. Il n'y avait pas grand-chose qui pouvait faire peur au petit Voleur, mais les Limbes en faisaient partie… indéniablement.

Tara réagit plus calmement. Oui. Les Limbes. Évidemment. C'était par là que passait Magister, la plupart du temps. Les démons étaient bloqués par les accords passés avec les dragons. Mais pas les humains. Et un certain nombre de petits malins[1] avaient même réussi à contourner l'interdiction pour invoquer certains démons sur Terre ou sur AutreMonde.

Elle eut un mince sourire. C'était parfait. Les choses s'arrangeaient exactement comme elle le voulait. Peut-être qu'un désir inconscient avait fait agir son pouvoir, l'empêchant de traverser vers AutreMonde, parce qu'il y avait dans les Limbes la seule chose qui pouvait lui permettre de parler avec sa mère.

Le Juge.

L'incroyable statue créée par les démons. Qui avait le pouvoir de convoquer les âmes des sortceliers morts. Il l'avait déjà fait

---

1. En fait, il en restait très peu, car beaucoup, mal renseignés, pensaient qu'un pentagramme allait emprisonner le démon invoqué, et l'obliger à accomplir les vœux (souvent assez basiques, du type « Jeveuxdel'or/femmes/hommes/beauté/jeunesse/intelligence/charme/ éléphant » – ce dernier vœu étant plus rare) du sortcelier. Sauf que la plupart du temps, cela ne servait absolument à rien et l'invocation se terminait par « Je veux… aaarrgh » à la suite de quoi le démon terminait de dévorer l'invocateur, puis, le sort rompu, retournait chez lui, la panse bien pleine…
P-S. On dit que l'histoire du pentagramme a été inventée par les démons eux-mêmes…

pour Brandis, puis pour Danviou, le père de Tara. La jeune fille savait qu'il le ferait bien volontiers pour sa mère. C'était une statue très accommodante.

– Allons-y alors. Grand-mère, les parents, tout le monde va nous tomber dessus d'ici quelques minutes si on ne se bouge pas.

Fabrice, ses yeux de loup cerclés de blanc, recula.

– Tu es dingue, Tara ! La dernière fois, on a failli y passer ! Les démons sont dingues et en plus, je te rappelle que Maître Chem a écrasé leur chef. Ils vont nous dévorer tout crus !

– Vous êtes avec moi, intervint Magister. Ils ne vous feront rien.

– Pourquoi ? demanda soudain Moineau.

– Pardon ?

– Pourquoi ne vous font-ils rien ? Pourquoi vous laissent-ils utiliser la magie démoniaque ? Pourquoi ne vous ont-ils pas arraché la chemise, récupérant ainsi leurs âmes maléfiques ? Vous n'avez pas l'impression d'être utilisé ?

Magister rit avec dérision.

– Les démons sont très primaires. Ils satisfont leurs pulsions les plus élémentaires, mais leur civilisation ne s'est pas développée au-delà de cela.

– Mais ils ont pourtant réussi à utiliser des vaisseaux spatiaux ! Des technologies bien plus avancées que les nôtres !

– Ce sont des pilleurs, des voleurs misérables qui n'ont que leur nombre pour eux, rétorqua Magister. Ils utilisent ce qu'ils ont dérobé à bien plus sophistiqués.

– Peut-être. Mais si vous êtes un pion dans leur jeu, quel que soit ce jeu, ce n'est pas notre cas. Et Tara est la descendante de celui qui a emprisonné leur pouvoir. Je ne suis pas si sûre qu'elle soit en sécurité là-bas.

– Maître Chem vous y a pourtant emmenés.

– C'était une question de vie ou de mort, répliqua Moineau.

Magister ouvrit les bras, comme pour conclure une démonstration irréfutable.

Moineau soupira. Elle venait de se faire piéger. Oui, ici aussi c'était une question de vie ou de mort. Un point pour Magister.

Tara se tourna vers elle. Elle frotta ses yeux bleus, fatiguée par le combat. Le Nettoyus n'avait pas été suffisant pour retirer toutes les traces noires de son visage et elle avait les yeux cernés.

– Tu as raison, Moineau. Je ne peux pas demander au magic-gang de me suivre dans les Limbes. Passez par la porte normale, on se retrouve sur AutreMonde dans quelques minutes.

Sylver se plaça devant elle et se pencha, plongeant ses yeux d'or dans les yeux bleus de la jeune fille.

– Non, Tara. Tu dois être protégée. Je viens avec toi. Et avec mon père. Les Limbes ne me font pas peur.

Magister soupira mais ne réagit pas. Robin, lui, sursauta comme si on l'avait piqué.

Le demi-elfe se plaça à côté du demi-dragon et dit à Tara, sans la regarder :

– Je viens aussi. Le mi-dragon a raison, tu dois être protégée. Magister peut peut-être combattre l'anneau, sans toi, nous pourrons probablement pénétrer dans le Palais, en revanche, obtenir une audience de l'Impératrice sera impossible. Nous resterons ensemble.

Tara serra les dents.

Ce qui la surprenait, c'était qu'elle n'était pas triste. En fait, elle avait plutôt envie de le frapper. La magie avait une mauvaise influence sur elle.

– Nous venons aussi, bien évidemment, dit Cal, parlant pour Moineau et Fabrice. C'est comme ton truc, là, des trois mousquetaires, tous pour moi et moi pour tous !

– C'est tous pour un et un pour tous, répondit Tara, reconnaissante, mais nous l'avons fait tellement de fois, accourir au secours de l'un d'entre nous, que c'est absolument pareil. Merci. Je savais que je pouvais compter sur vous, même si normalement notre séjour ne devrait prendre que quelques minutes, n'est-ce pas, Magister ?

Dès qu'elle apparaîtrait dans les Limbes, elle invoquerait un Transmitus pour se rendre dans le Château, devant le Juge, lui demanderait de lui permettre de parler à sa mère, démolirait quelques démons au passage s'il le fallait, puis reviendrait vite fait. Cela lui prendrait une dizaine de minutes à tout casser.

– Notre magie est assez fluctuante là-bas, assura le Sangrave. Nous ne ferons que traverser, mais cela peut nous prendre entre quelques secondes et une demi-heure. Nous nous rematérialiserons directement dans ma forteresse. Vous êtes prêts ?

– Non, répondit Cal, à leur grande surprise, mais allons-y quand même.

Magister sortit une fiole de son sang et la vida dans les airs en formant un cercle. Le sang resta suspendu comme une mince ligne rouge. Magister incanta et la langue qu'il utilisa fit passer des frissons dans le dos du magicgang. C'était du démoniaque. Râpeux, sibilant, terrifiant.

Une fleur de feu s'épanouit en son centre. Les animaux rechignèrent. Blondin glapit, Sheeba feula et Galant s'agrippa à l'épaule de Tara au point de traverser son rembourrage.

– Oui, je sais, dit Tara mentalement à son pégase, je n'aime pas cela plus que toi, mais c'est le seul chemin pour l'instant. Soyons courageux, d'accord ?

Magister entra en premier dans le cercle, afin de préparer leur prochain transfert. Ils n'avaient plus que quelques secondes avant que le sort ne se scelle. Selenba entra dans le cercle sans hésiter. Moineau et Sheeba lui emboîtèrent le pas, au grand désarroi de Fabrice, qui n'eut pas d'autre choix que de sauter aussi.

Cal et Blondin suivirent.

Puis il y eut un blocage. Robin fit signe à Sylver de passer, afin de rester avec Tara et de l'accompagner. Évidemment, Sylver lui fit signe de passer, lui.

Robin refusa et lui refit signe de passer

Sylver refusa et lui fit signe de passer.

Ça aurait pu durer longtemps si Tara, levant les yeux au ciel, n'avait pas franchi le cercle, les prenant par surprise.

Tout cela commençait sérieusement à la gonfler. Elle aurait bien voulu revenir en arrière, avant que la magie n'envahisse sa vie et ne la chamboule irrémédiablement.

D'habitude, lorsqu'on franchissait une porte, on n'avait pas du tout le temps de se rendre compte de ce qui se passait. Une respiration et hop ! on était arrivé.

Mais là, ce n'était pas une porte ordinaire. C'était plutôt comme un long tunnel, presque infini, qui se déployait devant elle.

C'est alors que les souvenirs commencèrent à défiler, sous ses yeux.

C'était très étrange. Tara vit son père et sa mère se pencher sur son berceau, se souriant amoureusement, le blond Danviou, sa mèche blanche tranchant dans ses cheveux comme un couteau d'argent, et la ravissante Selena, étincelante de bonheur. Elle vit le tigre de sa grand-mère, à qui elle tirait les oreilles et qui laissait traîner sa queue par terre pour qu'elle essaie de l'attraper. Elle vit la magie qui se déployait autour d'elle, s'occupant de son corps de bébé, tandis que Selena fredonnait, heureuse de voir son enfant épanouie et joyeuse, Sembor son Familier doré à ses pieds.

Elle vit son père peindre et lui retirer en riant les attirants pinceaux colorés qu'elle voulait mettre dans sa bouche. Il avait un merveilleux talent, créatif et mouvementé, très reconnaissable. Elle voulait mettre ses mains sur les tableaux et il les soulevait afin qu'elle ne les abîme pas. Elle éclatait de rire et tendait les bras.

En le voyant vivre, jour après jour, retrouvant les souvenirs effacés par le temps et les Mintus de sa grand-mère, Tara se rendit compte que, comme elle, son père n'aimait pas la magie. Il ne l'utilisait presque pas. Même si le flux qui surgissait les rares fois où il en avait besoin était d'une énorme puissance, il semblait le cacher.

Il voulait vivre sur Terre. Selena ne voulait pas. La jeune femme ne comprenait pas pourquoi son beau mari tout neuf voulait quitter leur planète magique. Isabella non plus ne voulait pas. Danviou dit à plusieurs reprises, en riant, mais avec une pointe de vérité, que mettre une galaxie entre lui et sa belle-mère était vraiment une bonne idée.

– Oh là là, Danviou, vraiment tu es infernal. Maman n'est pas si…

– Tordue, implacable, ambitieuse, terrifiante ?

Il riait et ses yeux bleus étaient malicieux. Tara l'aimait tellement qu'elle en avait mal.

Ses discussions ne portaient pas souvent sur la Terre, mais elle entendit plusieurs fois des conversations entre lui et sa mère. Son père voulait aller vivre sur Terre. Ce qui étonnait beaucoup Selena. Pourquoi aller se perdre sur une planète sans magie ? Danviou n'insista pas lorsqu'il vit que Selena ne voulait pas, mais Tara bébé sentait que cela lui tenait à cœur. Puis les mois passèrent et il sembla s'apaiser, goûter la vie qu'il menait avec Selena, dans leur petit appartement de Travia, au Lancovit.

Tara vit l'aigle de son père perdre quelques plumes après être passé trop près du tigre de sa grand-mère et criailler en regardant tristement son croupion soudain déplumé. Ah ! Ces deux-là ne s'entendaient pas plus que leurs maîtres apparemment. L'image la fit rire et, dans son étrange rêve, Tara sentit son cœur se gonfler d'amour et de joie.

Elle se vit, bébé titubant, apprenant à marcher. Sa grand-mère se penchant sur elle, avec une étrange expression sur le visage. Par les dieux d'AutreMonde, Isabella était en train de sourire ! Elle en était donc capable ? C'était presque incroyable. Elle chatouillait le bébé Tara, mais, dès que Selena revenait dans la pièce, faisait genre « ton bébé est trop gâté, regarde-moi tous ces jouets, tu as dévalisé le marchand ou quoi ? » Selena n'était pas dupe et souriait avec tellement de joie qu'Isabella ne pouvait pas résister à sa ravissante fille.

Tara bébé continua à grandir. Elle eut bientôt deux ans. Rien ne vint prévenir que le conte de fées s'arrêtait là. Elle dormait lorsque Magister avait fait irruption, prêt à l'enlever. Elle entendit juste une série de chocs sourds, tandis que son père, Danviou, et Magister s'affrontaient.

Le tigre mourut et le bébé pleura. Son père mourut et le bébé sanglota. Dans le cœur de Tara, la peine prit la place de la joie. Isabella jura que la fille de Danviou et de Selena irait sur Terre et ne deviendrait pas Haut Mage, éviterait la magie, sur le corps agonisant de Danviou.

Elles partirent. Mais de ce jour, plus jamais la grand-mère de Tara ne sourit vraiment, de ce sourire sincère et chaleureux qu'elle avait donné, comme un cadeau, à sa petite-fille. Du moins pas tant qu'elle n'eut retrouvé sa fille, vivante et non pas morte. Les années passèrent. Isabella ne vieillit pas, mais Tara grandit. Elle se revit avec Fabrice et Betty, ses meilleurs amis sur Terre. Revit aussi sa première expérience magique, la deuxième, puis les innombrables Mintus qui effacèrent la magie de sa mémoire. Enfin, elle revit Magister, de nouveau à ses trousses, la peur, le voyage sur AutreMonde, sa découverte éperdue de son monde natal. Son lien avec son Familier, le pégase Galant. La délivrance miraculeuse de sa mère, la destruction du trône de Silur. La mort de Brandis, l'emprisonnement de Cal, la découverte des gnomes, les t'sils, le voyage dans les Limbes, la seconde rencontre avec le roi des démons, puis le complot de Magister, l'explosion de la bibliothèque, le grand Cacha, Ilpabon, les esclaves des Salterens, le Sceptre Maudit, le général Zombie, les tremblements de terre, les peuples paniqués, l'armée des faux démons.

Les souvenirs s'accélérèrent. Elle revit son combat contre le dragon renégat, puis contre la Reine Rouge sur le Continent Interdit, le piège tendu par Magister, afin de récupérer et Tara et Selena, dont il avouait enfin être éperdument amoureux. Sa transformation en vampyr, la mort de Magister, puis l'attaque des fantômes et la possession de Lisbeth par celui de Magister, sa défaite et sa fuite, puis le bannissement de Tara sur Terre pour ce qu'elle avait fait.

Tara hoqueta. Il lui était arrivé tant de choses en quelques années qu'un aventurier aurait de quoi remplir au moins une dizaine de livres ! Elle avait l'impression de passer constamment d'un calme plat à une affolante activité, souvent potentiellement mortelle.

À seize ans depuis le matin même, elle avait l'impression qu'elle avait vécu plusieurs vies. Et remercia du fond du cœur ses meilleurs amis, toujours prêts à la suivre dans ses aventures et à risquer leur vie pour elle, comme elle risquait sa vie pour eux.

Enfin, le voyage au centre de ses souvenirs s'arrêta. Mais lorsque Tara atterrit, elle avait fait le plein de tout l'amour de ses parents et se sentait forte et comme régénérée. Ce qui était tout de même bizarre, vu qu'ils voyageaient dans les Limbes démoniaques, où les choses étaient assurément monstrueuses et certainement pas idylliques.

Dès qu'elle ouvrit les yeux, Tara sut qu'ils n'étaient pas sur AutreMonde.

Ils n'étaient pas dans les Limbes non plus.

La question était donc : où se trouvaient-ils, bon sang !

Ils se trouvaient au milieu d'une très jolie plaine, dont l'herbe verte se courbait sous un soleil parfaitement jaune. Et extrêmement chaud. Rien à voir avec les noirs soleils démoniaques, aux ondes délétères, au sol craquelé, à la ville contrefaite et à l'horrible Château d'un rose bilieux, sens dessus dessous, qu'ils avaient vu lors de leur premier puis deuxième passage.

Mais ce n'était pas le pire. Le pire, c'était que Magister avait disparu. Et Selenba aussi.

– Par mes ancêtres, marmonna Cal, mais où sommes-nous ?

Tara se mordit les lèvres.

– Euh… quelqu'un a vu Magister ?

Ça lui faisait bizarre de s'inquiéter pour son pire ennemi.

Vu que la plaine était absolument nue et déserte à part eux et les longues herbes courbées par le vent, il était difficile de se cacher, à moins de s'allonger par terre. Ils scrutèrent l'horizon, la végétation, mais le constat fut rapide.

Ils étaient seuls.

– D'accord, d'accord, marmonna Cal. Nous avons perdu Magister, nous avons perdu Selenba et, comme ceci ne ressemble pas du tout à la forteresse grise, je dirais que nous avons aussi perdu AutreMonde !

Ils se regardèrent, tentant de lutter contre la peur qui les envahissait. Le vent doux joua avec les cheveux longs des filles, libérant même quelques mèches des nattes de Fafnir et gonflant les robes bleues ou pourpres des sept sortceliers.

– Voyons le bon côté des choses, reprit ironiquement Cal, nous pourrions être égarés au milieu de milliers de démons dans un Château qui pue, comme la dernière fois !

– Tentons un Transmitus pour revenir sur Terre, proposa vivement Moineau en regardant tout autour d'elle avec inquiétude.

Ils s'y essayèrent tous les uns après les autres, mais même le très puissant pouvoir de Tara semblait inopérant. Rien ne se passa.

– Dans tous les cas, on n'est pas dans les Limbes, ça sent trop bon ! déclara Fabrice qui reniflait dans tous les sens d'un air méfiant.

Hum ! encore un problème de localisation. Cela arrivait souvent avec la magie. Tara sortit son arme secrète de sa poche, remerciant le ciel d'avoir eu la géniale inspiration de l'avoir achetée lors de son premier voyage sur AutreMonde.

Elle déplia la Carte Vivante.

– Ah ! s'exclama celle-ci, passionnant, où est-ce que vous m'avez emmenée encore ? Pas dans l'estomac d'un dragon cracheur de feu[1] j'espère ?

– Carte, fit Tara en ignorant ses commentaires, vu qu'ils étaient toujours désagréables, où sommes-nous, s'il te plaît ?

– Eh bien, commença la Carte d'une voix suffisante, je…

Elle s'interrompit et tout s'effaça sur son corps de parchemin.

– Par le papier et l'encre qui me composent ! s'exclama-t-elle d'un ton dépité, où suis-je ?

– C'est justement la question qu'on se posait, je te signale, persifla Cal.

– Je… je… voyons le soleil. Hum, les étoiles ? Hum. Par les cartes stellaires, mais qu'est-ce qui vous a pris de nous ramener dans les Limbes démoniaques, vous ne savez donc pas que ces types-là mangent tout ce qui existe, y compris les Cartes Vivantes ?

---

1. La Carte Vivante avait été avalée par la Reine Rouge, et depuis en voulait beaucoup à Tara. Notons que les cartes sur AutreMonde ont rarement bon caractère.

– Nous sommes dans les Limbes ! s'écria Fabrice. Ce n'est pas possible ! Les Limbes ne ressemblent en rien à ça ?

– Ça ressemble à la Terre, remarqua Tara après s'être penchée pour arracher un brin d'herbe. Chlorophylle, soleil jaune. L'air est moins pollué, mais dans l'ensemble, je vous assure, c'est comme chez moi… enfin, je veux dire, c'est comme sur Terre ! Sauf qu'il y fait très chaud. Comment se fait-il que l'herbe soit si verte avec un soleil aussi chaud ?

Cela ne faisait que quelques minutes qu'ils étaient là et ils transpiraient tous abondamment. D'ailleurs, en regardant le soleil, du moins indirectement, on voyait bien qu'il avait quelque chose de bizarre. Comme s'il… bouillonnait.

– En attendant, fit remarquer Moineau, nous sommes coincés ici apparemment. Alors ? Que faisons-nous ?

Tara se mordit la lèvre. Le Juge était dans le Château et le Château n'était pas sur cette planète.

– Attendez, dit-elle en rangeant la carte et en sortant un petit paquet de sa poche. Mourmur m'a donné ça avant de partir. Bon, ce n'est pas que j'aie une énorme confiance dans ses gadgets, mais en général ils fonctionnent.

Cal grimaça.

– Je n'aime pas beaucoup « en général », je préfère « ils fonctionnent » tout court.

– Je ne crois pas que nous ayons beaucoup d'autres choix. Après tout, il me l'a donné afin que je l'utilise si j'étais en danger de mort. Et les Limbes démoniaques, ça me semble pas mal comme danger de mort, non ?

Cal la dévisagea, à court d'arguments. Blondin jappa et Galant lui répondit d'un hennissement indigné.

– C'est très agaçant quand tu as raison, capitula le jeune Voleur. Vas-y, active ce truc, mais je te préviens, si je me retrouve en atomes dans une dimension parallèle, mon fantôme te le fera regretter pour l'éternité !

Tara hocha la tête et brisa le sceau aux armes de Mourmur qui retenait le petit paquet.

Celui-ci se déplia. Encore et encore en une fraction de seconde, il formait une énorme boule bleue qui les engloutit tous et fonça vers le ciel. Apparemment, il possédait un générateur de magie interne, parce qu'il n'avait pas l'air d'avoir de problème pour voler.

Une fois à plusieurs kilomètres d'altitude, il enclencha un champ qui rendit la bulle transparente. Cal, qui n'aimait pas spécialement l'altitude, même s'il était un remarquable acrobate, retint sa respiration. Fabrice aussi. Bon, cela dit, Tara, Moineau, Robin et Fafnir avaient le teint légèrement verdâtre aussi. Seul Sylver paraissait tout à fait à son aise. Son héritage de dragon sans doute.

Une petite console surgit du mur de la bulle, avec un ordimagique qui les prévint d'une voix sépulcrale :

– Veuillez vous attacher avant le transport.

Tara allait signaler qu'il n'y avait rien pour s'attacher lorsque des fauteuils surgirent également des murs, ainsi que des niches pour les Familiers. Ils obéirent et les ceintures multiples se sanglèrent. Apparemment, le module partait du principe que la magie pouvait faiblir ou disparaître, car, d'habitude, les AutreMondiens utilisaient des champs de protection plutôt que de banales ceintures.

– Ouverture d'un vortex dans 5, 4, 3, 2, 1, transfert !

Les adolescents eurent tout juste le temps d'échanger un regard angoissé que déjà le vortex s'ouvrait devant eux, enclenché par la bulle. Le cœur battant, ils tressaillirent lorsqu'une sonnerie stridente retentit.

– Échec du transfert. Cible trop éloignée du point de départ.

Et le vortex s'éteignit.

– Slurk ! jura Cal, le premier à reprendre ses esprits. Il ne doit pas avoir assez de réserve de magie.

– Ordimagique ? demanda Tara, si je t'approvisionne avec ma magie et celle de la Pierre Vivante, ou, encore mieux, si nous te donnons tous notre magie pour alimenter ton moteur, truc, ce que tu utilises pour nous renvoyer chez nous, est-ce que ce sera suffisant ?

Une lumière rouge jaillit de l'ordimagique et se posa successivement sur tout le monde.

– Non. Puissance insuffisante. Conditions de vie acceptables à l'extérieur. Atterrissage dans 10 unités de temps. 9, 8, 7, 6, 5, 4, 3, 2, 1. Merci d'avoir utilisé les inventions du professeur Mourmur, le plus grand et le meilleur des inventeurs.

Et la bulle, après s'être posée sur le sol, les recracha et se réduisit de nouveau à un petit paquet.

Tara se releva et s'épousseta. Elle se pencha, ramassa le paquet et le rangea dans sa changeline, puis affronta le regard des autres.

– Ben quoi ? Techniquement, son truc a marché ! Sauf qu'il n'a pas eu assez de puissance, ce n'est pas sa faute !

– Peux-tu ressortir la Carte, s'il te plaît ? demanda Moineau. Puisque nous sommes coincés ici, autant essayer de savoir où est cet ici.

Tara obéit et ils regardèrent la carte attentivement alors que celle-ci commençait à dessiner la topographie de ce qui les entourait.

– La dernière fois, je n'ai pas eu le temps de cartographier le Château, dit la Carte Vivante d'une voix agacée, cela dit, je ne pensais pas que mes nouveaux maîtres seraient assez débi... hrrmmm, imprudents pour me ramener dans ce glauque univers. Vu que vous avez l'air d'aimer les voyages dangereux, je pense que je vais devoir m'occuper de toute la planète. Ah, ces humains !

– Hé, fit Cal qui observait les lignes en train de se former, regardez, il y a une ville pas très loin. On pourrait peut-être y aller pour essayer de trouver un moyen de rentrer chez nous, non ?

– Mais si on y va, on va se faire croquer vite fait, réagit Fabrice, pas très chaud.

– Alors, il faut que nous nous déguisions, proposa Tara. Nous ne savons pas ce qui se passe. Mais puisque nous sommes dans les Limbes démoniaques, alors transformons-nous en démons. Si nous fouinons un peu partout, peut-être que nous trouverons comment le roi des démons nous a renvoyés la dernière fois et serons-nous capables de faire de même.

– C'est une bonne idée, dit Fabrice. Par le Transformus, que je sois un démon quel que soit l'endroit où nous allons !

Immédiatement, il se transforma en un répugnant mélange d'insecte, de carnivore et de poulpe.

Sylver et Fafnir soupirèrent. Comme tous les nains, Sylver, même s'il n'en était pas un réellement, avait horreur de la magie. Il l'utilisa pourtant et un être de cauchemar à pattes velues avec plusieurs bouches remplaça le séduisant adolescent. Robin grimaça et s'efforça d'être encore plus moche. Les autres suivirent. Tara, Cal et Moineau avaient également transformé les Familiers, qui n'aimèrent pas plus.

Tara avait évité de se faire pousser trop de membres, histoire de ne pas se casser la figure toutes les trente secondes. Elle imagina un corps trapu, gris fer, des pinces et une queue de scorpion, une gueule de coyote aux crocs acérés et une houppette rouge sur la tête.

Heureusement que sous sa forme de loup, elle avait appris à marcher à quatre pattes, sinon, elle aurait vraiment eu du mal. D'ailleurs, ceux qui mirent le plus de temps à s'y faire furent Robin et Cal, les seuls d'entre eux pour qui cette position n'était pas du tout naturelle. La troisième fois où Cal s'emmêla les pattes et tomba sur la figure, il grogna, puis modifia sa morphologie. À la place de l'étrange gueule de crabe qu'il s'était fait pousser, il mit un gros derrière et plaça sa tête sur le dessus de son corps. Ainsi, lorsqu'il tomba pour la quatrième fois, il se fit nettement moins mal.

Ils détonnaient franchement dans le paysage idyllique. Suivant Tara qui tenait la Carte dans l'une de ses pinces, ils se mirent en route vers la ville.

Ils avaient tous choisi des corps quadrupèdes, si bien qu'ils purent trotter assez rapidement. Passé la première colline, ils virent la ville signalée par la Carte Vivante. Elle n'était pas très loin, et paraissait imposante. C'est alors qu'il se passa un truc étrange. Le soleil fit… quelque chose. Ils le sentirent sur leur peau, comme si, soudain, les rayons changeaient. Cela eut une influence démente sur la végétation qui tout à coup se mit à pousser. Cal, qui ne s'y attendait pas (enfin, les autres non plus), fut happé par un buisson qui se mit à grandir d'une façon totalement démesurée.

– Héééééé ! hurla Cal, les pattes emberlificotées dans les branches de l'arbre, je suis coincé, aidez-moi !

Mais Tara et les autres n'étaient pas mieux lotis. Tara se retrouvait perchée sur une fleur au-dessus de laquelle elle était en train de passer et qui maintenant faisait la taille d'une grande table, à dix mètres de hauteur, Fabrice et Moineau étaient accrochés à une énorme poire, Sylver et Fafnir se débattaient avec des brins d'herbe géants, Robin, effaré, était juché sur une marguerite.

– Mais… mais qu'est-ce qui se passe ? cria-t-il, affolé.

– C'est le soleil, hurla Moineau, il a fait quelque chose, quelque chose qui fait pousser la végétation de cette planète. Nous allons avoir de gros problèmes !

– Pourquoi ? cria Tara. Ce ne sont que des plantes !

Moineau ouvrait la bouche lorsque Tara vit exactement ce qu'elle craignait.

Il n'y avait pas que les arbres, fleurs, herbes qui avaient grandi.

Les insectes aussi. De partout sortaient des limaces, scorpions, araignées, coccinelles, scolopendres, bousiers, vers de terre, mouches, papillons, guêpes, abeilles, bourdons, frelons, fourmis, termites géants.

Prêts à butiner pour les plus inoffensifs et à dévorer tout ce qui bougeait pour les autres.

– Utilisez votre magie pour vous défendre, cria Tara, il faut filer d'ici le plus vite possible !

Heureusement, contrairement à la majorité des films qu'elle avait vus sur Terre, les insectes étaient bien trop occupés à se combattre les uns les autres ou à siphonner le nectar des fleurs pour leur prêter attention. Ils descendirent discrètement de leurs fleurs et arbres (Galant avait volé afin de délivrer Cal, retrouvant sa forme originelle pendant quelques minutes) et ils s'éloignèrent, zigzaguant entre les énormes brins d'herbe.

Tout allait plutôt bien jusqu'au moment où ils tombèrent sur la fourmilière.

Quand elles sont toutes petites, personne ne se sent menacé par une fourmi. Lorsqu'elle fait deux mètres de long, possède des mandibules plus longues que votre corps et a l'air de mauvaise humeur et prête à dévorer le premier qui ne lui plaît pas, eh bien l'impression est bien différente.

– Par mes ancêtres, gronda Robin, mais c'est un cauchemar, nous sommes cernés !

Effectivement, alertées par la fourmi qui les avait repérés, des centaines de fourmis guerrières sortaient à toute vitesse de la fourmilière. Tara, à regret, activa sa magie. Les fourmis ne faisaient que se défendre, elle n'avait pas envie de les massacrer. Hélas ! elle n'allait pas avoir le choix. Déjà, les cohortes se ruaient sur elle.

Soudain, au moment où les traits de magie allaient s'abattre sur les fourmis, il y eut un bruit sourd qui ébranla la terre. À ce bruit, les fourmis se figèrent, si brutalement qu'on aurait dit qu'on leur avait jeté un sort. Puis, avec une rapidité sidérante, elles firent demi-tour, tandis que les ouvrières fonçaient elles aussi dans la fourmilière.

Tara et ses amis levèrent la tête.

Surgies de nulle part, de gigantesques machines se mirent à couper, raser, récolter les fruits, les fleurs, les céréales géantes. Leurs immenses pattes ravageaient tout aux alentours. Après avoir été attaqués par les fourmis, ils allaient se faire taillader par leurs rotors.

– Il faut que nous grandissions, hurla Cal, sinon, nous allons nous faire aspirer ! Vite, Tara, aide-nous, sinon, notre magie ne sera pas assez puissante avec l'effort que nous menons pour rester transformés !

– D'accord, cria Tara dans le fracas des machines qui se rapprochaient, trois, deux, un, on y va !

Sa magie jaillit, brute et violente, et les toucha. Ils se mirent à grandir, grandir, jusqu'à atteindre la taille des machines géantes. Qui stoppèrent net lorsqu'elles les détectèrent.

– Ça marche ! s'exclama Moineau. Filons d'ici avant qu'ils ne nous demandent ce que nous faisons là !

Mais curieusement, les machines n'étaient pas pilotées par qui que ce soit. De gros yeux globuleux les dévisageaient au-dessus des bouches métalliques voraces, qui reprirent dès qu'ils eurent quitté la prairie devenue dingue. Au fur et à mesure qu'ils progressaient, les herbes diminuaient, jusqu'à redevenir tout à fait normales. Apparemment, ce qu'avait fait le soleil ne touchait qu'une petite portion de la vallée. Tant mieux. Ils purent reprendre une taille de démon plus conventionnelle, ce qui soulagea Tara, qui devait les prendre en charge en plus de sa propre transformation.

– Je ne sais pas ce que c'est que cette planète, maugréa Fabrice qui avait horreur des insectes depuis sa rencontre un peu trop rapprochée avec une aragne, mais je ne l'aime pas du tout...

Ils mirent deux heures environ pour arriver à la ville et, comme il faisait terriblement chaud, ils mouraient de soif.

Ce qui se passait dans la cité leur fit bien vite oublier leur soif.

Car elle était assiégée. Par des démons comme eux.

Mais les défenseurs de la ville, eux, étaient humains.

Et c'étaient des enfants.

Des adolescents plus précisément. Ils se battaient avec des armes, des épées, des masses, des arcs et des flèches. Certains possédaient des armes à feu qui faisaient des ravages parmi les démons. Mais là où un tombait, deux le remplaçaient. Les humains n'allaient pas tenir très longtemps.

– Waouh, fit Cal dont la gueule de crabe, qu'il avait replacée devant son corps, bavait doucement, mais qu'est-ce que ça veut dire ? Qu'est-ce que ces gosses font au milieu des Limbes démoniaques dans une ville humaine ?

Ils se rapprochèrent, jusqu'à toucher les dernières lignes des assaillants.

Soudain, une trompette sonna. Tara cligna des yeux. Depuis son aventure avec les trompettes chez les Edrakins, elle ne pouvait s'empêcher de sursauter à chaque fois qu'elle en entendait une[1].

Les adolescents baissèrent leurs armes et ouvrirent les portes. Un jeune homme, magnifique dans son armure, ses cheveux bruns brillant sous le soleil, fit son apparition. Il avait les yeux encore plus verts que ceux de Fafnir, étincelants de joie.

– Nous avons gagné ! dit-il en souriant à son interlocuteur. Nous avons réussi à vous résister ! Trois jours, comme prévu.

Tara écarquilla ses yeux de coyote. Les humains parlaient Omoisien, elle comprenait parfaitement ce qu'ils disaient et ses amis aussi.

– Tu as triché, Archange, grogna son vis-à-vis, une sorte de murène pelée, montée sur un corps de hyène géante.

Le visage d'Archange s'assombrit. Une épée surgit soudain dans sa main et la pointe se posa sur le cou de la murène. Qui déglutit.

– J'ai triché, moi ? dit doucement le jeune homme. En quoi ai-je triché ?

– Tu as utilisé des armes terriennes !

– Ce n'était pas interdit.

– Mais moi je n'en avais pas !

– Tu as tes crocs, la force et la puissance de ton corps difforme et tes légions. Vous auriez dû pouvoir nous vaincre. Ce ne sont pas nos armes qui ont fait la différence. C'est notre solidarité. Nous avons lutté ensemble. Pas vous.

– Nous aurions pu vous submerger. Nous aurions fini par passer ces sales murailles.

– C'est ce que tu vas avoir sur le terrain, général Grognard. Ni plus ni moins. Alors, ne viens pas te plaindre.

Le démon regarda la lame qui ne faiblissait pas. Puis il recula. Et s'inclina.

– Comme tu voudras, Archange, tu as gagné cette partie.

---

1. Il faut dire qu'une démone avait tenté de la tuer en faisant sonner quatre énormes trompettes. Comme quoi les mœurs des démons sont pour le moins curieuses...

Et dans sa voix, on sentait qu'il ne disait pas « mais j'ai bien l'intention de remporter la suivante et de boire mon eau salée dans ton crâne transformé en coupe et cerclé d'or[1] ».

Archange rengaina son arme et se dirigea vers Tara et ses amis. Mal à l'aise, ils commencèrent à reculer, prêts à déguerpir.

Mais Archange franchit les lignes des démons pour s'arrêter devant eux, avant qu'ils n'aient le temps de réagir. Il était fichtrement rapide. Puis, ne sachant pas qui était qui, il s'inclina au hasard, avec un formidable sourire devant le monstre à tête de coyote et houppette rouge.

– Ah, ah, dit-il avec jovialité, mais n'ai-je pas le plaisir d'être en présence de la plus féroce ennemie de mon cher père, la ravissante et unique Tara Duncan ?

---

1. Les démons sont aqualics. C'est la raison pour laquelle ils veulent envahir la Terre. Nos océans sont pour eux l'équivalent du plus précieux et délicieux des alcools...

18

Le prince des démons

*ou lorsque votre pire ennemi est super charmant
et super mignon, les choses commencent à se compliquer
sérieusement.*

Le cœur de Tara se serra. Ils reculèrent. Ils étaient cernés par des milliers de démons.

Ils allaient tous mourir.

Tara sentit ses yeux se remplir de larmes. Magister allait réussir ce qu'elle n'avait pu faire, la réunir avec son père et sa mère. En OutreMonde. Elle ferma les yeux, jugulant sa peur avec une dignité qui aurait touché sa grand-mère. Elle n'avait plus la force de lutter.

Elle sentit que quelqu'un touchait l'une de ses pinces et sursauta, prête à endurer la douleur. Qui ne vint pas. Elle ouvrit un œil. Et assista à un spectacle délirant.

Penché sur sa pince, le magnifique adolescent qui l'avait démasquée était en train de lui faire un baisemain !

Sylver et Robin grognèrent avec un ensemble touchant et se retransformèrent. Après tout, ils étaient découverts, inutile de consommer leur magie pour se dissimuler.

Heureusement, Sylver eut la présence d'esprit de ne pas se retransformer en dragon au milieu des démons, son espérance de vie serait alors passée de raisonnablement longue à soudainement très, très courte. Il se contenta de redevenir un adolescent normal… enfin, apparemment normal.

Pendant ce temps, le dénommé Archange était toujours en train de baver sur la pince de Tara.

Tara la retira brusquement, tout en évitant tout de même de décapiter le type au passage et se retransforma aussi. La changeline, sensible au charme de l'adolescent, lui créa une jolie jupe courte, des ballerines (au cas où il faudrait courir : séduire, OK, être débile, non), un tee-shirt décolleté et trop court lui découvrant le nombril et, pour une mystérieuse raison, lui colla une tiare de diamants sur la tête. Tara loucha en l'air, envoya une impulsion mentale agacée et le tee-shirt rallongea, la jupe se transforma en léger pantalon et la tiare disparut.

Ses larmes séchèrent, son esprit s'aiguisa. Il semblait qu'elle n'allait pas mourir tout de suite finalement.

Le jeune homme avait regardé tout cela avec un grand intérêt.

– Vous n'avez pas utilisé de magie, remarqua-t-il. Pourtant, ces objets vous obéissent, comment avez-vous fait ?

– Qui êtes-vous ? demanda Tara, méfiante, sans répondre, où sommes-nous ? Comment savez-vous qui je suis ?

Le jeune homme eut un magnifique sourire. Avant de rencontrer des elfes, Tara ne pouvait imaginer à quel point ils pouvaient être beaux. Puis elle avait vu Sylver et celui-ci, indéniablement, l'était encore plus.

Là, ils venaient de franchir une nouvelle barrière. Ce type-là, devant elle, atteignait la perfection absolue. Au point d'en être parfaitement inhumain.

– En fait, rectifia-t-elle, le cœur battant, ma question serait plutôt : qu'êtes-vous ?

Le jeune homme secoua un index taquin, sans se départir de son sourire radieux.

– Ah ! on m'avait dit que vous étiez intelligente, je suis ravi de voir que ce n'était pas une légende.

– Quel ennemi ? intervint Cal.

Le jeune homme se tourna vers lui, interloqué. Cal, bien plus petit, le regardait d'un air songeur, toisant toute cette splendeur.

– Je vous demande pardon ?

– Je demandais : quel ennemi ? Non parce qu'en général les pires ennemis de Tara meurent assez vite. Cependant, il en reste probablement quelques-uns, de-ci de-là. Donc, lequel est-ce ?

Tara eut envie de lui botter les fesses. Ce n'était pas, mais alors pas du tout le moment de faire de l'humour !

Le jeune homme éclata de rire. Tous les démons et les autres ados aussi. Il finit par s'essuyer les yeux et salua le petit Voleur d'un signe de tête amusé.

– Excellent, vraiment excellent. Je ne savais pas à quel point acquérir le sens de l'humour serait si plaisant. Je ne regrette pas du tout d'avoir insisté pour en avoir. Vous savez où vous êtes, n'est-ce pas ?

– Dans les Limbes démoniaques, mais dans un endroit qui ne ressemble pas à la planète où réside le roi des démons, répondit Cal.

– Oh ! mais si, répliqua le jeune homme. Vous êtes précisé-ment sur sa planète et je suis son fils, Archange !

La respiration de Tara se bloqua. Sa peur revint au grand galop, mêlée d'espoir. Même si rien ne collait par rapport à ce qu'elle avait vu, le seul pire ennemi qu'elle puisse avoir dans le coin était bien évidemment le roi des démons. Sauf que voilà. La dernière fois qu'elle avait vu le roi des démons, il ressemblait à une sorte de grosse boule velue, dotée d'une langue immense qui léchait constamment les milliers d'yeux parsemant son corps à tentacules. Ce beau type ne pouvait en aucun cas être son fils. Ou alors, il était une illusion particulièrement réussie.

Archange lut la méfiance sur le visage de Tara.

– Vous ne me croyez pas, n'est-ce pas ? Allez-y, utilisez votre magie sur moi. Ce corps n'est pas faux. C'est bien le mien. En chair et en os comme vous dites, vous les humains !

Les démons se hérissèrent lorsque Tara activa sa magie, ses mains soudain illuminées de bleu, mais Archange les apaisa de la main.

– Laissez, laissez, elle ne me fera pas de mal. Allez-y, Tara Duncan, je vous en prie.

Tara lança sa magie. Un puissant Revelus.

– Par le Revelus, que ce qui est caché apparaisse et que ce qui est apparent disparaisse !

Il se passa effectivement quelque chose. À laquelle Tara ne s'attendait pas du tout.

Archange ne se transforma pas du tout en un horrible démon plein de crocs. En revanche, son armure, ses armes et ses vête-ments, jusqu'à ses bottes disparurent sous les yeux effarés de tout le monde.

Le magnifique jeune homme, très étonné, apparut tout nu.

Tara riva immédiatement son regard au visage surpris d'Archange, rouge jusqu'aux oreilles et fermement résolue à ne pas descendre plus bas.

– Oh ! là là, bredouilla-t-elle, horriblement embarrassée, je suis désolée, j'ai… j'ai juste voulu que… je pensais que… je n'ai pas…

– Ce n'est pas grave, dit gentiment le jeune homme alors que l'un des ados s'avançait en pouffant pour lui donner une cape, vous vouliez que tout soit révélé, je crois que c'est fait maintenant. Vous voyez, pas de tentacules, pas de trucs bizarres cachés, pas de cornes. Tout humain. Des pieds à la tête.

– Waouh ! s'exclama Fafnir, ses grands yeux verts agrandis par l'intérêt et qui, elle, ne s'était pas gênée pour regarder, j'ai bien fait de venir. Dites, les gars, vous êtes sûrs que vous êtes des démons ? Parce que vous n'y ressemblez pas des masses ! Et puis vous êtes vachement plus mignons que les dragons, moi je trouve !

Sylver lui jeta un regard indigné. Fafnir sourit et haussa les épaules. Ben quoi ?

– Venez, dit Archange en tendant un bras nu à Tara, vous êtes nos invités.

– En fait dit Tara, nous ne faisions que passer. Nous nous rendions à la forteresse grise et…

– Oui, nous le savons. Et pour répondre à votre troisième question, c'est-à-dire comment nous savons qui vous êtes, Magister nous a prévenus, bien sûr.

Waouh ! mais qu'est-ce que c'était que cette histoire encore ? Que savaient exactement les démons ? À propos de l'anneau notamment. Le sentiment d'urgence qu'elle éprouvait s'intensifia d'un seul coup. Tara fronça les sourcils, puisant dans ses souvenirs.

– Je disais donc que nous devions repartir le plus vite possible. Lorsque votre… votre père nous avait renvoyés la dernière fois, il a utilisé le mot Spari…

Archange bondit si vite qu'elle n'eut pas le temps d'avoir peur avant de se retrouver louchant dans ses magnifiques yeux verts, la paume de sa grande main chaude sur la bouche. Ses yeux avaient cinq nuances de vert. Trois cercles extérieurs, comme l'eau verte d'une émeraude, d'un jade et d'un bourgeon, l'iris comme une pousse tendre du printemps, et la pupille d'un vert sombre et mystérieux. C'était absolument incroyable. On pouvait se perdre à jamais dans ces yeux-là.

– Hou là, surtout ne le dites pas. Ne prononcez pas ce mot. Nous venons tout juste d'arriver à stabiliser la situation ici, Père serait furieux si vous faisiez exploser la planète. Sans compter que nous ne survivrions pas très longtemps.

Un vent chaud se leva, faisant tourbillonner les très longs cheveux de Tara, qui les enveloppèrent dans une étreinte soyeuse, les isolant des autres, un court instant.

Les yeux de Tara s'écarquillèrent. Tout autant que ceux d'Archange en sentant la pointe d'un sabre sur ses côtes et la piqûre d'une flèche sur sa nuque. Sans se bousculer, comme un seul ho… enfin, demi-elfe et demi-dragon, Robin et Sylver s'étaient portés au secours de Tara. Archange se figea.

– Je ne veux pas lui faire de mal, dit-il doucement. Et cette peau est définitivement la mienne, cela m'ennuierait de l'abîmer. Vous êtes une race assez… fragile, en dépit de quelques améliorations.

– Lâchez-la. Tout de suite ! ordonna Robin.

Suivi par les deux guerriers, Archange s'écarta. Dès que Tara fut hors de portée, d'un seul mouvement, Robin comme Sylver se portèrent à ses côtés, braquant leurs armes sur l'adolescent.

Archange eut un charmant sourire.

– Vous avez de gentils chevaliers servants, Tara Duncan. J'aurais eu dix fois le temps de vous tuer, mais, comme ce n'était pas le but, toute cette impressionnante démonstration de force était inutile.

Un courant d'air fit voler sa cape, le dénudant à moitié, et Tara ramena vivement son regard vers le visage d'Archange.

– Nous y allons maintenant ? dit-il en arrondissant son bras afin que Tara le prenne.

Mais Tara n'était pas disposée à bouger de cette plaine qui finalement paraissait très confortable. Surtout qu'elle espérait la quitter très bientôt. Après son entretien avec le Juge.

– Écoutez, je vois que vous n'êtes pas hostiles. Et si vous vouliez nous tuer, à sept contre des milliers d'entre vous, nous ne résisterions pas longtemps. Mais avant de vous suivre où que ce soit, j'aimerais bien obtenir quelques explications.

Puis, comme sa grand-mère l'avait bien élevée, elle termina par :

– S'il vous plaît.

Archange soupira. Cette fois-ci, une ride apparut sur son front parfait.

– Vous voulez discuter ici ? Au milieu de la plaine ?

– Je n'aime pas être enfermée, répondit Tara qui, pour avoir visité un certain nombre de prisons ces dernières années, avait fini par développer une véritable allergie aux barreaux.

– Très bien, nous allons donc vous donner toutes les informations dont vous pourriez avoir besoin, Tara Duncan.

Il fit un signe et les démons apportèrent des tas de chaises et de coussins pour tout le monde, y compris les Familiers. De nouveau, Tara remarqua qu'il n'utilisait pas la magie. Ils apportèrent des boissons, des gâteaux et des tas de fruits. En quelques secondes, un joyeux pique-nique s'étendait sur la pelouse entourant la ville assiégée. Les démons et les adolescents placèrent aussi des parasols au-dessus de leurs têtes afin de les protéger du chaud soleil, et deux tentes furent montées, leurs oriflammes claquant joyeusement au vent. Des sortes de boîtes soufflèrent de l'air froid, car il faisait vraiment très chaud. Tara sentait la sueur dégouliner dans son dos et la changeline dégagea son cou et ses bras en la vêtant d'une robe courte et de sandales. Tara ne protesta pas cette fois-ci, la chaleur sapait ses forces.

Enfin, tous se replièrent avec une discipline qui mit Robin, grand expert des choses militaires, très mal à l'aise. Ne restèrent que la garde d'honneur d'Archange et les démons qui les servaient.

Bien évidemment, aucun des amis ne toucha ni à la nourriture ni aux boissons. Ils n'étaient pas dingues. Archange ne parut pas s'en formaliser outre mesure. Il s'enveloppa dans sa cape, ne laissant dépasser que ses cuisses délicieu… euh, musclées, et un bout de son torse bien dessiné.

Fafnir, qui commençait à trouver que les garçons, finalement, ce n'était pas si inintéressant que ça, avait un peu de mal à ne pas baver. Ses pommettes étaient rouges (pas à cause de la chaleur, que les nains supportaient super bien) et ses yeux verts étincelaient. Les nains étaient une race complexe qui mettait un peu de temps à arriver à maturité, deux cents, trois cents ans en général. Jusqu'à présent, pour Fafnir, les garçons, c'était tout juste bon pour leur taper dessus ou leur piquer leur trésor. En trouver un qui la faisait saliver, comme Sylver, l'avait vraiment surprise. Et voilà que le charmant démon en face d'elle lui faisait le même effet. C'était bizarre pour une naine de ne pas trop s'intéresser à d'autres nains, mais à des humains… enfin des presque humains, mais par les feux des Forgeafeux, voilà qui pouvait s'avérer palpitant !

Et puis, si ses parents râlaient un peu trop, elle pourrait toujours les traiter d'especistes[1], ça, ils allaient détester. Elle sourit.

– Je ne vous connais pas tous, commença Archange. Je sais juste que la jolie damoiselle, là, dit-il en désignant Moineau, peut se transformer en démon, comme nous.

Les yeux de Moineau s'assombrirent. Par Bendruc le Hideux, mais comment le foutu démon savait-il ça ? Ils venaient de perdre un atout dans leur jeu. Slurk ! Les visages de ses amis s'assombrirent. Ce n'était pas bon. Pas bon du tout.

– En Bête, rectifia-t-elle d'un ton pincé, rien à voir avec un démon, je vous prie.

– En Bête, dit-il en souriant, affable. Le garçon blond aux yeux noirs est un Terrien, si je ne m'abuse, son odeur est différente de celle des AutreMondiens.

– Vous pouvez sentir cela rien qu'avec son odeur ? demanda Tara, sincèrement intriguée.

– Oui, cela fait partie des améliorations dont je parlais tout à l'heure. Les Terriens ont une odeur légèrement plus… salée que celle des AutreMondiens. Je sens également que le garçon aux cheveux argent et noir est un elfe. Mais que son sang n'est pas tout à fait pur…

– Plus pur que le tien, démon, gronda Robin.

Archange l'ignora.

– Le petit aux yeux gris est juste un simple sortcelier. (Cal fit la grimace, il allait lui montrer, lui, s'il n'était qu'un simple sort-celier !) La ravissante damoiselle rousse aux grands yeux est une fière naine guerrière, dit-il en désignant Fafnir, ce qui la fit sourire de plus belle et lisser ses longues nattes cuivrées. Et le dernier… (il écarquilla les yeux)… c'est étrange, je sens comme une odeur de feu et de soufre… vous… vous êtes un dragon !

Il se leva d'un bond, faisant basculer son fauteuil, et les autres démons reculèrent.

Tara se leva aussi, le cœur à deux cents pulsations-minute, et leva les mains dans un geste d'apaisement.

– On se calme, on se calme. Il ne vous fera rien, nous ne sommes pas ici pour vous nuire, comme je le disais, nous ne faisions que passer. Et notre ami n'est pas un vrai dragon.

---

1. Équivalent autreMondien de raciste.

Elle ignora le regard blessé de Sylver. Elle essayait de lui sauver la peau, bon sang !

– C'est un demi-dragon. Son père est un humain… enfin, nous supposons que c'est un humain, et sa mère était une dragonne.

Elle ne précisa pas que Sylver était le fils de Magister. Inutile de donner trop d'informations à ses ennemis.

Archange remit sur pied son fauteuil qu'il avait fait tomber et se rassit.

– C'est… fascinant, vraiment, dit-il, les yeux pour une fois non plus fixés sur Tara, mais sur Sylver. Un mi-dragon. Je ne pensais pas cela possible. Comment ?

– Nous ne savons pas, répondit très honnêtement Tara. Bon, maintenant que vous nous avez montré que vous saviez qui nous étions (mais il n'avait pas « senti » le loup-garou dans Fabrice, et Tara se garda bien de lui donner l'info), que s'est-il passé avec Magister ? Pourquoi sommes-nous ici ? Qu'est-il arrivé à votre planète ?

Elle ne lui avait pas redemandé ce qu'il était. Archange se sentit déçu qu'elle ne s'intéresse pas plus à lui. Il avait fait pourtant plein d'efforts avec ce corps !

Il se pencha, laissant à dessein la cape dévoiler un peu plus ses somptueux pectoraux.

– Cela fait beaucoup de questions. Voyons, à la première, Magister est arrivé ici avant vous. Il semble qu'il vous ait précédés pour ouvrir un nouveau cercle et vous renvoyer à sa forteresse. Malheureusement, il a très mal choisi son moment. Depuis un an, nous travaillons à stabiliser la planète et son soleil. Son arrivée et le fait qu'il active la chemise ici afin de repartir ont failli tout faire exploser.

– Comment ça ?

– Cette planète réagit très violemment à toute utilisation de la magie démoniaque, du moins pour le moment. Magister a fait passer Selenba en utilisant la magie de la chemise et cela a déclenché une réaction en chaîne. Nous avons réussi à contenir l'explosion de justesse. Mais il a été blessé dans le processus. Nous l'avons placé dans l'une de nos unités de soins. Il est en train de se reposer. La vampyr, elle, était déjà retournée sur AutreMonde.

Il ne savait pas pour l'anneau. Sinon, il l'aurait mentionné… ou pas ? Impossible de savoir. La peur de Tara s'amplifia. Elle jouait à un jeu dont elle ne comprenait pas les règles, les yeux bandés et les mains dans le dos.

Et dont l'enjeu était sa vie et celle de ses amis. Il fallait qu'elle puisse joindre les dragons ! Ce qui se passait ici était extrêmement grave et personne à part eux n'était au courant !

Elle sentit son cœur se serrer. Elle ne pouvait plus se préoccuper du Juge. Les vivants étaient plus importants. Les morts devraient attendre.

Fabrice s'agita, attirant l'attention de la jeune fille. Il planta ses yeux noirs dans les siens, cherchant à lui faire passer un message. Mais déjà Archange reprenait la parole, détournant l'attention de Tara.

– Nous ne pouvons pas vous laisser repartir pour l'instant, continua le jeune homme. Je suppose que vous avez tenté d'ouvrir des Portes de transfert ou d'utiliser des Transmitus (Tara hocha la tête, confirmant sa supposition). Seule la magie démoniaque peut vous renvoyer et, comme vous pouvez le constater, aucun d'entre nous ne peut l'utiliser. Votre magie fonctionne ici, bien entendu, mais elle n'est pas assez puissante pour vous permettre de repartir sans danger.

Ça, c'était l'un des trucs que Tara ne comprenait pas. Sur Terre, où la magie était faible, les pouvoirs des sortceliers en souffraient. Or on lui avait expliqué que la magie n'existait pas dans les Limbes, raison pour laquelle les démons ne la connaissaient pas avant de rencontrer les peuples de l'Univers de Tara.

– Nos savants ont une explication à ce sujet, poursuivit Archange. Ils pensent que vous avez une charge magique, qui perdure pendant un certain temps. Mais qui va disparaître, ce qui fera que vous ne pourrez plus l'utiliser d'ici quelque temps.

Tara déglutit. Aïe ! Mauvaise nouvelle. Il fallait vraiment qu'ils partent le plus vite possible, avant de se retrouver totalement à la merci des démons. Enfin, plus encore à la merci des démons.

Et maintenant qu'elle avait cette information, elle comprenait. Magister utilisait la chemise dans laquelle il puisait de la magie lorsqu'il était ici, et le dragon, Maître Chem, avait utilisé du racorni de gambole et le Livre Interdit, plein de magie démoniaque pour les faire venir dans les Limbes puis repartir.

Mais elle n'avait pas de magie démoniaque. Enfin, plus.

Tara sentit une question lui brûler les lèvres. Étaient-ils prisonniers ? Archange comprit son interrogation muette.

– En fait, nous aimerions vraiment vous aider, dans le cadre de notre nouvelle politique de coopération avec les mondes humains, mais, tant que notre planète sera instable, ce sera tout à fait impossible.

À cet instant, comme pour souligner ce qu'il venait de dire, un sourd grondement naquit sous leurs pieds et la terre remua, au point de faire tomber quelques fruits violets par terre.

Alarmés, ils se levèrent, mais le tremblement cessa très vite.

– Vous voyez, fit Archange d'un ton soucieux, c'est vraiment dangereux. Dès que tout sera réglé, nous vous renverrons bien sûr.

– Et cela prendra combien de temps ? demanda Cal, soupçonneux.

– Pas si longtemps, le rassura Archange, juste le temps pour la planète de s'habituer à sa nouvelle orbite, et vous pourrez partir.

– Ah ! fit Cal, donc vous n'allez pas tous nous tuer pour nous dévorer, ceci n'est donc pas une OMOVTYP ?

– Pardon ?

– Le genre de situation dans laquelle nous nous fourrons d'habitude. Oh Merde On Va Tous Y Passer. OMOVTYP. Très classique. Il y a aussi l'OMOVTM, Oh Merde, On Va Tous Mourir, mais c'est moins facile à prononcer comme acronyme. (Il se pencha pour préciser très sérieusement, comme une confidence :) Merde est un mot terrien équivalent de Slurk sur notre planète, donc on peut aussi utiliser l'OSOVTYP ou l'OSOVTM, mais là, ça devient vraiment compliqué.

Archange le regarda un instant, bouche bée. Puis il se ressaisit avec difficulté. Les premières rencontres avec Cal avaient souvent cet effet sur les gens.

– Nous n'avons pas l'intention ni de vous tuer ni de vous dévorer, répondit-il d'un ton très convaincu quoiqu'un peu ébranlé. D'ailleurs, à ce sujet, Magister n'a pas eu le temps de nous expliquer pour quelle raison vous deviez passer par les Limbes afin d'aller sur AutreMonde. Vous n'avez plus de Portes de transfert ?

– Si, mais elles ne fonctionnent pas bien avec moi, raison de ce… raccourci, répondit Tara. Qu'est-ce que vous avez fait à votre planète ? Et à votre soleil ?

– Pas uniquement à notre planète, sourit Archange. Connaissez-vous un peu notre univers ?

– Euh… non, répondit Tara qui n'avait pas vraiment eu envie de s'intéresser à la vie, aux mœurs et aux méthodes d'alimentation des démons.

– Notre univers est composé de galaxies, que chez nous nous appelons Grands Cercles, du fait de leur forme de cercle aplati. Comme chez vous, elles ont un trou noir super-dense en leur centre et la majorité sont des galaxies spirales, dont les étoiles les plus jeunes sont dans les bras extérieurs. Mais, contrairement à chez vous, au lieu d'avoir des milliards de galaxies ou de cercles, nous n'en avons que sept, que nous appelons les Sept Cercles. Ces galaxies sont composées de poussières, gaz, de quatre cents à six cents milliards d'étoiles autour desquelles gravitent des planètes. Le Grand Cercle le plus proche du centre de notre univers se trouve être notre planète, ce qui fait que notre soleil est plus vieux de plusieurs milliards d'années que le vôtre. C'est le premier cercle. Mais, comme pour votre univers, les planètes habitables sont presque uniques. Savez-vous combien de planètes nous avons découvertes, qui contenaient la vie ?

– Euh… des milliards, répondit Tara en frissonnant à l'idée de milliards de milliards de démons envahissant son univers.

– Sept. Très précisément. Une dans chaque Grand Cercle. Au milieu de millions et de millions de planètes, seules ces sept-là réunissaient les conditions indispensables à la vie.

– C'est… c'est très peu, balbutia Tara, surprise.

– C'est horriblement peu, approuva Archange, ses cheveux bruns mi-longs flottant gracieusement dans le vent. Nous avons découvert par hasard, sur cette planète précisément, une faille, une sorte de tunnel, qui nous permettait d'aller sur une autre planète. Sans cette faille, jamais nous n'aurions même rencontré les autres habitants de notre Univers. Il est simplement trop grand. Une fois sur cette planète, nous avons recherché d'autres failles et nous en avons trouvé. Elles menaient à d'autres planètes, qui elles-mêmes menaient à d'autres planètes et ainsi de suite jusqu'à ce que nous réalisions que seules sept planètes sur toutes celles que nous visitions étaient propices à la vie. Plusieurs des autres peuples avaient évolué plus vite que nous, aussi avons-nous pu acquérir une technologie[1] qui nous a permis de voyager d'étoile en étoile, à bord de vaisseaux spatiaux. L'univers restait

---

1. En fait, ils avaient massacré les habitants qui résistaient et volé les technologies. Comme quoi, parfois, hélas, l'épée est plus forte que la plume.

désespérément vide. Jusqu'au jour où nous avons découvert une planète, vide, grise et morte, qui cependant possédait un merveilleux trésor.

Tara vit que tout le monde était suspendu aux lèvres d'Archange. Le démon, indéniablement, possédait l'art précieux des conteurs. Son rythme, sa respiration, tout était parfait. La jeune fille sentit un frisson glacé passer dans son dos. Parce qu'elle entendait très bien ce que le démon ne disait pas. Les démons s'étaient approprié la technologie des autres peuples, les exploitant sans pitié, c'était ce que lui avait appris Maitre Chem, le dragon. C'était bien la raison pour laquelle les effrits rouges s'étaient alliés aux humains, contre leurs propres races démoniaques. Pour se venger.

– Et ce trésor, c'était une faille qui menait vers votre univers, poursuivit Archange, inconscient de la répulsion de Tara. Au début, nous n'avons pas compris ce qui se passait. Nous avons atterri sur une planète étrange, aux animaux bizarres, et surtout dont le soleil n'avait absolument rien à voir avec ce dont nous avions l'habitude. Il n'était pas noir. Et ses rayons ne nous nourrissaient pas. De plus, les habitants de cette planète étaient différents de nous. Pour se nourrir, ils buvaient le sang de leurs proies, quoique ne les tuant pas.

– Vous êtes arrivés directement chez les vampyrs ? s'exclama Tara, mais dans notre histoire, vous auriez commencé par la planète Terre. Je ne comprends pas. C'est ce que disait le Discutarium, que vous aviez envahi la planète Terre en premier. Et que vous étiez sur des milliers de planètes.

– C'est notre nombre qui a donné cette impression. En fait, tout cela s'est déroulé sur des dizaines d'années. Nous n'avions envahi personne au début, trop contents de découvrir de nouvelles planètes, de nouvelles cultures. Lors des premiers contacts, les vampyrs ont été très intéressés par notre univers, avant de découvrir que les effets de nos soleils étaient délétères pour eux. De notre côté, nous avons également réalisé que nous ne pouvions pas survivre sous la lumière de vos soleils. Du moins, pas très longtemps.

Il baissa la tête, soustrayant un instant son regard vert.

– Mais nous n'avions pas le choix, reprit-il d'une voix empreinte de douleur. Nos planètes explosaient sous le poids de la démographie, nous avons dû imposer un contrôle des naissances. Contrairement à vous, qui ne mettez au monde qu'un ou deux enfants maximum, nos femmes donnaient facilement naissance à trois ou six enfants, qui arrivaient plus vite que vous à maturité. Quelques siècles encore et notre nourriture, nos énergies fossiles, tout allait disparaître, nous condamnant à l'extinction. Nous étions perdus. Nous vous avons donc attaqués. Et nous avons été vaincus, une première fois. C'est alors que nous avons découvert deux choses. D'une part, que si nous absorbions régulièrement de la chair tout juste morte ou encore vivante, nous pouvions vivre dans votre univers.

Tara et Moineau frissonnèrent de concert.

– D'autre part, la magie. Les vampyrs la pratiquaient, alors que nous ne la connaissions pas du tout. Pouvoir se transformer, se doter du corps de son choix, cela nous a fascinés. Mais le prix à payer pour l'acquérir était terrible. L'un de nos savants, un monstre, je vous le dis, a trouvé que nous pouvions pratiquer la magie en emprisonnant les âmes de nos compatriotes.

– Après les avoir tués, précisa Tara d'une voix sèche sans avoir pu se retenir. Vous avez décimé votre propre population pour pouvoir pratiquer la magie !

Archange grimaça, sensible à l'horreur dans la voix de la jeune fille.

– Je n'étais pas né, Tara Duncan, je n'ai tué personne pour son âme, je ne fais que relater ce qui s'est passé. Ferez-vous retomber sur moi les erreurs de mes ancêtres ?

Les yeux verts affrontèrent les yeux bleus et Tara fut la première à détourner le regard. Non, elle ne condamnerait pas quelqu'un pour une faute commise par son arrière-arrière-arrière, etc., grand-père ou grand-mère.

Archange soupira et reprit, rabattant sa cape sur ses cuisses au grand désappointement de Fafnir :

– Deux programmes se sont donc développés parallèlement. L'un portait sur l'utilisation exclusive de la magie, l'autre sur le développement de la technologie. Ces recherches furent suivies sur des planètes différentes. Celle où vous vous trouvez étant vouée à la magie. Nous nous sommes transformés physiquement. Nos corps de centaures ont changé. Nous nous sommes équipés de griffes, de crocs et de muscles puissants. Et une fois transformés, nous avons déferlé sur votre univers. Et nous vous avons dévorés.

Tara déglutit. Ce qui était dingue, c'était que le démon semblait sincèrement désolé.

– Comment vous appelez-vous ? demanda Tara, que la question taraudait depuis un bon moment. Vous vous appelez vous-mêmes des démons. Je trouve cela très curieux. Vous n'avez pas de nom ? Votre peuple ne s'appelle pas, je ne sais pas, moi, les Gluick ou les Schtroumfs ?

Archange sourit.

– Vous êtes la première humaine à poser cette question. Nous nous appelons le Peuple des Soleils Noirs. Dans notre langue, cela se traduirait par « Boulimi-lema ».

– Les Boulimi-lema ?

– Mmm… mais tout le monde nous appelle les démons, alors, du coup, nous en avons tiré une certaine fierté. D'être ce qui fait peur aux autres peuples.

Et son sourire était bien plus carnassier que bienveillant tout à coup.

– Euh… où en étais-je ?

– Vous étiez en train de dévorer tout le monde, répondit obligeamment Cal.

– Ah ! oui. Nous avons détruit la planète des vampyrs, celle des elfes aussi, rapportant ici tout ce qui faisait leur richesse. Mais les animaux ne vivaient pas sous nos soleils. Vos matériaux ne réagissaient pas de la même façon que chez vous. Nous avons envahi la planète Terre également, mais vous piller ne nous apportait pas autant que nous l'espérions. Nous allions abandonner. Nous replier sur notre univers et tenter de gérer ce que nous avions, de notre mieux. C'est alors que les dragons se sont alliés aux humains. Et que pour la seconde fois, vous nous avez battus.

– Vous… vous voulez dire que si les dragons ne vous avaient pas attaqués, vous n'auriez pas créé les objets démo… euh, de pouvoir ?

– Exactement, confirma Archange. Cela nous fut insupportable. Que nous nous repliions de notre propre volonté était une chose. Qu'on nous y force en était une autre. La faction la plus guerrière de mon peuple s'est levée et a réclamé la guerre totale. À outrance. Nous avons créé les objets. Et vous nous les avez volés. Nous avions tué des millions d'entre nous afin d'obtenir la magie, impossible de continuer ainsi, notre opinion publique s'est élevée contre le plan du parti de la guerre. Trop affaiblis pour continuer, nous avons signé le pacte avec les dragons et les humains. Et les failles ont été refermées.

Tara et ses amis ouvraient de grands yeux. D'un seul coup, une page entière de l'histoire d'AutreMonde venait d'être réécrite. Et les démons avaient une opinion publique ? Ils écoutaient leurs congénères ? C'était fascinant.

– Vous me demandiez ce qui était arrivé à notre planète et à notre soleil, dit Archange en souriant. Vous vous souvenez, je vous disais que nous avions développé deux programmes concomitants. L'un sur la magie, l'autre sur la technologie. Mais il est toujours plus intéressant de combiner les choses plutôt que de les utiliser chacune de leur côté. En combinant magie et technologie, nous sommes enfin parvenus à faire quelque chose d'inouï. Nous avons transformé nos soleils.

Tara ouvrit la bouche… et la referma. Elle avait du mal à en croire ses oreilles.

– Nos soleils noirs ont été « terraformés ». Nous avons exactement calqué les ondes de chaque soleil autour de nos sept planètes afin qu'ils diffusent la même chose précisément que le soleil terrien. Puis, nos nouveaux soleils étant soit plus gros, soit plus chauds, nous avons modifié la rotation des planètes tournant autour. D'où les quelques problèmes dont je parlais tout à l'heure. Il a été compliqué de maintenir la cohésion de la planète. Et le réglage des nouvelles ondes du soleil n'est pas encore tout à fait parfait.

Ils jetèrent un œil effrayé à la boule de feu suspendue au-dessus de leurs têtes.

– C'est… c'est impossible ! souffla Fabrice, les yeux exorbités à l'idée de l'exploit technique et magique que cela représentait.

– Et pourtant, c'est vrai, répondit aimablement Archange. Cela fut fait petit à petit, cette planète, centre de notre gouvernement, étant destinée à être traitée en dernier. Nous l'avons terraformée, ainsi que notre soleil, il y a environ un an. Bien sûr, tout l'humus, les arbres, les plantes, les animaux viennent des autres planètes, terraformées avant celle-ci.

– Vous avez terraformé toutes les autres planètes aussi ? Mais vous avez dû détruire des milliers de plantes et d'animaux, l'adaptation prend des millions d'années ! Ils ne pouvaient tout simplement pas s'adapter aussi vite à un environnement soudain radicalement différent !

Tara plissa les yeux, soupçonneuse. Il n'y avait pas de magie dans cet étrange univers à part celle créée par les démons. Où donc avaient-ils trouvé suffisamment de magie pour arriver à transformer toutes ces planètes ?

Et personne ne s'était rendu compte de leur plan dément, simplement parce que Magister, comme les autres humains assez stupides pour venir jusqu'à l'univers des démons, ne voyait que cette unique planète, jamais les autres.

Ce qui signifiait que soit Magister n'avait pas mis les pieds sur cette planète depuis un an, soit qu'il savait ce qui se préparait et avait fait venir Tara et ses amis intentionnellement dans les Limbes, non pas pour affronter l'anneau, mais pour… quoi ? Défier des millions de démons ? Détruire la planète ? Tara n'en avait ni le pouvoir ni l'envie. Anéantir tout un peuple et devenir le plus grand criminel de la galaxie, voire de l'univers, ne la tentait que très peu.

Donc, ce n'étaient peut-être pas son pouvoir et son envie de voir le Juge qui avaient provoqué tout ceci.

Les mâchoires serrées, Tara maudit Magister et son esprit tordu, pour la cent millième fois. Au moins.

– Une de nos planètes n'y a pas résisté, avoua Archange, son soleil a explosé en supernova. Nous n'avions pas pu évacuer tout le monde, hélas ! Mais maintenant que notre processus est au point, nous avons compris comment faire et nous allons pouvoir terraformer des tas d'autres planètes, ainsi que leurs soleils. Cela va prendre du temps, cela nous a pris plusieurs milliers d'années pour y parvenir sans créer un trou noir qui aurait tout englouti, mais ce n'est pas grave.

Moineau crispa les mains. Ils avaient détruit une planète ? Une planète entière ? La sensible jeune fille sentit les larmes lui monter aux yeux en pensant aux millions de victimes. Ces peuples étaient complètement fous.

– Pourquoi avez-vous des corps humains ? attaqua Robin, agressif. Afin de mieux nous envahir, encore ?

Mais rien ne pouvait entamer le flegme du démon.

– Vous envahir ? Encore ? Non, nous n'en avons plus besoin. Mais nous devions ralentir notre démographie. Nous avions déjà modifié nos corps de nombreuses fois. Pourquoi ne pas le faire avec des corps qui nous plaisaient, même si, contrairement à nos corps d'origine, ils n'étaient pas quadrupèdes ? Vous êtes assez élégants et gracieux. Vous n'avez qu'un ou deux enfants à chaque fois, qui mettent beaucoup de temps à arriver à maturité, c'est donc parfait pour nous. Et surtout, votre culture, votre intelligence, tout cela était fascinant pour nous. C'est d'ailleurs grâce à vous que nous avons pu progresser aussi vite. Dès que nous avons pu le faire, à chaque fois que l'un des nôtres était invoqué sur Terre ou sur AutreMonde, il ne tuait plus son invocateur.

– Ah non ? dit Fabrice, qui avait failli invoquer un démon pour avoir plus de pouvoir et avait décidé d'éviter parce qu'il n'était pas sûr de pouvoir le maîtriser.

– Non. Il exécutait les ordres, et en échange se débrouillait pour rapporter de votre ADN des livres, puis des vidéos, des CD, des DVD… Nous avons créé des commissions destinées à vous étudier. Et nous avons mélangé votre ADN au nôtre. Mais ce n'était pas suffisant. Nous voulions encore mieux vous comprendre. Alors, mon père a fait naître une nouvelle génération, il y a de cela dix-huit ans. Génération qui a été élevée sur les planètes déjà terraformées. Génération parfaitement humaine.

C'était horrible. Tara sentait qu'il était sincère et amical. Mais comment un monstrueux démon mangeur de chair vivante pouvait-il être sincère et amical ?

– Vous avez parlé de collaboration avec les humains, demanda Tara, ses longs cheveux blonds flottant dans le même vent chaud qui avait agité les cheveux d'Archange. Que nous voulez-vous au juste ?

– Je ne peux pas vous en parler pour l'instant, répondit gravement Archange. Nous sommes toujours en train d'en débattre.

Hum ! Tara plissa les yeux. Toujours en train d'en débattre, hein ? Avec leur étrange terraformation et leur transformation en humains, les démons avaient évidemment un plan derrière la tête. Le tout était d'arriver à le découvrir, à le déjouer et si possible à s'enfuir en restant vivant.

Tara soupira.

– Qu'est-ce que vous allez faire de nous, puisque nous ne pouvons pas repartir pour l'instant, que vous ne voulez pas utiliser de magie démoniaque et que Magister est blessé ?

– Mon père le Roi est en voyage pour l'instant, mais, comme vous le voyez, j'avais organisé quelques jeux avec mes amis. Pourquoi ne pas vous joindre à nous afin de voir comment nous vivons et… vous convaincre que nous ne sommes pas des monstres ?

– Quelques jeux ? protesta Fabrice. Mais vous vous tapiez dessus !

– Oui, répondit Archange avec une imperceptible froideur dans la voix, effectivement, je montrais au Général Grognard le bien-fondé de l'allégorie « l'union fait la force ». Nos races sont très individualistes, nous avons encore un peu de mal avec le concept d'action globale. Mais je ne doute pas un instant d'y arriver.

Sous son implacable regard vert, l'énorme démon à tête de murène sembla se recroqueviller.

– Donc, si votre père est Roi, vous êtes quoi, demanda Cal, toujours aussi impudent, une sorte de prince ?

– C'est exact, répondit Archange, un prince, précisément.

– Tu sais Tara, soupira Cal, roturier jusqu'au bout des ongles, une fois de temps en temps ce serait bien qu'on ait affaire avec d'autres personnes que des princes et des rois. À force de les tuer, tu vas finir par t'attirer plein de problèmes avec des gens super puissants !

– Ah ! fit Archange, recevant la menace avec grâce, vous avez l'habitude de tuer des princes ?

– Uniquement ceux qui me veulent du mal, répondit Tara avec un sourire pincé en direction de Cal. Et ce ne sont pas toujours des princes, je vous rassure.

Archange jeta un coup d'œil sur les armées les entourant. Il n'avait pas vraiment besoin d'être rassuré. Pour l'instant, ce n'était pas lui qui était en danger.

Et ces jeunes humains n'avaient absolument aucune idée d'à quel point leur vie ne tenait qu'à un fil. Il sourit, il aimait vrai-ment beaucoup ces métaphores dans leur langage, c'était très... savoureux.

– Vous ne m'avez pas dit comment vous aviez fait pour changer de vêtements sans utiliser de magie ? redemanda-t-il, insistant.

Tara lui sourit avec grâce. Elle savait comment répondre à ce genre de question :

– Oh ! ça, ce n'est rien du tout, juste un gadget. Vous savez comme nous, les filles, nous aimons nous faire belles !

La changeline ne réagit pas, mais Tara sentit qu'elle n'aimait pas être ravalée au rang de simple objet cosmétique.

Et Tara se garda bien de dire que la changeline pouvait la transformer en une arme fatale avec la puissance de feu d'un petit porte-avions.

Archange la regarda, puis sourit en se levant.

– Un gadget ? Je vois. Donc, en attendant le retour de mon père, accepterez-vous notre modeste hospitalité, également le temps que votre ami Magister se remette ? Mon palais n'est pas aussi luxueux que celui de mon père, qu'il a emporté avec lui lors de son voyage, mais il reste très confortable. Et je vous jure que les chambres n'ont rien à voir avec des prisons.

Ah ! ce n'était donc pas le Château qu'ils avaient « visité » la dernière fois. Le Juge s'y trouvait-il, lié qu'il était avec le Roi ? Était-il parti avec ce dernier ? Parce que si Tara était coincée ici et incapable de prévenir les dragons, autant en profiter pour le voir. Mais pas en habitant dans le Château. Autant garder leurs distances. Elle trouverait bien un moyen plus... discret.

– Prison, grogna Cal, je déteste ce mot. Je pense que j'y suis tout simplement allergique ! Tout ça va très mal se terminer.

À son ton, on voyait qu'il espérait surtout que ça ne se terminerait pas mal pour eux, mais pour les démons.

– Non, répondit gracieusement Tara.

– Parf... non ? comment ça, non ?

– Nous vous remercions infiniment, c'est vraiment, vraiment très gentil de nous héberger sur vos terres pendant ce petit laps de temps, mais, comme je vous l'ai dit, je n'aime pas du tout les constructions en dur. Sur Terre, demandez à Robin et à Sylver, je passe mon temps dans les bois. (Les deux garçons, dociles, opinèrent du chef en même temps.) J'ai horreur d'être enfermée. Cet endroit me semble tout à fait confortable. Nous allons rester ici. Il fait beau et, si la planète est soumise à des tremblements de terre comme celui qui nous a accueillis tout à l'heure, je préfère nettement rester au grand air plutôt que de risquer de me recevoir le toit d'une maison sur la tête.

Ah ! Définitivement le démon n'aimait pas qu'on le contrarie. La minuscule ride qui avait troublé la sérénité de son front revint et s'incrusta.

– Vous... vous voulez rester dans la plaine ?

Il était un peu long à la comprenette, le prince des démons.

– Oui, confirma Tara. Tout à fait. Merci beaucoup, c'est trop gentil de votre part d'accepter.

La ride se creusa tandis qu'Archange cherchait à quel moment il avait accepté quoi que ce soit. Puis, devant l'étincelant sourire de Tara et les regards intéressés des autres démons, il essaya une dernière fois.

– Mais ce n'est pas pratique de devoir venir jusqu'ici à chaque fois, tenta-t-il.

– Allons, allons, fit Tara en se penchant pour poser sa main sur la cuisse nue d'Archange (et en s'interdisant furieusement de rougir), vous êtes un beau garçon très musclé, un peu d'exercice ne vous fera pas de mal. Et puis cela me fait plaisir. Vous avez étudié notre race. Les garçons font n'importe quoi pour faire plaisir aux filles !

La vache, elle avait l'impression de parler comme une vieille dame. « Un beau garçon très musclé » ? C'était ridicule. Allait-il tomber dans le piège ?

Le sourcil d'Archange se souleva. Elle n'avait pas tort. Tous les films qu'il avait vus, les livres aussi, en parlaient. Il fallait faire plaisir aux filles, parce que les garçons étaient forts et les filles fragiles. Chez les démons, les filles étaient aussi fortes que les garçons, et ils avaient eu un peu de mal avec ce concept, mais, en voyant Tara, il commençait un peu mieux à appréhender la chose. D'autant que la beauté de la jeune fille lui donnait de sacrés coups de mou dans les genoux. L'un des inconvénients de ce corps. Les hormones qui allaient avec lui mettaient la tête à l'envers par moments.

– Très bien, céda-t-il avec un soupir désolé. Nous vous laissons installer votre camp. Essayez juste de limiter votre magie au maximum, tant pour l'économiser que pour éviter d'interférer avec nos travaux. Il est 17 heures à présent, notre planète tourne sur le même rythme que la vôtre autour du soleil, nous vous rejoindrons à 20 heures pour dîner. À tout à l'heure.

Tara lui fit signe de la main, car il s'arrêta trois fois pour la saluer, au point qu'il trébucha sur un démon qui ne s'était pas écarté assez vite et faillit se casser la figure. Sur son ordre, des tas de démons, humains et autres, s'activaient pour transformer le camp provisoire en camp pour la nuit. Ils ne pouvaient pas parler avec autant d'oreilles (parfois cinq ou six sur un seul individu) en train de les épier. Mais Fabrice avait l'air vraiment agité.

– Aahhh, dit-elle en bâillant, quelle journée, j'ai vraiment envie de me reposer un peu. Fabrice, tu viens un instant avec moi ?

Moineau, Robin et Sylver eurent le même regard interloqué. Tara serra les dents. Ses amis ne la connaissaient décidément pas très bien s'ils s'imaginaient qu'elle pensait à séduire le petit copain de sa meilleure amie au milieu de millions de démons !

Fafnir ricana. Fabrice rougit et ses cheveux blonds cachèrent son regard noir l'espace d'un instant.

– Euh… balbutia-t-il, euh… oui, bien sûr, tout de suite.

– Je vous laisse discuter avec nos amis, dit Tara en indiquant les étranges adolescents qui les dévisageaient du coin de l'œil tout en montant les tentes, entourés des soldats démons.

Immédiatement, Cal comprit ce qu'elle voulait. Une jolie diversion. Il se mit à jongler avec des boules de couleur apparues de nulle part. Fafnir proposa un concours de lancer de couteaux, Robin défia leurs archers, Moineau servit de ravissante assistante à Cal et les combattants se massèrent autour d'eux. Tara vit que des pièces d'un métal noir s'échangeaient et sourit. Les gens étaient pareils d'un bout à l'autre des univers. Personne ne pouvait résister à un bon pari.

Tara prit Fabrice par le bras, comme avait voulu lui proposer Archange. Elle avisa une tente d'un beau rouge, très éloignée, qui donnait sur la prairie et n'était pas entourée de démons. Ils se dirigèrent vers elle, bras dessus bras dessous. En arrivant, l'odeur, piquante, âcre, bizarre, leur révéla que la tente était… des toilettes.

– Bon, on va peut-être choisir un autre endroit, murmura Fabrice, embarrassé d'entrer dans des toilettes avec une fille.

– Change-toi, ordonna Tara en le poussant à l'intérieur après avoir vérifié qu'il n'y avait personne dedans et rabattu le pan de tente.

– Quoi ? Tu veux que je me déshabille ?

– Fabrice, grogna Tara, laisse un peu tes hormones de côté s'il te plaît, je ne veux pas sortir avec toi, je veux que tu te transformes en loup !

– Oh !

Le ton du garçon hésitait entre le soulagement et le dépit. Il se transforma en loup-garou, Tara, en vampyr et, d'un coup de poignard, trancha la toile. L'arrière de la tente donnait sur la prairie et personne ne la surveillait, Dieu merci. Tara se transforma en loup à son tour et, s'aplatissant dans les hautes herbes, ils s'éloignèrent discrètement. Lorsqu'ils furent à au moins un kilomètre du camp, Tara s'arrêta et se retransforma.

– Tu as eu cette idée pour que nous puissions discuter tranquillement, c'est ça ? s'exclama Fabrice. Génial !

– Vas-y, dit Tara, l'estomac serré. À quel moment a-t-il menti ?

Fabrice sursauta.

– Comment tu sais qu'il…

Tara tapota du pied, impatiente.

– Ah ! bien sûr, tu connais les loups, se reprit Fabrice en plissant ses yeux noirs, penaud, tu sais qu'on peut sentir les mensonges, enfin, la plupart du temps. Plusieurs fois. Lorsqu'il a dit qu'il ne pouvait pas nous renvoyer. Puis lorsqu'il a parlé de Magister. C'était net. Je crois qu'ils ont renvoyé Magister, qu'il n'est plus ici.

Le visage de Tara devint tellement blanc que Fabrice, alarmé, se porta en avant.

– Tara, tu vas bien ?

– Non, je ne vais pas bien. Si Magister n'est plus sur cette planète, qui va nous ramener chez nous ?

Fabrice haussa les épaules. Lui aussi y avait pensé dès qu'il avait senti le mensonge d'Archange.

– Tu vas trouver un moyen, répondit-il, confiant. Tu trouves toujours un moyen.

À cet instant précis, Tara détesta profondément son ami. Il n'avait pas le droit d'avoir tellement confiance en elle. C'était injuste. Elle respira et se contenta de dire :

– Il a menti d'autres fois ?

– Quand il a dit qu'ils n'avaient pas encore décidé de ce qu'ils voulaient faire. Ce n'est pas totalement exact… Cependant, j'ai senti qu'il y avait là un point… quelque chose qui lui posait un problème.

– Leur problème, c'est que les gens ne veulent pas se laisser dévorer gentiment. Comme le dit si justement Cal, les gens mentent. Ils ont toujours une idée derrière la tête, l'astuce, c'est de découvrir laquelle. Nous avons donc deux missions. Trouver pourquoi ils tiennent tellement à nous garder prisonniers sans nous tuer…

Fabrice frissonna.

– … et quels sont leurs plans exacts. Modifier des planètes entières pour devenir humains, c'est complètement dingue. Ils veulent probablement nous envahir. Mais en se mêlant à nous ? Pour avoir une parfaite couverture ? Leur corps humain est moins puissant que ceux qu'ils s'étaient créés avant. Donc, ils perdent l'avantage de la puissance pour… quoi ? Un parfait camouflage ?

Fabrice fit une moue dépitée.

– Ils n'ont pas dit qu'ils voulaient envahir la Terre. Au contraire, ils ont annoncé qu'ils voulaient terraformer d'autres planètes pour les adapter à leur population. De plus, s'ils sont dans des corps humains, ils vont cesser de se reproduire comme ils l'ont fait jusqu'à présent.

Tara soupira.

– J'ai peur, murmura-t-elle.

Fabrice fut choqué.

– Comment ?

– J'ai peur, répéta Tara. Je ne comprends pas ce qui se passe. Ma mère vient de mourir et Magister veut la ramener d'OutreMonde, Robin n'est plus amoureux de moi à cause du sort et je n'ai aucun moyen de repartir chez moi, pour peu que j'aie un chez-moi quelque part ! Sans parler de tous ces démons qui ne rêvent sans doute que de nous dévorer ! Oh, Fabrice, ils me font tellement peur !

Et avant que Fabrice n'ait le temps de réagir, elle éclata en sanglots, enfin rattrapée par le choc de tout ce qu'ils avaient subi en quelques heures.

Horriblement embarrassé, Fabrice la prit dans ses bras et lui tapota maladroitement le dos avec des là, là, là apaisants. Au bout de quelques minutes, la tempête de sanglots s'atténua pour s'arrêter enfin.

– On a tous peur, finit-il par dire, moi, j'ai les genoux en gelée depuis qu'on est arrivés ici. Non, j'ai même les genoux en gelée depuis que je suis arrivé sur AutreMonde. Tout me terrorise. C'est bien pour ça que j'ai voulu devenir puissant, pour vaincre cette peur. Et tu sais quoi ? Au bout d'un moment, on se rend compte qu'il n'existe rien, nulle part, qui va empêcher cette peur. Aucune puissance, aucun pouvoir ne peut la vaincre. Alors, on fait avec. Bon, cela dit, si on pouvait partir d'ici, je pense que mon niveau de trouille intense diminuerait considérablement.

– Merci, Fabrice, murmura Tara.

Tara s'essuya les yeux sur le mouchoir fourni par la changeline et se retransforma en vampyr avant que Fabrice n'ait le temps de lui dire « pas de quoi », puis en loup. Elle s'élança vers le campement. Fabrice soupira puis fit de même, surpris de voir la rapidité avec laquelle Tara filait dans la prairie, alors qu'elle n'était pas, comme lui, un vrai loup. Enfin, une sorte de vrai loup. La voyant qui poussait encore et encore sur ses pattes, il comprit ce qu'elle ressentait. Elle noyait sa peur dans l'ivresse de la course, déconnectant son cerveau.

Ils revinrent aussi discrètement qu'à l'aller. Leurs amis avaient formé une sorte de demi-cercle autour des toilettes et montaient la garde. Lorsque Tara et Fabrice émergèrent de la tente, ils trouvèrent quelques monstres qui se tortillaient d'un air embarrassé et eurent l'air soulagés quand ils cédèrent la place. À l'aide d'une faible décharge de magie, Tara avait recousu la tente, il ne restait donc aucune trace de leur petite escapade.

– Ça va mieux ? demanda Cal avec ironie lorsque Fabrice et Tara les rejoignirent.

– Pas exactement, répondit Fabrice, mais on va faire avec.

Cal fronça les sourcils, ce n'était pas tout à fait la réponse qu'il attendait. Puis il remarqua les yeux rouges de Tara, et fronça les sourcils de plus belle. Robin aussi avait remarqué les yeux de Tara et il se raidit, inquiet.

Ils se réunirent sous une nouvelle tente d'un blanc étincelant, bordée d'or, dressée entre-temps. Très vaste, elle était divisée en plusieurs chambres, ce qui permettait à chacun de s'isoler... pour autant qu'une chambre de toile puisse vraiment isoler. En l'espace de quelques instants, les démons avaient creusé des toilettes, des douches et des commodités vraiment confortables.

Ah ! l'excuse d'aller aux toilettes dans la tente isolée ne tiendrait pas une seconde fois. Ils étaient malins, les démons. Malins ou très méticuleux. Contrairement à AutreMonde, les objets n'étaient pas animés par la magie, mais par... la science. Bardés de capteurs électriques, ils détectaient dès que quelqu'un était dans la pièce et se positionnaient afin de lui être utiles. Les chaises et les fauteuils se plaçaient derrière et les tables devant. Les sofas ne bougeaient pas, sans doute trop volumineux, et Tara et ses amis s'y engloutirent. Robin et Sylver posèrent leurs fesses à l'extrême bord de deux chaises, raides et mal à l'aise, prêts à bondir si quelqu'un les attaquait.

Tara les observa. Robin, avec ses cheveux noir et argent, ses yeux de cristal nerveux, évitait son regard. Ils allaient devoir parler. Son attitude était à la fois blessante et agaçante. Tara venait de perdre sa mère, il aurait pu au moins montrer un peu d'affection et de compassion. Sylver, lui, la regardait avec tendresse, de son beau regard doré. Ses longs cheveux de toutes les nuances du blond tombaient sur ses épaules puissantes, il était magnifique et, pourtant, n'en avait aucune conscience. Robin surprit le regard de Tara sur Sylver et son visage s'assombrit.

Sans cesse, des ados comme des démons entraient et sortaient de la tente afin de voir s'ils n'avaient besoin de rien. À chaque fois, ils répondaient poliment que tout allait parfaitement. Les tentes étaient cernées par les démons, mais Tara fit savoir qu'elle ne voulait pas être dérangée par qui que ce soit, car elle voulait dormir. De mauvaise grâce, les démons se retirèrent et les laissèrent enfin en paix. Imperceptiblement, Tara renforça les toiles des tentes afin de les rendre imperméables au son. Les bruits s'atténuèrent, jusqu'à disparaître. Pour l'instant, ils ne savaient pas si les démons mentaient à propos de la magie démoniaque et de son influence sur la planète, même si les tremblements de terre étaient assez impressionnants. Donc ils ne pouvaient pas être sûrs que les démons n'utiliseraient pas de magie pour les écouter. Au moins, ils disposaient d'une relative intimité.

Sur les instructions discrètes de Cal, sans incanter, Tara créa un magnifique court-circuit qui grilla toutes les machines présentes sous la tente. Plus rien ne fonctionnait. S'il y avait des micros, ils étaient morts. La façon dont elle s'y était prise était si subtile que les démons conclueraient à un accident. Fabrice et Moineau créèrent des lumières douces qui flottèrent dans la tente.

Cela fait, ils restèrent prudents.

– Nous allons devoir boire au bout d'un certain temps, annonça Moineau en parlant le plus bas possible. Ne pas manger n'est pas un problème pour quelques jours, mais ne pas boire… mauvais. Nous allons commencer à avoir des hallucinations au bout de trois jours, quatre au maximum, puis c'est la folie et la mort.

– Ah ! fit Cal avec un sourire malin, parce que vous imaginiez qu'un Voleur s'embarque où que ce soit sans provisions ? Vous êtes dingues !

Avec un sourire qui faisait trois fois le tour de son visage, il sortit des tas de bouteilles d'eau et de Tzinpaf cola-cerise ou cola-pomme de sa robe de sortcelier. Puis une volaille rôtie, un plat d'une sorte de riz, des fruits et des gâteaux. Et des Kidikoi. Les sucettes prophétiques créées par les lutins P'abo.

Ils ne se firent pas prier pour se jeter sur la nourriture.

– T'es le meilleur, Cal ! sourit Fabrice, la bouche pleine. Avec nos métabolismes de lo… (il intercepta de justesse le regard d'avertissement de Tara) euh… nos métabolismes, j'avais une faim de l… euh, une grosse faim.

Moineau eut un sourire ironique.

Le ventre plein, ils se sentirent un peu… un tout petit peu… mieux. Tara bâilla.

– Archange a dit qu'il revenait à 20 heures, dit-elle, si je veux rester éveillée et être capable de discuter avec lui, je pense que j'ai intérêt à dormir un peu. Il nous reste une heure environ.

Galant lui fit signe qu'il montait la garde et elle le remercia.

Et sans plus de formalités, elle s'allongea sur le sofa et s'endormit.

Fafnir la naine rousse cligna des yeux, sa hache bien en vue. Dormir au milieu d'un million de démons, jamais elle n'y arriv…

Elle s'endormit avant même d'avoir fini de formuler sa phrase. À part Robin qui fulminait encore contre Sylver, et ce dernier qui se demandait avec angoisse ce qui était arrivé à son père mais ne pouvait en aucun cas poser la question, ils dormirent parfaitement pendant une heure, les lumières magiques baissant de luminosité afin d'accompagner leur sommeil. Cinq minutes avant qu'Archange n'arrive, Galant réveilla doucement Tara. Elle s'étira et ses yeux s'embuèrent de tristesse. Elle avait rêvé de sa mère.

La changeline l'avait déjà nettoyée pendant son sommeil, et revêtue d'une magnifique robe pourpre, ceinturée en dessous de la poitrine par un ravissant bandeau de soie dorée, et évasée sur les hanches. Ses pieds étaient chaussés par des sandales dorées et pourpres elles aussi. La changeline arrangea ses cheveux et la maquilla en quelques secondes, puis fit de même pour Moineau et Fafnir (même si, sur cette dernière, l'opération fut assez compliquée, mettre du mascara à un nain peut s'avérer dangereux pour la santé).

En dépit des jurons de Fafnir, c'était tout de même drôlement pratique.

Robin était déjà prêt, Sylver aussi. Ils se tenaient en alerte, chacun d'un côté de la tente. Tara ne se sentait pas vraiment reposée, mais avait tout de même l'esprit plus clair. Esprit qui apparemment avait beaucoup travaillé, parce qu'elle avait un plan.

Enfin un plan… pas exactement, plutôt l'amorce d'une idée. Il fallait qu'elle puisse en parler à ses amis, tout en étant sûre que personne ne pouvait les entendre. Ils devaient donc être seuls.

– Tout à l'heure, proposa-t-elle, nous allons faire une promenade digestive, après le dîner. Je demanderai à nos hôtes de nous laisser entre nous. En attendant, ils nous ont posé beaucoup de questions, alors, c'est à notre tour. Je veux que chacun d'entre vous discute avec les ados, comme avec les démons.

– Ce sont tous des démons, dit doucement Moineau. Ne tombe pas dans leur piège. L'apparence, comme je le sais si bien, n'a rien à voir avec ce qui est à l'intérieur. Le fait que les monstres ressemblent à des fées[1] me met vraiment mal à l'aise.

Tara se mordit les lèvres. Moineau avait raison. Elle devait faire attention.

Une sonnerie de trompettes retentit et Sylver et elle échangèrent un regard. Sylver sourit et Tara retint un gloussement. Robin se raidit. Il voyait bien que Sylver et Tara partageaient quelque chose.

Tara inspira profondément et se tint bien droite. Archange, tout de blanc vêtu, sans son armure, entra dans la tente. Suivi par deux filles tellement belles que Tara, Moineau et même Fafnir en écarquillèrent les yeux. Robin, Sylver et Fabrice réagirent en se redressant et en bombant le torse. L'une était brune, grande et mince, l'autre était blonde, petite et potelée. Mais chacune dans leur genre, elles étaient presque parfaites et la fossette de leurs ravissants sourires avait le pouvoir de rendre dingues les plus machos des garçons.

L'une avait les yeux de quatre nuances de bleu et l'autre de deux nuances de vert. C'était magnifique.

– Arrête de baver ! chuchota Moineau à l'intention de Fabrice dont la langue commençait à pendre.

Archange braqua son attention sur Tara, Moineau et Fafnir et leur fit son étourdissant sourire. Même la naine rousse vacilla sous la puissance de son charme. Tara ne dit rien, mais se demanda si le démon avait un sort de charisme sur lui tant il paraissait éblouissant.

Bon, et les démons… les deux filles aussi. Elles se glissèrent à côté de Cal (la petite) et de Robin (la grande), ignorant Fabrice, ce qui le fit grimacer et fit sourire Moineau.

Tara se tint sur ses gardes. Que le démon soit suffisamment malin pour avoir pensé que Cal aimerait une fille à sa taille et

---

1. Bien que le concept d'anges existe sur AutreMonde, tout le monde sait que les fées sont les plus belles des créatures. Pour une femme, être comparée à une fée peut avoir deux significations. Que sa beauté est sans pareille, ou qu'elle est une petite peste susceptible qui ne s'intéresse qu'aux plantes et aime faire de vilaines farces aux autres races.

que Robin serait attiré par une fille ressemblant fichtrement à une elfe était de mauvais augure.

– Avez-vous pu vous reposer ? demanda aimablement Archange.

Puis il remarqua que la tente était éclairée par des feux magiques et fronça les sourcils. Comme il s'était assis sur un sofa, il n'avait pas vu que les chaises ne bougeaient pas, mais l'une des filles avait voulu prendre un fauteuil et failli tomber parce qu'il n'avait pas réagi.

– Que s'est-il passé ici ? Les appareils ne fonctionnent plus ?

– Les gens dehors faisaient vraiment beaucoup de bruit, répondit Tara avec un charmant sourire, j'ai dû insonoriser la tente afin que nous puissions nous reposer. Ce faisant, j'ai dû involontairement créer une sorte de court-circuit. J'en suis tout à fait désolée, je rembourserai, bien sûr, les machines endommagées par ma sottise.

– Pas du tout, pas du tout, répondit Archange avec un tout aussi délicieux sourire, c'est notre faute, acceptez nos excuses. Et pardon pour le bruit causé par les gardes, je vais les faire éloigner afin que vous ne soyez plus importunés.

– Euh… pardon, demanda Cal d'un air innocent, se détournant de la ravissante blonde qui le regardait avec adoration, mais pourquoi mettez-vous des gardes. Vous craignez que l'on ne nous fasse du mal ?

Archange se raidit comme à chaque fois que Cal lui adressait la parole. Il braqua son regard dans les yeux gris du Voleur.

– Non, personne ne vous fera de mal, évidemment, vous êtes sous ma protection, précisa-t-il avec arrogance.

Ah, pensa Cal, *tu viens de commettre une erreur, tu aurais dû dire que oui, qu'un mystérieux méchant nous en veut, raison pour laquelle tu nous fais garder.*

Il ne laissa pas à Archange le temps de réaliser sa méprise.

– Mais alors ? réagit-il aussi vite qu'un requin affamé sur une proie, pour quelle raison avons-nous des gardes ? Nous ne risquons pas de vous faire de mal, ni de nous échapper où que ce soit, puisque nous ne pouvons pas partir de cette planète !

Le sourire d'Archange se fana un peu sur les bords. Tara se mordit les joues. Cal était redoutable. Surtout lorsqu'il était en danger de mort, son ironie ne connaissait pas de bornes. Son intelligence non plus.

– C'est une garde d'honneur, se rattrapa Archange, vous êtes des invités très prestigieux et…

– Pas tout à fait, intervint doucement Tara alors que Cal ouvrait la bouche. Nous sommes de simples citoyens à présent. J'ai été déchue de mon titre d'Héritière et ma sœur Mara est la nouvelle Héritière. Tous mes amis sont également des gens tout ce qu'il y a de normaux. Cette garde d'honneur est par conséquent tout à fait inutile.

Les deux ravissantes se raidirent, et Tara vit passer de la peur dans leur regard. Elles ne devaient pas avoir l'habitude qu'on contrarie le prince des démons, et vu leur réaction, il ne devait pas aimer ça. Qu'allait-il faire ? Leur couper la tête ?

Avec une soudaineté qui la laissa pantoise, Archange s'inclina et se rendit :

– Alors je vais leur ordonner de se retirer, je vois bien qu'avoir des gardes autour de vous vous met mal à l'aise, chère Tara Duncan, sachez qu'ici vos désirs sont des ordres !

Les deux filles baissèrent les yeux, mais Tara comme Cal avaient eu le temps de voir leur surprise.

Hum !

– En fait, mon désir serait de retourner chez moi, insista Tara. Donc, dès que cela sera possible sans affecter cette planète, je vous serai grandement reconnaissante de nous aider à repartir. Et nous n'avons pas parlé du coût.

– Du cou, demanda Archange, interloqué, de quel cou ? Le vôtre est tout à fait ravissant, Tara Duncan, je pourrais composer une ode à son sujet, comme vos poètes terriens, j'en connais un d'un certain Charles Baudelaire, sur les cheveux.

Il se mit à genoux devant Tara qui recula un peu dans son siège et déclama :

– Longtemps ! toujours ! ma main dans ta crinière lourde
  Sèmera le rubis, la perle et le saphir,
  Afin qu'à mon désir tu ne sois jamais sourde !
  N'es-tu pas l'oasis où je rêve, et la gourde
  Où je hume à longs traits le vin du souvenir[1] ?...

Il fit un geste et de sa main cascada une pluie de rubis somptueux, de perles et de saphirs, qui rebondirent sur le nez de Tara et se nichèrent dans ses cheveux.

Tout le monde le regarda bouche bée, y compris les deux filles démones qui n'avaient pas l'air d'en croire leurs yeux.

---

1. *La Chevelure*, poème tiré des *Fleurs du Mal*, 1857.

– Euh… merci pour tous ces bijoux, mais je ne parlais pas de mon cou, se ressaisit Tara en se frottant le nez, mais du coût, du prix de notre passage. Que nous demandez-vous pour nous renvoyer chez nous ?

Archange eut l'air profondément offusqué.

– Mais… rien du tout ! Vous ne me croyez pas lorsque je dis que nous ne pouvons pas pour l'instant ? Vous pensez que c'est un piège ou que nous voulons quelque chose ?

Ce n'était pas ce qu'elle pensait, c'était ce qu'elle savait, nuance.

– En fait, commença-t-elle, je…

– Nous voulons développer le tourisme sur notre planète, l'interrompit-il avant qu'elle n'ait le temps de préciser le fond de sa pensée. Que les Terriens, les AutreMondiens et tous les habitants de votre univers viennent se rendre compte que nous avons changé, que nous sommes comme vous désormais. Que nous allons être des amis formidables ! Que penseraient-ils si nous imposions des taxes aux voyageurs égarés ? Non, pas de rétribution contre notre aide. En revanche…

Ah ! on y était. Il allait lui demander de rendre les objets démoniaques.

– En revanche, si vous pouviez demander à votre Impératrice d'étendre les autorisations accordées aux effrits afin que le fait de nous invoquer soit plus simple et surtout ne coûte plus d'années de vie aux sortceliers, ce serait formidable. Nous avons des tas de gens très sympathiques qui s'épuisent afin de nous venir en aide, et cela nous navre.

Tara fut si surprise qu'il ne demande pas les objets démoniaques qu'elle faillit laisser échapper le « non » catégorique qu'elle avait sur le bout des lèvres. Elle dut se reprendre pour ne pas montrer sa surprise.

– Je n'ai pas le droit d'aller à la cour impériale d'Omois pour l'instant, finit-elle par répondre, ce qui était la stricte vérité, mais, en revanche, si ma tante me contacte, ce qu'elle n'a pas fait depuis un an, je lui présenterai votre requête. C'est tout ?

Là, il allait y aller, c'était évident.

– Eh bien, si nous pouvions également ouvrir des opérations commerciales, ce serait formidable. Notre sous-sol regorge de minéraux et de matériaux dont vous pourriez avoir l'utilisation, tant sur Terre que sur AutreMonde, et nous avons besoin de semences, d'animaux, de graines, afin de continuer à développer notre nouvelle agriculture. Magister ne nous a pas dit exactement où vous aviez atterri, mais je suppose que ce n'est pas loin de la ville. En venant, vous avez sans doute dû traverser notre champ de développement expérimental. Nous sommes arrivés à faire pousser les plantes bien au-delà (oui, ça, ils avaient vu !) de leur développement normal, mais cela épuise le sol et reste une opération complexe que nous ne pouvons pas renouveler souvent. C'est la raison pour laquelle importer des produits est bien plus simple pour nous, quoique probablement plus coûteux.

Ah ben non. Aucune question sur les objets. Tara ne comprenait plus rien. L'unique explication qu'elle pouvait donner à la raison pour laquelle Archange les gardait prisonniers était qu'il avait enfin mis la main sur la descendante de Demiderus, qui avait réussi à voler les objets démoniaques, les armes les plus destructrices des deux univers, et à les neutraliser. Elle, à la place d'Archange, elle aurait immédiatement négocié pour les récupérer. Que se passait-il ici ? Elle sentait que la menace était énorme, sans comprendre exactement à quel point.

– Ma tante l'Impératrice d'Omois sera ravie d'établir de nouveaux traités avec de nouveaux peuples, affirma Tara (et de les tondre au passage, mais ça, elle ne précisa pas). Cela dit, pour lui faire parvenir tous ces messages, il faudrait déjà que je puisse retourner chez moi, bien sûr.

Et paf, mange-toi ça au passage, machin démoniaque.

– Bien sûr, acquiesça gracieusement Archange, mais à présent, dînons. Tous ces produits sont excellents, je vous assure, vous pouvez les ingérer sans problème.

Il changeait de sujet, l'espèce de troik[1].

– Merci à vous, mais nous avons déjà dîné, répondit Tara, brisant le protocole sans vergogne. Mais nous serons ravis de vous tenir compagnie.

Archange se renfrogna, mais aucune de ses propositions ne fit fléchir le magicgang. Ils ne voulaient absolument pas toucher quoi que ce soit produit dans cet étrange univers.

Tara attrapa toutes les pierres et les perles qu'il avait semées sur sa tête et les posa en petit tas à côté d'elle.

---

1. Animal vert, apparenté aux rats d'AutreMonde, qui se nourrit d'ordures. Espèce de sale troik est un juron assez répandu. Il est donc conseillé d'éviter de s'exclamer en voyant un troik : « Oh ! un troik », sous peine de se recevoir un poing dans la figure avant d'avoir eu le temps d'expliquer, que, vraiment, on a vu un troik. Il paraît que la guerre de Troik a commencé de cette façon...

Le poème qu'il avait choisi était pour le moins curieux. Elle avait rêvé ou c'était carrément une déclaration d'amour ? Elle déglutit. Mais le sort d'attirance avait été brisé, c'était quoi encore, cette histoire ?

Le dîner fut court, parce que Archange semblait très songeur, dévisageant sans cesse Tara, au point que celle-ci se sentit de plus en plus mal à l'aise. Il les quitta sur une dernière courbette, ses deux ravissantes gardes ? petites copines ? sœurs ? (il n'avait pas précisé) sur les talons. Peu de temps après, les gardes autour de leur tente s'éloignèrent et bientôt, ils restèrent seuls dans le vaste campement.

Contrairement à la Terre qui se trouvait à l'extrême bord de sa galaxie, loin des myriades d'étoiles étincelantes, la planète des démons était proche de son centre. La lumière des étoiles était si forte qu'ils y voyaient quasiment comme en plein jour. Et Tara ne fut même pas surprise de voir se lever une petite lune, presque identique au satellite terrien. Après tout, ces gars-là avaient modifié leurs soleils, créer une lune à côté, c'était de la rigolade !

La brise était douce et la nuit, parfumée. En dehors des étoiles, elle aurait pu se croire sur Terre. Fabrice s'empara de la main de Moineau qui lui sourit. Tara sentit son cœur se serrer lorsque Robin tourna la tête. Et par pur esprit de contradiction, offrit son bras à Sylver, qui l'accepta de bon cœur. Même si elle n'était pas amoureuse de Sylver, comme elle l'était de Robin, elle appréciait vraiment beaucoup le beau demi-dragon. Et puis, au moins, lui ne la faisait pas souffrir.

Ils s'éloignèrent du camp, genre « on va faire une petite balade, on revient tout de suite, tout va bien », mais personne ne les suivit, personne ne les espionna. Tara développa sa magie, mais ils étaient bien seuls et personne ne les écoutait.

– C'est presque vexant, se plaignit Cal lorsqu'elle les avertit que tout allait bien, moi qui pensais que nous allions devoir faire plein de phrases à double, voire triple sens !

Le petit Voleur, lui aussi, avait vérifié qu'ils n'étaient pas espionnés, grâce à des tas d'objets bizarres, dont une énorme oreille rouge qu'il promena tout autour d'eux.

– Ils n'ont pas mis non plus de micros ou de mini-espions. Mais c'est quoi, ces ennemis ? se plaignit-il d'un air agacé.

Tara réprima un rire.

– Désolée que tu n'aies pas pu déjouer de vils complots électroniques, mais moi, je suis contente que nous puissions parler normalement, tout en restant prudents. Attendez, je vais…

Tara sortit l'iPod que lui avait offert Mara et le brancha. Il était alimenté par un quartz d'AutreMonde et sa batterie était quasiment inépuisable. Un film se déploya autour d'eux, une histoire d'espions à la cour de Vilains, et le bruit fait par la bande-son était bien assez suffisant pour noyer leur conversation. Ils se rapprochèrent à se toucher et parlèrent si bas que personne ne pouvait les écouter, même en se tenant à quelques mètres seulement.

Tara leur relata ce qu'avait dit Fabrice.

– Bien sûr qu'Archange ment ! s'exclama Cal. Cette espèce de beau gosse à la noix ! Il veut quelque chose de nous, mais du Bendruc[1], si je sais ce que c'est !

– Il aurait pu nous tuer sans problème, tu as raison, remarqua Moineau. Et il semble se concentrer exclusivement sur Tara. En fait, je suis même surprise qu'il ne nous ait pas tous renvoyés afin de la garder.

– Parce que je suis la descendante de Demiderus ? Qu'il veut récupérer les objets démoniaques ? Dans ce cas, pourquoi ne l'a-t-il pas demandé tout à l'heure ? Pour être franche, c'est ce à quoi je m'attendais. Au lieu de ça, il nous a parlé d'échanges et de contrats commerciaux. Tout ceci est de plus en plus bizarre…

– Et il a fait de la magie, intervint Fabrice, tandis que Robin restait curieusement silencieux. Lorsqu'il t'a assommée avec les pierres précieuses.

– Non, reprit Cal. Il a mis la main dans sa poche. Il avait déjà préparé les pierres. Je le surveillais justement. Pas de magie, juste un tour de passe-passe. Il a menti lorsqu'il a dit qu'il ne pouvait pas nous renvoyer, en revanche, il évite bien d'utiliser la magie démoniaque.

– Mais il avait préparé son poème. Et les pierres qui allaient avec, intervint enfin Robin d'un air chagrin, ses yeux de cristal pleins de ressentiment. Il agit exactement comme nous.

– Comment ça ?

– Comme un elfe qui veut faire sa cour !

---

1. Les AutreMondiens ont des tas de diables, dont le plus fameux est Bendruc le Hideux. Donc, la phrase de Cal sur Terre serait « du diable si je sais ce que c'est ».

19

Archange

ou le parfait manuel de séduction des jeunes filles
pour démon entreprenant.

L'affirmation les rendit tous muets. Puis ils réagirent en même temps.

– Quoi ? dit Tara, fidèle à son expression favorite.

– Tu es dingue ! souffla Cal.

– Impossible ! cracha Fafnir.

– Quelle horreur ! s'écria Moineau.

Sylver ne dit rien, mais son visage montra clairement son dégoût.

Tara se reprit la première, lorsque ses neurones acceptèrent de se remettre en marche.

– Ce serait pour cela qu'il nous garderait ? Pour… me draguer ? Ce serait son plan ? Conquérir les humains en se mêlant à eux ? Se faire assimiler… ou les assimiler ?

Moineau fronça le nez et ses yeux noisette eurent un éclat sauvage.

– Les démons font peser une terrible menace sur notre univers depuis des milliers d'années. Ce n'est pas parce qu'ils ont changé de forme que nous allons oublier.

– Mais Tara n'a pas été élevée dans cette peur. Personne ne lui a dit : « si tu ne manges pas ta soupe, un méchant démon va venir te dévorer », dit Cal avec la voix de quelqu'un qui tirait ses paroles d'un souvenir personnel. Elle n'a aucune répulsion contre ces démons. Je l'ai vu tout à l'heure. Moi, je ne voyais pas la jolie fille en train de me faire des risettes dans la tente, je ne voyais que le démon à tentacules qui se cachait derrière. Mais Tara, elle, ne voyait que le jeune homme en train de lui parler.

Et de lui demander de lui pardonner les erreurs de ses ancêtres. Ce type est dangereux, justement parce que son masque est absolument parfait. Elle n'est pas prête à lui résister.

Tara ne protesta pas. Elle respectait le jugement de Cal. D'autant qu'il avait raison.

– Alors nous allons le faire craquer, dit-elle en souriant d'un air sinistre. Ce fameux masque.

– Comment ?

– Nous allons être incohérents. Capricieux. Grotesques. Agaçants. Mal élevés. Nous allons les énerver. Demander un truc et son contraire juste après. Voyons s'ils résistent longtemps.

– Euh… fit Fabrice, moi je suis à peu près invulnérable, surtout s'ils n'ont pas d'argent sur cette planète, ils ne pourront pas me faire de mal à moins de me décapiter ou de m'arracher le cœur, et encore. Mais vous ? Si vous les rendez fous, vous n'avez pas peur qu'ils se retournent contre vous ? Qu'ils vous blessent ?

Tara secoua la tête. Ses yeux bleus étincelaient sous la lumière des millions d'étoiles.

– Nous allons courir le risque. Magister est peut-être sur AutreMonde, en train de manigancer je ne sais pas quoi et l'anneau aussi. Nous n'avons pas tant de temps que cela.

– Tu n'as pas peur ? insista Fabrice.

– Bien sûr que j'ai peur, répondit Tara. Depuis que nous sommes ici, je suis terrifiée. Nous n'avons nulle part où nous réfugier, nous sommes seuls au monde… enfin, dans ce monde. Au moins, lorsque j'étais chez les dragons, je savais que Charm était de notre côté, que Chem était notre ami, même s'il était en prison. Ici, tous sont nos ennemis. Dieu, j'aurais presque préféré qu'ils nous attaquent. Nous serions peut-être morts, mais cette crucifiante incertitude aurait cessé.

À part Fabrice, ses amis la regardèrent avec surprise. Et Fafnir avait l'air d'avoir reçu un dragon sur la tête.

– Tu as l'air si… si forte, finit par dire Moineau, je ne pensais pas que tu avais peur à ce point. Tu ne le montres pas du tout.

– J'ai eu de bons professeurs, soupira Tara en écartant une mèche de cheveux blonds qui lui tombait dans les yeux. Sandor, ma grand-mère, ma tante, tous m'ont dit que je ne devais pas montrer mes émotions si ce n'était pas utile. Alors, quand j'ai peur, je le dissimule. Et vous ? Vous avez peur ?

– Non, répondit honnêtement Robin, je n'ai pas peur. Je vais au combat en sachant que je peux mourir, mais cela ne m'arrête pas.

– Je n'ai pas peur, s'écria Fafnir, outragée qu'on puisse penser un instant que les nains puissent éprouver ce genre de choses. Ils peuvent venir, des centaines, des milliers de démons, ils goûteront à ma hache et elle festoiera en chantant dans leurs tripes !

Tara fit la grimace, l'image était dégoûtante.

– Euh, fit Sylver d'une petite voix, en fait, j'aime bien combattre.

Fafnir le regarda et ses yeux verts étincelèrent.

– Bien dit, Impitoyable, toi et moi, contre les démons, ça, c'est un bon combat !

Sylver lui sourit, Fafnir lui retourna son sourire et ils restèrent un instant à se regarder béatement dans le blanc des yeux, rêvant sans doute de tripaille et de hurlements.

Restait Cal. Qui semblait dubitatif.

– Dites les gars, ça nous sert à quelque chose de nous dire tout ça ? Parce qu'on a tous plus ou moins peur, mais ça ne nous a jamais empêchés de nous battre, n'est-ce pas ?

– Euh… non, évidemment, répondit Fabrice.

– Ben alors, pourquoi on en parle ? On a un plan. On tire les vers du nez des démons, on trouve ce qu'ils veulent, Fafnir et Sylver en massacrent quelques-uns, entre-temps, Tara trouve un moyen de nous sortir de ce nid de glurps et hop ! on retourne sur AutreMonde où on démolit l'anneau. Lisbeth retrouve ses esprits, Tara revient à Omois et tout rentre dans l'ordre !

Ils restèrent un moment silencieux puis Tara éclata de rire.

– Oui, tu as raison, finalement c'est très simple, je ne vois vraiment pas pourquoi on s'en fait.

Plus elle parlait et plus elle riait. Elle termina par terre, morte de rire, écroulée, en répétant :

– C'est très simple, c'est très simple.

– Euh… Tara, fit Fabrice, tu es sûre que tu vas bien ?

Tara se redressa et essuya son visage rouge et plein de larmes.

– Ouf, ça fait du bien. Merci, Cal.

Cal avait l'air perplexe.

– Je t'en prie ! Je ne sais pas très bien de quoi, mais je t'en prie.

Tara respira profondément et se redressa.

– Si on découvre un plan monstrueux qui va détruire tout notre univers, je voudrais votre autorisation.

Fafnir posa sa hache par terre et secoua la tête pour replacer ses nattes rousses.

– Notre autorisation pour quoi ?

– Pour détruire cette planète et nous faire tous mourir !

Cette fois-ci, Cal ne trouva rien à répliquer.

– Détruire la planète ? Tara, tu saurais faire cela ? demanda Sylver, très impressionné.

Tara hocha la tête.

– S'ils ont respecté la même distance que celle séparant notre Terre de notre Soleil, cela fait à peu près 150 millions de kilomètres. À la vitesse de la lumière, cela fait 8 minutes et 22 secondes pour qu'un rayon de lumière franchisse cette distance. Vous avez vu leur soleil ?

Moineau avait compris.

– Il est gros et surtout il est instable.

– Oui, très instable. Et qu'est-ce qu'est notre magie ?

– Une onde, un fluide, un… rayon de lumière ?

– Oui, c'est aussi rapide. Entre le moment où nous pensons et le moment où la magie agit, il n'y a quasiment pas de délai.

– Donc, intervient Sylver, si je comprends bien, tu veux faire exploser leur soleil ?

– Ma magie peut être très puissante. Si nous envoyons une onde magique ultrapuissante vers leur soleil, alors qu'il est encore en phase de stabilisation, puis une onde tout aussi puissante vers le sol de la planète, de façon à la déstabiliser elle aussi, cela fera exploser le soleil.

Ils restèrent un moment silencieux. Puis Cal sourit.

– Tara ?

– Oui ?

– Tu sais, je préfère très nettement qu'on soit copains. Parce que être ton ennemi, pffffuuuit, n'est pas la garantie d'une vie longue et paisible.

– Mais nous mourrons nous aussi.

– Ah ? Oui, évidemment. Tu ne pourrais pas trouver un plan où les méchants meurent et les gentils s'en sortent ?

Tara hocha la tête négativement d'un air navré.

– Non, je suis désolée, si j'utilise toute ma magie pour faire exploser leur planète et leur soleil, et comme nous n'avons pas de magie démoniaque à disposition, nous n'aurons aucun moyen de rentrer chez nous. C'est la raison pour laquelle je demande votre autorisation. Si je n'ai pas le choix, dois-je faire ce sacrifice suprême, sachant que si je condamne les démons, je nous condamne nous aussi ?

Les adolescents se regardèrent gravement. À part Fafnir qui avait déjà vécu des dizaines d'années, ils étaient tous très jeunes. Savoir qu'ils pouvaient vraiment mourir d'ici quelques heures ou quelques jours était difficile.

– Oui, murmura Moineau en tendant le bras, le poing fermé, au centre de leur cercle.

– Oui, dit Fabrice, plaçant son poing sur celui de Moineau.

– Oui, dit Robin, plaçant le sien sur celui de Fabrice.

– Oui, dit Fafnir, sans hésiter un instant.

– Oui, dit Sylver, se mêlant ainsi au magicgang comme s'il en faisait partie depuis longtemps.

– Oui, conclut Tara en plaçant sa main par-dessus celles de ses amis.

Le serment fut scellé. Ils rompirent leur étreinte. Puis il se produisit quelque chose qui brisa leur communion.

Un éclair tomba.

Enfin un éclair… Comparer un éclair avec le truc qui s'abattit rageusement sur la terre et la laboura avec la force d'un maillet serait comparer un géant avec une fourmi. C'était le roi des éclairs, l'empereur de la force électrique.

Accompagné de ses petits frères. Le film s'éteignit. Tara rangea l'iPod.

Les yeux agrandis par la frayeur, ils se mirent à courir vers le campement.

– Il faut éviter les arbres, hurla Tara au milieu de ce qui ressemblait au bruit d'un bombardement aérien.

– Quels arbres ? répliqua Cal.

Effectivement, la remarque de Tara était un peu bizarre, vu qu'ils étaient dans une plaine tout à fait nue.

Archange fonçait vers eux, suivi par ses démons qui rentraient craintivement les épaules à chaque éclair.

– C'est une tempête magnétique, hurla-t-il en saisissant la main de Tara, il va y avoir des tornades, le camp sera balayé, vous devez venir avec moi !

Avec un parfait timing, le ciel s'ouvrit et une pluie torrentielle s'abattit sur eux. Des trombes d'eau, au point qu'il était difficile de respirer. Et impossible de voir à plus de quelques centimètres devant soi.

Tara maudit les démons. Leurs manipulations allaient l'obliger à s'abriter chez Archange. Évidemment, s'ils avaient utilisé la magie pour déclencher une monstrueuse tempête, c'était finement joué. Cependant, à voir la frayeur dans les yeux d'Archange, elle eut le sentiment que ce n'était pas le cas.

– Vous avez ça souvent ? hurla-t-elle.

– Il pleut presque toutes les nuits ! cria Archange en retour, tout en l'entraînant vers la ville des démons, mais pas à ce point ! L'arrivée de Magister puis la vôtre ont dû déstabiliser la planète plus que je ne le pensais ! Venez, ou nous allons tous finir noyés !

S'il ne pouvait pas utiliser la magie démoniaque, Tara, elle, avait toujours la sienne. Elle incanta et en quelques secondes, une bulle enveloppait tout le groupe, les protégeant du vent, de la pluie et des éclairs. Deux des démons n'avaient pas survécu. Ils avaient été foudroyés. Tara se sentit navrée, ils étaient sortis à cause d'eux. Elle aurait dû penser à les protéger plus vite.

– Merci Tara Duncan, dit Archange en écartant une mèche trempée de ses extraordinaires yeux verts. Pouvez-vous déplacer cette protection ?

Tara sentait la tempête concentrer ses éclairs sur sa bulle, comme si elle était attirée par la magie. Elle grimaçait à chaque impact de la foudre. Si cela continuait, elle n'allait pas tenir très longtemps.

– Oui, mais ne marchez pas trop vite, ou vous dépasserez la bulle. Et ne me parlez pas, sinon, je vais me déconcentrer.

– On peut soutenir ta magie si tu veux, proposa Cal qui activait déjà son pouvoir à l'éclat doré, tandis que le pouvoir rose de Moineau était prêt également.

– Surtout pas, répondit Tara. J'ai déjà du mal à tenir, si vous intervenez, je risque de perdre le contrôle. Je vais y arriver.

Comme Sandor lui avait appris, elle plongea au fond d'elle-même et renforça sa bulle, accumulant la magie qu'elle délivrait au fur et à mesure. Ils bougèrent et, à son grand soulagement, la bulle bougea avec eux.

Lentement, ils progressèrent vers la ville. Archange et les autres voyaient bien que Tara souffrait. Ses amis se sentaient impuissants. Mais Archange, lui, était sincèrement intéressé par ses efforts.

– Vous pourriez réduire la portée de la bulle, dit-il. Mes démons pourront se débrouiller tout seuls.

Tara lui jeta un regard noir et serra les dents. Protéger les siens. C'était un concept que le démon ne comprenait apparemment pas. Cela dit, vu que les démons massacraient les leurs afin de récupérer leurs âmes et de les utiliser, Tara n'aurait pas dû être surprise. Elle se contenta d'avancer. Et de continuer à protéger tout le monde. Archange hocha la tête, les yeux luisants dans le faux jour des étoiles.

Ils passèrent sous l'arche de la ville. Le château assiégé n'avait été construit que pour le « jeu » d'Archange. La ville, elle, était bien différente. Et Tara se demanda pour quelle étrange raison les démons avaient mis des murailles tout autour, au point qu'il fallait passer par une porte, défendue par une solide herse de fer.

Dans un monde où les gens pouvaient léviter, des murailles paraissaient pour le moins… redondantes.

Le vent hurlait, les éclairs les assourdissaient, en dépit de la protection de Tara, et la pluie bouchait la vue. Les rues étaient vides. La ville était composée de grandes maisons, très semblables aux manoirs terriens, ce qui faisait qu'elle était très étendue. Un peu partout, des voitures étaient garées, formant un contraste étonnant avec l'aspect désuet des demeures. Et il y avait aussi des carrosses, sans leurs chevaux, probablement dans les écuries à l'abri. Il était impossible de conduire, comme il était impossible de monter à cheval, aussi durent-ils prendre leur mal en patience et avancer en suivant Archange. Comme cela prit un certain temps, Tara comprit un peu mieux pourquoi Archange avait protesté lorsqu'elle avait demandé à rester en dehors de la ville.

Contrairement aux cités terriennes, cette ville-là restait confinée à son enceinte. Et tout autour, ce n'étaient que prairies et pâturages. C'était curieux.

Enfin, ils arrivèrent au Palais.

Il se tenait adossé à une chaîne de collines, si hautes qu'on aurait presque pu les appeler des montagnes. Bien défendu, il dominait la ville, se détachant à la lueur des éclairs qui en frappaient son paratonnerre. Sa silhouette était très différente de celle des palais terriens. On aurait dit que son concepteur n'avait pas tout à fait réussi à choisir entre plusieurs styles, et que, de guerre lasse, il avait fini par tout mélanger. Il y avait des tourelles, comme sur les châteaux du Moyen Âge, une partie de l'aile droite évoquait une somptueuse pagode dorée, tandis que l'aile gauche rappelait le château de Versailles. Le milieu ressemblait à un temple grec, tandis qu'une pyramide coiffait la partie centrale au-dessus de ce qui ressemblait furieusement à un bout de la Maison-Blanche américaine. Sur le côté, des tours rondes couronnées de bulbes colorés rappelaient la somptueuse cathédrale Saints-Pierre-et-Paul de Moscou.

Tara, fascinée, s'était arrêtée et les autres n'eurent pas d'autre choix que de l'imiter.

– C'est beau, n'est-ce pas ? hurla Archange, j'ai demandé à ce que son style reflète ce que vous avez sur Terre, mais comme j'aime des tas d'architectures, je n'en ai pas choisi une seule.

– Euh… oui, je vois ça, répondit Tara en s'efforçant de gommer toute incrédulité railleuse de sa voix.

Elle frissonna et s'avança. Dès qu'ils furent entrés, le son fut coupé comme par une hache gigantesque. Archange soupira et se détendit. Tara dissipa la bulle avec soulagement.

– C'était… vivifiant ! s'exclama le démon en s'étirant, puis en chassant les gouttes d'eau sur ses vêtements noirs. Merci de nous avoir protégés, Tara Duncan.

– Merci d'être venus nous chercher, répondit Tara qui n'en pensait pas un mot.

Elle aurait préféré rester dans la prairie. Maintenant, elle était dans la gueule du loup, ou plutôt du démon. Elle se consola en se disant que de toute façon, si Archange voulait les tuer, que ce soit dans la prairie ou ici, cela ne ferait pas une grande différence.

Plusieurs démones humaines arrivèrent, suivies par des démones (ou démons) sous leurs anciennes formes, gueules, crocs, griffes et tentacules compris. Ils escortèrent les adolescents vers des chambres confortables, situées au premier étage. L'intérieur du Palais reflétait l'extérieur, mélange de tas de styles différents, avec, çà et là, des pièces si étranges, si sens dessus dessous que Tara ne douta pas de voir l'architecture démone dans toute sa splendeur. Les couloirs étaient de couleurs variées, parfois si subtiles qu'il fallait vraiment les observer de près pour voir la nuance entre le framboise écrasé et le framboise légèrement écrabouillé, et dans des teintes parfois si violentes qu'elles les aveuglèrent. À leur grande surprise, d'adorables chatons roses flânaient un peu partout, ramassés de temps en temps par les démones humaines qui les caressaient en gloussant. Si, si, en gloussant. La scène, pourtant parfaitement bucolique, les fit frissonner. Autant que les nœuds roses et bleus autour des cous des chatons.

Les uns après les autres, ses amis furent conviés à découvrir leurs chambres et Tara finit par se retrouver toute seule avec Archange.

– Vos appartements sont tout près des miens, signala le démon humain avec un grand sourire. Si vous avez besoin de quoi que ce soit, il suffit d'appuyer là.

Il montra une petite sonnette qui se trouvait près de la porte, ainsi que sa jumelle dans la salle de bains.

Tara le remercia avec un sourire et frissonna de nouveau.

– Je vous laisse prendre une douche et vous réchauffer, dit vivement Archange qui avait remarqué son tremblement, nous nous verrons demain.

Puis il sortit de la chambre, laissant Tara et Galant seuls. L'instant d'après, Moineau, Fabrice, Cal, Robin, Fafnir et Sylver toquaient à sa porte. Ils avaient inspecté leurs chambres et n'avaient rien à signaler.

Tara n'avait pas eu le temps de regarder la sienne. Curieusement, la chambre était argentée. Fabrice, qui s'était brûlé en touchant un bibelot, se tenait loin des murs. Car eux aussi étaient recouverts d'une espèce de feuille d'argent. Pas comme chez les vampyrs, où seules les incrustations étaient en argent, mais carrément d'argent du sol au plafond.

Tara avait l'impression d'être un rôti sous une feuille d'aluminium.

Sous l'argent, des sortes de motifs en filigrane apparaissaient. Les meubles étaient assez étranges. Des grosses boules velues de toutes les couleurs, que Cal regardait avec méfiance, depuis que l'une d'entre elles avait failli l'engloutir lorsqu'il s'était assis. Des tables avec des tas de pieds, des formes et parfois même des longueurs différentes, ce qui faisait qu'elles penchaient. Une sorte de gelée verte dans un coin se tortillait pour représenter des formes abstraites ou figuratives. Sans doute une forme d'art ?

Le lit était incroyable. Il formait des bosses et des creux, un peu comme une mer démontée, était recouvert de fourrures d'animaux dorés absolument somptueuses… bien trop chaudes pour un climat tropical, et dont les démons avaient laissé les têtes et les crocs.

Robin passa un doigt sur l'une des puissantes mâchoires et le retira en tressaillant, tandis que Sourv gémissait sur son épaule.

Il s'était coupé. Les dents étaient acérées et dangereuses. Tara imagina très bien les gros titres : « La sortcelière Tara Duncan, ex-Héritière d'Omois, a été égorgée par sa couverture. Toutes nos condoléances à la famille affligée. »

Cal passa dans tous les recoins avec ses gadgets, mais la suite était *clean*. Les démons ne tentaient pas d'espionner les jeunes gens. Et pourquoi le feraient-ils d'ailleurs ? Ils étaient prisonniers d'une planète.

– Ça va, on peut parler, dit Cal avec un regard méfiant sur les murs. Mais gardez toujours à l'esprit que dans des châteaux comme celui-ci, il n'y a pas que les micros ou les moyens magiques pour espionner. Une simple ouverture dans le mur suffit. Et les plafonds sont suffisamment hauts pour porter l'écho de nos voix assez loin.

La changeline sécha Tara et l'habilla avec des vêtements secs et chauds. Les autres s'étaient séchés aussi et ils se réunirent tout autour de la jeune fille. Celle-ci brancha son iPod de nouveau et ils furent environnés par la suite du film de tout à l'heure.

– Archange a réussi à nous faire rentrer, dit Moineau avec résignation. Soit il est vraiment très fort, soit il a une chance incroyable.

– S'il nous avait faits prisonniers, il aurait pu nous conduire ici de force, fit remarquer Tara. Tout ceci est complètement dément. Et puisque c'est dément, nous allons tous dormir ensemble.

Un certain silence salua sa déclaration.

– Ensemble, ronronna Cal, dans le même lit ?

– Ça va, Cal, répondit Tara en rougissant, ne prends pas cette intonation grivoise, s'il te plaît. Oui, dans le même lit. Celui-là est tellement grand qu'on pourrait y coucher un régiment. Avec ses chevaux. Je ne veux pas courir le risque qu'il vous arrive un « accident » (elle ponctua le mot de guillemets avec ses doigts).

Puis elle fixa son regard inflexible sur Robin et ajouta :

– Mais avant, il faut que j'aie une petite conversation avec mon ex-petit ami. Donc je vous donne rendez-vous ici dans une demi-heure. Ça vous laisse le temps de prendre une douche.

Sylver, Fabrice et Cal jetèrent un regard apitoyé vers Robin, qui semblait horriblement mal à l'aise, et tous sortirent. Au passage, Cal lui tapota dans le dos d'un air de dire « mon pauvre, tu vas déguster », puis referma très, très délicatement la porte.

Tara avait envie de se jeter au cou du demi-elfe, mais ne sachant pas si elle serait rejetée ou pas, préféra croiser les bras et le dévisager. Sourv fit comprendre qu'elle avait soudain une folle envie de se retrouver loin d'une potentielle colère de Tara et, avec Galant, se tapit dans un des coins de la chambre, regardant les deux adolescents avec appréhension.

Robin résista au silence pendant... oh ! au moins vingt-trois secondes. Tara avait été bien entraînée. Elle ne prendrait pas la parole la première. De plus, elle savait à quel point les elfes étaient impulsifs et colériques. Même les demi-elfes.

– Qu'est-ce que tu me veux ? finit par craquer Robin, croisant les bras, lui aussi.

Ah ! Gagné.

– Je veux, dit Tara d'un ton dangereusement bas, alors que le film continuait à dérouler son intrigue autour d'eux[1], que tu m'expliques comment, alors que nous étions fous amoureux l'un de l'autre, tout à coup, tu te comportes comme si j'étais simplement une bonne copine. Non, pire, une vague connaissance !

Robin se frotta le crâne d'un air désemparé. Ses cheveux noir et argent tout ébouriffés, il affronta le regard bleu de Tara. Enfin, plutôt son regard noir, parce qu'elle était vraiment en colère et que cela assombrissait ses yeux bleu marine.

– Je n'ai rien à te dire, répondit-il néanmoins. C'est comme ça, je n'y peux rien.

Tara tapota le sol du pied. Sans qu'elle s'en rende compte, ses mains s'illuminèrent de bleu. Robin ne recula pas, mais commença à ressentir une certaine inquiétude.

– Tu n'as rien à me dire ? demanda Tara d'une voix un peu trop stridente. Depuis que tu as appris que tu avais été victime d'un sort d'attirance, tu te comportes comme si j'étais un morceau de viande avariée !

Robin la regarda avec un sérieux qui lui fit mal.

– Tu n'es pas autreMondienne, même si tu es née sur AutreMonde, Tara, déclara-t-il. Tu as été élevée sur Terre. Dans notre monde, utiliser un sort d'attirance est une sorte de jeu. Tout le monde s'en protège. Et les sortceliers, comme les elfes ou les vampyrs, préfèrent des sorts d'embellissement. Et sais-tu pourquoi ?

---

1. C'était un très long film. Quatre heures, en fait. Il faut dire que l'espion en question n'était pas très doué, et que les indices laissés par la belle contre-espionne étaient sous son nez et qu'il ne les voyait pas...

Tara secoua la tête. Non, elle n'en avait aucune idée.

– Parce qu'un sort d'attirance noie ton jugement. Tu ne peux pas lui résister. Que tu sois belle, moche, intelligente, stupide, peu importe. C'est... c'est injuste, c'est mal. Je ne me suis pas méfié de toi, parce que tu étais terrienne. Du moins, élevée sur Terre par Isabella. Et je ne sentais pas de sort sur toi, puisqu'en fait, il était principalement sur ta mère. Mais il t'a affectée et, pire, il m'a affecté. Aujourd'hui, je suis incapable de dire si je suis amoureux de toi ou pas.

– Mais le sort a été brisé ! tenta Tara qui ne comprenait toujours pas, sa magie disparaissant de ses mains dans sa confusion. Maintenant tu sais si tu m'aimes ou pas, non ?

– Non. Tout ce qui m'a attiré chez toi était faussé par le sort. En fait, je ne sais pas du tout ce que j'aime ou pas chez toi, parce que le sort me faisait tout aimer de toi.

La souffrance dans les yeux de cristal de Robin fit ciller Tara. Elle commençait à comprendre, enfin.

– Tu... tu veux dire qu'en fait, peut-être que tu n'aimes pas les blondes à cheveux longs mais les brunes à cheveux courts, mais que le sort ne t'a pas laissé le choix ?

– Exactement, répondit le demi-elfe, soulagé de voir que Tara commençait à saisir l'importance du problème. Jusqu'à notre rencontre, je ne m'étais jamais intéressé à des humaines. Je préférais les elfes, parce qu'elles sont bien plus belles que les humaines. Comme tu as pu le constater avec mes parents, les unions elfes/humains sont vraiment très rares, c'est aussi à cause du côté esthétique de la chose. Les elfes estiment que les humains ne sont pas très beaux, alors ils préfèrent se marier entre eux.

Tara déglutit. Au moins les choses étaient claires. Cette fois-ci, ce n'était ni de la tristesse ni de la colère qu'elle ressentait. C'était de la peur.

Robin insista.

– Si tu étais entourée constamment de garçons magnifiques, intelligents et passionnants, ne choisirais-tu pas l'un d'entre eux, plutôt que parmi des garçons moches, intelligents et passionnants ?

– Je ne sais pas, répondit honnêtement Tara.

Robin secoua la tête, peu convaincu, et termina :

– Et puis tu es arrivée et le sort m'a englouti avant que je n'aie le temps de comprendre. Je suis tombé amoureux de toi, en quelques secondes. Et les elfes se sont effacées de mon esprit.

Jusqu'à hier, je pensais que c'était un coup de foudre, comme ce que me racontait ma mère dans ses histoires et légendes. Sauf que ce n'était pas ça.

Tara plissa les yeux et risqua une pitoyable tentative d'humour :

– Donc, si je comprends bien, on doit tout recommencer à zéro ? Genre, « bonjour, je m'appelle Tara Duncan, et vous ? »

Robin eut un sourire malheureux.

– Non, ce n'est pas la peine, mais je dois vivre de nouveau à tes côtés et voir si mon cœur bat toujours pour toi, même sans ce maudit sort.

Tara tenta de raffermir sa voix. L'envie d'embrasser et de se couler dans les bras puissants du demi-elfe était si pressante qu'elle en devenait douloureuse. Cela lui avait tellement manqué ! Et maintenant, elle découvrait qu'elle n'y avait même plus droit.

– Et, demanda-t-elle d'une petite voix tremblante, tu crois que ça va durer combien de temps ?

– Je n'en ai aucune idée, Tara, répondit honnêtement le demi-elfe en évitant son regard. Des jours, des mois, des années ?

Tara eut un mouvement de révolte. Des années ?

– Et si moi, je n'attends pas ?

– Alors, répondit Robin d'un ton amer, la magie de ton arrière-grand-père nous aura séparés à jamais. Je suis désolé.

– Pas autant que moi, répondit Tara entre ses dents, crois-moi, pas autant que moi.

Ils se dévisagèrent pendant un moment. Robin s'aperçut qu'il la trouvait toujours aussi craquante, même si le sort ne la montrait plus aussi éblouissante qu'avant à ses yeux. Il se cuirassa contre ce sentiment.

Tara le vit se raidir, sans comprendre pourquoi. Elle sentit les larmes couler de ses yeux, et les essuya rageusement. Que pouvait-elle faire pour convaincre Robin qu'il avait tort ? Que leur amour était un amour de légende ? Qu'il n'avait rien à voir avec le maudit sort ?

On toqua à la porte et elle se ressaisit. Ils étaient au milieu de terribles ennemis, elle ne pouvait pas s'apitoyer sur son sort. Elle alla ouvrir avec méfiance, après avoir éteint l'iPod.

Elle se retrouva nez à nombril avec un ventre plein de tentacules au milieu desquels il y avait une très jolie bouche rose et glossée et recula, effrayée.

– N'ayez pas peur, dit le nombril, je ne vous veux pas de mal !

Tara leva la tête, encore, encore, pour finalement se fixer sur un énorme truc bleu, qui ressemblerait fort à quelque chose qui aurait été avalé, digéré et recraché, d'où partaient çà et là quelques défenses. On sentait que le truc avait produit un gros effort pour paraître méchant et dangereux, mais n'avait réussi qu'à avoir l'air bizarre et pathétique.

Le fait qu'il ait une houppette de poil bleu clair sur la tête et des lunettes autour de ses cinq yeux n'arrangeait pas les choses.

Tara déglutit. Grâce au poli des feuilles d'argent qui faisait comme des miroirs, elle vit que Robin avait encoché une flèche, son arc prêt à frapper.

– Je suis la faction bleue, dit le truc à la houppette. Nous devons parler. C'est important.

Tara ne broncha pas, peu encline à laisser entrer le truc dans sa chambre.

Les tentacules s'agitèrent avec inquiétude.

– S'il vous plaît, insista le truc, d'un ton suppliant. J'ai désactivé les caméras du couloir, mais j'ai très peu de temps.

Tara hésita un instant, mais les cinq yeux rouges qui la surplombaient avaient l'air implorants, pas agressifs.

– Je sens que je vais le regretter, marmonna-t-elle en s'effaçant pour laisser entrer le truc.

Robin recula mais sa flèche ne quitta pas sa cible d'un poil.

Le truc entra. Il se déplaçait avec une grâce étrange pour une chose aussi grosse.

Il attrapa plusieurs boules velues et les plaça sous ce qui lui servait de postérieur. Puis il soupira et dit :

– Sang et cendre, Tara Duncan, je m'appelle Diablo. Je suis membre de la faction bleue.

Tara eut la gorge serrée. Ils avaient une façon originale de se saluer dans le coin.

– Sang et cendre, répéta-t-elle docilement, que puis-je faire pour vous, Diablo ?

– Savez-vous ce qu'est la faction bleue dans notre galaxie, Tara Duncan ?

– Euh… non, je n'ai jamais étudié votre peuple, enfin sauf à travers les guerres qu'ont menées nos ancêtres.

– Archange (et, ce faisant, le visage, le machin qui surplombait son corps plutôt, eut une expression angoissée) est du parti de la faction jaune.

– Oui, dit Tara, et ?…

– Il existe plusieurs factions. Mais seules deux sont vraiment puissantes et peuvent réunir toutes les autres. L'une de ces factions est partisane d'arrêter de nous préoccuper de votre univers et de développer le nôtre paisiblement. L'autre faction a...

Il s'arrêta, embarrassé.

– Disons qu'elle a un autre but. Cette faction est dominante depuis des siècles et des siècles. Notre Roi en est le chef et sa puissance est la raison pour laquelle nous avons transformé nos corps. La première faction pense que c'est une terrible erreur. Nos corps ont été pervertis par la magie, notre Roi nous a forcés, du moins, tous ceux qui ont survécu, à nous modifier.

Il désigna son corps.

– Vous voyez ce que cela a donné. Nous ne ressemblons plus à rien. Nous ne sommes plus que des machines à tuer. Or mon peuple n'a pas toujours été ainsi. Nous étions querelleurs, c'est vrai. Mais nous n'étions pas des monstres.

Il sortit d'un des plis de sa peau une sorte de photo en relief, montrant un être à quatre jambes chevalines, ressemblant vaguement à un centaure bleu très trapu, avec des plaques de chitine sombres sur le corps et une curieuse houppette sur la tête, comme celle qu'il avait. Effectivement, cela n'avait rien à voir avec sa forme actuelle.

– La faction bleue milite pour que nous nous débarrassions de la magie, reprit-il. Nos planètes sont terraformées, hélas ! il est donc trop tard pour que nous puissions retrouver nos anciennes formes qui pouvaient se nourrir des feux de nos soleils noirs. Mais nous pouvons encore changer. Retrouver des corps qui seraient de bons compromis entre celui-ci et celui que nous avions alors. Et nous intéresser à d'autres arts que ceux de la guerre. À la poésie, à l'art pictural, au commerce...

Un truc bleu de trois mètres de haut avec cinq yeux rouges et des tentacules, en train de soupirer avec mélancolie était un spectacle que Tara savait ne pas revoir de sitôt.

– Certes, approuva Tara, et en quoi puis-je vous aider ?

Diablo sursauta comme s'il avait oublié Tara.

– Archange est le fils de notre Roi.

Oui, ça, Tara avait fini par percuter.

– En tant que Prince de notre race, il est le second plus puissant représentant de la faction jaune. Le Prince représente le Roi lorsque celui-ci n'est pas présent. Et il n'est pas sans pouvoir.

Sa parole a force de loi. S'il promulgue un édit, son père ne peut pas le changer.

Ah ? Ça, c'était curieux. Donc, si le Prince faisait une bêtise, le Roi n'avait aucun moyen de la corriger ? Intéressant.

– Nous avons tout fait pour le convaincre de renoncer à son projet insensé, mais sans succès.

– Eh bien, justement, s'immisca Robin, c'est quoi ce projet ?

– Je ne peux pas vous le dire, répondit Diablo d'un air malheureux. Ce serait trahir mon peuple. Mais un terrible piège vous a été tendu et vous ne devez pas tomber dedans, Tara Duncan ! Alors n'oubliez surtout pas. Les informations que je viens de vous donner sont primordiales !

Puis, avant que Tara ne puisse demander des explications un peu plus claires, Diablo se leva et fila vers la porte qui claqua derrière lui.

Robin baissa son arc qui disparut dans... dans l'endroit où il allait lorsque Robin n'avait pas besoin de lui et dont Robin n'avait absolument aucune idée.

– Ça, dit-il d'une voix incertaine, c'était vraiment intéressant.

– Mais il ne nous a pas beaucoup aidés, répliqua Tara, contente de pouvoir parler avec Robin, sans évoquer son amour pour lui, ce qui était trop douloureux. Nous savons très bien que nous sommes piégés.

– Non, il a dit que nous ne devions pas *tomber dans le piège*. Je pense que c'est autre chose.

Les elfes étaient de magnifiques guerriers. Même si Tara avait été entraînée par Lisbeth et Sandor, deux des meilleurs stratèges d'AutreMonde, et avait lu le Livre des Sombres Secrets, écrit par ses ancêtres, elle n'avait pas été élevée dans la culture militaire depuis son enfance, comme Robin. Elle respecta donc son intuition.

– Donc, nous devons faire attention, dit-elle en se remettant à mâchouiller sa mèche blanche au grand agacement de Galant, ce qu'elle n'avait pas fait depuis des mois et des mois. Dès que le magicgang et Sylver seront revenus, nous en parlerons avec eux.

Robin la regarda avec attention. Tara disait toujours « le magicgang et Sylver ». Elle ne l'incluait donc pas dans le cercle de ses plus proches amis. Bien, ça. Il n'était pas jaloux du mi-dragon. Pas du tout.

Il soupira. Si, en fait, il était jaloux à mort. Pourtant il n'était plus sous le coup du sort.

L'espace d'un fulgurant et douloureux instant, il souhaita être de nouveau ensorcelé. Tout plutôt que cette douleur qui lui rongeait le cœur.

Il détailla le visage de Tara. Maintenant que le sort n'agissait plus, il pouvait voir toutes les imperfections de la jeune fille, elle ne lui semblait pas aussi éblouissante qu'avant. Le seul problème, c'était qu'il ne la trouvait pas moins belle, bien au contraire. Elle semblait plus humaine. Pourtant, à côté des elfes, aucune humaine ne pouvait tenir la comparaison, que ce soit en termes de force, d'agilité ou de beauté. D'ailleurs, la majorité des actrices étaient des elfes[1]. Alors, pourquoi, par tous les dieux d'AutreMonde, était-il incapable de se détacher d'elle ? Et que même aujourd'hui, entre la somptueuse V'ala et Tara, il n'hésiterait pas une seconde ?

Inconsciente des remous qui agitaient Robin, Tara s'assit sur le lit. Qui s'enfonça sous son poids. Tara se releva d'un bond. Le matelas reprit sa forme originale.

– C'est un matelas intelligent, sourit Robin en voyant la frayeur de Tara. Il se modifie pour prendre la forme de ton corps et redevient plat dès que tu te lèves.

Tara serra les lèvres, mortifiée et lâcha sa pauvre mèche.

– J'aurais dû le savoir, on a les mêmes à Omois. Je crois que je suis un petit peu sur les nerfs.

– À ce sujet, dit gravement Robin, je n'ai pas encore eu le temps de te dire à quel point je suis désolé de la disparition de ta mère. C'est terrible. J'ai beaucoup de peine.

Quelques mois plus tôt, ils se seraient blottis l'un contre l'autre et auraient partagé la peine de Tara. Cette fois-ci, Tara se contenta de hocher la tête, luttant contre son chagrin, et Robin resta à quelques pas d'elle.

– Tu te noies dans l'action, n'est-ce pas, dit-il doucement.

– Pardon ?

– Tu n'as pas pu faire ton deuil. Tu n'en parles jamais. Tu as pleuré au début, mais plus maintenant. Je l'ai remarqué.

---

1. Ce qui, au départ, avait posé quelques problèmes. Tous les elfes sont des guerriers, les femmes elfes ne faisant pas exception à la règle. Les actrices elfes ayant un peu de mal à comprendre les mots « effets spéciaux », il avait fallu remplacer une demi-douzaine de cascadeurs, censés représenter les méchants, avant que les actrices elfes ne comprennent que simuler l'assassinat suffisait amplement. Le syndicat des acteurs avait alors demandé une triple prime pour les rôles de méchants... Il est à noter que la prime est multipliée par cinq pour affronter les acteurs nains.

Tara sentit le chagrin menacer de la submerger et le tint loin d'elle, à bout de bras.

– Je n'ai pas eu le temps d'y penser, répondit-elle plus sèchement que voulu. Et je n'ai pas renoncé.

Robin allait lui demander à quoi elle n'avait pas renoncé et Tara était prête à lui révéler qu'elle voulait parler avec le Juge pour savoir si sa mort était la pleine décision de sa mère ou pas, lorsqu'ils entendirent un bruit.

Toc toc toc.

On frappait timidement à la porte.

Tara rompit la tension en allant ouvrir.

Prudemment quand même.

C'étaient leurs amis et ils furent presque surpris de voir que Robin se tenait, indemne, au milieu de la pièce.

– Tu ne l'as pas changé en spatchoune, Tara ? demanda Cal d'un air étonné en frottant sa tête ébouriffée de cheveux noirs. Tu te ramollis en vieillissant !

Il alla s'affaler sur une des boules velues. Suivi par les autres.

– Je n'ai pas de raisons de le transformer en spatchoune, protesta Tara en rougissant, heureuse de la diversion, il a des raisons de m'en vouloir ! Ce n'est pas sa faute s'il a été ensorcelé !

– Et alors ? contra Cal, ce n'était pas du tout ta faute et il y a toutes les raisons du monde de tomber amoureux de toi, Tara. Tu es jolie, tu es maligne, tu as sauvé la planète et nos vies plein de fois, tu as plein de crédits-muts d'or (Tara sourit à cette phrase, oui, pour le Voleur, c'était important, l'or) et tu vas peut-être hériter d'un empire. D'ailleurs, si lui ne veut pas de toi, moi, je veux bien devenir ton nouvel amoureux !

La malice pétillait dans ses grands yeux gris. Tara gloussa. En dépit de tout ce qui leur arrivait, Cal parvenait toujours à la faire rire.

– Oh, là, là, non, répliqua-t-elle, je n'ai pas envie d'affronter ma plus terrible rivale !

Les yeux de Cal s'écarquillèrent.

– Quelle rivale ?

– Eh bien, Mara, bien sûr, déclara Tara, tout aussi malicieuse. Je crois qu'elle a jeté son dévolu sur toi, mon pauvre Cal. Et vu qu'elle est la nouvelle Héritière d'Omois, je n'ai pas envie qu'elle m'envoie la garde impériale si elle apprend que tu es mon nouveau petit copain !

Moineau éclata de rire en voyant le regard ennuyé de Cal.

– Je pensais que ça lui était passé, dit-il avec la tête de qui vient de se faire mordre par un krakdent.

– Allons, intervint Robin, ravi de pouvoir se venger, tu es le plus parfait des monomaniaques, pourquoi veux-tu qu'elle soit différente ? Elle te suivait partout comme une mouche à sang, elle ne parle que de toi à la cour, elle est devenue Voleuse Patentée à cause de toi, et la dernière fois qu'elle t'a embrassé, ce n'était pas très fraternel comme baiser.

– Mais elle est bien trop jeune ! s'exclama Cal, horriblement embarrassé.

– Tu es cuit, mon vieux, moi, à ta place, je courrais loin et vite si tu veux lui échapper ! rétorqua Fabrice, entrant dans la danse (il échangea un regard tendre avec Moineau).

Cal était horrifié, mais Tara vit pointer une petite lueur spéculative dans ses yeux gris.

– Elle est jolie, admit Fafnir avec un grand sourire, et comme toi elle est petite. Vous formeriez un beau couple.

Que Fafnir considère Mara comme petite, elle qui l'était plus encore, les fit rire. Tara sentit ses muscles se détendre. Ils étaient capables de rire, dans la pire des adversités. C'était bien. C'était d'ailleurs une chose qui l'avait surprise, lorsqu'elle avait eu une crise de fou rire avec Angelica. Qu'elle soit capable de rire, même avec ses pires ennemis, dans les plus périlleuses des situations, alors qu'elle ne pensait pouvoir partager ses fous rires qu'avec ses amis.

– Et, ajouta Fabrice, horriblement tentateur, c'est l'Héritière d'Omois, tu te rends compte, elle a la clef du trésor tout entier !

Cal sourit. Un sourire qui faisait trois fois le tour de son visage. Puis son visage se ferma.

– Ce n'est pas possible, dit-il d'un ton chagrin.

– Pourquoi ? demanda Tara, étonnée. Enfin, à part le fait que nous avons peu de chances de survivre ?

– Parce que tomber amoureux d'une fille tellement riche qu'elle a absolument tout ce qu'elle veut, ce serait me faire soupçonner de ne m'intéresser à elle que pour son argent. Et je ne veux pas.

– Par la barbe de ma mère, dit Fafnir, amusée, un Voleur scrupuleux ? C'est presque un oxymore. Mais tu n'es pas seul à décider, Cal.

– Comment ça ?

– Nous avons une légende dans ce genre dans notre histoire. Une naine, fille des puissants Claireforge, un clan qui a réussi à vol... à emprunter son trésor à un dragon, très riche donc, est tombée amoureuse d'un Impitoyable, Cognedur (elle jeta un coup d'œil du côté de Sylver et rencontra un regard fasciné, les nains, même ceux d'adoption, adoraient les histoires). À part sa vertu, son courage et son sabre, celui-ci n'avait rien. Pas le plus petit crédit-mut de bronze. Il ne voulait donc pas épouser la belle Evelir Claireforge. Celle-ci ne lui a pas laissé beaucoup de choix.

– Qu'est-ce qu'elle a fait ? demanda avidement Sylver qui ne connaissait pas cette histoire.

La naine marqua une pause, un sourire narquois sur le visage.

– Elle l'a fait enlever. Il était fou de rage, mais n'avait pas son sabre sous la main. Une fois qu'il fut enfin calmé, elle est entrée dans sa chambre qui se trouvait en haut d'un donjon. Avec la clef. Qu'elle a jetée par la fenêtre. Devant lui.

– Ohhhh, fit Sylver, mais pourquoi ?

Fafnir lui lança un regard spéculatif.

– Pour qu'il ne puisse pas s'enfuir lorsqu'elle allait lui déclarer son amour ou lui dire de partir parce qu'il ne voulait pas l'écouter. Là, ils n'avaient pas le choix, ni l'un ni l'autre. Elle a plaidé sa cause pendant six jours et six nuits. Et elle a chanté aussi.

À la grande horreur du magicgang, Fafnir ouvrit la bouche et se mit à chanter :
– Toi que j'aiiiiiiiiiiiiimmmmme
 Sans anathèèèèèèèèèèèèèèmmme
 Ni pour la Gloiiiiiiiiiiire
 Ou le pouvooooooooooooiiiiiiiir
 Tu ne peux ignoreeeeeeeeeer
 Toute mon intensitééééééééé
 À toi je suis vouéééééééééée
 Pour l'éternitééééééééééé.
 Maintenant le refrain :
 Ni l'or ni les joyauuuuuuuuux
 Ne nous sépareroooooooont
 Car tu es le plus beaaaaauuu
 De tous les garçooooonnnnns !

Le son, à mi-chemin entre un cochon atrocement broyé par une corne de brume et une vache écrasée par un trente tonnes, était si puissant que les démons firent irruption dans la pièce, croyant à une intrusion. Cela interrompit net Fafnir, qui crut que les démons les attaquaient. Elle dégaina ses haches et leur fit face.

– Stop ! Stop ! cria Tara au moment où tout le monde allait s'étriper, tout va bien, nous étions juste en train de chanter, tout va bien, merci, vous pouvez ressortir !

Un gros démon vert plein de crocs prit la parole.

– Vous quoi ?

– Nous chantions, répondit Tara, embarrassée. Cela… cela fait un peu de bruit.

– Un peu de bruit ? J'ai cru que mes trois cœurs allaient sauter, renifla le monstre.

Tara allait s'excuser lorsqu'elle se souvint qu'elle devait être désagréable.

– Sortez, ordonna-t-elle froidement. Nous sommes vos invités. Si nous avons envie de chanter, nous allons chanter. Si vous n'êtes pas content, parlez-en à Archange.

Le démon plein de crocs qui la surplombait d'un bon mètre laissa tomber sur elle un œil exorbité, grommela quelque chose du genre : « Y sont dingues ces humains », et les démons sortirent pesamment à la queue leu leu.

Tara se retourna vers Fafnir dès que la porte se referma.

– Fafnir ? dit-elle.

– Tara ?

– Tu sais quoi ?

– Non.

– Nous allons éviter de chanter ici, d'accord ? Inutile de déclencher la Troisième Guerre mondiale.

Le front de Fafnir se plissa.

– Il y a eu au moins cinq guerres mondiales sur AutreMonde, rappela-t-elle. De quoi parles-tu ?

Tara soupira.

– Pas sur Terre, pardon, c'était une référence inefficace.

– Mais tu as dit que si nous voulions chanter nous pourrions et…

– Le plan, précisa Tara. Tu te souviens.

Fafnir écarquilla les yeux. Puis se renfrogna. Mais par la barbe de sa mère, pourquoi personne ne voulait jamais la laisser chanter ? Même ses amis nains l'en empêchaient, c'était agaçant à la fin !

– C'était très beau, guerrière Fafnir, déclara gentiment Sylver qui voulait la suite de son histoire, lui, alors, que s'est-il passé ? Je veux dire, entre Evelir et Cognedur ?

Fafnir foudroya le magicgang du regard, surtout Moineau et Fabrice qui avaient encore les mains sur leurs oreilles trop sensibles, et poursuivit :

– Bref, après des jours et des jours de bataille, il finit par comprendre qu'elle l'aimait vraiment de tout son cœur et que l'argent ne voulait rien dire à ses yeux.

– Et alors, ils ont fait quoi ? demanda Cal d'un air coquin. Je veux dire, tout seuls, pendant tout ce temps, dans cette petite chambre ?

– Tu veux dire après s'être hurlé dessus ? Il l'a épousée, conclut sobrement Fafnir. Ils ont eu des dizaines de petits nains et naines, dont les Forgeafeux sont les descendants.

Il y eut un instant de silence. Sylver fronça les sourcils, pensif.

– Cela signifie que la fortune de ta famille vient du trésor d'un dragon ? demanda-t-il d'un ton plat.

Le sourire de Fafnir se flétrit. Oouppps, elle n'avait pas pensé à ça lorsqu'elle avait évoqué l'histoire devant le demi-dragon.

– Euh, ui ? répondit-elle, d'une petite voix embarrassée.

Un ange aux ailes écailleuses passa. En crachant quelques flammes.

– Hé, mais c'est impressionnant ! s'exclama Sylver à la surprise de tout le monde, et comment vous avez fait pour le lui voler ?

Ouf, apparemment plus nain que demi-dragon. Le sourire de Fafnir revint se plaquer illico sur ses lèvres.

– Avec beaucoup de cris, de hurlements et de nains grillés sur les bords, précisa-t-elle, soulagée. Il était tellement furieux qu'il est retourné au Dranvouglispenchir. Mais c'était lui qui avait commencé, il nous avait volé un chargement entier d'or qui revenait des mines, alors, finalement, il n'a pas cherché à se venger. Mes ancêtres étaient très déçus. Ils espéraient bien que le dragon leur sauterait dessus, histoire qu'il y ait une seconde bonne bagarre !

Ils éclatèrent de rire devant l'air tout aussi déçu de Fafnir.

– Je n'ai pas d'histoire aussi palpitante à raconter, mais nous avons eu une visite, dit Tara lorsqu'ils se furent calmés. D'une demi-tonne, bleue et mesurant trois mètres de haut.

Tout le monde se tendit, choqué par sa déclaration. Relayée par Robin, elle leur raconta l'étrange visite de Diablo le Bleu.

– Une faction jaune et une faction bleue ? dit Fafnir. C'est un peu comme deux gros clans qui s'affrontent. Et peuvent, s'ils le veulent, appeler leurs clans alliés, plus petits. Je vois. Je ne sais pas pourquoi, mais je ne pensais pas les démons capables d'une telle organisation.

– Nous les avons combattus, cela ne signifie pas que nous les comprenons, rétorqua Moineau.

– Hum… sur Terre, un fameux guerrier chinois, Sun-Tzu, disait que pour connaître son ennemi, il fallait également se connaître soi-même, déclara Tara. Là, nous sommes en *terra incognita*, comme dirait ma grand-mère. En terre inconnue. Tout ce que j'ai lu sur eux était assez simpliste. Ils ont déferlé sur l'univers et ont été battus. On sait pourquoi, on sait comment. Mais personne n'a continué de les étudier. Ils sont de tels objets de répulsion pour les peuples d'AutreMonde qu'ils ont pu faire ce qu'ils voulaient sans que personne s'en inquiète. Et vous savez quoi ? Je crois que vous, que nous avons eu tort.

Sylver hocha la tête.

– Alors c'est ce qu'il faut que nous fassions. Que nous les étudiions, c'est cela, Tara ?

– Oui. Moineau ? Tu es la plus appliquée de nous tous. Peux-tu consigner tout ce que les autres vont collecter ? Tu seras celle à qui nous rendrons compte.

Moineau eut un délicieux sourire et sortit un cahier de sa poche.

– Je vais éviter la magie, moi aussi, dit-elle. Je vais tout écrire. (Elle sortit également un stylo de sa poche insondable et commença à travailler.) Donc, nous avons une faction bleue, pacifique, du moins en apparence, et une faction jaune, conduite par Archange, le fils du Roi. Il représente son père et le chef de la faction bleue a fortement insisté sur l'importance des décrets pris par Archange et le fait que son père ne pouvait les contester. Il a également mentionné un piège dans lequel nous ne devons pas tomber. D'une façon plus générale, les démons ont transformé leurs planètes et leurs soleils et élevé des enfants humains en mélangeant leur ADN avec le nôtre. Ils continuent apparemment à utiliser la magie démoniaque, même si, pour l'instant, c'est trop risqué ici. Ce qui signifie qu'ils continuent sans doute à sacrifier des démons afin de capter leurs âmes ou qu'ils ont suffisamment de stock pour l'éviter.

– Et si c'était cela, la peur de Diablo ? réfléchit Tara en se remémorant l'étrange attitude du démon. Que les démons humains ne prennent le dessus et ne tuent tous les démons inhumains pour utiliser leurs âmes ? Si Archange fait voter ce décret, la faction bleue est foutue. Cela prendra des années, mais, au bout du compte, il n'y aura plus que des démons humains ici. Les démons originaux auront totalement disparu !

– Les démons comme Archange ne sont pas si nombreux, réagit Robin. À peine quelques milliers de démons humains pour des milliards d'inhumains !

– Mais les démons travaillent à long terme, répliqua Sylver, prompt à le contrarier. Ils peuvent attendre pendant des milliers d'années pour un tel but !

Robin se leva avec agacement.

– Allons, le roi des démons est une espèce de boule velue avec plein d'yeux. La seule façon d'être humain, c'est de naître humain. Tu l'as vu, ils ne se transforment pas. Si le roi des démons vote pour son fils, c'est sa propre fin qu'il organise !

– Alors, c'est peut-être ça, reprit Tara qui sentait ses neurones s'embraser. Peut-être qu'on tombe au beau milieu d'un conflit entre le père et le fils ? L'ambition de l'un est en train de combattre la puissance de l'autre ?

– Son propre fils ? s'écria Fafnir, choquée.

– Cela ne se fait pas chez les nains, l'apaisa Moineau, grande spécialiste, car vous vouez un immense respect à vos parents, mais chez les humains, c'est très courant que le fils trahisse le père pour lui prendre son pouvoir. Enfin très souvent, n'exagérons rien, mais disons que cela arrive.

– Donc Archange veut nous utiliser pour… quoi ? gronda Fabrice. Défier son père ? Lui prouver quelque chose ? Pourquoi nous garde-t-il prisonniers ? Pourquoi ne nous a-t-il pas tués tout de suite ? Et surtout, pourquoi est-il aussi pressant avec Tara ?

– Ça, c'est une autre question, grogna Robin, encore ulcéré par l'attitude du beau démon. Il a bien sûr une idée derrière la tête. À nous de découvrir laquelle.

Il s'étira, attirant l'attention de Tara sur ses épaules puissantes, et bâilla.

– Je suis trop fatigué pour réfléchir, dit-il. Et puisque ces démons ne vont pas nous manger tout crus, je propose qu'on dorme. Les filles, prenez le lit, les garçons, on dormira sur les sièges.

C'était moins inconfortable qu'il n'y paraissait. Une fois rapprochés, deux boules velues faisaient un lit très acceptable. Tara trouva des tas de couvertures dans un placard (enfin, Cal détecta qu'il y avait un placard dans un mur totalement lisse aux yeux de Tara) et, après une rapide toilette, tout le monde se mit au lit.

Robin dormait depuis quelques minutes, du moins à ce qu'il lui semblait, lorsqu'une bouche chaude se posa sur la sienne.

Il ouvrit les yeux et se retrouva en train de loucher sur… Tara. Stupéfait, il se dégagea et dit :

– Mais qu'est…

Tara lui bâillonna la bouche avec sa main et lui fit signe de la suivre. La porte était ouverte. Elle le prit par la main et, traversant le couloir, le conduisit dans ce qui aurait dû être sa chambre s'il ne s'était pas installé dans celle de Tara.

Les yeux du demi-elfe s'écarquillèrent lorsque, toujours sans un mot, Tara referma la porte derrière eux puis fit une chose insensée.

Elle commença à se déshabiller !

Robin recula, la gorge soudain très sèche.

– Mais, Tara, dit-il, complètement déstabilisé, qu'est-ce que tu fais ?

– Chuuuut ! rétorqua Tara.

À peine vêtue de son soutien-gorge et de son shorty, elle s'approcha de lui. Robin déglutit. Son sang d'elfe était en train de lui hurler : « Vas-y, trouillard, saute-lui dessus ! », pendant que son sang humain lui… ben, lui disait la même chose.

Il jugula ses hormones et plissa les yeux. Il n'avait pas oublié le sort. Si Tara s'imaginait que…

Elle l'embrassa, plaquant son corps chaud contre lui, et il oublia totalement ce qu'il était en train de penser. C'était… c'était tellement géant qu'il songea qu'il allait s'évanouir.

Soudain, il s'empara des mains de Tara et la repoussa, plongeant ses yeux de cristal dans les yeux bleu marine de la jeune fille.

– Écoute, j'ai… j'ai vraiment envie de… mais tu comprends, avec ce sort, je ne sais pas…

– Chuuut, répéta Tara, luttant contre ses mains pour rapprocher son corps presque nu de celui de Robin.

Robin ferma les yeux. Il n'allait pas pouvoir résister longtemps. Sort ou pas sort, il était attiré par la superbe jeune fille.

Il renonça. Et rendit les armes. Tara se rapprocha. Et le reste se fondit dans un délicieux tourbillon qui le recracha quelques heures plus tard, épuisé.

Robin retourna dans la chambre à pas de loup. Tara était restée dans l'autre chambre pendant quelques instants, elle le rejoindrait plus tard.

Il croisa les bras sous sa tête, regardant le plafond argenté qui se reflétait dans ses yeux, complètement déstabilisé. Ce qui s'était passé lui avait confirmé ce qu'il soupçonnait. Sort ou pas, il était attaché à Tara. Qu'elle lui fasse confiance au point de l'aimer ainsi, enfin, était une merveilleuse preuve de son amour à elle. Mais était-ce suffisant ? Que ressentait-il réellement ? S'il ne comprenait pas pourquoi elle avait fait cela, elle avait eu raison de l'empêcher de parler. Il y avait eu trop de mots, trop de non-dits ou de trop-dits plutôt, entre eux.

Il eut un sourire béat et un tantinet débile. Sylver allait s'en arracher les écailles demain matin ! Il voulut attendre que Tara revienne, mais impossible de lutter contre le sommeil. Il s'endormit et, pour la première fois depuis qu'il avait été possédé par un fantôme et avait perdu bras et jambes, fit de merveilleux rêves.

Un magnifique soleil éclaira leur réveil le lendemain matin. La tempête avait duré toute la nuit, lavant le ciel. Lorsque Robin ouvrit les yeux, Tara et les autres étaient déjà en train de se lever.

– Alors feignant ! s'exclama joyeusement Cal, mais tu as fait la bringue toute la nuit ou quoi ?

Robin rougit. Et maudit sa moitié humaine qui le trahissait ainsi. Cal qui avait parlé en l'air suspendit l'enfilage de sa seconde chaussette et sautilla sur place.

– Oh, mais il rougit ? Qu'est-ce que tu as fait, Robin, cette nuit ?

Robin jeta un coup d'œil à Tara, mais celle-ci se contenta de lui adresser un sourire hésitant. Ah, elle ne savait pas très bien comment réagir après leur nuit. Il comprit qu'il ferait mieux de garder leur histoire secrète, pour l'instant. Et tant pis pour Sylver.

– Rien du tout, maugréa-t-il, bon, alors, c'est quoi le plan pour aujourd'hui ? Enfin, à part survivre à quelques millions de démons ?

Cal finit de s'habiller, puis sortit le petit déjeuner de sa poche.

– Pour l'instant, dit-il, j'ai faim. On va manger, le reste de l'univers attendra.

Ils sourirent. Tara fut contente que Robin se place contre elle et l'entoure gentiment de ses bras. Mais lorsqu'il l'embrassa dans le cou, elle se raidit un peu. Robin comprit tout de suite que c'était à cause de son souci de discrétion. Il se décala, mais ne rompit pas totalement le contact. Il avait envie d'être près d'elle, et tant pis pour le reste.

Ils avalèrent leur repas, puis se préparèrent. Galant passa par la fenêtre pour se dégourdir les ailes et revint avec des images de gazon luisant de pluie et d'un camp complètement dévasté. Aucune des tentes n'avait résisté. Ce que confirmèrent les autres Familiers descendus se soulager dans l'herbe.

– Mince, soupira Tara, nous n'allons jamais pouvoir repartir du Palais, maintenant que la tempête a tout détruit.

– De toute façon, dit Fabrice avec fatalisme, que ce soit ici ou là-bas, franchement, Tara, ça change quoi ? Nous sommes coincés ici. À leur merci. Ils peuvent faire de nous ce qu'ils veulent.

Tara eut une moue dépitée. Son ami avait raison, bien entendu, mais ce n'était pas plus agréable pour autant.

– Bon, maintenant que nous sommes prêts, Archange n'a pas expliqué comment il fallait le prévenir, dit-elle en se dirigeant vers la porte, je vais…

Elle s'arrêta net alors que quelque chose toquait à la porte. Méfiante, elle l'ouvrit, après avoir activé sa magie, au cas où. Mais ce n'étaient que les deux filles de la dernière fois. Elles étaient à la tête d'une petite armée de démons qui apportaient de quoi manger et se rafraîchir à leurs invités. Vu les formes absolument repoussantes, tentacules, gueules pleines de bave et pustules purulentes, il y avait plutôt de quoi couper l'appétit.

– Nous apportons le petit déjeuner, dit joyeusement la jolie brune, avec un sourire qui faisait trois fois le tour de son visage.

– Merci, c'est très gentil, répondit Tara, mais nous avons déjà déjeuné.

Les visages des deux démones s'assombrirent et leurs yeux se remplirent de larmes.

– Mais, dit la brune, *il* ne va pas être content.

Tara n'eut pas besoin de demander qui était *il* tant la fille insistait sur le pronom.

– Pas du tout, renchérit la blonde. *Il* a dit que vous deviez manger, que c'était bon, que vous ne risquiez rien. *Il* engage son honneur dessus.

– Ne pas manger signifie que vous n'avez pas confiance en *lui* ! C'est terrible, reprit la première en se tordant les mains, au point que Tara eut mal pour elle.

– Ce n'est pas que je n'ai pas confiance en lui, répondit gentiment Tara, mais nos organismes risquent de réagir très violemment si nous mangeons quelque chose de mauvais pour nous. Et nous n'avons aucun chaman pour nous guérir si les Reparus ne fonctionnent pas, pour une raison ou pour une autre. Nous vous remercions, du fond du cœur, mais ne pouvons pas accepter votre délicieux déjeuner.

Les filles, mais aussi les démons qui les accompagnaient baissèrent la tête… enfin, ce qui leur servait de tête pour les seconds. Et repartirent tristement avec leurs plats fumants.

Tara et ses amis se regardèrent.

– Je suis fort marri d'avoir fait souffrir ces damoiselles, finit par dire Sylver qui ne supportait pas de faire du mal à qui que ce soit, et encore moins à des jolies filles, retrouvant dans son trouble son phrasé désuet. Mon organisme de dragon me protège bien mieux que vous, peut-être que je pourrais…

– Certainement pas, intervint sèchement Fafnir. Qu'elles souffrent, ce sont des démones, on ne fait pas plaisir à des démones, on leur tranche la tête ! Tu ne goûteras rien du tout dans ce monde, Impitoyable Sylver. Point à la ligne.

Sylver la regarda avec surprise puis opina. Il oubliait constamment que lesdites jolies filles n'étaient pas humaines… enfin si, mais non.

Cela intrigua Tara. C'était aussi ce que lui avait reproché Moineau. Que Tara ne voyait pas le démon en Archange, juste le joli garçon. Hum !

D'ailleurs, à propos de joli garçon, celui-ci débarqua quelques minutes plus tard dans la suite. Ses yeux avaient viré au vert sombre et il paraissait prodigieusement contrarié.

À cause du petit déjeuner ? Non, cela ne pouvait pas l'agacer à ce point tout de même ?

Un regard à la disposition des pseudo-lits lui fit comprendre qu'ils avaient tous dormi ensemble, mais Archange ne fit aucun commentaire.

À part un, qui intrigua considérablement le magicgang.

– Comme dans vos films sur les entreprises et la sécurité, il y a des caméras automatiques dans tout le château. Nous ne vous espionnons pas. Mais grâce à elles, je sais donc que Tara Duncan et le demi-elfe ont passé une excellente nuit, dit-il sans aucun tact, sa voix dégoulinante de venin, mais j'espère que vous tous avez également goûté un repos bien mérité. À défaut d'avoir goûté au repas que mes cuisiniers ont mis des heures à vous préparer.

Tara eut l'air perplexe. Robin jura silencieusement. Diablo avait pourtant parlé des caméras du couloir, qu'il avait dû désactiver afin de pouvoir leur parler. Il avait oublié, trop obnubilé par Tara. Il lui adressa une petite grimace. La jeune fille écarquilla les yeux.

Elle avait des réactions contradictoires ce matin, comme si elle ne savait pas très bien comment se comporter avec lui. Et comme il n'était pas super familier avec les petites amies humaines, il ne savait pas du tout comment les interpréter. Devait-il fanfaronner, comme le feraient les elfes, tout contents d'avoir ravi le cœur de leur belle et qui s'en vantaient ? Abondamment ?

Il ne savait pas pourquoi, mais cette solution ne lui paraissait pas la bonne.

Moineau, Fabrice et les autres répondirent avec une exquise urbanité. Oui, ils avaient bien dormi. Oui, l'eau était tout à fait chaude, et oui, la tempête ne les avait pas du tout dérangés. Ni le tremblement de terre. Comment ?

– Quel tremblement de terre ? intervint Tara, surprise, à quel moment il y a eu un tremblement de terre ?

– Vers deux heures du matin, précisa Archange d'un air entendu, mais vous étiez sans doute occupée, Tara Duncan.

D'accord, pas de doute, c'était du fiel qu'il avait dans la voix. Il était furieux, et du diable (ah ! ah !) si Tara savait pourquoi.

– Oui, répondit-elle innocemment, j'étais occupée à dormir. Je n'ai rien senti du tout.

Robin sursauta. Ouf, heureusement qu'il n'avait rien dit ! Elle était décidée à garder le secret. Il cligna de l'œil à son encontre, afin de lui montrer qu'il avait compris.

Tara fronça les sourcils. Lui montrant sans doute qu'il devait être plus discret. OK, message reçu, il reprit un visage impassible.

Archange avait observé les échanges entre les deux amoureux comme un chat qui guette deux pigeons. Il n'avait pas encore sorti les griffes, mais on sentait qu'elles n'étaient pas loin.

– J'espère que vous n'allez pas faire un bébé ici, déclara-t-il sèchement, la planète n'est pas encore très stable, il faudrait que vous partiez pour une autre planète afin d'y accoucher.

Tara ouvrit la bouche, suffoquée. Elle n'arrivait pas à articuler un son tellement elle était stupéfaite.

Robin aussi, du coup, ce fut Cal qui réagit le plus vite.

– Ah, fit-il, c'est pour ça que tu rougissais ce matin ! Vous l'avez enfin fait ! La vache, il était temps, vous commenciez à être fatigants avec vos je t'aime moi non plus. Alors, c'était bien ?

Moineau lui donna un coup dans l'épaule.

– Aïeuh, fit Cal, mais pourquoi tu me frappes ?

Moineau leva les yeux au ciel, tapa dans ses mains de ravissement et sauta au cou de Tara pendant que Fafnir ronchonnait qu'elle ne comprenait pas bien pourquoi on en faisait toute une histoire.

Fabrice alla serrer la main soudain sans force de Robin. Et Cal lui tapa dans le dos. Avec bien plus de force que Moineau.

– STOP ! hurla Tara, faisant sursauter tout le monde. Par les crocs de Gélisor, mais qu'est-ce que c'est encore que cette histoire ?

– Votre nuit de passion, Tara Duncan, c'est de cela dont nous parlons, susurra Archange. J'avoue que je suis un peu déçu. Je n'avais pas compris, à votre attitude, que vous étiez si proches…

– De… de qu… quelle nuit de passion ? bredouilla Tara, tellement furieuse qu'elle avait du mal à parler. Je n'ai passionné rien du tout cette nuit de quelqu'un !

– Euh… ta phrase ne veut rien dire, fit remarquer Cal.

– Raaaaahhh ! hurla Tara en se prenant la tête entre les mains, tandis qu'une lueur dangereuse les éclairait soudain, je suis en train de devenir folle. J'entends ce que vous dites, mais je ne comprends pas un mot. QUELLE NUIT DE PASSION ? SLURK !

Moineau grimaça au gros mot. Fabrice recula en remarquant que Tara avait « armé » ses mains. Et Robin sentit que les choses étaient en train de lui échapper. C'est alors qu'il commit une énorme erreur. Il tenta d'expliquer ce qui s'était passé.

– Tu es venue me voir, commença-t-il, et tu m'as embrassé comme… ben, comme tu m'embrasses et qu'on arrête, tu sais, juste avant de… enfin, tu sais.

– Non, je ne sais rien du tout, gronda Tara entre ses dents serrées, ses mains de plus en plus illuminées de bleu. Parce qu'à moins d'être devenue totalement somnambule, je n'ai pas

bougé de ce lit cette nuit, coincée entre Moineau qui se transforme quand elle fait un cauchemar et Fafnir qui, je suis désolée
de te le dire, ronfle en dormant !

– Héééé ! ronchonna Fafnir, je ne ronfle pas !

– Euh… si, confirma Cal. C'est assez musical d'ailleurs. Plus
que lorsque tu chantes.

Fafnir empoigna sa hache et s'avança, une lueur rageuse dans
ses yeux verts.

– Tu n'aimes pas mes chants ?

Cal sourit, un peu comme un chat qui aurait boulotté le canari
de la voisine.

– Oh ! mais si, j'adore tes chants…

Fafnir s'apaisa.

– … comme arme de destruction massive !

La naine devint toute rouge et fonça sur Cal. Mort de rire,
celui-ci l'évita, tandis qu'Archange avait le sentiment très net
d'avoir totalement perdu le contrôle de la situation. Sylver
attrapa Fafnir alors qu'elle passait devant lui. Sans effort, il
parvint à la maîtriser, lui arracha sa hache et l'assit sur ses
genoux. Elle lui balança un coup de poing à défoncer un mur,
mais il l'amortit avec ses écailles et elle ne fit que se faire mal à
la main. Stupéfaite, la petite guerrière rousse le regarda.

– Ça alors, tu n'as pas eu mal !

– J'en suis désolé, guerrière Fafnir.

– Nan, c'est pas grave, mais c'est la première fois que je tape
sur un garçon et que c'est moi qui ai mal !

Elle réalisa soudain qu'elle était sur ses genoux et sauta sur
ses pieds, toute rouge d'un coup.

– Je peux avoir ma hache, s'il te plaît, Impitoyable ?

– Si vous promettez de ne plus poursuivre ce pauvre Cal, ce
sera avec plaisir, guerrière Fafnir.

– C'était pour rire, expliqua gentiment Cal à Sylver, qui n'avait
pas bien compris les relations entre les membres du magicgang.
Je balance un truc bien tordu, ça met Fafnir en rage, elle me
court après, elle n'arrive pas à m'attraper, on rigole bien.

– Oh ! fit Sylver, confus, pardon, je n'avais pas compris.

Sylver rendit sa hache à Fafnir. La jeune naine jeta un regard
menaçant vers Cal, mais ne bougea plus.

– J'EN AI ASSEZ ! explosa Tara.

Et sa magie explosa avec elle.

Elle eut juste assez de bon sens pour la diriger vers l'extérieur. À peu près. Le mur encadrant la fenêtre disparut. Une tranchée de feu carbonisa la plaine sur des hectares et finit par enflammer un petit bois qui n'avait rien fait à personne. Les oiseaux et autres animaux s'enfuirent avant d'être cuits à point. Et Archange et les démons ouvrirent de grands yeux (pour certains, plusieurs grands yeux) en mesurant tout à coup la puissance de la magie de Tara.

Le prince observa le spectacle et déglutit.

– Si j'ai pu, d'une façon ou d'une autre, vous porter préjudice, dit-il très, très vite et très, très poliment, à vous ou à vos amis, sachez que je m'en excuse et espère que vous ne m'en tiendrez pas rigueur.

Tara l'ignora.

– Maintenant que j'ai toute votre attention, si on pouvait revenir à mon problème, scanda-t-elle, les mâchoires presque soudées par l'exaspération, ce serait bien aussi. Robin, continue donc d'expliquer ce que *tu* as fait cette nuit.

Ouille, ouille, Robin commençait à transpirer. Tara n'avait pas du tout l'air de vouloir garder quelque secret que ce soit. En fait, elle ressemblait à un méchant bout de chalumeau. Chauffé au rouge.

Il écarta un peu le col de sa chemise d'elfe qui l'étranglait tout à coup et se lança bravement :

– Nous… euh… nous sommes sortis de la chambre.

– Ah ? fit Tara, mauvaise, contente de savoir qu'on n'a pas fait ça devant tout le monde. D'où la fine remarque d'Archange tout à l'heure à propos des caméras du couloir. Et ensuite ?

– Ben, tu m'as entraîné dans ma chambre. Et puis… et puis tu t'es déshabillée.

Tara devint blême.

– QUOI ?

– Et tu m'as… tu m'as plaqué contre le mur.

– Waouh ! murmura Cal, ça commence à devenir vraiment intéressant votre histoire. Et elle était comment ?

– Presque nue, répondit Robin, la gorge atrocement sèche.

Moineau avait tout compris, évidemment. Elle vola au secours de Robin.

– Et là, tu t'es rendu compte que ce n'était pas Tara et tu as assommé la saleté de dém… (elle jeta un coup d'œil à Archange et modifia sa phrase) la démone qui s'est fait passer pour Tara, c'est ça ?

Robin lui jeta un regard pitoyable.

– Euh… pas exactement.

Tara sentit ses genoux mollir et dut s'asseoir, ses yeux trop grands dans son visage mince.

– Je… j'ai… j'ai… balbutia le demi-elfe en tendant une main suppliante vers Tara, je… j'ai… elle…

– Tu n'as rien vu du tout, à part une jolie fille quasiment nue qui se plaquait contre toi, termina à sa place Cal, les yeux brillants. Dur, dur. Quelle horrible situation. Et je suppose que le reste de la nuit a été aussi difficile pour toi.

Cette fois-ci, en rencontrant le regard terrible de Tara, la voix du demi-elfe lui manqua et il laissa retomber sa main. Il ne put que hocher la tête, affirmativement. Cal siffla.

– Dites ! s'écria-t-il en se tournant vers Archange, vous n'en avez pas deux ou trois autres des superbes filles à moitié nues, non parce que moi, je…

– Cal ! s'exclama Fabrice, devançant Moineau pour une fois.

– Ben quoi ?

– Je n'ai rien à voir dans cette histoire, répliqua Archange, ses yeux verts brillants. Les démones avaient pour ordre de ne pas vous approcher. J'ignore totalement qui a osé transgresser mes ordres.

Et, à voir sa tête, quelqu'un allait le regretter amèrement.

– Ben voyons, grinça Cal. Nous venons dans votre Palais, nous dormons, et paf ! pendant que nous dormons, une fille se fait passer pour Tara et séduit son ex-petit copain ? Il va falloir apprendre à vous préparer des alibis un peu plus crédibles si vous voulez passer pour un vrai humain.

Archange lui jeta un mauvais regard que Cal ignora avec un sourire angélique.

– Eh bien, tant pis si vous ne me croyez pas, se ressaisit le démon. Je vous donne ma parole que je n'étais pas au courant de cette traîtrise. Qui me vise autant que vous. Si je n'avais pas décidé de vous en parler, je n'aurais pas su non plus que c'était un piège. Dans lequel, elfe, vous êtes promptement tombé.

– Tu… tu… tu n'as pas vu que ce n'était pas moi ? demanda Tara d'une voix brisée, s'adressant à Robin.

Le demi-elfe avait le visage bouleversé. Quelques heures auparavant, il apprenait que Tara l'avait ensorcelé, involontairement, mais quand même. Et à présent, c'était lui qui se retrouvait dans la peau d'un accusé. Il frotta ses cheveux noir et blanc, encore bien trop courts à son goût, et soupira :

– Je suis désolé, Tara, dit-il avec une grande intensité.

Il se rapprocha, s'agenouilla et lui prit la main. Il planta ses beaux yeux de cristal dans les yeux bleus de Tara.

– Je suis désolé et je suis un imbécile. Tu disais… *elle* disait « chuuut ». Si elle avait parlé, j'aurais tout de suite compris. Tara, ce qu'elle m'a offert n'a aucune valeur. Je ne sais toujours pas si je suis, ou non, amoureux de toi sans l'influence de ce maudit sort, mais je sais une chose. Ce que j'ai fait avec cette démone n'a rien à voir avec ce qui existait… existe encore peut-être entre nous deux.

Tara retira sèchement sa main. Robin se releva.

– Et tu n'as pas trouvé la situation bizarre, sachant que tu m'avais clairement signifié de ne pas t'approcher à cause du, comme tu dis si bien, « maudit sort » ?

– J'ai cru que tu voulais te réconcilier avec moi en… en…

Penaud, il baissa la tête devant le regard étincelant de Tara. Celle-ci repoussa sa longue chevelure blonde en arrière et poursuivit ses investigations :

– En quoi ?

– En me séduisant, termina Robin.

– Oui, répliqua Tara, toujours aussi sèche, c'est super logique. Tu ne veux plus de moi, donc je te séduis. CQFD. Et ensuite ?

La moitié humaine de Robin se mit à rougir, et, à sa grande horreur, il s'aperçut qu'en plus il transpirait.

– Tu euh…

– Non, pas « tu », la démone, s'il te plaît. Moi, j'étais dans mon lit, comme tous les autres.

– Euh… tu es sûre que tu veux plus de détails ?

La réponse de Tara et celle de Cal se croisèrent :

– Oui ! cria Cal.

– Tu as raison, non, refusa Tara, trop blessée.

– Je préfère, parce que je n'ai pas l'intention d'en donner, précisa le demi-elfe en se drapant dans les lambeaux de sa dignité.

Tout à coup, Tara eut l'air fatiguée. Elle se recroquevilla dans son siège, épaules basses, tête baissée, terrassée par la douleur, et on eut l'étrange impression qu'elle diminuait, rapetissait.

Robin s'avança, lui toucha l'épaule, incertain. Elle ne sursauta même pas. Se contenta de le dévisager avec un tel air qu'il retira sa main, comme s'il s'était brûlé.

La célèbre rage des elfes commença tout doucement à l'envahir. Rage contre le destin, contre les pièges, contre les démons. Rage contre Isabella et Manitou. Rage contre lui-même de n'avoir pas compris qu'il touchait une démone et non pas une humaine.

Non mais quel ABRUTI !

Archange intervint, un énorme sourire sur le visage.

– Tout cela est parfait, dit-il. Donc Tara Duncan, vous n'êtes pas la petite amie de Robin et celui-ci vient de vous tromper avec une autre. Et je sais déjà comment vous divertir de votre peine.

Tara ouvrait la bouche pour, très vulgairement, lui dire où se mettre ses divertissements, lorsqu'il continua :

– J'ai cru comprendre que vous aviez perdu votre mère récemment et votre père, il y a déjà des années.

Tara ne réagit pas. Archange marqua une petite pause, histoire de terminer sa phrase sur une grosse bombe, bien démoniaque :

– J'ai programmé un rendez-vous avec le Juge ce matin. Ainsi, vous aurez enfin une chance de les revoir !

20

Le Juge

ou lorsqu'une entité maléfique convoque vos parents
d'OutreMonde pour une petite visite, c'est mieux
de ne pas la contrarier…

Tara en resta bouche bée. Elle était ici précisément pour cela.
Quoi ? Elle n'allait pas être obligée de se battre pour obtenir ce
qu'elle voulait ? Archange le lui offrait sur un plateau d'argent.
Ses yeux s'étrécirent, soupçonneux. Mais le beau démon la
regardait avec franchise. Il avait l'air très content de lui-même.
Tara mit sa paranoïa de côté. Ce n'était pas possible, à moins
qu'il ne lise dans les esprits. Et il n'y avait pas de Diseurs de
Vérité télépathes sur cette planète maudite. Une fois, déjà, trois
ans auparavant, en voulant faire revenir les mânes de Brandis
afin d'innocenter Cal, accusé de son meurtre, Tara, en faisant
appel au Juge, avait fait revenir l'esprit de son père, bien involontairement. Statue de pierre noire, le Juge faisait régner une
implacable justice chez les démons. Qui étaient incités fortement, par la torture si nécessaire, à dire la vérité. Car le Juge
n'était que cela. Une terrifiante et inflexible vérité. Et une terrifiante et inflexible entité.

Mais il ne pouvait faire revenir que leurs esprits, pas leurs
corps. Pourtant, c'était mieux que rien.

Elle allait savoir ce qui s'était passé, savoir si sa mère voulait
revenir. Et si ce n'était pas le cas, elle allait pouvoir lui dire au revoir.

– Mes… mes parents ? murmura Tara d'une toute petite voix,
mais dans laquelle pointait soudain une étincelle de vivacité.
Mais…

– Je n'ai pas eu de mère, dit tristement Archange, puisque j'ai
été conçu dans un incubateur avec des gènes humains et les

gènes de mon père. Mais j'ai été élevé par une démone merveilleuse. Je sais que si elle disparaissait, je serais horriblement affligé. Donc, j'imagine très bien ce que vous devez ressentir. C'est la raison de cette réunion. Voulez-vous me suivre, je vous prie, Tara Duncan ?

Tara se leva d'un bond, bousculant Robin qui faillit tomber. Sans un regard pour le traître, elle s'avança et tendit sa main à Archange. Ravi, celui-ci la prit et la posa au creux de son coude, puis l'entraîna hors de la chambre.

Fabrice regarda Moineau et murmura :

– Je croyais qu'on devait être désagréables ?

Moineau fronçait les sourcils en regardant Tara au bras du bel Archange.

– Apparemment plus. Je n'aime pas ce type. Il lui donne tout le temps ce dont elle a besoin. Cela me fait peur.

Fabrice hocha la tête et suivit Tara.

Cal et les deux autres bondirent à leur suite, escortés par Robin, qui bichonnait sa rage, la mesurait, la caressait, sachant qu'à un moment ou à un autre, il allait la laisser exploser. Et alors quelqu'un souffrirait.

Avec un peu de chance, ce serait Archange.

L'arc de Llillandril, sensible à son humeur, se matérialisa à son épaule. Il eut un sinistre sourire. Les démons, autour d'eux, qui les regardaient passer avec attention, reculèrent un peu, tant il paraissait soudain dangereux.

Fabrice, en dehors de son inquiétude pour Tara, se sentait de plus en plus mal à l'aise. Bien qu'il se soit débarrassé de la magie démoniaque, il percevait comme… une résonance. Dans ses os, dans sa chair. Quelque chose qui l'appelait, tentateur, noir.

Il mit un peu de temps à comprendre ce que c'était, alors qu'il arpentait les couloirs colorés du Palais des démons.

C'était l'appel du pouvoir. Tout autour de lui, des milliers d'objets contenaient de la magie démoniaque. Et son corps, son âme se souvenaient très bien de ce que l'on éprouve lorsqu'on est tout-puissant. Il serra les dents. Et regarda le meilleur remède qu'il connaissait contre l'attraction fatale. Moineau. Contempler le ravissant visage, les grands yeux noisette de Moineau était comme un baume apaisant. Il pratiqua les exercices de relaxation qu'il avait appris. Parce que la magie démoniaque, c'était un peu comme une drogue. Une fois qu'on en avait pris, la tentation restait. Toujours.

Moineau ne disait rien, mais elle sentait, grâce à son flair de Bête, que Fabrice avait des problèmes. Il avait peur. Pas du tout la peur qu'il avait ressentie lorsqu'ils avaient été démasqués et qu'il croyait mourir. Non, là, c'était une peur nauséabonde, qui faisait frémir ses narines sensibles. Et il transpirait. La jeune fille n'était pas stupide. Elle savait bien ce qui se passait. Lorsque Magister était apparu, elle avait dû lutter contre elle-même pour ne pas le déchiqueter de ses griffes sur place. Évidemment, le fait que Selenba soit là l'avait aidée à garder son calme. Puis, lorsqu'il avait suggéré de passer par les Limbes, Moineau avait senti un froid frisson lui parcourir l'échine.

Et voilà que se produisait exactement ce qu'elle redoutait. La magie démoniaque tentait Fabrice. Donc, s'ils parvenaient à survivre (ce qui n'était pas gagné), quel choix allait-elle faire ? Aider Fabrice à vaincre cette impulsion ? Ou le laisser se débrouiller tout seul et voir s'il était capable de résister ? Elle y avait pensé une bonne partie de la nuit. Et n'était donc pas très surprise d'apprendre qu'elle s'était transformée plusieurs fois dans la nuit (bon, au moins, elle ne ronflait pas, elle). L'anxiété lui faisait faire ce genre de choses lorsqu'elle dormait. Elle inspira profondément, encore surprise de la qualité de l'air de la planète, toute de fleurs et de fraîcheur, et prit sa décision.

Elle ne l'aiderait pas. S'il n'était pas assez fort, alors c'était que son destin passait par le côté obscur de la f... par le côté obscur de la magie. Et qu'il n'était pas fait pour elle. Elle sentit un étrange chagrin lui serrer la gorge. Et pria très fort pour que le garçon qu'elle envisageait d'épouser un jour (bon, pas tout de suite, hein) se révèle digne de confiance.

Tara, elle, avançait, très consciente d'être au bras d'un des plus dangereux démons qui puissent exister, mais elle ne gardait pas les yeux dans ses poches, toujours attentive à déceler les moindres fausses notes. Pourtant, tout semblait absurdement... normal. Les démons vaquaient à leurs occupations... quelles qu'elles puissent être... et s'effaçaient avec courtoisie devant leur cortège. Les couloirs débouchaient sur des pièces où on ne torturait personne, aucune porte ne se refermait brusquement pour dissimuler un sale secret. À part les formes étranges et dangereuses adoptées par les démons non humains, et les couleurs aveuglantes des couloirs et des pièces, on aurait parfaitement pu se croire dans un Palais sur Terre. Tara savait que, dominés par leurs émotions, les démons changeaient de couleur. Or les couleurs qu'elle voyait n'étaient ni le reflet d'agressivité ni celui de peur ou de cruauté, comme elle avait pu le constater lors de sa dernière visite. Partout, de petits démons rouges faisaient le ménage, leurs corps spécialisés époussetant, aspirant, nettoyant. Et contrairement à la dernière fois, aucun gros démon ne les martyrisait ni ne s'en préoccupait.

C'était troublant. C'était effrayant.

Archange lui faisait la causette, très disert et élégant.

– Nous avons instauré un tout-à-l'égout, expliqua-t-il, car vos organismes ne fonctionnent pas comme nos anciens corps, qui tiraient leur énergie de nos soleils. Les expériences des toilettes ont été très divertissantes pour mon peuple.

Cal fonça sur ce qu'il venait de dire comme un moustique sur un touriste tout juste débarqué.

– Dans ce cas, remarqua-t-il d'un ton finaud, puisque vous avez transformé vos soleils, comment se nourrissent les anciens démons ?

Archange répondit de bonne grâce :

– Nous y avons pensé, bien sûr. Juste avant d'effectuer notre opération, nous avons transformé les corps de nos anciens afin qu'ils acquièrent un système digestif. Nous avons eu un peu plus de mal avec les concepts de flore intestinale, celle que nous avons créée était légèrement agressive et avait un peu tendance à boulotter son hôte au lieu de l'aider à digérer. Mais nous avons fini par trouver un compromis acceptable. Ils tirent une partie de leur énergie des soleils, comme une sorte de photosynthèse, et le reste de leurs besoins est compensé par la nourriture que nous faisons pousser depuis déjà des centaines d'années. À ce sujet, saviez-vous que vous, les humains, vous avez des milliards de bactéries dans les intestins, au point que cela forme plus d'un kilogramme et demi de flore intestinale ? C'est fascinant de savoir que vous ne pouvez vivre que parce que des microbes et des bactéries transforment ce que vous mangez, non ?

Cal fit la grimace. Il n'avait pas du tout envie de penser à ce qui se passait dans son système digestif, merci beaucoup.

Plus que jamais, Tara se tint sur ses gardes. Les plans pharaoniques des démons se déroulaient sur des centaines, voire des milliers d'années. Qu'ils aient planifié toutes ces incroyables transformations au point de projeter qu'ils auraient besoin de se métamorphoser des décades après et fait pousser leur nourriture en fonction de ce paramètre était un très mauvais signe.

– Vous en avez appris des choses sur nous ! conclut Cal pensivement, c'est assez impressionnant. Alors, maintenant que vous nous connaissez parfaitement, jusqu'au bout des intestins, c'est quoi votre prochaine manœuvre ? Prendre notre place ?

Archange eut l'air sincèrement choqué par sa remarque. M'enfin bon, c'était aussi probablement un super comédien, donc impossible de savoir s'il disait la vérité.

– Prendre votre place ? Quelle curieuse théorie. Comme je vous l'ai dit hier, nous aimerions que les habitants de votre univers ne nous considèrent plus comme une menace. Nous voulons établir des relations diplomatiques. Et nous nous intéressons beaucoup à tous vos produits manufacturés ou pas, afin que nos peuples puissent commercer en paix.

Tara n'allait pas se laisser enrober dans sa rhétorique mielleuse.

– Mais cette fameuse faction, insinua-t-elle, celle qui était tellement en colère lorsque les dragons et les humains vous ont cantonnés dans votre univers, et dont vous nous avez parlé sous la tente, que pense-t-elle de votre nouvel axe de développement… pacifique ?

Cal en remit une grosse couche, d'une voix ironique. Celle que Tara détestait lorsqu'elle en était la cible.

– Oui, parce qu'ils voulaient dévorer tout le monde, donc le côté « les gentils démons qui deviennent humains et vendent gentiment leurs produits et achètent tout aussi gentiment ceux des autres », ben, ça doit leur faire un peu radical comme changement, non ? Ils ne doivent pas aimer des masses ?

Cette fois-ci, Archange prit du temps pour répondre. Et, à voir son visage soudain durci, la voix ironique de Cal ne lui plaisait pas plus que cela.

– C'est un problème que nous sommes en train de régler.

Vu qu'il était le fils du type… du démon qui avait mené la guerre contre les humains et les dragons et le chef de la faction jaune qui avait un but… même si Tara ne savait pas lequel, oui, elle pouvait imaginer qu'Archange ait quelques problèmes à régler.

Soudain, du fond de sa mémoire, surgit un souvenir, lié au Juge. Elle entendait comme si c'était hier sa voix si puissante et si envahissante. Il était en train de répondre au roi des démons lorsque Maître Chem, Tara et ses amis avaient fait irruption dans la pièce : « IL A MENTI, était-il en train de dire au roi des démons, avec une résonance d'airain dans son timbre grave. IL SAIT OÙ *ILS* SONT. TU N'ES PLUS ASSEZ PUISSANT POUR LUI ARRACHER LA VÉRITÉ. EN LUI DONNANT UNE PARTIE DE TON POUVOIR, TU AS CRÉÉ UN VÉRITABLE CONCURRENT POUR TA RACE. BIEN PLUS QUE LE DRAGON QUI SE TROUVE DERRIÈRE TOI D'AILLEURS ! »

C'était à ce moment que Maître Chem avait sauté sur le Roi et l'avait écrabouillé.

Malheureusement, le Roi était résistant et il avait survécu.

Sur le coup, ils avaient tous supposé que le Juge parlait de Magister. Ce n'était que maintenant que Tara comprenait à quel point ils s'étaient trompés. Le roi des démons était bien plus puissant que Magister, car celui-ci tirait son pouvoir directement de la magie démoniaque. Ce n'était pas le roi des démons qui lui avait donné son pouvoir, puisque c'était par un pur hasard que la chemise s'était amalgamée avec la peau de Magister. Et en aucun cas Magister n'était un concurrent pour la race des démons.

Non. Le roi des démons parlait d'un tout autre concurrent, d'une tout autre race. De celle qu'il avait créée lui-même. Il parlait d'Archange. Il parlait de son propre fils. Qui pourtant, à l'époque, n'avait que quatorze ou quinze ans maximum.

Elle voyait ce qui se passait ici sous un tout autre éclairage soudain. Si Archange se rendit compte que la main de Tara se crispait sur son bras, il n'en montra rien.

Cal ouvrait la bouche pour une autre offensive, lorsque, avec un soulagement manifeste, le prince des démons l'interrompit en s'arrêtant devant une énorme masse de… lis blancs. Enfin, à ce qui ressemblait à des lis blancs, vu qu'ils avaient d'énormes épines blafardes sur leurs tiges.

Ils recouvraient presque entièrement une porte noire de fer martelé.

Il tendit la main et les lis se courbèrent, dévoilant des épines acérées. Le Prince sursauta lorsque les fleurs s'abattirent sur lui, faisant couler son sang en un mince ruisselet rubicond.

– Waouh ! fit Cal en tendant un mouchoir au Prince, tenez, vous allez en mettre partout sur vos vêtements. Dites, c'est un peu extrême comme système de sécurité, non ?

Archange cligna des yeux, à la fois surpris par l'urbanité du Voleur et par le fait qu'il ait reconnu un système de sécurité.

– Merci, dit-il en rendant son mouchoir à Cal après s'être essuyé, nous avons mis ce système en place après la visite du dragon. Mon père a voulu être sûr que personne d'autre que lui ne pourrait entrer dans cette salle sans son autorisation (il se pencha vers Tara, un amusement sincère dans les yeux). Je crois qu'il n'a pas aimé que celui-ci s'asseye sur lui.

Oui, ça, Tara pouvait le comprendre.

– Pff, c'est nul comme système. Le dragon aurait carbonisé vos jolies fleurs, grogna Fafnir, et on serait entrés quand même.

– Non, guerrière Fafnir, précisa Archange avec un petit sourire. Si les fleurs ne sont pas nourries et qu'on les détruit, la porte se bloque automatiquement. Et plus personne ne peut entrer.

– Et plus personne ne peut sortir, c'est idiot, grommela Fafnir, mais pas suffisamment fort pour qu'Archange entende.

Il poussa la porte qui n'eut aucun grincement sinistre et prémonitoire.

Pour y être déjà venue, même si elle ne la reconnaissait pas précisément, Tara savait ce qu'était cette salle : la salle de Vérité, Mensonge et Trahison. Elle frissonna, à la pensée de ce que contenait cette pièce. Des milliers, des centaines de milliers de démons, emprisonnés dans les murs et qui hurlaient leur douleur et leur colère dans le plus parfait silence, car la pierre qui ne les recouvrait pourtant que de quelques millimètres ne laissait pas filtrer le moindre son.

La porte finit de s'ouvrir et Archange annonça :

– Et maintenant, voici le moment de rencontrer le Juge !

Ils entrèrent dans l'immense pièce dans laquelle la statue du Juge était posée, sur un piédestal.

La statue restait l'une des seules choses qui n'avaient pas du tout changé dans le Palais. C'était toujours une énorme masse de pierre noire, dans laquelle avaient été grossièrement sculptés un œil, une oreille et une bouche. Le trône noir, visqueux et hideusement ciselé, sur lequel il faisait asseoir ses interlocuteurs était également toujours là, mais il avait été recouvert en partie, d'un drap d'une immaculée blancheur, cachant les visages tourmentés. Le bourreau, qui ressemblait à un homard bouilli et écrasé, mélangé à un éléphant très malade, mais dont les bras semblables à des épées tranchaient, avec une redoutable précision, les membres ou les têtes de ceux qui osaient mentir au Juge, se trouvait également là, élégamment vêtu d'une sorte de toge, qui masquait les aspects les plus repoussants de son corps difforme.

Il y avait cependant trois choses différentes dans la salle.

Les démons des murs avaient totalement disparu.

Une sorte d'énorme écran plasma s'éteignit lorsqu'ils entrèrent.

Et devant la statue, crucifié sur une étrange machine de bois, se tenait le corps de Diablo.

Dont le sang d'un rouge presque noir gouttait doucement, ploc, ploc, ploc, jusqu'à former un ruisseau cramoisi qui serpentait vers eux.

Tara arracha son bras à celui d'Archange et se tourna vers lui, oubliant toute diplomatie.

– C'est ce que vous devez faire à présent pour activer le Juge ? cracha-t-elle, révulsée, sacrifier des gens ?

L'odeur était épouvantable, car le pauvre Diablo avait été éventré. Et que des mètres d'entrailles, ça ne sent pas bon du tout. Mais Archange n'affichait aucun mauvais sourire satisfait. Juste la tête d'un type qui ne comprend absolument pas ce qu'il a sous les yeux.

– Mais… mais, balbutia-t-il en se précipitant vers Diablo comme s'il allait pouvoir remettre les intestins du démon dans son corps.

Tara, les yeux étincelants de fureur, s'avança vers lui, les mains illuminées de bleu.

– Pourquoi avez-vous fait ça à ce pauvre type ?

Archange n'eut pas le temps de répondre.

Car le corps explosa.

En fait, il y eut une flamme très vive qui partit des mains de Tara et forma un véritable jet de feu dirigé vers le ventre de Diablo. Ce qui donna l'impression, vu sa masse, qu'il explosait. Tout le monde recula à toute vitesse.

Effrayée, Tara stoppa sa magie. Des démons tout aussi effrayés éteignirent le feu. Le corps continua à se convulser, alors qu'il était mort. C'était abominable. L'odeur de la chair grillée se répandit et Fabrice musela fermement le loup en lui, qui était en train de se mettre à saliver.

– Tara ? fit Cal très vite.

– Quoi ?

– Surtout ne rallume pas ta magie !

– Qu'est-ce qui s'est passé ?

– Le sucre, l'amidon et les fibres ne sont pas digérés par l'estomac, mais sont décomposés par la flore intestinale. Cette décomposition des hydrates de carbone produit différents gaz, dont l'hydrogène et le méthane. C'est ce que tu évacues lorsque tu pètes. (Tara rougit, pourtant, elle avait eu l'impression d'être discrète !) Soit environ quatorze fois par jour environ (ah, OK, il parlait en général, ouf !). Ces gaz sont hautement inflammables et, comme Diablo était très gros et semblait avoir de gros problèmes de digestion, lorsque tu as activé ta magie, l'étincelle a provoqué leur combustion.

– Oh ?

Curieusement, l'image d'un type fumant dans des toilettes, produisant un énorme pet et se faisant exploser s'imposa à son esprit qui se mit à pétiller, comme toujours lorsqu'elle avait des idées bizarres. Puis la vue du pauvre démon martyrisé éteignit son début de gloussement.

D'accord, éviter de tout faire exploser, pas de magie pour l'instant.

Plus calme, elle reprit cependant son attaque sur Archange qui se redressait lentement, le visage blanc d'avoir échappé de peu au jet de flammes.

– La faction bleue vous fait de l'ombre, c'est ça ? Alors vous qui dirigez la faction jaune, vous l'avez tué !

Archange, encore sous le choc, recula devant le doigt menaçant que Tara brandissait sous son nez.

– Mais je n'ai p… commença-t-il.

Puis ce qu'avait dit Tara finit par parvenir à ses neurones un peu court-circuités. Ses sourcils se froncèrent.

– D'où Fruik[1] connaissez-vous la faction jaune et la faction bleue ?

---

1. Fruik, équivalent du diable. Eh oui, même les démons croient en des trucs dont ils ont peur !

Tara inspira vivement... et, vu l'odeur, le regretta tout de suite. Slurk, dans sa fureur, elle venait de dévoiler une carte majeure.

– Il est venu nous voir, avoua-t-elle de mauvaise grâce.

– Qui ? Diablo ? Quand ? Pour quelle raison ?

Devant le Juge, Tara savait très bien qu'elle ne pouvait pas mentir. Vu que le Juge avait la très mauvaise habitude de faire trancher les membres de ceux qui le faisaient. Et ne se trompait jamais.

Voyons si elle pouvait mettre cette particularité à l'épreuve. Le homard/éléphant bouilli se raidit, prêt à réagir.

– Cette nuit, répondit-elle. Il voulait nous parler de vous. De votre plan.

Archange se raidit.

– Je connais Diablo depuis que je suis né, dit-il d'une voix menaçante. Contrairement à vous, humaine, nous sommes loyaux.

Tara se fit méprisante.

– Loyaux ? Cette salle s'appelle la salle de Vérité, Mensonge et Trahison. Sans le Juge, vous n'auriez aucune idée de ce qu'est la loyauté !

Pour la première fois depuis qu'ils se connaissaient, Archange laissa filtrer un peu de l'immense colère qui l'habitait.

– Vous ne pouvez pas nous comprendre. À vos yeux d'humains, nous sommes peut-être des menteurs, nous nous exploitons peut-être les uns les autres, exploitions plutôt, avant que mon père ne mette en place ses plans grandioses destinés à changer l'avenir de notre peuple, mais il y a une chose qui est sûre, tout simplement parce que c'est inscrit au plus profond de notre ADN. Jamais Diablo n'aurait trahi sa propre race !

Tara triompha. Provoquer la colère de l'adversaire, cela marchait toujours. Enfin, si on évitait de se faire ratatiner en même temps.

– Ah, donc vous avez bien des plans que vous vouliez nous cacher !

Archange jeta un œil prudent vers la massive statue.

– Tout comme votre empire a des plans par rapport aux autres peuples d'AutreMonde, Tara Duncan, oui, le nôtre a des plans, oui. Cela ne signifie rien de plus, rien de moins.

Tara poussa son avantage.

– Donc, vous n'avez pas l'intention de nous envahir de nouveau et de nous croquer comme des poulets ?

Archange eut un sourire radieux.

– Ah ! délicieuses volailles. Nous avons des tas de vos aliments sur nos planètes, mais les poulets ont eu nettement plus de mal à s'acclimater que les cochons, curieusement. De fait, c'est devenu un mets rare et précieux. Que j'aime particulièrement d'ailleurs.

Tara allait lui dire qu'elle se fichait bien de ce qu'il aimait… enfin, en des termes plus diplomatiques, lorsqu'il continua :

– Et je ne répondrai pas à votre question, Tara Duncan. Nos plans ne regardent que nous. Je n'oublie pas que vous êtes nos anciens ennemis. Tant que nous n'aurons pas montré, de part et d'autre, une certaine bonne volonté, il n'est pas question que j'en discute avec vous.

Zut, il pouvait faire ça aussi, refuser de répondre. Tara biaisa.

– Quelqu'un ne veut pas que les plans de la faction adverse aboutissent, dit-elle en désignant le corps sanguinolent. Qui, sinon vous ? Diablo a bien dit que vous dirigiez la faction jaune. Qui est la plus puissante, qui a transformé votre peuple, puis a terraformé vos planètes, et vous a transformés en humains.

Archange plissa les yeux, attentif.

– C'est ce qu'il vous a dit ?

– Il m'en a dit bien plus, répliqua Tara, ce qui était vrai. Mais je ne vous dirai pas quoi, puisque vous êtes tellement persuadé que Diablo ne vous aurait trahi pour rien au monde. Mais nous pourrions passer un accord. Je vous pose une question, devant le Juge, vous me répondez franchement et, en échange, vous m'en posez une autre et je vous réponds franchement.

Le regard vert se remplit de méfiance. Archange se tourna vers la statue du Juge.

– Je pense que je vais d'abord vous faire ce cadeau de vous permettre de revoir votre mère et votre père une dernière fois. Nous discuterons ensuite, comme de francs et loyaux ennemis.

Ah. Intéressant. Devant le Juge, il abandonnait cette fable de « je veux être ton meilleur copain ». Tara haussa les épaules. Elle ne pouvait rien faire pour l'obliger à répondre. Mais attendait avec impatience de se mesurer de nouveau à lui. À part se battre, elle n'avait pas eu de joutes verbales aussi revigorantes depuis longtemps. C'était tout de même un comble que ce soit un terrible ennemi qui soit le seul en mesure de les lui fournir !

Sylver était le seul à n'avoir jamais entendu le Juge, aussi tressaillit-il lorsque, sur l'incitation d'Archange, s'ouvrirent l'œil et la bouche et s'éleva l'immense voix d'airain :

– ÇA PAR EXEMPLE ! LA PETITE PRINCESSE D'OMOIS, LE DEMI-ELFE, LE VOLEUR QUI SE DEMANDE COMMENT M'EMPORTER SANS QUE CELA SE REMARQUE, LA BÊTE DU LANCOVIT ET LE TERRIEN DEVENU LOUP-GAROU, SANS OUBLIER LE DEMI-DRAGON, FILS DE MAGISTER. BIENVENUE DANS LES LIMBES !

Archange pivota avec une vitesse effrayante pour faire face à Sylver.

Celui-ci se tint sur ses gardes, la main posée sur le pommeau de son sabre.

– Le fils de Magister ! siffla Archange, les yeux étrécis par la méfiance. Vous vous êtes bien gardés de nous révéler cet intéressant secret.

Sylver laissa échapper la tension de son corps en expirant.

– Qu'avez-vous fait de mon père, seigneur ? demanda-t-il poliment.

– Pourquoi ne nous avez-vous pas dit qui vous étiez ? ne répondit pas Archange.

Les doigts de Sylver se crispèrent sur sa garde, mais sa voix ne dévia pas d'un iota.

– Qu'avez-vous fait de mon père, seigneur ?

– Répondez, demi-dragon, gronda Archange, et je vous le dirai.

Sylver regarda Tara qui lui fit signe d'obéir. Archange ne manqua pas de noter l'échange. Les autres obéissaient à la jeune fille, alors qu'elle n'avait plus aucun titre, plus aucun pouvoir. Ces humains étaient vraiment bizarres.

– Nous avons évité de le mentionner, car nous ne voulions pas que vous accordiez trop d'importance à un éventuel otage de prix. Mon père n'est pas toujours le plus docile des exécutants. Menacer son fils pourrait le rendre plus… malléable.

– C'EST LA VÉRITÉ, confirma le Juge à qui on n'avait rien demandé.

Archange fronça le nez.

– Je ne crois pas, non, précisa-t-il à Sylver, lorsque Magister nous a parlé de vous, il a dit que nous pouvions tous vous tuer, à part Tara Duncan, parce qu'elle pouvait le mener à nos objets démoniaques.

Sylver laissa échapper un petit sifflement blessé. Il savait que son père ne lui accordait aucune importance, mais n'avait pas mesuré à quel point l'ambition de Magister comptait plus pour lui que les liens du sang.

C'était au tour d'Archange de répondre, devant le Juge.

– Il est reparti, confirma-t-il docilement. Il a bien failli détruire la planète, n'a pas du tout aimé les transformations, est resté le temps de ralentir votre venue, en agissant sur le vortex. (Archange eut un mince sourire.) Il voulait sans doute comprendre ce qui se passait ici. Il est venu à la ville, nous avons parlé. Il n'a pas voulu vous attendre. Je suppose qu'il avait peur que mon père le garde prisonnier. Il pensait sans doute que le vortex resterait ouvert et vous renverrait. Mais la magie de la planète a dû fluctuer et agir dessus.

Ah, c'était la raison pour laquelle cela avait duré aussi longtemps. Et aussi leur peu de surprise à leur arrivée.

Archange, prudent, avait dit la vérité, le Juge le confirma. Qu'il soit Prince ou pas, le Juge s'en fichait. Il perdrait quelque chose s'il mentait. Un doigt, un bras ou une jambe, peu importait au Juge.

Archange grimaça, tout ne se passait pas exactement comme il l'avait prévu. Lorsqu'on n'a pas son adversaire en face de soi, c'est très facile d'imaginer ses réactions. Il pensait éblouir Tara en lui permettant de revoir ses parents. Il n'avait pas pensé une seconde que la petite maligne allait en profiter pour lui faire dire la vérité, notamment sur Magister. Comment disaient-ils sur Terre ? Ah, oui.

Et merde.

– C'est tout ce que je sais à ce sujet, se contenta-t-il de terminer sobrement.

– C'EST LA VÉRITÉ, confirma le Juge.

Sylver se crispa.

– Il était sain et sauf ? demanda-t-il, montrant qu'il n'était pas dupe des précautions oratoires d'Archange.

Discrètement, Tara commença à emmagasiner de la magie. Si Archange disait non, Sylver allait lui trancher la tête.

Le démon ne le savait pas encore, mais il était quasiment mort.

Et avec lui, ils allaient tous y passer aussi. Finalement, le Juge n'aurait plus aucune utilité, Tara allait directement rejoindre ses parents dans les Limbes…

Mais Archange ne leur avait pas menti, du moins pas sur ce point.

– Oui, bien sûr, répondit-il sèchement, vexé qu'on mette en doute sa bonne foi. Il va bien, il est reparti.

Ah, il avait dit « il va bien », pas « il est guéri », une façon comme une autre de biaiser la vérité.

– C'EST LA VÉRITÉ, confirma le Juge.

Sylver se détendit légèrement.

– Où ?

Archange haussa les épaules, visiblement, il aimait ce geste très humain.

– Aucune idée. Il a choisi sa destination, qui était « forteresse grise ». Mais il n'a rien dit d'autre.

– C'EST LA VÉRITÉ. SI VOUS CONTINUEZ COMME ÇA, LE BOURREAU VA SE RETROUVER AU CHÔMAGE, AH ! AH ! AH !

Allons bon, une statue dotée du sens de l'humour. Génial, il ne manquait plus que ça.

Donc Magister était reparti sur AutreMonde. Sans eux. Après avoir dit à Archange qu'il pouvait tuer tout le monde, sauf Tara. C'était de plus en plus étrange. Ils étaient des alliés contre l'anneau, il avait besoin d'eux, tous, pas uniquement de Tara, afin d'affronter les gardes tandis que Tara et lui combattraient l'anneau. Qu'est-ce qui l'avait fait changer d'avis ?

À moins que, voulant les protéger, il n'ait feint de ne pas se préoccuper de leur sort, afin que les démons ne les croient pas précieux pour lui.

Complots, contre-complots, réseaux et raisons souterrains, tout cela devenait de plus en plus compliqué et Tara sentait une grosse migraine pointer.

Mais bon, elle était là pour une raison, alors, autant en profiter.

– Vous pourriez peut-être faire quelque chose pour le corps de Diablo, dit-elle en désignant le pauvre démon éventré. Peut-être pourrions-nous enquêter ? Cal est tout à fait capable de s'en occuper.

– Oui, bien sûr, répondit Archange, je vais demander à ce qu'il soit placé dans une salle d'autopsie, ainsi votre ami pourra assister aux recherches.

Archange fit signe à deux démons de s'occuper du corps martyrisé.

Tara profita du Juge.

– Vous n'avez aucune idée de qui a bien pu faire ça ?

– Aucune idée, vraiment, répondit sincèrement Archange, sans même un regard anxieux vers le Juge. Et surtout, je ne comprends pas du tout pourquoi. Cela fait des années que l'opposition… eh bien, s'oppose, mais ils ont toujours été pacifiques, dans notre milieu de guerriers, ce qui faisait qu'ils étaient toujours en minorité, même si leur mouvement gagne de plus en plus d'ampleur. Qu'ils fassent peur à quelqu'un au point de commettre ce meurtre, c'est le plus étrange de tout ceci. Mes limiers vont chercher et essayer de comprendre ce qui s'est passé.

En effet, les limiers entraient. Contrairement à la Terre où traiter les policiers de « limiers » était une métaphore, sur cette planète, les limiers étaient de vrais chiens. Énormes, dotés de bras au milieu du corps, ils possédaient quatre têtes. L'une était constituée d'un museau géant, la deuxième parsemée d'une multitude d'yeux qui inspectaient tout, étaient capables de grossir les choses des milliers de fois, de voir l'infrarouge ou l'ultraviolet, la troisième d'une dizaine d'oreilles. Chacune était totalement spécialisée et retransmettait les éléments recueillis à la quatrième, qui ressemblait à une monstrueuse tête de bébé avec un trop gros crâne. Tara frissonna. En fait, tout le groupe, à part Sylver et Fafnir, peu faciles à impressionner, frissonna.

Les démons n'utilisaient pas de boules de cristal comme sur AutreMonde, mais des pierres noires qui enregistraient son et images. La scène du crime fut soigneusement passée au crible, sous les yeux fascinés des AutreMondiens et du Terrien. Archange, toujours aussi prudent dans sa communication avec Tara, commentait ce que faisaient les spécialistes. Le corps fut décroché et retiré, au grand soulagement de tout le monde, le sang nettoyé (en fait, les limiers le léchèrent, Archange expliqua qu'ils le régurgiteraient plus tard, une fois analysé par leurs organes internes, ce qui fit pâlir Tara et Moineau), puis ils firent face au Juge de nouveau.

Après avoir vu la façon dont les démons et leurs limiers procédaient, Cal n'avait plus tellement envie d'aller assister à l'autopsie. Comment allaient-ils faire ? Le dévorer ?

– Je suis vraiment désolé de ce qui s'est passé, affirma Archange, maintenant, vous allez pouvoir demander au Juge de faire revenir vos parents.

Tara se sentit méfiante.

– En fait, précisa-t-elle, c'est votre idée. Je vous en prie, demandez-lui vous-même.

Elle ne voulait pas qu'il fasse passer cela pour un service qu'elle aurait réclamé. Archange eut un fin sourire mais obéit.

– Juge, tonna-t-il, je demande à ce que tu invoques pour nous les mânes des parents de Tara Duncan !

– PAS LA PEINE DE HURLER, répondit le Juge. JE VOUS ENTENDS TRÈS BIEN ! LESQUELS ?

– Comment ça, lesquels ? demanda Archange, déconcerté.

– COMME TOUS LES HUMAINS, SA DYNASTIE REMONTE À DES MILLIERS D'ANNÉES. LESQUELS DE SES PARENTS VEUX-TU QUE JE FASSE REVENIR ?

On sentait dans la voix d'airain une pointe d'amusement qu'Archange perçut très bien.

– Ses parents, répliqua-t-il sèchement. Son père, sa mère. (Il voulut la jouer cool en souriant à Tara et ajouta :) Tout ça, quoi.

Mais le Juge n'avait aucun sens de l'interprétation.

– SON PÈRE, SA MÈRE, OUI, JE COMPRENDS. EXPLIQUEZ LE : TOUSSAKOI, JE VOUS PRIE.

Archange ferma brièvement les yeux et on sentit que là, à l'instant, il aurait bien voulu avoir un gros marteau, voire carrément une boule de démolition sous la main.

– Juste père et mère.

– CE N'EST PAS LEUR NOM.

– Comment ?

– LE PÈRE ET LA MÈRE DE TARA DUNCAN NE SE NOMMENT PAS DANVIOU ET SELENA JUSTE.

– Juste quoi ? demanda Archange, complètement perdu.

– NON. PAS DANVIOU ET SELENA JUSTEKOI, NON PLUS.

Tara refusa totalement de croiser le regard des autres, parce qu'elle savait que si elle le faisait, elle allait partir dans une crise de fou rire total et qu'elle sentait que le Prince des démons n'avait pas le sens de l'humour à ce point. Évidemment, elle n'était pas aidée par les petits gloussements réprimés de Cal.

Archange grinça des dents. Ce fut presque audible. Il prit une grande inspiration, toussa un peu, ce qui fit perdre de la grandiloquence à sa déclaration et s'écria :

– Invoque Selena et Danviou, Fruik, et qu'on en finisse !

La statue garda le silence un instant.

– JE VOUS SIGNALE QUE M'INSULTER NE ME FERA PAS TRAVAILLER PLUS VITE, précisa-t-elle d'une voix pincée. D'AILLEURS, JE PENSE QU'IL VA FALLOIR REPARLER DE MES CONDITIONS DE TRAVAIL.

Sous la mise en garde, Tara sentit le rire réprimé du Juge.

– Je savais qu'installer cet écran de vidéovision était une mauvaise idée, maugréa Archange, depuis qu'on lui passe les films et les séries de la Terre, il devient insupportable !

Le Juge ne daigna pas commenter. Il se produisit soudain une débauche de couleurs et de sons, tout autour de la statue. Le homard s'accrocha à sa hache, Archange grimaça.

– C'est pas vrai, il recommence avec ses effets spéciaux, mais ce qu'il est pénible à la fin !

Cal gloussa et Tara se mordit l'intérieur des joues. L'instant était solennel, pas question d'éclater de rire devant l'agacement d'Archange.

Les bombardements de sons et de couleurs s'intensifièrent, au point de leur donner la nausée. Une énorme déchirure se produisit, comme si on avait utilisé des ciseaux géants pour trancher en deux le tissu de l'univers.

Et Selena et Danviou apparurent.

21

Les Limbes

ou comment réaliser que les vacances, quand c'est trop long, ça devient vraiment barbant... surtout en enfer.

Lorsque sa mère et son père apparurent devant elle, Tara perdit toute envie de rire. Le cœur dans la gorge, la respiration oppressée, elle leva les yeux vers eux. Danviou avait changé depuis la dernière fois qu'elle l'avait vu. Le bel homme blond à la mèche blanche semblait heureux et apaisé. À ses côtés, Selena lui souriait, ravissante et grave à la fois.

Lentement, presque avec réticence, ils prirent de la consistance, jusqu'à acquérir une véritable texture ! Tara écarquilla les yeux lorsqu'ils se posèrent par terre, s'avancèrent et... la touchèrent !

Submergée par l'émotion, elle éclata en sanglots. Tout autour d'elle, des reniflements divers lui indiquèrent qu'elle n'était pas la seule à être émue. Même les démons sortaient leurs mouchoirs, et Moineau et Fafnir ressemblaient à des fontaines.

– Mais... mais c'est impossible, souffla Tara en les entourant de ses bras, comment ?

– C'EST UNE NOUVELLE FONCTION, répondit le Juge avec suffisance. ELLE NE FONCTIONNE HÉLAS PAS TRÈS LONG-TEMPS, MAIS SUFFISAMMENT POUR PERMETTRE UN CONTACT PENDANT QUELQUES MINUTES. PROFITEZ-EN !

– Papa ! Maman ! s'exclama Tara avec émerveillement, les pressant contre elle de plus belle. Papa ! Maman !

– Ma chérie ! dirent tendrement Danviou et Selena.

Ils pleurèrent et rirent ensemble, unis dans cet instant unique, volé à la mort.

Puis Selena s'essuya les yeux et prit les mains de sa fille, l'écartant d'elle.

– Comment es-tu arrivée dans cet endroit ? demanda-t-elle, se rendant soudain compte d'où elle se trouvait. Qu'est-ce qui s'est passé ?

– Ça va aller, maman, répondit Tara en essuyant ses larmes. Mais toi ? Comment vas-tu ?

– Je suis morte, répondit Selena. Mais j'ai l'impression de revivre. OutreMonde ne ressemble pas du tout à ce que j'imaginais. Et j'ai retrouvé Danviou.

Le regard amoureux qu'elle lança à son mari ne laissait de place à aucun doute. Ses parents s'étaient retrouvés. Tara ne savait pas si elle devait en rire ou en pleurer.

Soudain, Selena comprit où se trouvait Tara.

– Ma chérie, mais qu'est-ce que tu fais dans les Limbes démoniaques ?

– C'est… c'est une longue histoire, mais tout va bien, maman, ne t'inquiète pas. Archange a promis de nous laisser repartir dès que ce sera sans danger pour la planète.

– Il a intérêt, grogna Danviou en dévisageant le magnifique démon. Parce que rien dans cet univers ne pourra me retenir s'il arrive la moindre chose à ma petite fille.

Archange s'inclina, prenant note de la menace. Et il voulait faire quoi le fantôme ? Lui hurler dans les oreilles jusqu'à la fin de ses jours ? Sans corps il n'avait pas beaucoup de moyens d'action !

Tara regarda sa mère qui respirait la joie, même si cette dernière était ternie par son inquiétude pour son enfant.

– Maman, dit-elle en lui prenant la main, il faut que je sache. Était-ce volontaire ? Ta mort a été accidentelle, c'est clair. Mais tu n'as pas du tout lutté. Tu es passée presque tout de suite dans l'OutreMonde. Était-ce un choix ? As-tu renoncé à lutter ?

Selena baissa les yeux sur leurs mains jointes.

– Je vais être honnête, Tara. Je n'ai pas eu le temps de réfléchir. Je me suis sentie mourir. L'instant d'après j'étais… ailleurs. Et Danviou était près de moi, fou de rage. Il hurlait contre ceux qui m'avaient tuée.

Elle eut un petit sourire ironique.

– La première chose que j'ai dû faire à ma mort a été de calmer mon mari. Nous avons fait le point. Cela n'a pas toujours été facile, mais finalement, nous nous sommes retrouvés. Oh, Tara, comme je regrette que cela n'ait pas pu se faire sur AutreMonde ! Mon bonheur serait alors complet.

Tara sentit sa gorge se serrer. Elle était contente et horriblement triste en même temps.

– Nous avons pu enfin parler de tout ce qui s'est passé, confirma Danviou avec un sourire dans ses yeux bleu marine. J'ai mis des semaines à lui refaire la cour !

Tara ouvrit de grands yeux.

– Des semaines ? Mais maman, cela fait à peine deux jours que tu es partie !

– Je ne suis pas partie, la reprit fermement Selena qui ne voulait lui laisser aucune illusion, je suis morte, Tara. J'ai rejoint mes ancêtres, tout va bien. Et le temps en OutreMonde n'est pas le même que sur AutreMonde ou sur Terre. Disons qu'il est… variable. Ton père voulait me convaincre qu'il n'était pas amoureux de moi à cause du sort, mais bien parce qu'il m'aimait moi. Et je ne voulais pas le croire.

Robin baissa la tête, se sentant un peu honteux.

– Mais il a fini par me convaincre, reprit Selena avec un délicieux sourire, et nous vivons notre seconde lune de miel, une vraie celle-ci, qui devrait durer au moins… oh, quelques années !

En voyant le bonheur tranquille qu'ils partageaient, Tara comprit soudain que jamais elle ne pourrait faire revenir sa mère et la séparer de nouveau de son père. Elle soupira. Elle venait d'obtenir sa réponse.

Elle sourit bravement, refoulant sa peine.

– Je suis heureuse que vous alliez bien tous les deux, dit-elle. Vous allez horriblement me manquer, mais votre bonheur est plus important. Je ne tenterai pas de faire revivre ton corps maman, je vais demander à Magister de le débrancher.

Une lueur d'inquiétude brilla dans les yeux de Selena.

– Magister ? Quel rapport avec mon corps ? Débrancher quoi ?

– Lorsque tu es morte, ça l'a rendu fou, expliqua Tara. Il a couvert ton corps de machines qui l'ont fait revivre… enfin, l'ont réparé, mais sans ton âme, il ne peut pas fonctionner. Son plan était d'aller à Omois afin de reprendre le manuscrit qui permet d'ouvrir le vortex entre AutreMonde et l'OutreMonde et de te faire revenir. Il m'a demandé de l'accompagner afin de combattre l'anneau en même temps.

Selena eut un geste de répulsion.

– Quelle horrible idée, cria-t-elle, pour rien au monde je ne veux revenir !

Elle s'adoucit en voyant la peine dans les yeux de Tara.

– Je veux dire que pour toi, je reviendrais sans hésiter, ma chérie, mais pas comme ça, pas dans ces conditions et surtout pas en risquant de nouveau de libérer des fantômes avides de corps sur AutreMonde.

Tara hocha la tête. Non, elle non plus ne voulait pas d'une seconde invasion. La première lui avait coûté assez cher, merci.

– De toute façon, fit une voix au-dessus d'eux, nous avons mis des surveillants aux points de vortex. Nous ne laisserons plus passer personne, du moins, pas sans autorisation. D'ailleurs, Juge, vous et moi allons avoir une petite discussion.

Ils levèrent les yeux. Au-dessus de leurs têtes flottait une vieille femme qui n'avait pas l'air commode. D'ailleurs, elle n'en avait pas que l'air, elle en avait aussi la chanson.

La redoutable Elseth, mère de l'Imperator et de l'Impératrice d'Omois, s'était invitée à leur petite réunion…

– Mère, salua Danviou en s'inclinant froidement, je me disais bien que j'avais reconnu quelque chose de familier en me rematérialisant. Vous êtes devenue l'une des Gardiennes ?

Elseth n'avait pas acquis de texture, contrairement à Selena et Danviou. La vieille Impératrice aux longs cheveux d'argent flottait paisiblement dans les airs, comme assise sur un trône volant invisible.

– Mon fils, je te salue, et non, je ne suis pas l'une des Gardiennes. Je fais juste partie de l'équipe de surveillance, de temps en temps. Nous avons été averties que deux fantômes étaient partis d'OutreMonde et je suis venue voir ce qui se passait encore.

On sentait l'agacement dans sa voix, d'avoir dû écourter ce qu'elle était en train de faire. Et si Tara voyait bien, il y avait une carte à jouer qui dépassait de l'une des manches de sa robe pourpre d'ex-Haute Mage d'Omois. Hum.

– Vous ne pouvez pas convoquer les fantômes comme cela, dit vertement Elseth en menaçant le Juge du doigt, cela n'est pas possible ! Si mon fils recommence à s'enfuir d'OutreMonde, il va finir par avoir des problèmes !

– AH OUI, maugréa le Juge. ET ALORS ? C'EST MA FONCTION. JE JUGE DE LA VÉRITÉ ET JE SANCTIONNE. ET JE VOIS VOTRE AMOUR POUR VOTRE FILS. IL EST BIEN CACHÉ MAIS IL EST LÀ !

Elseth en devint verte de dépit. Elle avait oublié que le Juge... jugeait.

Selena soupira.

– Je vois que vous vous êtes réconciliés tous les deux, franchement, belle-maman c'était ridicule de battre froid à votre fils comme ça, et de faire comme s'il vous était étranger !

La vieille Impératrice s'étrangla. Elle ne devait pas trop avoir l'habitude qu'on lui tienne tête.

– Il s'est enfui ! s'écria-t-elle, il a refusé les devoirs de sa charge ! Sur mon honneur, je devais le renier !

– Le renier ? Il était mort, Elseth, en quoi le renier était-il une bonne chose ?

– Je ne le renie plus, répliqua Elseth avec hauteur, tout en jetant un regard en coin vers le Juge. Je l'ai appelé « mon fils » et non plus «jeune fantôme», depuis que vous êtes parmi nous.

Tara ne savait pas ce que Selena avait bien pu dire à la mère de son mari, mais apparemment, cela avait suffisamment de poids pour faire fléchir l'inflexible Elseth. Puis, tentatrice, lui vint l'idée d'une confrontation entre Elseth et Isabella. Oh ! être une petite souris cachée dans un coin et assister à la scène !

Selena soupira de nouveau, puis, ignorant Elseth, se reconcentra sur sa fille.

– Ma chérie, dit-elle, ne te mets pas en danger, sois prudente, d'accord ? Nous n'avons aucune interaction possible avec AutreMonde, je ne peux donc pas vous protéger, Jar, Mara et toi, et ton père non plus. Il va donc falloir que tu sois vraiment leur grande sœur. Ne laisse pas Jar s'éloigner de toi ou être en compétition avec toi comme il l'a fait jusqu'à présent. C'est un jeune garçon très orgueilleux et torturé. Sois son modèle, sois son mentor. Et arrête de le laisser gagner. Le jour où il te vaincra vraiment, cela aura une véritable valeur. Là, tu ne fais que te rabaisser à ses yeux.

Tara opina. Oui, sa mère avait raison. Et elle était surprise que Selena s'en soit rendu compte. Puis se souvint que Jar lui avait parlé le jour de son anniversaire. Il avait dû se vanter et Selena en avait tiré les justes déductions.

– Et tu dois me promettre que tu ne laisseras pas Magister me faire revenir, insista Selena, serrant les mains de Tara très fort dans son angoisse. Je suis heureuse ici, c'est ma place. Dis aussi à T'eal que je l'ai sincèrement aimé et que, si je n'ai pas lutté pour rester, lorsque j'ai été blessée, ce n'était pas à cause de lui, ou pour le fuir, mais simplement parce que je n'ai tout simplement pas eu le temps. Finalement, j'ai pu pardonner à Danviou, car il semble que, comme lui, je ne suis pas très courageuse. Il a fui ses responsabilités, j'ai fui les miennes. Je suis désolée que ce soit toujours toi qui en subisses les conséquences, ma chérie, ne m'en veux pas.

Tara hocha la tête, incapable de parler. D'où sa mère avait-elle tiré l'idée absurde qu'elle allait lui en vouloir ? Ni Danviou ni Selena n'étaient lâches, elle le savait très bien. Danviou avait fui les manigances du dragon renégat, bien plus que les devoirs de sa charge (bon, d'accord, il n'aimait pas du tout ce qu'il faisait et trouvait son demi-frère bien plus compétent, mais ce n'était qu'un des points qui avaient provoqué son départ, pas la principale raison), et Selena ne voulait plus être un fardeau pour sa fille, poursuivie sans cesse par Magister. Tous deux avaient agi selon leur nature et c'était tout.

C'est ce qu'elle dit à ses parents, juste avant que le Juge ne les renvoie en OutreMonde.

Mieux que cela. Elle leur donna, du fond du cœur, tout l'amour qu'elle avait pour eux, tandis que, étreints de nouveau tous les trois, ils lui donnèrent leur amour avec autant d'intensité.

– JE SUIS DÉSOLÉ, finit par dire le Juge, MAIS LE TEMPS EST ÉCOULÉ. COMME VOUS ÊTES SOUS UNE FORME PHYSIQUE TANGIBLE, JE NE PEUX VOUS GARDER PLUS LONGTEMPS. IL EST TEMPS DE FAIRE VOS ADIEUX. CEPENDANT, PARCE QUE JE N'AIME PAS BEAUCOUP QU'ON ME DONNE DES ORDRES (ça, c'était pour Elseth), CE QUE, APPAREMMENT, NOUS PARTAGEONS COMME TRAVERS, DANVIOU, VOICI UN PETIT CADEAU.

De la statue, deux éclats plats et rectangulaires d'obsidienne sautèrent.

– CELA NE FONCTIONNERA QU'EN CAS D'EXTRÊME BESOIN, MAIS SI VOUS, LES FANTÔMES, ÊTES EN DANGER, OU SI VOUS, TARA DUNCAN, VOUS AVEZ BESOIN DE PARLER À VOS PARENTS, POSEZ VOS MAINS SUR CES ÉCLATS DE MON CORPS ET APPELEZ-MOI : « PAR LE JUGE, QUE MES PARENTS

APPARAISSENT » OU : « PAR LE JUGE, QUE TARA APPA-
RAISSE. » L'AUTRE ÉCLAT VIBRERA ET VOUS POURREZ
CONVERSER.

Elseth faillit s'étouffer lorsque Selena prit l'éclat, des larmes
de joie dans les yeux.

– Merci, merci Juge, dit-elle, reconnaissante. C'est un magnifique cadeau !

– Discuter avec les vivants, n'importe quoi ! maugréa Elseth,
et pourquoi pas le câble pendant qu'on y est ?

– Merci Juge, reprit Tara, tout aussi reconnaissante, je ne
pensais pas pouvoir reparler à mes parents avant de les
rejoindre, maintenant, grâce à vous, c'est possible, c'est
merveilleux. Quelle est la contrepartie ?

Selena la regarda, interloquée, elle n'avait pas du tout pensé
que le cadeau pouvait être assorti d'une condition. Danviou,
lui, allait poser la même question et regarda sa fille avec fierté.
Elseth aussi, contente de voir que sa petite-fille était prudente.
Archange ouvrait la bouche, prêt à imposer des tas de conditions, lorsque le Juge l'interrompit :

– AH ! AH ! AH ! CES HUMAINS, TOUJOURS À CHERCHER LE
COMPLOT DERRIÈRE LE COMPLOT. IL N'Y A AUCUNE
CONDITION. C'EST LIBREMENT DONNÉ, VOUS POURREZ
LIBREMENT L'UTILISER. DITES-VOUS AU REVOIR À PRÉSENT,
IL VOUS RESTE TRENTE RESPIRATIONS.

C'était horriblement court. Tara embrassa ses parents, sentant
de nouveau les larmes couler sur ses joues, mais cette fois-ci,
c'étaient des larmes mêlées de joie et de regrets. Elle n'était pas
triste, du moins pas trop.

Petit à petit, sous ses mains, elle sentit que ses parents
perdaient de la texture, bientôt, les deux fantômes planèrent
devant elle, rejoignant Elseth.

– Ma chérie, dirent Danviou et Selena, nous t'aimons, nous
t'aimons à jamais, fais bien attention, sois heureuse et ne nous
rejoins que lorsque tu seras une très vieille dame !

Et ils disparurent.

Il y eut un instant de silence, juste rompu par les reniflements
d'un démon un peu trop sensible et qui sanglotait dans son
mouchoir, ses tentacules agités de petits tremblements tristes.

Même Archange avait les larmes aux yeux. Il les essuya vivement.

– Je suis content d'avoir pu vous donner cet instant, Tara Duncan, dit-il gravement.

Et pour une fois, Tara sut qu'il parlait sincèrement. Il avait été touché. Cela lui fit plaisir, gommant, l'espace d'un instant, le fossé entre leurs deux espèces.

Elle eut un petit sourire triste.

– Ils sont heureux, c'est tout ce que je voulais savoir. Je peux même leur parler. Et un jour, je les retrouverai. C'est bien plus que je n'espérais. Merci Archange.

– C'est la première fois que vous me donnez mon nom, murmura le démon. Merci Tara Duncan.

Mais Robin n'avait pas l'intention de laisser le moindre sentimentalisme s'attarder entre les deux.

– Et maintenant, dit-il d'un ton agressif, qu'est-ce que vous avez préparé ? Un autre corps éventré ? Une autre réunion larmoyante ?

Tara lui jeta un regard noir. Archange se raidit et ses yeux verts flamboyèrent.

– Le fait que vous soyez notre invité ne vous dispense pas d'une certaine politesse, dit-il d'une voix glaciale. Et non, je n'ai aucun corps ni aucune autre rencontre. Je désire simplement vous montrer notre planète, afin que vous puissiez juger de ce que nous avons accompli.

– Pourquoi ? demanda Moineau qui était restée plutôt silencieuse jusqu'à présent. Nous allons repartir bientôt et nous ne reviendrons pas de sitôt. Si des relations diplomatiques devaient s'établir entre nos deux univers, vous aurez affaire avec des ambassadeurs. Aucun d'entre nous n'est habilité à traiter avec vous.

Archange réprima un geste agacé. Décidément, rien ne se passait comme il l'avait prévu. Les humains étaient bien plus méfiants et sérieux qu'il ne l'avait vu dans les films et les rapports sur eux.

– C'est comme internet, déclara-t-il à la grande surprise de Moineau.

– Pardon ?

– Oui, ce truc des réseaux sociaux sur Terre. Vous dites que vous avez aimé un endroit et les gens y vont. C'est important pour nous de vous montrer notre bonne volonté. Nous avons été ennemis assez longtemps. C'est le moment de profiter du changement. Il va y avoir des investissements intéressants à faire sur nos planètes, je vous assure ! Et nous espérons bien que vous en parlerez aux gens d'AutreMonde et de la Terre.

Il voyait bien qu'ils étaient dubitatifs. C'était déconcertant. Et ce meurtre. Quelque chose n'allait pas du tout. Il y avait des meurtres chez les démons, ce n'était pas courant, mais cela arrivait. Le Juge était justement là pour cela. Pour que des innocents ne soient pas condamnés à la place des coupables. Cependant, c'était bien la première fois qu'un assassinat était commis au Palais princier, dans la salle même du Juge. Et Archange découvrait avec surprise qu'il n'aimait pas du tout être menacé chez lui.

– Juste une info, en attendant de monter des complexes résidentiels pour touristes d'AutreMonde, les endroits où des meurtres/attentats/massacres sont commis n'attirent pas trop les visiteurs. Alors, pourquoi vous ne posez pas la question à la statue, à propos de Diablo, fit remarquer Cal, après tout, lui et le bourreau ne bougent jamais d'ici que je sache, ils savent certainement ce qui s'est passé, non ?

Archange fit la grimace. La surprise et l'attaque de Tara, puis l'appel de ses parents lui avaient un peu paralysé les neurones. Cal avait évidemment raison.

– Juge, demanda-t-il en se tournant vers la statue noire, pourrais-tu me dire ce qui s'est passé ici ?

Il y eut un instant de silence, puis la voix d'airain s'éleva, un tantinet ennuyée :

– PAS DU TOUT, répondit le Juge. JE N'EN AI AUCUNE IDÉE.

– Mais Diablo a été torturé dans cette salle !

– NON.

– Non ?

– QUELQU'UN L'A PROJETÉ ICI. AVEC DE LA MAGIE DÉMONIAQUE. VERS DEUX HEURES DU MATIN. IL A ÉTÉ, À CE QUE J'AI SENTI, ÉGALEMENT TUÉ À L'AIDE DE LA MAGIE. JE NE SAVAIS PAS POURQUOI CE CADAVRE VENAIT D'APPARAÎTRE DEVANT MOI. J'AI DONC DÉCIDÉ D'ATTENDRE AFIN DE VOIR CE QUI ALLAIT SE PASSER. JE COMPRENDS MAINTENANT QUE CE N'ÉTAIT PAS DE VOTRE FAIT, PRINCE ARCHANGE, AU VU DE VOTRE SURPRISE.

Tara claqua dans ses doigts, traversée par une idée.

– Et moi, je sais à quelle heure il a été assassiné.

Archange se tourna vers elle, inquisiteur.

– Ah oui, Tara Duncan ? Et comment savez-vous ça ?

Tout un monde d'insinuation pointait dans sa voix.

– Le tremblement de terre, répondit Tara, c'est évident !

Archange n'était pas idiot. Il comprit tout de suite. Il fit claquer ses doigts en un geste incroyablement humain.

– Celui qui a eu lieu à deux heures du matin, mais bien sûr ! Utiliser la magie démoniaque en ce moment déclenche des tremblements de terre ! Bravo ! Donc il a été assassiné très peu de temps avant d'être matérialisé ici. Le tueur a utilisé deux actions magiques d'un seul coup, afin d'éviter d'en utiliser trop. Un : assassiner puis lier sur la machine, deux : transporter. Mais nous l'avons senti. Oh oui, nous l'avons senti. Il faudra donc faire venir devant le Juge tous ceux qui n'auront pas d'alibi pour ce moment.

– Mais il y a un autre moyen d'échapper à votre investigation, dit Cal avec une moue soucieuse. Il suffit que le commanditaire de l'assassinat ait engagé un tueur, pour pouvoir répondre qu'il était en train de ronfler paisiblement dans son lit (il regarda la forme bizarre de certains démons et reprit :)… ou ce dans quoi il dormait… pour échapper à votre interrogatoire. Il peut aussi s'absenter de la ville le temps de l'investigation. Rien de bien compliqué.

Archange ouvrit la bouche… et la referma, l'air contrarié.

– Votre esprit, finit-il par dire lentement, Voleur, est vraiment tordu. Les démons (il jeta un coup d'œil à Tara), les Boulimilema, ne pensent pas comme cela. Nous agissons, nous tuons, nous tentons d'échapper à ce que nous avons fait et le Juge nous démasque et nous punit. C'est comme cela que ça fonctionne depuis des millénaires.

– Vous avez beaucoup de meurtres sur vos planètes ? demanda Tara.

– Bien moins que sur Terre, mais plus que sur AutreMonde, répondit Archange. Vos Diseurs de Vérité sont vraiment efficaces. Le Juge ne peut juger que ceux qui comparaissent devant lui. Vos Diseurs peuvent se déplacer et sillonner le terrain afin de débusquer les meurtriers. Ici ce n'est pas possible.

– Donc, interroger les gens sur leur alibi en présence du Juge n'est pas une solution fiable.

– Pourtant, nous allons devoir le faire, répliqua Archange, l'air vraiment ennuyé, la faction bleue ne laissera pas le meurtre de son leader impuni. Si nous négligeons l'enquête, nous allons finir par avoir de sérieux problèmes.

Cela éclairait sous un jour nouveau la société des démons. Un gouvernement était une tyrannie lorsqu'il n'y avait ni opposition ni contestation. Cela ne semblait pas être complètement le cas ici. En plus du magnifique cadeau que venait de lui faire Archange, sans qu'elle ait rien demandé, ce qu'il révélait lui apporta son approbation. Elle commençait à apprécier le curieux personnage.

– En attendant que vos limiers finissent leur enquête, que faisons-nous ? demanda la jeune fille, qui était curieuse de faire connaissance avec la nouvelle planète… histoire d'emmagasiner un maximum d'informations au cas où.

Son radieux sourire revint sur le visage d'Archange.

– Oui, oui, venez, nous allons passer par le Terraferium.

– Le quoi ?

– Terraferium. Je ne peux pas vous le décrire, il faut avoir vécu l'expérience pour se rendre compte. Suivez-moi.

Il tendit un bras aimable à Tara qui le prit, ignorant les regards noirs de Sylver et de Robin. Ils sortirent de la salle sans regret, laissant les limiers rechercher les coupables, après avoir dit au revoir au Juge, devant qui Tara s'inclina avec reconnaissance et respect. Autant rester copain avec une entité capable de faire revenir ses parents en claquant dans les doi… (d'accord, il n'en avait pas) en quelques secondes.

Fafnir sortit la dernière, les yeux rivés sur les épaules de Sylver et un sourire rêveur accroché aux lèvres, ce qui fit qu'elle ne vit pas le chaton rose qui couina lorsqu'elle faillit lui marcher dessus. Vu qu'elle avait des bottes ferrées, quelques centimètres plus à gauche et c'était de la bouillie de chaton. Fafnir fronça les sourcils et se pencha pour pousser la petite bête qui s'accrocha, toutes griffes dehors, au cuir de sa botte. Le chaton feula lorsqu'elle parvint enfin à le décrocher et fixa son regard furibond dans les yeux verts de Fafnir.

C'est alors que se produisit l'impossible.

Les yeux bleus du chaton virèrent au doré, ceux de Fafnir aussi, l'espace d'un fugitif instant. Fafnir fut tellement saisie qu'elle lâcha la petite bête, qui, Fafnir n'étant heureusement pas très grande, parvint à retomber sur ses pattes, comme tout chat qui se respecte. Les yeux du chaton restèrent dorés et il contempla Fafnir d'un air totalement sidéré.

Le hurlement d'horreur que Fafnir poussa fit littéralement roussir les poils des oreilles des démons. Tout le magicgang…

et la majorité de la cour se retournèrent vers Fafnir, les mains sur les oreilles. Tara se précipita, battue d'une courte tête par Sylver, son épée déjà en main.

– Guerrière Fafnir ! cria Sylver, très angoissé, que se passe-t-il ?

– AAAAAAAAAAAAAAAHHHHHHHHHHHHHHHHHHHHH ! continua Fafnir dans sa célèbre imitation d'une corne de brume dans un mégaphone. AAAAAAAAAAAAAHHHHHHHHHHHHH !

– Bon sang ! cria Cal qui voyait bien que Fafnir n'avait pas mal mais était horrifiée, est-ce que quelqu'un peut lui apprendre le B ? Ou lui taper sur la tête pour qu'elle arrête ?

– AAAAAAAAAAAAAAAHHHHHHHHHHHHHHHHHHHHH ! s'étrangla Fafnir de plus belle.

– Que se passe-t-il ? demanda Archange, pourquoi hurle-t-elle comme cela ? Nous n'avons rien fait ! Ça va durer longtemps ?

Moineau se pencha sur le chaton qui refusait de s'écarter de Fafnir, nota les yeux dorés et eut un sourire un peu dément.

– Par mes ancêtres, murmura-t-elle, je n'arrive pas à y croire.

– Que se passe-t-il ? demanda Fabrice en grimaçant, ses oreilles trop sensibles souffrant le martyre.

Moineau brandit le chaton rose qui essaya d'attraper ses longs cheveux bouclés au passage et s'exclama, incrédule :

– Fafnir vient de se lier avec cet animal !

22

Le chaton rose démoniaque

ou comment se lier avec un animal qui va totalement détruire votre image de féroce guerrière.

Cela ne cessait pas. Le cri était empreint non seulement d'une terrible douleur, mais aussi d'une effroyable désolation.

– D'accord ! cria Cal, est-ce que quelqu'un connaît la capacité des poumons d'un nain, parce qu'on peut rester comme ça pendant des heures !

– Ils peuvent hurler tout en respirant, cria Moineau, brandissant toujours la petite bête. Fafnir est en état de choc, elle peut continuer à hurler pendant plusieurs jours comme ça !

À voir la tête d'Archange et des autres démons, ils n'aimaient vraiment pas l'idée.

– Je ne comprends pas très bien, avoua Archange en s'éloignant un peu du cri pour pouvoir se faire entendre. Qu'est-ce qui s'est passé ?

– Vous n'avez sans doute pas cela ici, puisque votre magie est différente de la nôtre, répondit Moineau en désignant les Familiers qui les accompagnaient, mais chez nous, les sortceliers se lient avec des compagnons d'âme. Ce sont nos Familiers. Très étrangement, Fafnir vient de se lier avec l'un de vos chatons.

Soudain, Cal se plia en deux, semblant souffrir d'une terrible douleur.

Inquiet de voir ses invités succomber l'un après l'autre à un mal invisible, Archange se précipita et se pencha sur le visage ruisselant du petit Voleur.

Cal était recroquevillé, son visage inondé de larmes.

– Appelez un médecin ! cria Archange, se penchant de plus belle afin d'entendre les mots de Cal.

Soudain, il se releva, une expression très perplexe sur le visage et tout le monde put entendre ce que disait Cal :

– Un... un chaton démoniaque... un chaton rose démoniaque... ahhhhh... je vais mourir ! Fafnir s'est liée avec un chaton rose démoniaque ! aaahahhhaahhhh !

Le petit Voleur riait tellement qu'il tomba par terre, incapable de tenir sur ses jambes. Tara, en dépit de la tension, sentit ses propres commissures se relever vers le haut, les traîtresses.

Fabrice croisa son regard et se mit à glousser. Moineau lutta pour ne pas rire, en vain et bientôt, emportés par leur fou rire, les deux garçons se roulèrent l'un à côté de l'autre, se tenant les côtes, sous les yeux stupéfaits des démons. Sylver était trop angoissé par ce qui arrivait à Fafnir pour rire, mais Robin, tout furieux qu'il se sentait, fut bientôt gagné par l'hilarité de leurs amis. C'était terrible, mais la vision de l'implacable Fafnir, tout de cuir et de fer vêtue, ses deux haches à la main, accompagnée du chaton finit par envoyer des bulles de rire dans son cerveau.

Vaincue, Tara se mit à rire aussi. Tout doucement d'abord, puis de plus en plus fort, jusqu'à sentir les larmes rouler sur ses joues, elle aussi.

Fafnir dut sentir le changement d'atmosphère autour d'elle, car son hurlement faiblit. Une lueur d'intelligence filtra au travers de son épouvantable angoisse et elle baissa les yeux sur Cal et Fabrice qui se tordaient de rire par terre.

Elle ferma la bouche.

Le silence leur tomba dessus comme un couperet. Avant que Moineau, qui luttait de toutes ses forces pour ne pas se plier en deux elle aussi, n'ait le temps de réagir, Fafnir lui arrachait le petit chat des mains en grognant :

– Ça va pas de le remuer comme ça ! Il a mal au cœur !

Cal, qui tentait de se relever, repartit aussi sec dans son fou rire.

– Aaaah, le chaton a mal au cœur, ahhhhh !

– Ah ! ah ! ah ! fit froidement Fafnir, très drôle vraiment. Si tu continues, je lâche Belzébuth sur toi !

Cal faillit en avaler sa langue.

– Il... il s'appelle Belzébuth ? Comme le chef des démons chez les Terriens ? Waouh, c'est... c'est terrifiant !

Et il repartit de plus belle.

– La vache ! s'écria Fabrice, riant aux éclats en détaillant le chaton qui bâillait, révélant de mignons petits crocs, son nom est plus long que lui !

Cette fois-ci, Tara perdit la bataille. Sous les yeux des démons qui avaient la sensation très nette que les humains étaient devenus dingues, elle se plia, les abdominaux en feu à force de rire. La tête de Fafnir était juste indescriptible.

– Il me dit que je peux l'appeler Bel si je veux, précisa Fafnir, revêche. Et je n'aime pas beaucoup vos insinuations. Belzébuth est un très joli nom je trouve.

– Hou là ! dit Robin en essuyant ses larmes, cela me console tout à fait de m'être lié avec une hydre (il caressa affectueusement les têtes miniatures de Sourv qui lui léchèrent le bout des doigts). Je crois qu'il est difficile de faire pire !

– Archange, dit Moineau lorsqu'elle eut retrouvé son souffle, pouvez-vous nous donner les caractéristiques de cet animal ?

D'eux tous, c'était elle qui connaissait le mieux la liaison entre un Familier et son maître.

Fasciné, Archange regardait le couple improbable et se secoua.

– Comment ?

– Les caractéristiques du chaton, s'il vous plaît, répéta gentiment Moineau. Nous allons en avoir besoin, enfin Fafnir, afin de savoir comment s'en occuper.

– Ah ? Euh… ce sont des chats.

– Oui, ça on s'en était rendu compte, persifla Fabrice qui se relevait, évitant soigneusement de regarder Fafnir.

– Mais nous avons modifié leurs gènes, précisa Archange.

– Ah ! fit Fafnir avec satisfaction, toisant Cal du regard, Bel va devenir un énorme chat plein de grandes griffes et de crocs et changer de couleur ? Comme Sheeba ? Pour la couleur, noir ce serait bien.

La panthère argentée de Moineau feula, indignée qu'on ose la comparer à ce qu'elle considérait comme un mini-steak rose, bon à dévorer.

Archange fut désolé de détruire l'espoir de Fafnir.

– En fait, articula-t-il avec embarras, les filles nous ont demandé de créer des chats qui ne grandiraient jamais afin de pouvoir les garder auprès d'elles, parce qu'elles trouvaient que les chatons, c'était plus mignon.

Derrière lui, les démones humaines hochèrent la tête avec satisfaction. Elles aimaient beaucoup les petites boules de poil pelucheuses.

Le visage de Fafnir reflétait une telle horreur que Cal faillit repartir par terre.

– Vous… vous voulez dire qu'il va rester comme ça… toute sa vie ? balbutia la naine guerrière.

– Oui, confirma Archange. Et il va vivre très longtemps, les filles trouvaient que les chats vieillissaient trop vite, alors celui-ci devrait vivre un bon millier d'années, nous ne savons pas exactement, car c'est encore un prototype.

D'accord, cette fois-ci, ce n'était pas de l'horreur sur le visage de Fafnir, mais la consternation la plus pure.

– Déjà que les nains n'aimaient pas beaucoup que j'utilise la magie, grogna-t-elle, mais si en plus j'ai pour Familier un chaton rose démoniaque, je vais me faire encore exiler ! Ça commence à me gonfler sérieux, cette histoire de sortcellerie !

Archange réagit :

– Un chaton rose, certes, mais il n'a rien de démoniaque ! Il n'y a aucune magie en lui, nous ne sacrifierions pas des âmes pour quelque chose d'aussi futile. D'ailleurs, je ne comprends même pas comment cela se fait qu'il se soit lié avec vous, damoiselle naine.

– C'est la magie résiduelle, expliqua Moineau qui réfléchissait à toute vitesse. Nous baignons tellement dans la magie sur AutreMonde que nous avons fini par nous en imprégner. Il n'y en a pas ici, mais il en reste dans notre corps. C'est probablement cette magie qui a lié les deux. Nous sommes désolés et espérons que cela ne vous posera pas de problème d'emmener le chaton avec nous lorsque nous repartirons, car délier un Familier et son Sortcelier n'est pas possible, ou du moins très dangereux.

Elle évita de préciser que lorsqu'ils auraient utilisé toute la magie qui leur restait, ils seraient sans défense contre les démons, à part Fabrice et elle, qui ne dépendaient pas de la magie pour se transformer, et Tara, qui possédait la Pierre Vivante, véritable réservoir de magie d'AutreMonde.

Archange balaya l'argument de la main.

– Il n'est pas question de les séparer, évidemment. Vous pourrez repartir avec le chaton, nous en avons plein ici.

Curieusement, Fafnir n'eut pas l'air soulagée. On sentit que si elle n'avait pas eu le choix, elle se serait débarrassée du chaton dans la seconde. Lequel miaula avec protestation.

Fafnir prit un air terriblement résigné.

– Et je le nourris comment, par pitié, dites-moi que je ne dois pas lui donner de biberon !

Cal se replia en deux et Fafnir lui jeta un regard furieux. L'image de Fafnir donnant le biberon au chaton rose flotta dans l'esprit de Tara et elle dut vraiment se concentrer pour rester sérieuse.

– Non, rassurez-vous, répondit Archange, un sourire tout aussi amusé aux lèvres, les filles voulaient qu'ils soient autonomes. Il peut chercher sa nourriture tout seul. De la viande, un peu d'herbe à chat et de temps en temps un peu de lait et il sera parfaitement heureux. Ah ! et il est propre aussi. Il vous suffira d'une litière et tout se passera bien.

Fafnir se recroquevilla. Non, tout n'allait pas bien se passer. Tout AutreMonde allait se moquer d'elle et ça allait être l'enfer. Peut-être qu'elle allait rester ici finalement…

Cal s'avança vers Archange et lui prit la main, puis la secoua vigoureusement.

– Au début, je n'étais pas chaud chaud pour venir dans les Limbes. Vous, les démons, vous traînez quand même une sacrée réputation. Mais rien que pour cela, merci, merci, merci (à chaque merci, il secouait la main d'Archange, stupéfait, de bas en haut).

Puis il le lâcha et recula d'un pas, un énorme sourire sur les lèvres.

– Euh… je vous en prie, répondit Archange qui ne comprenait pas bien pourquoi le Voleur était si joyeux, content d'avoir pu vous faire plaisir.

Fafnir, elle, comprenait très bien et serra sa hache si fort que ses phalanges devinrent blanches. Pourtant, de l'autre main, elle tenait le petit chaton dans une douce étreinte et il ronronnait de contentement.

Elle le posa sur son épaule où il bâilla et décida de faire un petit somme. À présent, le visage de Fafnir était partagé entre la consternation et la tendresse pour le chaton rose.

Sylver, qui n'avait pas ri, trop sensible à la détresse de Fafnir, finit par retrouver ses esprits.

– Tout va bien, guerrière Fafnir ?

– Non, répondit Fafnir avec amertume, tout ne va pas bien. Mais je ne vais pas tuer ce petit animal juste parce qu'il a mal choisi sa compagne.

Elle soupira.

– Bon, on disait quoi déjà ? Vous vouliez nous emmener dans un tuférarium ?

– Le Terraferium, corrigea Archange qui demanda avec curiosité : Dites, c'est toujours aussi animé avec vous ? Des meurtres, des hurlements, des liaisons bizarres ?

– Ça ? C'est rien du tout, s'esclaffa Cal, d'habitude, on a aussi des bombes, donc des explosions, des invasions et tout un tas de bagarres. C'est Tara. Depuis longtemps, on a une théorie, comme quoi cette fille est une sorte d'aimant.

Archange eut soudain un air gourmand que n'aima pas du tout Robin.

– Une aimante ?

– Non, un aimant. Un truc qui attire le fer, parce qu'il est magnétisé. Ben Tara, elle, attire le chaos. Elle doit avoir un ancêtre papillon[1] quelque part.

À voir la tête éberluée d'Archange, il n'avait pas compris un seul mot de l'explication de Cal. Il renonça et leur indiqua le chemin.

Sur leur passage, tout le monde s'écarta prudemment. Les rumeurs allaient bon train autour de la visite des humains et plus le temps passait, plus les démons les trouvaient… étranges.

Fafnir surtout.

Elle passa au milieu d'une haie respectueuse, son chaton rose sur l'épaule, affichant l'air sombre de quelqu'un qui va planter sa hache dans le premier qui oserait faire un commentaire.

Tara eut une pensée émue pour celui qui se pencherait sur Fafnir et Bel en disant : « Oh ! qu'il est mignon ! » Elle n'était pas sûre qu'il ait le temps de terminer sa phrase. La naine ayant le caractère d'un sanglier sous rage de dents permanente, le retour sur AutreMonde, s'ils arrivaient à quitter ce fichu endroit, promettait d'être… intéressant.

De nouveau, ses lèvres se retroussèrent. Elle ne devait pas rire, non, Fafnir était son amie. Les gloussements étouffés de Cal derrière eux ne l'aidèrent pas des masses.

Enfin, ils arrivèrent au Terraferium et la splendeur de la salle éteignit enfin les derniers ricanements de Cal.

– Waouh, fit-il en se dévissant la tête pour mieux regarder, c'est magnifique !

– Oui, mais c'est un peu gros pour que tu le voles, ricana Fabrice.

---

1. Mais si, vous savez, la saleté de papillon qui remue des ailes on ne sait pas où et qui déclenche des tempêtes effroyables sur tout le globe ! D'ailleurs, il serait temps que quelqu'un s'en occupe, hein !

Toute la salle était de cristal. Un étrange cristal noir et blanc, qui formait comme une énorme lentille, amenant le paysage du dehors à l'intérieur. Il n'y avait pas de maçonnerie pour arrêter le regard, le plancher lui-même était de cristal, comme les murs et le toit, délicatement sculpté de démons, dont certains étaient presque beaux.

Et le cristal chantait. C'était comme un son très doux qui s'infiltrait dans le cerveau. Les ados regardèrent tout autour d'eux, essayant de trouver d'où il venait, mais il émanait de partout et de nulle part.

Tara sentit un mouvement dans sa poche et s'écartant d'Archange comme si elle voulait voir le cristal d'un peu plus près, elle regarda discrètement ce qui pouvait bien bourdonner comme ça, au point de faire frémir la changeline.

C'était la Pierre Vivante. Elle semblait chanter avec le cristal.

– Pierre Vivante, dit Tara mentalement, tu vas bien ?

– Je vais très bien, merci, répondit la Pierre, dédaignant pour une fois son langage heurté et lapidaire. Il n'aime pas être ici.

– Qu'est-ce qui n'aime pas être ici ?

– Le cristal.

Et en dépit des questions de Tara, la boule de cristal se renferma dans un mutisme obstiné. Inquiète... d'accord, encore plus inquiète, Tara releva la tête et se concentra sur ce que disait Archange.

– C'est l'un de nos savants qui a inventé cela, expliquait le beau Prince démon avec fierté. Étant totalement agoraphobe[1], il refusait de sortir, et il a créé ceci pour voir le reste du monde.

Cal observait le cristal de près et on sentait que sortir ses instruments le démangeait, mais il évita. Inutile de montrer aux démons tout ce qu'il avait dans ses poches de VP[2].

– Ceci est magique, finit-il par déclarer. Je croyais que vous ne pouviez pas utiliser la magie démon... euh, votre magie, sous peine de faire exploser votre planète ?

Son ton sous-entendait que ça ne le dérangeait pas que les démons se fassent exploser, mais de préférence lorsqu'il ne serait plus là.

---

1. Très curieuse névrose qui fait redouter les grands espaces à celui qui en est affecté. Le contraire de claustrophobie, qui est la peur des petits espaces clos. Vu le nombre de fois où elle se fait enfermer/emprisonner/ligoter, il est assez heureux pour elle que Tara ne soit pas claustrophobe, d'ailleurs.
2. Voleur Patenté évidemment.

– C'est exact, répondit Archange avec un grand sourire. Mais la magie contenue dans ce cristal ne vient pas de notre planète.

– Ah bon ?

– Non, elle vient d'AutreMonde !

Le visage de Moineau pâlit considérablement.

– C'est… c'est du quartz vivant ?

– Exactement, confirma Archange, ses yeux verts étincelant de joie. Il semble que le cristal retienne la magie de votre monde, ce qui est absolument magnifique, car nous pouvons l'utiliser. Nous ne nous en sommes rendu compte qu'après avoir taillé les optiques de cette pièce, lorsque les paysages alentour se sont transformés à la demande. Soudain, nous étions capables de voir tout ce qui se passait sur la planète ! Hélas ! le chant est très précis. Si nous déplaçons ou essayons de transformer quoi que ce soit, il s'arrête. Nous n'avons donc pas pu utiliser ce quartz pour autre chose. Et nous n'en avons jamais eu un si gros morceau entre les mains. Il nous a été payé en échange d'un service.

Ah ! Tara comprenait à présent pourquoi la Pierre Vivante avait réagi ainsi.

– D'un *gros* service alors. Vous pourriez payer une rançon de roi avec ce cristal, souffla Moineau. C'est l'un des minéraux les plus précieux d'AutreMonde !

– Oh ! non, je ne vais pas le donner, j'aime trop l'utiliser, protesta Archange, rejetant ses cheveux bruns en arrière. Placez-vous au milieu, Tara Duncan, je vais vous montrer.

Galant sur son épaule, Tara obéit. Son cœur battait, elle se demandait bien ce qui allait encore lui arriver.

Elle ne fut pas déçue.

Ce fut le paysage tout entier qui lui tomba dessus.

Venue de nulle part, une sombre forêt surgit soudain devant elle. Tara n'eut pas le temps d'activer sa magie pour éviter l'écrasement inévitable que la forêt s'éloignait et qu'une prairie remplie de coquelicots rougeoyants la remplaçait. Puis des plaines de blé et d'orge, des vallons, des montagnes, des ruisseaux, des cols, des coteaux, des collines, d'autres forêts, d'autres prairies, d'autres champs. Elle eut un instant le tournis, puis s'habitua peu à peu au mouvement. De ce qu'elle voyait, un schéma familier se dégageait.

Bien que les continents soient plus nombreux que sur Terre, au nombre de sept, et plus harmonieusement disposés, les mers semblaient occuper un peu moins de place que sur Terre, soit 60 % de la surface en eau et 40 % en terre.

Et la planète lui ressemblait vraiment vraiment beaucoup. À en faire froid dans le dos. De nouveau, elle eut une conscience aiguë de l'incroyable exploit que représentait cette terraformation. Et encore plus de la mission qui était la sienne désormais, bien plus que de s'occuper de l'anneau : prévenir les peuples de son univers de ce qu'avaient fait les démons… avant que les démons eux-mêmes ne viennent le leur expliquer.

Une fois qu'Archange en eut terminé avec la nature, il focalisa le cristal sur les villes et les villages. La planète était peuplée essentiellement de démons. Mais de plus en plus et en particulier dans les grandes villes, on voyait des humains. Les démons semblaient les éviter. Comme si les humains démoniaques faisaient partie d'une sorte de caste supérieure.

Tara se mordit la lèvre. Tous les humains étaient très jeunes, mais semblaient extrêmement arrogants. Et c'était étrangement troublant de voir ces énormes démons pleins de griffes et de crocs, qui pourraient ne faire qu'une bouchée des semi-humains, leur céder le passage et se recroqueviller sous les invectives.

Elle leva la main. Elle en avait assez vu. Moineau, les yeux brillants, compilait tout ce qu'elle voyait dans son carnet et, pour doubler, dans sa boule de cristal, très discrètement afin que les démons ne la voient pas. Ainsi, elle avait à la fois l'image et les mots pour la décrire. Astucieux.

– Votre planète est devenue magnifique, dit sincèrement Tara à Archange, je ne sais pas si ce que vous avez fait est une bonne ou une mauvaise chose, vu qu'il semble que c'était la seule solution pour éviter votre surpopulation, mais c'est réussi.

Archange s'inclina. Sylver fronça le sourcil, l'air de réfléchir profondément. Robin, lui, ne quittait pas Archange du regard, cherchant comment taper sur le démon sans avoir à en payer le prix immédiatement. Ce type l'énervait au-delà du possible.

Et il serrait Tara de bien trop près à son goût.

Il avait raison de s'inquiéter. Car Archange avait la ferme intention de la serrer de bien plus près.

Tara n'eut pas le temps de réfléchir à tout ce qui venait de se passer. Archange occupa tout son temps, apaisant de son mieux la tristesse de la jeune fille.

– J'aimerais vous montrer nos enfants, proposait-il.

Et il lui désignait garderies et nurseries où les enfants humains grandissaient, sous le regard patient de leurs nounous humaines et démones.

– Venez, douce Tara, nos marchands meurent d'envie de vous montrer leurs produits. Nous échangeons avec les autres planètes, les artisans travaillent les métaux précieux et les gemmes, c'est fascinant.

Et il la couvrait de bijoux et de joyaux, que Tara déclinait poliment, au grand regret des marchands.

Puisque Tara refusait de se nourrir avec lui, Archange ne put lui faire découvrir les délices culinaires de son peuple, à son grand regret (ils avaient importé des manuels entiers de cuisines terriennes). Mais il l'emmena avec lui à chaque fois que cela était possible.

Il lui fit visiter la ville et ses étranges commerçants. Les immeubles qui commençaient à se construire afin de répondre aux besoins des démons humains, des manoirs et châteaux qui fleurissaient en dehors de l'enceinte de la ville. Ils assistèrent à des tournois, dont le premier prix était d'assurer au vainqueur le droit d'avoir des fils et des filles humains, à des bals (où Tara apprit à éviter de danser avec des démons non humains après s'être fait écraser le pied par un Premier ministre trop empressé). À des fêtes et à des cocktails en l'honneur de tels ou tels artistes (Tara détesta celle où des animaux zombies écorchés paradaient en rang par deux).

Tous les jours, Archange arrivait avec des cadeaux. Des parures de pierres précieuses ou d'étranges minéraux, de somptueux bouquets de fleurs, des robes ravissantes qui faisaient bougonner la changeline et que Tara devait refuser, de petits animaux qui ouvraient de grands yeux tendres en la voyant. Il l'autorisa à aller voir le Juge quand elle le désirait. Tara en profita, même si elle ne réinvoqua pas ses parents ; c'était très intéressant de pouvoir discuter avec l'énorme statue. Dotée d'un étonnant sens de l'humour, le Juge lui donna un bon aperçu de tout ce qui s'était passé jusqu'aux terraformations, et de tout ce qui était advenu depuis.

Archange n'avait pas menti. Tout ce qu'il avait dit s'était déroulé exactement comme cela.

Ou alors, c'était qu'elle n'était pas capable d'imaginer les bonnes questions. Tara ne savait plus très bien quoi penser du Prince démon.

Mais Tara n'était pas la seule cible. Cal se vit offrir un superbe laboratoire, doté de fonds illimités afin de tester tous ses gadgets. Rien ne lui fut fermé au Palais, il eut l'autorisation de fureter où il voulait (« je ne furète pas, avait-il dit avec dignité, je me contente de visiter »), ce qui le désappointa, parce que c'était nettement plus amusant de le faire alors que c'était interdit...

Il ne découvrit rien de particulier, y compris sur le meurtre de Diablo, dont l'enquête « suivait son cours », comme le lui expliquèrent les limiers.

Il utilisa cependant cette occasion inespérée pour fabriquer des tas de gadgets. Dont la majorité allait lui servir à espionner leurs hôtes.

Ils étaient tous chargés d'une mission. Trouver le moyen de repartir le plus vite possible. Tara s'occupait d'Archange en le charmant et en le faisant parler. Cal devait se renseigner sur la magie démoniaque et son mode de fonctionnement. Il devait découvrir à quel moment il serait possible de l'utiliser pour repartir sans détruire toute la planète.

Ce n'était pas si simple. Il avait besoin de remonter aux fondamentaux et les premières expériences dataient de milliers d'années. Les démons avaient suffisamment d'âmes en réserve pour ne pas avoir besoin de tuer de nouveaux cobayes. Il demanda donc à Moineau de faire des recherches dans les bibliothèques pour lui.

Car Moineau s'était vu ouvrir les archives des grandes guerres des failles. Elle revenait de la bibliothèque, dont une grande partie était gravée dans de la pierre fine, souple et indestructible (bref, ça ressemblait à tout sauf à de la pierre), couverte de poussière mais les yeux brillants. Elle avait aussi accès au Juge, qui lui confirmait la véracité de tout ce qu'elle lisait, classait et découvrait.

– Je vais révolutionner des siècles de faux savoir sur les démons ! clamait-elle.

En fait, comme les autres, elle cherchait tout ce qui se rapportait à la magie démoniaque. Chaque jour qui passait faisait peser une terrible menace sur AutreMonde, sur leurs parents et bien évidemment, sur eux aussi. Ils avaient tous de plus en plus de mal à résister à la pression.

Enfin, Moineau trouva une vidéo enchâssée dans une roche noire, qui leur montra comment les âmes étaient emprisonnées, puis consumées. Ce jour-là, ils ressentirent plus que jamais leur emprisonnement. Car s'ils faisaient semblant de se contenter de leur sort, ils voyaient très bien comment les démons pourraient s'emparer de leurs âmes à eux aussi. Une menace supplémentaire à prendre en considération.

Fabrice était celui qui avait le plus de mal à le supporter. Son tempérament de loup le poussait à l'action. Lui donnait envie de… mordre.

Il devait s'éloigner afin de se transformer et partait de plus en plus souvent en de grandes promenades solitaires.

Parce que Moineau lui avait fait très clairement comprendre qu'elle n'avait pas l'intention de ressortir avec lui pour l'instant.

Dieu qu'il détestait ça !

Il avait pensé la faire fléchir, mais rien à faire. La frêle jeune fille brune avait été trop profondément blessée pour lui faire confiance de sitôt. Et le fait qu'ils soient dans un environnement aussi malsain ne l'incitait pas du tout à la complaisance.

Ainsi, si Fabrice craquait, Moineau était sûre de se préserver. Pas question de retomber amoureuse sur cette planète.

Car la tentation était là. Bien qu'il soit interdit d'utiliser les sorts majeurs de la magie démoniaque, les démons utilisaient des tas de gadgets tous les jours, à petite dose. Et les objets de pouvoir, regorgeant d'âmes, étaient une terrible tentation pour Fabrice.

Pour l'instant, il avait bien résisté. Même si son regard s'allumait de temps en temps devant une démonstration de pouvoir, il n'avait jamais esquissé le moindre geste pour s'emparer de l'objet l'ayant provoqué.

Il savait parfaitement qu'il était à l'essai. Pas question de perdre Moineau pour une puissance dont il estimait à présent n'avoir plus besoin. Mais comment en convaincre la jeune fille ? Alors il courait. Il courait pour oublier son chagrin, pour se perdre dans la course, pour avoir mal aux muscles et aux poumons. Il revenait épuisé, mais apaisé. Et toujours, le regard de Moineau sur lui demandait : Vas-tu craquer ? Vas-tu céder ? Il trouvait cela tout aussi épuisant que ses courses.

Robin, lui, vivait à peu près la plus grande frustration de sa vie. D'un côté, il avait clairement dit qu'il ne pouvait pas être amoureux de Tara puisqu'il avait été affecté par un sort. Donc, il ne pouvait pas du tout montrer la moindre jalousie. D'un autre, voir ce bellâtre de Prince démoniaque faire la cour à Tara dans la plus pure tradition terrienne le rendait fou de rage. Et il ne pouvait pas faire grand-chose. Cal espionnait, Tara aussi, Moineau et Fabrice étaient plongés jusqu'au cou dans les archives, Fafnir observait les forges et les artisans (surtout pour les armes), Sylver se battait avec les démons afin d'estimer leur capacité de résistance aux coups et à la douleur.

Se sentant abandonné, Robin grinçait donc beaucoup des dents. D'ailleurs si ça continuait, il allait finir par avoir besoin d'un dentier.

Il décida de suivre les pas de Cal. Et se mit à fouiner un peu partout afin de trouver quelque chose qui allait enfin prouver qu'Archange était un monstre. Sauf que Cal, très agacé que Robin lui souffle dans la nuque tout le temps, finit par lui expliquer calmement que tout le monde savait très bien qu'Archange était un monstre, mais que le prouver ne ferait que les condamner à mort, ce qu'il déconseillait vivement. Après cela, Robin, maussade, décida d'aller espionner les entraînements de la garde des démons humains… et des autres. Sa mauvaise humeur céda lorsqu'il se rendit compte qu'il arrivait à battre à peu près tous les gamins qu'on lui opposait, même s'il avait un peu plus de mal avec les gros démons. Et ce, en dépit de sa fatigue, qui, grâce au repos qu'il était bien obligé de prendre, était en train de disparaître petit à petit.

Jusqu'au moment où il dut affronter Sylver.

Sylver avait été embarqué par le général qui avait remarqué son épée de sang. Très vite, Sylver fut défié par des tas de jeunes démons qui voulaient affronter le champion autreMondien.

Comme avec Robin, ces derniers durent se rendre à l'évidence. Des années et des années d'entraînement forcené compensaient largement la force et la vitesse supérieures dont étaient dotés leurs corps humains.

Sylver n'aimait pas spécialement se donner en spectacle, mais Tara le lui avait demandé. Sauf qu'il n'avait pas spécialement prévu de se battre contre Robin.

Aussi, les paris montèrent haut lorsque, tous les autres ayant été éliminés, Robin fut opposé à Sylver. Ce ne devait être qu'une rencontre informelle, mais les trois quarts de la cour et une bonne moitié de la planète y assistèrent, le tout relayé par les médias du monde entier.

Ce ne fut pas un bon jour pour Robin.

Sylver lui mit une véritable pâtée. Llillandril, l'esprit de l'arc, savait que Robin était un bon combattant, après tout, c'était elle qui l'entraînait tous les jours. Mais elle dut elle-même reconnaître que Sylver était un maître. Il savait d'instinct ce que son adversaire allait faire. C'était un don inné chez Sylver. Donc quelque chose que le demi-elfe ne pouvait acquérir qu'au prix de très, très nombreuses années d'expérience et, après tout, Robin était encore jeune. Et la danse mortelle de Sylver était si gracieuse et si parfaite qu'elle ne laissait aucune chance à son adversaire.

Robin dut rendre les armes, ce qui n'améliora pas son humeur. Les démons s'entraînèrent comme des fous, mais en vain. Les médias s'emparèrent de l'image de Sylver vainqueur et des tas de démones ravissantes prirent l'habitude de venir assister à l'entraînement du guerrier, le couvrant de fleurs et de cadeaux, ce que le silencieux Sylver trouva très perturbant. Et ne fit qu'accentuer la jalousie de Robin.

C'était vraiment ridicule. Ils étaient en danger de mort, dansaient au-dessus d'un volcan et Robin ne pensait qu'à défier son rival. Il se trouvait pathétique.

Pourtant, Sylver ne profita pas de l'occasion pour se rapprocher de Tara. De temps en temps, Tara sentait son regard sur elle, mais, lorsqu'elle tentait de le soutenir, le demi-dragon baissait les yeux ou regardait ailleurs. C'était curieux et assez perturbant. Pourtant, lorsqu'il lui parlait, on sentait toujours son adoration pour la jeune fille, ce qui lui mettait du baume au cœur. Bien que cette adoration semblât se poursuivre de loin. Depuis que le sort avait été brisé, Tara avait l'impression que tous les garçons qui l'entouraient l'évitaient. Et cela l'inquiétait beaucoup. Où était le demi-dragon qui lui déclarait que de ne pas pouvoir la toucher le tuait ? Qui du fond de son cœur lui avait déclaré son amour ? Il avait disparu pour laisser la place à un étranger froid et courtois qui la protégeait, mais ne l'aimait pas.

Elle était tellement fatiguée d'avoir peur que cela finissait par l'engourdir. Alors, elle se mettait à penser n'importe quoi. Et comme Robin, bien que ne le sachant pas, elle aussi se trouvait pathétique.

Jusqu'au jour du grand tournoi qui devait avoir lieu pour déterminer qui était le plus grand guerrier de la planète.

Les démons furent très dépités lorsque Sylver remporta ce tournoi de combat en battant des machins trois fois plus gros que lui et équipés de serres, crocs et griffes. Pour l'occasion, Sylver ne pouvant recevoir le prix habituel, Archange lui offrit un magnifique service à vaisselle complet de trois cents pièces d'or et de rubis, spécialement forgé par ses artisans. Même Fafnir, pourtant difficile, ne trouva rien à redire au remarquable travail. De fait, Archange lui proposa de visiter les forges et Fafnir disparut corps et biens dans la chaleur des fonderies. De temps en temps, ils la voyaient revenir, échevelée et couverte de suie, grommelant que « ces démons faisaient vraiment n'importe quoi », mais fascinée par des techniques qu'elle ne connaissait pas. Bel, sur son épaule, n'aimait pas du tout la suie sur ses poils roses et crachait beaucoup. Fafnir s'en occupait parfaitement, mais elle ne comprenait pas que les chats aient horreur d'être sales et il était fatigué de passer son temps à se nettoyer. Après tout, il n'avait qu'une langue et elle était toute petite.

Archange avait trouvé le moyen de les maintenir tous très occupés, mais cependant, face à tous ces cadeaux, ni Tara ni le magicgang n'étaient dupes. Et tous les jours, ils demandaient, inlassablement :

– Quand nous laisserez-vous repartir ?

Et tous les jours les démons répondaient :

– Dès que la planète sera stable, pour l'instant c'est trop dangereux !

Le problème c'était qu'ils disaient la vérité. Du moins, d'après les recherches des adolescents. Et que les provisions de Cal s'amenuisaient. Bientôt, il n'aurait plus assez pour les nourrir tous et ils allaient devoir manger local. Ce qu'ils envisageaient avec appréhension.

Lorsqu'ils se retrouvaient le soir, ils parlaient avec enthousiasme de ce qu'ils avaient fait, compilaient les résultats de leurs recherches, puis retombaient dans un silence crispé en se rendant compte que la seule chose qui leur manquait, la liberté, devenait de plus en plus cruciale.

Mais ils parvenaient à peu près à conserver un certain *statu quo*, histoire de ne pas se faire bêtement tuer, lorsque Archange fit un nouveau pas.

Il embrassa Tara.

Cela se produisit lorsque Sylver gagna le tournoi. Personne ne s'en rendit compte, parce que tout ce qui servait de caméra (une sorte de bestiole étrange que les démons portaient sur la tête et qui enregistrait tout) était fixé sur Sylver, triomphant.

Ravie, oubliant qui était Archange, Tara s'était levée et impulsivement jetée dans ses bras. Archange s'était penché sur la bouche si rose, si tentante... et n'avait pas résisté.

Il l'avait embrassée.

Cela avait été un baiser très doux, très tendre. Pas du tout ce à quoi Tara s'attendait. Et lorsqu'elle avait reculé, surprise, il n'avait pas insisté, se contentant d'un sourire. Ni narquois ni vainqueur, juste un sourire.

Elle était restée un moment, pétrifiée, la main sur la bouche, puis s'était retournée vers l'arène, soulagée de voir que le geste était passé totalement inaperçu.

Mais depuis, elle ne dormait pas très bien la nuit, totalement troublée par ce qu'elle avait ressenti.

Pas de la répulsion. Pas du dégoût, juste une agréable surprise.

Il fallait absolument qu'elle quitte cette planète le plus vite possible.

Le lendemain matin, Archange s'était conduit avec une irréprochable correction. Il n'avait fait aucune allusion, au point que Tara aurait pu se demander si elle avait rêvé.

Sauf que, voilà, elle n'avait pas rêvé du tout. Ce que lui confirma un Cal absolument furibond lorsqu'il parvint à la coincer enfin seule pour une fois.

Ils dormaient toujours tous ensemble, mais Cal l'entraîna *manu militari* dans l'une des suites inoccupées, dont il referma soigneusement la porte.

– Qu'est-ce qu'il y a ? demanda-t-elle, le cœur battant.

Cal croisa les bras et, le feu couvant dans ses yeux gris, demanda d'un ton sec :

– À quoi est-ce que tu joues, Tara ?

Le visage de la jeune fille tourna tout de suite au rouge en dépit de tout son contrôle.

– Moi ? protesta-t-elle faiblement, mais à rien du tout !

– Ça va, hein, je t'ai vue, ou plutôt je n'ai rien vu !

Tara fronça les sourcils, complètement perdue.

– Tu as vu quoi que tu n'as pas vu ?

– J'ai quelques engins discrets qui surveillent pour moi, répondit Cal. Qui surveillent et enregistrent. Et j'ai vu Archange t'embrasser. Et ce que je n'ai pas vu, c'est la baffe à lui décoller la tête que tu ne lui as pas donnée !

Tara se raidit. Et slurk !

– Je n'allais pas frapper le type qui nous garde prisonniers, finit-elle par rétorquer, misérable.

– Ça va, Tara, c'est moi, Cal, arrête de me prendre pour un idiot. Tu pourrais lui taper dessus avec un marteau qu'il te dirait merci. Ce type est dingue. Et semble amoureux. Enfin, pour autant qu'un truc dont les gènes ont été aussi bidouillés en soit capable. Mais si tu l'encourages, il ne nous laissera jamais partir !

Tara soupira et s'affaissa, les épaules basses.

– Oui, je sais. Mais j'ai été tellement surprise ! Et puis Robin me manque, Archange est super gentil avec moi, il m'a permis de dire au revoir à mes parents, il est doux et…

– … et je vois que tes hormones t'ont mis le cerveau à l'envers, enfin, Tara ! Tu joues avec le feu ! Tu dois arrêter ça tout de suite !

– Je n'avais pas l'intention de recommencer, répondit Tara, sur la défensive. Et puis, depuis la levée du sort, je ne savais plus si je pouvais plaire à un garçon ou pas, vu la façon dont Robin m'a rejetée, et puis Sylver m'ignore, alors…

– Alors tu as voulu inconsciemment tester ton charme sur un Prince démoniaque dont les ancêtres ont failli nous détruire, c'est ça ?

Tara ouvrit la bouche, prête à nier, rencontra le regard sévère de Cal… et la referma.

– C'est ça, finit-elle par dire piteusement. Et pas si inconsciemment que ça en réalité. Tu vois, je ne suis pas si parfaite !

Cal eut un gentil sourire mais resta ferme.

– Je n'ai jamais dit que tu étais parfaite, Tara. Comme tous les humains, tu as des qualités et des défauts. Qui sont souvent masqués par le fait que tu possèdes une énorme puissance magique. Du coup, on te voit comme l'Héritière, comme la puissante sortcelière et on oublie la nana derrière. Crois-moi, je comprends. Mais là, c'est vraiment, vraiment dangereux. Lorsqu'on sera de retour sur AutreMonde ou sur Terre, si tu veux tester ton charme sur tous les garçons qui croiseront ta route, crois-moi, tu auras ma bénédiction. Mais celui-là, laisse-le tranquille, pour notre bien à tous.

Tara soupira, emmêla ses doigts dans ses longs cheveux blonds.

– Je sais, je sais. C'était débile.

Si elle escomptait une réaction compatissante, elle en fut pour ses frais, parce que Cal opina vivement de la tête, tout à fait d'accord.

– Et je ne recommencerai pas, promis.

Cal eut vraiment l'air soulagé et Tara mesura alors à quel point il avait dû avoir peur. Il avait raison, c'était très dangereux ce qu'elle avait fait.

Soudain elle réalisa ce qu'il avait dévoilé.

– Quelles machines ?

– Comment ?

– Tu as dit que des machines nous surveillaient. Quelles machines ?

Cal eut l'air ennuyé puis sortit une petite boîte de sa poche. Petite boîte dans laquelle reposaient une demi-douzaine de mouches noires.

– Ce sont des caméras miniatures. Je les ai masquées en les transformant afin que personne ne sache ce qu'elles font. Il y en a constamment deux près de chacun d'entre vous. Et je n'en ai pas parlé, parce que vos réactions sont plus naturelles si vous ne vous savez pas sous surveillance.

– Un jour, grogna Tara, indignée en regardant les mouches, quelqu'un te mouchera pour ton impudence, Cal, et j'espère bien être là !

– Ah ! ah ! très drôle, en attendant, cela m'est bien utile. Je peux savoir qui fait quoi. Quelles jolies filles rôdent autour de Robin, Fabrice et Sylver, en plus de celles qui sont en embuscade autour de moi.

Tara eut l'air suffoqué.

– Quelles jolies filles ?

– Oh ! elles disparaissent dès que l'une d'entre vous est dans les parages. Mais à l'instant où les autres garçons sont seuls, hop ! elles sortent de tous les recoins. Je pense que la « prestation » de Robin les a rendues curieuses. D'après les bruits qui courent, la fille qui l'a trompé en utilisant un sort mineur de déguisement a dit à tout le monde qu'il était… voyons si je retrouve ses paroles… ah oui ! « indécemment voluptueux » (Tara sursauta, c'était un peu trop pour elle). Du coup, elles veulent toutes nous essayer. Je suis très étonné que Moineau n'en ait pas croqué une ou deux au passage d'ailleurs, à moins qu'elle ne soit tellement embringuée dans ses recherches qu'elle n'ait rien remarqué.

Tara se reprit, chassant des images classées XXX de son esprit, et tapota sa lèvre supérieure, pensive.

– Ainsi, ce n'était pas une manœuvre politique ? Pour embarrasser Archange ?

– Pas du tout, juste une histoire de fille curieuse. Elle s'en vante discrètement.

– Hum, tu devrais me dire qui c'est, histoire que j'aille lui montrer comment on traite les pétasses sur AutreMonde.

Cal sourit.

– Certainement pas, dit-il en frottant ses cheveux noirs ébouriffés, j'ai bien assez de problèmes comme ça sans avoir à séparer deux filles, surtout que tu es certainement bien plus puissante qu'elle. De plus, cela révélerait que je sais qui a fait quoi. Ils se demanderaient comment et mes mouches ne pourraient plus faire leur travail. Alors laisse-la tranquille pour l'instant, s'il te plaît.

Tara n'avait pas vraiment envie d'obéir, mais dut se résigner. Elle avait commis une erreur, encore une fois, inutile de l'aggraver.

Ils avaient rendez-vous tous ensemble au Terraferium, car Archange voulait leur montrer une nouvelle partie de la planète. Tara fit signe à Cal qu'elle le suivait et chemina, perdue dans ses pensées. Une pensée ironique la fit glousser.

– Quoi ? demanda Cal, curieux.

– Je me disais que tu avais de la chance finalement.

– Ah bon, pourquoi ?

– Ben, au lieu de tester mon charme sur Archange, j'aurais pu m'en prendre à toi !

Le petit Voleur en fut si suffoqué qu'il en perdit la parole.

Lorsqu'ils arrivèrent, Sylver, Fafnir, Robin, Moineau et Fabrice étaient déjà en compagnie d'Archange et de ses gardes du corps. Et le cristal noir et blanc chantait comme pour leur souhaiter la bienvenue.

– Ah, Tara ! fit le Prince démon, un énorme sourire illuminant son visage, nous vous attendions.

Tara lui fit un bref signe de tête et l'éclat du sourire du Prince se fana un peu. Il allait parler lorsque soudain un grand bruit se fit entendre, comme une sonnerie de trompes basses et puissantes, qui couvrit un instant le chant du cristal.

– Oh slurk ! s'écria Archange, pâlissant, c'est mon père, tenez-vous aux murs, ça va secouer !

L'instant d'après, une ombre immense recouvrait le petit palais. Grâce au cristal, Tara put voir qu'un énorme bâtiment planait au-dessus d'eux, puis descendait lentement.

– On va se faire écraser ! hurla Moineau, les yeux agrandis par la frayeur.

– Non ! répondit Archange, c'est prévu pour. Il va englober le château, nous ne craignons rien.

Tara avait eu peur, mais se doutait néanmoins que le roi des démons n'allait pas écrabouiller son propre fils. Si Archange avait fait mine de s'enfuir, là, oui, elle se serait inquiétée. Mais il resta là. Mieux, il passa un bras autour de sa taille et la stabilisa afin qu'elle ne tombe pas. Tara fut troublée par la proximité du corps magnifique et sa chaleur. Le démon avait la peau douce, ses bras nus touchaient ceux de Tara et, horrifiée, elle se rendit compte qu'elle trouvait cela toujours aussi agréable.

Cal écarquilla les yeux. Robin eut un grognement audible. Sylver fit la grimace et Fafnir, tirée de son échange mental avec Bel, hocha la tête d'un air étonné.

D'accord, elle avait hérité d'un chaton rose démoniaque, mais Tara n'allait pas adopter un Prince démoniaque pour la copier quand même ! Non ?

Fabrice et Moineau se rapprochèrent et la jolie brune accueillit cette fois-ci l'étreinte solide du garçon avec reconnaissance. *Yes !*

Fabrice fut probablement le seul de la salle à être content que le Roi soit revenu.

Enfin, avec un grondement sourd de fin du monde, le Palais se posa. Les lumières vacillèrent un instant, puis se rallumèrent. L'agencement du château faisait que le Palais volant, lorsqu'il se posait, englobait le château, mais sans l'enfermer dans ses flancs, juste dans son enceinte. Il se retrouvait simplement à l'intérieur des murailles, mais conservait ses fenêtres libres. Ils voyaient donc l'immense Palais et ses habitants, comme s'ils étaient dans une petite maison d'amis posée à côté. Un claquement sec et les couloirs furent raccordés, un air fétide déferla, tandis que toutes les fenêtres s'ouvraient afin de l'évacuer.

– Yerk, toussa Cal, qu'est-ce que ça schlingue !

Archange grimaçait lui aussi, mais ne fit aucune réflexion. Dire à voix haute que son père sentait mauvais n'était pas un bon plan de carrière pour un jeune prince ambitieux.

Le bourdonnement du cristal de la salle reprit, sur un mode plus lent, comme si le cristal souffrait de cette masse énorme qui l'entourait. Connectée à sa Pierre Vivante, Tara le sentait, comme on sent le début d'un mal de dents. C'est un avertissement, mais on sait qu'à un moment ou à un autre la vraie douleur va débouler et qu'on va dérouiller.

Elle ne se dégagea pas de l'étreinte d'Archange, à la grande satisfaction de ce dernier. Sauf que ce n'était pas pour lui faire plaisir. Elle voulait juste voir ce qu'il allait faire. Son corps pesait sur le sien, alors que plus rien ne bougeait ni ne menaçait leur équilibre. Elle leva les yeux vers les magnifiques yeux verts, il se pencha, fasciné, sans savoir qu'à regret elle préparait une baffe d'anthologie et… recula tandis qu'une énorme sonnerie leur cassait les oreilles.

Il grimaça, secoua la tête, quitta des yeux la bouche de Tara et se redressa, la libérant avec regret.

Il n'avait pas trop le choix.

Son père était en train de franchir le seuil de la salle.

Enfin. Les premiers tentacules de son père, du moins.

23

Bataille

ou s'interposer entre un père et son fils démoniaque est souvent une mauvaise idée et un bon moyen de se prendre un coup de tentacule-gourdin sur la tête.

– Père, s'inclina Archange, saluant l'horrible boule velue pleine d'yeux de toutes les formes et de toutes les couleurs qui venait de rentrer dans la salle en avançant avec ses tentacules.

Comme à chaque fois que Tara se trouvait face au roi des démons, elle se sentit écœurée. Le Roi sortit une grosse langue violette tachée de noir qui lécha ses yeux et Tara dut sévèrement obliger son estomac à rester en place.

– Je vois que tu as des invités, mon fils, fit le Roi d'une voix grondante sortant de l'une de ses bouches. Mon cher ami dragon, Chemnashaovirodaintrachivu, est-il là également ?

Tiens, tiens. Archange n'avait pas averti son père que Tara et ses amis étaient là ? Pourquoi ?

– Bonjour Votre Majesté, répondit Tara avec une jolie révérence en dépit de ses genoux tremblants, non, nous sommes venus sans lui. Une simple erreur d'aiguillage de la part de Magister.

Les deux cents ou trois cents yeux du roi des démons se fixèrent sur elle, ce dont Tara se serait bien passée.

– Je ne m'adressais pas à vous, mais à mon fils, la réprimanda-t-il calmement, cependant, je suis surpris de ce que vous venez de révéler, jeune humaine. Je croyais, aux dernières nouvelles, que Magister et vous étiez de terribles ennemis ?

– Nous avons eu quelques problèmes à résoudre sur AutreMonde, Votre Majesté, répondit Tara en mesurant ses mots. Parfois, la nécessité fait des pires ennemis les meilleurs alliés.

Le Roi se retourna vers son fils.

– Ah ! ce fameux concept d'alliance. Quelque chose de typiquement humain à ce que je vois. Mon fils est en train de faire évoluer les choses dans notre société et je ne sais pas encore si je trouve cela bien ou pas.

Son ton n'était pas vraiment menaçant, mais on sentait qu'il n'était pas content.

Son fils vint se porter à ses côtés, prudemment respectueux.

– Bienvenue père, le général vous a-t-il dit que nous avions réussi à résister à ses assauts pendant trois jours, comme prévu ? Les autres démons humains et moi-même avons combattu ensemble et non pas séparément. Et cela a fonctionné.

– Nous avons perdu deux guerres contre les dragons puis les humains, parce que nous ne savions pas coordonner nos forces, opina le roi des démons. J'espère vraiment que tes nouvelles manières vont nous permettre de gagner les suivantes.

Tara sentit son cœur se glacer. Le démon venait de confirmer ce qu'ils soupçonnaient. Ils avaient bien l'intention d'envahir AutreMonde !

Archange s'écarta, l'air sincèrement choqué.

– Mais père, protesta-t-il, ce n'est pas ce que je veux faire ! Je veux commercer avec les humains, pas les conquérir !

– J'ai sacrifié une planète entière pour ce projet, grogna le Roi en agitant ses tentacules, ce qui fit reculer Moineau et Fabrice, les âmes de milliards de mes sujets ont été utilisées afin de transformer nos planètes et tu crois, pauvre naïf, que c'était pour commercer ?

Tara serra les poings. Le puzzle était en train de se mettre en place. C'était la question qu'elle s'était posée lorsque Archange avait parlé de la terraformation des soleils et des planètes. Où les démons avaient-ils trouvé suffisamment de magie pour accéder à un tel pouvoir ? Cal lui avait confirmé qu'ils avaient suffisamment d'âmes en stock selon les archives pour ne pas avoir besoin d'en utiliser d'autres.

Elle venait de trouver la réponse.

En sacrifiant des milliards d'entre eux. Volontairement.

Archange recula comme si on l'avait frappé, le visage soudain blanc.

– Tu… tu n'as pas fait ça ! balbutia-t-il. Mais tu m'avais dit que…

– Blablabla, l'interrompit le roi des démons avec humeur. Je t'ai dit plein de choses. Certaines étaient vraies, certaines étaient fausses. Pour parfaire l'expérience menée sur les gènes humains, nous devions te maintenir dans l'ignorance. À présent, il ne reste qu'un dernier point et nous serons totalement prêts.

Archange serra les poings et vint se mettre aux côtés de Tara et de ses amis.

– Je ne te laisserai pas faire ! gronda-t-il, furieux, tu n'as pas le droit de manipuler les gens ainsi, juste pour satisfaire ta soif de pouvoir !

– ÇA SUFFIT ! hurla le roi des démons, les faisant sursauter. Emparez-vous de lui ! Quelques jours dans mes prisons lui feront comprendre qu'être mon fils ne lui donne pas tous les droits !

Ce ne fut pas conscient, du moins, Tara ne s'en rendit pas compte, mais elle avait dû subvocaliser quelque chose, parce que son corps se couvrit d'une armure dorée, qu'une épée apparut devant elle et que la Pierre Vivante flottait au-dessus d'elle, tandis que la magie affluait à ses mains.

– Non Tara ! hurla Cal, horrifié, ne t'en mêle pas, cela ne nous concerne pas !

Mais il était trop tard. Voyant en Tara une soudaine menace pour leur Roi, les gardes foncèrent. Elle se mit en garde. Archange dégaina son épée et ils firent face à l'attaque, ensemble.

Puis les premiers démons furent sur eux et elle n'eut plus le temps de réfléchir.

L'Imperator l'avait bien entraînée. L'armure la protégeait mais ne ralentissait en rien ses mouvements. Elle fut comme une ombre dorée et des tentacules tombèrent, des démons hurlèrent. Galant à ses côtés comme un faucon vengeur, lacérant les visages de ses serres acérées de pégase, elle tentait de ne pas tuer, mais ce n'était pas facile. Soudain, alors qu'un démon débordait sa garde, Archange fut à ses côtés et trancha la tête de l'agresseur avec facilité.

Tara le remercia d'un hochement de menton. Puis Sylver et Fafnir s'en mêlèrent et la peur changea de camp.

Fafnir connaissait depuis deux semaines la plus grande frustration de sa vie. À part la découverte de sa foutue magie puis l'emprisonnement de Magister, rien ni personne n'avait jamais obligé la naine guerrière à faire quelque chose dont elle n'avait pas envie.

Et maintenant, elle se retrouvait liée avec un chaton rose démoniaque qui allait probablement faire mourir de rire toute la planète AutreMonde... et certainement Tadix, Madix, le Dranvouglispenchir, Sentivor et les autres dans la foulée.

Alors, elle avait besoin de se défouler. Elle avait placé le chaton à l'abri et sortit ses haches avec un sinistre sourire de satisfaction.

Ils allaient payer.

La suite fut une succession de hurlements brefs. Brefs, parce que la naine, contrairement à Tara, ne faisait aucun quartier. En quelques minutes, avec l'aide de Sylver, dont la danse gracieuse n'en restait pas moins mortelle, ils se débarrassèrent des gardes présents dans la salle de cristal.

Voyant que Tara n'était pas en danger, Robin, Moineau et Fabrice ne s'en étaient pas mêlés, se contentant de surveiller ce que faisait le roi des démons.

Mais ils n'eurent pas le temps d'agir.

Car le Roi bondit soudain, désarmant Archange. Il l'attrapa avec sa longue langue gluante, l'amenant dans le nid grouillant de ses tentacules. Épouvanté, le garçon tenta de se débattre, mais en vain.

– Arrêtez tout de suite de massacrer mes gardes, hurla le Roi, ou je lui arrache les bras !

– Allez-y, répliqua Robin, vous êtes entre démons ! Nous voulons juste retourner chez nous, vos histoires ne nous concernent en rien !

Le Roi accentua la pression et Archange gémit. Tara réagit comme un éclair. Elle lâcha l'épée, ses deux mains chantèrent sous la pression de la magie qu'elle accumulait discrètement depuis le début de la bagarre, et la Pierre Vivante chantait à l'unisson. La magie partit comme une flèche vivante, percuta le roi des démons qui fut collé au mur et lâcha Archange. Celui-ci atterrit sur ses pieds, souplement, comme un chat.

Il se tourna vers son père. Tara coupa le flot de magie, mais le garda actif sur ses mains au cas où.

Le Roi glissa lentement le long du mur, à moitié groggy.

– Ah ! tu vois, dit le prince d'une voix curieusement satisfaite, je te l'avais dit !

– Ahhh ! mes vieux os, grogna le Roi. Tu avais raison. J'avoue que j'en doutais, mais tu avais raison. C'est bien.

Archange se tourna vers eux, un grand sourire aux lèvres, ses yeux verts scintillant de satisfaction.

– Je vous remercie, Tara Duncan, pour cette éclatante démonstration !

Tara sentit son cœur se serrer. Mais de quoi Archange parlait-il ?

Celui-ci se fit une joie de l'éclairer. Tandis que, comme une lente marée inhumaine, d'autres gardes, toujours plus nombreux, envahissaient la salle et coupaient toutes les issues.

– Nous avons mis au point toute cette petite comédie avec mon père parce qu'il ne voulait pas croire que des humains prendraient le parti de démons, contre d'autres démons. Il pensait que, comme le Voleur, vous resteriez neutres, puisque vous n'aimez pas les démons, qu'ils soient humains ou autres. Or vous m'aimez, Tara Duncan. Oui, vous m'aimez !

Il y eut un silence. Archange en profita pour lâcher sa bombe :

– Je le sais, fanfaronna Archange, depuis que vous m'avez embrassé.

Le silence s'épaissit. Comme un seul homme, le magicgang se tourna vers Tara, les yeux écarquillés.

– Tu as quoi ? s'écria Robin, consterné.

– *Il* m'a embrassée, fit sèchement Tara qui sentait la colère monter lentement. Ce qui, apparemment, faisait partie d'une sorte de plan. Mais je ne l'ai pas repoussé, si tu veux savoir. Encore que, vu que tu ne m'aimes pas, je ne vois pas très bien en quoi cela te concerne.

Robin ouvrit la bouche pour répliquer, mais se tut. Tara avait raison. Si elle s'était détournée de lui, il ne pouvait s'en prendre qu'à lui-même.

– Tara me pardonnera, se vanta Archange. Les Terriennes pardonnent aux mauvais garçons, nous avons beaucoup vu cela dans les films.

– Alors là, mon vieux, vous n'y connaissez vraiment rien aux filles, ricana Cal.

Archange ignora l'avertissement, trop occupé à savourer sa victoire pour voir la rage naissante dans les yeux de Tara.

– Vous avez pris ma défense, contre mon père. Vous l'avez neutralisé lorsque vous avez cru qu'il était prêt à me faire souffrir. Vous avez ignoré le démon que je suis pour ne plus voir que l'humain. Un humain qui vous aime autant que vous l'aimez.

Fabrice, le meilleur ami de Tara depuis des années, ricana lui aussi.

– Je crois bien que vous venez de commettre une énorme erreur.

Le croyant jaloux, Archange ignora aussi ce second avertissement. Robin qui reculait doucement depuis quelques secondes, les yeux agrandis d'appréhension, n'eut pas le temps de lui en donner un troisième.

Sauf qu'à la place de l'explosion attendue… enfin, attendue par les amis de Tara, vu que les démons n'avaient aucune idée de ce qu'était une Tara vraiment en colère, une question glacée fut posée par la jeune fille. Une question, de plus, que personne n'attendait :

– Qui a tué Diablo ?

Archange qui ouvrait déjà la bouche pour répondre la referma et la fixa, étonné.

Le roi des démons répondit pour son fils :

– Ce vieil imbécile était très malade. Il faisait partie des démons qui ne supportent pas le nouveau soleil. Il était condamné. Comme il était contre nos plans, et ce, depuis des centaines d'années, au sein de la faction bleue, il a voulu vous envoyer un avertissement. « Ils sont mauvais, ils m'ont assassiné, ils vont faire de mauvaises choses, méfiez-vous. » Il s'est suicidé. Mais d'une telle façon que cela pouvait passer pour un meurtre. Avant, il avait programmé un transfert automatique afin d'aller dans la salle de jugement, dès que son corps serait mort. Mais Archange a été très malin. Il a utilisé sa véritable surprise pour détourner votre attention en montrant devant le Juge qu'il n'était pas au courant. Vous ne vous êtes pas posé les bonnes questions, les limiers vous ont déstabilisés, Diablo a raté son coup.

Oui, Cal avait même renoncé à l'autopsie après avoir vu comment les limiers procédaient. Tara échangea un regard avec le petit Voleur. Il avait l'air consterné et ses yeux gris étincelaient de la fureur de s'être fait avoir, lui aussi. D'autant qu'il avait vraiment eu l'impression que les démons jouaient franc jeu en lui ouvrant tout le Palais.

– Ensuite, Archange a fait ce qu'il fallait pour que vous retrouviez vos parents, précisa le roi des démons en s'aidant de ses tentacules pour se relever péniblement. Je signale que c'est une idée à lui, très humaine, vraiment. Il a bien compris le concept d'amour. Nous en éprouvons peu, nous les démons, mais vous les humains paraissez y attacher beaucoup d'importance.

La fureur de Tara augmenta d'un cran. Oh ! oui, elle attachait de l'importance à l'amour. Et à la loyauté aussi. Presque plus qu'à l'amour d'ailleurs.

– Alors, dit-elle d'une voix glaciale, quelle est la suite des événements ? Avez-vous besoin de nous pour d'autres tests, histoire de voir si les humains se battront contre vos armées mi-humaines, mi-démoniaques lorsque vous les envahirez ?

Un silence choqué salua sa déclaration.

Archange ne souriait plus du tout.

– Qui vous a parlé ? dit-il d'un ton féroce. La faction bleue ?

Tara tourna toute son attention vers lui et Archange eut soudain l'impression d'être soumis à un faisceau laser. Les yeux bleus de glace le détaillaient sans concession. Il eut la sensation d'être… petit. Luttant contre cette impression, il se secoua.

– Cessez de nous prendre pour des imbéciles, répondit Tara d'une voix monocorde. Croyez-vous vraiment que nous n'avions pas vu votre petit jeu ? Votre plan était tellement prévisible (bon en fait elle ne l'avait réalisé qu'il y a quelques minutes, mais inutile de le préciser).

– Ah oui ? dit le roi des démons avec agacement.

Tara haussa les épaules et chargea sa voix de mépris.

– Oui. Vous nous avez étudiés. Vous avez vu à quel point nos parents humains et sortceliers nous protègent et nous aiment, nous, les adolescents. L'immense majorité des humains est incapable de faire du mal à des jeunes. Vous avez donc créé une armée d'enfants et d'adolescents. Qui vont nous attendrir. Ensuite, vous avez traqué ce qui nous rend vraiment faibles. Les choses contre lesquelles nous ne pourrons pas résister. Cela m'a sauté aux yeux (mais pas tout de suite, songea-t-elle, alors qu'elle les avait eus sous les yeux tout le temps). Et c'était…

Elle marqua un silence, savourant l'inquiétude d'Archange, et annonça :

– … la beauté. Tous les garçons et les filles que vous avez créés sont plus beaux les uns que les autres. Vous savez que le point faible des humains est la beauté. Nous la révérons, nous l'adorons, nous la déifions, c'est pathétique mais c'est comme ça. Alors, au lieu de lâcher sur nous des démons monstrueux, vous allez lâcher sur nous de ravissants garçons et de ravissantes filles. Avant même d'avoir compris ce qui nous arrive, vous nous aurez envahis. Et nous serons sous votre coupe.

– Vous bluffez, la défia Archange. Vous ne saviez rien de tout cela avant que je ne vous révèle que c'était un test. La preuve, vous n'avez dit à personne que je vous avais embrassée !

Tara eut un mince sourire. Plein de dents. Et lâcha les fauves… enfin, le fauve plutôt :

– Cal ?

– Tara ?

– Dis-leur.

Cal ne se fit pas prier. Il enjoliva les faits afin qu'ils correspondent à ce dont il avait besoin.

– Tara m'a prévenu de ce qui s'était passé, annonça-t-il.

– Je ne vous crois pas ! s'écria Archange.

Cal sourit.

– Je vous avais dit que vous ne connaissiez rien aux filles. (Il se tourna vers son auditoire fasciné.) C'était lors du tournoi avec Sylver. Tara était contente de sa victoire, elle s'est jetée dans les bras d'Archange, celui-ci en a profité.

Archange se mordilla la lèvre, contrarié. Il n'avait donné aucun détail et pourtant le petit Voleur savait tout. Tara le lui avait donc dit.

– Tara savait qu'Archange la testait, enfonça Cal, même si elle ne savait pas pourquoi, elle vient de le découvrir comme moi.

Ils avalèrent tous le gros mensonge sans broncher. Avec amertume, Tara songea que c'était ainsi que se créait la légende de l'infaillibilité des chefs. Savoir, prévoir, prévenir. Sauf qu'elle n'avait évidemment rien vu du tout. Elle se méfiait, certes, mais pas à ce point.

– Alors elle a décidé de jouer le jeu. Elle ne lui a pas donné de baffe, comme elle l'aurait fait avec n'importe qui d'autre. Elle a retenu sa respiration pour rougir. Ensuite, elle l'a laissé la toucher, le bras, la cuisse, comme si cela lui faisait plaisir.

D'accord, Tara savait à présent pourquoi elle aimait Cal. Il était en train de la venger et de belle manière. Elle adora la façon dont le visage d'Archange se rembrunit au fur et à mesure des descriptions de Cal.

– Bien évidemment, sa réaction par rapport au roi des démons n'a rien à voir avec une éventuelle attraction envers Archange, précisa le petit Voleur d'une voix moelleuse. Il se trouve simplement qu'elle était face à deux adversaires, dont l'un clamait qu'il voulait envahir sa galaxie et l'autre qu'il voulait juste commercer avec elle. Elle a donc choisi le plus inoffensif des deux.

Tara garda un visage impassible. Mais si elle avait pu sauter au cou de Cal, elle l'aurait fait avec joie.

– Donc voilà, votre petit test était tout à fait faussé, dès le départ. Mais bon, quand on n'est pas humain, ce n'est pas facile de comprendre comment fonctionnent les filles.

Il laissa à ces dernières le temps de se rengorger et ajouta :

– Quand on est humain non plus d'ailleurs…

Moineau, Fafnir et Tara lui jetèrent un regard noir, qu'il ignora allégrement.

– C'est très contrariant, finit par dire le roi des démons. Il va falloir que nous fassions venir une nouvelle fournée d'humains frais pour continuer les tests !

Archange prit une voix geignarde.

– Mais je l'aime bien, moi, cette humaine, père, je n'en veux pas d'une autre !

Tara avait l'impression d'être une sorte de poupée Barbie. Elle allait montrer aux démons que la seule chose qu'elle avait en commun avec Barbie, c'était la longueur de ses cheveux. Ses yeux s'emplirent d'un feu bleu. Ses mains, d'un pouvoir dont la puissance se mit à crépiter.

Inconscients de l'orage qui s'annonçait, le Roi et son fils continuaient à discuter.

– Non, gronda Archange, je ne les tuerai pas. Ils me sont utiles, je préfère les emprisonner sur notre planète. Ils ne peuvent pas faire beaucoup de mal et puis, de toute façon, ils n'ont aucun moyen de rentrer chez eux ! Même si la planète est assez solide maintenant pour supporter leur départ, ils ne peuvent pas utiliser la magie démoniaque, pas sans votre aide, père.

Un silence de mort salua son aveu.

– Tu sais quoi, Prince démon, dit Tara, le faisant sursauter, tu vas apprendre que nous, les filles, on n'aime pas trop les garçons manipulateurs qui sont persuadés d'être les plus forts.

Et avant qu'Archange n'ait le temps de réagir, Tara hurla :

– Sparidam !

Et lança sa magie, non pas sur le Roi, Archange et les gardes qui arrivaient, mais sur le cristal noir et blanc et sur ses amis et leurs Familiers.

Les démons hurlèrent et le cristal hurla avec eux. La quantité de magie contenue dans l'énorme pièce de quartz vivant était phénoménale. Tara faillit être détruite. Elle était prête à l'absorber afin de fournir l'effort nécessaire pour s'enfuir de la planète avec ses amis, pas à recevoir une sorte d'énorme court-jus qui faillit arrêter son cœur.

Heureusement, la Pierre Vivante qui planait au-dessus d'elle réagit en une fraction de seconde. Elle entra en communication avec le quartz vivant, lui demanda de moduler son pouvoir. Puis elle appela Tara, tandis que tout le monde se pétrifiait, gelé dans la magie bleue.

– *J'ai un service à te demander, Tara*, dit la Pierre Vivante, qui décidément parlait parfaitement lorsqu'elle le désirait, *un très gros service. De la taille environ de cet endroit.*

Tara, le visage crispé par la douleur que lui causait l'afflux de magie, répondit mentalement, car ses dents étaient trop serrées pour laisser filtrer le moindre son.

– *Lequel ?*

– *Le cristal. Il est conscient. Ne le laisse pas ici. Il a été horriblement taillardé par ces démons. La façon dont ils l'utilisent le fait terriblement souffrir. Il veut bien te fournir toute la magie dont tu as besoin…*

– *… oui, d'ailleurs, ce serait bien s'il pouvait réduire un peu, s'il te plaît*, supplia Tara.

– *… mais il veut que tu l'emmènes avec lui, ou que tu le tues.*

– *On va l'emmener, on va l'emmener*, dit Tara très vite, *pas question que je tue quoi que ce soit. Aide-moi juste à canaliser sa magie !*

Elle commença à établir le pont qui allait leur permettre de rentrer chez eux lorsque la Pierre lui signala l'horrible réalité.

Ils n'avaient pas assez de magie pour transporter tout le monde.

Ils allaient devoir laisser au moins deux personnes derrière eux. La Pierre, très pragmatique, proposa de laisser Robin, qui n'avait pas été gentil, et Fabrice, qui, selon elle, était un gros imbécile qui les avait trahis.

– *Pas question*, répliqua Tara, furieuse que la Pierre ose même lui suggérer des noms, *on est comme des soldats. On ne laisse personne derrière nous. Jamais.*

– *Mais tu n'as pas le choix !* répliqua la Pierre, irritée. *Tu n'as aucune idée de la puissance qu'il faut pour renvoyer autant de gens à partir de cette planète !*

Tara, crucifiée par le choix, n'eut pas le temps de décider de ce qu'elle devait faire.

Car c'est alors que la magie démoniaque déferla.

Tara n'avait pas bien compris à quoi servait le mot Sparidam. Elle avait juste noté qu'Archange lui avait interdit de l'utiliser. Et que le roi des démons l'avait prononcé au moment de les renvoyer chez eux, lors de sa première visite dans les Limbes. Sauf que voilà, le Sparidam mettait toute la magie démoniaque emplissant les objets à la disposition de celui qui l'invoquait. Ensuite, il suffisait de visualiser ce dont on avait besoin pour que la magie le crée.

Dans son cas, Tara se retrouva donc soudainement avec une double dose de magie. Celle du cristal et celle des démons.

De sombres pensées envahirent son esprit. Comme une marée visqueuse qui appuyait sur tous les mauvais boutons. La soif de pouvoir. L'égoïsme. Le narcissisme. La cruauté. L'avilissement. La manipulation. La torture. Le meurtre.

Le roi des démons et Archange hurlaient, incapables d'activer la magie démoniaque, tout entière en train de se déverser en Tara.

Un instant, la jeune fille se vit, reine incontestable, martyrisant des planètes entières grâce à son pouvoir et régnant par le feu et le sang. Elle était puissante et tous pliaient devant son pouvoir. Rien ne lui résistait et l'amour n'avait plus le pouvoir de la faire souffrir.

Si cela avait été autre chose, cela n'aurait pas fonctionné, elle aurait pu résister.

Mais l'espace de cet instant, cette pensée lui fut douce.

Ne plus souffrir. Être celle qui décidait au lieu de subir.

Cet infime vacillement fut suffisant pour la magie démoniaque.

Sous le regard horrifié de ses amis, Tara se transforma. Ce fut très rapide, tellement qu'ils n'eurent jamais le temps de briser le sort qui les immobilisait.

Soudain la changeline se transforma en une armure noire et suintante qui recouvrit tout le corps de Tara de métal aux arêtes acérées, les yeux de la jeune fille s'emplirent d'un feu rouge et cruel, tandis que son visage devenait d'une beauté surhumaine, effrayante et glaciale. Sur sa tête, la Pierre Vivante se transforma en une couronne de cristal noir. À ses côtés, Galant fut brusquement une monstruosité pleine de griffes, de plastron de chitine noire et d'épines barbelées, prêtes à arracher.

La Reine Noire était née.

Sa magie les frappa avec une violence inouïe, les obligeant à se prosterner devant elle.

Le magicgang, Sylver, Archange, le roi des démons, les gardes, tous avaient la même expression horrifiée sur le visage, alors même qu'ils s'inclinaient, contraints et forcés.

La voix de la Reine Noire s'éleva, insupportable de douceur. Et il était impossible de la regarder tant sa beauté était aveuglante.

– Alors ? ronronna-t-elle en s'approchant d'Archange en flottant dans les airs, tu disais donc que tu m'avais piégée, petit Prince démon ?

Toujours prisonnier de la magie bleue qui avait viré au noir, Archange déglutit péniblement, à genoux devant elle.

Il découvrait ce qu'était la vraie peur. Et il n'aimait pas du tout.

– Tara Duncan ?

– Pas… exactement, répondit la créature en contemplant ses mains gantées de métal avec satisfaction. Disons qu'elle est là, mais que le mélange entre ta magie et la sienne a donné quelque chose de plus. Quelque chose de si puissant que toi et tes amis vont vraiment regretter de m'avoir rencontrée un jour.

À voir la tête d'Archange, oh ! oui, il regrettait.

– Qu'est… qu'est-ce que vous allez faire ? chevrota-t-il tandis que, fou de rage, le roi des démons tentait de faire bouger ses tentacules, en vain.

La Reine Noire rit, et ce rire déchirait et glaçait en même temps.

– Je pense que je vais vous envahir. Et voici les premiers membres de mon armée, mes fidèles généraux.

Elle désignait Robin, Cal, Moineau, Fabrice, Sylver et Fafnir. Avant qu'ils n'aient le temps de réagir, sa magie noire les touchait.

Et à leur tour, ils se transformèrent.

Fabrice en un monstrueux loup-garou à la gueule bavante, bardé d'une étrange armure de protection hérissée de lames tranchantes. Moineau en une Bête énorme, les yeux obscurcis de violence, les griffes raclant le plancher, sa panthère Sheeba mutant elle aussi, en un impossible mélange de griffes et de crocs.

Robin devint un elfe. Totalement. Ce dont il avait toujours rêvé. Mais un elfe démoniaque. Ses cheveux poussèrent d'un blanc d'os, et non plus noir et blanc comme avant. Ses yeux de cristal s'obscurcirent pour luire d'un feu mauvais. Il fut grand, mince et cruel, regardant les autres comme un chat qui vient de découvrir des souris amusantes. Il eut un sourire paresseux en regardant son nouveau corps.

– Très joli, ma Reine, dit-il en s'inclinant, mais volontairement cette fois-ci. Dites-moi un peu qui nous devons massacrer. Ce sera un plaisir.

La Reine Noire lui sourit et continua son œuvre terrible. Sourv, l'hydre Familière de Robin, ne connut pas d'autres transformations que d'hériter de crocs géants ; avec ses sept têtes, elle était déjà assez terrifiante.

Cal et Fafnir furent métamorphosés à leur tour. Fafnir fut la première naine à devenir une géante. Bosselée de muscles, bardée d'armes luisantes et féroces, elle hurla sa soif de sang. Son chaton devint un terrible tigre, d'un rose sanglant, aux yeux emplis de démence. Cal s'étira en un étrange squelette noir, prêt à s'introduire dans tous les endroits inaccessibles, le Voleur Ultime. Blondin devint un renard géant, aux crocs luisants, prêt à mordre.

Enfin, la Reine avait gardé le meilleur pour Sylver.

– Tu feras une jolie monture, dit-elle avec ce sourire qui mettait les tripes à l'envers. Un dragon, à mes ordres, délicieux.

L'adolescent hurla à s'en arracher la gorge lorsque la magie le força à se transformer en un terrifiant dragon, crachant un feu liquide qui s'attachait à ceux qu'il touchait jusqu'à les réduire en cendres. Il lutta un instant contre les chaînes mentales de la Reine Noire. Puis dut renoncer. Il était, lui aussi, vaincu. Et posa sa tête aux pieds de son bourreau.

Tous s'inclinèrent devant la Reine Noire.

Tous étaient prêts à tuer pour elle.

Elle se délecta. Puis relâcha sa magie, libérant les gardes, le Roi et son fils.

Les gardes, fous de rage, allaient charger lorsque Archange hurla :

– PERSONNE NE BOUGE ! INCLINEZ-VOUS TOUS DEVANT ELLE ! TOUT DE SUITE !

Archange avait immédiatement compris pourquoi la créature avait relâché les gardes. Pour l'instant, elle ne maîtrisait pas totalement Tara Duncan, cachée au milieu de la magie mi-démoniaque, mi-humaine. Mais, dès qu'elle tuerait, la soif de sang serait la plus forte.

Et ils seraient perdus. Ils n'avaient aucun moyen d'avoir accès à la magie démoniaque tant que la Reine Noire s'en alimenterait.

Interloqués, les gardes obéirent. Le roi des démons ne réagit pas, se contentant d'observer, immobile, la scène de ses dizaines d'yeux. Il entraînait son fils afin de voir s'il serait capable de lui succéder. Cela était une excellente épreuve.

Encore qu'il aurait préféré une épreuve où ils ne risquaient pas, si son fils échouait, de voir massacrer tout leur peuple.

La Reine Noire eut un mauvais sourire.

– Bien bien, dit-elle à Archange de cette insupportable voix qui écorchait les oreilles en dépit de sa douceur, je vois que tu sais qui est la maîtresse ici. Peut-être que tu feras un bon Prince consort, un jour.

Robin se figea, son visage froid se fit plus dur encore.

– Ma Reine, si vous choisissez ce petit démon pour consort, il va falloir faire attention à son cœur, dit-il d'une voix glaciale.

La Reine Noire le dévisagea, amusée.

– Ah oui ? Et pourquoi ?

– Parce que je le lui arracherai pour le donner à manger à mon hydre.

La Reine Noire eut une moue amusée.

– Cela ferait un bon divertissement. Mais je n'ai pas envie que toute la planète se rue contre moi si je laissais éventrer son Prince. Donc, tu vas attendre un peu. Pour l'instant, je vais m'installer dans ce Palais. Je crois même que je vais faire de cet endroit ma chambre à coucher.

Elle puisa dans la magie du cristal, le contraignant comme elle contraignait la magie démoniaque et un lit somptueux apparut, couvert de fourrures blanches et rouges. On avait l'impression de voir des os pointant au milieu de chair écarlate. Il était si grand qu'il aurait pu accueillir un régiment. Des chaises, un bureau rouge, des tapis vinrent compléter l'ameublement. Sous la contrainte, le cristal vira au rouge et ils furent comme baignés dans une mer de sang.

Le roi des démons écarquillait les yeux devant cette démonstration de pouvoir et, dans son cas, écarquiller les yeux était vraiment un spectacle déconcertant.

– Serait-il… serait-il possible de parler avec Tara Duncan ? demanda Archange qui ne renonçait pas.

– Mais je suis Tara Duncan ! répondit la créature. Tu ne me reconnais pas ? Tu m'as embrassée pourtant.

Et avant qu'Archange n'ait le temps de réagir, la Reine Noire le saisissait, s'envolait avec lui et plaquait sa bouche sur la sienne.

Le Prince démon se tordit. La brûlure des baisers de la Reine Noire était effroyable, mais, en même temps, rien ne pouvait en égaler l'extase.

Et lorsque la Reine Noire le rejeta par terre, sanglotant, il était brisé.

Mais l'attention de la Reine avait été distraite pendant qu'elle se concentrait sur Archange et sa magie se relâcha. Oh ! très peu.

Or si Fabrice et Moineau pouvaient se satisfaire de leurs formes, finalement pas si lointaines de leurs animaux originels, si Robin enfin entier succombait à la sienne, Cal, lui, inconsciemment, détestait ce que lui avait fait la Reine Noire. Non seulement ce squelette était moche, mais en plus il cliquetait en marchant, à l'opposé du silence indispensable aux Voleurs.

La Reine Noire avait commis une erreur. Cal en profita pour se dégager de ses liens, un court instant. En les connectant avec elle, la créature leur avait montré d'où venait son incommensurable pouvoir. Plus elle tuerait, plus elle en absorberait, donc elle allait commencer très vite. Il n'y avait qu'une seule solution.

Cal frappa un pan du mur de toutes ses forces.

Et brisa le cristal.

Le cristal hurla et la Reine Noire hurla avec lui. Sa magie cogna comme un marteau de guerre. Tout le monde fut projeté avec violence contre les murs de cristal, épinglés comme des papillons impuissants. Mais si la magie démoniaque était toujours là, celle du cristal fluctuait tellement qu'elle échappa à la Reine Noire. Son armure redevint dorée, ses yeux retrouvèrent leur teinte bleue familière. Tara, peu à peu, émergea de la

Reine comme un papillon émerge d'un cocon. Le cristal redevint blanc et noir, les meubles disparurent.

La jeune fille retrouva ses esprits. Elle n'était pas du tout une épouvantable Reine guerrière, prête à soumettre les mondes sous son joug. Elle était une gentille adolescente avec plein de problèmes et un petit ami compliqué.

Tara lança sa magie et tous ses amis retrouvèrent leur forme normale, avec des soupirs de soulagement. Puis, alors que Cal et les autres se tâtaient sous toutes les coutures, histoire de vérifier qu'ils étaient bien intacts, Tara lança un Reparus.

Et répara le cristal.

– NON ! cria Robin lorsqu'il vit ce qu'elle faisait. TARA ! NON ! NE FAIS PAS ÇA !

Mais il était trop tard. La magie du cristal affluait de nouveau.

Un terrible instant, ils crurent que tout était perdu. Que la Reine Noire serait la plus puissante.

Mais cette fois-ci, Tara était prête.

Grâce à la Pierre Vivante, qui formait toujours une couronne sur sa tête, elle canalisa et le pouvoir du cristal et celui de la magie démoniaque, tirant des objets de pouvoir juste ce dont elle avait besoin.

Puis elle ouvrit la connexion.

Et le lien se fit avec AutreMonde. Elle pouvait sentir le pont se construire. Et elle avait bien assez de magie pour les transporter sans se transformer en Reine Noire de nouveau. Mais elle devait faire vite, parce que, secouée par l'utilisation d'une aussi intense force de magie démoniaque, la planète se mit à trembler.

Et que la Reine Noire s'agitait sous la surface, prête à émerger dès que Tara relâcherait sa volonté, comme un animal qui guette dans les profondeurs de la mer.

Avant d'exploser sous la pression, Tara cria à la Pierre Vivante qui avait toutes les coordonnées de toutes les adresses de l'univers en mémoire :

– Château Vivant du Lancovit !

Ils se rematérialisèrent dans la salle de transfert du Château Vivant.

Et Tara se félicita d'avoir gardé son armure.

Parce qu'une flèche venait de se planter en plein milieu de son sternum.

24

La guerre

ou comment arriver à mettre une planète à feu et à sang juste pour un petit anneau de faux argent.

Voyant Cal, l'un de ses humains préférés, le Château Vivant intercepta vite fait ceux qui voulaient le transformer en pelote d'épingles avec leurs flèches. Puis la licorne apparut et fit la fête au petit Voleur, puis s'inclina gravement auprès de tous les autres. Le Château était content, son ami était de retour et, vu qu'il avait sursauté, tout le monde était au courant. Super discret comme arrivée.

Heureusement, la salle de transfert était immense, ce qui avait permis à Tara de déposer le cristal, qu'elle avait emporté avec eux, en douceur. Une fois assurée que le cristal n'allait pas se briser, elle s'intéressa à ce qui se passait.

Devant elle, fou de rage, Xandiar, le chef des gardes d'Omois, insultait l'imbécile qui venait de lâcher sa flèche sur Tara. Il l'avait collé au mur et deux de ses quatre bras semblaient s'activer à l'étrangler.

Sauf que Xandiar n'avait absolument rien à faire au Lancovit, à moins que Lisbeth n'y soit, auquel cas Tara et ses amis devaient repartir vite fait avant que l'anneau et Lisbeth ne les attaquent.

Mais Xandiar n'était pas en armure d'Omois. Son armure souple était bleu et argent, et non plus pourpre et or. Il se passait quelque chose de pas normal du tout.

Derrière lui, des thugs, également en bleu, dont la ravissante Séné Senssass, chef des camouflés d'Omois et femme de Xandiar. Qui, elle, avait gardé ses courts cheveux pourpres hérissés et son sourire à fossettes.

D'accord. Tout Omois s'était donné rendez-vous ici ou quoi ?

Et pourquoi tout le monde gardait ses armes braquées sur Tara et ses amis ?

Elle se regarda avec inquiétude. Mais elle portait bien l'armure dorée de la changeline, pas celle de la Reine Noire. Et son pégase était bien normal.

Heureusement, Tara s'était rematérialisée en premier, grâce au Château Vivant, les gardes n'eurent donc pas le temps de faire une autre victime. Surtout qu'en lui arrachant son arme, Xandiar venait de fouler le poignet de celui qui avait tiré sur Tara. Le jeune thug, blême de douleur et d'angoisse, luttait pour ne pas gémir. Et pour respirer. Xandiar finit par réaliser que le visage du thug virait au rouge et le lâcha.

– Je ne savais pas, je ne savais pas ! balbutiait le jeune garde, horrifié, j'ai cru que c'était une invasion de l'anneau, il y avait une signature démoniaque, regardez l'appareil !

Près de la Porte de transfert, une étrange machine dardait de furieux rayons d'un noir d'encre. Sous leurs yeux, elle siffla encore une seconde puis se calma.

Tout le monde sursauta lorsque, soudain, le cristal vivant qu'ils avaient rapporté avec eux, ravi, chanta et bourdonna comme une sorte d'énorme cloche. Par l'intermédiaire de la Pierre Vivante, il communiqua sa joie intense d'avoir été délivré, puis, comme un nuage qui se dissipe d'un seul coup, il disparut. Les autres en restèrent bouche bée.

– *Jolie Tara, merci jolie Tara*, dit la Pierre Vivante qui était repassée en mode « moi pas bien comprendre toi, mais moi aimer toi beaucoup beaucoup ».

Puis elle reprit sa forme de boule de cristal et fila dans la poche de Tara, au cas où quelqu'un déciderait de lui tirer dessus à elle aussi.

Tara ne comprenait rien à ce qui se passait, mais n'appréciait pas d'avoir reçu une flèche sans aucune provocation de sa part. Pour une fois.

– Xandiar ! s'écria-t-elle tandis que la changeline, tout aussi furieuse d'avoir été agressée, réduisait la flèche en charpie, que Galant piétina pour faire bonne mesure, mais qu'est-ce que vous et les thugs faites ici ! Lisbeth est là aussi ?

Elle se raidit, prête à lancer un sort s'ils les attaquaient.

– C'est bien elle ! s'exclama Séné, soulagée, baissez vos armes !

Les thugs lui obéirent, ce qui leur valut un regard noir de la part de Xandiar. Séné eut un petit sourire amusé. Xandiar détestait lorsqu'elle usurpait son autorité.

– Hrrrrmm… (Xandiar se racla la gorge) par les tripes de Gélisor, mais où est-ce que vous étiez donc passée ? Nous vous avons cherchée partout ! Cela fait un an et demi que vous avez disparu !

– Un an et demi ? Mais c'est impossible, s'étrangla Cal. Il ne s'est pas passé un an, juste quelques semaines !

– Un an et demi, insista Xandiar, farouche. Nous avons cru… nous avons cru que…

Il était tellement ému qu'il n'arrivait même pas à le dire, ses quatre bras battant l'air dans leur impuissance à s'exprimer. Qu'il avait cru que son Héritière était morte. Car il ne considérait pas Mara comme l'Héritière (bon, il faut dire que Mara non plus ne se considérait pas comme l'Héritière, juste comme l'Héritière par intérim).

Devant la surprise des adolescents, il parvint à se reprendre.

– Mais où étiez-vous donc ?

– Nous étions dans les Limbes démoniaques, répondit franchement Tara, à qui les mensonges d'Archange avaient donné une vraie envie de franchise. Pourquoi ? Que se passe-t-il ?

Tous les yeux s'écarquillèrent.

– Dans les Limbes ! s'écria Séné, mais…

Soudain elle s'interrompit et regarda fixement Fafnir, ou plus précisément l'épaule de Fafnir. Qui soupira.

– Oui, c'est bien un chaton, dit la naine d'un air farouche avant que qui que ce soit n'ait le temps de demander. Oui, il est rose, oui, il vient bien des Limbes et oui, c'est bien mon Familier. D'autres questions ?

Vu qu'elle avait les mains posées sur le manche de ses deux haches, Séné sentit qu'elle ferait mieux de s'abstenir.

– Eh bien non, dit-elle avec un ravissant sourire. Les Limbes. Wouh, moi qui me demandais où aller pour mon voyage de noces (on sentait l'ironie dans sa voix) que, depuis tout ce temps, nous n'avons pas encore eu le temps de faire (elle foudroya son mari du regard). Alors, c'était épouvantable ? Vous avez fait quoi là-bas ? Enfin, à part essayer de survivre avec des démons terrifiants.

– En fait, répondit Fafnir en grinçant des dents, c'est plutôt Tara qui les a terrifiés. Et, Tara, la prochaine fois que tu me transformes en monstre plein de muscles, crois-moi, je te ferai passer le goût de changer les nains en géants, Reine Noire ou pas.

Tara ferma les yeux. Elle n'avait pas fini d'entendre parler de cette histoire. Et l'espace d'un instant, elle regretta de ne plus pouvoir invoquer la Reine Noire et que tout le monde lui fiche la paix. Bon, concentration sur les problèmes immédiats, cela valait mieux.

– Est-ce que Lisbeth est là ? répéta Tara en ayant l'impression qu'ils étaient tous devenus dingues.

– Non, elle est à Omois. Avec ses nouveaux gardes, répondit Séné. Alors je me suis dit que ce serait aussi simple de lui emprunter sa garde habituelle et de l'emmener avec moi.

Cal roula les yeux. Blondin, son renard Familier, renifla.

– Waouh, quel joli mot ! « Emprunté » ? Vous voulez dire que vous avez volé sa garde à l'Impératrice d'Omois ? Et vous n'êtes même pas une Voleuse Patentée ? Quel gâchis !

La ravissante camouflée s'inclina moqueusement.

– Merci Maître Voleur.

– Quels nouveaux gardes ? demanda Fabrice qui voyait bien l'angoisse dans les yeux de Xandiar et de ses thugs.

De nouveau Séné fut plus rapide que Xandiar. Tara eut presque pitié de lui.

– Mais ses vampyrs bien sûr !

– D'accord, d'accord, temps mort ! fit Fabrice en plaçant ses mains devant lui. Nous sommes partis pendant plus d'un an. Que s'est-il passé au juste à Omois ?

– Nous avons été envahis, dit Xandiar.

– Encore, confirma Séné.

– Tout le gouvernement a été possédé.

– Encore, confirma Séné.

– Ils ont emprisonné tous ceux qui résistaient.

– Encore, confirma Séné.

– Nous avons dû nous enfuir.

Là, Séné dut changer de refrain.

– Pour la première fois. Mon doudou ne s'en est pas encore remis, confirma la jolie camouflée avec un délicieux sourire.

– Pas de doudou quand je travaille, fit Xandiar du coin de la bouche, enfin, Séné, on était pourtant d'accord !

– Tu ne travailles pas, tu es en fuite, mon mari, répliqua Séné dont le sourire s'élargit. Tu fuis la magie démoniaque qui s'est emparée d'Omois.

Xandiar secoua la tête.

– Je garde la Porte de transfert.

– Tu as mis à la porte les gardes de la Porte, ce n'est pas tout à fait la même chose, nuança la ravissante Séné. Ils ont tellement peur de tes thugs que le dernier s'est évanoui juste en venant voir ce qu'on voulait manger.

Xandiar chercha une réplique bien cinglante et… renonça. Il n'avait jamais le dernier mot avec Séné. Et avait de plus en plus la certitude horrifiée qu'elle était bien plus intelligente que lui.

– Bref, fit-il en lissant soigneusement son plastron de soie bleue qui n'en avait nul besoin. Nous sommes partis avant de nous faire posséder nous aussi, la magie démoniaque ayant, pour une mystérieuse raison, plus de mal avec nous, les thugs. Les vampyrs avaient déjà commencé à nous remplacer, raison pour laquelle la majeure partie d'entre nous était en disponibilité. De plus, nous avons été traits.

– Trahis ? répéta Cal qui n'avait pas compris.

– Non, traits, rectifia sombrement le grand thug au visage impassible. Comme des vaches. Les vampyrs nous prenaient notre sang.

On sentait dans sa voix à quel point cela l'avait mis hors de lui.

Un silence horrifié salua son annonce.

– Nous étions en train de nous affaiblir. Alors nous sommes venus en visite au (un gloussement de Séné le fit changer de phrase)… hrrrm, je veux dire : nous sommes venus nous réfugier au Lancovit, et en même temps, protéger le Roi Bear et la Reine Titania, vu que ce sera probablement l'un des objectifs majeurs de notre Impératrice.

Évidemment. L'anneau n'avait pas attendu que Tara et ses amis reviennent sur AutreMonde. Il avait mis en œuvre ses plans. Et ils venaient de tomber juste au beau milieu.

– Héritière d'Omois, Princesse Impériale, dit le grand chef des gardes avec sérieux, vous affirmez avoir séjourné dans les Limbes. Cela a-t-il un rapport avec ce qui s'est passé à Omois ?

Et l'alliance entre les vampyrs et notre Impératrice ? Enfin, ce qui s'est emparé de notre Impératrice ?

Tara approuva l'indéfectible fidélité à l'Impératrice de Xandiar. Il savait bien faire la différence entre sa souveraine et celui ou celle qui la possédait.

– Oui, opina la jeune fille, désolée. Le prototype de l'anneau démoniaque de Kraetovir s'est emparé de Lisbeth. (Xandiar retint sa respiration.) Celui que j'avais rapporté de chez la Reine dragon du Continent Interdit. Les vampyrs l'avaient trouvé et je l'ai récupéré.

– Nous ne savions pas ce que c'était. Nous nous doutions que c'était un objet démoniaque, mais aucun de ceux qui se trouvaient près de notre Impératrice ne ressemblait à l'une des descriptions : fer noir, démons sculptés. De plus, les objets démoniaques ne peuvent pas fonctionner tout seuls normalement !

– Celui-ci le peut, répondit sombrement Tara, il a acquis une sorte de conscience. Il s'était transformé à mon doigt en un simple anneau d'argent sculpté de licornes. Comme un camouflage. Je suppose que sur le doigt de Lisbeth, il doit ressembler à un paon pourpre aux yeux d'or, l'emblème d'Omois.

Le grand chef des gardes plissa les yeux, essayant de se souvenir, mais échoua. Il n'était pas payé pour observer les bijoux de l'Impératrice, mais pour la protéger.

– Mais lorsque j'ai été exilée sur Terre, précisa Tara, il n'a sans doute pas voulu être coupé de la magie d'AutreMonde, même si je ne sais pas très bien pourquoi, vu qu'il ne peut sans doute pas s'en servir. Il m'a donc quittée. Et s'est fait remettre à Lisbeth. À présent, il doit la contrôler totalement.

Un silence de mort salua ses mots. Les thugs se tendirent. C'était la seconde fois en quelques mois que l'Impératrice d'Omois était la proie d'une possession. Ils étaient de plus en plus inquiets pour elle et ils avaient raison. Sa santé pourrait-elle résister à ces invasions magiques potentiellement létales ?

Tara inspira pour se calmer et expliqua :

– L'Impératrice, sous son influence, a bloqué les Portes de transfert entre la Terre et AutreMonde, si j'essayais de rentrer ici. Nous avons donc dû passer par les Limbes. Mais en chemin nous avons découvert que les démons avaient totalement changé.

Xandiar n'était pas né lorsque les grandes guerres avaient eu lieu, mais il en avait entendu parler bien sûr. Il se raidit.

– Ils ont changé ?

– Ils ont terraformé leurs planètes en sacrifiant des milliards d'entre eux, annonça Tara, ils se sont transformés. Ils sont devenus humains.

Un rugissement parfaitement dragonien salua sa déclaration et tout le monde tourna la tête, interloqué.

– QUOI ? Ouch !

Maître Chem venait d'arriver et son terrible rugissement avait été stoppé net lorsque, oubliant qu'il était sous sa forme de dragon bleu, il venait de s'assommer à moitié sur le linteau de la salle de la Porte de transfert.

Oubliant toute retenue, Tara se précipita et le dragon, louchant encore un peu, se baissa pour l'accueillir dans une étreinte écailleuse. Galant lui fit aussi la fête.

– Oh ! là, là, fit Tara, au bord des larmes, ce que je suis contente de vous voir !

Évidemment, cela nuisait à son image de fière guerrière, mais là, elle s'en fichait complètement.

Le dragon la serra délicatement. Elle recula et essuya une larme traîtresse qui lui avait échappé.

– Vous êtes de retour du Dranvouglispenchir ?

Le dragon sourit, ce qui afficha plein de crocs. Sylver, qui n'avait pas l'habitude de côtoyer les dragons de si près, pâlit un peu. Cal trouva cela assez paradoxal. M'enfin peut-être qu'il ne s'était pas encore regardé dans la glace sous sa forme de dragon.

– Oui, précisa le dragon, Sal est arrivé chez nous avec une très curieuse histoire. Il était vraiment inquiet, je suis rentré avec lui. Nous sommes allés sur Terre, nous avons parlé avec tout le monde. Cet anneau semble faire des choses très étranges pour un prototype d'objet démoniaque. Je n'ai jamais entendu parler d'un objet qui aurait la capacité de comprendre son porteur, et encore moins de faire autre chose que de lui obéir… bêtement, je dirais.

Ça, pour être bizarre, l'anneau était bizarre. Mais pas autant que les démons qui l'avaient créé. Pour Chem, Tara répéta donc ce qu'ils avaient vécu dans les Limbes, les thugs ne perdant pas une miette de ce qu'elle disait. C'était comme un torrent de phrases qui déferlait de sa bouche et elle avait l'impression qu'elle ne pourrait jamais s'arrêter. En fait, elle ne s'en rendait pas compte, mais elle était en pleine crise d'hystérie.

Tout autour d'elle, les réactions étaient diverses. Intérêt passionné pour Séné, inquiet pour Xandiar, stupéfait pour les thugs, concentré pour Maître Chem.

Pour finir, elle s'abattit, épuisée, sur le torse écailleux, trop contente de pouvoir déléguer ses responsabilités à quelqu'un d'autre.

Mais elle n'avait que très peu évoqué la Reine Noire, précisant juste que grâce à sa transformation en Reine démon, ils avaient réussi à s'enfuir en invoquant un Sparidam.

Le dragon se racla la gorge, ce qui fit le bruit d'une locomotive en train de dérailler.

– hrrrm, hrrrm, par mes ancêtres, mais ces gens sont totalement fous ! Déstabiliser leur univers, ainsi ? Sornettes et billevesées ! Démons mal avisés ! Et qu'est-ce que c'est encore que cette histoire de cristal ? Et de Reine démon ?

– Pour Tara transformée en Reine démon, croyez-moi, Maître Chem, vous ne voulez pas savoir, intervint Cal. C'était la chose la plus terrifiante que j'aie jamais vue de toute ma vie. Si elle avait régné, elle aurait envahi notre planète aussi et, à côté d'elle, les démons, ça aurait été de la gnognote !

– De la gnognote ? répéta le dragon, incertain.

– Quelque chose de facile, traduisit Moineau en roulant les yeux vers Cal. Et le cristal était du quartz vivant, que Tara a rapporté ici. Mais il a disparu dès qu'il a compris qu'il était libre.

Le dragon ouvrit la gueule. Et la referma avec un claquement sec, essayant de digérer tout ce qu'il venait d'apprendre.

– Tout ceci est incroyable. Cela dit, je devrais avoir l'habitude avec toi, jeune Tara. Allons donc dans mon bureau, histoire que nous puissions échanger des informations. Merci, Xandiar, de votre aide, elle nous est précieuse.

Le grand chef des gardes s'inclina sous l'œil moqueur de Séné et reprit sa faction, même s'il avait envie de suivre Tara afin d'en apprendre un peu plus.

– Jeune Sylver, attendez un instant, vous n'avez pas d'accréditation, donnez-moi votre bras.

Méfiant, le jeune garçon lui tendit son bras gauche et le dragon lui incrusta une accréditation.

– Nous sommes toujours sous la menace d'une tentative contre le Roi et la Reine. Alors tout le monde doit montrer son accréditation en bonne et due forme.

– À ce sujet, demanda Tara pendant que Sylver regardait l'accréditation s'incruster sous sa peau sans douleur. Les gouvernements avaient été attaqués par l'anneau, qui leur avait laissé croire qu'il s'agissait d'une énième tentative de Magister, sans doute afin que les pays n'assaillent pas Omois tant qu'il n'avait pas totalement possédé les vampyrs. Mais Isabella et les autres ont pu voir sur Terre que ce n'était pas Magister le coupable. Alors ? Qu'est-ce que vous avez fait ? Y a-t-il un plan d'attaque sur Omois ? Les dragons vont-ils y participer ? Avez-vous revu Magister ? Il n'était pas avec nous.

Le dragon la regarda fixement et cligna de ses yeux de serpent.

– Ah ! jeune Tara, voilà beaucoup de questions. Dont certaines ont des réponses compliquées. Comme je te l'ai dit, passons dans un endroit plus… discret.

Le cœur de Tara battit plus vite. Hum… Il esquivait ses questions. Pas bon, ça.

Maître Chem fit demi-tour et sortit. Les autres le suivirent, dociles.

Sylver fermait la marche, juste derrière Tara qui ruminait d'inquiétantes pensées, lorsque Cal se glissa près d'elle, encore sous le choc de ce qui s'était passé dans les Limbes. Machinalement, voyant que le petit Voleur parlait à la jeune fille, les autres ralentirent, mettant de la distance entre le dragon et eux.

– Dis-moi Tara, si tu étais consciente en tant que Reine Noire, demanda Cal à Tara, tu sais pourquoi elle m'a transformé en squelette ? C'était quand même super bizarre !

– Aucune idée, répondit gravement Tara, s'arrêtant pile, ce qui faillit faire trébucher Sylver qui la suivait de près, ses envies et ses besoins m'étaient étrangers, je n'avais aucun contrôle. Je voulais te remercier, Cal, tu nous as tous sauvé la vie.

Et elle l'embrassa gentiment sur la joue, puis reprit son chemin.

Cal en resta bouche bée.

– Hé, fit-il en courant derrière Tara, sous le regard goguenard de ses amis, si tu crois t'en tirer comme ça, tu rêves ! Tara, donne-nous un peu plus de détails sur comment ta transformation s'est effectuée ! L'instant d'avant, on pensait qu'on allait tous terminer en chiche kebab, l'instant d'après, tu terrorisais tous les démons à les faire mourir de peur. Explique, quand même !

– Je me suis connectée au cristal pour établir un pont menant sur AutreMonde, soupira Tara, tandis que les autres se rapprochaient pour entendre. Mais le Sparidam est une formule qui draine tous les objets de pouvoir des alentours et met une fantastique puissance à ta disposition. Je ne m'y attendais pas. J'ai failli être grillée. Lorsque la magie démoniaque est entrée dans ma tête, ce n'était pas juste de la magie. C'était de la tentation. À l'état pur. Tout ce que je voulais, tout ce que je désirais était soudain à portée de main.

– Et qu'est-ce que tu voulais tant ? demanda Robin.

– Le « petit animal parasite suceur de sang, utiliser ses yeux, pou voir, le pouvoir », s'exclama Fabrice.

– La connaissance, dit Moineau, l'air rêveur.

– L'habileté, fit Fafnir.

– La fortune, dit Cal avec gourmandise.

– L'intégrité, avança Sylver.

– Ne plus souffrir, répondit Tara, les yeux fermement fixés sur Robin qui tressaillit, ne plus laisser l'amour que je porte aux miens me blesser. Cela a suffi à la magie. Cette tentation était la seule qui pouvait me faire céder. Et je suis devenue la Reine Noire.

– Pffff ! fit Fabrice du fond du cœur, c'était chiffre 1, petite prairie, tranche tout, 15e lettre de l'alphabet, fin de planant, Un Pré scie o nant ! Impressionnant !

– Waouh ! deux charades en l'espace de quelques secondes, tu vas mieux, murmura Cal qui avait bien remarqué que son ami avait abandonné les charades depuis quelque temps.

– Oui, fit Moineau, moqueuse, et je crois que je sais pourquoi. N'est-ce pas, Fabrice ?

Fabrice lui sourit tendrement et, pour la première fois depuis très longtemps, elle lui sourit tout aussi tendrement en retour.

– Je me doutais bien que tu l'aurais remarqué. Je vais mieux, parce que j'ai constaté que Tara était bien bien plus puissante que Magister. Mais tellement plus puissante qu'à côté d'elle, Magister serait comme une petite bougie d'anniversaire à côté d'un incendie de forêt. C'était génial. Et c'est là que j'ai compris que pour rien au monde je ne voudrais de cette magie, de ce pouvoir. Moi, je n'aurais pas résisté. J'aurais conquis et massacré tout le monde et aurais terminé comme tous les tyrans, seul, malheureux, haï de tous et probablement avec une lame dans le ventre.

Saisissant Moineau qui ne s'y attendait pas, il la fit tournoyer en l'air et la déposa, rose et heureuse, par terre. Sa panthère rugit, offusquée du traitement infligé à sa maîtresse.

– Dis-moi, oh, Moineau, dis-moi que tu aimes toujours le fou que je suis ?

– Oui, oh oui, mon tendre idiot, bien sûr que je t'aime !

Et elle l'embrassa tendrement. Sheeba cracha dans ses moustaches.

– Les enfants, fit sévèrement le dragon qui, sentant qu'ils n'étaient plus derrière lui, s'était arrêté, un peu de tenue, s'il vous plaît.

– Oui, Maître Chem, pardon, dit Fabrice, contrit.

Moineau glissa sa main dans la sienne et ils se sourirent. Cette fois-ci, le cœur de Tara ne se serra pas. Elle avait dit adieu à son amour pour Robin lorsqu'elle était devenue la Reine Noire. Et à présent qu'elle était revenue sur AutreMonde, il restait comme un écho de son cruel pouvoir. Elle pouvait se détacher suffisamment pour ne plus souffrir du rejet de Robin. Elle lui jeta un coup d'œil. Curieusement, s'il n'était plus l'elfe maigre et cruel créé par la Reine Noire, ses cheveux étaient restés argentés et longs. Les mèches noires si caractéristiques de son métissage avaient totalement disparu. Même son visage semblait avoir changé. Ses sourcils filaient plus vers le haut, comme le plus pur des vrai-sang. Jusqu'à ses oreilles qui paraissaient plus pointues. Tara songea que le demi-elfe aurait une surprise lorsqu'il se verrait dans le prochain miroir.

Et ses parents aussi. Surtout sa mère qui serait probablement peinée de voir disparaître la seule manifestation de l'humanité qu'elle avait léguée à son fils.

Sylver, à ses côtés, ressassait quelque chose, parce qu'elle voyait ses mâchoires remuer, comme s'il était en discussion avec quelqu'un d'invisible.

De temps en temps, croyant qu'elle ne le voyait pas, il jetait de petits regards inquisiteurs vers Tara. La jeune fille sourit. Au moins, le magnifique Sylver s'intéressait à elle. Elle observa son visage parfait, ses longs cheveux de toutes les couleurs du blond, allant du caramel au blé clair, ses yeux d'or et ses épaules puissantes. Il était beau à tomber, il était vraiment gentil et il lui avait déclaré des tas de trucs très romantiques la dernière fois… alors qu'elle était sous le coup du sort d'attraction.

Tara se rembrunit. Fichu sort ! Maintenant, elle allait devoir tout recommencer à zéro dans ses relations avec les garçons. Et puisque Robin ne voulait plus d'elle, puisqu'il avait déclaré (ce qui l'avait tout de même blessée) qu'avant il n'était attiré que par les elfes, bien plus belles que les humaines[1], tant pis pour lui. Sylver serait là, elle ne serait pas seule.

---

1. Ce qui est tout de même le comble de la goujaterie. Comme quoi les elfes sont comme les humains. Ils font d'énormes gaffes avec les filles !

Elle se glissa un peu plus près de Sylver et lui sourit. Il sursauta, puis, en parfait gentleman, lui offrit son bras. Bras dessus, bras dessous, ils s'avancèrent et le cœur de Tara s'allégea. Un peu.

À leur grande surprise, la circulation dans les couloirs du Château Vivant s'interrompit à plusieurs reprises. Des gardes au visage de pierre vérifiaient les autorisations et l'identité de tout le monde. Même le fait d'être avec le dragon ne les en dispensa pas. Et le Château Vivant prenait son rôle de protecteur très au sérieux. Il avait fait disparaître les illusions des murs, afin de ne pas gêner les gardes dans leur travail, et les avait remplacées par des tableaux et des fresques, mais de petite taille afin de les égayer quand même. Il avait également beaucoup agrandi sa taille car, du fait d'un potentiel conflit, beaucoup des comtes, ducs et princes du royaume résidaient au Château. Ils les croisèrent, vêtus d'armures légères en keltril, de toutes les formes, de toutes les tailles et de toutes les races.

Le Lancovit était prêt à entrer en guerre. La main de Tara se resserra sur le bras de Sylver. À lui faire mal. Mais il se garda de réagir, il comprenait la peine de la jeune fille. Et son sentiment de responsabilité.

Quelques minutes et deux mini-Portes de transfert intérieur après, ils étaient dans les bureaux de Chem.

Cela n'avait pas beaucoup changé. Cela représentait toujours une grotte luxueuse avec un mirifique trésor que Maître Chem fit disparaître après un regard soupçonneux vers Cal.

Et l'odeur, sèche et légèrement soufrée, des dragons chatouilla le nez de Tara. Soudain, ce fut comme si un énorme poids s'allégeait de ses épaules. Elle allait pouvoir remettre le fardeau des décisions sur le dos de quelqu'un d'autre. Enfin !

Le gros dragon bleu et argent s'assit sans façon sur le siège spécial conçu pour sa race et qui gémit sous son poids.

– Asseyez-vous, asseyez-vous. Alors, à mon tour de vous raconter ce qui s'est passé ici, à la fois pour répondre aux questions de Tara et pour vous informer. Donc, vous êtes au courant de l'attaque contre les gouvernants qui est survenue il y a un an et demi.

– C'était il y a à peine quelques semaines pour nous, Maître Chem, précisa doucement Moineau, c'est bien la raison pour laquelle Tara vous a posé la question. Nous sommes inquiets.

– Nos familles ? demanda vivement Tara, réalisant soudain que sous le choc de sa transformation et de son retour, elle avait oublié le plus important, tout le monde va bien, Isabella, Manitou, Mara, Jar, Sandor ?

Le dragon fronça le nez.

– Nous n'avons pas de nouvelles de Mara ni de Sandor, hélas ! la communication est coupée avec le Palais d'Omois où ils sont sans doute soit prisonniers, soit possédés. Isabella est sur Terre avec votre arrière-grand-père et les parents de tous tes amis, Tara. Ils sont bien protégés par le Manoir. Je ne crois pas qu'il laissera passer qui que ce soit, après ce qui est arrivé, il a réapprovisionné toutes ses armes et plutôt deux fois qu'une. Jar est avec elle. Ils sont très inquiets de ta disparition. Nous allons leur boule de cristaller que vous êtes tous arrivés et sains et saufs.

Cal leva la main.

– Ne serait-il pas préférable de ne pas avertir qui que ce soit sur le réseau ?

– Tu ne veux pas qu'on utilise les boules de cristal ? demanda Tara, tu crois que les réseaux sont espionnés ?

Le jeune Voleur se mordit la lèvre.

– Je ne crois pas, Tara, je sais que les réseaux sont sur écoute. Tous les gouvernements font cela, par prudence. Omois n'est pas en reste. Et je ne parle même pas des cristallistes. Eux, ce sont de vrais renards !

Tara soupira. Elle ne savait pas si cela était le cas sur Terre, mais les mœurs d'AutreMonde lui semblaient parfois manquer singulièrement de démocratie.

– Après tout, continua le jeune Voleur, si nous pouvions bénéficier de l'effet de surprise, ce serait mieux, non ? Plus tard l'anneau saura que Tara est de retour, mieux ce sera !

Chem se rembrunit et souffla, ce qui fit frémir ses babines.

– Malheureusement, votre arrivée pour le moins tonitruante n'est certainement pas passée inaperçue. Tout le Lancovit doit déjà être au courant. Mais je vais différer cet appel de quelques heures, histoire de voir si les cristallistes parlent de vous ou pas.

– Cette histoire de vampyrs, dit Fabrice qui n'avait pas gardé un très bon souvenir de sa rencontre avec Selenba, qu'est-ce qui se passe exactement à Omois ?

Chem se ferma un peu plus. Il semblait embarrassé.

– La population est terrifiée. L'anneau a interdit aux vampyrs de tuer afin de pouvoir les approvisionner. Mais les gens sont saignés comme du bétail. Et il y a de plus en plus de vampyrs buveurs de sang là-bas.

Tara sentit sa gorge se serrer. Oui, elle pouvait imaginer l'état de terreur dans lequel devait être la population.

– Mais, objecta-t-elle, se souvenant des portions de viande qu'ils avaient dupliquées après leur fuite de la forteresse grise, pourquoi n'utilisent-ils pas la magie pour se nourrir ?

Le dragon soupira et ses yeux jaunes étaient inquiets.

– Si cela fonctionne avec les buveurs de sang « normaux », cela ne fonctionne pas avec les buveurs de sang humain. Il semble que cette forme de vampyrisme très particulière se nourrisse tout autant de la peur de leur victime que de son sang.

Le visage d'ange de Cal se crispa.

– Oui, je me souviens. Je n'aimais pas le goût du sang, même sous ma forme de vampyr buveur de sang humain, mais lorsque je mordais, c'est ce que je faisais, je me nourrissais des deux. De l'esprit de ma proie comme de son sang.

– Donc, une fois qu'ils auront converti tout le monde, résuma Tara, ils vont se retrouver avec un vrai problème d'approvisionnement, c'était ce qu'avait dit Kyla. Elle pensait que l'anneau finirait par envoyer les vampyrs sur Terre.

Maître Chem se gratta le crâne de la pointe d'une de ses griffes.

– J'avais dit à la petite vampyr de ne pas retourner en Krasalvie. Elle pensait être capable de résister à la possession.

– Et alors ?

– Elle n'a pas résisté.

Ils se turent. En quittant les Limbes, ils avaient eu l'impression de partir de l'enfer. Et voilà que leur propre planète risquait de se transformer en bien pire.

– Nous avons donc deux problèmes, résuma Maître Chem. D'une part, comprendre avant qu'ils ne nous tombent dessus, ce que les démons ont fait, encore, ensuite vaincre ou détruire l'anneau avant qu'AutreMonde ne devienne un immense buffet pour vampyrs.

– Pour l'anneau, je ne peux rien faire, lança Moineau en sortant des tas de fioles et d'objets de sa poche, mais pour les démons, voici ce que j'ai réussi à réunir sur eux lors de notre voyage dans les Limbes. Vous avez tous les éléments, des échantillons de plantes et de graines que j'ai ramassés, des cristaléo du soleil, que j'ai cristallé à plusieurs reprises, et de leur lune aussi. Voici les schémas des étoiles. Et la vidéo de leur capture d'âmes que j'ai trouvée dans leur Bibliothèque.

Cal sortit quelque chose de sa poche également, tandis que les autres écarquillaient les yeux, impressionnés par le travail méticuleux de Moineau.

– Et ça, dit-il, c'est le mouchoir que j'ai donné à Archange lorsqu'il s'est blessé, il y a son sang dessus, et celui-ci, c'est le sang de Diablo que j'ai pu recueillir dans la salle du Juge. Il y a également des poils et des écailles. Ces flacons renferment du sang d'autres démons, et de démons humains également, les X marqués sur les fioles sont les démons, les O, les humains. Comme comparatif, j'ai également des poils du roi des démons. Je n'ai pas pu le blesser, alors je n'ai pas de son sang.

Lui aussi impressionna ses amis. Ils ne l'avaient même pas vu recueillir les échantillons.

– Mais moi j'en ai, répondit Maître Chem avec satisfaction. Lorsque je me suis assis sur lui, mes écailles l'ont blessé et, en revenant, j'ai effectué des prélèvements sur mon arrière-train.

Un malicieux sourire fleurit sur le visage de Cal.

– Ben dites donc, ça n'a pas dû être facile. Comment vous avez fait ? Je veux dire, votre arrière-train est assez loin de vos avant-bras, non ?

– Je me suis débrouillé, répondit dignement Maître Chem qui n'allait pas révéler qu'il avait dû s'asseoir sur un énorme torchon et se trémousser d'une façon parfaitement ridicule, afin de parvenir à prélever le sang du démon. Bref, nous avons tout ce qu'il nous faut pour étudier ce qu'ils ont fait. Bravo, vous avez effectué de l'excellent travail !

– À votre tour, demanda Tara. Comment pouvons-nous aider ?

– Je n'en sais rien, répondit franchement Maître Chem. En fait, je ne devrais même pas être ici. Ta grand-mère m'a contacté par l'intermédiaire du Lancovit (ahhh, c'était donc ça la mystérieuse communication d'Isabella, mais pourquoi l'avait-elle cachée ?). J'étais en train d'aider Charm à rétablir la paix après la trahison de son premier d'Écaille, je n'étais donc pas du tout au courant de ce qui se passait sur AutreMonde. Mais, Tara, à ce sujet, j'ai tout de même une question. L'anneau de Kraetovir ? Utiliser un objet mortel démoniaque ! Comment as-tu pu faire une chose pareille ?

– Le prototype, rectifia Tara. Et il m'a aidée. Tout le temps. Jamais il n'a essayé de me blesser ou de contrarier mes pouvoirs. Il m'a sauvé la vie ainsi qu'aux vampyrs, ce qui explique peut-être qu'il les a subjugués aussi facilement. Comment aurais-je pu deviner qu'il allait s'emparer de ma tante ? Et ainsi acquérir le pouvoir ? Avant de devenir la Reine Noire, je n'avais aucune idée de ce qu'était la tentation du côté obscur de la force ! Ben je confirme, c'est vachement fort !

Maître Chem la regarda d'un air totalement éberlué.

– Le côté obscur de la force ? Mais de quoi parles-tu, Tara ?

Fabrice, mort de rire, lui expliqua :

– C'est un film, Maître, sur Terre, *Star Wars*. Les méchants, comme les gentils, utilisent ce qu'ils appellent la force. C'est un peu comme de la magie. Sauf qu'il y a un côté obscur, qui pervertit les gens. Un peu comme la magie démoniaque l'a fait avec Tara.

– Et c'est bien cela le problème, indiqua Tara, désolée. Ma tante est bien plus impitoyable que moi. L'anneau a dû lui proposer de partager son pouvoir. Je ne crois pas qu'elle soit « possédée » dans le sens « contrôlée ». Je pense que l'anneau a fait la même chose avec elle que le Sparidam avec moi. Il s'est contenté de lui apporter le pouvoir, comme la chemise l'a fait avec Magister. Et avec le pouvoir est venue la perversion. Sauf qu'ils ne s'en rendent pas compte, ni Magister ni ma tante. Et tout comme je me suis transformée en Reine Noire, Lisbeth s'est métamorphosée en Impératrice Maléfique.

– Tu as probablement raison, Tara, répondit Maître Chem qui se tapa le front de sa patte écailleuse comme s'il se souvenait d'un truc tout à coup, d'ailleurs, à ce sujet, il faut que je dise quelque chose à Sylver.

Sylver tressaillit. Il était en train de se demander comment il allait retrouver son père et, surtout, si les démons l'avaient bien renvoyé sur AutreMonde comme ils l'avaient dit, plutôt que de le garder prisonnier dans les Limbes.

Le dragon avait la réponse.

– Voici, dit-il, une vidéo qui a été diffusée, il y a un an environ. Je suis désolé, mon garçon.

La vidéo démarra sur l'écran de cristal plat derrière le dragon.

Horrifié, Sylver y vit un homme, grand, le visage masqué de doré, menottes aux poignets, enfermé dans une cage de fer d'Hymlia, insensible à sa magie.

Il tendit la main vers le cristal, bouleversé.

– Père !

25

Magister

ou comment se faire bêtement capturer par un bout
de métal noir, même pas spécialement intelligent.

Tara écarquilla les yeux. Sylver, déjà naturellement pâle,
ressemblait à un cadavre. Il se leva d'un bond. Ses poings étaient
si serrés que Tara en eut mal pour lui. Fafnir lui jeta un regard
inquiet.

C'était bien Magister qui se tenait là.

– Je ne comprends pas, murmura Moineau, comment se fait-
il que l'anneau, qui ne possède que quelques milliers d'âmes,
a pu prendre le dessus sur la chemise qui en renferme beaucoup plus ?

– L'anneau a appris à se servir des humains sans les détruire,
répondit Tara qui frissonna au souvenir de la magie démoniaque envahissant ses veines. La chemise, elle, n'est qu'un
outil. Magister ne peut absolument pas l'utiliser à fond sans se
faire exploser.

– Mais pourquoi l'anneau l'a-t-il montré ainsi à la mondovision ?

– Pour prouver à tout le monde qu'il a capturé l'ennemi
numéro 1, dit Sylver qui semblait avoir la nausée. Il n'est pas
que l'anneau, il est aussi l'Impératrice. C'est une grande victoire
pour Omois.

– Je ne vois pas Selenba dans les prisons, remarqua Fabrice
qui avait une dent contre la cruelle vampyr.

Le cristal opéra un grand-angle, ils purent voir des tas de prisonniers, mais Selenba n'était nulle part. Cal fit écho à ses pensées.

– Ils ne l'ont pas capturée apparemment. Selenba est encore
libre. Elle ne va pas laisser Magister entre les griffes de Kraetovir.

À mon avis, l'affrontement entre la vampyr et l'anneau démoniaque risque d'être intéressant.

– Mais il n'y a aucune magie dans les prisons d'Omois, objecta Maître Chem. Elle n'a aucun moyen de le délivrer.

– Alors, c'est moi qui vais y aller ! dit Sylver, exalté. Mon père ne doit pas rester prisonnier de l'anneau !

– Waouh ! du calme, fit Cal. Ton père a mérité la prison et bien plus. Moi, je trouve ça très bien qu'il soit au frais pour l'instant, au moins, il ne va pas fomenter des complots dans notre dos pendant ce temps.

Mais Sylver n'était pas uniquement mû par l'amour de son père.

– Vous ne comprenez pas ! Si l'anneau a accès à la chemise, il va vider mon père comme une cruche d'eau, jusqu'à ce qu'il ne reste plus rien. Ça va le tuer ! Et augmenter la puissance de l'anneau !

– À ce sujet, je n'ai pas vu s'il portait sa chemise, dit lentement Tara à Sylver, impressionnée par la fureur du jeune homme. Peut-être que l'anneau ne sait pas ce qu'il a entre les m… ce qu'il a ?

– Tara, je suis désolé, mais l'anneau était à ton doigt lorsque tu as vu ce qui était arrivé à Magister. Il sait donc qu'il a la chemise. Tant que mon père ne l'invoque pas, il a une chance de survivre. Mais si l'anneau le force à matérialiser sa chemise, il sera perdu !

Tara avait un peu de mal à compatir. Après tout, Magister avait tué son père, enlevé sa mère et pourri sa vie. Mais elle pouvait comprendre la douleur du jeune homme.

Elle laissa la compassion s'exprimer dans sa voix.

– Cela fait déjà un an. S'il avait réussi à lui voler le pouvoir de la chemise, c'est trop tard. Et s'il ne l'a pas encore fait, c'est qu'il n'y arrive pas. Donc, pour l'instant, on ne peut rien faire. Je suis désolée Sylver, mais te faire tuer n'arrangera rien du tout.

– À ce sujet, je dois également te dire quelque chose, Tara, murmura Chem, l'air vraiment embêté.

– Allez-y, Maître Chem, dit Tara, prête au pire.

– C'est à propos de ta mère.

Tara se raidit.

– Ma mère ?

– Elle n'est plus au Manoir Vivant, sur Terre.

– Comment ça, mais… je ne comprends pas ?

– Tu te souviens que Magister avait créé une machine autour d'elle pour faire revivre son corps ?

Il n'était pas là lorsque c'était arrivé, mais Isabella, affolée, l'avait appelé pour tout lui raconter. Et voir Isabella affolée avait plus secoué le dragon que la trahison de ses propres congénères quelques mois plus tôt.

Tara fronça les sourcils.

– La machine, oui, bien sûr, je m'en souviens et alors ?

– Elle semblait avoir incorporé une sorte de dispositif de transport. Quelques heures avant que Magister ait été capturé par l'anneau, le corps de ta mère a disparu !

Tara cessa de respirer pendant quelques secondes, le sang bourdonnant à ses oreilles.

– Comment ça, mais…

– Isabella m'a dit qu'il avait eu cette idée folle d'aller au Palais Impérial d'Omois afin de retrouver le parchemin qui permet de faire revenir les mânes des sortceliers morts. Il a donc voulu y aller et c'est comme cela qu'il a été capturé.

Oui, évidemment, Tara aurait dû se douter que le foutu parchemin y était pour quelque chose. Il fallait absolument le détruire lui aussi !

Le dragon s'arrêta et hocha la tête, songeur.

– Je n'aurais jamais cru pouvoir dire cela un jour : « Hélas ! il a été capturé. » Quelle ironie ! Bref, il a dû vouloir récupérer le corps de ta mère afin de l'avoir sous la main lorsqu'il invoque-rait son esprit. Il l'a donc enlevé juste avant de se rendre à Omois. Depuis, nous ne savons pas où elle se trouve, pas plus que nous n'avons réussi à localiser la forteresse grise.

– Mais maman ne veut pas revenir ! dit Tara, effrayée. Elle est heureuse maintenant. Elle est avec mon père, si Magister la fait revenir, ça va la détruire !

– Pour l'instant, indiqua le dragon sur un ton calme dans l'espoir de réduire l'hystérie de Tara, il ne va pas faire grand-chose, puisqu'il est enfermé.

Tara le regarda un instant, puis s'affaissa dans son fauteuil.

– Oui, vous avez raison. Bon sang, si tu n'étais pas mon ami, Sylver, je souhaiterais que Magister tombe raide mort à l'instant.

Sylver hocha la tête. Oui, il pouvait comprendre la peine et la fureur de Tara. Mais tout de même, Magister restait son père, rien à faire. Il se rassit. Pour l'instant, il ne pouvait rien faire, pas avec tous ses amis autour de lui. Mais il ne serait pas toujours aussi entouré…

Fafnir le regarda d'un air méfiant, comme si elle lisait son esprit. Il se força à détendre ses muscles trop crispés.

– Hin hin, dit Cal, mauvaise idée. Pas raide mort non.

Tara le regarda sans comprendre.

– Si Magister tombe raide mort, expliqua Cal avec un petit sourire, devine où il va aller ?

– Ben, en OutreMonde, répondit Fabrice machinalement.

L'idée frappa tout le monde en même temps.

– Ouille ! fit Fabrice. En OutreMonde. Où est Selena !

– Et mon père Danviou, grogna Tara en frappant les accoudoirs du fauteuil qui tressaillit. Slurk ! j'arrive pas à le croire. Il va falloir que je protège mon pire ennemi pour éviter qu'il ne meure et n'aille pourrir la vie de mes parents en OutreMonde !

– Tu sais, Tara, ta vie commence à devenir vraiment compliquée, conclut Cal.

Le dragon s'éclaircit la gorge et dit :

– Oui, enfin bon. Pour revenir à ta question, Tara, je dirais que la seule chose que nous pouvons faire, c'est attendre. Pour l'instant, l'anneau n'a pas attaqué les autres pays, à part la Krasalvie dont il a réussi à posséder les maîtres, ce qui fait que les vampyrs sont aux ordres d'Omois. Il a fait quelques incursions chez les nains, mais les vampyrs eux-mêmes ont du mal avec ces petits et valeureux guerriers (il fit un clin d'œil à Fafnir qui bomba le torse, très fière). De plus, mettre les armées en ordre de marche n'est pas si facile et prend beaucoup de temps. Ce qui fait que les dragons eux-mêmes rechignent à intervenir. Ils estiment que l'anneau est un problème humain, parce que déclenché par une humaine.

Tara se recroquevilla. Elle savait bien que quelqu'un, à un moment ou à un autre, finirait par souligner, encore, ce point.

– Donc, tant que cela ne risque pas de faire revenir les démons des Limbes dans notre univers, ils veulent que vous régliez le problème, termina Maître Chem. Avec mon aide, bien entendu.

– L'anneau a réussi à voler ses Sangraves à Magister, souligna Moineau, ses yeux noisette plissés par la réflexion. Il a tenté de le posséder aussi. Il a dit que même Tara ne pourrait pas le vaincre. Pourtant Demiderus a réussi à voler les objets démoniaques. Et n'a pas été détruit, ni lui ni les cinq mages qui l'accompagnaient.

– Parce que les objets n'étaient pas portés lorsque Demiderus et les quatre Hauts Mages les ont volés, répondit Maître Chem qui avait connu la guerre des Failles. S'ils avaient été activés par des démons, jamais Demiderus n'aurait pu s'en approcher. De même, Tara a réussi à détruire le Trône de Silur et le Sceptre Maudit parce qu'ils n'étaient pas utilisés par des démons. Et si un humain tente d'utiliser les objets à pleine puissance, il est immédiatement détruit.

Oui, Magister l'avait précisé. Il ne pouvait pas utiliser la chemise de cette façon, juste petit bout par petit bout.

Le dragon grimaça.

– Là, l'anneau est porté par l'Impératrice. Et il semble que, par une mystérieuse manœuvre, il soit capable d'utiliser à la fois la magie démoniaque et la magie d'AutreMonde. Ça, aucun démon n'avait jamais réussi à le faire. La magie d'AutreMonde entrait immédiatement en conflit avec le corps du démon et la magie démoniaque. Magister est, à notre connaissance, avec la Reine Rouge, le premier à être parvenu à combiner les deux.

– Mais moi j'ai réussi à utiliser la magie démoniaque à pleine puissance, fit remarquer Tara, en même temps que ma propre magie ! Et le roi des démons ainsi que son fils étaient impuissants contre moi. Je peux vaincre l'anneau !

Les autres la regardèrent, pleins d'espoir, surtout Sylver. Mais Maître Chem secoua la tête.

– Tu n'auras pas accès à de la magie démoniaque contre l'anneau. Je connais un peu son utilisation, grâce au Livre Interdit. Si tu as utilisé le Sparidam, il t'a donné plein accès à la magie mais, du même coup, a coupé les autres démons de toute puissance démoniaque. C'est la raison pour laquelle le Roi et son fils n'ont rien pu faire contre toi. L'anneau, lui, ne te laissera pas t'abreuver à sa puissance. Il te frappera et hélas, je crois qu'il est plus puissant que toi.

– Alors, si je comprends bien, souligna Cal, vous ne voulez pas que nous allions affronter l'anneau à Omois ?

– Certainement pas ! souffla le dragon, horrifié. Si Magister, qui est loin d'être impuissant, a été capturé aussi facilement, il n'est pas question de vous exposer à la magie démoniaque. L'anneau a tout fait pour empêcher Tara de revenir sur AutreMonde. Lorsqu'il saura qu'elle est revenue, il va sans doute réagir. Nous verrons alors ce que nous devons faire.

– Vous n'avez pas l'air de vouloir agir rapidement, dit Fabrice, sincèrement intrigué, pourquoi ? L'anneau menace cette planète quand même, sans parler de la Terre !

– Je suis revenu très vite, parce que les objets démoniaques sont terriblement dangereux, dit Maître Chem en haussant ses épaules écailleuses en un geste très humain, et que je voulais évaluer la situation décrite par mon ami Sal. Car Lisbeth n'est pas simplement l'Impératrice d'Omois.

Tara sursauta pendant que ses amis tentaient de comprendre ce que disait Maître Chem.

– Bon sang, vous avez raison, Maître Chem, elle n'est pas juste l'Impératrice, elle est aussi la descendante de Demiderus.

Robin eut un hoquet horrifié.

– Elle a accès aux objets démoniaques, comme Tara, comme tous les descendants de Demiderus !

– Oui, opina le dragon, c'est pour cela que je suis revenu. Pour voir si l'anneau allait tenter de s'emparer des objets démoniaques. Mais les gardiens m'ont confirmé qu'il n'avait jamais essayé. Je ne sais pas pourquoi, mais c'est une très bonne nouvelle.

– Mais le frère et la sœur de Tara, Jar et Mara, n'ont pas été reconnus par les gardiens parce qu'ils avaient été infectés par la magie démoniaque de Magister, alors qu'ils sont des descendants de Demiderus eux aussi, fit remarquer Moineau.

– C'est exact, confirma Maître Chem, mais une descendante de Demiderus, possédant autant de pouvoir que Lisbeth et de plus maîtrisant la magie démoniaque, ce qui n'était pas le cas de Jar et de Mara, pourrait passer le barrage des gardiens. Nous n'avons pas voulu courir le risque. D'où ma présence sur AutreMonde depuis plus d'un an.

– Donc vous n'avez pas peur de l'anneau ? demanda Fabrice qui, lui, trouvait que le bout de métal était sacrément terrifiant.

– Pour la sécurité des gens d'AutreMonde, je crains bien plus les buveurs de sang humain, répondit Maître Chem, quant à l'anneau, si nous déchaînons toute la puissance des dragons contre lui, il sera carbonisé.

– Et avec lui la moitié de la ville de Tingapour ! protesta Tara. Vous ne pouvez pas faire ça, Maître Chem.

– C'est la raison pour laquelle je préfère que nous restions tranquilles pour l'instant. Je ne veux pas le pousser à faire quelque chose de dangereux pour la ville ou ses habitants. Mais Tara, s'il s'avère nécessaire d'intervenir, je suis désolé, mais nous n'aurons sans doute pas le choix. Maintenant, vous allez sans doute pouvoir m'aider. Mon équipe fait des recherches depuis un an, mais nous n'avons pas trouvé grand-chose sur cet anneau, juste de vagues légendes, puisque cela faisait longtemps qu'il était sous le contrôle de la Reine Rouge sur le Continent Interdit. Les loups nous ont envoyé tout ce qu'ils avaient sur les notes de la Reine à propos de l'anneau, mais elle n'a pas beaucoup écrit à son sujet. Nous devons donc approfondir nos recherches dans la bibliothèque. Sauf que même avec l'aide de notre ami le Château Vivant, il y a des millions de livres et de parchemins à étudier. Cela peut nous prendre toute une vie.

Fabrice émit un gémissement. Encore ! Moineau sourit.

– Fouiller dans les archives pour avoir des renseignements sur l'anneau, ça, c'est dans mes cordes ! s'exclama-t-elle, rose d'excitation.

– Exactement, sourit le dragon. Je te laisse ce soin, chère petite Gloria. Cal et moi allons travailler sur les échantillons que vous avez prélevés tous les deux. Robin, je veux que tu appelles tous tes contacts à Omois. Tu es celui qui a passé le plus de temps au Palais, donc le plus à même d'y avoir noué des contacts utiles, en tant qu'espion.

Cal haussa le sourcil, mais Robin ne réagit pas. Bien sûr qu'il avait espionné Omois, après tout, son père était le chef des services secrets du Lancovit, c'était de bonne guerre et les services secrets d'Omois le savaient parfaitement.

– Comme nous ne t'avions pas parmi nous, et que ton père était en exil sur Terre, nous manquons un peu de renseignements fiables. Nous avons déjà pas mal de rapports, mais les elfes sont bien placés pour nous en donner plus. Les vampyrs ont remplacé la garde des thugs, mais l'Impératrice a conservé l'armée de ses elfes sous ses ordres. Fafnir, idem, les nains ont fermé leurs frontières, comme je te l'ai dit, ils ont dû subir plusieurs attaques de la part des vampyrs, nous avons donc peu de renseignements sur ce qui se passe. Enfin à part qu'ils ont eu le dessus sur les envahisseurs.

Fafnir fit une grimace appréciatrice. Comme tous les habitants d'AutreMonde, elle n'aimait pas beaucoup les vampyrs, leurs proches voisins. Et trouvait très bien que ses concitoyens aient réduit les buveurs de sang en charpie. Dommage qu'elle n'ait pas été là.

– Sylver, Tara, termina le dragon, pour l'instant, je n'ai pas de missions pour vous. Allez vous reposer.

Tara se redressa, prête à protester, mais ses amis quittaient déjà la pièce, filant vers leurs objectifs.

– Ce doit être la voix, constata-t-elle, dépitée.

– Pardon ? dit le dragon, étonné.

– Oui, pour que tout le monde vous obéisse comme ça sans discuter. Ce doit être dans votre voix. Un truc de commandement. J'aimerais bien savoir faire ça, moi aussi.

– Attends d'avoir cent mille ans ! s'esclaffa le dragon, et nous en reparlerons. Allez, toi aussi, obéis-moi. Ta transformation en Reine Noire n'est pas sans conséquences, ton corps a dû supporter une grande dose de magie. Fais-moi confiance, tu vas avoir des courbatures terribles demain matin, même avec des Reparus. Plus tu te reposeras et moins elles seront pénibles. Je sais que tu as encore des tas de questions, mais elles pourront attendre demain.

Tara soupira, puis hocha la tête.

– Où puis-je dormir ? demanda-t-elle.

– Château Vivant ?

La licorne apparut sur le mur.

– Peux-tu préparer une suite pour Tara, s'il te plaît ?

La licorne le regarda d'un air dédaigneux et une ravissante suite apparut derrière elle, emplie de roses fraîches et de sensitives dorées, affichant un paysage habité de licornes et de fées. Tara sourit, l'une des fonctions du Château Vivant était de mettre à l'aise les invités du Roi et de la Reine et Tara était souvent très gâtée. Il lui préparait toujours ce qu'elle préférait. Oui, définitivement, elle se sentit chez elle.

– Ah ! fit le dragon, satisfait, je vois que tu t'en es déjà occupée. Très bien. Tara, je t'appelle sur ta boule de cristal si j'ai besoin de toi, mais pour l'instant, repose-toi bien.

Suivie de Sylver qui n'avait aucune mission à part se ronger les sangs, Tara prit congé de Maître Chem.

De nouveau, le magnifique Sylver lui tendit galamment le bras et Tara s'y pendit avec un soupir de remerciement. Ouille, elle les sentait déjà, les fameuses courbatures. Elle avança comme une petite vieille, grimaçant à chaque pas.

À la fin, Sylver eut pitié. D'un seul geste puissant, il l'enleva dans ses bras et la porta comme une enfant.

Reconnaissante, Tara nicha son nez dans le cou chaud de Sylver. Hmm, il sentait bon. Pas du tout le dragon en tout cas.

Bien que cela durât assez longtemps, le temps de retrouver la chambre de Tara, pas une goutte de sueur n'apparut sur son front.

– Je ne suis pas trop lourde ? demanda timidement Tara.

Sylver lui adressa un sourire si éblouissant qu'elle cligna des yeux.

– Tu es légère comme une plume d'Aiglelong, Tara, je t'assure.

– Parce que Cal me trouve lourde, fit Tara d'une voix légèrement acerbe.

– Cal est plus petit. Et il n'a pas la force d'un demi-dragon élevé par des nains. Je pourrais te porter pendant des kilomètres. Je l'ai fait pour Angelica.

Tara grimaça. La mention de son ennemie n'était pas très agréable. Bon, Sylver était peut-être beau comme un dieu, mais question tact, ce n'était pas encore ça.

– Mais, ajouta-t-il, elle était plus lourde que toi.

Ahhh, nettement mieux. Ce fut au tour de Tara de lui adresser un éblouissant sourire et de Sylver de cligner des yeux sous l'impact.

Il y eut un instant de confortable silence. Tara se sentait bien. Une sorte de pause paisible dans sa vie compliquée. Que Sylver s'empressa de briser.

– Je suis inquiet pour mon père, dit-il alors qu'ils s'écartaient sur le chemin d'une imposante chimère à tête de lion, corps de chèvre, queue de dragon, coiffée d'une cape et d'un coquet chapeau, un peu comme Salatar, la chimère Premier ministre du Lancovit.

Tara soupira. Elle n'avait pas du tout envie de penser à Magister.

– Je comprends, dit-elle cependant. C'est terrible pour toi, mais Sylver, ton véritable père est celui qui t'a éduqué, celui qui t'a construit ton premier jouet, celui qui t'a ramassé lorsque tu tombais, celui qui t'a consolé lorsque tu avais mal. Magister… Magister est juste une ombre. Et quelqu'un qui peut te faire beaucoup de mal, crois-moi.

Le garçon baissa le visage et ses yeux d'or flamboyèrent.

– Je sais. Je n'arrive pas à savoir ce qui est le plus insupportable. Qu'il ait détruit tant de vies ou d'avoir appris qu'il était mon père. Les deux, sans doute. Je pensais… je pensais pouvoir le comprendre lorsque je suis allé le retrouver, mais…

La jeune fille le regarda avec pitié. Sylver souffrait et elle ne pouvait rien faire.

– Mais il t'a rejeté. C'est un être détruit, Sylver. Les dragons ont ruiné son âme en tuant ta mère, puis en le torturant. À part son amour pour ma mère, Selena, aussi anormal que sa haine, il ne ressent rien.

Sylver la serra si fort qu'elle en eut mal.

– Non, ce n'est pas vrai. Il a été ému lorsqu'il m'a vu. Il l'a caché, mais je l'ai senti !

Tara ouvrit la bouche… et la referma. Que pouvait-elle dire ? Que Magister était capable d'afficher ses émotions sur commande sans les ressentir ? Qu'il était un maître manipulateur ? Après tout, peut-être qu'il avait été réellement ému. Elle n'en savait rien. Elle garda donc le silence. À son grand soulagement, Sylver desserra son étreinte et la licorne qui les précédait sur les murs finit par s'arrêter devant une suite.

L'œil, la bouche et l'oreille de la porte s'affichèrent. La licorne fit s'enregistrer Tara et celle-ci put enfin pénétrer dans sa suite. Celle-ci était jolie, affichant le mentalir, pays des licornes, parsemé de petites fées multicolores occupées à butiner ou chevauchant de grosses bizzz rouges. La suite comportait un grand salon et un petit salon communicants, dont les murs de cristal passaient les derniers films d'AutreMonde, un bureau équipé des plus récents ordimagiques d'AutreMonde et d'un équipement audio dernier cri, une belle chambre et une salle de bains. Des buissons de kalornas avaient été plantés dans les coins et les jolies fleurs roses se recroquevillèrent lorsqu'ils entrèrent, mais, très vite, leur infernale curiosité les trahit et les pétales à trois yeux se redéployèrent.

La licorne la salua, tandis que les fauteuils s'animaient, prêts à les recevoir. Des sofas apparurent afin qu'ils puissent se reposer, on toqua à la porte et des jus de fruits, des gâteaux et des tasses et des soucoupes de chocolat, thé et lait crémeux de balboune apparurent. Tara et Sylver ne se firent pas prier. Ils avaient faim après tous ces événements et, même si les provisions de Cal ne pouvaient pas se détériorer, ils avaient mangé un peu la même chose pendant toutes ces semaines. Galant se régala avec de l'herbe fraîche et de l'avoine, puis, repu, alla se coucher dans un panier, dans la chambre de Tara. Sylver et Tara restèrent dans le salon.

Une fois rassasiés, Sylver regarda Tara avec cette étrange intensité qu'elle avait déjà remarquée. Une rapide vérification dans le miroir en face du sofa, non, elle n'avait pas de crème sur le bout du nez ni de moustache de chocolat.

– Tara, dit gravement Sylver, posant ses yeux d'or sur elle, je dois te parler.

Un peu inquiète, Tara se raidit. Sylver allait-il lui annoncer qu'il partait pour Omois afin de délivrer son père ? Parce qu'elle ne pouvait pas le laisser faire.

– Voilà, dit-il, je voudrais savoir si je peux avoir l'autorisation de… t'embrasser ?

Autour d'eux, les sensitives dorées dans les vases virèrent au rose. Tara écarquilla les yeux, choquée.

– Quoi ? Euh… je veux dire, comment ?

– En posant mes lèvres sur les tiennes, expliqua très sérieusement Sylver, tout de même un peu surpris que Tara ne sache pas comment faire.

– Non, non, c'est juste que grand-mère n'aime pas quand je dis quoi, alors je me reprends et je dis comment ?

– Comment quoi ?

Tara soupira. Ils n'étaient pas arrivés.

– Rien du tout. Reprenons. Tu veux m'embrasser ? Et tu me demandes la permission ? C'est… euh, c'est bizarre.

– Oui, dit Sylver avec un petit sourire courageux, je n'ai pas envie de me faire assommer.

– Je ne t'aurais pas assommé ! s'exclama Tara en repoussant ses longs cheveux blonds pour mieux voir Sylver.

Dans un curieux mimétisme, Sylver fit de même avec ses cheveux tout aussi longs.

– C'est ce que font les naines lorsqu'elles ne sont pas contentes. Donc, tu veux bien ? implora-t-il. Je dois absolument… je dois absolument savoir.

D'accord, la façon dont il la considérait relevait plus de l'observation du rat de laboratoire que du flamboyant attrait romantique. Tara se sentit méfiante tout à coup. Quelques minutes plus tôt, il voulait voler au secours de son père et, tout à coup, il voulait l'embrasser ?

– Tu veux vérifier quoi au juste ? demanda-t-elle d'un ton inquisiteur.

– Si tu es Celle-de-mon-cœur.

Tara fronça les sourcils.

– Celle de ton cœur ?

– Oui. Nous, les nains…

– Mais tu n'es pas un nain, l'interrompit Tara.

– Techniquement non. Mais en fait, je suis un nain, du moins j'ai leur mentalité. Donc je suis à la recherche de Celle-de-mon-cœur. Je savais qu'Angelica n'était pas Celle-de-mon-cœur.

– C'est surtout la garce-de-personne, aucune chance qu'elle soit ton élue, siffla Tara.

Sylver hocha la tête.

– Je n'ai pas pu vérifier, avant que tu ne sois exilée sur Terre et que je ne parte à la recherche de mon père, si tu étais Celle-de-mon-cœur. Et les nains disent qu'on ne peut pas savoir tant qu'on ne l'a pas embrassée. Enfin, pas comme tu m'as embrassé alors que j'étais blessé, ça, ça ne compte pas.

Tara se sentit curieuse tout à coup.

– Et qu'est-ce qui se passe alors ?

– C'est si fort que le nain s'évanouit.

– Oh ?

– Oui.

Tara sentit un méchant rire monter dans sa gorge.

– Hrrmm, tu veux dire que quand deux nains qui s'aiment vraiment s'embrassent, paf ! ils s'évanouissent ?

– Oui.

Aïe ! aïe ! aïe ! elle n'allait pas résister longtemps. Déjà un sourire traître s'épanouissait au coin de ses commissures. Elle maîtrisa sa voix d'une main de fer.

– Dis donc, c'est pas super pratique. Vous passez votre temps à ramasser des gens partout alors ?

La vision de nains s'embrassant et s'écroulant un peu partout dans Hymlia fit monter un gloussement dans son nez qu'elle maîtrisa d'un ferme reniflement. Pas très élégant, mais indispensable si elle ne voulait pas exploser de rire.

Sylver sentit qu'elle trouvait le concept hilarant.

– Cela n'arrive pas tout le temps, expliqua-t-il sévèrement, vraiment, Tara, ce n'est pas drôle.

Tara mit la main sur sa bouche histoire de dissimuler son énorme sourire, mais en vain, parce que ses grands yeux bleus pétillaient. Elle inspira profondément.

– Pardon. Donc quand deux nains s'embrassent, ils font quoi ?

– Ils mettent des matelas ou des poufs.

– Des matelas ou des poufs ?

Elle ne put retenir un gloussement en dépit du regard sévère de Sylver.

– Pardon. Je suis désolée.

– Exactement. Ainsi, ils ne se font pas mal en tombant.

Tara sentait les larmes lui monter aux yeux tellement l'effort de réprimer son rire était violent. Et en plus, ça la faisait loucher.

– Donc, si je comprends bien, tu me poses la question parce que j'aurais probablement été un peu surprise si tu avais posé un matelas devant moi avant de m'embrasser, c'est ça ?

– Absolument.

– Dis donc, ça enlève un peu de spontanéité, non ? Si un nain se balade avec un matelas, ça veut dire qu'il va embrasser une fille ?

De nouveau, Sylver lui jeta un regard sévère.

– Ce n'est pas bien, Tara, protesta-t-il, de se moquer des coutumes de mon peuple ! Non, cela ne fonctionne que lorsqu'on est en face de Celle ou Celui-de-son-cœur. A priori, on le sent avant si c'est le bon ou la bonne. Il y a des poufs et des matelas un peu partout chez les nains. On se débrouille alors pour embrasser son élue à proximité, c'est aussi simple que ça.

Tara avait besoin de se concentrer sur les coutumes pour chasser les visions hilarantes qui faisaient pétiller son cerveau.

– Donc, vous ne vous embrassez jamais à l'extérieur, dit-elle d'une voix un peu vacillante.

– Si bien sûr, mais on évite si on pense que c'est Celle-de-son-cœur. Et cela ne se produit que les premières fois. Après, ça s'atténue.

Tara préféra ne pas répondre. Elle n'était pas trop sûre de sa voix. Et dire « ah ! formidable, ça s'atténue » aurait probablement déclenché une homérique crise de fou rire. Cela dit, Sylver venait d'éclairer d'un jour nouveau l'amour étonnant des nains pour les fleurs et les pelouses rouges bien épaisses.

– Alors, s'impatienta Sylver, tu veux bien que je t'embrasse ?

– Mais tu n'es pas un nain !

– Je sais mais…

– Si c'est une fonction physiologique, je ne sais pas moi, particulière aux nains, comment sauras-tu si je suis ton élue ?

D'ailleurs, est-ce qu'elle avait envie d'être l'élue de qui que ce soit ? Elle avait tout à coup perdu son envie de rire. Dommage, elle aimait vraiment ça, rire.

– Dans tous les cas de figure, si je n'essaie pas, je ne saurai pas.

Tara voulait préciser un point.

– Donc tu me trouves jo… euh, intéressante ?

– Le sort ne m'affectait pas tant que cela, n'oublie pas que je suis à moitié dragon, répondit Sylver qui avait bien cerné les craintes de Tara. J'étais attiré par toi parce que tu es une formidable guerrière et que les nains aiment les guerriers plus que tout. Et puis tu es une jolie fille. Un peu grande, mais jolie.

– Oh ? Je comprends.

– Alors ?

Tara planta ses yeux bleus dans les yeux d'or.

– Je ne sais pas, avoua-t-elle franchement. Je ne sais pas si je suis amoureuse de toi. Et si je suis ton élue, mais que moi je ne t'aime pas, nous allons souffrir tous les deux pour rien. Accepterais-tu de… de prendre un peu plus de temps pour nous connaître ? Je sais que nous avons passé beaucoup de temps ensemble, mais… la situation est tellement compliquée avec Robin que je suis un peu méfiante maintenant. Si je choisis un petit ami, il devra me prendre comme je suis, sort ou pas sort, pouvoir ou pas pouvoir.

Dans sa voix passa toute la souffrance qu'elle ressentait encore, en dépit de ses bonnes résolutions… et d'un début de colère contre Robin.

– Ce demi-elfe est stupide, déclara dédaigneusement Sylver. Moi, je ne t'abandonnerai jamais !

La surprenant par l'inhumaine rapidité de ses mouvements, il se jeta à ses genoux, saisissant ses mains.

– Pour toi, mon âme palpite,
  Sous le feu de ton regard,
  Sens l'angoisse qui m'habite
  J'ai peur qu'il ne soit trop tard
  Qu'un autre vole ton cœur
  Car je suis prisonnier

Nous sommes des âmes sœurs
À Tara, je suis lié.

Tara écarquilla les yeux, touchée. Il avait composé un poème pour elle. Elle sourit. Il n'y avait pas que les garçons qui étaient capables de s'éclater avec les vers… enfin, en quelque sort. Elle glissa à son tour par terre, à la grande surprise de Sylver, genou contre genou et déclama :

Sylver le grand guerrier
A entamé sa quête
Les monstres sont contrariés
Il va vaincre la Bête
Et ravir la princesse
Aux crocs enragés
Qui tentent sans cesse
De s'en emparer
Le cœur de sa belle
Ne bat que pour lui
Car elle est celle
Pour qui son regard luit.

Tara s'arrêta là, parce qu'elle n'avait plus d'inspiration, mais l'effet sur Sylver fut absolument effarant.

Il pâlit, il rougit, hoqueta :

– Tu as composé un poème pour moi ?

Vu sa tête, aïe ! aïe ! aïe ! Tara sentit qu'elle avait fait une grosse bêtise.

– Euh, oui, pourquoi ?

– Mais enfin, Tara, s'énerva le garçon, chez les nains, c'est l'équivalent d'une déclaration d'amour !

Tara rougit.

– Ah bon ? Mince, je ne savais pas. Mais c'était si romantique, toi à genoux, moi en princesse sans défense, que je me suis dit que la princesse pouvait aussi faire la même chose, après tout, pourquoi ce serait toujours aux garçons de se mettre à genoux pour déclamer leur amour ?

Sylver se releva, entraînant Tara en même temps.

– Ce n'est pas très facile, tu sais, ronchonna-t-il. Je suis en train de te faire la cour et toi, tu fais du féminisme !

Et où le demi-dragon avait-il appris ce qu'était le féminisme ?

– Désolée, désolée, dit Tara en posant les mains sur le torse du garçon, je ne voulais pas te blesser, c'est juste que parfois, quand je suis vraiment sous pression, mon cerveau a de drôles de réactions. Mais il était vraiment bien ton poème, Sylver, merci !

– J'ai passé des jours à le composer et toi tu en imagines un en quelques secondes, juste pour t'amuser !

Tara soupira intérieurement. Décidément, elle avait le chic pour se mettre ses futurs/potentiels petits amis à dos.

– Que puis-je faire pour me faire pardonner ? capitula-t-elle.

Un éclair de ruse fusa dans le regard de Sylver.

– Je veux que tu m'embrasses !

Oui, évidemment, elle aurait dû s'en douter. Elle venait de creuser son propre piège et avait sauté dedans à pieds joints.

– Tu es un peu trop malin, sieur dragon, grimaça-t-elle. Bon, très bien. Embrasse-moi et, si je suis ton élue et que je ne suis pas amoureuse de toi, ce sera bien fait pour toi !

C'était puéril mais tant pis.

Tara pensait que le garçon allait fondre sur sa bouche comme un faucongyre sur un troupeau de vv'ols, mais il recula et ôta sa chemise.

Tara sentit sa bouche s'assécher.

– Euh… dit-elle d'une voix chevrotante, j'ai juste donné mon accord pour un baiser, hein.

Sylver l'ignora et, d'un mouvement incroyablement fluide, dégaina son sabre de sang. Tara recula, une lueur de panique dans le regard. Par les crocs cariés de Gélisor, mais il faisait quoi, là ?

Il ordonna aux meubles de s'éloigner et au Château Vivant d'agrandir la pièce. Puis, alors que Tara, le cœur battant, s'apprêtait à filer dehors, il commença sa danse.

Les mouvements furent lents au début, presque doux. Il dansait avec son sabre comme si l'arme était sa partenaire. Tara se laissa tomber dans un sofa. Ah ! d'accord, il n'allait pas la découper, il voulait juste lui montrer son agilité. Tous les Impitoyables faisaient ça pour séduire leur élue ? Parce que c'était incroyablement beau.

La pureté des mouvements était parfaite. Pas de saccades, pas d'hésitations. Il dansait, sautait, se fendait comme il respirait, avec naturel et sans effort. Ses muscles puissants jouaient sous sa peau parfaitement blanche et lumineuse. C'était impressionnant, c'était magique. Comme dans la forêt, elle se laissa emporter par la beauté de Sylver et, petit à petit, son cœur se mit à battre au même rythme que sa danse. Boum-boum. Boum-boum, comme si un tambour invisible martelait la cadence. Soudain, elle réalisa que Sylver se rapprochait, insidieusement, pas après pas, tel un dieu hindou gracieux et agile. Ses yeux d'or luisaient furieusement, comme des yeux de lion, comme des yeux de miel. Il se rapprocha, encore, tel un félin qui va fondre sur sa proie, et, avec un petit frisson, Tara réalisa que la proie, c'était elle. Toujours dansant, aussi fasciné par elle qu'elle l'était par lui, il se rapprocha à la toucher, se pencha et…

On frappa à la porte.

Ils se figèrent, les lèvres de Sylver à un centimètre de celles de Tara. Tara rougit. Elle s'était totalement laissé emporter par la fascination du moment, oubliant tous les problèmes qui eux, apparemment, ne l'avaient pas oubliée.

– Oui, dit-elle à la porte.

La bouche se forma sur la surface de bois bleu.

– Le président des loups-garous, Maître T'eal, désire vous voir, Votre Altesse impériale, annonça-t-elle pompeusement.

Tara détacha son regard du regard d'or de Sylver.

– Euh… je dois répondre.

Sylver hésita. Puis la libéra, à contrecœur.

Les jambes un peu flageolantes après ce moment intense, Tara ordonna à la porte d'ouvrir, oubliant totalement que Sylver était torse nu.

La porte obéit et le président fit irruption dans la pièce comme une tornade. Son regard s'écarquilla lorsqu'il vit Sylver, sabre en main, torse nu. Tara, prenant tout à coup conscience de la situation, allait balbutier des excuses incohérentes qui auraient probablement envenimé les choses lorsque le loup fit quelque chose de très étrange.

Il s'agenouilla devant elle.

– H'acla, fit-il, Oh ! H'acla…

Un rugissement furieux l'interrompit.

– Ah non ! cria Sylver, perdant pour une fois le contrôle, j'ai déclamé mon poème en premier !

T'eal leva un regard égaré vers Sylver.

– Pardon ?

Sylver brandit son sabre, le défiant.

– S'il nous faut nous battre, je n'hésiterai pas !

T'eal leva ses yeux noirs vers Tara.

– Il ne va pas bien ? murmura-t-il du coin de la bouche. Pourquoi veut-il se battre avec moi ?

– C'est à moi que vous parlez, Maître Loup, pas à Tara ! gronda Sylver, furieux.

– Wow, dit Tara en cherchant à l'apaiser, je ne pense pas que le président soit là pour me déclarer sa flamme, alors calme-toi Sylver s'il te plaît.

Le visage du président afficha une expression horrifiée.

– Mais… mais pas du tout, balbutia-t-il, je venais demander pardon à notre H'acla pour avoir perdu le corps de sa mère !

– Oh ! fit Sylver, décontenancé, je pensais que… pardon, je n'avais pas compris.

Il sourit à Tara, soulagé. Tara dut se mordre les joues pour ne pas rire.

– Vous ne voulez plus qu'on se batte, alors ? demanda le loup.

– Hmmm ? fit Sylver, s'arrachant avec difficulté du visage de Tara. Non, non, bien sûr que non ! Allez-y.

Et il passa son sabre sur le dessus de son bras, le faisant saigner.

Le loup renifla le sang, puis se redressa à demi.

– Vous voulez que nous devenions frères de crocs ? dit-il d'une voix incrédule.

– Pardon ?

– Vous vous êtes entaillé la peau. Chez nous, cela signifie que vous voulez devenir mon frère de crocs. C'est très…

– Non, non, le détrompa Sylver, je nourris juste mon sabre !

Le président en resta bouche bée. Il n'avait pas encore l'habitude de la magie des autres peuples. Sylver le salua, passa le sabre sur la plaie, ce qui en fit disparaître les perles de sang, et rengaina son arme avec sa merveilleuse fluidité.

Le président aurait bien voulu avouer sa faute en privé, mais Sylver n'avait pas l'intention de bouger d'un pouce tant qu'il n'aurait pas embrassé Tara. Aussi, T'eal, après avoir attendu un moment en se tortillant, dut se résigner.

– H'acla, reprit-il, je voulais vous dire que je suis…

– Totalement innocent, l'interrompit Tara. Je ne vois pas bien ce que vous auriez pu faire pour préserver le corps de ma mère. Vous ne faites pas de magie, vous ne pouviez donc pas savoir que Magister avait équipé ses machines avec un Transmitus instantané. Et avec ces appareils, il avait réussi à sauver la vie, en quelque sorte, de la femme que vous aimiez. Je lui ai parlé, T'eal. Elle ne veut pas revenir. Elle a retrouvé mon père et ils sont heureux à présent.

Le président des loups-garous sursauta et Tara vit dans ses yeux toute la peine qu'elle lui avait faite. Mais c'était comme d'arracher un pansement. Autant le faire vite, ça faisait moins mal.

– Elle… elle vous l'a dit elle-même ? balbutia T'eal, baissant sa tête sombre, une lueur d'espoir dans la voix.

Lueur que Tara s'empressa d'éteindre.

– Oui. Le Juge l'a convoquée, alors que nous étions dans les Limbes.

Il ne réagit pas, et Tara en déduisit qu'on l'avait mis au courant de leur escapade hors de leur univers. Du moins, il ne réagit pas au mot Limbes, mais tout à fait à la disparition de l'espoir de revoir Selena.

– Elle avait un message pour vous, dit Tara d'un ton doux.

– Un message ?

– Elle a dit que ce n'était pas du tout de votre faute. Qu'elle était désolée. Qu'elle vous avait vraiment aimé.

Selena ne l'avait pas dit devant Danviou, mais Tara connaissait suffisamment sa mère pour savoir qu'elle était incapable d'aimer superficiellement.

– Il n'y a donc plus rien à faire ? souffla T'eal, plein de chagrin.

– Non. Je suis désolée moi aussi. Je n'irai pas contre ses instructions.

Elle se garda de dire qu'elle pouvait communiquer avec Selena. Le loup devait se reconstruire, autant qu'il oublie sa mère et trouve une nouvelle compagne. Il soupira et ses épaules s'affaissèrent.

– Merci, H'acla. C'est une triste nouvelle, mais je ferai comme vous. Je respecterai son vœu et chérirai son souvenir.

– Non.

T'eal qui se relevait vacilla.

– Non ?

– Non, vous ne pouvez pas vivre dans le passé. Les loups étaient déjà très perturbés parce que vous étiez amoureux d'une pure humaine. Je ne dis pas que vous devez vous jeter au cou d'une autre fille dans les trente secondes, mais vous allez considérer la question. Vivre dans le passé n'est pas bon.

T'eal sourit faiblement.

– Vous avez un grand pragmatisme pour une fille aussi jeune, H'acla, c'est la raison pour laquelle les loups vous aiment autant. Vous allez de l'avant, ceux qui vivent dans le passé ou sont figés par trop de coutumes n'arriveront jamais à vous suivre, vous êtes bien trop vive. J'ai beaucoup de respect pour vous, Tara Duncan.

Son regard s'attarda un instant sur Sylver, indiquant clairement de qui il parlait à propos de gens figés. Puis il s'inclina en une courbette élégante et sortit.

Tara laissa échapper le souffle qu'elle avait retenu.

– Pffff, j'appréhendais ce moment, mais ça s'est plutôt bien passé, non ? Qu'est-ce que tu en penses Sylver ?

Sylver pencha la tête, pensif. Ses longs cheveux de toutes les couleurs du blond ruisselèrent sur ses épaules puissantes. Il croisa les bras, faisant saillir ses biceps et Tara dut fermer la bouche pour ne pas baver trop ostensiblement.

– Il a raison sur un point, tu es difficile à suivre, Tara Duncan, ton esprit est comme un feu follet, qui brille et virevolte sans qu'on sache jamais où il va se poser.

Tara n'était pas sûre qu'être comparée à un feu follet était vraiment un compliment.

– Euh… ah bon ?

Pour un esprit si brillant, sa réplique n'était pas au top, mais bon, elle n'avait rien de mieux en magasin.

Ils se fixèrent, aussi embarrassés l'un que l'autre. Le silence dura, s'éternisa. Et le garçon fixait la bouche de Tara comme une grenouille un très appétissant papillon.

– Tu es sûr que c'est une bonne idée ? finit par dire Tara. Sylver, je te jure, c'est super bizarre de t'embrasser comme ça !

Mais Sylver n'avait plus envie d'attendre. D'un bond, il attrapa Tara, l'emprisonna dans ses bras puissants et l'embrassa à perdre haleine.

Cela n'avait rien à voir avec tout ce que Tara avait vécu avec Robin ou le baiser d'Archange. Le baiser de Sylver était empreint de sauvagerie et de douceur à la fois, pressant, mais tendre. Il lui vola son souffle, mais, à sa grande surprise, son cœur resta sage dans sa poitrine.

Le percevant peut-être, il recula soudain.

– Je ne me suis pas évanoui, dit-il d'un ton horriblement déçu.

– Je suis vraiment désolée, répondit doucement Tara. Tu es vraiment merveilleux, Sylver, mais je ne suis pas faite pour toi. Tu sais, je crois que je comprends ce qui se passe. C'est la réflexion que tu as faite tout à l'heure qui m'a mis la puce à l'oreille.

– Tu as une puce ? demanda Sylver d'un air très inquiet.

– Quoi ? Je veux dire, comment ? Non non, décidément, tu es vraiment un nain, les métaphores, c'est pas ton truc. Cela m'a alertée, si tu préfères. Tu m'as dit que tu me trouvais jolie, bien qu'un peu grande. Moi, je pense que pendant toute ta vie, ton canon de beauté a été ta mère, celle qui t'a élevé. Tu agis comme un nain, tu ne pourras tomber amoureux que d'une naine. D'ailleurs, nous en connaissons tous les deux une qui est formidable. Tu as déjà pensé à danser pour Fafnir ?

Ce fut fascinant, Sylver rougit ! Vraiment. Tara ne savait pas que le demi-dragon pouvait rougir, mais waouh, quand il s'y mettait, il devenait carrément écarlate !

– Je... je ne peux pas, murmura-t-il, confus. Elle est bien trop... elle est si... elle ne...

– Oui, probablement tout ça à la fois, confirma Tara, amusée par l'embarras de Sylver. En revanche, avec elle, sois prudent. Je ne t'aurais pas assommé, mais elle, si tu l'embêtes, elle n'hésitera pas une seconde !

Sylver, qui était en train de renfiler sa chemise, s'immobilisa brusquement, empêtré dans le vêtement. Tara alla le délivrer en riant.

La tête ébouriffée du garçon surgit et ses yeux étaient écarquillés.

– Tu crois ? Oooh, ce serait formidable !

Tara leva les yeux au ciel. Les coutumes des nains étaient vraiment étranges, Sylver était content que Fafnir puisse lui taper dessus ? N'importe quoi.

– Tiens-moi au courant de tes amours avec notre amie, dit Tara avec un malicieux sourire en songeant qu'elle devait absolument prévenir Cal, Moineau et Fabrice de ce qui se tramait.

Mais pas Robin. Ce serait sa petite vengeance. Que le demi-elfe croie que Sylver était toujours attiré par Tara lui ferait les pieds.

Sylver la pressa contre lui, ravi. Puis fila, probablement pour passer la nuit à composer des vers pour sa nouvelle dulcinée. Tara gloussa. Quel bonheur ! Quelques instants où elle n'avait eu à penser ni aux vampyrs, ni aux démons, ni à quoi que ce soit en dehors du fait qu'un beau garçon lui faisait la cour.

Elle s'approcha de la fenêtre. Dans cette partie du Château, réservée aux invités, le mur s'ouvrait sur les parcs menant à la forêt sauvage. C'était magnifique. Les arbres de toutes les couleurs déployaient leurs ramures odorantes au-dessus de l'herbe bleu et rouge. Les jardiniers s'affairaient, rangeant leurs outils, leurs chariots volants derrière eux, tandis que les courtisans ou les invités flânaient paisiblement. Les deux soleils se couchaient, illuminant AutreMonde de leurs rayons, et Tara demanda au Château d'ouvrir afin de respirer l'air frais. La brise du crépuscule fit voler sa longue chevelure et elle inspira profondément, chassant toute pensée parasite, comme le lui avait appris son demi-oncle, l'Imperator Sandor, uniquement concentrée sur le trajet de l'air dans sa trachée et dans ses poumons et sur la splendeur du paysage. Comme une yogi, elle entra dans une transe légère.

Peut-être que si elle avait été sur ses gardes, elle aurait pu être sauvée. Peut-être que si l'intermède avec Sylver ne l'avait pas autant amusée et fascinée, elle aurait été plus attentive. Peut-être.

Mais de tout cela, l'assassin se fichait. C'était le moment qu'il avait guetté. Quelle aubaine ! Ils étaient une dizaine, dont certains infiltrés par Omois bien avant que l'anneau ne s'empare du gouvernement et, de jour comme de nuit, surveillaient le Château, sous le couvert d'emplois parfaitement légitimes et qu'ils exécutaient avec minutie. Il n'en avait pas cru ses yeux lorsque la fenêtre s'était ouverte. Il allait être celui qui allait remplir la mission ! Les autres en seraient verts de rage. Tous pensaient être obligés d'attendre que la fille sorte, sachant qu'à l'intérieur du Château Vivant, ils n'avaient aucune chance. Depuis l'attentat de l'anneau contre les gouvernants d'AutreMonde, la sécurité s'était terriblement renforcée à l'intérieur.

Mais cette fenêtre ouverte, c'était parfait. Le jardinier posa sa houe et se redressa, tirant un long tube de sa combinaison bleu et argent. Par-dessus les massifs odorants des roses-du-jour qui se refermaient, sa sarbacane, déjà prête, souffla.

Le trait fila vers Tara.

26

L'empoisonnement

*ou comment regretter de ne pas porter une armure
intransperçable vingt-six heures sur vingt-six…*

Si Tara avait reçu le trait mortel dans la gorge, la poitrine ou
le cœur, elle aurait été transpercée et serait morte instantanément. Mais au moment où le trait la toucha, elle était en train
de pivoter pour regarder à l'intérieur car la Porte annonçait un
nouveau visiteur. Juste avant d'être touchée, la changeline
perçut la menace et tenta de l'arrêter, en vain. Mais cela ralentit
le trait. Suffisamment.

Tara hurla de toute la force de ses poumons lorsqu'elle sentit
l'horrible douleur dans sa colonne vertébrale et Galant hurla
avec elle. Elle tomba. Elle identifia tout de suite ce qui venait de
la toucher, parce qu'elle avait été en contact avec, quelques
heures auparavant à peine : de la magie démoniaque !
Instinctivement, elle activa sa magie et commença la lutte. Cela
se répandait dans ses os, dans son sang, comme un poison insi-
dieux et toxique. Et la douleur était comparable à celle qu'elle
avait éprouvée lors de l'attaque des harpies.

Multipliée par mille.

Elle hurla, hurla encore, se tordant de douleur par terre, son
pégase hurlant avec elle, à s'en faire éclater les poumons et le
cœur. Elle n'entendit pas la porte s'ouvrir ni des voix affolées
résonner dans la pièce. Elle ne pouvait que se concentrer sur ce
qui était en train de la tuer. Et combattre. Sa magie se concentra
non pas sur l'extérieur, comme elle le faisait d'habitude, mais
sur l'intérieur. Elle tenta de se transformer en vampyr, car sous
cette forme elle était bien plus résistante, mais en fut incapable.
La magie démoniaque bloquait son système nerveux, lui lais-

sant à peine assez de force pour respirer. Elle lança sa magie afin de protéger ses organes vitaux.

Ce fut une lutte terrible, qui lui sembla durer des heures. Petit à petit, elle parvint à endiguer l'attaque. Sa magie était puissante, mais malheureusement pas suffisamment pour éliminer totalement ce qui la rongeait. Elle le sentait, comme une araignée maléfique, accrochée à sa colonne, d'où elle lançait ses attaques. Mais dès que Tara s'en rapprochait, l'araignée lui opposait de telles défenses que le reste de ses organes flanchait.

À un moment, elle reprit conscience de son environnement. Elle n'était plus dans sa chambre, elle était à l'infirmerie et des tas de gens à l'air horriblement inquiet l'entouraient. Maître Chem, Robin, les yeux rouges, Cal, Fabrice, Moineau qui pleurait, Fafnir qui agrippait farouchement ses haches, Sylver… non, Sylver n'était pas là.

– Mal, dit-elle faiblement.

Un grand miroir en face d'elle la surprit. Quelle était cette forme étincelante de cristaux couchée face à elle ? Soudain, elle comprit. Afin de monitorer ses signes vitaux, de la nourrir et de la soutenir, le Chaman l'avait littéralement recouverte de cristaux. Et tout autour d'elle, reliées par des tuyaux ou par la magie, des tas de machines clignotaient et caquetaient.

Galant était à ses côtés et le pégase était en piteux état.

Ce fut tout ce qu'elle vit. Elle retourna combattre le poison, mobilisant toutes ses forces.

La suite fut une succession d'ombre et de lumière. Parfois, elle gagnait, parfois, elle perdait. Elle sentit qu'on l'aidait de l'extérieur lorsque son cœur flancha, puis s'arrêta.

Ce fut une expérience incroyable. Pendant quelques instants, ce fut le silence parfait. Plus de boum-boum, son sang ne circula plus, ses poumons n'inspirèrent plus, sa conscience s'effilocha. Son cerveau, privé d'oxygène, commença à sombrer. Elle savait que la lumière allait apparaître et que ce serait le pont qui lui permettrait de rejoindre OutreMonde. Elle l'espérait presque tant elle était lasse de lutter. Puis son corps fut brutalement secoué, décharge magique, choc électrique, ceux qui luttaient avec elle ne la laissèrent pas tomber. Péniblement, avec réticence, son cœur repartit, petit soldat vaillant et courageux.

Lorsque sa température monta au point de la torturer, des sacs entiers de glace et de neige l'aidèrent à lutter, apportant une exquise fraîcheur à sa fièvre. Pourtant, en dépit de l'amour et du soutien qu'elle sentait autour d'elle, l'obscurité l'envahissait parfois.

Et le découragement. Elle avait l'impression de lutter depuis si longtemps ! Galant l'aidait de son mieux, jugulant la douleur autant qu'il le pouvait, assistant l'esprit de sa sœur d'âme afin qu'elle ne sombre pas dans la folie.

Enfin vint le jour où elle resta consciente plus de quelques secondes. Le mal n'était pas vaincu, mais il avait perdu de sa vigueur. Il s'était établi une sorte de statu quo. Elle n'avait pas réussi à reconquérir tout son corps, mais suffisamment pour que l'immonde araignée tapie dans son dos ne puisse ni la tuer ni la posséder.

Elle était à présent suffisamment consciente pour comprendre ce qui se trouvait dans son dos. Ce n'était pas juste de la magie démoniaque. Elle reconnaissait très bien ce contact. Elle avait un fragment d'anneau dans le dos. Il avait dû se scinder en plusieurs morceaux afin d'être enclavé dans une fléchette, prêt à frapper. C'était la raison pour laquelle elle ne parvenait pas à le vaincre. Si cela avait été juste de la magie démoniaque, elle aurait pu s'en débarrasser. Mais là, c'était impossible.

Prix à payer pour sa survie, sa magie devait rester active vingt-six heures sur vingt-six. Heureusement, elle sentait au-dessus d'elle la puissance de la Pierre Vivante qui palliait ses faiblesses. Elle ne savait pas très bien comment elle allait parvenir à maintenir un tel niveau de magie, mais elle n'avait pas le choix. Et elle était trop têtue pour mourir. Elle avait encore tant de choses à faire sur AutreMonde ! Pas question d'être vaincue par un maudit anneau.

Tara ouvrit les yeux et laissa échapper une exclamation de douleur. La lumière était trop vive. Immédiatement, quelqu'un baissa l'intensité et elle poussa un soupir de soulagement.

– 'rci, coassa-t-elle, d'une voix rauque d'avoir tant hurlé. Mieux.

– Par mes ancêtres les dragons, lui répondit une voix soulagée, je crois que la crise est en train de s'atténuer.

Tara n'osa pas sourire, parce que les muscles de ses joues la faisaient souffrir, mais elle avait reconnu Maître Chem.

– Que… passé ? demanda-t-elle péniblement, incapable d'articuler une phrase entière.

– Tu as été victime d'un attentat, ma petite, répondit Maître Chem qui heureusement avait compris. Plusieurs des jardiniers du Château étaient des agents dormants Omoisiens infiltrés depuis longtemps. L'anneau les a réactivés à la minute où tu es revenue sur AutreMonde. Ils étaient tous munis d'une sarbacane, arme non magique, donc indétectable, et de plusieurs flèches contenant chacune un minuscule éclat de l'anneau.

Ah. Elle avait raison.

– C'est du moins ce que nous ont dit nos chercheurs, juste avant de détruire les fragments, parce qu'ils tentaient de s'unir afin d'acquérir plus de puissance. Lorsque le faux jardinier t'a frappée, la petite flèche a été ralentie par la changeline, ce qui l'a empêchée de te transpercer et d'arriver jusqu'à ton cœur, comme prévu. De plus, elle a été bloquée par ta colonne vertébrale, si profondément incrustée dans l'os que le morceau de l'anneau n'a pas pu s'en dégager. Par Chalidonrainchivorachivu, dieu des dragons, j'ai bien cru que tu allais mourir, petite, tu m'as fait une sacrée peur !

– … 'ai mal, dit Tara.

– Attends, fit une autre voix, je vais te donner un peu d'eau.

Quelque chose toucha sa bouche et Tara l'ouvrit instinctivement. C'était une paille. Elle inspira et de l'eau fraîche se déversa dans sa gorge meurtrie. Galant hennit, approbateur. Elle soupira de soulagement et referma les yeux.

– Mieux, 'rci.

– Je t'en prie, Tara, bienvenue parmi les vivants, ma chérie !

En dépit de sa douleur, Tara rouvrit immédiatement un œil. Même si elle ne voyait pas très bien encore, elle avait reconnu la voix. Celle de Robin. Était-elle en train d'halluciner ou le demi-elfe venait de l'appeler « ma chérie » ?

Le beau visage se pencha sur elle. Elle en ouvrit son second œil. Oh ! il avait une tête épouvantable !

– Tu… ête 'pouvantable, parvint-elle à prononcer, très lentement.

– J'ai quelques raisons, répondit-il paisiblement. Nous avons failli te perdre à six reprises, Tara. Cela fait vingt jours, six heures et soixante-sept minutes[1] que tu as été touchée. Et ces vingt jours, six heures et soixante-sept minutes ont été l'enfer.

Il fallut quelques secondes de stupéfaction à Tara pour réaliser. Six fois ? Elle avait failli mourir six fois ?

– Pas 'du compte, dit-elle.

---

1. Si si, cent minutes, une heure sur AutreMonde, vingt-six heures de rotation.

– Il faut la laisser se reposer, ordonna une voix grave qu'elle n'identifia pas, elle n'est pas encore tirée d'affaire, sa magie lutte toujours contre la magie démoniaque. Maître Chem ? À ce sujet, il faut que je vous parle.

Tara voulut protester, mais elle retomba dans une semi-inconscience. Heureusement, elle avait réussi à mettre en quelque sorte sa magie en pilote automatique, ce qui faisait qu'elle n'avait pas besoin de lutter directement contre la magie démoniaque. Sa magie le faisait pour elle, maintenant le statu quo.

Ce n'est que le lendemain, lorsqu'elle parvint enfin à se réveiller de nouveau, qu'elle réalisa ce que lui avait vraiment fait l'anneau.

Elle ouvrit les yeux et, cette fois-ci, tout était bien plus clair. Comme s'ils avaient été avertis, tous ses amis étaient à son chevet, graves et silencieux. Maître Chem, sous sa forme préférée de vieux mage, était là également. Ainsi que le Chaman Oiseau-de-nuit, le médecin de la cour. Ah ! c'était lui la voix qu'elle n'avait pas reconnue.

– 'lut, dit-elle faiblement en souriant à ses amis. 'tente vous voir.

– Content que tu sois là moi aussi, répondit Cal, vite rattrapé par les autres, qui manifestèrent leur soulagement.

Pourtant, ce n'était pas l'enthousiasme délirant auquel elle s'attendait. Et alors ? Où étaient les applaudissements et les exclamations ? Elle était une miraculée, non ? Seul Galant montrait sa joie en lui léchant la figure et en agitant les ailes. Il était tellement content qu'elle soit vivante, il avait eu si peur ! Il en avait perdu des plumes de ses ailes d'angoisse. Effectivement, il n'avait pas l'air en pleine forme et si sa robe était propre, comme toujours, elle avait un aspect terne. Elle lui envoya une caresse mentale, incapable de soulever la main pour le toucher.

– Nous avons surveillé vos constantes cérébrales, lui dit le Chaman, l'arrachant à son dialogue silencieux avec son pégase, lorsque j'ai vu que vous alliez vous réveiller, j'ai demandé à vos amis de venir. Ce sera plus facile, je pense.

Tara fronça les sourcils. Enfin, tenta de froncer les sourcils, parce que c'était trop douloureux.

– 'lus facile ?

Finalement, c'était aisé de parler par onomatopées ou par phrases de deux mots.

– Soyez courageuse, jeune fille.

Le cœur de Tara se mit à battre plus vite et, quelque part, une machine se mit à biper. Le Chaman fit un signe et le bruit s'adoucit.

Il prit une grande inspiration, tentant encore de retarder l'inévitable. Mauvais signe. Puis il lança sa bombe :

– Le morceau d'anneau s'est logé dans votre colonne vertébrale. Une fois que vous avez réussi à neutraliser, ou du moins à endiguer sa magie maléfique, nous avons tenté de le retirer. Hélas ! en dépit de toute notre science, de toute notre magie, cela nous fut impossible. Nous avons essayé deux fois. Deux fois votre cœur s'est arrêté sans compter les autres alertes où nous avons failli vous perdre. Nous n'avons pas renouvelé l'expérience, c'était trop dangereux.

Tiens, c'était bizarre, elle ne se souvenait que d'une seule fois. Mais le Chaman n'avait pas terminé.

– En sondant les effets de la magie démoniaque sur votre corps, nous avons pu voir, grâce à nos cristaux transvaleurs, à l'intérieur de votre corps, les zones où vous avez le contrôle et celles où l'anneau a le contrôle.

Tara fit une légère grimace, tout ce qu'elle pouvait esquisser pour montrer à quel point cela la rendait furieuse de ne pas avoir réussi à détruire le bout de métal.

– Le problème, continua le Chaman, c'est que l'anneau ne maîtrise plus qu'une seule zone, cependant essentielle à votre locomotion.

Tara avait compris et un autre appareil bipa violemment.

Le Chaman posa une main chaude sur le bras de la jeune fille.

– Je suis désolé, Tara Duncan, mais vous êtes paralysée.

27

Tara

*ou la magie, parfois, a vraiment le chic
pour compliquer les choses.*

La peur de Tara était telle que le Chaman dut baisser le son de la machine qui hurlait.

– Je ne peux pas vous injecter quoi que ce soit, dit-il très vite, profondément ennuyé, ni même vous jeter un sort de repos, parce que je ne sais pas en quoi ma magie risque de mettre la vôtre en sommeil et donc de libérer la voie à la magie démoniaque. Mais il faut que votre tension baisse, sinon votre cœur et votre cerveau ne vont pas résister. Calmez-vous, je vous en prie !

Une main l'écarta sans ménagement et Robin apparut devant elle, plongeant ses magnifiques yeux de cristal dans les siens.

– Ma chérie, mon amour, ma beauté, calme-toi. Nous sommes passés au travers des pires épreuves, nous surmonterons celle-ci aussi. Fais-moi confiance.

D'une main tendre il caressa les beaux cheveux blonds pourtant empoissés de sueur au milieu des cristaux et, petit à petit, le rythme cardiaque de Tara s'apaisa. Les bip-bip redevinrent plus espacés et tout le monde poussa un soupir de soulagement.

Il l'avait appelée « mon amour » ? Elle se tordit un instant sous une salve de douleur qui effaça ses pensées et ce qu'avait dit Robin.

– Re... pa... rus ? murmura Tara lorsqu'elle put reprendre le contrôle de sa voix.

– Nous avons essayé, répondit Robin d'une voix torturée. Le métal a repoussé la magie curative. Mais il y a plein d'autres choses que nous n'avons pas encore tentées, Tara ! Nous allons nous en sortir.

Et il posa un tendre baiser sur le front de la jeune fille. Celle-ci ferma les yeux. Ce n'était que maintenant qu'elle se rendait compte qu'elle sentait ses bras, ses côtes, mais pas du tout le bas de son dos ni ses jambes. Le Chaman avait raison. Elle était paralysée.

– Pas…'plètement ? souffla-t-elle.

– Non, pas complètement. Tu es hémiplégique, pas tétraplégique, dieux d'AutreMonde soient loués. Dès que tu iras mieux, tu vas subir un entraînement afin de t'habituer à utiliser ta magie à la place de tes jambes. Tu vas voir, en peu de temps, ce sera comme si rien ne s'était passé.

Mais qu'est-ce qu'il racontait ? Il n'était pas question qu'elle utilise la magie à la place de ses jambes !

– Détruire l'anneau, dit-elle parfaitement distinctement cette fois-ci.

– Nous n'arrivons pas à atteindre le métal. Dès que nous essayons, tu convulses.

– Non. Pas moi. Anneau.

Peut-être que s'ils détruisaient l'anneau, le fragment deviendrait inoffensif ?

– C'est impossible, Tara, fit Robin et, bien que soigneusement contrôlée, Tara sentit à quel point sa voix était désespérée. Lisbeth est entourée de la pire garde vampyr qui soit. Nous n'aurons aucune chance de l'approcher. De plus, impossible aussi de l'attaquer dehors, elle ne sort plus du tout.

Tara n'osa imaginer la détresse de Lisbeth, qui aimait tant l'air et les grands espaces. Confinée dans son Palais, si elle était consciente de ce qui lui arrivait, elle devait enrager. À moins qu'elle ne soit complice. Impossible de le savoir.

– Pas rester paralysée ! insista-t-elle, furieuse, détruire l'anneau !

Voyant que Tara s'énervait et que les machines recommençaient à biper, Maître Chem s'avança.

– Enfin, voyons, Tara, un peu de calme. Te rendre plus malade que tu n'es ne servira à rien. De toute façon, les seuls qui pourraient détruire l'anneau, à part toi et tu n'es pas en état, seraient les dragons. Et pour l'instant, ils ont dit non. Sans compter que les dommages collatéraux seraient terribles pour la ville de

Tingapour. Sacrifierais-tu tes propres concitoyens pour retrouver tes jambes ?

Maudit dragon. Il avait raison. Tara le détesta. Ferma les yeux et tenta de retenir ses larmes, en vain.

– Non, finit-elle par murmurer. Pas de morts. Assez.

– C'est aussi ce que je me suis dit, confirma le dragon d'un air malheureux, mais crois-moi, petite, nous allons trouver une solution. Quelle qu'elle soit.

Tara hocha la tête, puis la douleur l'emporta comme une grande vague écarlate.

Lorsqu'elle reprit conscience, il faisait nuit. Dès qu'elle ouvrit les yeux, les appareils bipèrent et un juron s'éleva dans le noir.

– Par les crocs cariés de Gélisor, est-ce que quelqu'un pourrait mettre ces foutus machins en veilleuse ?

Cal. Tara reconnut sa voix et son humour remonta immédiatement à la surface.

– Si appareil arrête, moi morte, fit-elle remarquer.

Cal arrêta de jurer et se précipita vers le lit.

– Tara ! Tu es réveillée ! Magnifique ! Excuse-moi, mais dès que tu fais le moindre mouvement, ces machins font un boucan d'enfer, impossible de dormir, et comme je suis de veille…

Tara était étonnée.

– Veille ?

Cal frotta ses yeux, puis ses cheveux, les ébouriffant un peu plus.

– Oui, tu ne restes jamais seule. Non seulement parce que nous voulons être sûrs que tu vas bien, mais aussi parce que nous nous méfions de tout le monde ici. Les espions Omoisiens sont bien dissimulés. Il ne serait pas bien difficile d'achever ce qu'ils ont commencé.

Tara comprit que ses amis ne l'avaient pas quittée un instant. Les larmes lui vinrent aux yeux. Les appareils s'affolèrent et Cal aussi.

– Tara ? ça ne va pas ? J'appelle le Chaman !

La réponse de Tara le stoppa dans son élan :

– Nn. Aime.

Il se retourna, confus.

– Tu aimes avoir mal ?

– Nn aime toi !

Le visage du petit Voleur afficha une vive angoisse.

– Oh, là, là, la fièvre te fait délirer !

Tara réprima un gloussement, elle ne voulait pas avoir mal. Enfin, encore plus mal.

– Aime les autres 'ssi.

– Tu aimes les autres aussi ?

– Vi.

Il eut l'air soulagé.

– Ah ! génial. Nous aussi nous t'aimons, tu sais ?

– Vi.

– Comment te sens-tu ?

Comme quelqu'un qui a un machin démoniaque incrusté dans la colonne vertébrale et qui doit lutter chaque seconde pour que le truc ne le tue pas, ce qui fait qu'il a horriblement mal et qu'il est paralysé, faillit-elle répondre. Mais c'était un peu long.

– Mal, répondit-elle.

Cal grimaça.

– Ils ne peuvent rien te donner, ni calmant ni magie. Tara, je suis tellement désolé, j'aurais dû… j'aurais dû savoir qu'il s'en prendrait à toi. Je suis un imbécile.

– Nn.

– Oh, mais si !

– Nn.

Ils auraient pu continuer longtemps comme ça, mais de nouveau Tara plongea dans l'inconscience. Dans son esprit flottait l'ultime question : allait-elle souffrir ainsi pour le reste de ses jours ? C'était insupportable. Elle ne savait pas combien de temps encore elle allait pouvoir résister.

Sa reprise de conscience suivante fut plus claire. Elle se réveilla, l'esprit un peu désencombré des toiles d'araignée qui l'engluaient.

– Bonjour Tara, dit le Chaman en souriant, ce qui était bizarre parce qu'il ne souriait jamais. Nous avons réussi à t'injecter un produit qui, sans combattre le poison du métal, parvient cependant à en limiter les effets.

Il surprit le regard plein d'espoir de Tara vers ses jambes et son sourire s'effaça.

– Non, nous n'avons pas encore gagné cette bataille-là. Mais au moins, le produit te permet de juguler la douleur. Tu devrais pouvoir penser plus clairement et rester éveillée un peu plus longtemps. Je vais profiter du fait que tu sois consciente pour faire quelques tests (il manipula quelque chose sur les machines qui entouraient le lit de Tara). Là, est-ce que ça te fait quelque chose ?

La jeune fille hurla tandis qu'une terrible vague de feu embrasait ses veines. Affolé, le médecin tourna des manettes en jurant : Slurk ! slurk ! slurk !, et c'est tout ce que Tara entendit ce jour-là.

Mais le médecin n'avait pas l'intention d'abandonner et, le lendemain, il parvint à stabiliser la jeune fille sans que celle-ci hurle de douleur. Elle sentait toujours le poison, mais la souffrance était un peu amortie, même si elle ne disparaissait pas totalement.

Sur une échelle de 1 à 10, 10 étant le maximum de la douleur, elle restait à 7. C'était éprouvant, mais gérable. Et de temps en temps, sous les assauts de sa magie, l'araignée se rétractait un peu, ce qui faisait qu'elle pouvait redescendre à 4. Presque confortable. Le Chaman se gagna une fan pour l'éternité ce jour-là.

Petit à petit, elle parvint à aligner plus de deux idées de suite. Elle commençait à réfléchir plus clairement. À mettre un plan au point. Et voulait avoir des nouvelles de ce qui se passait. À plusieurs reprises dans un demi-sommeil, elle entendit des sortes d'explosions étouffées. Et une ou deux fois, Moineau, qui venait la voir souvent, arriva le poil ébouriffé et quelque peu roussi.

Enfin, Tara parvint à rester réveillée pendant une heure, puis deux, puis trois, sans sombrer dans un océan de douleur à chaque respiration. Et apprit pourquoi Moineau avait eu cet air bizarre.

On avait essayé de la tuer.

Encore.

À deux reprises.

Cal, Moineau, Robin, Xandiar et Séné, aidés à distance par T'andilus M'angil, le père de Robin et chef des services secrets du Lancovit encore sur Terre, avaient mis au point un système de défense presque impénétrable. Presque, parce que les systèmes totalement impénétrables, cela n'existait pas. Le Château Vivant, ravi d'avoir été mis à contribution, déplaçait l'infirmerie presque toutes les heures. Les patients râlaient, parce qu'ils avaient un peu de mal à la retrouver, et une tatris faillit bien accoucher dans le couloir parce qu'elle fut incapable de la localiser.

– Je ne sais pas ce que tu as fait à cet anneau, lui dit Cal lors d'une nuit agitée où elle l'avait encore réveillé, mais il t'en veut, c'est terrible !

Tara qui avait un peu moins mal à ce moment-là sentit son humour reprendre du poil de la bête.

– La seule chose que je peux te garantir c'est que je ne lui ai jamais marché sur les pieds !

Le Voleur sourit, mais son regard resta grave.

– Il a aussi attaqué notre Roi et notre Reine.

Tara leva un regard alarmé.

– Bear, Titania, ils sont blessés ?

– Non, ils étaient entourés de gardes et de Hauts Mages. Les agresseurs n'ont pas réussi à les atteindre, mais deux Hauts Mages sont morts.

Tara garda le silence, épouvantée.

– Je mets tout le monde en danger en restant ici, se désola-t-elle.

– Pas du tout. L'anneau avait déjà attaqué les gouvernements avant notre départ dans les Limbes. Cela fait simplement partie de son plan. Déstabiliser les gouvernements, puis attaquer. Tu es bien moins en danger que le Roi et la Reine parce que toi, tu n'as pas besoin de diriger un pays ni de donner des audiences, qui sont de si belles occasions pour les assassins. Avec l'aide du Château, l'anneau ne te trouvera pas.

– Non, cela ne durera pas très longtemps. C'est impossible d'échapper à des assassins, il y en aura toujours un qui arrivera à t'avoir. Ce qu'il faut, c'est éliminer le commanditaire.

– Si tu ne veux pas rester ici, tu pourrais peut-être revenir sur Terre, proposa Cal, conciliant. Ce serait une bonne idée, non ? Là-bas, la magie de l'anneau sera moins puissante, alors que toi tu pourras toujours puiser dans celle de la Pierre Vivante (il désigna la Pierre qui flottait au-dessus de Tara comme une fidèle gardienne).

– Oui, oui, confirma la Pierre, enthousiaste, utilisant sa voix externe plutôt que sa voix mentale, donner magie à Tara, jolie Tara !

– Merci, Pierre, murmura Tara, émue, je sais que tu es toujours là pour moi.

– Pierre aime beaucoup Tara, Tara aime beaucoup Pierre. Amies !

– Oui, amies.

– Euh… je ne veux pas briser la « séquence émotion », mais dis-moi ce que tu penses de mon idée ?

– Que cela ne va pas fonctionner. Sur Terre, je serai tout aussi vulnérable et trop loin des opérations.

Le visage du petit Voleur s'éclaira.

– Ah ! j'aime lorsque tu prends un langage militaire. Toi, tu as un plan.

– Pas un plan, répondit honnêtement Tara, un bout d'idée. Mais je dois parler à tout le monde d'abord. Que s'est-il passé pendant ma… ma maladie ?

Comment pouvait-elle appeler cela ? Mon attaque démoniaque ?

– En dehors de l'attentat royal ? Des tas de choses et rien de spécial, mais si cela ne t'ennuie pas je vais contacter les autres, comme ça on pourra tous te donner des nouvelles.

– Mais nous sommes au milieu de la nuit, non ? Tout le monde doit dormir, s'inquiéta Tara.

– Dormir, soupira Cal, un mot délicieux, si peu utilisé ces derniers temps. Je crois que je ne me souviens même plus de ce que cela veut dire.

Devant le visage consterné de Tara, il se reprit et leva une main fine, énumérant un doigt après l'autre :

– Moineau passe ses jours et ses nuits à la bibliothèque, Fabrice la suit comme un gentil toutou, un gentil loup plutôt. Robin traque sans relâche tous ceux qui lui semblent suspects et la cour retient son souffle en espérant qu'il ne va pas créer un incident diplomatique en arrêtant un innocent. Le Roi Bear et la Reine Titania supportent le suspense parce que c'est le fils de T'andilus et qu'il a sauvé AutreMonde une demi-douzaine de fois, mais Salatar, la chimère Premier ministre, a promis de le jeter en prison la prochaine fois qu'il menacerait l'ambassadeur de Krasalvie. Qui n'est pas possédé. Enfin, moi, je suis avec toi et Fafnir boude.

Tara sourit.

– Qu'elle boude ne veut pas dire qu'elle ne dort pas.

Puis la curiosité pointa son museau et elle ajouta :

– Et pourquoi elle boude ? Quelqu'un n'a pas aimé son chat démoniaque rose ?

Cal hésita. Le terme « disparu » était un peu mélodramatique. Il en choisit donc un autre, inutile de faire biper ces maudites machines.

– Elle n'est pas contente parce que Sylver est parti sans lui dire au revoir.

Le cœur de Tara s'emballa et les machines s'affolèrent. Slurk ! raté.

– Mais nous savons où il est, calme-toi, Tara.

Tara était incapable de se calmer.

– Il y est allé, c'est ça hein ? Il est allé délivrer son père à Omois ?

– Excellente déduction, lui confirma Cal, mais avant de poursuivre, j'appelle nos amis. Allez, Tara, tout va bien, le Chaman a dit que ta tension ne devait pas monter trop. Donc respiiiiiiire et calme-toi, s'il te plaît !

Tara tenta de lui obéir, mais ce n'était pas facile. Elle avait hâte que ses amis arrivent.

Cal avait raison. Ils ne dormaient pas, aucun d'entre eux. Ils arrivèrent à toute vitesse, impatients de pouvoir enfin discuter avec une Tara pleinement consciente. Pendant ce court laps de temps, Cal batailla avec les machines qui devenaient hystériques, incitant Tara à s'apaiser avant que la moitié du personnel soignant ne leur tombe dessus.

Lorsque leurs amis entrèrent dans l'infirmerie, ils n'avaient pas vraiment meilleure mine que Tara. En particulier Robin, qui était gris de fatigue.

– Oh, là ! fit Cal sans aucun tact, tu as une sale tête, Robin !

– Merci, ironisa le demi-elfe, Tara me l'avait déjà signalé la dernière fois.

Il passa une main fatiguée sur son visage. Ses cheveux étaient restés argentés et ses mèches n'avaient pas réapparu. Son regard brillant n'avait pas quitté Tara. Il s'approcha et la regarda tendrement.

– Comment te sens-tu, ma douce, aujourd'hui ?

– Pas si mal, mentit Tara. Tu as l'air épuisé. Depuis combien de temps n'as-tu pas dormi ?

– J'ai pris quelques heures de-ci, de-là, nous prenons ta protection très à cœur, Xandiar et moi, alors nous n'avons pas vraiment le temps de dormir.

Tara fit une petite grimace. Puis sourit soudain. Eh, cela n'avait pas été un beau rêve induit par la fièvre. Il l'avait appelée « ma douce ». Il n'était plus fâché ?

Elle eut sa réponse lorsqu'il se pencha et déposa un tendre baiser sur sa bouche.

– J'ai eu tellement peur. Oh ! Tara, mais quel idiot j'ai été. Bien sûr que je t'aime, je t'aime même à la folie et ce foutu sort n'y est absolument pour rien !

En dépit de la douleur, la jeune fille rayonna. Puis se rembrunit.

– Tu dis ça parce que j'ai failli mourir. Tu veux me faire plaisir.

Robin ferma les yeux un instant. Évidemment, il se doutait bien que Tara arriverait très vite à ce raisonnement.

– Oui, c'est exactement ça, répondit-il crûment.

Les machines se mirent à biper et cette fois-ci deux infirmières déboulèrent à fond la caisse. Elles tombèrent sur Cal qui tentait de débrancher les senseurs.

L'une des deux, une tatris aux deux têtes joviales, fronça ses sourcils à l'unisson.

– Ne vous avisez… dit la première tête.

– … de toucher, continua la seconde, sévère.

– … ces appareils jeune

– … premier, nous devons…

– … surveiller les constantes…

– … vitales de notre patiente !…

Avec une mine innocente, il leur assura que personne ne débrancherait personne et, après un regard méfiant vers Cal, elles repartirent. Tara, toujours aussi agitée, mais tentant de maîtriser son cœur, lança un regard blessé vers Robin. Ainsi, il était de retour près d'elle par pitié ? Ah ! elle allait lui montrer ce qu'il pouvait en faire de sa pitié. Elle ouvrit la bouche, mais Robin fut plus rapide :

– C'est lorsque j'ai réalisé que tu allais mourir que j'ai compris que sort ou pas sort, je serais tombé amoureux de toi, parce que ce n'est pas ta beauté qui fait ta beauté, mais ton âme tout entière. Les elfes sont belles, Tara, personne ne peut rivaliser avec elles. Mais toi, ta beauté est bien plus étincelante, bien plus complète que la leur. Et j'aime autant ton esprit que j'aime ta jolie bouche ou ta poi… euh, tes magnifiques yeux bleus.

Tara faillit s'étouffer. Il allait dire « poitrine » et s'était repris à temps. Les machines s'affolèrent tandis qu'elle riait, incapable de se maîtriser. Cal finit par menacer de débrancher les moniteurs en dépit des infirmières, si elle continuait à faire peur à toute l'infirmerie.

– Hou, Robin, merci vraiment, tu arrives à me faire rire, alors que j'ai mal.

Fabrice, fort de son expérience avec Moineau, intervint :

– Euh... excuse-moi, vieux, et pardon de te dire ça, mais dire à Tara que les elfes sont super plus belles qu'elle n'est pas un très bon moyen de la reconquérir.

Robin ouvrait la bouche pour protester lorsque Fabrice l'interrompit en levant la main :

– Même si c'est vrai, crois-moi, évite.

– C'est... tellement compliqué, Tara, finit par soupirer Robin. J'aimerais vraiment être télépathe comme les Diseurs de Vérité, ainsi, je saurais ce qu'il y a dans ta tête, tu saurais ce qu'il y a dans la mienne et...

– Et tu ne pourrais pas l'embrasser parce que tu n'aurais pas de bouche et serais une sorte de légume, persifla Cal.

Mais si Fabrice et Moineau gloussèrent à sa remarque, elle fut ignorée par Tara et Robin qui se perdaient dans les yeux l'un de l'autre.

– Oui, bon, grogna Cal qui appréciait qu'on salue ses fines plaisanteries, c'est formidable, vous vous aimez et tout et tout, mais je te rappelle, Tara, que tu es paralysée et que nous avons le risque d'une guerre mondiale sur les bras. Donc, ton idée, c'était quoi ?

Tara s'arracha difficilement au regard de Robin et fixa le petit Voleur.

– Toi, il faut vraiment qu'on te trouve une petite amie, hein.

Cal la regarda d'un air éberlué.

– Hein ? C'est quoi le rapport ?

Tara soupira.

– Rien du tout. Et pour mon idée, je vais vous dire ce qu'il en est bientôt.

À voir la tête de Cal, c'était comme si on venait de lui refuser un cadeau. Il faillit insister, mais voyant que Tara fermait les yeux sous un nouvel assaut de douleur, il renonça.

– Si c'est un plan pour faire exploser l'anneau, j'en suis, grommela Fafnir, qui effectivement avait l'air morose. Il commence à me plaire celui-là !

Tara sursauta. Venait à présent le moment qu'elle avait redouté. Celui où elle allait devoir affronter Fafnir. Finalement, c'était bien qu'elle soit faible et alitée. La naine ne lui fendrait pas le crâne. Enfin, du moins pas tout de suite.

– Fafnir, dit Tara en rouvrant les yeux lorsque sa magie et celle de la Pierre eurent jugulé la douleur, je dois te montrer quelque chose. Château ? Tu peux repasser la séquence dans ma chambre lorsque Sylver danse, s'il te plaît ? Commence au moment où Sylver me demande si je suis Celle-de-son-cœur.

Fafnir ouvrit la bouche, éberluée.

– Quoi, quoi, finit-elle par coasser, Sylver a quoi ?

– Il se posait beaucoup de questions, expliqua Tara, mais laisse-moi te montrer, tu comprendras mieux.

Fafnir la regarda d'un air surpris. Elle aimait beaucoup Tara, qu'elle avait toujours considérée comme une excellente amie et une bonne guerrière. Elle ne pensait pas une seconde que Tara pouvait avoir également un fond de sadisme. Était-ce un effet secondaire du pouvoir cruel de la Reine Noire ?

Ou alors, Tara n'avait pas compris que Fafnir trouvait Sylver très à son goût. Mais dans ce cas, pourquoi Tara s'adressait-elle à elle spécifiquement ?

Le Château obéit et l'instant d'après Tara et Sylver apparurent sur le mur devant eux. Robin eut un hoquet de stupeur lorsque Sylver demanda à Tara s'il pouvait l'embrasser.

– Tara, commença-t-il.

– Chuuut, fit la jeune fille, regarde.

– Mais…

– Chut, j'ai dit.

La pointe d'acier dans sa voix fit taire Robin. Sur des charbons ardents, il dut suivre le dialogue.

Moineau et Fafnir écarquillèrent les yeux avec un bel ensemble lorsque Sylver retira sa chemise. Fabrice fronça les sourcils. Robin grimaça. Cal se fit attentif.

– Il est plus beau que les elfes, fit Tara avec un petit rire argentin, mais je ne t'aime pas pour ta beauté, car la tienne est celle de ton âme, bien plus que celle de ton physique. C'est la raison pour laquelle, même si tu es bien moins beau que lui, c'est vers toi que mon cœur penche.

Robin émit un grognement. Retour à l'envoyeur. Il comprit soudain qu'il avait été très condescendant à l'égard de Tara. Surtout en lui expliquant que les elfes étaient bien plus belles que les humaines. Tara lui rendait le compliment, avec les intérêts. Ouille ! Fabrice avait raison. Mieux valait éviter.

Il remarqua avec tristesse que Tara ne lui avait pas encore rendu toute sa confiance. Elle avait dit « vers toi que mon cœur penche », pas « toi que j'aime ». Il pressentait que le chemin pour la reconquérir n'allait pas être si simple. Bon, cela dit, ils avaient une forte de chance de mourir tous d'ici peu de temps, alors, peut-être qu'il pourrait utiliser cela pour faire avancer les choses plus vite.

Au soulagement de Tara, qui espérait ne pas trahir un secret, ses amis n'avaient eu que peu de réactions lorsque Sylver avait parlé des mœurs des nains. Ce n'était pas réellement confidentiel, même si les nains évitaient d'en parler. Moineau, qui avait vécu auprès d'eux toute son enfance, le savait, Fabrice, qui avait étudié tous les peuples afin d'acquérir plus de puissance, aussi, Cal et Robin, *idem*. Aussi, seule Tara se retrouva à glousser en réécoutant la scène, rien à faire, cela lui semblait toujours aussi drôle.

Mais tout le monde se tut lorsque Sylver commença à danser avec son sabre.

Cal observa, fasciné. Il avait déjà vu Sylver se battre, mais jamais aussi longtemps. En général, ses adversaires n'avaient pas trop le temps de s'éterniser. Deux ou trois passes d'armes et cela se terminait dans un râle étouffé. Là, il pouvait voir le demi-dragon dans toute la splendeur de son art et c'était impressionnant. Il nota mentalement de demander au Château de lui en faire une copie, histoire de l'étudier afin d'avoir un modèle pour son entraînement.

Fafnir, elle, avait les pommettes roses et les yeux brillants. Moineau aussi, ce qui faisait grogner Fabrice doucement. Elles tressaillirent lorsque Sylver s'arrêta, tout près de la bouche de Tara.

– Si tu veux trouver un moyen de me punir, dit tranquillement Robin, félicitations, Tara, tu as réussi.

– Non, précisa Tara tout aussi calmement, ce n'est pas pour toi. Château, avance la séquence du président des loups et passe directement au baiser.

L'image d'après étouffa les protestations de Fabrice, qui aurait bien voulu savoir ce que son chef de meute voulait à Tara.

Sylver s'emparait de Tara et l'embrassait avec passion. Ce fut au tour de Fafnir de grogner.

– Vraiment, Tara, commença-t-elle, c'est…

– Regarde, l'interrompit Tara.

– Mais…

Le baiser se termina et Sylver recula, l'air dépité.

Fafnir mit une fraction de seconde à comprendre.

– Il ne s'est pas évanoui !

– Non, conclut sobrement Tara. Et si j'avais été attachée à ces machines, elles n'auraient pas bipé. Mon cœur est resté sage. Sylver n'est pas mon amour, pas plus que je ne suis le sien. En revanche Fafnir, et c'est la raison pour laquelle je voulais que tu voies ceci, c'est un cœur à prendre.

Fafnir écouta ce que disait Sylver et comprit que le demi-dragon la trouvait époustouflante.

Elle devint aussi rouge que ses cheveux.

– Lorsque j'ai fait sa connaissance, précisa Tara, j'étais quasiment la première personne pleinement humaine qu'il fréquentait.

La jeune fille ne s'en rendit pas compte, parce qu'elle ne le regardait pas, mais Robin pâlit soudain et la regarda avec consternation. Galant et Sourv, l'hydre Familière de Robin, durent échanger quelque chose, car le pégase émit un petit reniflement de mépris et que l'hydre trompeta doucement.

– Nous nous sommes sauvé la vie mutuellement, expliqua Tara, et comme tous les nains et probablement les dragons, Sylver professe une grande admiration pour les guerriers. Il a donc vu en moi la réalisation de son idéal. Mais ce n'était que la puissance de ma magie qu'il aimait, pas moi pour moi.

Elle était un peu maladroite, mais tentait d'éclaircir ce qui avait motivé Sylver.

– Lorsqu'il a été blessé par son père, je l'ai embrassé pour lui montrer que je n'avais pas peur de ses écailles. Il mourait d'envie que quelqu'un le touche après avoir été coupé de tout contact pendant aussi longtemps, à la fois par la « chose » monstrueuse qui était son côté dragon qui cherchait à s'exprimer, mais également par ses écailles horriblement tranchantes. De nouveau, il a donc fait une fixation sur moi, la première à le toucher, à l'embrasser. Il est donc logique que je sois celle à qui il a demandé en premier si j'étais Celle-de-son-cœur. Mais en réalité, Fafnir, c'est de toi qu'il est amoureux, j'en suis absolument sûre. Tout le fascine chez toi. Ton courage, ta vaillance, et même ton caractère.

De cochon, faillit-elle dire, mais elle se retint à temps.

– S'il avait essayé de m'embrasser, je ne l'aurais pas assommé, finit par articuler Fafnir, encore bouleversée. Mais Tara, j'ai vraiment eu envie de le faire lorsque j'ai compris qu'il était parti sans nous en parler avant. Cet idiot est allé délivrer son père, il nous a laissé un mot. Un mot ! Je vais lui faire passer l'envie de recommencer dès que je mets la main sur lui !

Ouf, elle n'était pas jalouse que Sylver se soit d'abord déclaré à Tara.

La jeune fille sourit gravement, son inquiétude revenant au galop au sujet du demi-dragon.

Elle devait absolument savoir ce qu'il avait fait, comment il l'avait fait et surtout s'il l'avait déjà fait.

– A-t-il dit comment il comptait pénétrer dans le Palais ? Et surtout quand ?

– Non, répondit Moineau. Mais il ne faut pas oublier qu'il n'est pas un humain, ni un simple sortcelier. Mais un hybride de dragon. Nous ne savons pas encore ce que sont ses pouvoirs.

– Loyal et honorable comme il est, il est capable de se présenter à l'entrée du Palais et de lancer un défi à l'anneau ! s'exclama Fafnir.

– Alors, ça serait la cata, dit Tara pendant que les machines s'affolaient de nouveau.

– Bien sûr que ce serait la cata, renchérit Fabrice, il va se faire capturer et posséder, cet imbécile. Et moi, je n'ai aucune envie de me retrouver du mauvais côté de son foutu sabre !

– Oui, conclut Tara, il y a ça aussi. Mais surtout, j'aimerais qu'il évite de faire ce que je songeais à faire moi-même, sinon il risque de fiche mon plan par terre.

– Quel plan ? demanda Robin, méfiant.

– Dans une semaine, répondit paisiblement Tara, j'irai affronter l'Impératrice maléfique !

28
Le plan

ou lorsqu'on va s'attaquer à un adversaire nettement plus fort que soi, il vaut mieux en avoir un sacrément bon sous peine de finir en steak bien haché.

– Quoi ? Tu es dingue !

– Tara, c'est de la folie !

– Excellente idée. On y va tous et on découpe l'anneau en rondelles.

Les exclamations s'entrecroisaient et Tara leva une main gantée de cristaux.

– Attendez. Regardez.

Tara sortit un paquet de sa poche. Ainsi qu'une lettre. Soigneusement pliée, elle reposait dans une enveloppe bleu et argent.

– Cal, dit-elle, ceci est pour toi. J'ignore totalement ce que l'anneau peut ou ne peut pas entendre. Il n'a pas du tout accès à mes pensées, mais je ne peux courir aucun risque. Lis ce que j'ai écrit et pardon si c'est un peu confus, mais avec tous ces tuyaux, c'est un peu compliqué de manier un stylo.

En fait, elle avait dû en trouver un qui ne soit pas animé par la voix, car, bien évidemment, elle ne voulait pas dicter. Cela avait été la partie la plus compliquée de l'histoire.

Ses amis se regroupèrent autour de la lettre mais alors que Cal allait l'ouvrir, Tara intervint de nouveau.

– Non. Je ne veux pas que qui que ce soit d'autre que toi lise cette lettre, dit-elle fermement.

Elle affronta leurs regards interloqués puis indignés.

– Vous avez ma totale confiance, mais je vais affronter l'anneau, sa magie contre ma magie, et il me faut juste quelqu'un pour pousser ma chaise roulante, parce que je ne serai pas capable de marcher d'ici là. C'est Cal que j'ai choisi.

– C'est horriblement dangereux, fit remarquer Moineau en la dévisageant, tu n'auras absolument aucun soutien lorsque tu seras là-bas.

– Je suis paralysée, je n'ai pas grand-chose à perdre. Et tu sais, Moineau, je ne veux pas être pessimiste, mais ma magie comme celle de la Pierre Vivante ne vont pas pouvoir lutter éternellement contre le pouvoir de l'anneau. Une autre infection, une blessure contre laquelle je devrai lutter et l'anneau pourrait prendre le contrôle de mon corps et me tuer. Il suffirait de quelques secondes. Je ne peux pas vivre avec cette menace au-dessus de la tête.

– Pourquoi Cal ? demanda vivement Robin, encore mortifié que Tara ne l'ait pas choisi.

– Cal est rationnel. Il n'est pas aussi impliqué que toi. S'il voit que je suis en train de perdre, il se sauvera, il n'essaiera pas de me défendre, parce qu'il sait qu'il ne fait pas le poids. Je suis désolée, mais crois-moi, j'ai longuement réfléchi au sujet. C'est lui. Cal, tu liras ce que tu dois faire avec le paquet. Tu as une semaine. Tu crois que ce sera suffisant ? Je ne sais pas si je vais pouvoir résister très longtemps. Le fragment d'anneau essaie de se déloger de ma colonne, je le sens. Pour l'instant, nous avons, la Pierre et moi, réussi à l'en empêcher, mais s'il y arrive…

– S'il y arrive, il pourra passer dans ton sang et atteindre ton cœur ou ton cerveau, tu serais perdue, constata Moineau, horrifiée. Oh, Tara, je ne réalisais pas que c'était si imminent, je suis désolée. Il faut que nous fassions quelque chose !

Sheeba sa panthère argentée feula de concert. Elle aussi s'inquiétait pour Tara.

– Tu n'y peux rien, mais merci, Moineau, soupira Tara. Cal, tout est clair pour toi ?

Cal releva la tête, après avoir lu le très court mot de Tara, puis l'avoir détruit d'une décharge de magie.

– Oui, confirma le jeune Voleur en soupesant le lourd paquet, une semaine devrait être suffisante. Et je suis d'accord, bien sûr.

Tara détendit ses muscles, soudain consciente de sa tension. La douleur revenait, maintenant qu'elle avait arrêté un plan… enfin un début de plan.

– Merci, Cal. Demande à Mourmur de réaliser ma chaise roulante. Vous n'en avez pas sur AutreMonde. Et Cal ?

– Mmmh ? fit le Voleur déjà plongé dans des tas de calculs.

– Comme d'habitude tu es d'un grand courage. AutreMonde ne se rend pas compte de la chance qu'il a de vous avoir, tous. Vous êtes des héros !

– Oui, bon, murmura Cal, cela n'a rien d'héroïque, hein, c'est juste un nouveau challenge et tu sais à quel point j'adore les challenges !

Tara lui sourit. La modestie de Cal se mêlait d'un soupçon de vérité. Si elle avait choisi Robin ou Moineau, Tara pouvait être sûre que Cal se serait battu bec et ongles afin de la faire changer d'avis.

– Mais Maître Chem ? se souvint soudain Moineau, toujours très respectueuse de la hiérarchie. Qu'allons-nous lui dire ? Que tu veux partir affronter l'Impératrice Maléfique en dépit de ses ordres formels ?

– Rien du tout, répondit Tara, il serait absolument contre. Il préférerait déchaîner le feu des dragons et j'ai causé bien assez de morts et de destructions avec les fantômes pour ne pas recommencer avec l'anneau. Tingapour ne sera pas détruit par ma faute. Pas de nouveau. Et ne protestez pas. Si l'anneau a tellement peur de moi, c'est qu'il doit y avoir quelque chose en moi qui est capable de l'anéantir, comme j'ai réussi à détruire les autres objets démoniaques. Alors, je vais l'affronter. Magie contre magie, pouvoir contre pouvoir. Et nous verrons bien qui sera vainqueur.

Sa voix était farouche. Ils la regardèrent, soudain frappés de voir à quel point la jeune fille avait changé ces dernières années. Pas uniquement physiquement, mais aussi mentalement.

Robin s'assit à son chevet et lui prit la main, évitant les cristaux qui contrôlaient son pouls et sa tension.

– Alors, dit-il, nous n'avons plus qu'une semaine. Parce que après, tu risques de mourir. Tara, si tu meurs, je te rejoindrai en OutreMonde immédiatement après, je te le jure !

Tara mit tout de suite fin à la grandiloquente déclaration du demi-elfe.

– Ben ça alors, fit-elle, moqueuse, un instant, tu me repousses, parce que tu penses que le sort t'a affecté et, l'instant d'après, tu veux mourir pour moi. Robin, c'est ridicule.

Le demi-elfe recula, de la peine dans ses yeux de cristal.

– Mais…

– Écoute-moi bien, dit fermement Tara, personne ne va mourir pour personne. Si je disparais, tu feras exactement ce que moi j'ai fait lorsque j'ai cru que tu étais mort. Grâce à Cal et, d'une ironique façon, grâce à l'anneau, j'ai survécu, je me suis battue et si tu n'étais pas réapparu, si je n'avais pas été exilée, peut-être serais-je même sortie avec Sylver, du moins tant que j'ignorais cette histoire d'évanouissement. La vie, Robin, c'est le plus important. Et tu as raison. Notre amour est compliqué, cela dit, je ne crois pas qu'un amour puisse être simple. Nous vivons des temps dangereux alors je veux que tu me fasses une promesse.

– Tout ce que tu voudras, répondit Robin qui détestait le pragmatisme de Tara.

– Ne cherche pas à me venger, ne cherche pas à me rejoindre, vis ta vie et sois heureux !

Le demi-elfe faillit parler, poussé par l'impulsivité de sa partie elfe, mais sa partie humaine lui souffla que c'était une mauvaise idée.

– Bon, intervint Cal, on va partir dans les trucs larmoyants et moi, j'ai des trucs à faire. Alors, on va tous vous laisser, histoire que vous puissiez vous engueuler, vous réconcilier et vous embrasser à loisir.

Tara s'appliqua à ne pas rougir mais les machines bipèrent joyeusement, la trahissant. Moineau l'embrassa affectueusement, Fabrice aussi, Fafnir lui colla un petit coup sur l'épaule et Cal la salua de la main.

Puis ils sortirent à la queue leu leu.

Robin se tourna vers Tara. La jeune fille avait l'air épuisée, dans son lit trop grand, connectée à des tas de tubes et de tuyaux, presque étincelante avec tous les cristaux qui la recouvraient.

Il hésita. Faire de grandes déclarations alors qu'elle venait de le doucher ne lui semblait pas une bonne idée. Et puis, en réalité, il avait besoin de retomber amoureux. Tara avait dit vrai lorsqu'elle l'avait accusé de n'être revenu vers elle que parce qu'elle était en train de mourir. Avec son infernale intuition, elle avait mis le doigt sur la faille. Il avait besoin de passer du temps avec elle, sans qu'elle soit blessée, sans qu'elle soit mourante, pour retrouver son glorieux et magnifique amour.

Sauf qu'ils n'avaient pas le temps.

Tara le regardait, frappée par sa beauté, si différente de celle de Sylver. Elle avait exagéré, le demi-elfe était superbe, même s'il l'était moins que le demi-dragon. Tara eut un petit sourire secret, très jocondien, il n'y avait que sur ce monde étrange qu'on trouvait des demi-quelque chose et elle se demandait pourquoi on ne les appelait jamais des demi-humains, mais toujours par le nom des races étrangères qui les composaient.

Robin se trompa sur son sourire. Il y vit une invitation à parler.

– Tu m'as manqué.

Au moins, cela avait le mérite d'être simple et clair.

– Toi aussi, enfin dans les moments où je n'étais pas inconsciente. Je suis désolée pour le sort, Robin je…

– C'est oublié, l'interrompit le demi-elfe. J'étais affecté par le sort et toi, tu as été affectée par la proximité.

Tara demanda au lit de la redresser un peu. Cela lui faisait mal de lever la tête pour mieux voir Robin. Il se précipita pour arranger ses oreillers, puis s'assit de nouveau sur une chaise près de son lit. Les lits de l'infirmerie n'avaient de baldaquins que pour les cas les plus légers. Ceux de Tara avaient été retirés et leurs armatures également. La pièce dans laquelle elle se trouvait était séparée des autres, afin d'assurer sa protection. Ils étaient donc tranquilles et les murs du Château, qui montraient le paysage favori de Tara, les plaines du Mentalir, assuraient leur isolement.

– Par la proximité ?

– Cela m'a frappé lorsque tu parlais de Sylver. Tu n'as pas eu beaucoup de choix finalement. Je suis le premier garçon autreMondien qui t'a approchée.

– Le second, en fait, rectifia Tara, Cal était le premier.

– Mais Cal n'est pas tombé amoureux de toi, alors que moi, si !

– C'est vrai ce que tu me dis, releva Tara, soudain songeuse, et c'est bizarre, parce que le sort aurait dû l'affecter lui aussi ! Pourtant, il ne m'a jamais témoigné autre chose que de l'affection.

Robin haussa les épaules. Il n'avait pas envie de parler de Cal, l'admiration et l'affection dans la voix de Tara suffisaient à le rendre jaloux.

– Mais tu n'as pas eu beaucoup de choix ! Très vite, tu as été découverte en tant qu'Héritière d'Omois et tu as commencé à te méfier, poussée par ta tante, de ceux qui t'approchaient parce que tu étais l'Héritière et non pas la simple Tara. Tu es tombée amoureuse de moi parce que j'étais le seul.

Tara le regarda, frappée par la justesse de son raisonnement.

– J'aurais pu tomber amoureuse de Fabrice, objecta-t-elle pourtant.

– Fabrice ? Ton meilleur ami ? Que tu considères comme ton frère ? Aucune chance.

– Ou de Cal ?

Robin ricana.

– L'esprit malin de Cal est son pire ennemi avec les filles. Elles ne savent jamais s'il va leur envoyer des roses ou une vanne. Il n'a pas encore compris ça. Avec Eleanora, il n'osait pas faire de l'humour parce qu'il était éperdu d'admiration et d'amour pour cette ding... pour elle. Mais tu ne peux pas tomber amoureuse de Cal, Tara, parce que tu aurais envie de lui flanquer des baffes au bout de dix minutes.

Tara gloussa légèrement, attentive à ne pas se faire mal. Oui, Robin n'avait pas tort.

– Il ne restait plus que moi. Nous avons partagé tant d'épreuves, finalement, que nous soyons attirés l'un par l'autre était logique. Et c'est ce qui s'est produit.

– Jusqu'à ce que tu découvres l'histoire du sort, soupira Tara.

– Tu attires toujours les garçons, fit-il remarquer, son front parfait légèrement plissé par la jalousie. Archange, Sylver, moi. Cela prouve que le sort n'y est vraiment pour rien.

Tara hocha la tête. Le foutu sort avait failli tuer l'amour de Robin, elle n'avait pas l'intention de pardonner à sa grand-mère. Mais elle était contente de plaire sans avoir à se poser la question de savoir si c'était elle ou le sort.

– J'ai quelques doutes sur les motivations d'Archange, fit-elle néanmoins. Je pense qu'il voulait que je tombe amoureuse de lui afin de pouvoir me manipuler. Il était bien trop gentil.

Robin n'aima pas sa voix soudain songeuse.

– Mais il t'a trahie. Il nous a tous trahis. Cela dit, à quoi s'attendre d'autre de la part d'un démon ?

– C'est cela être humain, fit soudain remarquer Tara alors qu'un silence s'installait. Toujours penser que les gens vont changer. Leur donner une deuxième chance, une troisième. Vous les elfes, vous êtes plus... impitoyables que nous les humains. C'est la raison pour laquelle Lisbeth ne voulait pas que nous soyons ensemble. Parce qu'elle avait peur que ton côté elfe ne noie mon humaine compassion.

Robin lui jeta un regard incrédule.

– Tu parles de ta tante, là ? La femme la plus impitoyable que j'aie jamais rencontrée à part notre Reine ?

Tara eut un petit rire.

– Admettons, l'exemple n'était peut-être pas le meilleur. Mais je peux comprendre ce qu'elle voulait dire. Même si je pense que ton côté humain est bien plus fort que tu ne le penses. Un elfe n'aurait jamais pardonné ce qui s'est passé avec le sort, même si ce n'était pas ma faute.

– Oh si, dit Robin, un elfe aurait pu pardonner. Mon père est tombé amoureux de ma mère, une simple humaine, et il a appris à composer avec ses sentiments et ses idiosyncrasies.

Tara n'avait pas compris le mot repris par le Traductus du Château.

– Ses quoi ?

– Idiosyncrasies. C'est ce qui caractérise quelqu'un. Ses particularités, si tu veux. Ce qui fait qu'il est lui et pas un autre. Alors, Tara, est-ce que tu crois que tu pourras me reprendre, me permettre de me battre à tes côtés et de te soutenir comme un véritable compagnon ?

Il se pencha sur elle, quasiment sûr de sa réponse, lorsque Tara se redressa, lui cognant brutalement le nez avec sa tête, et hurla :

– SORS ! SORS DE MA CHAMBRE TOUT DE SUITE !

Cela avait été tellement violent et soudain que Robin fit un bond en arrière instinctif, totalement dérouté. Il le fut encore plus lorsqu'un gros jet de magie le projeta au travers de la porte, la brisant et le propulsant dans l'infirmerie, loin de Tara.

Endolori, ensanglanté par les échardes, il se releva péniblement.

– Tara ? Mais…

Soudain, alors qu'il tentait de s'avancer, incapable de comprendre pourquoi Tara le rejetait avec cette violence, il vit une sorte de brume noire jaillir du corps de Tara et se diriger à toute vitesse vers lui. Sur son passage, les appareils s'arrêtaient, la magie s'éteignait.

Enfin, il comprit. Ce n'était pas Tara qui le rejetait. Enfin si. Mais pour une bonne raison.

Le fragment d'anneau était en train d'essayer de s'emparer de sa magie !

Alertées par les cris et l'arrêt des machines, les infirmières se précipitèrent, mais Robin les retint de justesse.

– Non ! cria-t-il. Le fragment tente d'absorber notre pouvoir ! Reculez !

Le Château Vivant intervint immédiatement en déplaçant les limites de l'infirmerie. Le fragment ne pouvait pas le toucher, car la source de sa magie était profondément enfouie dans les fondations de pierre. Mais il sentait comme un vide à l'endroit où se trouvait Tara.

Avec le Chaman, le Château et Maître Chem avaient travaillé sur les fragments d'anneau avant de les détruire. Ils avaient découvert qu'heureusement, le pouvoir du fragment était loin de la puissance de l'anneau. De plus, ayant été prélevé sur ce qui après tout n'était qu'un prototype, sa magie démoniaque fluctuait beaucoup, probable raison pour laquelle il n'avait pas réussi à vaincre le pouvoir de Tara.

Le Château vit la brume noire tenter de s'approprier la magie de la Pierre Vivante, mais celle-ci l'affronta avec une telle brutalité qu'il recula. Tara lança son pouvoir bleu contre la brume, l'encerclant grâce à un sort rond. Elle entreprit de l'empêcher de se répandre plus dans l'infirmerie et finalement la restreignit dans un cercle de quelques mètres.

Très vite, le Chaman arriva, un mégaphone – curieux petit animal à l'énorme trompe – perché sur ses épaules, ses petites pattes accrochées afin de tenir sur le médecin très agité.

– Tara ! cria le Chaman tandis que le mégaphone répétait ses paroles en les amplifiant, qu'est-ce qui s'est passé ?

Tara était en train de lutter et ce fut la Pierre Vivante qui répondit, une grosse nuance d'énervement dans la voix.

– Stupide anneau. Essaie de voler pouvoir. Mais Tara, jolie Tara et moi empêchons anneau de tout bouffer Château !

Le Chaman frissonna. Heureusement que Tara avait réagi vite.

– Que pouvons-nous faire ? Toutes les machines sont déconnectées, l'anneau a absorbé leur magie ! Tara en a besoin, elles soutiennent son organisme.

La Pierre s'illumina et les machines furent entourées d'un halo bleuté qui repoussa la brume noire. Elles se rallumèrent et se mirent à biper avec un bel ensemble affolé.

– Pierre s'occupe des machines. Chaman empêche gens rentrer, sinon gens arrêtés comme machines.

Le Chaman la regarda, les dents serrées par la frustration. Ne pas pouvoir ausculter une patiente était le comble de l'impuissance pour un médecin.

Il fonça vers la pièce où se trouvaient les écrans qui affichaient les valences de Tara, suivi par un Robin affolé. Les données affluèrent sur les écrans et le Chaman dut se fier à leurs données. Le cœur de Tara résistait bien. Ses poumons aussi, son stress et sa tension étaient élevés, mais rien d'anormal si on considérait qu'elle était en train de se battre. À ses côtés, Robin regardait les courbes et les vagues lumineuses sur les moniteurs de cristal et se tordait les mains d'appréhension.

– Va-t-elle bien, Chaman ? Comment…

Le Chaman releva les yeux et réalisa qu'il avait un autre patient potentiel devant lui. Robin était couvert de sang. Il ne s'en rendait pas compte, tout à son angoisse, mais son poignet était en train de grossir, il avait probablement une fracture.

– Elle va bien, répondit-il. Par le Reparus, que les blessures disparaissent et que la douleur cesse.

– Oh ! fit Robin lorsque la magie curative le frappa. Merci !

– Pas de quoi mon garçon, répondit le Chaman. Elle t'a probablement sauvé la vie en te propulsant comme ça à travers la porte. Ce maudit fragment t'aurait absorbé comme une éponge.

– Qu'est-ce qu'on peut faire maintenant ?

– Rien du tout tant qu'elle n'aura pas restreint l'action du fragment. Regarde, elle y parvient peu à peu.

Effectivement, sur les caméras qui surveillaient la pièce, ils pouvaient voir la brume qui reculait, peu à peu, jusqu'à réintégrer le corps de la jeune fille.

– Elle est très courageuse cette enfant, fit remarquer le Chaman. Tu es son petit ami, c'est ça ?

– En… quelque sorte, oui. Mais on lui a jeté un sort d'attirance et j'ai cru que j'étais tombé amoureux d'elle à cause de ce sort. Lorsque je l'ai appris, j'ai eu une réaction idiote. Je l'ai rejetée.

Le Chaman eut l'air interloqué.

– Mais les sorts d'attirance sont des sorts qui ne fonctionnent qu'à court terme !

– Pas celui-ci, précisa Robin en secouant la tête d'un air malheureux. En fait, il avait été jeté à sa mère et Tara en était la victime collatérale. Et il a duré plus de dix-sept ans !

Le Chaman écarta sa déclaration de la main.

– Non, ce que je veux dire, c'est qu'un sort d'attirance est exactement cela. Il attire les gens. Mais avec le temps, si les gens ne tombent pas réellement amoureux, il ne fonctionne plus. Enfin, personne ne vous a enseigné ça ! Les études ne sont vraiment plus ce qu'elles étaient.

Robin avait l'expression d'un dragon assommé par une vache. Incrédule et stupéfait.

– Personne ne m'a jamais… mais alors…

– Alors, si vous êtes resté amoureux d'elle, ce n'est que de votre fait, jeune elfe, certainement pas de celui du sort !

Robin se mordilla la lèvre, penaud. En un éclair, il vit parfaitement toutes les complications que cette nouvelle allait lui attirer. Clairement, il allait en prendre plein la tête si Tara apprenait ça. Il allait lui falloir au moins cent ans pour se faire pardonner.

– Euh, ça vous ennuierait beaucoup de garder cela pour vous pour l'instant ? Elle m'en veut déjà assez comme ça.

Le Chaman soupira.

– Les mensonges et les dissimulations sont le plus court chemin vers les ennuis. Mais je n'ai pas l'intention de me mêler de vos affaires. Moi, je suis ici pour la soigner. Je vous laisse vous débrouiller avec le reste.

Soudain, sur les écrans, Tara releva la tête et ouvrit les yeux. Elle souffrait apparemment beaucoup et était trempée de sueur.

Les machines et la magie s'activèrent. La chambre fut prise d'un tourbillon d'activité, Tara disparut à leurs yeux et, lorsqu'elle réapparut, elle était sèche et fraîche, sa chemise de nuit avait été changée par la changeline et ses draps sentaient bon le coton et la lavande.

– Oh, là ! grogna-t-elle d'une voix épuisée, j'ai l'impression d'avoir couru un marathon.

Le Chaman dédaigna les micros, fit signe à son mégaphone de sauter sur son épaule et fonça vers la chambre.

– Tara ? Est-ce sans danger ?

– Ne m'approchez pas à plus de trois mètres, j'ai pu sentir que c'était son seuil d'action maximum, au-delà, vous ne risquez rien s'il m'échappe à nouveau.

Le Chaman mesura la distance du regard puis s'approcha prudemment, suivi par Robin et les deux infirmières.

– Tu ne peux pas l'emprisonner totalement ?

Tara secoua précautionneusement la tête.

– Non, c'est impossible.

– Explique-nous ce qui s'est passé exactement, ordonna Oiseau-de-nuit.

– Le fragment s'est tout à coup rendu compte qu'il pourrait essayer d'utiliser la magie d'AutreMonde en plus de la magie démoniaque afin de me terrasser. Sauf que j'ai senti ce qu'il allait faire juste au moment où il tentait de s'attaquer à Robin. C'est pour ça que je l'ai poussé. Pour le mettre hors de portée. Désolée pour la porte, mais je n'avais pas le temps de l'ouvrir.

– On s'en fiche de la porte, tu as sauvé la vie de ton ami, dit gravement le Chaman, bravo pour ta réaction si rapide. Qu'en est-il à présent ?

– Ma magie ajoutée à celle de la Pierre le maintient pour l'instant. Mais je ne sais pas trop combien de temps cela va durer.

On sentait l'angoisse dans sa voix, parfaitement traduite par les machines qui bipaient à qui mieux mieux.

– Il faudrait que je puisse t'opérer, slurk ! jura le Chaman, tout cela commence à m'agacer prodigieusement. Que veux-tu que nous fassions, puisque cette option n'est malheureusement pas possible ?

– Avez-vous des infirmières nonsos qui sauraient utiliser ces machines ? demanda Tara en frissonnant soudain.

– Oui, bien sûr, nous avons de tout ici. Tu veux une infirmière qui, n'étant pas magique, ne sera pas affectée par l'anneau, c'est ça ?

– Exactement, répondit Tara en souriant, contente de voir qu'ils se comprenaient vite. Dites à tous ceux qui sont pourvus de magie de ne pas m'approcher à plus de trois mètres. En théorie, je peux contenir la magie démoniaque, en pratique, je n'ai pas envie de risquer la vie de quelqu'un pour vérifier.

Le Chaman hocha la tête. Oui, lui non plus.

Robin grimaça. Il allait terminer avec une crise cardiaque un jour, c'était sûr.

– Je vais prévenir les autres, dit-il en haussant la voix. Merci, ma douce, pour m'avoir sauvé la vie.

Puis son sens de l'humour, fortement influencé par Cal, lui revint un instant.

– Et je te jure que je ne te contrarierai plus jamais de ma vie, je n'ai pas envie de passer encore à travers la porte !

Tara sourit. Elle souffrait beaucoup car les machines s'étaient interrompues suffisamment longtemps pour que les antalgiques ne fassent plus effet, mais elle sourit.

Puis elle ferma les yeux, épuisée. Lorsqu'elle se réveilla, elle se rendit compte qu'elle n'était pas seule, car elle entendait des pas devant sa porte. Le rythme lourd et saccadé de Fafnir qui déambulait probablement ses haches à la main. Enfin, de Fafnir ou d'un autre nain, vu qu'elle ne pouvait pas la voir.

Elle ne se sentait pas mieux. Pas mieux du tout.

Elle avait froid. Ce froid qu'elle avait senti lorsque la changeline et les élémentaires d'eau avaient évacué son trop-plein de chaleur. La changeline réagit et la couvrit d'une épaisse couverture de duvet de treees[1], ces petits oiseaux rouges ou verts d'AutreMonde.

Elle n'avait plus beaucoup de temps. Elle ne le montrait pas à ses amis, mais sentait que petit à petit, le fragment drainait sa vie et sa chaleur.

Pourvu que Cal parvienne à maîtriser ce qu'elle lui avait donné !

Elle s'était rendormie lorsqu'on lui fit une visite inattendue. Deux, en fait. Fafnir les avait laissés passer, puisqu'ils n'avaient ni le crâne fendu ni une hache dans le ventre.

C'étaient Sal, le dragon transformé en adolescent par la défunte Reine Rouge, et A'rno, l'elfe styleur, l'un des meilleurs coiffeurs d'AutreMonde et le petit ami de Kyla, la fille du président des vampyrs.

Les yeux de dragon enregistrèrent le corps fatigué et les traits tirés de Tara. Il s'assit sur un fauteuil qui frétillait derrière lui, imité par A'rno, respectant la consigne des trois mètres que leur avait indiquée Fafnir.

– Vous ne ressemblez guère à la vaillante sortcelière qui m'a pendu par la queue dans la salle du conseil !

– Formidable, souligna A'rno, la qualité première des dragons : la diplomatie. Ma chère Princesse, comment allez-vous ? Vos cheveux sont dans un état é-pou-van-table, mais qu'est-ce que vous leur avez fait ?

– Je leur ai fait qu'ils ne sont pas passés entre les mains d'un talentueux elfe styleur depuis des mois, répondit gentiment Tara que le snobisme d'A'rno amusait. Que faites-vous ici et où est Betty ?

---

1. Émeraude dans la forêt des trolls, rouges ou bleus dans les autres, les treees possèdent un duvet qu'ils perdent dès qu'il fait trop chaud, ce qui fait que le sol de certaines forêts semble être recouvert d'un épais tapis moelleux. Les habitants d'AutreMonde les ramassent et les utilisent pour en faire les couettes les plus chaudes de leur galaxie.

Sal allait se répandre en circonlocutions diplomatiques, mais voyant que Tara voulait faire court, il fit court :

– Betty est sur Terre. Vous êtes au courant pour Kyla ?

Tara rencontra le regard brun d'A'rno. La tristesse poignante dans le regard de l'elfe styleur la fit frissonner.

– Je sais juste qu'elle a été contaminée, mais je ne sais pas comment.

– Il y a peu de temps. Elle a réussi à retransformer ceux qui avaient été infectés par le sang humain, mais pas par la magie démoniaque, parce qu'elle ne voulait pas risquer d'être contaminée à son tour. Jusqu'au jour où elle s'est retrouvée nez à nez avec son propre père. Elle n'a pu se résoudre à le combattre, elle a pris la fuite. Malheureusement, il a été plus rapide. Je n'ai rien pu faire. Il l'a touchée et c'était trop tard. Lorsqu'elle s'est relevée, ses yeux étaient noirs et ne voyaient plus que le mal. Je me suis enfui. J'ai appris alors que vous étiez ici et j'ai décidé de venir vous voir, j'ai croisé le garçon dragon en arrivant. J'ai quelque chose qui vous sera probablement très utile.

– Ah oui ? Et quoi ?

A'rno brandit fièrement une petite boule de cristal de données.

– La liste de ceux qui sont infectés par le sang humain, mais pas par la magie, et qui sont de garde au Palais. Vous allez avoir besoin de savoir qui est en poste où et qui peut être retransformé sans risque. Car je suppose que vous allez vous infiltrer là-bas et tuer l'Impératrice pour neutraliser l'anneau, c'est ça ?

Tara écarquilla les yeux. Mais pourquoi tout le monde lui prêtait des plans qui n'étaient pas les siens ?

– Pas du tout, répondit-elle d'une voix neutre. L'anneau a vu comment nous nous étions infiltrés avec les loups-garous déguisés en laveurs de carreaux. Il ne se laissera pas avoir par une ruse de ce genre. Je vais donc faire autre chose.

– Quoi ? demanda A'rno, désespéré. Il faut agir, Princesse, ma Kyla ne va pas supporter bien longtemps cette horrible possession. J'ai pu la voir à une ou deux reprises alors qu'elle me traquait dans Tingapour. Elle a horriblement maigri, elle semble si faible !

– Je suis désolée, souffla Tara, touchée par l'angoisse de l'elfe, mais je ne peux rien vous dire. Vous allez devoir faire comme nous tous.

– Faire quoi ?

– Attendre.

– Attendre quoi, par les entrailles de Bendruc le Hideux !

– Que je sois prête.

A'rno allait lancer un commentaire agressif, mais Sal le prit de vitesse. Et changea radicalement de sujet :

– Quant à moi, la raison de ma présence n'a rien à voir avec tout ceci. Je n'ai aucun doute que Son Altesse va régler le problème qu'elle a créé…

Oh ! merci, monsieur le gentil dragon, ce serait encore mieux si vous me donniez un coup de main, hein !

Ce fut ce que pensa Tara, mais elle ne le dit pas. La Pierre et Galant émirent un petit son amusé avec un bel ensemble.

– … de plus, le peuple des dragons est au courant, c'est le principal, dit-il d'un ton tourmenté. Et Chem est ici pour évaluer la situation et nous avertir si nous devons agir et détruire l'anneau. Je suis ici en tant que simple observateur, maintenant que ma mission d'alerte a été remplie. Et j'ai besoin de vos conseils. Enfin, une fois que nous serons un peu moins observés.

Il jeta un coup d'œil aux caméras, puis sa magie flamboya et les frappa, les aveuglant et les assourdissant momentanément.

– Voilà, dit-il d'un ton satisfait, maintenant, nous pouvons parler tranquillement.

Il ne s'approcha pas de Tara, respectant la consigne des trois mètres, se contentant de se pencher en avant comme s'il voulait s'assurer ainsi un peu plus d'intimité.

– Je suis, annonça-t-il d'une voix grave, venu vous parler de Betty !

Les machines s'affolèrent lorsque le cœur de Tara s'emballa.

– Betty ? s'exclama-t-elle en se redressant péniblement dans son lit, tirant sur le poids mort de ses jambes, qu'est-ce qui se passe avec Betty ?

Le dragon se redressa, confus.

– Non, non, ne vous inquiétez pas, tout va bien !

– Tout ne va pas bien ! persifla A'rno, exaspéré, non mais quel balourd vous êtes, vous avez failli flanquer une crise cardiaque à notre Princesse ! (Il se tourna vers Tara.) Ma fiancée risque de mourir, AutreMonde risque de disparaître sous la magie démoniaque et ce gros tas d'écailles ne trouve rien de mieux que de courir ici parce qu'il est amoureux ! Pire, il n'a pas arrêté de m'en parler pendant tout notre voyage jusqu'à l'infirmerie.

Sal tenta d'avoir l'air digne et échoua lamentablement. Le jeune géant aux cheveux et à la peau aussi noirs que le dragon qu'il avait été se tortilla sur son siège.

Tara s'apaisa. Betty serait sans doute triste, Tara savait que la jeune fille avait un peu craqué pour celui qu'elle avait soigné, mais, après tout, il n'avait un corps humain que par hasard.

Elle fit signe au dragon de continuer, curieuse de savoir en quoi il avait besoin d'elle. Et puis, cela lui apportait une distraction bienvenue.

– En fait, dit Sal, c'est justement de Betty dont je veux vous parler, Tara Duncan, Princesse d'Omois. Elle n'aime pas la magie et elle déteste AutreMonde.

– Euh… oui ? fit Tara qui ne voyait pas bien où Sal voulait en venir.

– En fait, elle a horriblement peur de venir ici, elle a peur des dragons, je suis le seul être magique qu'elle ne craint pas, tout simplement parce qu'elle a pris soin de moi et par conséquent m'a vu impuissant et délirant.

Tara ne dit rien. Elle était aussi une sorte de créature magique et Betty restait sa meilleure amie avec Moineau et Fafnir. Donc cette histoire de détester la magie semblait modulable. Ce que lui confirma le dragon avec la suite de sa phrase.

– Pourtant, en dépit de cette peur, j'ai vu qu'elle s'attachait à moi, malgré notre énorme différence et d'âge et de race, continua-t-il. Alors j'ai décidé de la dégoûter. Je me suis conduit comme une sorte de vieil oncle un peu décati et ronchon. À mon grand soulagement, elle s'est détachée de moi petit à petit, jusqu'à me considérer comme une sorte de grand frère. C'est là que les choses se sont compliquées.

Tara haussa un sourcil interrogateur. Encouragé, Sal continua son récit :

– Car, à mon tour, je suis tombé follement amoureux !

Le cœur de Tara rata un battement.

– Quoi ? Je veux dire comment ? De qui ?

– Comment ? Eh bien, je la regardais et mon cœur battait et…

Ah ! non, Tara avait déjà eu la même scène avec Sylver. Il allait vraiment falloir qu'elle arrête avec cette histoire de quoi et de comment.

– Non, je veux dire, de qui êtes-vous tombé amoureux ?

A'rno soupira et prit un ton théâtral.

– Devinez, Princesse, de qui ce gros lézard a bien pu tomber amoureux après l'avoir soigneusement dégoûtée ?

Tara écarquilla les yeux.

– Non. De Betty ?

– Exactement, répondit le dragon d'un ton piteux. Non mais, vous vous rendez compte ? Moi, un dragon, amoureux d'une humaine ?

– Magister et la sœur du Roi dragon ont bien vécu semblable histoire d'amour, dit doucement Tara, cela a dû arriver de temps en temps. Parfois, ce n'est pas le corps qui compte, mais l'esprit qui l'anime !

Sal hocha la tête, imité par A'rno qui, après tout, s'était amouraché d'une vampyr.

Le dragon se leva d'un seul coup, surprenant le fauteuil qui se mit à le suivre dans ses déambulations.

– C'est… c'est terriblement perturbant ! Je suis un dragon. C'est une humaine. J'ai des milliers d'années…

– Des centaines de milliers d'années, rectifia A'rno.

– Oui, bon, à partir d'un certain nombre, on s'en fiche, grommela Sal, donc, j'ai des milliers d'années et Betty n'a que dix-sept ans (effectivement, Betty était plus âgée d'un an et demi que Tara, bien qu'elles soient dans la même classe, car Betty avait redoublé) ! Cela ne peut pas marcher ! Et tous les dragons vont se moquer de moi.

– À mon avis, ils s'en fichent, dit sagement A'rno. Vous n'êtes plus un dragon à leurs yeux, et puis vous vivez sur cette planète-là, la Terre. Qu'est-ce qui vous empêche de vous établir là-bas et d'y forger votre propre empire ? Vous pourriez de plus, vous aussi, devenir l'un des gardiens de la Terre, ce serait une belle évolution de carrière.

Tara prit un air gourmand en louchant un peu.

– Ah, et Sal, imaginez… toutes ces vaches, disponibles, délicieuses, dodues, appétissantes !

Le dragon déglutit.

– En fait, vous ne m'aidez pas beaucoup, Princesse. Je me fiche des vaches. Je parle de Betty.

– Pardon, fit Tara qui n'avait pas pu résister. Bon, donc vous êtes amoureux de Betty et comme tous les amoureux de la galaxie, vous ne savez pas si Betty est amoureuse de vous ou, pire, si elle va accepter que vous soyez amoureux d'elle.

– J'ai bien songé à redevenir malade pour qu'elle puisse me soigner de nouveau mais je n'ai pas eu le courage de lui infliger une peur supplémentaire.

Tara approuva.

– Vous avez bien fait. Si elle avait découvert que vous faisiez semblant, vous seriez mort, mon vieux.

– Non, déclara catégoriquement Sal, Betty ne me tuerait pas. Et, ajouta-t-il, je ne suis pas vieux.

Tara retint un soupir. D'accord, celui-là non plus ne connaissait pas le sens d'une métaphore.

– Je voulais dire que vous auriez dégringolé dans son estime et qu'elle vous en aurait voulu. Et « mon vieux » est une expression, excusez-moi. Donc, pour en revenir à votre problème, vous ne savez pas quoi faire, c'est ça ?

– Oui, vous êtes sa meilleure amie, Votre Altesse, et vous connaissez bien les Terriennes. Dois-je lui révéler mon amour et risquer de la faire fuir, ou dois-je lui cacher et souffrir en silence tout en restant auprès d'elle, tapi dans l'ombre et déchiré par ce qui me semble une épée maniée par vos Georges plantée dans mon cœur ?

Tara et A'rno se regardèrent.

– Il a l'air sérieusement atteint, fit remarquer l'elfe styleur en balayant ses épaisses dreadlocks sur son épaule.

– Oui. Euh… c'est quoi, une épée « maniée par vos Georges » ?

Sal sortit de sa rêverie romantique.

– Oh, ça ? C'est l'un de vos guerriers sortceliers. Nous ne savions pas qu'il était un sortcelier avant de réaliser qu'il résistait au feu et avait réussi à tuer un certain nombre d'entre nous, nous assimilant aux démons. Il s'appelait Georges. Depuis, à chaque fois qu'un humain a attaqué un dragon sur votre planète, nous l'appelions un George. Qu'il soit garçon ou fille d'ailleurs.

– Je comprends, dit Tara, c'est saint Georges et le dragon. Incroyable de voir comment les vieilles légendes parviennent à être aussi réelles ! Donc, si je comprends bien, cet amour vous fait souffrir. Il n'y a donc qu'une seule solution.

– Ah oui, demanda Sal, avide, et laquelle ?

– Lui faire la cour.

– Vous voulez que je lui construise une cour ? demanda le dragon, sincèrement dérouté, mais il y en a déjà une dans sa maison et un jardin aus…

Tara rit, ce qui fit biper les machines.

– Non, la séduire, la courtiser si vous voulez. Être galant et gentil, rire avec elle, ne pas vous comporter comme un vieux barbon, la surprendre, être victorieux et impulsif, faire des trucs débiles et drôles comme un véritable ado. Ensuite, une fois qu'elle vous considérera de nouveau comme un garçon et non pas comme un dragon, l'embrasser. Là, si elle ne vous gifle pas, qu'elle ne s'enfuie pas en hurlant ou qu'elle ne crache pas de dégoût, vous devriez savoir si vous lui plaisez ou pas. Croyez-moi, c'est radical.

Sal recula, ce qui surprit le fauteuil, et le dragon bascula en arrière et se retrouva assis sans le vouloir. Il ne bougea pas, anéanti.

– Je ne vais jamais y arriver, se lamenta-t-il.

– Mais enfin, s'énerva A'rno, vous n'avez jamais dragué de dragonne ? Ce n'est pas très compliqué tout de même.

– Je, euh… je n'avais pas le temps, indiqua le dragon, tout raide d'indignation. Et puis… et puis les femelles dragon me trouvent… me trouvent barbant. Enfin, ça, c'était avant que je sois transformé en humain, maintenant, elles me trouvent plutôt appétissant, mais pour une autre raison.

A'rno soupira.

– Alors bon courage, parce que avec un passif pareil, vous êtes mal parti. Bon, la Princesse vous a réglé votre problème, penchons-nous sur le mien, maintenant. Kyla doit être délivrée, vous m'avez dit d'attendre, je vous ai dit quoi et vous m'avez répondu « que je sois prête ». Mais prête à quoi ?

– Je ne peux pas vous le dire, répondit Tara. C'est top secret.

L'elfe styleur se raidit.

– Oohhh ! fit-il d'un air entendu, top secret. Je vois. Alors je vais retourner à Tingapour, voir comment je peux préparer une aide quelconque sur place.

Tara faillit lui dire que c'était inutile, mais en voyant l'air résolu d'A'rno, elle comprit que ce serait vain. L'elfe styleur la salua gravement, comme un soldat qui part à la bataille, posa tout de même la boule de cristal avec les données sur les gardes vampyrs d'Omois par terre, puis la fit rouler jusqu'à Tara et les quitta.

Sal le suivit du regard.

– Je suis ridicule, n'est-ce pas ? L'elfe a raison, il y a des choses bien plus graves à régler que mon histoire.

– Pas du tout, répondit Tara, vous êtes amoureux, ce n'est pas la même chose. L'amour peut faire faire des trucs dingues, je suis bien placée pour le savoir, avec Magister qui poursuivait maman depuis des années.

Sal se leva, les sourcils froncés.

– Tout va se jouer sur AutreMonde. Je ne vais pas retourner sur Terre pour l'instant. Je vais attendre de voir ce que vous allez faire. Chem a quel rôle dans votre plan ?

Tara retint sa respiration. Slurk ! en voulant rassurer l'elfe, elle avait trop parlé devant Sal, oubliant que sous son corps d'ado se cachait l'âme d'un dragon.

– Il n'en sait rien, dit-elle lentement. Le fragment est sans doute capable d'entendre ce que je dis, aussi je n'ai pas voulu courir de risques.

– Très bien. Je n'en parlerai donc pas non plus, je ne veux pas risquer de compromettre votre mission, Votre Altesse. Bonne chance.

Il la salua et sortit lui aussi, après avoir réactivé les caméras.

Tara sourit. Pendant tout l'entretien, elle avait été tellement surprise qu'elle en avait oublié sa douleur. Bien.

Son visiteur suivant fut aussi un amoureux. Sauf que cet amoureux-là avait bien d'autres problèmes que de séduire une fille sur Terre.

Le président des loups-garous faisait grise mine lorsqu'il pénétra dans la pièce où Tara discutait avec Fabrice, resté auprès d'elle ce jour-là. Un coup d'œil au visage renfrogné de son chef de meute et Fabrice s'éclipsa vite fait.

Tara n'aimait pas tellement que Fabrice ait peur de T'eal. Elle fut donc un peu sèche.

– Bonjour, monsieur le président.

– Bonjour, Tara, nous avons un gros problème.

Ah ! il n'allait pas lui dire à quel point il était désolé pour elle, ni lui demander ce qu'il pouvait faire. D'un certain côté, c'était presque rafraîchissant.

– Ah ?

Les monosyllabes, c'était bien. Court, concis. Le président fit presque aussi bien. En trois mots.

– C'est la guerre !

Alors là, pour le coup, cela réveilla complètement Tara qui venait de prendre son troisième goûter, encouragée par le Chaman et Fabrice, et que la digestion rendait somnolente.

Elle voulut se redresser, oubliant pour la millionième fois que ses jambes ne lui obéissaient pas, grogna et prit appui sur le matelas pour remonter le haut de son corps.

– Que s'est-il passé ? demanda-t-elle lorsqu'elle fut un peu plus verticale.

T'eal se frotta le dessus du crâne et soupira.

– Ce n'est pas encore officiel. Omois a fait savoir, par l'inter-médiaire d'un ambassadeur très navré, qu'il nous déclarait la guerre, à nous, les loups-garous.

Alors ça, c'était une surprise.

– Juste à vous ? C'est super bizarre. Pourquoi s'en prendre tout de suite à l'armée la plus puissante d'AutreMonde ?

– Contre la magie, nous ne sommes pas si puissants que cela, souligna le loup-garou en arpentant la chambre de long en large sous le coup de l'agitation. Les vampyrs sont presque nos égaux en purs guerriers.

Tara n'était pas d'accord.

– J'ai vu lutter les vampyrs, j'ai été une vampyr. Contre Fabrice, crocs contre crocs, je ne ferais pas le poids.

– Votre magie le vaincrait sans difficulté. S'ils ont des armes en argent en plus de leur magie, ils nous élimineront, insista le prési-dent, trop conscient des faiblesses de son jeune peuple.

– Mais vous êtes très nombreux, un continent entier contre un pays !

– Non, la Reine Rouge avait limité notre nombre, afin de mieux nous contrôler. De plus, nos jeunes meurent souvent en bas âge en dépit de tous nos efforts, la mutation ne fonctionne pas toujours et cela les tue.

Tara sentit la peine dans sa voix.

– Nous avons donc demandé à des chamans sortceliers de venir nous aider à régler ce problème. Il est possible que l'anneau ait cru que nous tentions d'apprendre la magie. Il a donc réagi.

Formidable, c'était juste ce qui lui fallait aujourd'hui, une bonne petite guerre. Sentant son agitation, le fragment s'agita et des ondes de douleur parcoururent son dos, lui coupant le souffle.

À moins qu'il n'ait entendu ce qu'avait dit le loup, confirmant ainsi les soupçons de Tara.

Inquiet, T'eal voulut s'avancer, mais une alarme bipa, l'avertissant de ne pas bouger. Il allait franchir la limite des trois mètres.

– H'acla, je ne suis pas magique, dit-il, je peux m'approcher plus près ? S'il vous plaît ?

La vague de douleur reflua un peu et Tara, le visage blanc, reprit le contrôle de sa voix.

– Oui, pardon, j'ai tellement pris la précaution de garder tout le monde à distance que j'avais oublié que justement, vous n'aviez pas de magie. Vous pouvez approcher, bien sûr.

Le loup lui sourit. Dans la meute, les loups avaient besoin de beaucoup de contacts. Il prit la main de Tara et la sentit avec délectation.

– Dans votre odeur, je sens également celle de votre mère, H'acla. Elle me manque tellement !

– Elle me manque à moi aussi, répondit Tara, la gorge serrée.

T'eal la lâcha et s'assit à son chevet, sur l'une des chaises non magiques posée près du lit.

– Nous allons nous battre. La bataille, commencée avec la mort de votre mère, est loin d'être terminée. À moins…

– À moins que les dragons ne s'en mêlent, pulvérisant et l'anneau et la moitié de Tingapour. Vous savez que je ne peux pas permettre cela.

– Je ne vous demande pas de choisir entre votre peuple et le mien, mais…

– Si, répliqua calmement Tara, c'est exactement ce que vous voulez faire. Sauf que si les dragons déchaînent leur puissance sur Tingapour, ce ne seront pas uniquement des guerriers qui périront, mais des femmes, des enfants, des gens qui n'ont rien à voir avec tout ceci.

– Quelle est la valeur d'un enfant, par rapport à celui d'un guerrier ? pointa sagement le loup. Pourquoi dois-je plus sauver l'un que l'autre ? Ils sont tous les deux précieux. La vie est précieuse. La question est plutôt : devons-nous faire des centaines de victimes ou des centaines de milliers ?

Sur cette question douloureuse, il se leva. Tara ne répondit pas, blessée par son accusation. D'un pas lourd, les épaules voûtées, il sortit de la chambre, la laissant réfléchir à ce qu'il venait de dire.

Mais Tara savait qu'il reviendrait.

La jeune fille se rallongea, tandis que Fabrice revenait. Voyant le visage bouleversé de son amie, Fabrice garda un silence prudent. Et lorsque Tara reprit le cours de la conversation comme si rien ne s'était passé, il ne posa aucune question.

Tara parla avec Isabella. Tout le monde savait qu'elle était sur AutreMonde, le blocus n'était donc plus nécessaire. Sa grand-mère pinça les lèvres lorsqu'elle vit dans quel état se trouvait sa petite-fille. Et son regard s'emplit de tristesse lorsqu'elle apprit la décision de sa fille de rester en OutreMonde.

– Et toi, grand-mère, tu vas bien ? demanda Tara lorsqu'elle eut fini d'apprendre tout ce qui s'était passé à Isabella.

– Wouf ! wouf ! fit une voix derrière sa grand-mère, elle ne va pas bien, il y a tellement de monde dans le Manoir qu'elle va finir par exploser, n'est-ce pas, ma chère fille ?

Manitou se hissa péniblement sur ses pattes arrière et colla son museau sur l'écran de cristal.

– Hou ! hoqueta-t-il, tu n'as pas très bonne mine. Tu nous as fait une peur affreuse, tu sais, ma chérie ? Nous avons cru que tu avais disparu !

La tête ébouriffée de Mourmur apparut derrière lui.

– C'est grâce à moi, n'est-ce pas ? c'est grâce à moi ? demanda-t-il en sautillant, mon Survivor t'a ramenée chez nous ?

– Euh, pas exactement, répondit la jeune fille en souriant, contente de retrouver son excentrique famille. Il n'y avait pas assez de puissance pour me ramener des Limbes.

Le savant leva vivement les yeux vers elle.

– Des Limbes ? Tu veux parler des Limbes démoniaques ? Mais le Survivor n'est pas du tout fait pour une telle distance !

– Oui, nous avons remarqué.

– Il va falloir que tu me le rapportes, hein, je vais procéder à quelques modifications si tu décides encore d'aller faire du tourisme dans un autre univers.

– Cal va vous appeler, interrompit Tara avant que Mourmur n'ajoute quelques jurons à son discours. Je vais vous lancer un véritable défi.

Le savant se pencha en avant, à toucher l'écran, comme Manitou plus tôt. Ses yeux brillaient d'intérêt.

– Un défi ? Jeune fille, fais bien attention à ce que tu dis. Aucun véritable défi ne s'est présenté depuis très très longtemps.

Le sourire de Tara s'élargit.

– Je ne peux rien vous dire de plus. Merci de votre aide Mourmur, vous êtes un vrai génie.

Le savant savait qu'il était génial, aussi la pommade ne fonctionna pas.

Avant que Tara n'ait le temps de réagir, son image disparut, tandis qu'on entendait encore son grommellement coléreux.

– Un défi, pffff, la dernière fois qu'on m'a lancé un vrai défi c'était en 4967 !

La mort de Selena avait apparemment adouci Isabella, car elle paraissait sincèrement inquiète pour Tara. Cela mit une grosse boule dans la gorge de la jeune fille. Heureusement, Manitou le sentit et fit le pitre, ce qui la fit rire. Elle raccrocha avec le sentiment qu'au moins, de ce point de vue-là, sa vie n'était pas si catastrophique que ça, si tant de gens l'aimaient autant qu'elle les aimait.

Jar ne vint pas lui parler. Le jeune garçon était en train de chasser les semchanachs de plus en plus nombreux à se rendre sur Terre.

Car AutreMonde avait peur. Pour l'instant, ce n'était qu'un mince filet d'émigrants, qui voulaient échapper à la guerre qui s'annonçait. Mais dès que l'offensive des vampyrs contre les loups commencerait réellement, ce mince filet deviendrait un fleuve puissant qui risquait de tout emporter sur son passage. Et les nonsos risquaient de découvrir du jour au lendemain qu'ils n'étaient pas si seuls que ça dans l'univers.

Le jour suivant, c'était au tour de Moineau de prendre la relève après Maître Chem. La jeune fille était furieuse. Elle fit irruption dans la chambre de l'infirmerie comme une véritable furie.

– Raaaah, dit-elle, je vais changer ce foutu bibliothécaire en limace gluante !

Tara, les yeux dans le vide, toujours en train de remâcher ce que lui avait dit T'eal, haussa le sourcil.

– Allons bon, qu'est-ce qu'il t'a dit encore ?

Cela faisait déjà quatre jours depuis leur réunion et Tara voyait Moineau revenir à chaque fois un peu plus exaspérée. Elle voulait aider Tara et n'y arrivait pas.

– C'est un vieux Camhboum, lent, qui dit qu'il faut être patient, mais qui n'a rien de patient, il est juste mou ! explosa Moineau. J'ai voulu accéder à la section grande magie/démoniaque/guerre des Failles, et sais-tu ce qu'il m'a répondu ?

– Qu'il ne savait pas où se trouvait la section ! répondit Tara en même temps que Moineau.

La jeune fille fixa son amie allongée et finit par sourire.

– Je suis désolée, je t'ennuie horriblement avec mes histoires.

Tara sourit à son amie, regrettant qu'elle ne puisse l'approcher afin de lui faire un câlin de copine.

– Bien sûr que non, espèce de cruche, au contraire, tu viens de me sortir d'une énième sieste. Entre les exercices du Maître Chem pour que mes jambes ne s'atrophient pas et le travail avec la magie pour tenter de marcher, je suis tellement fatiguée que je n'arrive même plus à penser parfois. Alors crois-moi, je suis vraiment contente que tu aies des problèmes.

Elle se rendit compte de ce qu'elle venait de dire et Moineau et elle éclatèrent de rire.

– Hou là ! fit Tara en gloussant, je suis désolée, ce n'est pas ce que je voulais dire.

– Oh ! mais si, répondit joyeusement Moineau. Constater que nous avons des problèmes te permet d'oublier les tiens. Ça me va, du moment que je te fais rire. Bon, à part mes problèmes et ton plan dément que je n'approuve pas du tout bien que j'en ignore tout, quoi de neuf ?

– Rien de spécial, rétorqua Tara. J'ai pu parler avec grand-mère. Ils sont sur le pied de guerre sur Terre. Elle pense sérieusement à avertir les populations nonsos du danger qui les guette.

– À cause des sortceliers qui émigrent sur Terre en ce moment ?

– Oui, elle dit qu'il faut préparer les nonsos plutôt que de les mettre devant le fait accompli. Une fois la guerre commencée et les vampyrs lâchés, s'ils gagnent, ils fonceront sur la Terre.

Moineau sifflota doucement.

– Pffffiuut, quel revirement. Normalement, toute allusion à la magie devant des nonsos est terriblement punie. Et elle songe carrément à avertir toutes les populations ? Qu'en pensent les gouvernements d'AutreMonde ?

Tara soupira.

– Comme toujours lorsqu'il y a des groupes différents qui doivent se mettre d'accord sur une chose alors qu'ils ont tous des intérêts divergents. Il y a ceux qui sont pour, parce que cela va leur permettre d'exploiter les Terriens, et ceux qui sont farouchement contre, parce que les sortceliers naissent encore sur Terre de nos jours et qu'ils vont être traqués et utilisés par les humains. Sans compter qu'ils ont peur que les humains n'essaient d'envahir et de conquérir AutreMonde.

Moineau hocha la tête. Ouille ! le problème était complexe.

– Je venais justement te voir pour cela. J'ai vu Cal tout à l'heure, il dit qu'il sera bientôt prêt.

Le cœur de Tara accéléra et les maudites machines bipèrent. Elle se força à respirer profondément pour se calmer.

– Tu crois que nous pourrons partir bientôt ?

– Dans trois jours, grand maximum. Ce qui me laisse très peu de temps pour trouver quelque chose qui puisse t'aider dans cette immense bibliothèque !

La voix de Moineau laissait percer son découragement.

– Ce n'est pas grave, je t'assure, dit Tara en levant une main gantée de cristaux. Je vais simplement me rendre et nous verrons bien ce qui se passera.

Moineau releva la tête, la regardant avec surprise.

Sauf que Tara disait la stricte vérité. Elle allait effectivement se rendre. Et voir ce qui allait se passer.

29

L'anneau

ou lorsqu'on décide de tromper l'ennemi, c'est bien de prévenir ses amis qu'on va dire un gros mensonge, parce qu'ils peuvent tout à fait le croire.

Robin revint passer du temps avec elle lorsque c'était son tour de garde. Comme il ne pouvait pas l'approcher, il se contentait de lui envoyer des baisers, des fleurs, des livres et des bonbons de loin. Tara pensait qu'à force de rester immobile, enfin, à part les exercices exténuants que lui faisait faire le Chaman, elle allait finir par regrossir un peu, mais malheureusement sa magie prélevait sa part de graisse sur son corps pour lutter. Le Chaman lui fournissait ce que le chef de cuisine avait de plus calorique afin de la soutenir, mais cela ne suffisait pas.

Elle espérait aussi ne pas attraper la grinchette en plus de ses jambes mortes, car cette maladie s'attaquait aux articulations des sortceliers pratiquant trop la magie. De plus, ses muscles s'atrophiaient lentement, en dépit des exercices des deux infirmières nonsos.

À chaque visite ou tour de garde, le regard de Robin s'assombrissait, même s'il faisait tout pour ne pas le montrer. Tara était clairement consciente de l'inéluctable dégradation de son corps mais s'efforçait de ne pas y penser.

Robin lui déclamait des poèmes, mais elle préférait lorsqu'il lui lisait des livres terriens ou d'AutreMonde. David Eddings et sa *Belgariade*, Tolkien et son *Seigneur des anneaux*, Alexandre Dumas et ses *Trois Mousquetaires*, Zelazny et ses *Princes d'Ambre*, Sul'fur Det'ril et sa saga des *Elfes de Selenda*. Ils regardaient aussi des films ensemble et Tara se délectait des images

3D parfaitement matérialisées qui s'animaient devant elle. *Avatar* pouvait aller se rhabiller.

Fafnir était la plus nerveuse de ses visiteurs. La naine ne tenait pas en place et elle donnait mal à la tête à Tara à force de marcher de long en large dans la chambre. Elle n'avait aucune nouvelle de Sylver et se faisait un sang d'encre. De plus, elle n'avait que peu de communications avec les siens, savait juste qu'ils résistaient toujours aux vampyrs, et que personne ne s'était fait mordre ou tuer dans la masse de ses amis.

Mais elle enrageait. Ne pouvoir rien faire, être enfermée dans ce Château, c'était un véritable supplice. Bel, son chaton rose, enroulé autour de son cou comme une fourrure vivante, commençait à avoir le tournis. Même s'il adorait Fafnir d'une façon totalement inconditionnelle, il trouvait que sa vie d'avant était tout de même plus calme.

– Et pourquoi je ne peux pas t'accompagner ? ronchonna Fafnir pour la dix millième fois.

– Parce que tu ne me seras vraiment pas utile à l'intérieur du Palais. Et que si j'échoue, je ne vois pas bien en quoi tu pourrais m'aider. Fafnir, si tu es possédée, toi, la plus grande guerrière d'Hymlia, tu ferais un véritable carnage ! Non, tu dois rester loin de l'anneau.

Fafnir pila net.

– Je ne suis pas la plus grande guerrière d'Hymlia. Tous les Impitoyables sont bien plus puissants que moi !

– Peut-être, mais tu as un avantage qu'ils n'ont pas. Tu te bats comme une lionne et en plus tu acceptes d'utiliser la magie, même si je sais que tu n'aimes pas cela. Et c'est ça qui fait de toi leur plus grande guerrière !

Fafnir soupira. Elle s'en fichait d'être une guerrière, si elle ne pouvait même pas se battre ! Le chaton ronronna de gratitude lorsqu'elle accepta enfin de s'asseoir, enfin plutôt de se laisser brutalement tomber dans un fauteuil qui gémit sous le poids très dense de la naine. Tara poussa un imperceptible soupir de soulagement.

La naine bouda un moment, puis laissa la place à Cal qui resta peu parce qu'il devait s'entraîner, puis à Robin, puis à Moineau et à Maître Chem. Qui avait repris sa forme de vieux sage barbu.

– Tu mijotes quelque chose, dit-il après avoir salué Tara. Allez, petite, dis-moi ce que c'est.

Tara ouvrit de grands yeux, image même de l'innocence. C'était tout juste si on ne voyait pas l'auréole au-dessus de sa tête et les ailes qui faisaient flop-flop-flop dans son dos.

– Moi ? Mais pas du tout !

– À part Cal qui s'isole pour de mystérieuses affaires et a l'air parfaitement joyeux, tous tes amis font une tête d'enterrement. Pas bien compliqué de comprendre que tu as imaginé un plan horriblement dangereux qui va t'impliquer ainsi que Cal, mais pas les autres.

Tara se mordit la lèvre. Le vieux… enfin, le jeune dragon était un peu trop malin à son goût. Elle faillit mentir, puis, en croisant le regard sincèrement intéressé de Chem, renonça.

– L'anneau peut peut-être entendre ce que je dis, précisa-t-elle.

– Donc tu ne vas rien me dire du tout.

– Non.

– C'est ennuyeux, comment puis-je trouver les arguments pour te convaincre que c'est une très mauvaise idée si je n'ai aucune idée d'en quoi c'est une mauvaise idée ?

Tara sourit.

– C'est un peu le but.

– Ah !

– Oui, ah !

Le dragon soupira.

– Ma vie est devenue infiniment plus intéressante depuis que je te connais, jeune Tara Duncan. Et je pressens que ce n'est pas près de s'arrêter.

– Avez-vous des nouvelles du corps de ma mère ? demanda Tara, histoire de changer de sujet dangereux. Je suppose qu'on n'a pas retrouvé la forteresse grise, enfin, la nouvelle forteresse grise de Magister ?

– Bien que leur maître soit emprisonné, ses disciples cachent bien son château, répondit le dragon à regret. Je suis désolé.

Cal déboucha à cet instant à toute vitesse, poussant un énorme paquet qui lévitait devant lui, et freina des quatre fers en voyant Maître Chem. Blondin qui bondissait sur ses talons l'évita de justesse avec un glapissement indigné.

– Que votre magie illumine, Maître ! dit Cal très poliment.

– Et que la tienne protège le monde, Jeune Premier. Te voilà bien cérémonieux aujourd'hui, le plan de Tara Duncan serait-il prêt à être mis à exécution ? Je suppose que c'est dans ce paquet ?

Cal, stupéfait, allait ouvrir la bouche, lorsqu'un jet de magie le cueillit et la lui ferma aussi sec. Tara referma le poing sur sa magie et l'éteignit dès qu'elle fut sûre que Cal n'allait pas parler.

– D'accord, répondit la jeune fille furieuse au dragon, qu'est-ce que vous ne comprenez pas dans « l'anneau peut peut-être entendre ce que je dis » ?

– À peu près toute la phrase, répondit benoîtement Maître Chem en s'installant dans son fauteuil. Et comme je ne veux pas que tu fasses quelque chose de stupide, dangereux et inconsidéré, que Cal révèle ton plan m'a semblé une bonne idée. Dis donc, tu es rapide avec ta magie maintenant. À tes débuts ici, tu n'aurais jamais réagi aussi vite !

– J'ai eu de bons professeurs, répondit sèchement Tara qui n'avait pas l'intention de se laisser amadouer. Et je suis désolée, mais je me sens fatiguée. Je préfère que vous me laissiez à présent.

Le vieil homme aux yeux de dragon la regarda du fond de son fauteuil et soupira de nouveau.

– Je suppose que si je mets des gardes pour t'empêcher de faire des bêtises, tu vas les transformer en crapauds et n'en faire qu'à ta tête ?

Tara le regarda, frappée par sa lassitude. Elle réfléchit un instant et décida d'agir d'après la logique plutôt que l'émotion.

– J'ai seize ans, dit-elle en prenant ce qu'elle avait baptisé en son for intérieur « le ton Lisbeth ». (Glacial. Précis. Inéluctable.) Depuis trois ans, je suis formée par l'Impératrice et l'Imperator d'Omois pour me fier et à mon jugement et à mes capacités, sans toutefois les méjuger ou les exagérer. Si demain ma tante et ma sœur meurent, puisque Mara est officiellement l'Héritière, techniquement, c'est moi qui serai la nouvelle Impératrice. Je vais donc diriger un pays composé de deux cents millions d'habitants, que sa technologie désigne comme le plus puissant sur cette planète. Qu'est-ce qui peut vous laisser croire un instant que je n'ai pas longuement réfléchi à ce que j'allais faire ? Ou que je n'ai pas les capacités nécessaires ? Parce que, si c'est le cas, si vous avez si peu confiance en moi, alors il vaut mieux que je rentre sur Terre, que j'oublie toutes ces histoires de magie et que je redevienne une simple lycéenne.

C'était arrogant, mais pour une fois elle pensait sincèrement ce qu'elle disait, même si son assurance n'était pas aussi forte qu'elle en avait l'air.

Il y eut un instant de silence. Un ange passa, attrapa froid et repartit aussi sec.

– Tu as aussi travaillé ta rhétorique, à ce que je vois, finit par grommeler le dragon après avoir digéré le reproche. Très bien. Fais ce que tu as à faire. Après tout, tu as une sorte de bonne étoile au-dessus de la tête, un ange gardien, comme disent les Terriens. Bien qu'il ait un travail fou avec toi, il a fait du bon boulot jusqu'à présent. J'espère juste qu'il ne va pas te laisser tomber au mauvais moment.

– Moi aussi, murmura Cal avec beaucoup de ferveur derrière lui.

Tara le salua d'un signe de tête. Il n'y avait rien à ajouter.

Maître Chem se leva, un petit sourire aux lèvres.

– Ta tante peut être fière de son travail.

– Maître Chem ?

– Oui ? fit le dragon, plein d'espoir.

– T'eal est venu me voir. Vous savez qu'Omois a déclaré la guerre au Tatumalenchivar ?

– Oui, acquiesça gravement le dragon. T'éolk, l'Alpha second du président, est ici, avec S'elvi. Il est ravi. Il voit dans cette guerre l'occasion de démontrer qu'il est meilleur que son chef de meute.

– J'aimerais que vous le déceviez, dit froidement Tara.

– Pardon ?

– Si j'échoue, il n'est pas question que le monde soit mis à feu et à sang à cause de l'anneau. Hors de question que les loups se battent contre les vampyrs. Cela ferait des centaines de milliers de victimes.

Elle pointa un doigt vers lui.

– Et ce sera de votre responsabilité. Alors ne laissez pas tomber les gens de ce monde.

– Tu as conscience de ce que tu me demandes ?

– Oui, si vous déchaînez le feu des dragons sur l'anneau, cela va détruire une partie de Tingapour. Je sais.

Les yeux bleus rencontrèrent les yeux jaunes et ne cillèrent pas. Le dragon s'inclina.

– Il en sera fait selon vos souhaits, Votre Altesse. Dans l'intérêt de ce monde.

Lorsqu'il fut sorti, Tara et Cal se dévisagèrent.

– Tu es prêt ? demanda Tara.

– Oui, déglutit Cal, impressionné par le terrible pragmatisme de Tara. Je… disons que je maîtrise le sujet. Et nous avons reçu ce que tu as commandé.

– Alors, allons-y. Pierre Vivante ? Contiens le fragment, s'il te plaît, mon amie, Cal va devoir s'approcher de moi. Je n'ai pas envie que la magie démoniaque le transforme en zombie.

– Tara, jolie Tara protéger gentil Cal, oui.

Une fois certaine que Cal ne risquait rien, la jeune fille leva sa main gantée de cristaux et lança sa magie. Les scoops dans les angles s'endormirent, les machines furent trompées et continuèrent à afficher des constantes normales.

Elle serra les dents. Les analgésiques du Chaman cessèrent immédiatement leur effet et la douleur explosa dans son dos, lui faisant monter les larmes aux yeux.

Cal, navré, l'aida à se détacher, la manipulant comme si elle était en cristal. La changeline l'habilla d'une armure doré et pourpre, aux couleurs d'Omois, à la fois flexible et légère, puis ceignit son front d'une couronne de commandement, mais laissa ses cheveux libres. Cal la souleva et la posa dans le fauteuil roulant qu'il avait sorti du paquet.

L'engin ressemblait à un banal et simple fauteuil roulant sur Terre, à part qu'il était chromé de partout, que chaque petit bout de métal était ciselé d'animaux fantastiques et de plantes, ce qui en faisait une véritable œuvre d'art, et qu'il paraissait fabuleusement confortable, capable de s'allonger en mode couchette ou brancard à volonté.

Un petit moteur électrique permettait de le faire avancer, bien que Tara puisse également l'utiliser en poussant sur les roues.

– Il n'y a rien de magique en lui ? s'inquiéta Tara, s'efforçant de contrôler la douleur qui montait de son dos alors que Cal l'installait.

– Rien du tout, confirma Cal. Il est tout à fait normal. Mourmur a dit qu'il était ravi d'un tel défi et qu'il te remerciait.

– Alors rien ne nous retient ici. Château Vivant ?

La licorne apparut sur le mur et la regarda d'un air interrogateur.

– Peux-tu annuler les anti-Transmitus, s'il te plaît ? Nous avons besoin de partir.

La licorne écarquilla les yeux d'un air si effrayé qu'on en voyait le blanc.

– Je t'en prie, dit Tara, nous n'avons pas beaucoup de temps avant que quelqu'un ne vienne et ne nous surprenne. Vas-y, annule-les !

Tout en renâclant, la licorne obéit.

Tara, ses mains gantées de métal sur les roues du fauteuil, lui donna une dernière consigne avant de lancer un Transmitus ultrapuissant pour lequel elle avait accumulé de la magie avec la Pierre Vivante depuis plusieurs jours.

– Château, transmets les vidéos que j'ai laissées dans les boules de cristal sur la table dès que nous serons partis. Ce sont mes adieux à mes amis et à ma famille. Dis-leur aussi que je les aime et que mon amour les accompagnera, quoi qu'il m'arrive, toujours et à jamais.

Cal hocha la tête. Comme Tara, il avait laissé un mot à chacun de leurs amis et à sa famille, il n'avait rien à ajouter.

Tara lança son Transmitus et tout le Château frémit sous sa puissance.

Ils disparurent.

30
L'Impératrice maléfique

ou règlement de comptes
à O.K. Corral.

Normalement, rien ne pouvait égaler la puissance des Portes de transfert. Minivortex qui ouvraient sur ailleurs, si on désirait se transférer sur de vraiment grandes distances, les Transmitus ne suffisaient pas. Il fallait une Porte ambulante. Avec l'aide de la Pierre Vivante, c'était ce que Tara avait créé, une sorte de mélange entre une Porte de transfert, ancrée dans la Pierre Vivante, et un Transmitus, activé par la magie de Tara.

Ils se rematérialisèrent pile devant l'entrée d'honneur du Palais Impérial de Tingapour, à Omois.

Sous les yeux incrédules de la garde vampyr.

Tara n'avait pas tenté de se rematérialiser dans la salle d'audience. D'abord parce qu'elle savait que les anti-Transmitus du Palais étaient extrêmement puissants et risquaient de la bloquer, la renvoyant automatiquement à son point de départ, ensuite parce qu'elle se doutait bien que l'anneau avait piégé la salle afin d'éliminer tous ceux qui tenteraient une manœuvre aussi hasardeuse.

Maintenant, voyant les vampyrs se rapprocher lentement, comme de grands lévriers maigres, farouches et dangereux, elle n'espérait qu'une seule chose.

Que l'anneau soit curieux.

– Je suis Tara Duncan, lança-t-elle d'une voix claire. Ex-Héritière d'Omois. Je suis venue voir l'Impératrice d'Omois pour me rendre.

Soudain, son cœur bondit dans sa poitrine. Se frayant un chemin au milieu des vampyrs qui l'encerclaient, silencieux et stupéfaits, Kyla, suivie de Drakul, venait de faire son apparition. L'un comme l'autre avaient les yeux totalement noirs et l'un comme l'autre semblaient souffrir dans un enfer intérieur dont ils ne pouvaient échapper.

– Tuez-la, ordonna Drakul à ses troupes.

Tara activa sa magie.

– Attends, s'écria Kyla, l'Impératrice voudra sans doute la voir.

– Elle a ordonné que l'Héritière Tara Duncan soit tuée. L'ordre me semble clair.

– Pas du tout. Elle a dit de la tuer, certes, mais elle n'a pas dit ce qu'il fallait faire si l'Héritière se rendait ! Regarde, Père, toute la ville sera au courant dans quelques secondes !

Effectivement, les gens tendaient leurs boules de cristal vers Tara, enregistrant avec frénésie tout ce qui se passait aux marches du Palais.

Drakul grogna.

– Maudits humains. Très bien, faites-la rentrer dans le Palais, nous allons demander à notre Impératrice ce qu'elle veut en faire.

Kyla fit signe à Cal de faire avancer le fauteuil. Ils étaient apparemment au courant de la « maladie » de Tara, car ils ne lui demandèrent pas de se lever.

Ils pénétrèrent dans le magnifique Palais d'Omois, passèrent la cour d'honneur et entrèrent dans le hall d'accueil. Comme toutes les pièces de réception, celle-ci, rouge et blanc, était fantastiquement sculptée pour impressionner les invités. Des tapis moelleux aux couleurs d'Omois, le Paon pourpre aux Cent Yeux d'Or, rivalisaient d'éclat avec les fresques courant sur les murs, les fontaines suspendues dans les airs, où s'abreuvaient d'exquis oiseaux multicolores et de petites fées ailées. Les arbres implantés dans le sol de marbre rouge bruissaient doucement et répandaient un parfum délicat, leurs fleurs cramoisies butinées par des bizzz.

Drakul sortit sa boule de cristal et se connecta directement avec l'Impératrice. L'image de Lisbeth apparut devant eux. Les yeux de l'Impératrice s'écarquillèrent lorsqu'elle vit Tara.

Et cette dernière sentit son cœur se serrer.

Car, contrairement à ses troupes vampyrs, l'Impératrice n'avait pas les yeux noirs. Et semblait en pleine forme.

– Par la boue d'où sont sortis mes ancêtres, cracha-t-elle, qu'est-ce que cette gamine fait ici ?

– Impératrice d'Omois, ma tante, s'inclina respectueusement Tara, enfin autant qu'elle le pouvait dans son fauteuil, je suis venue vous rejoindre.

L'Impératrice en resta bouche bée.

– Me… me rejoindre ? finit-elle par balbutier.

– Oui, c'est la raison pour laquelle je suis ici. Mes amis ont refusé de me suivre, mais j'ai réussi à convaincre Cal, le Voleur, de m'accompagner. Nous pensons que vous êtes trop puissante pour que l'on s'oppose à vous. Je peux vous être d'une grande aide dans la conquête d'AutreMonde.

L'Impératrice étrécit les yeux.

– Je n'ai pas le souvenir que tu sois une fille opportuniste. Et on m'a mise en garde contre toi.

Elle avait dit « on ». Elle ne désignait pas l'anneau. Ah ! ah ! Cela signifiait donc qu'il ne se sentait pas encore assez puissant pour opérer au grand jour.

Tara soupira et désigna son fauteuil.

– Je souffre le martyre depuis des jours, le fragment de… métal s'est logé dans ma colonne et je n'ai qu'un désir, c'est que vous le retiriez. Je ne veux pas mourir. Je ne sais pas pourquoi, mais cette idée m'a soudain considérablement éclairci les idées. Je ne veux pas m'opposer à vous. Alors, devenons des alliées.

– On me recommande de te tuer, là, tout de suite.

Tara hocha la tête.

– Vous n'avez pas confiance en moi, mettez-moi à l'épreuve. De toute façon, mes amis savent à présent que je les ai trahis.

– Pourquoi ?

C'était un test. Tara avait soigneusement préparé sa réponse. Sa tante la connaissait bien et l'anneau aussi.

– Pour la paix, répondit-elle. Pour éviter un bain de sang entre les vampyrs et les loups-garous. Je suis l'H'acla des loups-garous. Si je leur ordonne de ne pas s'opposer à vous, ils m'obéiront. Sans moi, ils seraient encore des esclaves. Ce sont des loups, ils savent ce que le mot « loyauté » veut dire. Si je suis à vos côtés pendant la conquête d'AutreMonde, personne n'en souffrira. Vous me connaissez, ma tante, vous savez que je vous dis la vérité.

Sa voix avait des accents si sincères que Cal hoqueta derrière elle, ne sachant plus très bien que croire.

Ce fut sans doute cela, plus le fait qu'elle soit venue seule avec celui qui, de tous ses amis, était le plus « corruptible » aux yeux de l'Impératrice, qui convainquit sa tante. Et l'anneau.

– Je ne te fais pas confiance, laissa tomber l'Impératrice après une crucifiante et interminable minute. Mais je reconnais que tu pourrais m'être utile.

Elle toisa le président des vampyrs, incliné devant son image.

– Mettez-la en prison avec le Voleur. Je verrai plus tard ce que nous ferons d'elle.

– Mais, dit Tara, je…

L'image de l'Impératrice se pencha vers elle et ses terribles yeux la fixèrent.

– Un mot de plus et je te fais arracher le cœur, petite, c'est clair ?

Furieuse, Tara inclina néanmoins la tête.

– En prison, tu ne pourras pas utiliser tes pouvoirs, dit l'Impératrice en souriant. Je dormirai mieux ainsi.

Et l'image disparut.

Sans un mot, les vampyrs les conduisirent aux cachots. Tara soupira intérieurement. Et c'était reparti.

Les gardes thugs avaient été remplacés par des vampyrs, mais les redoutables chatrix, sortes de grandes hyènes noires aux dents empoisonnées, quadrillaient toujours les prisons, tenues par leurs nouveaux maîtres.

Et les prisons étaient pleines. Dès qu'elle entra dans le périmètre de la petite statuette qui jugulait la magie des sortceliers, les empêchant d'y avoir accès et de s'enfuir, Tara serra les dents, prête à affronter la douleur.

Qui ne vint pas.

Au contraire, elle disparut instantanément, comme si elle n'avait jamais existé. C'était ce que Tara avait espéré. La statuette empêchait toute magie, qu'elle soit démoniaque ou pas, et le fragment n'était pas assez puissant pour lui résister.

Malheureusement, ses jambes restèrent mortes. Là, c'était purement mécanique, le fragment avait abîmé la colonne vertébrale, la magie n'avait rien à y voir.

Poussée par Cal, au fur et à mesure de sa progression, Tara observa les cellules et en eut le cœur serré. Il y avait là des tas de gens qu'elle connaissait. Surtout trois.

A'rno, qui écarquilla les yeux, atterré, lorsqu'il la vit passer.

Sylver, qui bondit sur ses pieds.

Et Magister, le visage toujours recouvert de son masque, qui gisait sur une couchette et avait l'air très malade.

Avec Cal, ils furent enfermés dans une même cellule, car il n'y avait pas assez de place, après avoir été soigneusement fouillés. Ses outils et sa cape furent confisqués à Cal, la changeline dut montrer qu'elle n'avait rien de dangereux dans ses poches (avant de partir, Tara avait fait le vide). Son fauteuil fut passé au crible également, ce qui permit à Cal de faire des tas de commentaires ironiques du type : « C'est le fauteuil d'une infirme, vous cherchez quoi, l'armée qu'on y a dissimulée ? », qui énervèrent les gardes.

– Ça va ? s'inquiéta Cal, dès que les gardes les laissèrent.

– Oui, je ne peux pas utiliser la magie, mais le fragment non plus. La douleur a disparu, c'est... c'est une telle délivrance ! Cal, je me sens revivre.

– Effectivement, tu as les joues plus roses.

– Je ne peux pas dire que je suis heureuse, parce qu'on est dans la bouse de traduc et bien profond, mais ne plus avoir mal, oh ! Cal, tu n'as aucune idée de ce que cela fait du bien.

– Tu sais ce qui va se passer maintenant ?

– Elle va venir. Ma tante est comme moi. Elle aime bien comprendre comment fonctionnent les gens. Alors elle va venir.

En effet, ils n'eurent pas à attendre très longtemps. A'rno venait à peine de joindre ses questions à celles de Sylver, criant car ils étaient assez loin les uns des autres, quand l'Impératrice apparut au bout du couloir, accompagnée de sa suite et de ses gardes du corps vampyrs. À sa grande surprise, Tara constata que de nombreux courtisans n'étaient pas possédés. Elle se rembrunit. Le fameux opportunisme Omoisien se manifestait là dans toute sa splendeur. « Survie » était le maître mot. Les Omoisiens voyaient bien que quelque chose n'allait pas avec leur Impératrice, mais tant que cela ne nuisait pas à leurs affaires, ils s'en fichaient.

– Faites-les sortir de leur cellule, ordonna Lisbeth.

Les gardes obéirent et Tara frissonna. Certains étaient des vampyrs buveurs de sang humain et pas d'autres. Les premiers la regardaient comme une appétissante friandise et les seconds avec un mépris non dissimulé.

Cal à ses côtés, Tara roula en dehors de la cellule.

La jeune fille désigna tout le monde d'un air étonné.

– Nous devons parler de choses assez confidentielles, ma tante, pourquoi n'allons-nous pas dans votre boudoir d'ambre ? Il y a un peu trop d'oreilles ici.

– Tu n'aimes pas être ici, hein ? s'amusa l'Impératrice. Tu n'as aucun pouvoir, tu te sens faible ?

Tara contre-attaqua :

– Ce que je ne comprends pas, c'est comment l'anneau continue à vous contrôler alors qu'il ne peut pas exercer sa magie ici.

Le regard de l'Impératrice flamboya et elle ordonna aux courtisans de déguerpir. Ne restèrent plus que Drakul, Kyla, qui ignorait superbement les appels d'A'rno, l'Impératrice, Tara, Cal et bien évidemment les prisonniers.

– Si nous devons nous entendre sur un éventuel accord, siffla l'Impératrice, furieuse, tu ne devras pas parler de l'anneau, est-ce clair, petite humaine ?

Si Drakul et Kyla ne réagirent pas, Sylver et A'rno tressaillirent.

– Très bien, répondit docilement Tara, comme il vous plaira, ma tante.

– Inutile de me rappeler nos liens de sang, dit Lisbeth d'un ton hautain. Je sais très bien qui tu es et qui je suis. Et pour répondre à ta question, je dois régulièrement descendre dans les cachots afin d'interroger des prisonniers. J'ai donc un contre-sort de la statuette avec moi. L'anneau a mis plusieurs mois pour le faire fabriquer, mais il fonctionne parfaitement. Je peux donc utiliser ma magie comme celle de l'anneau à ma guise. La statuette ne neutralise pas totalement la magie d'AutreMonde, ce serait impossible, elle empêche surtout les prisonniers de l'atteindre. Et en diminue le flux, raison pour laquelle il n'y a pas de brillantes ici, mais de l'éclairage électrique.

Tara salua ce coup de maître.

– Formidable. Je comprends mieux à présent pourquoi vous vouliez que nous restions dans les cachots. Vous pouvez vous défendre avec votre magie quoi qu'il arrive, mais nous sommes impuissants. Hum… subtil.

Elle fit signe à Cal d'avancer un peu son fauteuil, mais Lisbeth, méfiante, recula.

– Je sais que tu ne peux pas utiliser la magie, mais ne m'approche pas. J'ai vu ta force lorsque tu te transformes en vampyr.

Tara eut un sourire innocent en désignant sa chaise.

– Mais votre anneau m'a paralysée, ma tante, sinon je ne serais pas là ! Je suis venue afin de vous assister et d'être soignée, rien de plus. Oh ! mais qu'est-ce que c'est que ça ?

Tara leva les yeux, affichant toutes les marques de la stupéfaction la plus totale.

Ce fut très court, mais Cal s'était bien entraîné. Tous se retournèrent pour voir ce qui étonnait Tara. Cal appuya sur un ressort du fauteuil, et un revolver en jaillit. C'était ce que Tara avait dissimulé dans le paquet. Le revolver qu'elle avait machinalement empoché lors de l'attaque du Sangrave qui l'avait emportée sur son épaule. Tara lui avait bien dit : vise la poitrine ou la tête, ce sont les sièges de son pouvoir.

Et à présent son arme était braquée sur Lisbeth.

Avec un cri étranglé, Drakul se jeta devant l'Impératrice, stupéfaite, mais il était trop tard. Cal avait déjà tiré trois fois. Les balles foncèrent, passant à droite et à gauche du visage crispé de Lisbeth, et pulvérisèrent la petite statue qui retenait la magie. Dans le même temps, avant que Lisbeth et l'anneau n'aient le temps de réagir, Tara, au prix d'un effort inouï, frappa sa deuxième cible.

Magister.

– SPARIDAM ! rugit la jeune fille.

Immédiatement, la magie démoniaque des objets coula vers elle comme un fluide noir et visqueux. L'anneau stoppa aussitôt l'hémorragie, mais Magister, affecté par les tortures, était trop faible pour résister à Tara. La jeune fille lui arracha une partie de la magie de la chemise démoniaque en une seconde et, en mélangeant les trois magies, celle de la Pierre Vivante, celle de Magister et la sienne, se transforma.

Elle redevint la Reine Noire. Elle était toujours paralysée, mais le fragment d'anneau dans son dos ne la gênait plus. L'afflux de pouvoir l'emplit d'une énorme délectation. Ses yeux s'emplirent d'un feu bleu-noir et elle lévita, vivante incarnation du pouvoir.

En face d'elle, Lisbeth, folle de rage, frappa Cal et lui arracha son revolver et lévita aussi, portée par le pouvoir de l'anneau. Ses yeux devinrent noirs. Afin d'amasser le maximum de pouvoir contre Tara, l'anneau libéra ses esclaves de son emprise et les deux vampyrs secouèrent la tête, puis, voyant ce qui se préparait, filèrent sans demander leur reste, libérant les prisonniers à toute vitesse. A'rno suivit Kyla, mais Sylver resta car Magister n'avait pas bougé, trop faible. En dépit du sang qui coulait de sa bouche, Cal bondit dans la cellule et avec Sylver improvisa un bouclier afin de les protéger tous les cinq, avec Galant et Blondin, parfaitement conscient qu'ils risquaient fort d'y rester, mais incapable de s'enfuir tant il était fasciné.

La Reine Noire était d'une terrifiante beauté. De rouge et or, son armure était devenue couleur nuit, un noir si profond qu'il pouvait engloutir. Ses mains s'étaient ornées de griffes cruelles et ses jambes de lames prêtes à déchirer. Lisbeth aussi s'était équipée et son armure, tout aussi noire, ruisselait d'un fluide visqueux qui fumait en touchant le sol.

– Je me doutais bien que c'était un piège, dit-elle d'une voix amère. Tu as joué sur ma curiosité. L'anneau avait raison, j'aurais dû te tuer dès que tu es apparue !

Tara n'était pas là pour discuter avec elle, mais pour détruire l'anneau. Elle lança une salve de Destructus qui rebondirent sur le bouclier de Lisbeth mais l'ébranlèrent. À son tour, l'Impératrice répliqua et Tara dut se protéger.

Mais elle eut un choc. La violence de l'attaque était inimaginable, bien plus puissante que ce à quoi elle s'attendait. Les murs derrière elles furent purement et simplement volatilisés, ébranlant les fondations. Des éclats de pierre jaillirent et se fracassèrent, menaçant Cal et Sylver.

L'Impératrice hocha la tête, satisfaite.

– Tu n'es pas assez puissante. Je peux économiser des âmes maintenant que j'ai compris comment les remplacer et…

Tara fronça les sourcils.

– Les remplacer mais…

L'Impératrice eut un mauvais sourire.

– Oh, tu ne savais pas ? Vos services d'espionnage ne sont pas à la hauteur. L'anneau m'a montré comment m'emparer des âmes des sortceliers avant qu'ils ne partent pour OutreMonde. Évidemment, j'ai dû en tuer un certain nombre avant de comprendre comment cela fonctionnait. Et pour l'instant, les âmes ne sont pas très enclines à travailler comme je le désire. Mais ma puissance est restaurée. Tu ne peux rien contre moi !

Et l'Impératrice frappa. Ce fut un déluge de feu, un tel déchaînement que Cal et Sylver avaient les yeux qui larmoyaient, incapables de soutenir la luminosité des Destructus. Tara combattit vaillamment, mais le fragment d'anneau dans son dos luttait contre elle, elle ne pouvait pas utiliser plus de magie démoniaque sous peine de se faire exploser, ou d'être possédée comme Lisbeth ou Magister.

Cal n'arrivait pas à y croire. Ils pensaient sincèrement que la Reine Noire serait plus forte que l'anneau. Ils ne pouvaient pas savoir que l'anneau avait reconstitué son pouvoir.

C'était la fin. Lisbeth accentua sa pression alors que Tara était déjà au bout de ses forces et cloua la jeune fille au sol. Le bouclier céda. La Reine Noire disparut, laissant la place au corps brisé de Tara. Le sang coula du nez et des oreilles de la jeune fille. Une expression cruelle sur le visage, Lisbeth flotta au-dessus de Tara, prête à l'achever. Elle ne voulait pas attendre, elle avait activé son feu destructeur.

Tout était perdu.

Et alors Tara fit ce qu'elle espérait ne pas faire. Fit ce qui était interdit et allait lui coûter des années de vie.

Elle invoqua le roi des démons.

– J'invoque le roi des démons, hurla-t-elle, apparais devant moi !

Cela faisait partie du pacte avec les démons. Ils ne tentaient pas de rouvrir les failles, mais n'importe quel sortcelier pouvait les convoquer. Il y avait un revers à la médaille. Le sort permettant de convoquer le démon prenait des minutes, des mois ou des années de vie de l'invocateur en échange. Plus le démon était puissant, plus le sortcelier perdait d'années de vie. Tara n'avait rien à perdre, son espérance de vie se comptant en fractions de seconde.

Interloquée, Lisbeth s'arrêta, puis, comprenant ce qu'avait fait Tara, hurla :

– NOOONNNN !

Trop tard. Un énorme trou s'ouvrit dans l'espace et un Archange totalement ahuri, du shampoing plein les yeux, apparut devant eux.

– Par les sabots de mes ancêtres, balbutia-t-il, mais qu'est-ce que...

Il s'interrompit en voyant Tara à terre, Lisbeth et la prison.

Il claqua des doigts et la mousse s'évapora, une armure vint le couvrir et une fine couronne ceindre son front.

– J'ai convoqué le roi des démons ! haleta Tara, terrassée par la douleur et ne comprenant pas ce qu'Archange faisait là.

– Absolument, s'exclama joyeusement Archange, et me voilà.

Lisbeth hurla et lança une décharge de magie contre Archange. Tara n'eut pas le temps d'avoir peur. L'armure d'Archange l'absorba comme s'il ne s'était rien passé. Archange propulsa une énorme tornade de magie d'un noir d'encre qui cloua Lisbeth contre le mur, l'empêchant d'agir.

– Vous êtes le roi des démons ? s'exclama Cal, mais depuis quand ? Vous avez tué votre père ? Pour lui succéder ?

Archange soupira.

– Ce que vous êtes sanguinaires, vous les humains ! Non, il a donné sa démission lorsqu'il s'est rendu compte que j'avais raison et lui, tort. Je suis donc le nouveau roi des démons. Mais je ne pensais pas te revoir de sitôt ma douce, j'adore ton nouveau look !

Il voulut aider Tara à se relever, mais fronça les sourcils lorsqu'il vit qu'elle ne pouvait pas marcher.

– Mais qu'est-ce qui t'est arrivé ? demanda-t-il en interceptant une autre salve de Lisbeth qui tentait de se libérer, avec son bras gauche, le droit tenant Tara.

– Je suis paralysée. L'anneau m'a envoyé un fragment dans le dos, je ne peux plus marcher, avoua-t-elle.

Voyant qu'elle ne pouvait rien contre Archange, Lisbeth cessa de l'attaquer et réussit à se décoller du mur pour battre en retraite. Mais Cal hurla :

– Elle essaie de s'enfuir !

Archange regarda Lisbeth et la jeune femme recula, terrorisée. Tara ne sut jamais ce que l'Impératrice avait lu dans les magnifiques yeux verts, mais elle se mit à crier.

Et la panique la plus absolue hurlait dans sa voix. Mais elle semblait paralysée, incapable de bouger.

Archange étrécit les yeux.

– Ça par exemple, fit-il d'un ton ébahi, mais c'est l'anneau de mon père ? le Kraetovir ? Qu'est-ce qu'il fait ici, je croyais que vous aviez emprisonné nos objets démoniaques ?

– C'est l'un de vos prototypes, répondit Tara qui luttait pour ne pas s'évanouir et sentait que ses côtes étaient brisées en plusieurs endroits. Il s'est emparé de Lisbeth. Les dragons allaient détruire cet endroit, je n'ai pas voulu…

– Ah ! je comprends. Viens ici, toi.

L'anneau se détacha de la main de Lisbeth et vola vers la paume de la main d'Archange. Lisbeth s'écroula, pile dans les bras de Sylver qui la réceptionna et s'évanouit.

– Tss, tss, tss, en voilà un vilain anneau qui se permet de marcher sur nos plates-bandes, souffla doucement Archange.

Il referma sa main. Il y eut un grésillement torturé, un hurlement et, lorsqu'il la rouvrit, l'anneau tomba en cendres.

– Je vais t'allonger, expliqua-t-il à Tara qui pleurait de douleur, fais-moi disparaître cette armure, demande à la changeline de dénuder ton dos, s'il te plaît.

La changeline obéit. Tara sentit la grande main chaude d'Archange se poser dans son dos, une vive douleur… d'accord, une nouvelle vive douleur, puis ses jambes tressautèrent soudain alors qu'elle sentait que quelque chose sortait de son dos. Archange lui montra le morceau d'anneau qu'il venait de déloger, souffla dessus et le fragment se consuma.

– Merci, murmura Tara, merci.

Du sang coulait dans son dos. Elle le sentait comme un petit filet chaud. Archange grimaça en voyant dans quel état elle était.

– Je t'en prie. Mais chaque minute que je passe ici mange des jours de ta vie, Tara Duncan. Puisque tu me dois un service, transmets mon message comme je te l'ai demandé. Nous souhaitons commercer avec vous et que les restrictions soient levées. Dis-le aux peuples d'AutreMonde. Nous ne sommes pas vos ennemis.

Il la remit dans son fauteuil, parce que la jeune fille était tout à fait incapable de marcher et dit à Cal, qui roulait des yeux stupéfaits :

– Vous devriez la soigner, je crois qu'elle a les poumons perforés et deux ou trois hémorragies internes.

Il se retourna une dernière fois et eut un tendre sourire vers Tara.

– À bientôt, ma douce, j'espère que la prochaine fois que nous nous verrons, ce ne sera ni pour nous battre ni pour te sauver la vie, mais dans un cadre plus… romantique.

Puis, avant même que Tara puisse le bannir, il disparut.

– Ça alors, c'était vraiment intéressant, fit une voix de velours que connaissait bien Tara. J'ai rêvé ou ce gamin a dit qu'il était le roi des démons ?

– C'est une longue histoire, répondit Cal, par le Reparus que les blessures disparaissent et que la douleur cesse !

La disparition de la douleur fit enfin ce que n'avait pas réussi à accomplir Lisbeth.

Tara s'évanouit.

Épilogue

*ou parfois, on pense avoir droit à une jolie
récompense, on a effectivement une récompense
et on déteste la récompense.*

Lorsqu'elle rouvrit les yeux, Tara se trouvait dans sa chambre à Tingapour.

Et elle n'avait pas mal. Elle n'avait pas mal du tout ! Galant se posa à son côté, soulagé et heureux. Le pégase avait retrouvé son poil brillant et il semblait en pleine forme. Tara s'étira prudemment, mais rien. Pas la plus petite douleur. Elle se mit à rire.

– Oh ! là, ça y est, elle a perdu la tête, elle rit toute seule.

La tête de Cal apparut dans l'embrasure de la porte.

– Cal ? Tout va bien ? Que s'est-il passé ?

– Ben, ça va être difficile de te résumer une semaine en quelques mots, mais disons que ta tante l'Impératrice a repris son poste, que Mara fait le pied de grue devant chez toi depuis qu'on t'a fait dormir artificiellement pendant une semaine pour réparer tout ce que ton corps a subi, que tout est rentré dans l'ordre, que nous avons récupéré nos parents. Les vampyrs sont rentrés chez eux, ils ne se souviennent de rien et Kyla leur a appris comment soigner ceux d'entre eux qui avaient été transformés en buveurs de sang humain. Xandiar a repris son travail de chef des Gardes d'Omois et j'ai rarement entendu autant de hurlements à propos de la sécurité. Cela fait beaucoup rire Séné. À propos de ladite sécurité, le seul hic, c'est que le maudit Magister a réussi à s'enfuir dans la confusion, il a invoqué un Transmitus puisque la statuette était détruite. Sylver a fini par comprendre qu'il n'arriverait pas à établir de contact avec un être qui passait son temps à fuir et, grâce à Fafnir qui l'a consolé, a décidé d'aller proposer ses services d'Impitoyable à Hymlia.

Il gloussa.

– Les nains avaient déjà un problème avec Fafnir, la voilà qui revient avec un chat rose démoniaque et un faux nain vrai demi-dragon.

Tara rit.

– Elle va taper sur quelques têtes et tout rentrera dans l'ordre.

– Ah ! et Fafnir a demandé à ce qu'il intègre le magicgang.

Tara écarquilla les yeux.

– Ce n'est pas un club, c'est bizarre comme proposition. Il est notre ami et puis c'est tout !

– Fafnir n'est pas de ton avis. Elle dit que c'est un club spécial « catastrophes ». Que pour l'intégrer, il faut savoir gérer la possible destruction de l'univers, je la cite, et autres bricoles. Elle songe à créer des insignes, ou des bagues.

Tara leva les yeux au ciel.

– Dis-lui qu'il faut qu'on en discute.

Cal continua.

– En détruisant l'anneau, Archange a libéré les âmes de sort-celiers morts qui ne sont pas passées tout de suite en OutreMonde et, sous la conduite très prudente des Hauts Mages d'Omois, comme les corps avaient été conservés en stase par l'anneau pour ses expériences, nous avons réussi à réintégrer une partie des âmes, du moins celles qui n'avaient pas été consumées. Tout le monde est là, parce que l'Impératrice a convoqué une audience extraordinaire pour dans (il regarda son bras) une heure environ.

Du coup, Tara se redressa, le cœur battant.

– Dans une heure, mais… comment savait-elle que j'allais me réveiller ?

– Le Chaman avait programmé ton réveil pour maintenant, raison pour laquelle nous sommes tous là, mais j'ai été le plus rapide.

Effectivement, ses amis franchirent la porte en courant et lui sautèrent dessus en une joyeuse pagaille, tandis que Tara, les joues roses et les yeux brillants, les embrassait tous à qui mieux mieux, avec une mention spéciale pour Robin qui eut le droit à un long baiser langoureux qui fit siffler Cal.

– Tara, un mot, explosa Robin, tu m'as laissé un mot ! Comment as-tu pu faire ça ! Tu m'avais promis, plus de mots[1] !

– C'était une vidéo. Et je suis désolée, répondit doucement la jeune fille tandis que l'excitation retombait doucement, tout cela a été tellement compliqué ! Je ne pouvais pas vous emmener, parce que j'ai fait croire à l'anneau que je vous avais trahis. Et pour le reste, je suppose que Cal vous a raconté ?

– Nous avons vu ce qui s'est passé, expliqua Moineau. Tara, les caméras de surveillance ont tout enregistré. C'était effrayant, l'anneau a failli gagner. Penser à convoquer Archange, quelle idée de génie !

– Je me suis dit qu'entre la peste et le choléra, autant choisir celle des deux maladies que je pouvais contrôler un peu. Et je me doutais bien que les démons verraient d'un mauvais œil qu'un objet créé par eux tente de conquérir la planète qu'ils convoitent, pour son propre usage. Archange ne pouvait pas le laisser devenir trop puissant. J'ai parié, mais j'ai gagné, heureusement !

– Quel horrible objet que cet anneau, intervint Fafnir, indignée, il avait volé mon bracelet !

Tout le monde la regarda, interloqué.

– Mais si, grogna-t-elle en sortant un bracelet délicatement ciselé qu'elle mit fermement au bras de Tara, celui que j'avais forgé pour son anniversaire, l'anneau l'avait gardé afin que Tara pense que nous ne nous préoccupions pas d'elle. Saleté !

Fabrice sourit et serra tendrement Moineau contre lui.

– C'est vrai, franchement, de tout ce qu'il a fait, c'est vraiment le pire !

Fafnir sourit elle aussi, pendant que Tara, émue, la remerciait. Puis la naine rousse se tourna vers Sylver qui la regardait avec intensité et posa son chaton démoniaque rose, Bel, sur une table.

– Hmmpff ! bon, il y a des tas de témoins ici et je n'ai pas le temps que tu danses pour moi. Alors, allons-y.

Et avant que Sylver n'ait le temps de réagir, Fafnir lui sautait dans les bras, nouait ses jambes autour de sa taille et l'embrassait passionnément.

---

1. La dernière fois que la jeune fille avait fait cela, l'effrit qui devait remettre le mot l'avait simplement oublié, ce qui avait fait que tout le monde avait cru qu'elle avait été enlevée. Depuis, Robin professe une certaine allergie aux mots.

Pendant un instant, Sylver, à la fois vacillant sous le poids inattendu de Fafnir et sous son assaut, ne réagit pas. Puis il lui rendit son baiser avec tout autant de passion sous les yeux fascinés de leurs amis.

Et ils s'évanouirent tous les deux.

Fabrice rattrapa Fafnir, grâce à sa force de loup-garou, et Robin… rata Sylver. Qui s'écroula par terre, sur le tapis rouge.

– Ooppps, dit Robin, pardon, trop tard.

Heureusement, le demi-dragon avait le crâne dur.

Tara lui jeta un regard noir, mais déjà Sylver se redressait, les yeux papillonnants.

– Par les écailles de mes ancêtres, murmura-t-il, ça, c'était un baiser !

Fafnir, elle, était toujours évanouie, un sourire radieux sur le visage.

Il se pencha tendrement sur elle et la prit dans ses bras, puis s'assit, les muscles ployant sous le poids de la naine guerrière. Lorsqu'elle ouvrit les yeux, il l'embrassa de nouveau et ils se réévanouirent aussi sec.

– La vache, comme dirait Maître Chem, soupira Cal, c'est parti pour devenir un amour de légende, leur truc, là. Bon, on va les laisser, on a une audience à assumer, nous.

– Je ne comprends pas, dit soudain Tara tandis que ses derniers gloussements amusés s'éteignaient. Je sens bien mes jambes, mais c'est… c'est comme si c'était tout engourdi.

– Comme tu ne peux pas encore bien marcher, parce que tes muscles sont un peu atrophiés, lui dit Cal en désignant une étrange silhouette derrière lui, Mourmur t'a envoyé « ça ».

« Ça », c'était une sorte d'exosquelette d'argent. Très chic. Très élégant. Cal montra à Tara comment l'utiliser. Elle pensait qu'elle pourrait parfaitement marcher, mais après avoir trébuché deux fois et manqué de tomber, elle dut se résigner. Elle avait besoin d'aide. Pendant que ses amis se préparaient, elle prit sa douche sous la surveillance de Moineau (Cal s'était bien proposé, mais s'était pris un oreiller dans la figure) et, revêtue d'une magnifique robe de cour en or et velours pourpre, fut enveloppée par l'exosquelette qui réagissait au moindre tressaillement de ses muscles.

L'apprentissage fut un peu compliqué, impliquant un certain nombre de hurlements, de vases brisés et de gardes alarmés, mais au bout d'une demi-heure, Tara, rouge et essoufflée, y parvint.

Elle dut reprendre une douche. Et la changeline lui fit une autre robe, dentelle précieuse sur satin pourpre, traîne d'or et tiare de diamants et de rubis. Dès qu'elle remit le squelette, celui-ci changea de couleur et devint or. Très chic.

Ils n'avaient plus le temps de discuter. Fafnir et Sylver se virent interdits de s'embrasser et ils filèrent... enfin, cheminèrent lentement au rythme de Tara, jusqu'à la grande salle d'audience où les attendaient l'Impératrice d'Omois, son Héritière Mara, Jar à son côté, revenu de Terre apparemment, et le gouvernement au grand complet. Isabella Duncan et son père, Manitou, se trouvaient là à sa grande surprise, avec Mourmur. Tara salua sa grand-mère et son arrière-grand-père avec plaisir. Toute la garde thug au grand complet s'inclina, Xandiar en uniforme pourpre et or à sa tête. Le visage du grand garde thug rayonnait. Il avait retrouvé sa place et le monde tournait rond de nouveau... jusqu'à la prochaine catastrophe.

Les scoops filmaient déjà. Ce qu'avait fait l'anneau n'avait pas été divulgué, du moins pas à toute la population. Aussi, la majorité des gens ne savaient pas ce qui s'était passé exactement. À part qu'il y avait eu un affrontement et que Tara était revenue sur AutreMonde.

Tara et ses amis s'avancèrent vers le trône que surplombait l'emblème d'Omois, le Paon pourpre aux Cent Yeux d'Or. Impassible, l'Impératrice les regardait avancer. Elle était tout en blanc ce jour-là, étrange couleur pour Tara qui ne l'avait jamais vue ainsi. Ses cheveux étaient blancs, dissimulant ainsi l'étrange mèche blanche qu'elle partageait avec Tara, Jar et Mara. Un diadème d'or blanc couronnait ses cheveux qui tombaient en une masse impressionnante jusqu'à ses petits pieds chaussés de sandalettes de diamants blancs. Et elle était si pâle qu'en dehors de ses magnifiques yeux bleus, on aurait dit un fantôme.

Le Héraut annonça l'ordre du jour :

– Oyez, oyez citoyens d'Omois et d'AutreMonde, en présence de Son Impériale Majesté, nous sommes ici pour débattre du titre de l'Héritière d'Omois !

Mara esquissa un petit sourire satisfait. Enfin, sa tante, à qui elle avait cassé les pieds, allait finir par céder et par nommer Tara de nouveau Héritière d'Omois.

Elle fut quelque peu déçue.

– À la suite des derniers événements qui ont gravement affecté ma capacité à gouverner, déclara l'Impératrice d'une voix claire, j'ai décidé de confirmer Mara Duncan dans son rôle d'Héritière Impériale d'Omois.

Mara perdit son sourire et sa mâchoire se décrocha. Celle de Jar aussi. Celle de la majorité de l'assemblée également. Personne ne s'y attendait. Tara se raidit. Elle connaissait sa tante, cela sentait mauvais.

– J'ai également décidé de confier les rênes du gouvernement d'Omois à celle qui a démontré, une fois de plus, qu'elle n'hésitait pas à mettre sa vie en danger afin de défendre notre patrie contre ses ennemis. J'annonce donc officiellement que j'abdique et que la nouvelle Impératrice d'Omois est Tara Duncan et son Héritière, Mara Duncan !

La mâchoire de Tara se décrocha à son tour.

– Oh ! fit-elle.

Fin

La suite dans : *Tara Duncan*, tome 9, *Les Armées démoniaques.*

Précédemment
dans *Tara Duncan*

À la demande de nombreux fans qui aiment bien qu'on leur rappelle les événements des précédents livres (ben quoi ? un an entre chaque livre, ce n'est pas si long, hein !), voici donc un résumé de ce qui s'est passé dans les épisodes précédents. Et pour ceux qui n'ont pas encore lu les sept premiers livres : « Par le Charmus/Rigolus, que mes livres vous lisiez et que sur AutreMonde vous vous éclatiez ! »

Les Sortceliers

Tara Duncan est une sortcelière. Celle-qui-sait-lier les sorts. Elle s'aperçoit de ce léger détail (que sa grand-mère lui a soigneusement caché) lorsque Magister, l'homme au masque, tente de l'enlever en blessant gravement Isabella Duncan, sa grand-mère.

Elle découvre alors que sa mère, qu'elle pensait morte dans un accident biologique en Amazonie, est encore en vie. Tara part avec son meilleur ami terrien, Fabrice, sur AutreMonde, la planète magique, afin de retrouver et de délivrer Selena, sa mère, prisonnière de Magister.

Sur AutreMonde, elle se lie avec un Familier, un pégase de deux mètres au garrot, des ailes de quatre mètres (pas facile, facile à caser dans un appartement), et se fait un ennemi, Maître Dragosh, un terrifiant vampyr aux canines vraiment pointues.

Heureusement, elle rencontre également Caliban Dal Salan, un jeune Voleur qui s'entraîne au métier d'espion, Gloria Daavil dite « Moineau », Robin, un mystérieux sortcelier, qui très vite tombera amoureux de Tara, Maître Chem, un vieux dragon distrait, et enfin la naine Fafnir, sortcelière malgré elle, farouche ennemie de la magie et qui tente de s'en débarrasser.

Grâce à leur aide, enlevée par Magister, elle parvient à délivrer sa mère, affronte Magister et détruit le Trône de Silur, l'objet démoniaque confisqué par Demiderus aux démons des Limbes et que seuls ses descendants directs, Tara et l'Impératrice d'Omois, peuvent approcher et utiliser.

Avant de disparaître, Magister lui révèle que son père n'était autre que Danviou T'al Barmi Ab Santa Ab Maru, l'Imperator d'Omois disparu depuis quatorze ans. Elle est donc l'Héritière de l'empire d'Omois, le plus important empire humain sur AutreMonde.

Le Livre Interdit

Cal est accusé d'un meurtre qu'il n'a pas commis. Bien à contrecœur, Tara repart sur AutreMonde afin de découvrir qui accuse son ami et pourquoi. Les gnomes bleus délivrent Cal (qui ne leur a rien demandé, hein !), en faisant ainsi un fugitif aux yeux d'Omois (ce qui est une très mauvaise idée), afin qu'il les aide contre un monstrueux sortcelier qui les tient en esclavage.

Tara et ses amis n'ont d'autre solution que d'affronter ce sortcelier, car les gnomes bleus ont infecté Cal avec un t'sil, un ver mortel du désert. Ils n'ont que quelques jours pour le sauver. Une fois le sortcelier vaincu, avec l'aide de Fafnir, ils partent pour les Limbes grâce au Livre Interdit, afin d'innocenter Cal.

Ce faisant, ils invoquent involontairement le fantôme du père de Tara, mais celui-ci ne peut rester avec sa fille, sous peine de déclencher la guerre avec les puissants démons. Une fois rentrés sur AutreMonde, Tara et ses amis doivent affronter une terrifiante menace.

En essayant de se débarrasser de la « maudite magie » (les nains ont la magie en horreur), Fafnir devient toute rouge. Non, non, pas de colère, mais parce que sa peau devient pourpre car elle a involontairement délivré le Ravageur d'Âme, qui conquiert toute la planète en quelques jours, en infectant les sortceliers et autres peuples.

Tara se transforme en dragon et, en s'alliant avec Magister, parvient à vaincre le Ravageur d'Âme. Une fois le Ravageur vaincu, elle abat Magister qui disparaît dans les Limbes démoniaques. Elle pense (en fait, elle espère très fort !) qu'il est mort. Entre-temps, l'Impératrice d'Omois, qui ne peut avoir d'enfants, a découvert que Tara était son Héritière et exige qu'elle vienne définitivement vivre sur AutreMonde.

Si Tara refuse, elle détruira la Terre.

Le Sceptre Maudit

Tara est amnésique. Après avoir affronté les armées d'Omois afin de garder son libre arbitre, elle s'est rendu compte qu'elle ne pourrait pas tuer d'innocents soldats juste pour rester sur Terre et accepte de vivre sur AutreMonde. Mais elle fait une overdose de magie, tant son pouvoir devient de plus en plus puissant et incontrôlable. Une fois sortie de son amnésie, elle retrouve son rôle d'Héritière d'Omois, et est la victime des farces dangereuses de deux jeunes enfants, Jar et Mara. Mais sa mère est victime d'un attentat et un zombie est assassiné (ce qui n'est pas facile, hein, essayez donc de tuer un type mort depuis des années !).

Tara est chargée de l'enquête, tandis que Magister attaque le Palais avec ses démons pour tenter d'enlever Tara encore une fois (complètement monomaniaque, ce type !). Heureusement, ils sont prévenus à temps par le Snuffy Rôdeur, qui s'est échappé des geôles de Magister.

Folle de rage, l'Impératrice décide d'attaquer Magister dans son repaire et laisse l'empire entre les mains de son Premier ministre et de Tara. Hélas ! elle est capturée par Magister et Tara se retrouve, bien contre son gré, Impératrice par intérim (ce que, à quatorze ans, elle trouve très, mais alors très moyen comme situation).

Magister envoie son terrible Chasseur, ennemi de Tara, et ancienne fiancée de Maître Dragosh, Selenba, la vampyr, espionner Tara. Selenba prend l'apparence d'un proche de Tara et blesse gravement l'homme qui fait la cour à la mère de Tara, Bradford Medelus. Puis la magie disparaît et ils se rendent compte que Magister a, grâce à l'Impératrice, eu accès aux treize objets démoniaques, dont le Sceptre Maudit qui empêche les sortceliers d'utiliser leur pouvoir magique.

Coup de chance, les adolescents sont épargnés. Grâce aux Salterens, ils trouvent le collier de Sopor, objet qui permet de détruire le Sceptre. Involontairement capturés par Magister en combattant le Chasseur, ils délivrent l'Impératrice et détruisent le Sceptre. Magister attaque l'empire d'Omois avec des millions de démons, mais Moineau découvre à temps pourquoi le zombie a été assassiné, et Magister est vaincu.

Son armée est détruite. Robin va chercher Tara pour célébrer la victoire, mais à sa grande horreur la chambre de la jeune fille est vide.

L'Héritière a disparu.

Le Dragon Renégat

Tara s'est lancée à la recherche d'un document qui lui permettra de faire revenir son fantôme de père. Elle a laissé un mot, mais la démone chargée de le donner à l'Impératrice a oublié. Ses amis partent à sa recherche tandis qu'un mystérieux dragon assassine un savant dans un des laboratoires du Palais Impérial d'Omois. Puis lance un sort sur Tara. Elle devra se rendre à Stonehenge, où, depuis cinq mille ans, il a placé un terrible piège qui va détruire la Terre et tous ses habitants. Tara va-t-elle résister à sa propre magie dont la trop grande puissance risque de la consumer ?

Grâce à l'air d'Igor (petit, contrefait, a un cheveu sur la langue), à sa géante de femme (grande, solide, peut assommer un bœuf d'un seul coup de poing) et au fidèle Taragang, Tara parviendra à élucider l'énigme de la disparition de son grand-père, mais surtout à déjouer les plans du mystérieux dragon. Et lorsque Robin l'embrassera, enfin, et que l'Impératrice le bannira pour l'empêcher d'approcher son Héritière, Tara prendra une décision qui coûtera cher à l'une de ses meilleures amies…

Le Continent Interdit

Betty, l'amie terrienne de Tara, a été enlevée par Magister. Et Tara n'a toujours pas retrouvé sa magie. Or le Continent Interdit, où a été amenée Betty, est gardé par les dragons, qui refusent que Tara y mette le bout de l'orteil.

Pour sauver son amie, elle n'aura pas le choix. Elle devra retrouver son puissant pouvoir, défier les dragons et dévoiler le terrifiant secret que cachent les gros reptiles volants.

De plus, afin de compléter la liste des ingrédients destinés à réincarner son fantôme de père, Tara découvre que le seul endroit où pousse l'une des plantes, la fleur de Kalir, est justement le Continent Interdit.

Avec l'aide toujours aussi précieuse de Robin, le beau demi-elfe dont elle est de plus en plus éprise, de la dangereuse elfe violette V'ala, de Fabrice le Terrien, de Moineau, la Bête du Lancovit, de Cal, le Voleur Patenté, et de Fafnir, la redoutable naine guerrière, Tara va devoir faire face à l'ennemi le plus dangereux qu'elle ait jamais rencontré… la Reine Rouge et ses plans déments de conquête d'AutreMonde.

Tara Duncan dans le piège de Magister

Magister est dingue… amoureux de la mère de Tara. Au point qu'il tente de l'enlever. Folle de rage, Tara décide de se transformer en chasseur. Plus question de subir les attaques de son pire ennemi, désormais, c'est elle qui va le traquer. Elle part à la recherche d'objets de pouvoir démoniaques, les fameux « prototypes » ayant servi à fabriquer les originaux conservés par les gardiens. En soignant Selenba, la redoutable vampyr, Tara apprend à se transformer elle-même en véritable vampyr et vole l'anneau de Kraetovir. Mais les dragons préparent quelque chose et Tara et ses amis devront partir pour le Dranvouglispenchir et affronter celui qui se tapit dans l'ombre, Magister, et ses plans démoniaques.

Tara Duncan et l'invasion fantôme

En tentant de faire revenir son père d'OutreMonde, Tara libère une horde de fantômes qui possèdent tous les gouvernements d'AutreMonde. Sous ses yeux, son petit ami Robin meurt et elle n'est sauvée que par Xandiar. Après avoir voulu mourir par culpabilité et remords, elle est sortie de sa dépression avec l'aide de Cal et part à la recherche de la machine qui va permettre de détruire les fantômes. Mais Magister a appris qu'elle recherchait la machine et lance Fabrice, son nouveau disciple, et Selenba, son terrifiant Chasseur, à ses trousses.

Tara devra donc affronter son ex-meilleur ami avec l'aide d'un étrange garçon à la peau lumineuse et dont la beauté lui fait perdre la tête.

Lexique détaillé d'AutreMonde
(et d'Ailleurs)

L'ÉTONNANTE AUTREMONDE

AutreMonde est une planète sur laquelle la magie est très présente. D'une superficie d'environ une fois et demie celle de la Terre, AutreMonde effectue sa rotation autour de son soleil en 14 mois ; les jours y durent 26 heures et l'année compte 454 jours. Deux lunes satellites, Madix et Tadix, gravitent autour d'AutreMonde et provoquent d'importantes marées lors des équinoxes.

Les montagnes d'AutreMonde sont bien plus hautes que celles de la Terre, et les métaux qu'on y exploite sont parfois dangereux à extraire du fait des explosions magiques. Les mers sont moins importantes que sur Terre (il y a une proportion de 45 % de terre pour 55 % d'eau) et deux d'entre elles sont des mers d'eau douce.

La magie qui règne sur AutreMonde conditionne aussi bien la faune, la flore que le climat. Les saisons sont, de ce fait, très difficiles à prévoir (AutreMonde peut se retrouver en été sous un mètre de neige !). Pour une année dite « normale », il n'y a pas moins de sept saisons. Saisons d'AutreMonde : Kaillos saison 1 (temps très froid, pouvant aller jusqu'à – 30 à – 50 °C selon les régions d'AutreMonde), Botant saison 2 (début de la saison tempérée équivalant au printemps terrien), Trebo saison 3, Faitcho saison 4, Plucho saison 5, Moincho saison 6, Saltan (saison des pluies).

De nombreux peuples vivent sur AutreMonde, dont les principaux sont les humains, les nains, les géants, les trolls/ogres, les vampyrs, les gnomes, les lutins, les elfes, les licornes, les chimères, les Tatris, les Salterens et les dragons.

Omois • **Capitale : Tingapour. Emblème : le paon pourpre aux cent yeux d'or. Habitants : humains et divers.**

Omois est dirigé par l'Impératrice Lisbeth'tylanhnem T'al Barmi Ab Santa Ab Maru et son demi-frère l'Imperator Sandor T'al Barmi Ab March Ab Brevis. Il comporte environ 200 millions d'habitants. Il commerce avec les autres pays et entretient la plus grosse armée d'elfes à part celle de Selenda.

Lancovit • **Capitale : Travia. Emblème : licorne blanche à corne dorée, dominée par le croissant de lune d'argent. Habitants : humains et divers.**

Le Lancovit est dirigé par le Roi Bear et sa femme Titania. Il possède environ 80 millions d'habitants. Le Lancovit est l'un des rare pays à accepter les vampyrs, avec qui le pays a noué des liens ancestraux.

Gandis • **Capitale : Géopole. Emblème : mur de pierres « masksorts », surmonté du soleil d'AutreMonde.**

Gandis est dirigé par la puissante famille des Groars. C'est à Gandis que se trouvent l'île des Roses Noires et les Marais de la Désolation.

Hymlia • **Capitale : Minat. Emblème : enclume et marteau de guerre sur fond de mine ouverte. Habitants : nains.**

Hymlia est dirigé par le Clan des Forgeafeux. Robustes, souvent aussi hauts que larges, les nains sont les mineurs et forgerons d'AutreMonde et ce sont également d'excellents métallurgistes et joailliers. Ils sont aussi connus pour leur très mauvais caractère, leur détestation de la magie et leur goût pour les chants longs et compliqués. Ils possèdent un don précieux, que curieusement ils ne considèrent pas comme de la magie, qui leur permet de passer à travers la pierre ou de la liquéfier à la main pour dégager leurs mines.

Krankar • **Capitale : Kria. Emblème : arbre surmonté d'une massue. Habitants : trolls, ogres, orcs, gobelins.**

Les trolls sont énormes, poilus, verts avec d'énormes dents plates, et sont végétariens. Ils ont mauvaise réputation car, pour se nourrir, ils déciment les arbres (ce qui horripile les elfes), et ont tendance à perdre facilement patience, écrasant alors tout sur leur passage. Ceux des trolls qui avalent de la viande, par hasard ou volontairement se transforment en ogres, à longues dents et gros appétit. Ils sont alors chassés du Krankar et doivent vivre parmi les autres peuples, qui les acceptent… tant qu'ils ne leur servent pas de dîner. Certains d'entre eux refusent de partir et forment des bandes composées d'ogres, d'orcs et de gobelins qui rendent le Krankar peu sûr.

La Krasalvie • Capitale : Urla. Emblème : astrolabe surmonté d'une étoile et du symbole de l'infini (un huit couché). Habitants : vampyrs.

Les vampyrs sont des sages. Patients et cultivés, ils passent la majeure partie de leur très longue existence en méditation et se consacrent à des activités mathématiques et astronomiques. Ils recherchent le sens de la vie. Se nourrissant uniquement de sang, ils élèvent du bétail : des brrraaas, des mooouuus, des chevaux, des chèvres – importées de Terre –, des moutons, etc. Cependant, certains sangs leur sont interdits : le sang de licorne ou d'humain les rend fous, diminue leur espérance de vie de moitié et déclenche une allergie mortelle à la lumière solaire ; leur morsure devient alors empoisonnée et leur permet d'asservir les humains qu'ils mordent. De plus, il paraît que si leurs victimes sont contaminées par ce sang vicié, celles-ci deviennent à leur tour des vampyrs, mais des vampyrs corrompus et mauvais. Cela dit, les cas d'humains ou d'elfes transformés en vampyrs sont tellement rares qu'on pense que c'est juste une légende. Les vampyrs victimes de cette malédiction sont impitoyablement pourchassés par leurs congénères (les célèbres et redoutées Brigades Noires), ainsi que par tous les peuples d'AutreMonde. S'ils sont capturés, ils sont emprisonnés dans des prisons spéciales et meurent alors d'inanition.

Le Mentalir • Vastes plaines de l'Est sur le continent de Vou. Habitants : licornes et centaures. Pas d'emblème.

Les vastes plaines de l'Est sont le pays des licornes et des centaures. Les licornes sont de petits chevaux à corne spiralée et unique (qui peut se dévisser), elles ont des sabots fendus et une robe blanche. Si certaines licornes n'ont pas d'intelligence, d'autres sont de véritables sages, dont l'intellect peut rivaliser avec celui des dragons. Cette particularité fait qu'il est difficile de les classifier dans la rubrique peuple ou dans la rubrique faune.

Les centaures sont des êtres moitié homme (ou moitié femme) moitié cheval ; il existe deux sortes de centaures : les centaures dont la partie supérieure est humaine et la partie inférieure cheval, et ceux dont la partie supérieure du corps est cheval et la partie inférieure humaine. On ignore de quelle manipulation magique résultent les centaures, mais c'est un peuple complexe qui ne veut pas se mêler aux autres, sinon pour obtenir les produits de première nécessité, comme le sel ou les onguents. Farouches et sauvages, ils n'hésitent pas à larder de flèches tout étranger désirant passer sur leurs terres.

On dit dans les plaines que les shamans des tribus des centaures attrapent les pllops, grenouilles blanc et bleu très venimeuses, et lèchent leur dos pour avoir des visions du futur. Le fait que les centaures aient été pratiquement exterminés par les elfes durant la Grande Guerre des Étourneaux peut faire penser que cette méthode n'est pas très efficace.

Selenda • Capitale : Seborn. Emblème : lune d'argent pleine au-dessus de deux arcs opposés, flèches d'or encochées. Habitants : elfes.

Les elfes sont, comme les sortceliers, doués pour la magie. D'apparence humaine, ils ont les oreilles pointues et des yeux très clairs à la pupille verticale, comme celle des chats. Les elfes habitent les forêts et les plaines d'AutreMonde et sont de redoutables chasseurs. Ils adorent aussi les combats, les luttes et tous les jeux impliquant un adversaire, c'est pourquoi ils sont souvent employés dans la Police ou les Forces de Surveillance, afin d'utiliser judicieusement leur énergie. Mais quand les elfes commencent à cultiver le maïs ou l'orge enchanté, les peuples d'AutreMonde s'inquiètent : cela signifie qu'ils vont partir en guerre. En effet, n'ayant plus le temps de chasser en temps de guerre, les elfes se mettent alors à cultiver et à élever du bétail ; ils reviennent à leur mode de vie ancestral une fois la guerre terminée.

Autres particularités des elfes : ce sont les elfes mâles qui portent les bébés dans de petites poches sur le ventre – comme les marsupiaux – jusqu'à ce que les petits sachent marcher. Enfin, une elfe n'a pas droit à plus de cinq maris !

Smallcountry • Capitale : Small. Emblème : globe stylisé entourant une fleur, un oiseau et une aragne. Habitants : gnomes, lutins P'abo, fées et gobelins.

Petits, râblés, dotés d'une houppette orange, les gnomes se nourrissent de pierres et sont, comme les nains, des mineurs. Leur houppette est un détecteur de gaz très efficace : tant qu'elle est dressée, tout va bien, mais dès qu'elle s'affaisse, les gnomes savent qu'il y a du gaz dans la mine et s'enfuient. Ce sont également, pour une inexplicable raison, les seuls à pouvoir communiquer avec les Diseurs de Vérité.

Les P'abo, les petits lutins bruns très farceurs de Smallcountry, sont les créateurs des fameuses sucettes Kidikoi. Capables de projeter des illusions ou de se rendre provisoirement invisibles, ils adorent l'or qu'ils gardent dans une bourse cachée. Celui qui parvient à trouver la bourse peut faire deux vœux que le lutin aura l'obligation d'accomplir afin de récupérer son précieux or. Cependant, il est toujours dangereux de demander un vœu à un lutin car ils ont une grande faculté de « désinterprétation »… et les résultats peuvent être inattendus.

Les fées s'occupent des fleurs et lancent des sorts minuscules mais efficaces, les gobelins essayent de manger les fées et en général tout ce qui bouge.

Salterens • Capitale : Sala. Emblème : grand ver dressé tenant un cristal de sel bleu dans ses dents. Habitants : Salterens.

Les Salterens sont les esclavagistes d'AutreMonde. Terrés dans leur impénétrable désert, mélange bipède de lion et de guépard, ce sont des pillards et des brigands qui exploitent les mines de sel magique (à la fois condiment et ingrédient magique). Ils sont dirigés par le Grand Cacha et par son Grand Vizir, Ilpabon, et divisés en plusieurs puissantes tribus.

Tatran • Capitale : Cityville. Emblème : équerre, compas et boule de cristal sur fond de parchemin. Habitants : Tatris, Camhbooms, Tatzbooms.

Les Tatris ont la particularité d'avoir deux têtes. Ce sont de très bons organisateurs (ils ont souvent des emplois d'administrateurs ou travaillent dans les plus hautes sphères des gouvernements, tant par goût que grâce à leur particularité physique). Ils n'ont aucune fantaisie, estimant que seul le travail est important.

Ils sont l'une des cibles préférées des P'abo, les lutins farceurs, qui n'arrivent pas à imaginer un peuple totalement dénué d'humour et tentent désespérément de faire rire les Tatris depuis des siècles. D'ailleurs, les P'abo ont même créé un prix qui récompensera celui d'entre eux qui sera le premier à réussir cet exploit.

Les Camhboums, sortes de grosses mottes jaunes aux yeux rouges et tentacules, sont également des administratifs, souvent bibliothécaires. Les Tatzboums sont en général des musiciens et jouent des mélodies extraordinaires grâces à leurs tentacules.

LES AUTRES PLANÈTES

Dranvouglispenchir • Planète des dragons. Énormes reptiles intelligents, les dragons sont doués de magie et capables de prendre n'importe quelle forme, le plus souvent humaine. Pour s'opposer aux démons qui leur disputent la domination des univers, ils ont conquis tous les mondes connus, jusqu'au moment où ils se sont heurtés aux sortceliers terriens. Après la bataille, ils ont décidé qu'il était plus intéressant de s'en faire des alliés que des ennemis, d'autant qu'ils devaient toujours lutter contre les démons. Abandonnant alors leur projet de dominer la Terre, les dragons ont cependant refusé que les sortceliers la dirigent mais les ont invités sur AutreMonde, pour les former et les éduquer. Après plusieurs années de méfiance, les sortceliers ont fini par accepter et se sont installés sur AutreMonde. Les dragons vivent sur de nombreuses planètes, sur Terre, sur AutreMonde, sur Madix et Tadix, sur leur planète bien sûr, le Dranvouglispenchir, et s'obstinent à fourrer leur museau dans toutes les affaires humaines qui les amusent beaucoup. Leurs plus terribles ennemis sont les habitants des Limbes, les démons. Ils n'ont pas d'emblème.

Les Limbes • Univers démoniaque, le domaine des démons. Les Limbes sont divisés en différents mondes, appelés cercles, et, selon le cercle, les démons sont plus ou moins puissants, plus ou moins civilisés. Les démons des cercles 1, 2 et 3 sont sauvages et très dangereux ; ceux des cercles 4, 5 et 6 sont souvent invoqués par les sortceliers dans le cadre d'échanges de services (les sortceliers pouvant obtenir des démons des choses dont ils ont besoin et vice-versa). Le cercle 7 est le cercle où règne le roi des démons. Les démons vivant dans les Limbes se nourrissent de l'énergie démoniaque fournie par les soleils maléfiques. S'ils sortent des Limbes pour se rendre sur les autres mondes, ils doivent se nourrir de la chair et de l'esprit d'êtres intelligents pour survivre. Ils avaient commencé à envahir l'univers jusqu'au jour où les dragons sont apparus et les ont vaincus lors d'une mémorable bataille. Depuis, les démons sont prisonniers des Limbes et ne peuvent aller sur les autres planètes que sur invocation expresse d'un sortcelier ou de tout être doué de magie. Les démons supportent très mal cette restriction de leurs activités et cherchent un moyen de se libérer.

L'unique raison pour laquelle les démons voulaient envahir la Terre est qu'ils sont aqualics. L'eau de mer agit sur eux comme de l'alcool et il n'en existe nulle part dans leur univers. Ils adorent le goût de nos océans. Leur credo est « massacrer tout le monde en buvant de l'eau salée ».

Santivor • Planète glaciale des Diseurs de Vérité, végétaux intelligents et télépathes.

FAUNE, FLORE ET PROVERBES D'AUTREMONDE

Aiglelong • Prédateur volant qui se nourrit des faucongyres.

Aragne • Originaires de Smallcountry, comme les spalenditals, les aragnes sont aussi utilisées comme montures par les gnomes et leur soie est réputée pour sa solidité. Dotées de huit pattes et de huit yeux, elles ont la particularité de posséder une queue, comme celle des scorpions, munie d'un dard empoisonné. Les aragnes sont extrêmement intelligentes et adorent poser des charades à leurs futures proies.

Astophèle • Les astophèles sont des petites fleurs roses qui ont la propriété de neutraliser l'odorat pendant quelques jours. Les animaux évitent soigneusement les champs d'astophèles, ce qui convient parfaitement aux plantes, qui ont développé cette étrange faculté pour échapper aux brouteurs de toutes sortes. Les humains devant s'occuper des traducs, dont la chair est délicieuse mais la puanteur légendaire, utilisent le baume d'astophèle pour neutraliser leur odorat.

Balboune • Immenses baleines, les balbounes sont rouges et deux fois plus grandes que les baleines terrestres. Leur lait, extrêmement riche, fait l'objet d'un commerce entre les liquidiens, tritons et sirènes et les solidiens, habitants de terre ferme. Le beurre et la crème de balboune sont des aliments délicats et très recherchés. Les baleines d'AutreMonde chantent des mélodies inoubliables. « Chanter comme une balboune » est un compliment extraordinaire.

Ballorchidée • Magnifiques fleurs, les ballorchidées doivent leur nom aux boules jaunes et vertes qui les contiennent avant qu'elles n'éclosent. Plantes parasites, elles poussent extrêmement vite. Elles peuvent faire mourir un arbre en quelques saisons puis, en déplaçant leurs racines, s'attaquer à un autre arbre. Les arbres d'AutreMonde luttent contre les ballorchidées en sécrétant des substances corrosives afin de les dissuader de s'attacher à eux.

Bang-bang • Plantes rouges dont les extraits cristallins donnent une euphorie totale qui conduit à l'extase puis à la mort pour les humains. Les trolls, eux, s'en servent contre le mal de dents.

Bééé • Moutons à la belle laine blanche, les bééés se sont adaptés aux saisons très variables de la planète magique et peuvent perdre leur toison ou la faire repousser en quelques heures. Les éleveurs utilisent d'ailleurs cette particularité au moment de la tonte : ils font croire aux bééés (sur AutreMonde, on dit « crédule comme un bééé ») qu'il fait brutalement très chaud et ceux-ci se débarrassent alors immédiatement de leur toison.

Bendruc le Hideux • Divinité des Limbes démoniaques, Bendruc est si laid que même les autres dieux démons éprouvent un certain respect pour son aspect terrifiant. Ses entrailles ne sont pas dans son corps, mais en dehors, ce qui, lorsqu'il mange, permet à ses adorateurs de regarder avec intérêt le processus de digestion en direct.

Bizzz • Grosses abeilles rouge et jaune, les bizzz, contrairement aux abeilles terriennes, n'ont pas de dard. Leur unique moyen de défense, à part leur ressemblance avec les saccats, est de sécréter une substance toxique qui empoisonne tout prédateur voulant les manger. Le miel qu'elles produisent à partir des fleurs magiques d'AutreMonde a un goût incomparable. On dit souvent sur AutreMonde « doux comme du miel de bizzz ».

Blaz • Équivalent des pouf-pouf nettoyeurs, mais volants, les blaz sont la terreur des araignées d'AutreMonde qu'ils traquent sans pitié.

Blll • Les bllls sont des poissons ailés qui passent une partie de leur temps dans l'eau et l'autre, lorsqu'ils doivent se reproduire, en dehors. Très gracieux et magnifiques par leurs couleurs chatoyantes, ils sont souvent utilisés en décoration, dans de ravissantes piscines.

Blurps • Étonnante preuve de l'inventivité de la magie sur AutreMonde, les blurps sont des plantes insectoïdes. Dissimulées sous la terre, ressemblant à de gros sacs de cuir rougeâtre, une partie dans l'eau et l'autre sur terre, elles s'ouvrent pour avaler l'imprudent. Les petites blurps ressemblent à des termites, et s'occupent d'approvisionner la plante mère en victimes en les rabattant vers elle. Une fois grandes, elles s'éloignent du nid et plantent leurs racines, s'enfonçant dans la terre, et le processus se répète. On dit souvent sur AutreMonde « égaré dans un nid de blurps » pour désigner quelqu'un qui n'a aucune chance de s'en sortir.

Bobelle • Splendide oiseau d'AutreMonde un peu semblable à un perroquet. Les bobelles se nourrissent de magie pure et sont donc très attirés par les sortceliers.

Boudule filtreur • Gros organismes ressemblant à des sacs bleus qui se nourrissent des déchets dans les ports d'eau salée d'AutreMonde, gardant ainsi l'eau claire et pure.

Breubière • Ainsi nommée parce qu'à la première gorgée on frissonne et on fait breuuu et qu'on se demande si on va avoir le courage de boire la seconde…

Brill • Mets très recherché sur AutreMonde, les pousses de brill se nichent au creux des montagnes magiques d'Hymlia et les nains, qui les récoltent, les vendent très cher aux commerçants d'AutreMonde. Ce qui fait bien rire les nains (qui n'en consomment pas) car à Hymlia, les brills sont considérés comme de la mauvaise herbe.

Brillante • Lointaines cousines des fées, les brillantes sont les luminaires d'AutreMonde. Elles peuvent adopter plusieurs formes, soit de jolies petites fées miniatures et lumineuses avec des ailes, soit des serpents ailés et lumineux eux aussi, selon les continents. Elles font leurs nids sur les réverbères et partout où les AutreMondiens les attirent. Très lumineuses, une seule brillante peut éclairer toute une pièce.

Brolk • Bordel. Soit **Slurk de Brolk** • Bordel de merde.

Broux • Lézard se nourrissant exclusivement de crottes de draco-tyrannosaure. Faites-moi confiance, vous ne voulez pas savoir à quoi peut ressembler l'odeur de ses entrailles… certaines armes biologiques sont moins dangereuses.

Brrraaa • Énormes bœufs au poil très fourni dont les géants utilisent la laine pour leurs vêtements. Les brrraaas sont très agressifs et chargent tout ce qui bouge, ce qui fait qu'on rencontre souvent des brrraaas épuisés d'avoir poursuivi leur ombre. On dit souvent « têtu comme un brrraaa ».

Brumm • Variété de gros navets à la chair rose et délicate très appréciés sur AutreMonde.

Bulle-sardine • La bulle-sardine est un poisson qui a la particularité de se dilater lorsqu'elle est attaquée ; sa peau se tend au point qu'il est pratiquement impossible de la couper.

Ne dit-on pas sur AutreMonde « indestructible comme une bulle-sardine » ?

Camélin • Le camélin, qui tient son nom de sa faculté à changer de couleur selon son environnement, est une plante assez rare. Dans les plaines du Mentalir, sa couleur dominante sera le bleu, dans le désert de Salterens, il deviendra blond ou blanc, etc. Il conserve cette faculté une fois cueilli et tissé. On en fait un tissu précieux qui, selon son environnement, change de couleur.

Camelle brune • Plantes en forme de cœur, dont les feuilles sont comestibles. Beaucoup de voyageurs ont pu survivre sans aucune autre alimentation que des feuilles de camelle. La plante peut arborer différentes couleurs selon les saisons et les endroits. On l'appelle aussi « plante du voyageur ». Son goût ressemble un peu à celui d'un sandwich au fromage dont elle a d'ailleurs la consistance vaguement spongieuse.

Cantaloup • Plantes carnivores, agressives et voraces, les cantaloups se nourrissent d'insectes et de petits rongeurs. Leurs pétales, aux couleurs variables mais toujours criardes, sont munis d'épines acérées qui « harponnent » leurs proies. De la taille d'un gros chien, elles sont difficiles à cueillir et constituent un mets de choix sur AutreMonde.

Chatrix • Les chatrix sont des sortes de grosses hyènes noires, très agressives, aux dents empoisonnées, qui ne chassent que la nuit. On peut les apprivoiser et les dresser, et elles sont parfois utilisées comme gardiennes par l'empire d'Omois.

Chimère • Souvent conseillère des souverains d'AutreMonde, la chimère est composée d'une tête de lion, d'un corps de chèvre et d'une queue de dragon.

Clac-cacahuète • Les clac-cacahuètes tiennent leur nom du bruit très caractéristique qu'elles font quand on les ouvre. On en tire une huile parfumée, très utilisée en cuisine par les grands chefs d'AutreMonde… et les ménagères avisées.

Crochiens • Chacals verts du désert du Salterens, les crochiens chassent en meute.

Crogroseille • Le jus de crogroseille est désaltérant et rafraîchissant. Légèrement pétillant, il est l'une des boissons favorites des AutreMondiens.

Crouiccc • Gros mammifère omnivore bleu aux défenses rouges, les crouicccs, connus pour leur très mauvais caractère, sont élevés pour leur chair savoureuse. Une troupe de crouicccs sauvages peut dévaster un champ en quelques heures : c'est la raison pour laquelle les agriculteurs d'AutreMonde utilisent des sorts anticrouiccc pour protéger leurs cultures.

Discutarium / Devisatoire (en fonction du peuple qui l'emploie) • Entité intelligente recensant tous les livres, films et autres productions artistiques de la Terre, d'AutreMonde, du Dranvouglispenchir mais également des Limbes démoniaques. Il n'existe quasiment pas de question à laquelle la Voix, émanation du discutarium, n'ait la réponse.

Diseurs de Vérité • Végétaux intelligents, originaires de Santivor, glaciale planète située près d'AutreMonde. Les Diseurs sont télépathes et capables de déceler le moindre mensonge. Muets, ils communiquent grâce aux gnomes bleus, seuls capables d'entendre leurs pensées.

Draco-tyrannosaure • Cousins des dragons, mais n'ayant pas leur intelligence, les draco-tyrannosaures ont de petites ailes, mais ne peuvent pas voler. Redoutables prédateurs, ils mangent tout ce qui bouge et même tout ce qui ne bouge pas. Vivant dans les forêts humides et chaudes d'Omois, ils rendent cette partie de la planète particulièrement inappropriée au développement touristique.

Effrit • Race de démons qui s'est alliée aux humains contre les autres démons lors de la grande bataille de la Faille. Pour les remercier, ils ont reçu de la part de Demiderus l'autorisation de venir dans notre univers sur simple convocation d'un sortcelier. Ils ont décidé d'utiliser leurs pouvoirs pour aider les humains sur AutreMonde. Les moins puissants d'entre eux sont utilisés comme serviteurs, messagers, policiers, etc.

Élémentaire • Il existe plusieurs sortes d'Élémentaires : de feu, d'eau, de terre et d'air. Ils sont en général amicaux, sauf les Élémentaires de feu qui ont assez mauvais caractère, et aident volontiers les AutreMondiens dans leurs travaux ménagers quotidiens.

Faucongyre • Prédateur d'AutreMonde qui, du fait de son incroyable faculté de virer sur l'aile, semble comme monté sur un gyroscope, d'où son nom.

Gambole • La gambole est un animal couramment utilisé en sorcellerie. Petit rongeur aux dents bleues, il fouit très profondément le sol d'AutreMonde, au point que sa chair et son sang sont imprégnés de magie. Une fois séché, et donc « racorni », puis réduit en poudre, le « racorni de gambole » permet les opérations magiques les plus difficiles. Certains sortceliers utilisent également le racorni de gambole pour leur consommation personnelle car la poudre procure des visions hallucinatoires. Cette pratique est strictement interdite sur AutreMonde et les accros au racorni sont sévèrement punis.

Gandari • Plante proche de la rhubarbe, avec un léger goût de miel.

Gazz • Petits quadrupèdes au poil lisse et rouge (ou vert chez les trolls), couronnés de bois.

Géant d'Acier • Arbres gigantesques d'AutreMonde, les Géants d'Acier peuvent atteindre deux cents mètres de haut et la circonférence de leur tronc peut aller jusqu'à cinquante mètres ! Les pégases utilisent souvent les Géants d'Acier pour nicher, mettant ainsi leur progéniture à l'abri des prédateurs.

G'ele d'Arctique • Minuscule animal à fourrure très blanche, capable de survivre à des températures de moins quatre-vingts grâce à un sang antigel. Sa fourrure est très recherchée, car les g'ele meurent au bout de deux printemps, le 1er de Plucho exactement. Les chasseurs de g'ele vont alors en Arctique où la température remonte à un confortable moins vingt et cherchent les g'ele. Le seul problème étant que l'animal se cache dans un trou pour mourir et que, sa fourrure étant parfaitement blanche, elle est difficile à repérer. Et mettre la main dans tous les trous n'est pas une bonne idée, du fait des krokras, sortes de phoques qui se cachent sous la banquise et mangent tous ceux qui s'aventurent près de leurs trous.

Gélisor • Divinité mineure des Limbes démoniaques dont l'haleine est si violente que ses adorateurs ne peuvent entrer dans son temple que le museau/gueule/visage couvert par un linge aromatisé. Même les mouches ne peuvent survivre dans le temple de Gélisor. Et lors des réunions avec les autres dieux, il est prié de se laver les crocs avant de venir, histoire que la réunion soit un minimum supportable. Il est également interdit de fumer à proximité de Gélisor.

Gliir • Le gliir des marais puants est un oiseau incapable de voler qui, pour échapper à ses prédateurs, a adopté la même technique de survie que les traducs, puer autant qu'il le peut, en ingérant la yerk, une plante à l'odeur capable de repousser la plus coriace des mouches à sang.

Glouton étrangleur • Comme son nom l'indique, le glouton étrangleur est un animal velu et allongé qui utilise son corps comme une corde pour étrangler ses victimes.

Glurps • Sauriens à la tête fine, vert et brun, ils vivent dans les lacs et les marais. Très voraces, ils sont capables de passer plusieurs heures sous l'eau sans respirer pour attraper l'animal innocent venu se désaltérer. Ils construisent leurs nids dans des caches au bord de l'eau et dissimulent leurs proies dans des trous au fond des lacs.

Hydre • À trois, cinq ou sept têtes, les hydres d'AutreMonde vivent souvent dans les fleuves et dans les lacs.

Jourstal (pl. : jourstaux) • Journaux d'AutreMonde que les sortceliers et nonsos reçoivent sur leurs boules, écrans, portables de cristal (enfin, s'ils sont abonnés…)

Kalorna • Ravissantes fleurs des bois, les kalornas sont composées de pétales rose et blanc légèrement sucrés qui en font des mets de choix pour les herbivores et omnivores d'AutreMonde. Pour éviter l'extinction, les kalornas ont développé trois pétales capables de percevoir l'approche d'un prédateur. Ces pétales, en forme de gros yeux, leur permettent de se dissimuler très rapidement. Malheureusement, les kalornas sont également extrêmement curieuses, et elles repointent le bout de leurs pétales souvent trop vite pour pouvoir échapper aux cueilleurs. Ne dit-on pas « curieux comme une kalorna » ?

Kax • Utilisée en tisane, cette herbe est connue pour ses vertus relaxantes. Si relaxantes d'ailleurs qu'il est conseillé de n'en consommer que dans son lit. Sur AutreMonde, on l'appelle aussi la molmol, en référence à son action sur les muscles. Et il existe une expression qui dit : « Toi t'es un vrai kax ! » ou « Oh le molmol ! » pour qualifier quelqu'un de très mou.

Keltril • Métal lumineux et argenté utilisé par les elfes pour leurs cuirasses et protections. À la fois léger et très résistant, le keltril est quasiment indestructible.

Kévilia • Pierres lumineuses et transparentes, proches du diamant mais bien plus étincelantes, de couleur si forte qu'elles peuvent illuminer une pièce, bleue, verte, rose, jaune ou rouge, les kévilias sont très rares et sont les pierres les plus précieuses d'AutreMonde. Pour préciser que quelque chose a une grande valeur, sur AutreMonde on dit : « Il pèse son poids de Kévilia ».

Kidikoi • Sucettes créées par les P'abo, les lutins farceurs. Une fois qu'on en a mangé l'enrobage, une prédiction apparaît en son cœur. Cette prédiction se réalise toujours, même si le plus souvent celui à qui elle est destinée ne la comprend pas. Des Hauts Mages de toutes les nations se sont penchés sur les mystérieuses Kidikoi pour essayer d'en comprendre le fonctionnement, mais ils n'ont réussi qu'à récolter des caries et des kilos en trop. Le secret des P'abo reste bien gardé.

Krakdent • Animaux originaires du Krankar, les krakdents ressemblent à une peluche rose mais sont extrêmement dangereux, car leur bouche extensible peut quintupler de volume et leur permet d'avaler à peu près n'importe quoi. Beaucoup de touristes sur AutreMonde ont terminé leur vie en prononçant la phrase : « Regarde comme il est mign... ».

Kraken • Gigantesque pieuvre aux tentacules noirs, on la retrouve, du fait de sa taille, dans les mers d'AutreMonde, mais elle peut également survivre en eau douce. Les krakens représentent un danger bien connu des navigateurs.

Kré-kré-kré • Petits rongeurs au pelage jaune citron ressemblant au lapin, les kré-kré-kré, du fait de l'environnement très coloré d'AutreMonde, échappent assez facilement à leurs prédateurs. Bien que leur chair soit plutôt fade, elle nourrit le voyageur affamé ou le chasseur patient. Sur AutreMonde, les kré-kré-kré sont également élevés en captivité.

Krel doré • Arbres sensitifs d'AutreMonde, ils reflètent en d'impressionnantes débauches de couleur les sentiments des animaux ou des gens qui les frôlent ou les traversent.

Kri-kri • Sorte de sauterelles violet et jaune dont les centaures font une consommation effrénée mais dont le cri cri cri strident dans les hautes herbes peut aussi rendre fou celui qui tente de dormir.

Kroa ou croa • Grenouille bicolore, la kroa constitue le principal menu des glurps qui les repèrent aisément à cause de leur chant particulièrement agaçant.

Krok-requin • Le krok-requin est un prédateur des mers d'AutreMonde. Énorme animal aux dents acérées, il n'hésite pas à s'attaquer au célèbre kraken et, avec ce dernier, rend les mers d'AutreMonde peu sûres aux marins.

Krouse • Sorte de grosses roses sauvages de toutes les couleurs délicieusement parfumées.

Krruc • Ressemble vaguement à un croisement entre un homard et un crabe, mais avec dix pinces. Ce qui en fait un mets très recherché sur AutreMonde.

Loup-garou • Peuple Anazasi, enlevé par le roi des dragons et placé sur le Continent Interdit, ses membres ont été transformés en loups-garous. Humains capables de se transformer en loups à volonté et dont la force, la rapidité et l'agilité sont extrêmes, même sous leur forme humaine. Un loup-garou peut contaminer un humain en le mordant, mais exclusivement sous sa forme lupine. Contrairement aux loups-garous terriens, les loups-garous d'AutreMonde ne dépendent pas de la pleine lune et peuvent se transformer à volonté. Délivrés par Tara Duncan, le peuple des loups inquiète beaucoup les AutreMondiens du fait de leur force et de leur agressivité, d'autant que le seul métal qui peut réellement les blesser est l'argent. La seule autre méthode pour tuer un loup-garou est la décapitation. Sachant que le loup-garou en question a de grandes chances d'être trois à quatre fois plus fort que vous, cette dernière méthode est à déconseiller. Les loups sont dirigés par des Alphas.

Licorne • Petit cheval aux pieds fourchus et à la corne unique. Les licornes sont de sages penseurs grâce à l'herbe de la Connaissance du Mentalir.

Mangeur de Boue • Habitants des Marais de la Désolation à Gandis, les Mangeurs de Boue sont de grosses boules de poils qui se nourrissent des éléments nutritifs contenus dans la boue, d'insectes et de nénuphars. Les tribus primitives des Mangeurs de Boue ont peu de contact avec les autres habitants d'AutreMonde.

Manuril • Les pousses de manuril, blanches et juteuses, forment un accompagnement très prisé des habitants d'AutreMonde.

Miam • Sorte de grosse cerise rouge de la taille d'une pêche.

Mooouuu • Ce sont des élans sans corne à deux têtes. Quand une tête mange, l'autre reste vigilante pour surveiller les prédateurs. Pour se déplacer, les mooouuus font des bonds gigantesques de côté, comme des crabes.

Mouche à sang • Ce sont des mouches dont la piqûre est très douloureuse. Nombreux sont les animaux qui ont développé de longues queues pour tuer les mouches à sang.

Mouchtique • Plus grosses que les mouches à sang, les mouchtiques se posent discrètement sur les traducs et autres brrrraaas et s'enfouissent dans leur chair, provoquant de petits nodules, qu'il faut entailler pour les en faire sortir, car elles sécrètent des toxines qui peuvent tuer le bétail.

Mrmoum • Fruits très difficiles à cueillir, car les mrmou-miers sont d'énormes plantes animées qui couvrent parfois la superficie d'une petite forêt. Dès qu'un préda-teur s'approche, les mrmoumiers s'enfoncent dans le sol avec ce bruit caractéristique qui leur a donné leur nom. Ce qui fait qu'il peut être très surprenant de se promener sur AutreMonde et, tout à coup, voir une forêt entière de mrmou-miers disparaître, ne laissant qu'une plaine nue.

Nonsos • Les nonsos (contraction de « non-sortcelier ») sont des humains ne possédant pas le pouvoir de sortcelier.

Oiseau de feu • Curieuse forme de vie sur AutreMonde dont les plumes flam-bent continuellement et se renouvellent. Les oiseaux de feu nichent sur les igniteurs, les seuls arbres ignifugés d'AutreMonde, qui peuvent supporter leurs nids. Totalement hydro-phobes, la moindre goutte d'eau peut les tuer.

Oiseau Roc • L'oiseau Roc est un volatile géant. Bon, on vous dit « volatile géant », et vous vous imaginez une sorte de gros aigle, au pire un condor. Pas du tout. L'oiseau Roc fait la taille d'une fusée Ariane, d'ailleurs, l'animal magique est capable de vivre dans l'espace, et est utilisé par les sortce-liers pour mettre les satellites en orbite. Fort heureusement, l'oiseau se nourrit de la lumière des deux soleils d'AutreMonde et n'a pas besoin d'éli-miner. Sinon, vous imaginez la taille des fientes ?

Pégase • Chevaux ailés, leur intelligence est proche de celle du chien. Ils n'ont pas de sabots, mais des griffes pour pouvoir se percher facilement et font souvent leur nid en haut des Géants d'Acier.

Piqqq • Comme leur nom l'indique, les piqqqs sont des insectes d'AutreMonde qui, comme les mouches à sang, se nourrissent du sang de leurs victimes. La différence, c'est qu'ils injectent un venin puissant pour fluidifier le sang de leurs proies et que de nombreux traducs, mooouuus ou bééés se sont littéralement vidés de leur sang après avoir été attaqués par des piqqqs. Heureusement, ils se tiennent surtout aux alentours des marais où ils pondent leurs œufs.

Pllop • Grenouille blanc et bleu très venimeuse, qui lèche son dos pour avoir des visions du futur.

Pouf-pouf • Petites boîtes sur pattes avec un gros couvercle qui avale tous les déchets qui tombent par terre. Il est conseillé sur AutreMonde de faire attention à ce que l'on lâche involontairement, sous peine de devoir aller le rechercher dans la gueule d'une pouf-pouf. Les chercheurs qui ont inventé les pouf-pouf (c'est un organisme mi-magique mi-technologique) les ont programmées afin que les déchets qu'elles ne peuvent pas utiliser nutritionnellement soient transférés automatiquement par mini-Portes de transfert intégrées dans un trou noir de la galaxie d'Andromède.

Pouic • Petite souris rouge capable de se téléporter physiquement d'un endroit à un autre et munie de deux queues. Son ennemi naturel est le mrrr, sorte de gros chat orange à oreilles vertes qui bénéficie de la même capacité.

Prroutt • Plante carnivore d'AutreMonde d'un jaune morveux, elle exhale un fort parfum de charogne pourrie pour attirer les charognards et les prédateurs. Qu'elle engloutit dès qu'ils s'approchent à portée de ses tentacules. Sur AutreMonde, l'insulte « puer comme une prroutt » rivalise avec « puer comme un traduc ».

Rouge-banane • Équivalent de nos bananes, sauf pour la couleur et leur taille plus importante.

Saccat • Gros insecte volant communautaire rouge et jaune, venimeux et très agressif, producteur d'un miel particulièrement apprécié sur AutreMonde. Seuls les nains peuvent consommer les larves de saccat dont ils sont très friands, tous les autres risquant de se retrouver bêtement avec un essaim dans le ventre, la carapace des larves ne pouvant pas être dissoute par le suc digestif des humains ou des elfes.

Scoop • Petite caméra ailée, produit de la technologie d'AutreMonde. Semi-intelligente, la scoop ne vit que pour filmer et transmettre ses images à son cristalliste.

Scrogneupluf • Petit animal particulièrement stupide dont l'espèce ne doit sa survie qu'au fait qu'il se reproduit rapidement. Ressemble à un croisement entre un ragondin et un lapin sous anxiolytiques. « Scrogneupluf » est un juron fréquent sur AutreMonde pour désigner quelqu'un ou quelque chose de vraiment stupide.

Sèche-corps • Entités immatérielles, sous-élémentaires de vent, les sèche-corps sont utilisés dans les salles de bains, mais également en navigation sur AutreMonde où ils se nomment alors « souffle-vent ».

Serpent milière • Serpent des Marais de la Désolation, qui se déplace exclusivement dans la boue, grâce à des sortes de minuscules écailles aplaties sur les côtés. Mis dans l'eau, le milière coule.

Shaman ou Chaman • Ce sont les guérisseurs, les médecins d'AutreMonde. Car si tous les sortceliers peuvent appliquer des Reparus, il est de nombreuses maladies qui ne peuvent pas être soignées grâce à ce sort si pratique. Les shamans sont également les maîtres des herbes et des potions.

Slurp • Le jus de slurp, plante originaire des plaines du Mentalir, a étrangement le goût d'un fond de bœuf délicatement poivré. La plante a reproduit cette saveur carnée afin d'échapper aux troupeaux de licornes, farouchement herbivores. Cependant, les habitants d'AutreMonde, ayant découvert la caractéristique gustative du slurp, ont pris l'habitude d'accommoder leurs plats avec du jus de slurp. Ce qui n'est pas de chance pour les slurps…

Sopor • Plante pourvue de grosses fleurs odorantes, elle piège les insectes et les animaux avec son pollen soporifique. Une fois l'insecte ou l'animal endormi, elle l'asperge de pollen afin qu'il joue le rôle d'agent fécondant. L'insecte ou l'animal se réveille au bout d'un moment et, en passant dans d'autres champs, féconde ainsi d'autres fleurs. Les sopors ne sont pas dangereuses, mais, en endormant leurs pollinisateurs, les exposent à d'autres prédateurs. Raison pour laquelle on voit souvent des carnivores aux alentours des champs de sopor, carnivores ayant appris à retenir leur souffle le temps d'attraper leur proie et de la sortir du champ. On dit sur AutreMonde : « Ce type est somnifère comme un champ de sopor. »

Sortcelier • Humain, elfe ou toute autre entité intelligente possédant l'art de la magie.

Snuffy rôdeur • Ressemblant à un renard bipède, vêtu le plus souvent de haillons, un grand sac sur le côté, le snuffy rôdeur est un pilleur de poulailler et de spatchounier, ce qui fait qu'il n'est pas très aimé des fermiers d'AutreMonde. Il a la particularité, peu connue, de pouvoir se dédoubler, ce qui lui permet de se libérer lui-même des prisons où il est souvent enfermé.

Spalendital • Sorte de scorpions, les spalenditals sont originaires de Smallcountry. Domestiqués, ils servent de montures aux gnomes qui utilisent également leur cuir très résistant. Les gnomes adorant les oiseaux (dans le sens gustatif du terme), ils ont littéralement dépeuplé leur pays, ouvrant ainsi une niche écologique aux insectes et autres bestioles. En effet, débarrassés de leurs ennemis naturels, ceux-ci ont pu grandir sans danger, chaque génération étant plus nombreuse que la précédente. Le résultat pour les gnomes est que leur pays est envahi de scorpions géants, d'araignées géantes, de mille-pattes géants.

Spatchoune • Les spatchounes sont des dindons géants et dorés qui gloussent constamment en se pavanant et qui sont très faciles à chasser. On dit souvent « bête comme un spatchoune », ou « vaniteux comme un spatchoune ». Un spatchounier est l'équivalent d'un poulailler sur AutreMonde.

Stridule • Équivalent de nos criquets. Les stridules peuvent être très destructeurs lorsqu'ils migrent en nuages, dévastant alors toutes les cultures se trouvant sur leur passage. Les stridules produisent une bave très fertile, couramment utilisée en magie.

Tak • Sortes de petits rats verts ou gris, que l'on retrouve dans les ports. Les taks sont redoutés des marins car ils peuvent ronger un bateau en quelques jours. Ce qui prouve qu'ils n'ont pas un gros instinct de survie, parce qu'une fois le bateau rongé, les taks se noient.

Taludi • Les taludis sont de petits animaux à trois yeux en forme de casque blanc qui sont capables d'enregistrer n'importe quoi. Ils se nourrissent de pellicule ou d'électricité et voient à travers les illusions, ce qui en fait des témoins précieux et incorruptibles. Il suffit de les mettre sur sa tête pour voir ce qu'ils ont vu.

Taormi • Redoutables souris à tête de fourmis dont la piqûre est horriblement douloureuse, les taormis sont capables de décimer une forêt entière lorsque l'une des fourmilières/nids décide de migrer. Elles produisent également un miel très sucré, apprécié des animaux d'AutreMonde, mais particulièrement difficile à obtenir sans y laisser la vie.

Tatchoum • Petite fleur jaune dont le pollen, l'équivalent du poivre sur AutreMonde, est extrêmement irritant. Respirer une tatchoum permet de déboucher n'importe quel nez.

Tatroll • Pour la facilité de la traduction autremondien/terrien, l'auteur a directement converti les tatrolls en kilomètres et les batrolls en mètres. Un troll faisant trois mètres de haut, un batroll fait donc un mètre et demi et un tatroll un kilomètre et demi.

Téodir • Sorte de champagne des dragons. Les humains trouvent que ça a un vague goût d'antigel.

T'hoculine • Fleur composée de Pierres précieuses changeant de couleur régulièrement. La fleur de Pierre est considérée comme l'un des plus beaux joyaux vivants d'AutreMonde et en acquérir une est extrêmement difficile, car elle n'est cultivée que sur la très dangereuse île de Patrok.

Tolis • L'équivalent des amandes sur AutreMonde.

Toye • Herbe rappelant un mélange détonant entre de l'ail très fort et un oignon trop fait. Le Toye est une épice très prisée par les habitants d'AutreMonde.

Traduc • Ce sont de gros animaux élevés par les centaures pour leur viande et leur laine. Ils ont la particularité de sentir très mauvais, ce qui les protège des prédateurs, sauf des crrrèks, petits loups voraces capables d'obturer leurs narines pour ne pas sentir l'odeur des traducs. « Puer comme un traduc malade » est une insulte très répandue sur AutreMonde.

Treee • Petits oiseaux couleur rubis dans les forêts d'AutreMonde et verts dans celle des trolls. Leur nom est dû au cri très spécial (treeeeeeee) qu'ils poussent.

Tricrocs • Armes enchantées trouvant immanquablement leur cible, composées de trois pointes mortelles, souvent enduites de poison ou d'anesthésique, selon que l'agresseur veut faire passer sa victime de vie à trépas ou juste l'endormir.

Trr rouge • Bois imputrescible, dont les rondins sont souvent utilisés pour les maisons et surtout pour les auberges, parce qu'il est difficile à briser et ne craint pas la bière.

T'sil • Vers du désert de Salterens, les t'sils s'enfouissent dans le sable et attendent qu'un animal passe. Ils s'y accrochent alors et percent la peau ou la carapace. Les œufs pénètrent le système sanguin et sont disséminés dans le corps de l'hôte. Une centaine d'heures plus tard, les œufs éclosent et les t'sils mangent le corps de leur victime pour sortir. Sur AutreMonde, la mort par t'sil est l'une des plus atroces. C'est la raison pour laquelle il n'y a pas beaucoup de touristes tentés par un trekking dans le désert de Salterens. S'il existe un antidote contre les t'sils ordinaires, il n'y en a pas contre les t'sils dorés dont l'attaque conduit immanquablement à la mort.

Tzinpaf • Délicieuse boisson à bulles à base de cola, de pomme et d'orange, le Tzinpaf est rafraîchissant et dynamisant.

Velours (Bois de) • Bois fort prisé sur AutreMonde pour sa solidité et sa magnifique couleur dorée, très utilisé en marqueterie et pour les sols. Sa texture particulière fait qu'à la vue il semble glacé et qu'au toucher il est comme une profonde moquette moelleuse.

Ver taraudeur • Le ver taraudeur se reproduit en insérant ses larves sous la peau des animaux pendant leur sommeil. Bien que non mortelle, sa morsure est douloureuse et il faut la désinfecter immédiatement avant que les larves ne se propagent dans l'organisme. « Quel ver taraudeur celui-là ! » est une insulte désignant quelqu'un qui s'incruste.

Vlir • Petites prunes dorées d'AutreMonde, assez proches de la mirabelle, mais plus sucrées.

Vloutour • Oiseau charognard d'AutreMonde gris et jaune ayant beaucoup de mal à voler, le vloutour est capable de digérer à peu près n'importe quoi. Ses intestins peuvent survivre à sa mort et continuer à digérer des choses, des mois durant. Les tripes de vloutour sont souvent utilisées en magie, notamment pour conserver la fraîcheur des potions.

Vouivre • Lézard ailé volant surtout la nuit, pouvant mesurer jusqu'à trente mètres de long et piscivore. La vouivre possède une pierre précieuse enchâssée dans son front, qui neutralise les effets de certains poisons, et les différentes parties de son corps sont souvent utilisées pour des potions. On murmure que la première vouivre serait née d'un œuf de coq, impossibilité biologique qui à l'époque avait fait grand bruit dans le poulailler et déclenché une série de questions très embarrassantes pour le pauvre volatile.

Vrrir • Félins blanc et doré à six pattes, favoris de l'Impératrice. Celle-ci leur a jeté un sort afin qu'ils ne voient pas qu'ils sont prisonniers de son palais. Là où il y a des meubles et des divans, les vrrirs voient des arbres et des pierres confortables. Pour eux, les courtisans sont invisibles et quand ils sont caressés, ils pensent que c'est le vent qui ébouriffe leur fourrure.

Vv'ols • Petits moineaux d'AutreMonde, capables d'agir comme un seul organisme devant un danger, en reproduisant la silhouette de redoutables prédateurs qui font fuir leurs attaquants. Exemple, si des vvols sont attaqués par des faucongyres, ils se massent et forment le corps d'un aiglelong, qui attaque les faucongyres. Ceux-ci, trompés, s'enfuient et le nuage de vv'ols se défait.

Wyverne • Servantes des dragons, les wyvernes sont des sortes de lézards géants aux écailles dorées, capables de se tenir en position bipède grâce à des hanches pivotantes. Moins intelligentes que les dragons, elles composent une grosse partie de leurs forces armées et n'ont aucun sens de l'humour, surtout un fusil à neutron entre les pattes. Elles seraient issues des expériences biologiques des dragons sur leurs propres cellules et en seraient donc de très lointaines cousines.

Yerk • Plante qui a trouvé le moyen de se rendre immangeable par les herbivores grâce à une odeur absolument dissuasive. Seuls les gliirs, qui n'ont aucun odorat, peuvent en manger les graines.

Zinvisible • Caméléon intelligent capable de se fondre totalement dans le décor au point de devenir invisible. Protecteur de la famille impériale d'Omois, il sert d'enregistreur vivant et espionne pour l'Impératrice.

Remerciements

Merci au plus merveilleux des maris, Philippe qui me regarde encore, au bout de 28 ans, avec les yeux de l'amour. À mes filles, Diane et Marine qui chaque jour un peu plus me rendent fière d'elles, à maman qui en dépit de la douleur me fait hurler de rire avec ses anecdotes, à ma sœur, Cécile qui vient de mettre au monde une ravissante petite Anna, à son mari, Didier et leur merveilleux petit Paul. À la Famille Audouin, Jean-Luc, Corinne, Lou, Thierry, Marylène, Léo et Papy Gérard, dont la simplicité et la gentillesse me font toujours chaud au cœur.

À Bernard Fixot, Caroline Lépée, Édith Leblond, Valérie Taillefer, Gwenaëlle Le Goff et Stéphanie Le Foll et toute la bande de XO Éditions, merci de travailler encore et toujours à ce que mes livres deviennent de plus en plus palpitants.

À Benoît Di Sabatino, son frère Christophe et toute son équipe de Moonscoop, Dorothée Lanchier, Sonia Demoura qui ont fait un travail incroyable et que j'adore, à Éric Bastier enthousiasmant réalisateur, à Tania qui a dessiné une époustouflante couverture, Nicolas, Maya, Christophe, Thomas le roi des FX, *To DQ thank you so much for your fantastic work*!

À M6 et en particulier à Morgann Favellec et Thomas Valentin, Philippe Bony, Axel Danlos et Jeremy Guyot sans oublier Axel Goude, merci à vous de m'avoir aussi merveilleusement accueillie au sein de votre groupe. Et bien qu'elle en soit partie, merci à Natalie Altmann, qui est devenue, depuis trois ans, une super copine.

À Brice Ohayon de chez Webpopulation dont j'attends avec impatience qu'il fasse la bande annonce du film qui sortira un jour… À Joanna, David et Zoé, on ne se voit pas assez.

À Stéphane Legrand, toujours fidèle alors qu'il m'avait dit qu'il arrêtait, merci de m'avoir gardée comme tumultueuse cliente, Stéphane !

À Alain Barsikian et Sylvain Jaraud, des amis plus que des avocats.

À Martine Mairal, et à son Jacques, à Thomas et Anne-Marie Seligman vous quatre êtes les plus formidables des amis quelle chance nous avons, Philippe et moi !

À Thomas Mariani, dit Tomlou, qui est l'auteur des novélisations de la série animée, ravie d'avoir enfin pu associer un taraddict à mes projets d'édition, bravo c'est super ce que tu as fait. À Christophe, qui nous a créé un générique d'enfer super rock and roll pour Tara, j'adore ! À Fabrice Florent et à sa famille, merci encore pour ton aide sur le blog.

À tous mes fantastiques fanatiques taraddicts, et blogueurs acharnés : Noémie, évidemment, la supergrandechef des taraddicts et Nina, Guillaume et Marion du bureau des taraddicts qui portent haut les couleurs du forum et du fan club.

Dina'tylanhnem et Ora''tylanhnem ou Dina et Ora. Mélodie, Justine, Clément dit le Maître Vampyr, Z'oda et ses vrais-faux gros mots, Talys, Charles aux mille mails, Mathilde et Tabatha qui est allée rejoindre les anges, Lucien, Maître Chem, Jade, Andéol, J-M H. Killian C et Théo P. Marius V. Aria et sa jumelle de cœur NewTara, Aymeric, LaHauteFan, Joséphine A. Hugo qui a remporté le concours d'écriture, Jack O'neill, toujours fidèle ainsi que Cédric/Hony, AngelJP, Agathe et Ororig, Tiloti qui surveille les blogus d'un œil d'aigle avec Loéva-mat et Chihiro, Alice xD, Mélodie et ses brigades noires, Julia/Milora qui a brillamment passé son agrégation, waaah, bravo ! Folmjew, Wyrda dont la famille pense que mes livres sont « commerciaux » et qui me défend bec et ongles, Lélia, Lucile, Siniriel, Laina, Dorémi, Elisa/Minzy, Laure, Garance, Chahan qui a eu une super note, Khalid/Artemis hinata, Nyra, toujours fidèle du Canada, CédricquiressembleàCal, CalibanloveTara, Liisb et Lisbeth et ses kidikoi, Miss Catastrophe, Elo, Caladdicte, Pauline, Jeanne D, Sarah Z, taratyl et Ciarialla, Talys, Erolas, mariak, Syrya qui revient de temps en temps et tous les nouveaux : Lahautefan, fashionfan, titine, sonia, hermione, Mera, x-loulou, sarkloed, lex, azulia, Mellou, TaraM, Lia, Joox, Mu', Jean-Marc H, tu vois pas besoin d'un exploit pour être dans les remerciements lol ! Marius V, Joséphine et tous ceux qui viennent sur le blog, sur Facebook ou me mailent pour partager avec moi leur amour de la lecture.

Au fidèles taraddicts du forum : Nymphetameen/lena Neurones67/Marc le plus grand des geeks. Firtan, Seven, Dreamecho, Azalia, Sixtinedvs toujours fidèle depuis des années et des années, Kira-Miyura, Sam, DV' Il'illil Azulia Maeva Deltane Princesse Kara et tous les autres.

Merci à vous merveilleux, indispensables, incroyables taraddicts, pour votre amour mais aussi pour votre immense colère contre les imbéciles qui veulent nous pourrir la vie !

I LOVE YOU ! WE ARE ALL TOGETHER FOREVER !

La princesse et son assassin

par Hugo Lazerges.

Sous la douce clarté argentée des deux lunes d'AutreMonde, les deux sœurs Tadix et Madix, la jeune princesse Esmeralda dormait d'un profond sommeil.

Le Château Vivant où elle résidait n'avait recréé aucun paysage pour elle, si ce n'est sa chambre, immense et princière, peinte et décorée aux couleurs du Lancovit, bleu et argent.

Au centre de l'immense pièce se dressait un grand lit à baldaquin fermé, à l'intérieur duquel une demi-douzaine de personnes aurait pu confortablement passer la nuit. Mais seule Esmeralda y sommeillait, à présent, et la jeune fille, malgré toute la place, était recroquevillée sur elle-même, les mains jointes comme dans un geste de prière. Les longues boucles brunes que formaient ses cheveux entouraient son visage diaphane, tel un épais tapis de feuilles d'automne.

Esmeralda de Lancovit était, comme son nom l'indique, l'une des quatorze princesses du Lancovit. En fait, elle était la princesse héritière du royaume, depuis que l'aînée de ses treize cousines, Gloria, avait renoncé à ce titre, le jour même.

Gloria se devait de suivre son amie Tara Duncan, avait-elle dit, et de la soutenir après l'épreuve qu'avait été sa destitution. Le Roi Bear avait évidemment accepté, bien que ses ministres lui aient fait remarquer que Lisbeth Tal Barmi Ab Santa Ab Maru, l'Impératrice d'Omois, n'aurait jamais accepté que son Héritière renonce à son titre. Mais ils furent un peu refroidis lorsque Mara Duncan fut nommée Héritière à la place de Tara Duncan, et laissèrent donc le Roi faire comme bon lui semblait.

Esmeralda avait beaucoup pleuré, ce jour-là, car jamais elle n'aurait cru voir tomber sur ses fines épaules une charge aussi lourde qu'un royaume. Les journstaux et les scoops en firent leurs choux gras, évidemment, et l'on voyait partout dans le pays le visage ruisselant de larmes d'Esmeralda, s'étaler sur les écrans de cristal ou sur les jourstaux.

Dans son sommeil, Esmeralda remua légèrement. À ses côtés, son Familier, une ravissante chatte noire nommée Lys, fit de même.

La lente respiration de la sortcelière de treize ans troublait à peine le silence de la somptueuse chambre et soulevait presque imperceptiblement la poitrine naissante de la jeune fille.

Soudain, brisant cette harmonieuse mélodie, un souffle, semblable à un râle, se joignit au sien.

Esmeralda ouvrit les yeux. Lys l'imita et dirigea son regard doré caractéristique des Familiers vers sa compagne d'âme, captant le sentiment d'inquiétude qui habitait cette dernière. Quelque chose l'avait réveillée. Mais quoi ?

Le plus silencieusement possible, l'adolescente repoussa ses draps bleu nuit, brodés de fils d'argent. La chaleur étouffante à l'intérieur de son lit à baldaquin la paniqua, comme d'habitude, mais elle s'obligea à ne faire aucun bruit.

Le plus silencieusement possible, elle activa sa magie, qui pulsa d'une lueur rose vif dans l'obscurité qui l'entourait.

Le moins silencieusement possible, par contre, l'Assassin caché derrière le lourd rideau bleu qui masquait la fenêtre se rua sur le lit de la jeune princesse. Mais celle-ci était prête. À son ordre, les rideaux de son lit s'écartèrent, laissant sa magie jaillir et cueillir son agresseur, qui s'immobilisa dans une position risible, mais qui n'arracha même pas un sourire à Esmeralda.

Un Assassin avait réussi à s'introduire au Château ! Cette vérité horrifia la jeune fille qui étouffa un cri de stupeur. Heureusement, elle avait murmuré son Pocus, empêchant à l'homme de deviner quel sortilège elle allait lui jeter, et de l'esquiver. Le visage de l'homme avait une expression démente et rageuse, qui était accentuée par son teint blafard et ses yeux rouge sang. Ses canines étaient anormalement longues pour un humain, et Esmeralda posa sa main sur sa bouche en comprenant que l'intrus était un vampyr. La Confrérie des Assassins avait envoyé un vampyr à sa suite ! Au bord de l'évanouissement, l'adolescente se leva et s'approcha de l'homm… Hum, du vampyr, et le contourna, observant avec attention ses habits et ses armes. Tout ce temps, l'Assassin la suivit de son méchant regard. Ses courts cheveux étaient noirs, ce qui indiquait qu'il ne buvait pas de sang humain. Cette nouvelle aurait rassuré n'importe qui d'autre, mais pas Esmeralda. La jeune fille resta sur ses gardes. Une bonne illusion pouvait dissimuler n'importe quoi, et rien n'empêchait le vampyr de se mettre au régime humain cette nuit-là. Et Esmeralda ne doutait pas qu'elle serait alors son premier repas... À cette pensée, la sortcelière frissonna violemment.

Avec sa délicatesse habituelle, elle prit le pistolet qu'il tenait fermement dans sa main droite. Celle-ci lui opposa une vive résistance, puis abandonna, épuisée par le sort paralysant. Elle ouvrit le chargeur en frissonnant. Ces armes terriennes l'effrayaient depuis toujours, mais elle n'en avait jamais tenue une. Les sentiments de puissance et d'invulnérabilité qu'elle lui procura les premières secondes disparurent rapidement, laissant place à la panique. Elle ouvrit le chargeur, et une seule et unique balle en tomba. En argent, la lettre *P* était gravée dessus. Ce *P* signifiait Princesse.

Cette balle lui était destinée.

Autrefois, sur AutreMonde, les Assassins inscrivaient sur la pointe des flèches qu'ils utilisaient pour tuer le nom leur future victime, et l'on disait alors que la balle ne ratait jamais la cible à laquelle elle était destinée.

— Si cela ne vous dérange pas, je vais prendre cette arme et la balle qui va avec, dit-elle au vampyr.

Le visage de celui-ci se tordit en une grimace haineuse, la durée de vie du Pocus diminuant légèrement.

Esmeralda passa derrière lui, et sortit un pendentif de sous son chemisier. Il avait la forme d'un croissant de lune et était orné de diamants minuscules et étincelants. Après avoir vérifié que l'Assassin lui tournait bien le dos et ne pouvait pas la voir, elle encastra le médaillon dans un trou de même forme dans le mur qui s'ouvrit vers l'extérieur au contact de l'argent pur. Esmeralda pénétra dans ce passage secret, et la porte-mur se referma sur elle. Elle heurta avec sa jambe quelque chose de mou et de légèrement humide, mais ne prit pas la peine d'en vérifier la nature. Elle sourit mollement. Le vampyr mettrait des heures à se dépêtrer de son Pocus, et plus encore à comprendre comment ouvrir ce mur !

Vue de l'extérieur, la porte secrète qu'elle venait de traverser était richement décorée, et son prénom y était inscrit en grosses lettres d'argent, surmontée d'une licorne blanche, l'emblème du Lancovit. Elle avait appris l'existence de ce passage en même temps que ses cousines, lorsque le Roi et la Reine avaient insisté pour passer une journée entière avec leurs quatorze nièces, histoire de leur « apprendre les ficelles du métier », comme l'avait si joliment dit le Roi Bear. Ce dernier leur avait alors raconté comment, dans ses jeunes années, lui-même avait échappé à ses poursuivants lors d'une course-poursuite effrénée à travers le Château Vivant, grâce à ce passage secret, enjolivant ses exploits de vitesse, de force et le courage dont il avait apparemment fait preuve. Il n'avait cependant pas remarqué le regard pétillant et légèrement moqueur de la reine Titania, qui fit comprendre à leurs nièces que jamais leur oncle n'avait échappé de justesse à une quelconque course-poursuite, aussi effrénée soit-elle.

Un long couloir sombre s'étirait à la droite d'Esmeralda comme à sa gauche. Elle savait que, si elle allait à gauche, elle trouverait une porte semblable à la sienne, celle de Gloria, qui donnerait sur sa suite, inoccupée car la jeune princesse se trouvait à Tingapour, en Omois, auprès de son amie Tara Duncan qui se préparait à son départ vers la Terre, prévu depuis sa destitution quelques semaines plus tôt. L'événement avait été suivi par tous les médias d'AutreMonde qui ne perdaient pas une miette des faits et gestes de l'ex-Héritière impériale. Au grand dam d'Esmeralda, quelques milliers de scoops avaient réussi à se libérer la veille, pour s'occuper de sa nomination en tant qu'Héritière du Lancovit.

Si elle allait vers la droite, elle trouverait les portes des princesses plus jeunes, et finalement, au bout du couloir, la sortie. Elle s'élança dans cette direction.

Tout en dépassant les portes de Tatiana, Diana et Alexandra, celles de ses cousines qui la suivaient dans l'ordre de naissance et de succession, elle récapitula la situation dans laquelle elle se trouvait.

Quelques mois plus tôt, une antique confrérie visant à s'emparer du Trône du Lancovit avait été mise au jour à Travia. Elle existait depuis des siècles, et des dizaines de meurtres de rois et de reine, de princes et de princesses inexpliqués furent… expliqués.

Depuis, les petites princesses et les possibles accesseurs au Trône essuyaient des tentatives de meurtre de plus en plus fréquentes et violentes.

Heureusement, personne ne fut blessé et aucune cible atteinte. Mais toutes les nièces du Roi et de la Reine furent choquées par l'intérêt soudain que leur portaient les jourstaux, la Garde du Palais et les Assassins de la Confrérie.

Les portes d'Eva, de Marianna et de Gabriella défilèrent.

Maintenant qu'elle était l'Héritière, c'était aux trousses d'Esmeralda qu'étaient les Assassins.

Puis vint le tour des portes de Lauriana, d'Alicia et de Clara…

Et si chacune des princesses avait un vampyr caché dans sa chambre, prêt à bondir et à lui ôter sa courte vie ?

Lisa, Elisa et Louisa…

Chacune des princesses était-elle en train de mourir, ou pire était-elle déjà morte ? La porte de sortie, peinte d'un bel indigo, se découpait devant Esmeralda, mais paraissait si loin…

Soudain, un doute atroce germa dans l'esprit de l'adolescente… Elle revint sur ses pas et ouvrit la porte de Louisa, la plus jeune de ses cousines, âgée d'à peine trois ans.

Vide.

Esmeralda recula encore et ouvrit les portes d'Elisa et de Lisa.

Vides aussi.

La jeune princesse se mit à sangloter. Elle refit le chemin en sens inverse et ouvrit violemment les portes de toutes ses cousines, au risque de tomber sur un autre Assassin.

Toutes vides.

Ses pleurs résonnaient dans le couloir, qui semblait de plus en plus long et flou à Esmeralda. Dans sa précipitation, elle tomba, écorchant ses genoux nus sur le sol dallé.

Elle se releva en titubant, et courut tant bien que mal vers la sortie. Mais soudain, un cri résonna, et brusquement, la porte secrète de sa chambre explosa. Le vampyr en sortit, triomphant, et examina longuement le passage secret, sans voir Esmeralda, dissimulée par l'épaisse obscurité qui les entourait tous les deux.

— Où te caches-tu, ma petite princesse ? fit-il d'une voix chuintante. Je ne te veux aucun mal ma chérie, viens me voir, sors de ta cachette…

Esmeralda se colla contre un mur et essaya de calmer ses sanglots et ses pleurs intarissables.

C'est alors qu'un feulement abominable envahit le corridor secret, qui ne l'était plus désormais. Esmeralda ressentit une vive douleur à la jambe gauche, et la barrière qui la séparait de l'inconscience s'amenuisa. Lys ! Elle avait laissé Lys seule dans sa chambre ! Elle hurla.

Le vampyr eut un sourire macabre.

— Vois-tu, Esmeralda, à l'heure qu'il est, tes cousines sont mortes, et tu es la seule héritière du royaume ! J'ai ton sale matou, et par son intermédiaire, je peux te faire mal, très mal, peut-être même te tuer. Rends-moi mon pistolet.

Essayant de paraître ferme et décidée, la jeune fille répondit :

— Lâchez Lys d'abord !

Puis l'ordre de l'Assassin lui revint en mémoire : « Rends-moi mon pistolet. » Elle avait son pistolet. Elle observa l'arme, chassant l'irrésistible envie de la jeter au loin. Elle ne savait pas si une balle destinée pouvait atteindre une autre cible que la sienne, mais elle chargea le revolver.

Et alors, elle tira. La balle atteint sa cible. En plein cœur. La mort du vampyr fut brève. Pourtant, son cri traversa les murs, et, cachées dans la suite royale de leur oncle et de leur tante, douze jeunes princesses frissonnèrent.

Un garde entra alors en trombe dans la suite et dit quelque chose au Roi, quelque chose que les douze cousines n'entendirent pas.

Le souverain transmit le message à la reine Titania, qui s'approcha des princesses, son front plissé par l'inquiétude.

— Mes chéries, êtes-vous toutes ici ?

Les filles se comptèrent et se cherchèrent.

Tremblante, Lauriana, la neuvième dans l'ordre de succession, se rappela le Roi resté en retrait auprès du garde qui soufflait comme un bœuf, se leva et essuya les larmes qui s'étaient subitement mises à couler sur ses joues.

— No-non, ma tante, gémit la petite fille, Esme-Esmeralda n'est pa-pas avec nous.

Titania étouffa un cri et le Roi s'approcha, anxieux.

— Qu'y a-t-il ?

— Esmeralda n'est pas ici, mon chéri ! répondit la Reine.

Le Roi compta dans sa tête (il avait un mal fou à se souvenir des prénoms parfois compliqués de ses nièces) et se rappela qu'Esmeralda était la deuxième dans l'ordre de succession, après Gloria. Puis il se souvint ensuite que Gloria avait renoncé à son titre le jour-même et qu'Esmeralda était donc son Héritière.

Affolé, il s'adressa au garde qui se remettait de ses émotions près de la porte avec une brusquerie qui ne lui était pas familière :

— Toi ! Va chercher d'autres gardes et allez au passage secret des chambres princières !

Voyant que le garde ne comprenait pas (personne n'était au courant pour le corridor secret mis à part les membres de la famille royale), il sortit de la chambre.

Esmeralda était inconsciente quand des bras tremblants la soulevèrent et que leur propriétaire cria :

— Elle respire !

Un murmure de soulagement s'éleva alors, répercuté le long des murs du corridor secret.

Esmeralda ouvrit les yeux pour la deuxième fois de la nuit.

Il faisait légèrement frais et la jeune fille fut un instant éblouie par la lumière que diffusaient les rideaux blancs de son lit à baldaquin et les murs, tout aussi immaculés. Puis elle vit son oncle, sa tante et ses cousines qui la fixaient tendrement, soucieux.

Elle se trouvait sans doute à l'infirmerie du Château Vivant, étendue sur un lit extrêmement tiède et confortable après une nuit si mouvementée.

— Ça va, mon enfant ? s'inquiéta la Reine.

— Vous avez vu le vampyr ? Était-ce un rêve stupide ? murmura la jeune fille d'une voix rauque qui n'était pas la sienne.

— Oui. Il est mort et non, ce n'était pas un rêve, répondit Bear, soulagé d'entendre son Héritière parler. Ta cousine, Gloria, vient d'apprendre grâce aux jourstaux que tu avais été attaquée, et nous a prévenus qu'elle était en route pour Travia. Elle était très inquiète.

— Comment avez-vous su…

— Nous avons été informés par nos espions infiltrés que la Confrérie tenterait de vous tuer, toi et tes cousines. Nous avons alors envoyé des gardes en qui nous avions confiance vous chercher par le passage secret. Cette nuit, l'un d'entre eux nous a appris que le soldat qui était censé venir te chercher avait disparu, et c'est ainsi que nous avons su que tu n'étais pas avec nous… Je suis désolé, ajouta le Roi en baissant la tête, coupable, je n'ai pas pris la peine de vous compter…

— Ce n'est pas grave, mon oncle, sourit faiblement Esmeralda. Savez-vous qui était ce vampyr ?

— Palmyr Noirafyr était un des agents les plus expérimentés de la Confrérie, fit Titania en crachant presque le dernier mot. Sa famille en fait partie depuis sa fondation, et il a participé à l'assassinat de plusieurs membres de notre famille.

Esmeralda baissa la tête, ces yeux noisette écarquillés par la surprise.

La balle destinée avait donc trouvé sa cible. Le *P* gravé dessus ne signifiait pas Princesse, mais Palmyr.

Esmeralda frissonna devant l'exactitude de la formule : *Une balle destinée atteint toujours sa cible…* Mais pas toujours celle que l'on imagine…

FIN.

Concours de dessin

Liste des gagnantes et gagnants

2010

Méline Artigala	Crouiccc
Maxime Carpentier	Diseur de Vérité
Ève Charrin	Bobelle et Kré-kré-kré
Mathilde Cochepin	Vrrir
Chloé Delacroix	Vv'ol
Yeelen Dumas	Élémentaire
Éloïse Gentié	Gazz
Elina Gilbert	G'ele d'Arctique et T'hoculine
Marc H	Cantaloup
Lucile Hausser	Chatrix
Cindy Hontebeyrie	Effrit
Camille Lebrun-Tessier	Vouivre
Lemière Loic de Ludres	Kraken
Valentine Maris	Krruc et Manuril
Claire Meredith dite Miss Turtle	Wyverne
Anouk Penelon-Laroche	Loup-garou
Marie Serrie	Chimère
Vicky Stiegler	Krok-requin et Mooouuu
Morgane Viel	Brillante

et toujours les artistes des années précédentes

Maëline Artigala	Piqqq
Lise Bianciotto	Snuffy rôdeur
Alexane Bocco	Camelle brune
Cloé Caumia	Mouche à sang
Thiphaine Charrondiere	Astophèle
Camille Clermont	Spatchoune
Antoine Cousin	Blurps et Camélin
Cédric Derval	Mangeur de Boue et Taludi
Mathieu Désilets	Saccat
Clara Doma	Scrogneupluf
Marie Eléna	Crochien
Nolwenn Gangloff	Krouse
Alexandra Girard	Ballorchidée, Pouf-pouf, Tatchoum et Traduc
Bérengère Guillemo	Brrraaa, Bizzz et Pllop
Joel Herter	Krakdent et Draco-tyrannosaure
Julie Iuso	Mrmoum et Brumm
Théo Jordano	Glurps
Justine Lacroze	Bééé et Taormi
Amandine Le Bellec	Tak et Glouton étrangleur
Morane Le Sciellour	Kroa
Floriane Limbourg	Blll et Gambole
Sophie Lux	Oiseau de feu
Priscillia Macquart	Sopor
Lou-Anne Mathieu	Zinvisible
Alix Mellier	Aragne
Charline Pagnier	Kalorna
Laurine Picotin	Rouge-banane
Clotilde Plantureux	Hydre
Céline Primault	Bulle-sardine, Spalendital, Stridule
Romane Queyras	Kri-kri
Marion Roujolle	Pouic
Morgane Singer	Balboune
Laura Tomaszewski	T'sil
Aurélie Wiorm	Prroutt
Caroline Wiscart	Licorne et Oiseau Roc

Table

CRÉATION GRAPHIQUE ET MISE EN PAGE :
Sylvie Pistono-Denis
e dans l'o
6 rue du Moulinet, 75013 Paris
sylvie@edidanlo.com

N° d'édition : 1765/01. N° d'impression :
Dépôt légal : septembre 2010.

Imprimé au Canada